READER'S DIGEST
AUSWAHLBÜCHER

Die Kurzfassungen in diesem Buch erscheinen
mit Genehmigung der Autoren und Verleger

4061 (264)
Printed in Germany
ISBN 3 89915 290 5

READER'S DIGEST AUSWAHLBÜCHER

Reader's Digest

DEUTSCHLAND · SCHWEIZ · ÖSTERREICH

INHALT

Eine Serie von Frauenmorden erschüttert New York. Alle Opfer sind ehemalige Absolventinnen derselben Schule. Als die Universitätsprofessorin Jean Sheridan zu einem Ehemaligentreffen ihrer Schule reist, beschleicht sie ein schrecklicher Verdacht: Der Killer befindet sich mitten unter ihnen – perfekt getarnt und darauf aus, erneut zuzuschlagen.

Glück im Unglück für Max Skinner: Zeitgleich mit der Kündigung, die seine Karriere als Finanzmakler in London beendet, erhält er Post aus Frankreich. Sein Onkel hat ihm ein Haus in der Provence samt dazugehörigem Weingut vererbt. Also zieht Max in südliche Gefilde, um einen Neuanfang zu wagen. Mit der ländlichen Beschaulichkeit ist es jedoch schnell vorbei, als eine hübsche Kalifornierin aufkreuzt und ebenfalls Anspruch auf das Erbe erhebt.

Seite 293

Berlin ist ein raues Pflaster für den jungen Kommissar Peter Heiland, der erst kürzlich aus Stuttgart hierher versetzt wurde. Und sein erster großer Fall hat es wahrlich in sich: Es gilt, einem Heckenschützen, der scheinbar wahllos Jagd auf Menschen macht, das Handwerk zu legen. Mit Fantasie und der Gabe, „um die Ecke zu denken", gelingt es dem sympathischen Kommissar, eine Spur aufzunehmen. Und schließlich kommt es zu einer dramatischen Konfrontation.

Seite 441

Meghann Dontess ist eine erfolgreiche Scheidungsanwältin in Seattle. Sie glaubt schon lange nicht mehr an die große Liebe, sondern nur noch an Eheverträge und belanglose Affären. Als sich ihre jüngere Schwester Claire in einen mittellosen Countrysänger verliebt und ihn heiraten möchte, fährt Meghann sofort zu ihr, um ihr diese Ehe auszureden. Doch was als kurzer Besuch geplant war, wird zu einer bewegenden Reise in die eigene Vergangenheit.

MARY HIGGINS CLARK
MEIN IST DIE STUNDE DER NACHT

Als Kind haben sie ihn
gedemütigt und verspottet.
Doch er hat sich verändert.
Wie ein Raubvogel
ist er nun mächtig und frei.
Er ist der Jäger,
und sie sind seine Beute.

1

Zum dritten Mal innerhalb eines Monats war er nach Los Angeles gekommen, um ihren Tagesablauf zu beobachten. „Ich weiß genau, wann du kommst und wann du gehst“, flüsterte er, während er im Badehaus wartete. Es war eine Minute vor sieben. Die Morgensonne drang durch die Baumkronen und ließ den Wasserfall, der sich in das Becken ergoss, funkeln und glitzern.

Er fragte sich, ob Alison spürte, dass ihr nur noch eine Minute auf dieser Erde blieb. Hatte sie vielleicht eine vage Vorahnung, gab es eine unbewusste Stimme, die ihr einflüsterte, an diesem Morgen nicht schwimmen zu gehen? Aber selbst wenn dem so sein sollte, würde es ihr nichts mehr nützen. Es war zu spät.

Die verglaste Schiebetür öffnete sich, und Alison trat auf die Terrasse. Sie war jetzt 38 und ungleich attraktiver als vor zwanzig Jahren. Ihr sonnengebräunter und wohlgeformter Körper kam in dem Bikini gut zur Geltung. Ihre jetzt honigblonden Haare umrahmten und milderten ihr etwas kantiges Kinn.

Die unstillbare Wut, die in ihm gebrodelt hatte, schwoll zu Hass an, doch wurde sie ebenso rasch durch das befriedigende Gefühl ersetzt zu wissen, was er in den nächsten Augenblicken tun würde. Und es war der Moment, bevor er sich ihnen zeigte, der ihn in höchste Erregung versetzte. Ich weiß, dass sie sterben werden, dachte er, und sobald sie mich sehen, wissen sie es ebenfalls.

Alison trat auf das Sprungbrett. Sie wippte ein paarmal, als wollte sie das Brett testen, dann streckte sie die Arme aus.

Er öffnete die Tür des Badehauses genau in dem Moment, in dem ihre Füße vom Brett abstießen. Er wollte, dass sie ihn sah, während sie in der Luft schwebte. Noch bevor sie die Wasseroberfläche berührte. Sie sollte begreifen, dass sie ihm ausgeliefert war.

In diesem Sekundenbruchteil trafen sich ihre Blicke. Er sah den Ausdruck auf ihrem Gesicht, bevor sie in das Wasser eintauchte: blankes Entsetzen.

Noch ehe sie wieder an die Oberfläche gelangt war, hatte er sie erreicht. Er drückte sie an seine Brust und musste lachen, als sie um sich schlug und mit den Beinen strampelte. „Jetzt wirst du sterben", flüsterte er mit ruhiger Stimme.

Er genoss das Vergnügen, ihren Kampf ums Überleben zu verfolgen, aber es würde nicht mehr lange dauern. Nach Luft ringend, hatte sie den Mund geöffnet und schluckte Wasser. Er spürte ihren letzten Versuch, von ihm loszukommen, dann die letzten schwachen Zuckungen, als ihr Körper zu erschlaffen begann. Er presste sie fest an sich und hätte gerne gewusst, was in ihr vorging. Betete sie? Flehte sie Gott an, ihr Leben zu retten?

Er wartete volle drei Minuten, bevor er sie losließ. Dann sah er lächelnd zu, wie ihr Körper auf den Boden des Beckens sank.

Es war fünf nach sieben, als er aus dem Wasser kletterte. Er zog ein Sweatshirt, Shorts und Laufschuhe an und setzte eine Mütze und eine dunkle Sonnenbrille auf. Er hatte bereits die Stelle ausgewählt, an der er das Erkennungszeichen für seinen Besuch hinterlassen würde, die Visitenkarte, die bisher alle übersehen hatten.

Sechs Minuten nach sieben joggte er die ruhige Straße entlang, ein frühmorgendlicher Fitnessfanatiker in einer Stadt voller Fitnessfanatiker.

AN DIESEM Nachmittag hatte Sam Deegan gar nicht die Absicht gehabt, die Akte von Karen Sommers zu öffnen. Auf der Suche nach einer Schachtel Erkältungstabletten, die er seiner Erinnerung zufolge dort deponiert hatte, hatte er in der untersten Schublade seines Schreibtischs gewühlt. Als seine Finger den abgegriffenen Aktendeckel berührten, zögerte er kurz, nahm ihn dann aber mit einem Seufzer heraus und schlug ihn auf. Als sein Blick auf das Datum fiel, ging ihm durch den Kopf, dass es wohl doch eine Art unbewusste Absicht gewesen sein musste, die ihn zu der Akte geführt hatte. Nächste Woche würde es genau zwanzig Jahre her sein, dass Karen Sommers ermordet worden war.

Die Akte hätte eigentlich bei den anderen ungelösten Fällen aufbewahrt werden müssen, aber drei aufeinander folgende Staatsanwälte des Bezirks von Orange County hatten seinem Wunsch nachgegeben, sie in Reichweite zu behalten. Vor zwanzig Jahren war Sam als erster Ermittlungsbeamter vor Ort gewesen, nachdem eine völlig verstörte Frau angerufen und in den Hörer geschrien hatte, ihre Tochter sei erstochen worden.

Als er in jener Nacht das Haus in der Mountain Road in Cornwall-on-Hudson betreten hatte, hatten sich im Schlafzimmer des Opfers eine Reihe von entsetzten Nachbarn gedrängt. Einer hatte versucht, eine vollkommen nutzlose Mund-zu-Mund-Beatmung durchzuführen. Andere hatten sich bemüht, die verstörten Eltern von der übel zugerichteten Leiche ihrer Tochter wegzudrängen.

Karen Sommers' schulterlanges Haar war über das Kissen ausgebreitet gewesen. Nachdem er den übereifrigen Helfer beiseite geschoben hatte, war Sam der grauenhaften Stichwunden in Karens Brust und Herz ansichtig geworden, die zu ihrem sofortigen Tod geführt haben mussten. Das Laken war mit ihrem Blut geradezu durchtränkt gewesen. Die Schreie der Mutter hatten nicht nur die Nachbarn zu Hilfe eilen lassen, sondern auch einen Gärtner und einen Lieferboten, die sich auf dem Nachbargrundstück aufgehalten hatten. Am Tatort hatte daher ein großes Durcheinander geherrscht, wodurch wertvolle Spuren vernichtet worden waren.

Es hatte keinerlei Hinweise auf einen Einbruch gegeben. Gefehlt hatte auch nichts. Karen Sommers, eine 22-jährige Medizinstudentin an der Columbia-Universität, hatte ihre Eltern mit einem Besuch überrascht und war über Nacht geblieben.

Wieso war er zwanzig Jahre lang nicht imstande gewesen, den Kerl zu überführen, der Karen Sommers auf dem Gewissen hatte? Unwillig ließ Sam die Akte auf seinen Schreibtisch fallen.

Er zuckte die Achseln. Es war ein mieser Tag, regnerisch und ungewöhnlich kalt für Anfang Oktober. Früher habe ich diesen Job geliebt, dachte Sam, aber das hat sich geändert. Mittlerweile bin ich reif für die Rente. Ich bin 58. Die meiste Zeit meines Lebens habe ich bei der Polizei gearbeitet. Ich sollte einfach meinen Abschied einreichen. Ein paar Kilo abnehmen. Mehr Zeit für die Enkel haben.

Er spürte leichte Anzeichen von aufkommenden Kopfschmerzen, als er mit der Hand durch sein dünner werdendes Haar fuhr. Kate hatte ihn immer wieder ermahnt, sich das abzugewöhnen. Sie hatte behauptet, es schwäche die Haarwurzeln. Über die unwissenschaftliche Analyse seiner verstorbenen Frau lächelnd, starrte er wieder auf die Akte mit der Aufschrift KAREN SOMMERS.

Immer noch besuchte er regelmäßig Karens Mutter Alice, die inzwischen in einer Eigentumswohnung in der Stadt wohnte. Sie fand es tröstlich, dass sie immer noch versuchten herauszufinden, wer ihre Tochter auf dem Gewissen hatte, das wusste er. Aber es steckte noch mehr dahinter. Sam hatte das Gefühl, dass Alice irgendwann einmal etwas erwähnen könnte, das ihr bisher nicht wichtig erschienen war, etwas, was doch noch einen Hinweis auf denjenigen geben könnte, der in jener Nacht in Karens Zimmer eingedrungen war.

In den ersten zwölf Jahren war Sam am Jahrestag des Mordes auf den Friedhof gegangen. Hinter einem Mausoleum versteckt, war er den ganzen Tag lang dort geblieben und hatte Karens Grab beobachtet. Er hatte sogar ein Mikrofon am Grabstein installiert, um einzufangen, was ein vielleicht erscheinender Besucher äußern könnte. Es hatte schon Fälle gegeben, bei denen Mörder am Jahrestag des Verbrechens das Grab ihres Opfers aufgesucht hatten und dort verhaftet worden waren.

Doch die einzigen Menschen, die je am Todestag an Karens Grab erschienen waren, waren ihre Eltern gewesen, und Sam hatte tiefe Scham darüber empfunden, dass er mit angehört hatte, was sie im Gedenken an ihre einzige Tochter zueinander gesagt hatten. Seit Michael Sommers gestorben war und nur noch Alice an dem Grab stand, in dem nunmehr ihr Mann und ihre Tochter lagen, ging Sam jedoch nicht mehr hin. An jenem Tag vor acht Jahren hatte er sich zurückgezogen, weil er nicht Zeuge von Alices Trauer hatte sein wollen. Er war nie zurückgekehrt.

Sam starrte auf die Akte. Nächste Woche, zu Karens zwanzigstem Todestag, würde er doch noch einmal auf den Friedhof gehen. Nur um ihr mitzuteilen, dass es ihm Leid tue, nicht mehr für sie tun zu können.

FÜR DIE Fahrt von Washington nach Cornwall-on-Hudson hatte sie fast sieben Stunden gebraucht. Es war eine Reise, über die sich Jean Sheridan nicht freute – nicht so sehr wegen der weiten Strecke, sondern weil für sie Cornwall, die Stadt, in der sie aufgewachsen war, mit schmerzvollen Erinnerungen verbunden war.

Sie hatte fest vorgehabt, ihre Teilnahme am Jahrgangstreffen zum zwanzigjährigen Jubiläum ihres Highschoolabschlusses abzusagen. Sie hatte nicht den geringsten Wunsch, ihren Abschluss an der Stonecroft Academy zu feiern, auch wenn sie durchaus dankbar für das Wissen war, das sie dort erworben hatte. Nicht einmal aus der Medaille für „herausragende Ehemalige“, die sie bekommen sollte, machte sie sich etwas – ungeachtet der Tatsache, dass ihr Stipendium für Stonecroft die erste Etappe auf dem Weg zu dem Stipendium für das Bryn Mawr College und der sich anschließenden Promotion an der Universität Princeton gewesen war.

Als aber eine Gedenkfeier für Alison in das Programm des Treffens aufgenommen worden war, hatte Jean unmöglich absagen können.

Alisons Tod hatte immer noch etwas so Unwirkliches, dass es ihr beinahe vorkam, als könnte jederzeit das Telefon klingeln und sie die vertraute Stimme hören, die in solch atemberaubendem Tempo abgehackte Sätze hervorstieß, als ob alles in zehn Sekunden gesagt werden müsse. „Jeannie, von dir hört man überhaupt nichts mehr! Du hast mich wohl vergessen. Ich hasse dich! Nein, ich bewundere dich. Du bist so verdammt klug. Nächste Woche ist eine Kinopremiere in New York. Also, was ist, kannst du am nächsten Dienstag kommen, Cocktails um sechs, dann der Film, danach privates Dinner mit zwanzig oder dreißig Leuten?“

Alison hatte es immer geschafft, Botschaften dieser Art in nicht mehr als zehn Sekunden zu übermitteln, und war jedes Mal schockiert gewesen, wenn Jean in neunzig Prozent aller Fälle nicht alles hatte stehen und liegen lassen können, um zu ihr nach New York zu eilen.

Fast einen Monat war Alison jetzt schon tot. Und ebenso schwer zu begreifen war der Umstand, dass sie möglicherweise ermordet worden war. Natürlich hatte sie sich im Laufe ihrer Karriere Feinde gemacht. Niemand gelangt an die Spitze einer der größten Schauspielagenturen des Landes, ohne gehasst zu werden. Außerdem waren Alisons messerscharfer Verstand und ihr beißender Sarkasmus berüchtigt gewesen. Könnte jemand sie aus bloßer Rachsucht umgebracht haben, jemand, den sie lächerlich gemacht oder gefeuert hatte?

Mir wäre es lieber, wenn sie einen Schwächeanfall erlitten hätte, als sie in das Becken tauchte, dachte Jean. Ich will nicht glauben, dass jemand sie unter Wasser gedrückt haben könnte.

Ihr Blick fiel auf ihre Umhängetasche auf dem Beifahrersitz, und sofort begannen ihre Gedanken um den Briefumschlag zu kreisen, der sich darin befand. Was soll ich tun? Wer hat diesen Brief geschickt und warum? Wie kann jemand etwas von Lily erfahren haben? Steckt sie in Schwierigkeiten? Oh Gott, was soll ich nur tun?

Diese Fragen bereiteten ihr schon wochenlang schlaflose Nächte, seitdem sie den Laborbericht erhalten hatte.

Sie hatte jetzt die Stelle erreicht, an der die Straße nach Cornwall von der Route 9 W abzweigte. Und ganz in der Nähe lag West Point. Jean spürte, wie es ihr den Hals zusammenschnürte, und versuchte, ihre Aufmerksamkeit auf den herrlichen Oktobernachmittag zu lenken. Die Bäume leuchteten in den schönsten Herbstfarben, gold, orange und glühend rot. Darüber erhoben sich die Berge und strahlten wie immer eine majestätische Ruhe aus. Jean hatte ganz vergessen, wie schön es hier war.

Doch unweigerlich brachte dieser Gedanke die Erinnerung an die

Sonntage in West Point zurück, als sie häufig an solchen Nachmittagen auf den Treppen des Denkmals gesessen hatte. Dort hatte sie ihr erstes Buch angefangen, eine Geschichte von West Point.

Zehn Jahre hatte sie dafür gebraucht, hauptsächlich deshalb, weil sie lange Zeit überhaupt nicht darüber hatte schreiben können.

Kadett Carroll Reed Thornton jr. aus Maryland. Jetzt nicht an Reed denken, ermahnte sich Jean.

Als sie von der Route 9 W auf die Walnut Street abbog, geschah das immer noch fast automatisch. Für das Jahrgangstreffen war das Hotel „Glen-Ridge House“ in Cornwall ausgewählt worden. Neunzig Schüler hatten in Jeans Jahrgang den Abschluss gemacht. In der letzten Mitteilung, die sie erhalten hatte, hieß es, 42 von ihnen hätten ihr Kommen zugesagt, zuzüglich der Ehe- oder Lebensabschnittspartner sowie der Kinder.

Was Jean selbst betraf, hatte kein Bedarf an zusätzlichen Reservierungen bestanden.

Mit der Post hatte sie ihr Erkennungsschild erhalten, auf dem ihr Foto aus der Abschlussklasse und darunter ihr Name prangten. In derselben Sendung war auch das Programm für das Wochenende mitgeteilt worden: Freitagabend Begrüßung mit Cocktailparty und kaltem Büfett. Samstag Frühstücksbüfett, Besichtigung von West Point, Footballspiel Army gegen Princeton und schließlich Cocktailparty und festliches Dinner. Am Sonntag hatte das Treffen ursprünglich mit einem Brunch in der Stonecroft Academy ausklingen sollen, aber nach Alisons Tod war beschlossen worden, eine Morgenandacht zu ihrem Gedenken einzufügen. Sie war auf dem Friedhof neben der Schule beerdigt worden, und die Gedenkfeier sollte an ihrem Grab stattfinden.

In ihrem Testament hatte Alison dem Stipendienfonds von Stonecroft eine größere Summe hinterlassen – das war wohl der Hauptgrund dafür, dass man diese Zeremonie kurzfristig angesetzt hatte.

Viel hatte sich nicht verändert, stellte Jean fest, als sie langsam durch die Straßen der Stadt fuhr. Es war schon viele Jahre her, seit sie zuletzt hier gewesen war. Im Sommer nach ihrem Abschluss hatten sich ihre Eltern endlich getrennt, das Haus verkauft und waren ihre eigenen Wege gegangen. Ihr Vater war jetzt Direktor eines Hotels auf Maui. Ihre Mutter hatte wieder geheiratet und war nach Cleveland gezogen. Aber wenigstens hatte die Trennung ihrer Eltern zur Folge gehabt, dass Jeans Leben in Cornwall ein gnädiges Ende gefunden hatte.

Kurz darauf bog sie in die Einfahrt des Glen-Ridge House ein. Vor dem

Eingang öffnete ihr der Portier die Wagentür. „Willkommen daheim“, begrüßte er sie. „Gehen Sie ruhig zur Rezeption. Wir kümmern uns um Ihr Gepäck.“

Die Empfangshalle des Hotels strahlte mit ihrem weichen Teppichboden und den bequemen Sesselgruppen eine gemütliche Klubatmosphäre aus. Die Rezeption befand sich auf der linken Seite, schräg dahinter erblickte Jean die Bar, die sich bereits mit Gästen in Erwartung der Cocktailparty zu füllen begann.

„Willkommen daheim, Ms Sheridan“, sagte auch der etwa sechzigjährige Angestellte hinter der Rezeption. Seine schlecht getönten Haare waren farblich haargenau auf das Kirschholzfurnier der Theke abgestimmt. Als Jean ihm ihre Kreditkarte reichte, kam ihr der Gedanke, dass er vielleicht ein Stückchen von der Theke als Vorlage für seinen Friseur abgesäbelt hatte.

Sie fühlte sich innerlich noch nicht bereit, sich mit irgendwelchen früheren Schulkameraden abzugeben, und hoffte, dass sie es bis zum Aufzug schaffen würde, ohne aufgehalten zu werden. Sie wollte wenigstens eine halbe Stunde für sich haben, sich duschen und umziehen. Danach würde sie ihr Erkennungsschild mit dem Foto des ängstlichen und vom Schicksal gebeutelten 18-jährigen Mädchens, das sie damals gewesen war, anstecken und sich auf der Cocktailparty zu ihren alten Schulkameraden gesellen.

Als sie den Zimmerschlüssel an sich nahm und sich umwandte, hörte sie den Mann an der Rezeption. „Ach, Ms Sheridan, für Sie ist ein Fax gekommen.“ Er schielte auf den Namen auf dem Umschlag. „Oh, ich bitte um Verzeihung. Ich sollte wohl besser Dr. Sheridan sagen.“

Ohne etwas zu erwidern, riss Jean den Umschlag auf. Das Fax stammte von ihrer Sekretärin an der Georgetown-Universität.

> Dr. Sheridan, eigentlich wollte ich Sie nicht stören. Wahrscheinlich ist dies nur ein übler Scherz, aber ich hielt es für besser, es Ihnen zu schicken.

Mit „es“ war ein einzelnes Blatt Papier gemeint, das an ihr Büro gefaxt worden war. Es lautete:

> Jean, sicherlich hast du dich mittlerweile davon überzeugen können, dass ich Lily tatsächlich kenne. Nun stehe ich vor dem Problem: Soll ich sie küssen oder killen? Kleiner Scherz. Ich melde mich wieder.

Einige Sekunden lang war Jean weder imstande, sich zu bewegen, noch zu denken. Lily umbringen? Aber warum? Warum?

Ausschau haltend hatte er an der Bar gestanden und darauf gewartet, dass sie hereinkommen würde. In den vergangenen Jahren hatte er Fotos von ihr auf den Schutzumschlägen ihrer Bücher gesehen, und jedes Mal hatte er verblüfft feststellen müssen, was für eine attraktive, elegante Frau Jeannie Sheridan geworden war.

In Stonecroft war sie eine der Klügsten, aber auch eine der Stillsten des Jahrgangs gewesen. Er hatte angefangen, sie richtig zu mögen, bis Alison ihm erzählt hatte, wie sie sich über ihn lustig gemacht hatten. Er wusste, wer mit „sie" gemeint war: Laura, Catherine, Debra, Cindy, Gloria, Alison und Jean. Sie hatten beim Mittagessen immer zusammen an einem Tisch gesessen.

Jetzt waren Catherine, Debra, Cindy, Gloria und Alison tot. Laura wollte er sich für zuletzt aufheben. Er wusste immer noch nicht genau, was er mit Jean machen sollte. Aus irgendeinem Grund war er sich unschlüssig, ob er sie töten sollte. Er erinnerte sich noch gut an den Tag, als er probeweise beim Baseballteam hatte mitspielen dürfen. Er war fast sofort ausgewechselt worden und in Tränen ausgebrochen – diese Tränen, die er nie hatte zurückhalten können.

Er war vom Spielfeld gerannt. Kurze Zeit später hatte Jeannie ihn eingeholt. „Ich habe es auch nicht geschafft, bei der Cheerleadertruppe aufgenommen zu werden", hatte sie ihn getröstet. „Was ist schon dabei?"

Sie war ihm gefolgt, weil sie Mitleid mit ihm gehabt hatte. Aus diesem Grund glaubte er nicht, dass sie unter denjenigen gewesen war, die sich über ihn lustig gemacht hatten, weil er Laura gefragt hatte, ob sie mit ihm zum Schulball gehen wolle. Doch dann hatte sie ihn auf eine andere Weise verletzt.

Laura war immer das hübscheste Mädchen ihres Jahrgangs gewesen – goldblondes Haar, strahlend blaue Augen und eine tolle Figur, wie man trotz der Schuluniform hatte erkennen können. Sie war sich ihrer Anziehungskraft auf die Jungen stets bewusst gewesen.

Und Alison war schon immer gemein gewesen. In der Schülerzeitung hatte sie es immer wieder fertig gebracht, jemandem eins auszuwischen, etwa, als sie in der Kritik über eine Theateraufführung geschrieben hatte:

> Zur allgemeinen Überraschung schaffte es Romeo, gespielt von Joel Nieman, sich an den größten Teil seines Textes zu erinnern.

Die beliebten Schüler fanden Alison toll. Die Klassentrottel hielten sich eher von ihr fern.

So wie ich, dachte er und erinnerte sich mit Genugtuung an das entsetzte Gesicht von Alison, als sie ihn aus dem Badehaus hatte kommen sehen.

Jean war auch beliebt gewesen, aber sie schien anders zu sein als die anderen Mädchen. Schon damals war sie in Geschichte besonders gut gewesen. Am meisten überraschte ihn, wie viel hübscher sie heute war. Ihr glattes hellbraunes Haar war dunkler und voller geworden und umrahmte ihr Gesicht glockenförmig. Sie war schlank, aber nicht mehr so spindeldürr wie früher, und hatte gelernt, sich elegant anzuziehen. Ihre Jacke und ihre Hose waren gut geschnitten. Er beobachtete, wie sie ein Fax in ihre Schultertasche steckte, und wünschte, er könnte den Ausdruck auf ihrem Gesicht sehen.

Ich bin die Eule, und ich wohne in einem Baum.

In seinem Kopf hörte er Lauras Stimme, die ihn nachäffte. „Sie kann dich perfekt nachmachen", hatte Alison an jenem Abend vor zwanzig Jahren gejauchzt. „Und sie hat uns auch erzählt, dass du in die Hosen gemacht hast!"

Er konnte sich vorstellen, wie sich die Mädchen über ihn krankgelacht hatten; er hörte förmlich ihr schrilles Gekreisch und Gelächter.

Es war vor langer Zeit passiert, in der zweiten Klasse. Er hatte bei der Theateraufführung mitgemacht. Es war sein Satz gewesen, das Einzige, was er hatte sagen müssen. Aber er hatte ihn nicht herausgebracht. Er hatte so heftig zu stottern angefangen, dass alle Kinder auf der Bühne gekichert hatten.

„Ich b-b-bin d-die Eu-Eule, und ich l-l-lebe in ei-ei-ei-nem …"

Das Wort „Baum" hatte er nicht mehr geschafft. Er hatte angefangen zu weinen und war von der Bühne gerannt. Sein Vater hatte ihn später geohrfeigt und einen Schwächling genannt. „Lass ihn", hatte seine Mutter gesagt. „Er ist eben einfach zu blöd, was soll man da erwarten? Guck ihn dir doch an. Er hat wieder in die Hosen gemacht."

Die Erinnerung an diese Schande mischte sich mit dem Gelächter der Mädchen und wirbelte in seinem Kopf herum, während er beobachtete, wie Jean den Aufzug betrat. Warum sollte ich dich verschonen?, dachte er. Zuerst Laura, dann du. Dann könnt ihr mich auslachen, so viel ihr wollt, alle miteinander, in der Hölle.

LAURA hatte gerade ihre Zimmertür aufgeschlossen, da tauchte auch schon der Hoteldiener mit ihrem Gepäck auf: ein Kleidersack, zwei große Koffer und eine Reisetasche. Was der Mann dachte, war nicht schwer zu erraten: Gute Frau, dieses Treffen dauert zwei Tage, nicht zwei Wochen.

Doch er sagte: „Ms Wilcox, meine Frau und ich haben uns jeden Dienstagabend ‚Henderson County' angesehen. Wir fanden Sie großartig in dieser Rolle. Gibt es eine Chance, dass die Serie irgendwann fortgesetzt wird?"

Nicht den leisesten Hauch einer Chance, dachte Laura, aber dennoch tat ihr das offensichtlich ehrlich gemeinte Lob gut. „‚Henderson County' nicht, aber ich habe gerade einen Pilotfilm für Maximum Channel gedreht", antwortete sie. „Er soll Anfang nächsten Jahres gesendet werden."

Das war zwar richtig, aber nur die halbe Wahrheit. Zwar hatte Maximum den Pilotfilm abgenommen und angekündigt, die neue Serie zu starten, dann aber hatte Alison zwei Tage vor ihrem Tod angerufen: „Laura, Schätzchen, es gibt da ein Problem. Maximum möchte jemand Jüngeren für die Rolle der Emmie engagieren."

„Jünger?", hatte sich Laura ereifert. „Hör mal, ich bin 38, verdammt! Die Mutter in dieser Serie hat eine zwölfjährige Tochter. Und schließlich sehe ich gut aus, wie du weißt."

„Schrei mich nicht an!", hatte Alison zurückgekeift. „Ich tue schließlich alles, was ich kann, um sie zu überzeugen, es mit dir zu versuchen. Und was das Aussehen betrifft: In Zeiten von Botox und Lifting sieht jeder in der Branche gut aus."

Sie hatten vorgehabt, gemeinsam zu dem Jahrgangstreffen zu kommen. Alison hatte erwähnt, dass auch Gordon Amory teilnehmen wolle, der ihres Wissens gerade erst bei Maximum eingestiegen sei. Sie hatte gemeint, er besitze genug Einfluss, um Laura das Engagement zu sichern, vorausgesetzt, man könnte ihn dazu bringen, ihn geltend zu machen.

Sie hatte Alison gedrängt, Gordie sofort anzurufen und ihn zu bearbeiten, damit er bei Maximum durchsetzte, sie für die Rolle zu akzeptieren.

Aber Alison hatte erwidert: „Erstens: Nenn ihn auf keinen Fall Gordie, das kann er nicht ausstehen. Zweitens will ich ganz offen zu dir sein: Du bist immer noch eine schöne Frau, aber als Schauspielerin eine ziemliche Niete. Die Leute von Maximum glauben, dass die Serie ein richtiger Hit werden könnte, aber ohne dich. Vielleicht kann aber Gordon sie dazu bringen, ihre Meinung zu ändern. Du könntest ihn bezirzen. Schließlich war er mal in dich verknallt, oder?"

Gordie war einer von den Jungs gewesen, die damals in Stonecroft in sie verliebt gewesen waren. Wer hätte gedacht, dass aus ihm noch mal so ein hohes Tier werden würde? Laura zog die Cocktailkleider und Abendkostüme hervor, die sie mitgebracht hatte. Sie würde heute Abend das Chanel-Kostüm tragen. Sie musste glitzern. Blenden. Erfolgreich erscheinen, auch wenn sie mit der Steuer im Rückstand war und das Finanzamt einen Titel auf das Haus besaß.

Alison hatte ihr erzählt, Gordon sei geschieden. Ihr Rat klang noch in Lauras Ohren nach: „Hör zu, Schätzchen, wenn du ihn nicht überreden kannst, dich in der Serie spielen zu lassen, dann kannst du ihn vielleicht dazu bringen, dich zu heiraten. Ich habe gehört, dass er inzwischen eine beeindruckende Persönlichkeit sein soll. Vergiss einfach, was für ein Trottel er in Stonecroft gewesen ist."

2

Kann ich sonst noch etwas für Sie tun, Dr. Sheridan?", fragte der Hoteldiener. „Sie sehen so blass aus."

Jean schüttelte den Kopf. „Mir geht's gut, danke."

Endlich schloss sich die Tür hinter ihm, und Jean konnte sich auf das Bett sinken lassen. Sie hatte das Fax in ihre Schultertasche gestopft. Jetzt kramte sie es hervor und las die kryptischen Sätze noch einmal durch:

> Jean, sicherlich hast du dich mittlerweile davon überzeugen können, dass ich Lily tatsächlich kenne. Nun stehe ich vor dem Problem: Soll ich sie küssen oder killen? Kleiner Scherz. Ich melde mich wieder.

Connors hatte der Arzt in Cornwall geheißen, dem sie vor zwanzig Jahren anvertraut hatte, dass sie schwanger war. Widerstrebend hatte er eingewilligt, ihren Eltern nichts zu verraten. „Was auch immer sie einwenden würden, ich werde das Baby zur Adoption freigeben. Ich bin 18, und es ist meine Entscheidung. Aber sie würden sich aufregen und mir das Leben noch schwerer machen als bisher schon", hatte sie unter Tränen gesagt.

Dr. Connors hatte ihr von einem Ehepaar erzählt, das keine eigenen Kinder bekommen konnte und sich zur Adoption entschlossen hatte. „Ich kann Ihnen versichern, dass diese Menschen dem Baby ein wunderbares, liebevolles Zuhause schenken werden."

Er hatte dafür gesorgt, dass Jean bis zu dem Termin, an dem das Kind auf die Welt kommen sollte, in einer Privatklinik für Senioren in Chicago arbeiten konnte. Später war er dann selbst nach Chicago geflogen, hatte Jean entbunden und das Baby mit sich genommen. Im darauf folgenden September hatte sie ihr Studium begonnen, und zehn Jahre später hatte sie erfahren, dass Dr. Connors an einem Herzanfall gestorben war, nachdem seine

Praxis bei einem Brand zerstört worden war. Sie hatte auch gehört, seine gesamten Aufzeichnungen seien in den Flammen verloren gegangen.

Aber vielleicht waren doch nicht alle verbrannt. Und wenn dem so war – wer konnte Lily gefunden haben, und warum hat diese Person nach all den Jahren Kontakt mit mir aufgenommen?, fragte sich Jean verzweifelt.

Lily war der Name, den sie dem Baby gegeben hatte, das sie neun Monate lang ausgetragen und dann nur vier Stunden gesehen hatte.

Drei Wochen bevor Reed seinen Abschluss in West Point und sie den ihren in Stonecroft hätte machen sollen, hatte sie festgestellt, dass sie schwanger war. Sie hatten beide einen Schreck bekommen, aber dann beschlossen, gleich nach den Abschlüssen zu heiraten.

„Meine Eltern werden dich mögen", hatte Reed sie aufgemuntert. Aber ihr war klar gewesen, dass er sich Sorgen um ihre Reaktion machte. Sein Vater hatte ihn davor gewarnt, eine ernsthafte Bindung einzugehen, bevor er nicht mindestens 25 sei. Doch Reed war nicht mehr dazu gekommen, es seinen Eltern zu sagen. Eine Woche vor seinem Abschluss war er in West Point von einem Auto überfahren worden, dessen Fahrer anschließend Fahrerflucht begangen hatte. Anstatt mitzuerleben, wie ihr Sohn als Fünftbester seines Jahrgangs graduiert wurde, hatten General Carroll Reed Thornton und seine Frau auf der Abschlussfeier in einer eigens angesetzten Zeremonie das Diplom und den Säbel ihres verstorbenen Sohnes entgegengenommen.

Sie hatten nie erfahren, dass sie eine Enkelin hatten.

Doch selbst wenn jemand die Aufzeichnungen über die Adoption aus den Flammen gerettet hatte, wie sollte er dann nahe genug an Lily herangekommen sein, um ihre Haarbürste an sich zu nehmen, an deren Borsten noch einige ihrer langen goldenen Strähnen hingen?

Die erste schreckliche Botschaft des Unbekannten an Jean hatte aus der Bürste und einer Notiz folgenden Inhalts bestanden:

> Lass eine DNA-Analyse durchführen. Sie sind von deinem Kind.

Verwirrt hatte Jean einige der Haare, die sie von ihrem Baby behalten hatte, zusammen mit einer eigenen DNA-Probe und den Haaren von der Bürste einem privaten Labor zur Untersuchung übergeben. Das Ergebnis hatte ihre schlimmsten Befürchtungen bestätigt – die Haare an der Bürste stammten von ihrer mittlerweile 19-jährigen Tochter.

War es denkbar, dass das hingebungsvolle Ehepaar, das Lily adoptiert hatte, ihre Identität kannte und das Ganze nur ein Vorgeplänkel war, um Geld von ihr zu fordern? Jean war in der Öffentlichkeit ziemlich bekannt geworden, nachdem ihr Buch über Abigail Adams, eine Präsidentengattin aus dem späten 18. und frühen 19. Jahrhundert, zu einem Bestseller avanciert und anschließend erfolgreich verfilmt worden war.

Hoffentlich geht es nur um Geld, dachte Jean flehentlich, während sie sich erhob, um ihre Sachen auszupacken.

CARTER STEWART warf seinen Kleidersack auf das Bett. Neben Unterwäsche und Socken enthielt er mehrere Sakkos und Hosen von Armani. Doch aus einer Laune heraus beschloss er, für die erste Abendgesellschaft einfach die Jeans und den Pullover anzubehalten, die er bereits trug.

Auf der Schule war er ein schmuddeliges, unordentliches Kind gewesen, Sohn einer schmuddeligen, unordentlichen Mutter. Wenn sie sich gelegentlich dazu aufgerafft hatte, Kleidung in die Waschmaschine zu stopfen, war meistens gerade kein Waschmittel mehr da gewesen. Dann hatte sie Bleichmittel hineingeschüttet und damit ruiniert, was immer sich gerade in der Maschine befunden hatte. Bevor Carter begonnen hatte, seine Kleidung selbst zu waschen, war er in der Schule durch ein unkonventionelles Äußeres aufgefallen. Was würden seine ehemaligen Mitschüler sehen, wenn sie ihn heute betrachteten?

Na ja, da er sich nicht umziehen würde, konnte er ebenso gut gleich hinuntergehen und beim großen Freut-mich-dich-zu-sehen-Ritual mitmischen.

Die Hudson-Valley-Suite, in der die Cocktailparty stattfinden sollte, befand sich im Zwischengeschoss. Als Carter aus dem Aufzug trat, waren bereits an die fünfzig Leute versammelt. Zwei Kellner standen am Eingang und präsentierten Tabletts mit gefüllten Weingläsern. Carter nahm ein Glas Rotwein und nippte prüfend. Ein mieser Merlot. Nichts anderes hatte er erwartet.

Als er die Suite betreten wollte, spürte er, wie jemand ihm auf die Schulter tippte.

„Mr Stewart, mein Name ist Jake Perkins, ich schreibe einen Artikel über das Treffen für die Schülerzeitung *Stonecroft Gazette*. Darf ich Ihnen ein paar Fragen stellen?“

Mürrisch drehte sich Carter um und musterte den nervös blickenden, übereifrigen rothaarigen Burschen, der sich direkt vor ihm aufgebaut hatte. Nach kurzem Überlegen folgte er dem Schüler achselzuckend wieder hinaus auf den Gang.

„Bevor wir anfangen, Mr Stewart, möchte ich Ihnen sagen, wie sehr mir Ihre Theaterstücke gefallen. Ich möchte selbst Schriftsteller werden.“

„Jeder, der mich interviewt, sagt dasselbe. Die meisten, wenn nicht alle, schaffen es nie.“

Carter wartete auf die verärgerte oder verlegene Reaktion, die diese Bemerkung normalerweise zur Folge hatte. Zu seiner Enttäuschung zeichnete sich auf Jake Perkins’ Babygesicht jedoch ein fröhliches Lächeln ab.

„Bei mir ist das anders, da bin ich ganz sicher. Mr Stewart, ich habe eine ganze Menge über Sie und die anderen, die hier geehrt werden, recherchiert. Die drei Frauen waren erfolgreiche Schülerinnen, dagegen ist keiner der vier Männer damals in irgendeiner Weise aufgefallen. Ich meine, in Ihrem Fall zum Beispiel: Ihre Noten waren mittelmäßig. Sie haben weder für die Schülerzeitung geschrieben noch …“

Ganz schön frech, der Bengel. „Ich war nie besonders sportlich, und mein Schreiben beschränkte sich auf das Führen eines Tagebuchs“, knurrte Carter.

„War dieses Tagebuch die Grundlage für eines Ihrer Stücke?“

„Vielleicht.“

„Sie sind alle ziemlich düster.“

„Ich mache mir über das Leben keine Illusionen, und das war bereits so, als ich hier zur Schule ging.“

„Würden Sie sagen, dass Sie während Ihrer Zeit in Stonecroft nicht besonders glücklich waren?“

„Ja, das würde ich sagen“, antwortete Carter gleichmütig.

„Was hat Sie dann dazu bewegt, zu diesem Treffen zu kommen?“

Carter lächelte kühl. „Die Gelegenheit, von Ihnen interviewt zu werden. Wenn Sie mich jetzt entschuldigen, ich sehe gerade, dass Laura Wilcox, die Schönheitskönigin unseres Jahrgangs, aus dem Aufzug kommt.“

Er ignorierte das Blatt Papier, das Jake ihm zu überreichen versuchte.

„Wenn Sie nur noch eine Minute für mich hätten, Mr Stewart. Ich habe hier eine Liste, die Sie sicherlich interessieren wird …“

Doch Jake konnte nur noch die Rückansicht von Carter Stewarts schlankem Körper begutachten, da dieser mit ausgreifenden Schritten davoneilte, um die Aufsehen erregende Blondine einzuholen, die sich gerade anschickte, die Suite zu betreten.

Was für ein Ekelpaket, urteilte Jake. Kommt in Jeans und Pullover, um seine Verachtung für die Anwesenden zu zeigen, die sich für den Abend extra aufgebrezelt haben. Er ist nicht der Typ, der hier aufkreuzt, nur um sich irgendeine bedeutungslose, billige Medaille abzuholen. Was hat ihn also wirklich hierher geführt?

Jake hatte bereits eine ganze Menge über Carter Stewart recherchiert. Dieser hatte auf dem College mit dem Schreiben begonnen, unkonventionelle Einakter, die ihm einen Postgraduiertenjob an der Universität Yale eingebracht hatten. Zu dieser Zeit hatte er seinen ersten Vornamen, Howard – oder Howie, wie er in Stonecroft genannt worden war –, aufgegeben. Er war noch keine dreißig gewesen, als er seinen ersten großen Erfolg am Broadway gelandet hatte. Er wurde als Einzelgänger beschrieben, der sich in eines seiner über das ganze Land verstreuten vier Häuser zurückzog, wenn er an einem Stück arbeitete. Menschenscheu, abweisend, ein Perfektionist, ein Genie – mit solchen Wörtern wurde er in der Presse charakterisiert.

Mir fallen da noch einige mehr ein, dachte Jake grimmig. Und die kommen alle in meinen Artikel.

FÜR DIE Fahrt von Boston nach Cornwall brauchte Mark Fleischman länger, als er erwartet hatte. Er hatte gehofft, noch Zeit zu haben, um ein bisschen in der Stadt herumzulaufen, bevor er auf seine ehemaligen Schulkameraden treffen würde. Er wollte die Gelegenheit nutzen, den Unterschied zwischen seiner Selbstwahrnehmung damals – als er hier aufgewachsen war – und der Gegenwart – wie er sich heute sah – zu ermessen.

Während er nervtötend langsam auf der überfüllten Autobahn von Connecticut dahinrollte, ging ihm immer wieder der Ausspruch des Vaters einer seiner jungen Patienten durch den Kopf, den er an diesem Vormittag gehört hatte.

„Doktor, Sie wissen genauso gut wie ich, dass Kinder grausam sind. Das war schon zu meinen Zeiten so, und daran hat sich nichts geändert. Sie benehmen sich wie ein Rudel Löwen, das sich an die verwundete Beute heranpirscht. Das ist es, was sie zurzeit mit meinem Sohn machen. Und dasselbe haben sie mit mir gemacht, als ich in seinem Alter war. Und wissen Sie, was, Doktor? Ich bin beruflich ziemlich erfolgreich, aber wenn ich hin und wieder auf ein Klassentreffen gehe, dann bin ich plötzlich nicht mehr der Generaldirektor eines der erfolgreichsten Unternehmen des Landes. Auf einen Schlag bin ich wieder der ungeschickte Tollpatsch, der von allen gepiesackt wurde. Verrückt, finden Sie nicht?“

Als Psychotherapeut, der sich auf Probleme von Jugendlichen spezialisiert hatte, trat Mark außerdem in einer eigenen Ratgebersendung im Fernsehen auf, die seit einiger Zeit sogar von mehreren Sendern gleichzeitig ausgestrahlt wurde. „Er ist groß, schlaksig, fröhlich, witzig und weise, und doch nimmt sich Dr. Mark Fleischman mit dem gebotenen Ernst der

Probleme dieses schmerzhaften Übergangsalters an, das man Adoleszenz nennt", hatte ein Kritiker geschrieben.

Es war Viertel vor fünf, als Mark endlich im Hotel eintraf und in sein Zimmer hinaufging. Eine Weile blieb er am Fenster stehen. Das Bewusstsein dessen, was er an diesem Wochenende zu tun hatte, lastete schwer auf ihm. Aber danach werde ich das alles abwerfen können, dachte er. Dann habe ich endlich reinen Tisch gemacht. Und dann erst werde ich wirklich fröhlich und witzig sein – vielleicht sogar weise.

Er spürte, wie seine Augen feucht wurden, und wandte sich abrupt vom Fenster ab.

GORDON AMORY hatte sein Erkennungsschild in die Hosentasche geschoben. Er wollte es erst anstecken, wenn er unten auf der Party war. Einstweilen bereitete es ihm Vergnügen, unerkannt neben den früheren Mitschülern zu stehen, während er im Aufzug nach unten fuhr.

Aufwändige plastische Gesichtsoperationen hatten dafür gesorgt, dass er nicht mehr so aussah wie der verklemmte Junge auf dem Schulfoto. Seine Nase war jetzt gerade, die ehemals von schweren Lidern verhängten Augen waren nun offen. Man hatte sein Kinn herausgearbeitet und die Ohren an den Kopf angelegt. Implantate und die Kunstfertigkeit eines Spitzenfachmanns für Haartönung hatten seine dünnen mausbraunen Strähnen in eine dicke kastanienfarbene Mähne verwandelt. Er war jetzt ein gut aussehender Mann. Nur ein äußerliches Anzeichen war von dem gequälten Kind von einst übrig geblieben: Wenn er unter Stress stand, konnte er sich nicht davon abhalten, an den Nägeln zu kauen.

Der Aufzug hielt im Zwischengeschoss. Widerwillig kramte Gordon sein Erkennungsschild aus der Tasche und steckte es sich an. Den Gordie, den sie kannten, gibt es nicht mehr, sagte er sich, als er seine Schritte in Richtung Hudson-Valley-Suite lenkte.

Er spürte, wie jemand auf seine Schulter tippte, und drehte sich um. Ein milchgesichtiger rothaariger Bursche stand vor ihm, einen Notizblock in der Hand.

„Mr Amory, mein Name ist Jake Perkins, ich schreibe für die *Stonecroft Gazette*. Hätten Sie kurz Zeit für mich?"

Gordon brachte ein aufmunterndes Lächeln zustande. „Natürlich."

„Erlauben Sie mir, zuerst festzustellen, dass Sie sich in den zwanzig Jahren, seit das Schulfoto aufgenommen wurde, stark verändert haben."

„Da mögen Sie Recht haben."

„Sie besaßen bereits bei vier Kabelfernsehgesellschaften die Aktienmehrheit. Was hat Sie bewogen, auch bei Maximum einzusteigen?"

„Maximum steht für ein starkes Familienprogramm. Mit seiner Programmstruktur erreicht es ein bestimmtes Publikumssegment, das wir gerne ansprechen würden."

„Man hört in letzter Zeit einiges über eine neue Serie, und es geht das Gerücht, dass Ihre ehemalige Schulkameradin Laura Wilcox die Hauptrolle übernehmen soll. Ist das richtig?"

„Über die Besetzung ist noch nicht entschieden worden. Wenn Sie mich jetzt bitte entschuldigen."

„Eine letzte Frage. Würden Sie bitte einen Blick auf diese Liste werfen? Erkennen Sie die Namen?"

Ungeduldig nahm Gordon das Blatt Papier entgegen. „Scheint sich um einige meiner früheren Mitschülerinnen zu handeln."

„Es handelt sich um fünf Frauen aus Ihrem Jahrgang, die in den letzten zwanzig Jahren gestorben oder verschwunden sind."

„Das war mir nicht bekannt."

Jake deutete mit dem Finger auf die Namen. „Als ich angefangen habe zu recherchieren, war ich ganz schön verblüfft. Es begann vor 19 Jahren mit Catherine Kane. Ihr Auto rutschte in den Potomac, als sie im ersten Jahr an der George-Washington-Universität studierte. Cindy Lang ist bei einem Skiurlaub spurlos verschwunden. Bei Gloria Martin war es Selbstmord. Debra Parker steuerte ihr eigenes Flugzeug, als es vor sechs Jahren abstürzte. Und letzten Monat ist Alison Kendall in ihrem Swimmingpool ertrunken. Man könnte sagen, dass Ihr Jahrgang vom Pech verfolgt wird."

„Ich würde eher sagen, dass er von einer Reihe tragischer Ereignisse heimgesucht wurde. Wenn Sie mich jetzt bitte entschuldigen."

ROBBY BRENT war schon am Donnerstag im Hotel angekommen. Er hatte gerade ein sechstägiges Engagement am „Trump Casino" in Atlantic City hinter sich gebracht, wo sein berühmter Comedy-Auftritt den üblichen Erfolg beim Publikum gehabt hatte. Und es hatte keinen Sinn gehabt, nach Las Vegas heimzufliegen, nur um sofort wieder aufzubrechen.

Es war die richtige Entscheidung, konstatierte er, während er sich für die Cocktailparty umzog. Er holte ein dunkelblaues Jackett aus dem Schrank, zog es an und betrachtete sich im Spiegel. Rundes Gesicht, spiegelnde Glatze, etwas stämmig – doch trotz seines Aussehens hatten sich die Frauen immer von ihm angezogen gefühlt. Aber erst nach Stonecroft, fügte er in Gedanken hinzu.

Es blieben noch ein paar Minuten, bevor es Zeit wurde hinunterzugehen. Er trat ans Fenster und schaute hinaus, während er an den gestrigen Tag dachte, als er nach dem Bezug des Hotelzimmers durch die Stadt gelaufen war und die Häuser derjenigen aufgesucht hatte, die – wie er selbst – auf dem Treffen geehrt werden sollten.

Vor Jeannie Sheridans Haus hatte er sich erinnert, dass die Polizei ein paarmal von den Nachbarn geholt worden war, weil es zwischen ihren Eltern in der Auffahrt zu handgreiflichen Auseinandersetzungen gekommen war. Er hatte gehört, dass sie mittlerweile seit Jahren geschieden waren. War vermutlich besser so.

Das erste Haus, in dem Laura Wilcox gewohnt hatte, befand sich gleich neben dem von Jeannie. Dann hatte ihr Vater geerbt, und die Familie war in das große Haus in der Concord Avenue umgezogen, als sie alle im zweiten Jahr am College studiert hatten. Als Schüler war Robby in der Hoffnung, sie würde herauskommen, sodass er sie in eine Unterhaltung verwickeln könnte, öfter an Lauras erstem Haus vorbeigelaufen.

Eine Familie Sommers hatte es gekauft. Ihre Tochter war dort ermordet worden. Später hatten sie es wieder verkauft. Die meisten Leute würden wohl nicht in dem Haus weiterleben wollen, in dem ihre Tochter erstochen worden war.

Die Einladung für das Jahrgangstreffen lag auf dem Bett. Robby warf einen Blick darauf. Die Namen der Ehrengäste und ihre Lebensläufe waren dem Schreiben beigefügt. Carter Stewart. Wie lange hatte er wohl nach der Schule gebraucht, bis er seinen Rufnamen Howie losgeworden war? Sein Vater war ein Tyrann gewesen, der ihn ewig drangsaliert und geschlagen hatte. Kein Wunder, dass seine Stücke so düster waren. Mittlerweile hatte er zwar Erfolg, aber im Innern war er bestimmt immer noch derselbe Spanner wie damals, als er bei den Leuten heimlich durchs Fenster gespäht hatte. Und er war damals dermaßen in Laura verknallt gewesen, dass es ihm praktisch aus allen Poren gekommen war.

So wie ich, erinnerte sich Robby, während er auf das Foto von Gordie Amory starrte, diesem wandelnden Werbeplakat der plastischen Chirurgie. Gestern hatte er auf seinem Spaziergang auch Gordies Haus aufgesucht und festgestellt, dass es renoviert worden war. Damals war es in einem merkwürdigen Blauton gestrichen gewesen. Jetzt war es fast doppelt so groß und strahlte in blendendem Weiß – genau wie Gordies neue Zähne.

Dessen erstes Haus war abgebrannt, als sie im vorletzten Schuljahr gewesen waren. In der Stadt war damals der Witz umgegangen, dies sei die einzige Möglichkeit gewesen, das Haus gründlich zu reinigen. Bei Gordies Mutter hatte es immer wie im Saustall ausgesehen. Viele Leute hatten damals geglaubt, Gordie habe das Feuer vorsätzlich gelegt. Robby hätte es ihm durchaus zugetraut; Gordie war schon immer ein bisschen komisch gewesen. Robby schärfte sich noch einmal ein, ihn mit „Gordon" anzureden, wenn sie bei der Cocktailparty aufeinander treffen würden.

Mark Fleischman, der ebenfalls geehrt werden sollte, war damals auch hoffnungslos in Laura verschossen gewesen. In der Schule hatte man nicht viel aus seinem Mund vernommen, aber man hatte immer das Gefühl gehabt, ihm ginge eine ganze Menge im Kopf herum. Er hatte immer im Schatten seines älteren Bruders Dennis gestanden, der ein Ass in Stonecroft gewesen und bei einem Autounfall ums Leben gekommen war. Ein Unterschied wie Tag und Nacht, die beiden Brüder. In der Stadt wusste jeder, dass Marks Eltern – vom Schicksal vor die Wahl gestellt, einen ihrer Söhne zu opfern – lieber Mark als Dennis verloren hätten. Der Junge hatte so viel Groll in sich aufgestaut – es war geradezu ein Wunder, dass es ihn nicht zerrissen hatte.

Jetzt war es Zeit hinunterzugehen. Ich habe fast alle in meinem Jahrgang entweder nicht gemocht oder sogar gehasst, überlegte Robby, als er die Zimmertür öffnete. Warum bin ich dann der Einladung gefolgt? Natürlich gab es einen Grund, aber er drängte ihn schnell wieder aus seinen Gedanken. Er würde nicht dorthin gehen. Zumindest nicht jetzt.

3

Jack Emerson, der Vorsitzende des Organisationskomitees, bat die nacheinander auf der Cocktailparty eintreffenden Ehrengäste, sich in einer Nische am Kopfende der Suite zu versammeln. Er hatte das rosige Gesicht eines Trinkers und lebte als Einziger aus dem Stonecroft-Jahrgang immer noch in Cornwall, weshalb er dazu ausersehen worden war, die Planung des Wochenendes in die Hand zu nehmen.

„Wenn wir die ehemaligen Mitschüler einzeln vorstellen, möchte ich euch bis zuletzt aufheben", erklärte er.

Als Jean die Nische betrat, sagte Gordon Amory gerade: „Ich vermute, wir haben es dir zu verdanken, Jack, dass wir geehrt werden sollen."

„Es war in der Tat meine Idee“, erwiderte Emerson munter. „Und ihr habt es verdient, jeder von euch. Gordie, ich meine Gordon, du bist eine bedeutende Persönlichkeit in der Fernsehbranche. Mark besitzt als Psychotherapeut einen herausragenden Ruf als Experte für die Probleme Jugendlicher. Robby ist ein großartiger Kabarettist und Imitator. Howie, ich meine Carter Stewart, ist einer der führenden Theaterautoren. Jean Sheridan ist Professorin für Geschichte an der Georgetown-Universität und außerdem Bestsellerautorin. Laura Wilcox war der Star in einer erfolgreichen Sitcom. Und Alison Kendall war die Chefin einer bekannten Schauspieleragentur. Wie ihr wisst, wäre sie der siebte Ehrengast gewesen.“

Der vom Pech verfolgte Jahrgang – Jean verspürte einen schmerzlichen Stich. Das war der Ausdruck gewesen, den der Schulreporter, dieser Jake Perkins, gebraucht hatte, als er sie um ein Interview gebeten hatte. Was er ihr erzählt hatte, war ein Schock gewesen. Bis auf Alison und Laura hatte sie nach dem Abschluss alle aus den Augen verloren. In dem Jahr, in dem Catherine verunglückt ist, war ich in Chicago, erinnerte sie sich. Dass Debbys Flugzeug abgestürzt ist, habe ich gehört, aber ich wusste nichts von Cindy und Gloria. Und erst vor ein paar Wochen Alison. Mein Gott, wir haben mittags immer zusammengesessen ... Und jetzt sind nur noch Laura und ich übrig. Welches Karma schwebt da über uns?

Laura hatte vorhin angerufen, um ihr mitzuteilen, dass sie sich erst auf der Party treffen würden. „Jeannie, ich weiß, dass wir verabredet hatten, uns vorher zu sehen, aber ich bin noch nicht mal halb fertig. Ich muss einen großen Auftritt mit allem Drum und Dran hinlegen“, hatte sie erklärt. „Ich habe mir für das Wochenende fest vorgenommen, einen so großen Eindruck auf Gordie Amory zu machen, dass er mich in seiner neuen Serie die Hauptrolle spielen lässt.“

Doch anstatt enttäuscht war Jean sogar erleichtert gewesen. So hatte sie genug Zeit gehabt, Alice Sommers anzurufen, die zu Schulzeiten ihre Nachbarin gewesen war. Die Familie Sommers war, etwa zwei Jahre bevor ihre Tochter Karen ermordet worden war, nach Cornwall gezogen. Nie hatte Jean das eine Mal vergessen, als sie von Mrs Sommers von der Schule abgeholt worden war. „Jean, hast du nicht Lust, mit mir einkaufen zu gehen?“, hatte sie vorgeschlagen. „Ich glaube, es ist besser, wenn du nicht sofort nach Hause gehst.“

An jenem Tag war ihr erspart geblieben, mit ansehen zu müssen, wie ein Streifenwagen vor ihrem Haus gehalten hatte und ihren Eltern Handschellen angelegt worden waren. Sie hatte Karen Sommers nicht besonders gut gekannt. Karen hatte in Manhattan Medizin studiert und war nur selten nach Cornwall gekommen.

Jean war mit den Sommers' in Kontakt geblieben. Immer wenn sie nach Washington gekommen waren, hatten sie angerufen und sie zum Essen eingeladen. Michael Sommers war vor Jahren gestorben, aber Alice hatte von dem Jahrgangstreffen erfahren und Jean angerufen, um sie für Samstag vor der geplanten Besichtigung von West Point zum Frühstück einzuladen.

Nachdem sie früher an diesem Abend mit Alice gesprochen hatte, hatte Jean einen Entschluss gefasst. Wenn sie Alice morgen besuchte, würde sie ihr von Lily erzählen und ihr das Fax und den Brief zeigen, der mit der Haarbürste gekommen war. Wer auch immer etwas von dem Baby wusste, musste irgendwelche Unterlagen von Dr. Connors gesehen haben. Es musste jemand sein, der sich zu dieser Zeit hier in der Umgebung aufgehalten hatte. Alice konnte ihr vielleicht helfen, einen geeigneten Ansprechpartner bei der Polizei zu finden, an den sie sich wenden könnte. Alice hatte immer davon gesprochen, dass sie noch auf der Suche nach Karens Mörder seien.

„Jean, ich freue mich, dich wiederzusehen." Mark Fleischman hatte sich mit Robby Brent unterhalten, doch jetzt trat er auf sie zu. „Du siehst wunderbar aus, aber du wirkst bekümmert. Hat dich dieser junge Bursche von der Zeitung erwischt?"

Sie nickte. „Ich war entsetzt. Ich wusste nichts von den Todesfällen. Abgesehen von Debbie und natürlich Alison."

Mark nickte. „Ich auch nicht."

„Was hat dieser Perkins dich gefragt?"

„Er wollte wissen, ob ich als Psychologe bestätigen könne, dass eine so hohe Anzahl von Todesfällen innerhalb einer so kleinen Gruppe ungewöhnlich sei. Ich habe geantwortet, dass diese Zahl jenseits von gut und böse rangiert. Selbstverständlich ist sie außergewöhnlich hoch."

„Und mir erzählte er, dass es Beispiele von Familien, Schulklassen oder Sportmannschaften gebe, die verhext erscheinen. Ich glaube nicht, dass wir verhext wurden. Aber ich finde es trotzdem unheimlich."

Jack Emerson hatte mitgehört. Sein Lächeln machte einem Ausdruck von Verärgerung und Sorge Platz. „Ich hatte Perkins doch ausdrücklich gebeten, die Liste nicht mehr herumzuzeigen."

In diesem Augenblick stieß Carter Stewart zu ihnen. „Ich kann dir versichern, dass er sie immer noch herumzeigt", verkündete er knapp.

Gleich darauf stürzte Laura auf Jean zu und umarmte sie. Dann ging sie lächelnd von einem zum andern und küsste jeden auf die Wange. „Mark,

Gordon, Robby, Jack. Und natürlich Carter, den ich noch als Howie kenne. Ihr schaut alle toll aus."

Und sie sieht immer noch umwerfend aus, dachte Mark. Sie könnte glatt für dreißig durchgehen.

Laura wandte sich zu ihm um. „Ich weiß noch ganz genau, dass du eifersüchtig warst, als ich mit Barry Diamond ging. Oder stimmt's etwa nicht?"

„Doch, das stimmt schon. Aber es ist lange her."

„Ich weiß, aber ich hab's nicht vergessen." Sie schenkte ihm ein strahlendes Lächeln.

Er sah zu, wie sie sich dem nächsten bekannten Gesicht zuwandte. „Ich hab's auch nicht vergessen, Laura", murmelte er leise. „Keinen Augenblick habe ich das vergessen."

AMÜSIERT beobachtete er, dass Laura wie gewohnt im Zentrum der Aufmerksamkeit stand. Ohne Zweifel sah sie immer noch verdammt gut aus, aber schon waren die ersten Fältchen um Augen und Mund zu sehen. Falls Laura noch zehn Jahre lebte, könnte selbst ein plastischer Chirurg keine Wunder mehr vollbringen.

Aber sie würde ohnehin keine zehn Jahre mehr leben.

Zu manchen Zeiten, manchmal sogar für einige Monate, zog sich die Eule an einen geheimen Ort tief in seinem Innern zurück. Dann war er manchmal nahe daran zu glauben, dass alles, was die Eule getan hatte, nur ein Traum gewesen war. An anderen Tagen jedoch, so wie heute, spürte er, dass sie in seinem Innern lebendig war. Er konnte ihre dunklen Pupillen sehen, die von der grellgelben Iris umgeben wurden. Er konnte die Berührung ihres samtweichen Gefieders spüren, die ihn schaudern ließ. Er konnte das Brausen der Luft unter ihren Schwingen spüren, wenn sie sich auf ihre Beute hinabstürzte.

Lauras Anblick hatte die Eule sofort angelockt. Warum hatte er nur so lange gewartet, um sich ihr zu nähern? Die Eule verlangte eine Antwort, aber er wollte lieber nicht danach suchen. War es, weil die Macht über Leben und Tod, welche die Eule besaß, verschwinden würde, wenn er Laura und Jean vernichtet hatte?

Laura hätte bereits vor zwanzig Jahren sterben sollen. Aber andererseits war dieser Fehler für ihn eine Befreiung gewesen. Er hatte ihn verwandelt, von einem stotternden Weichling zur Eule gemacht, zu einem Raubvogel, mächtig und gnadenlos.

Jemand studierte sein Namensschild, ein Typ mit Brille und dünnem

Haar in einem nicht allzu teuren dunkelgrauen Anzug. Jetzt lächelte der Mann und hielt ihm die Hand entgegen. „Joel Nieman", stellte er sich vor.

Joel Nieman? Ach, natürlich, der Romeo in der Schulaufführung, über den Alison in ihrer Kolumne so boshaft geschrieben hatte.

„Hast du die Schauspielerei aufgegeben?", fragte die Eule, ebenfalls lächelnd.

Nieman schaute verdutzt. „Du hast ein gutes Gedächtnis. Tja, ich hatte das Gefühl, das Theater kann auch ohne mich auskommen."

„Ich erinnere mich noch daran, was Alison damals über dich geschrieben hat."

Nieman lachte. „Ich auch. Ich wollte ihr bei dieser Gelegenheit eigentlich sagen, dass sie mir sogar einen Gefallen getan hat. Denn ich habe mich der Buchhaltung zugewendet und bin damit viel besser gefahren. Die Geschichte mit ihr ist ja schrecklich, nicht?"

„Schrecklich", pflichtete die Eule bei.

„Ich habe gelesen, dass am Anfang von einem Mordverdacht die Rede war, aber inzwischen geht die Polizei wohl davon aus, dass sie ohnmächtig wurde, als sie in das Becken sprang."

„Dann, so muss ich sagen, ist die Polizei einfach dämlich."

Joel sah ihn neugierig an. „Du glaubst, dass Alison ermordet wurde?"

Der Eule wurde plötzlich bewusst, dass sie vielleicht eine Spur zu heftig geklungen hatte. „Soviel ich weiß, hatte sie sich im Lauf der Zeit eine Menge Feinde eingehandelt", erwiderte er vorsichtig. „Aber wahrscheinlich hat die Polizei Recht."

„Romeo, mein Romeo!", juchzte plötzlich eine Stimme. Marcy Rogers, die Julia in der Schulaufführung, tippte Nieman auf die Schulter.

Er wirbelte herum. „Ist das möglich? Meine Julia!", rief er strahlend aus.

Marcy blickte auf die Eule. „Oh, hallo." Sie wandte sich wieder an Nieman. „Du musst unbedingt meinen Romeo im wirklichen Leben kennen lernen. Er steht drüben an der Bar."

Abgang. Genauso, wie er es immer wieder in Stonecroft erlebt hatte. Er war einfach Luft für Marcy.

Die Eule sah sich um. Jean und Laura standen nebeneinander in der Schlange vor dem Büfett. Er studierte Jeans Profil. Im Gegensatz zu Laura war sie eine dieser Frauen, die mit zunehmendem Alter besser aussahen.

Die Eule ging auf die Schlange vor dem Büfett zu und nahm einen Teller. Allmählich begann er seine ambivalente Haltung Jean gegenüber zu begreifen. Während der Jahre in Stonecroft hatte sie sich einige Male überwinden können und war nett zu ihm gewesen, zum Beispiel, als er nicht in das Footballteam aufgenommen worden war. Tatsächlich hatte er im Frühjahr des Abschlussjahres sogar überlegt, sie zu fragen, ob sie mal mit ihm ausgehen wolle. Er war sich damals sicher gewesen, dass sie keinen Freund hatte.

Trotz dieser positiven Gedanken war es jetzt zu spät, den Lauf der Dinge zu ändern. Erst vor wenigen Stunden, als er sie ins Hotel hatte kommen sehen, hatte er endgültig beschlossen, sie ebenfalls zu töten. Jetzt begriff er, warum er diese unwiderrufliche Entscheidung getroffen hatte. Jeannie war vielleicht ein paarmal nett zu ihm gewesen, aber im Grunde ihres Wesens war sie vermutlich genau wie Laura und hatte sich über den armen Trottel, der in die Hosen gemacht, geweint und gestottert hatte, halb tot gelacht.

Er lud sich Salat auf den Teller. Von wegen keinen Freund! Die angeblich so kühle Jeannie hatte eine heiße Affäre mit einem Kadetten von West Point gehabt – darüber wusste er genau Bescheid.

Rasende Wut durchzuckte ihn und gemahnte ihn daran, dass er die Eule bald freilassen musste.

Er wählte pochierten Lachs und grüne Bohnen und sah sich um. Laura und Jean hatten sich gerade an dem Tisch niedergelassen, der für die Ehrengäste reserviert war. Jean fing seinen Blick auf und winkte ihm zu, sich zu ihnen zu gesellen.

Plötzlich hatte er richtig Hunger.

Um zwei Uhr morgens gab Jean die Hoffnung auf, einschlafen zu können. Jeder Muskel ihres Körpers schien angespannt zu sein, und unter der Schädeldecke spürte sie herannahende Kopfschmerzen. Die Anstrengung, trotz der Sorge um Lily den ganzen Abend ihren gesellschaftlichen Pflichten nachzukommen, hatte sie total erschöpft.

Immer wieder gingen ihr dieselben Gedanken durch den Kopf. Keiner Menschenseele hatte sie in all den Jahren je etwas von Lily erzählt. Die Adoption war über private Kanäle gelaufen. Dr. Connors war tot, und seine Unterlagen waren vernichtet worden. Wer konnte etwas über Lily wissen?

Das Fenster, das zur Rückseite des Hotels hinausging, stand offen, und es wurde allmählich kalt. Jean stand auf und tappte durch das dunkle Zimmer. Als sie sich fröstelnd vorbeugte, um den offenen Flügel einzuholen, warf sie einen Blick hinunter. Ein Auto bog mit ausgeschaltetem Licht auf den Parkplatz des Hotels ein. Neugierig geworden, beobachtete sie die Silhouette eines Mannes, der ausstieg und mit raschen Schritten auf den Hintereingang zulief.

Er hatte den Mantelkragen hochgeschlagen, aber als er die Tür öffnete, war sein Gesicht deutlich zu erkennen. Was in aller Welt hatte einer ihrer ehrenwerten Tischgenossen zu so später Stunde da draußen noch zu tun gehabt?

DER ANRUF erreichte die Polizeidienststelle von Goshen um drei Uhr morgens. Helen Whelan aus Surrey Meadows wurde als vermisst gemeldet. Die unverheiratete Frau Anfang vierzig hatte ihren Schäferhund Brutus gegen Mitternacht ausgeführt. Ein Nachbar hatte sie zuletzt gesehen. Gegen halb drei war ein Ehepaar, das ein paar Ecken weiter am Rand des County-Parks wohnte, von lautem Hundejaulen aus dem Schlaf gerissen worden. Sie waren der Sache nachgegangen und hatten einen übel zugerichteten Schäferhund gefunden, der verzweifelt versucht hatte, auf die Beine zu kommen. Und nicht weit davon entfernt war auf der Straße ein Damenschuh Größe 38 gefunden worden.

Um vier Uhr morgens wurde Sam Deegan verständigt und zu dem Fall hinzugezogen. Er fuhr zunächst bei Dr. Siegel vorbei, dem Tierarzt, der den verletzten Hund behandelt hatte.

„Ich schätze, dass er durch schwere Schläge auf den Kopf einige Stunden lang bewusstlos war", erläuterte Siegel. „Sie müssen mit einem Gegenstand von der Größe und dem Gewicht eines Wagenhebers ausgeführt worden sein."

Helen Whelan war eine beliebte Sportlehrerin an der Surrey Meadows Highschool. Ihre Gewohnheit, spätabends mit dem Hund spazieren zu gehen, war allgemein bekannt.

„Sie sagte immer, dass Brutus sein Leben aufs Spiel setzen würde, um sie zu beschützen", erzählte der Schuldirektor betroffen, als Sam ihn später am Morgen aufsuchte.

„Und damit hatte sie Recht", entgegnete Sam. „Der Tierarzt musste Brutus einschläfern."

Um zehn Uhr morgens verfestigte sich sein Eindruck, dass dieser Fall nicht so leicht zu lösen sein würde. Nach Auskunft ihrer völlig verzweifelten Schwester hatte Helen keine Feinde. Sie war die letzten Jahre mit einem Kollegen zusammen gewesen, aber der hielt sich zurzeit zu Fortbildungszwecken in Spanien auf. Ihrem Foto nach zu urteilen, war sie eine sehr attraktive Frau. Vielleicht hatte sich einer der Nachbarn in sie verliebt und war zurückgewiesen worden.

Vermisst oder tot? Sam war überzeugt, dass jemand, der einen Hund so grausam zugerichtet hatte, mit einer Frau erst recht kein Mitleid haben würde. Er hoffte nur, dass es sich nicht wieder um eines dieser Zufallsverbrechen handelte, die von einem Fremden an einer Fremden begangen wurden. Solche Fälle blieben häufig ungelöst. Und das brachte ihm unweigerlich Karen Sommers ins Gedächtnis.

EIGENTLICH hatte Laura vorgehabt, auszuschlafen und ihre Kräfte für das Mittagessen vor dem Spiel in West Point aufzusparen, aber als sie am Samstagmorgen wach wurde, überlegte sie es sich anders. Mit ihrem Ziel, Gordie, den Fernsehzaren, beim Dinner nach der Cocktailparty zu umgarnen, hatte sie nur mäßig Erfolg gehabt. Die Ehrengäste hatten zusammen an einem Tisch gesessen, und Jack Emerson hatte sich zu ihnen gesellt.

Zunächst war Gordie ziemlich wortkarg gewesen, aber schließlich hatte er ihr sogar ein Kompliment gemacht. „Ich glaube, jeder Junge in unserem Jahrgang war irgendwann mal in dich verknallt, Laura."

„Warum ‚war'?", hatte sie neckisch gefragt.

Seine Antwort hatte vielversprechend geklungen. „Richtig, warum?"

Dann hatte der Abend noch eine Überraschung gebracht. Robby Brent hatte verkündet, ein Sender habe ihm ein Angebot für eine Sitcom gemacht, und das Drehbuch gefalle ihm. „Laura, du solltest dir die Rolle meiner Frau mal ansehen. Ich habe das Gefühl, das könnte was für dich sein."

Sie war sich nicht sicher, ob er sie auf den Arm hatte nehmen wollen, da Robby die Rolle des Komikers nie ganz abstreifte. Wenn er es andererseits aber ernst gemeint hatte und sie mit Gordie nicht weiterkam, wäre das vielleicht eine weitere Chance, doch noch eine große Rolle zu ergattern – vielleicht ihre letzte.

Der Gedanke bereitete ihr Unbehagen. Sie hatte von Jake Perkins geträumt, diesem aufdringlichen Grünschnabel von einem Reporter, der ihr die Liste mit den Namen der Mädchen überreicht hatte, die in Stonecroft immer beim Mittagessen zusammengesessen hatten und mittlerweile gestorben waren. Catherine, Debra, Cindy, Gloria und Alison. Sie hatte geträumt, dass er eine nach der anderen von der Liste strich, bis nur noch sie und Jeannie übrig waren.

Hör auf damit!, befahl sie sich. Glaub nicht an einen Fluch oder Hexerei. Du hast noch heute und morgen Zeit, dir das große Los zu angeln. Mit einem einzigen Wort aus seinen neu modellierten Lippen konnte Gordie ihr die Rolle in der Serie von Maximum verschaffen. Und plötzlich hatte sich mit Robby eine ganz neue Möglichkeit ergeben. Falls er sie mit dem Angebot nicht auf den Arm genommen hatte.

Sie warf einen Blick auf ihre Uhr. Es war Zeit, sich für den Tag in West Point anzuziehen. Das blaue Wildlederkostüm von Armani mit dem Halstuch von Gucci war ideal für die kühle Witterung, die der Wetterbericht prophezeit hatte. Diese ganzen Aktivitäten im Freien waren nicht Lauras Sache, aber nachdem sich alle anderen das Spiel unbedingt ansehen wollten, würde sie auch dabei sein.

Gordon, schärfte sie sich ein, während sie das Halstuch umband. Nicht Gordie. Carter, nicht Howie. Wenigstens war Robby immer noch Robby und Mark immer noch Mark. Und Jack Emerson, der Donald Trump von Cornwall, war zum Glück nicht darauf verfallen, sich Jacques zu nennen.

Als sie kurz darauf den Speisesaal betrat, war sie enttäuscht, an der Ehrentafel nur Mark und Jean zu erblicken.

„Ich trinke bloß einen Kaffee", erklärte Jean. „Ich bin mit einer Freundin zum Frühstück verabredet. Ich sehe euch dann später beim Mittagessen."

„Bist du bei der Fahnenparade und dem Spiel dabei?", fragte Laura.

„Ja."

„Ich war fast nie in West Point. Im Gegensatz zu dir. Ist nicht einer von den Kadetten, den du näher gekannt hast, kurz vor unserer Abschlussfeier tödlich verunglückt? Wie hieß er gleich wieder?"

Mark nahm einen Schluck Kaffee und beobachtete, wie sich Jeans Miene verdüsterte. Sie zögerte, und er presste im letzten Augenblick die Lippen zusammen. Fast hätte er an ihrer Stelle geantwortet.

„Kadett Carroll Reed Thornton jr.", erwiderte sie schließlich.

FÜR ALICE SOMMERS war die Woche, die dem Todestag ihrer Tochter vorausging, immer die schwerste Zeit des Jahres. Dieses Mal war es besonders schlimm gewesen. Zwanzig Jahre. Zwei Jahrzehnte. Karen wäre jetzt 42. Sie wäre Ärztin, wahrscheinlich verheiratet und hätte Kinder.

Diese Gedanken waren Alice seit Tagen durch den Kopf gegangen. Aber als sie am Samstagmorgen erwachte, wurde ihr Schmerz durch den Gedanken an den bevorstehenden Besuch von Jean Sheridan etwas gemildert.

Um zehn Uhr läutete es. Alice öffnete und umarmte Jean mit großer Innigkeit. „Ist dir eigentlich klar, dass es schon acht Monate her ist, seit ich dich das letzte Mal gesehen habe? Du hast mir wirklich gefehlt."

„Du mir auch." Jean betrachtete sie mit großer Zuneigung. Alice war eine hübsche ältere Frau mit silbernem Haar und blauen Augen, in denen immer eine Spur von Traurigkeit lag. Ihr Lächeln dagegen war voller Wärme.

„Mir ist gerade eingefallen, Jeannie, dass du noch nie hier gewesen bist.

Wir haben uns immer in New York oder Washington getroffen. Ich werde dir zuerst mal die Wohnung zeigen, angefangen mit dem wunderbaren Blick auf den Hudson."

Während sie untergehakt durch die Räume gingen, meinte Alice: „Ich weiß nicht, warum wir so lange in unserem alten Haus geblieben sind. Ich bin so viel glücklicher hier. Ich glaube, Michael hatte das Gefühl, wenn wir wegzögen, würden wir in gewisser Weise auch Karen zurücklassen. Er ist nie über den Verlust hinweggekommen."

Jean dachte an das schöne Haus im Tudorstil, das sie als Nachbarskind so bewundert hatte. Sie hatte es wie ihre Westentasche gekannt. Als Laura dort gewohnt hatte, war sie ständig ein und aus gegangen, und später waren Alice und ihr Mann immer so freundlich zu ihr gewesen. „Hat jemand, den ich vielleicht kenne, das Haus gekauft?", fragte sie.

„Das glaube ich nicht. Die Leute, die es gekauft haben, haben es letztes Jahr wieder verkauft. Soweit ich gehört habe, hat der neue Eigentümer alles renovieren lassen und will es jetzt möbliert vermieten. Viele Leute meinen, Jack Emerson sei dieser Käufer. Es geht das Gerücht um, dass er sich eine ganze Menge Immobilien in der Stadt unter den Nagel gerissen hat. Man könnte sagen, dass er es ganz schön weit gebracht hat, der kleine Junge, der früher immer die Büros geputzt hat. Er ist ein richtiger Unternehmer geworden."

„Und er ist der Organisator des Jahrgangstreffens", ergänzte Jean.

„Du meinst, die treibende Kraft dahinter. Noch nie hat es so viel Wirbel um ein Abschlussjubiläum in Stonecroft gegeben. Aber auf diese Weise bist wenigstens du hergekommen. Ich hoffe, dass du hungrig bist. Es gibt Waffeln mit Erdbeeren zum Frühstück."

Jean wartete bis zur zweiten Tasse Kaffee, dann holte sie das Fax und den Briefumschlag mit der Bürste hervor und erzählte Alice von Lily. „Dr. Connors kannte ein Ehepaar, das sich ein Kind wünschte. Sie waren seine Patienten, das heißt, dass sie in dieser Gegend gewohnt haben müssen. Ich weiß nicht, ob ich damit zur Polizei gehen oder lieber einen Privatdetektiv beauftragen soll. Ich weiß nicht, was ich tun soll."

Alice beugte sich über den Tisch und ergriff Jeans Hand. „Du hast mit achtzehn ein Kind bekommen und nie jemandem davon erzählt?"

„Keiner Menschenseele. Ich hatte gehört, dass Dr. Connors bereits Leuten geholfen hätte, ein Baby zu adoptieren. Er drängte mich, es meinen Eltern zu sagen, aber du weißt ja, wie sie waren. Ich war jedenfalls schon volljährig, und dann erzählte er, eine seiner Patientinnen habe kürzlich erfahren, dass sie keine Kinder bekommen könne. Sie und ihr Ehemann hätten vor, ein Kind zu adoptieren, und es seien absolut wunderbare Menschen. Als er mit ihnen sprach, waren sie sofort von der Idee begeistert, mein Baby zu sich zu nehmen. Er hat mir einen Job in einer Privatklinik für Senioren in Chicago besorgt, so konnte ich offiziell verbreiten, dass ich erst ein Jahr lang arbeiten wolle, bevor ich mit dem Studium in Bryn Mawr anfangen würde."

„Ich kann mich entsinnen, wie sehr wir uns gefreut haben, als wir erfuhren, dass du ein Stipendium bekommen hast."

„Gleich nach unserer Abschlussfeier bin ich nach Chicago gezogen. Ich hatte das Bedürfnis wegzugehen, nicht nur wegen des Babys. Ich musste auch meinen Schmerz verarbeiten. Reed war so ein besonderer Mensch. Wahrscheinlich habe ich deswegen nie geheiratet." Jean traten Tränen in die Augen. „Ich habe diese Gefühle nie für jemand anders aufbringen können." Sie schüttelte den Kopf und nahm das Fax in die Hand. *„Soll ich sie küssen oder killen? Kleiner Scherz.* Ich sollte lieber zur Polizei gehen. Und da das Ehepaar, das Lily adoptiert hat, in dieser Gegend gelebt haben muss – schließlich war die Frau Patientin bei Dr. Connors – glaube ich, dass es besser ist, wenn ich damit zur hiesigen Polizei gehe. Was meinst du?"

„Ich glaube, du hast Recht. Und ich kenne auch genau die richtige Person, mit der du sprechen solltest", erwiderte Alice entschlossen. „Sam Deegan. Er ist Ermittlungsbeamter im Büro des Bezirksstaatsanwalts. Er war an dem Morgen bei uns, als wir Karen gefunden haben. Mittlerweile ist er ein guter Freund geworden. Er wird einen Weg finden, wie dir geholfen werden kann."

4

Der Bus nach West Point sollte um zehn Uhr abfahren. Um Viertel nach neun verließ Jack Emerson das Hotel und fuhr rasch nach Hause, um eine Krawatte zu holen, die er vergessen hatte einzupacken. Seine Frau Rita, mit der er seit 15 Jahren verheiratet war, saß am Frühstückstisch und las Zeitung. Als er eintrat, sah sie auf und blickte ihn gleichgültig an.

„Und? Wie läuft das große Treffen?" Der Sarkasmus, der jedes Wort begleitete, war nicht zu überhören.

„Ich würde sagen, es läuft alles gut", erwiderte Jack freundlich.

„Ist das Zimmer im Hotel einigermaßen komfortabel?"

„Das Zimmer ist so komfortabel, wie die Zimmer im Glen-Ridge eben sind. Warum kommst du nicht mit und schaust es dir selber an?“

„Danke, das lasse ich lieber.“ Sie versenkte den Blick wieder in die Zeitung.

Für eine Weile stand er da und sah sie an. Sie war 37, aber sie gehörte nicht zu den Frauen, die mit zunehmendem Alter besser aussehen. Ihr schmaler Mund hatte einen mürrischen Zug bekommen. Als sie noch Mitte zwanzig gewesen und ihr Haar offen auf die Schultern gefallen war, hatte sie wirklich anziehend ausgesehen. Jetzt, mit den straff zurückgekämmten und hochgesteckten Haaren, wirkte ihre Haut wie aufgespannt. Zudem machte sie den Eindruck, als wäre sie ständig genervt und verärgert. Jack stellte fest, dass sie ihm durch und durch zuwider war.

Es machte ihn wütend, dass er das Gefühl hatte, seine Anwesenheit in seinem eigenen Haus rechtfertigen zu müssen. „Ich habe die Krawatte vergessen, die ich heute Abend zum Dinner tragen wollte“, sagte er scharf. „Deshalb bin ich kurz vorbeigekommen.“

Sie ließ die Zeitung sinken. „Als ich darauf bestanden habe, dass Sandy auf ein Internat geht und nicht auf deine geliebte Stonecroft-Schule, da musst du doch gewusst haben, dass etwas in der Luft liegt.“

„Kann schon sein.“ Jetzt kommt's, dachte er.

„Ich habe beschlossen, wieder nach Connecticut zu ziehen. Ich habe ein Haus in Westport gemietet. Wir werden uns schon über eine Besuchsregelung für Sandy einigen. Abgesehen davon, dass du ein miserabler Ehemann bist, warst du ein akzeptabler Vater, und es ist für alle Seiten besser, wenn wir uns auf freundschaftlichem Wege trennen. Ich weiß genau, was du wert bist, also lass uns nicht zu viel Geld für die Anwälte verschwenden.“ Sie stand auf. „Jack Emerson, jovial, gesellig, ein gewiefter Geschäftsmann – das sagen die Leute von dir. Aber abgesehen von deinen Frauengeschichten, muss es in deinem Innern noch irgendetwas geben, was ständig an dir nagt. Aus purer Neugier würde ich gerne erfahren, was das ist.“

Ein kaltes Lächeln huschte über Jacks Gesicht. „Als du darauf bestanden hast, Sandy nach Choate zu schicken, war mir natürlich klar, dass das dein erster Schritt sein sollte, um zurück nach Connecticut zu gehen. Ich habe zehn Sekunden lang überlegt, ob ich versuchen soll, es dir auszureden. Danach habe ich gefeiert.“

Und wenn du meinst, du wüsstest, wie viel ich wert bin, solltest du lieber noch mal überlegen, fügte er in Gedanken hinzu.

Rita zuckte die Achseln. „Soll ich dir mal was sagen? Unter deiner dünnen Lackschicht bist du immer noch derselbe billige kleine Hausmeister, der sich immer darüber geärgert hat, dass er nach der Schule Fußböden aufwischen musste. Und falls du versuchen solltest, mich bei der Scheidung reinzulegen, könnte ich eventuell die Polizei darauf hinweisen, dass du mir gegenüber eingestanden hast, vor zehn Jahren das Feuer in dem Bürohaus gelegt zu haben."

Er starrte sie an. „So was habe ich nie zu dir gesagt."

„Aber sie werden mir glauben, meinst du nicht? Du hast in dem Gebäude gearbeitet und wolltest unbedingt das Grundstück für das Einkaufszentrum haben, das du geplant hast. Nach dem Brand hast du es billig kaufen können." Sie hob eine Augenbraue. „Geh und hol deine Krawatte, Jack. In ein paar Stunden bin ich weg. Vielleicht kannst du eine deiner Schulkameradinnen abschleppen und heute Nacht hier richtig feiern."

JEAN spürte einen Kloß im Hals, als sie durch das Tor auf das Gelände der Militärakademie einbog und dort parkte. Wie so oft in den vergangenen Tagen musste sie an das letzte Mal denken, als sie hier gewesen war – an die Abschlussfeier von Reeds Akademiejahrgang, als sie hatte zusehen müssen, wie seine Eltern seine Urkunde und seinen Säbel entgegengenommen hatten.

Die meisten Teilnehmer des Schultreffens befanden sich auf der Besichtigungstour durch West Point. Der Zeitplan sah vor, dass sich alle um halb eins zum Mittagessen im „Thayer-Hotel" versammeln sollten. Danach würden sie der Fahnenparade beiwohnen, bevor es zum Footballspiel ging.

Bevor sie sich zu den anderen gesellte, schlug Jean den Weg zum Friedhof ein, um Reeds Grab aufzusuchen. Sie musste einen weiten Bogen durch das Gelände machen, aber sie war froh, etwas Zeit zum Nachdenken zu haben. Schließlich stand sie vor dem Grabstein, der seinen Namen trug. LT. CARROLL REED THORNTON JR.

Jemand hatte eine einzelne Rose, an der ein kleiner Briefumschlag befestigt war, an den Grabstein gelegt. Jean rang nach Luft. Ihr Name stand auf dem Umschlag. Sie hob die Rose auf und riss die Karte aus dem Umschlag. Ihre Hände begannen zu zittern, als sie die wenigen Worte las.

Für dich, Jean. Ich wusste, dass du kommen würdest.

Auf dem Weg zum Thayer-Hotel versuchte sie, die Fassung wiederzuerlangen. Das konnte nur bedeuten, dass einer der Teilnehmer des Treffens von Lily wusste und dieses Katz-und-Maus-Spiel mit ihr veranstaltete. Wer sonst konnte wissen, dass sie heute hier sein würde, und voraussehen, dass sie zu Reeds Grab gehen würde?

Ich werde herausfinden, wer es ist und wo Lily ist, beschloss Jean. Vielleicht weiß sie nicht, dass sie adoptiert wurde. Ich möchte mich nicht in ihr Leben einmischen, aber ich möchte Sicherheit darüber haben, dass es ihr gut geht. Ich würde sie gerne wenigstens einmal sehen, auch wenn es nur von weitem ist.

DASS die Nachricht vom spurlosen Verschwinden einer Frau in Surrey Meadows am Samstagmorgen noch nicht in der Zeitung stehen würde, war zu erwarten gewesen. Die Eule war daher angenehm überrascht gewesen, als die Meldung im Fernsehen gebracht worden war. Er hatte sich die Berichte angesehen, während er seinen Arm nach dem Frühstück in Wasser gebadet hatte.

Der Schmerz in seinem Arm strahlte von der Stelle aus, in die der Hund seine Zähne gegraben hatte. Die Eule betrachtete es als Strafe für ihre Nachlässigkeit. Die Leine in der Hand der Frau hätte ihm auffallen müssen, bevor er den Wagen angehalten und sie sich geschnappt hatte. Der Schäferhund war wie aus dem Nichts aufgetaucht und hatte ihn knurrend und zähnefletschend angesprungen. Zum Glück hatte er rasch nach dem Wagenheber greifen können, der immer auf dem Vordersitz lag, wenn er auf solchen Streifzügen unterwegs war.

Jetzt saß Jean neben ihm beim Spiel Army gegen Princeton, und es war ihr anzusehen, dass sie die Rose am Grab gefunden hatte.

Als er durch Zufall vor vielen Jahren von der Sache mit Lily erfahren hatte, war ihm bewusst geworden, dass es zahlreiche Wege gab, Macht über andere Leute zu gewinnen. Manchmal gefiel es ihm, diese Macht auch einzusetzen. Dann wieder wartete er ab. Vor drei Jahren hatte sein anonymer Hinweis an das Finanzamt eine Überprüfung von Lauras Finanzen ausgelöst. Mittlerweile war ihr Haus gepfändet worden. Bald würde das keine Rolle mehr spielen, aber bevor er sie tötete, gab ihm die Vorstellung, dass sie Angst hatte, ihr Haus zu verlieren, ein befriedigendes Gefühl.

Die Idee, Jean die Botschaften zu schicken, war ihm erst gekommen, als er zufällig die Adoptiveltern ihrer Tochter kennen gelernt hatte. Auch wenn ich geschwankt habe, ob ich Jean töten soll, wollte ich auf jeden Fall, dass sie leidet, dachte er ohne Reue.

Das Musikkorps der Akademie marschierte nun an der Tribüne vorbei, auf der sie saßen. „Ein wunderbarer Anblick, findest du nicht?“, fragte er Jean.

Schau sie dir genau an, setzte er in Gedanken hinzu. Deine Tochter ist die Erste in der zweiten Reihe.

ALS SIE wieder im Glen-Ridge House waren, folgte Jean Laura zu deren Zimmer. „Ich muss mit dir reden.“

„Bitte, Jeannie, ich möchte jetzt bloß ein heißes Bad nehmen und mich ausruhen!“, lamentierte Laura. „Eine Besichtigung von West Point und danach ein Footballspiel, das ist ja alles gut und schön, aber stundenlang draußen in der Kälte zu verbringen, das ist einfach nichts für mich. Können wir es nicht auf später verschieben?“

„Nein“, entgegnete Jean mit fester Stimme. „Ich muss dich jetzt gleich sprechen.“

„Nur weil du es bist.“ Laura steckte die Plastikkarte ins Schloss. „Willkommen im Tadsch Mahal.“ Sie öffnete die Tür und betätigte den Lichtschalter. Neben dem Bett und auf dem Schreibtisch gingen die Lampen an und beleuchteten das Zimmer, in das sich bereits die Schatten des späten Nachmittags legten.

Jean setzte sich auf die Bettkante. „Es ist wirklich wichtig. Du bist doch bei der Besichtigungstour gewesen, die auch zum Friedhof gegangen ist, oder?“

Laura knöpfte ihre Wildlederjacke auf. „Ja. Wie alle, die im Bus waren.“ Sie hängte die Jacke in den Schrank.

Jean stand auf und legte ihre Hände auf Lauras Schultern. „Ist dir aufgefallen, dass jemand im Bus eine Rose bei sich hatte, oder hast du sonst jemanden gesehen, der auf dem Friedhof eine Rose hervorgeholt hat?“

„Eine Rose? Nein, ich habe ein paar Leute gesehen, die Blumen auf Gräber gelegt haben, aber nicht aus unserer Gruppe.“

Ich hätte es mir denken können, dachte Jean. Laura achtet nicht auf Leute, die für sie nicht wichtig sind. „Gut, dann lasse ich dich jetzt allein. Um wie viel Uhr sollen wir unten erscheinen?“

„Sieben Uhr für die Cocktails, Dinner um acht. Unsere Medaillen bekommen wir um zehn. Und für morgen ist dann nur noch die Gedenkfeier für Alison und ein Brunch in Stonecroft vorgesehen.“

„Fliegst du danach gleich zurück nach Kalifornien?“

Aus einem Impuls heraus nahm Laura Jean in die Arme. „Ich habe noch keine genauen Pläne, aber sagen wir mal, dass es vielleicht noch eine bessere Aussicht für mich gibt. Bis später, Liebes.“

Als sich die Tür hinter Jean geschlossen hatte, öffnete Laura den Kleidersack wieder. Sobald das festliche Dinner vorbei war, würden sie sich unbemerkt fortstehlen.

„Ich habe das Hotel satt, Laura", hatte er gesagt. „Pack deine Sachen für die Nacht zusammen, und ich werde sie vor dem Essen in mein Auto bringen. Aber kein Wort darüber. Es geht niemanden was an, wo wir diese Nacht verbringen. Dann werden wir wieder gutmachen, dass du vor zwanzig Jahren nicht gemerkt hast, was für ein toller Mensch ich bin."

Während sie eine Kaschmirjacke für den nächsten Morgen einpackte, musste Laura lächeln. Dann wurde sie nachdenklich. Als sie ihm gesagt hatte, dass sie bei Alisons Gedenkfeier dabei sein wolle, hatte er geantwortet: „Ich würde nicht im Traum daran denken, Alisons Gedenkfeier sausen zu lassen." Aber natürlich hatte er gemeint, dass sie zusammen hingehen würden.

UM DREI Uhr nachmittags wurde Sam Deegan durch einen Anruf von Alice Sommers überrascht. „Ich weiß, es kommt ein bisschen plötzlich, aber hätten Sie Lust, auf ein Galadinner zu gehen, falls Sie heute Abend zufällig noch nichts vorhaben?", fragte sie.

Sam zögerte, aber nur aus reiner Verblüffung. „Ja, ich bin frei. Und in meinem Schrank hängt zufällig ein Smoking."

„Heute Abend findet eine Feier statt, bei der einige Mitglieder des Abschlussjahrgangs von Stonecroft von vor zwanzig Jahren geehrt werden", erklärte Alice. „Die Allgemeinheit wurde gebeten, Karten für das Dinner zu kaufen. Die ganze Sache dient hauptsächlich dazu, Geld für den neuen Erweiterungsbau zu sammeln, den sie für Stonecroft planen. Ich möchte, dass Sie jemanden kennen lernen, der dort auch geehrt wird. Ihr Name ist Jean Sheridan. Sie hat früher neben uns gewohnt, und ich mag sie sehr. Sie hat ein ernstes Problem und braucht dringend Ihren Rat."

„Es würde mich sehr freuen, mit Ihnen dorthin zu gehen", sagte Sam mit Nachdruck. Er erwähnte nicht, dass er seit halb fünf morgens an dem Helen-Whelan-Fall gearbeitet hatte, gerade erst nach Hause gekommen war und eigentlich früh schlafen gehen wollte. Aber mit einem Nickerchen von ein oder zwei Stunden würde es schon gehen.

„Wenn Sie um sieben kommen, könnten wir zuerst noch ein Gläschen bei mir trinken und anschließend zum Hotel fahren."

„Abgemacht. Bis später, Alice."

„GANZ schön viel Aufwand, was, Jean?“, fragte Gordon Amory.

Er saß zu ihrer Rechten auf der zweiten Stufe des Podiums, wo man die Ehrengäste platziert hatte. Unterhalb von ihnen hatten der örtliche Kongressabgeordnete, der Bürgermeister von Cornwall, der Schuldirektor und einige Kuratoren von Stonecroft Platz genommen und blickten befriedigt auf den voll besetzten Ballsaal.

„Ja, kann man sagen“, stimmte sie zu.

„Hast du nicht daran gedacht, deine Eltern zu diesem großen Ereignis einzuladen?“

Hätte sie nicht den ironischen Unterton in Gordons Stimme wahrgenommen, hätte Jean sich geärgert. So aber antwortete sie ebenso trocken: „Nein. Hast du denn daran gedacht, deine einzuladen?“

„Natürlich nicht. Vielleicht erinnerst du dich noch, dass meine Mutter eine schlampige Hausfrau war. Als unser Haus abbrannte, ging der Witz um, es sei der einzige Weg gewesen, es von Grund auf in Ordnung zu bringen. Heute besitze ich drei Häuser, und ich gestehe, dass es zu einer Obsession für mich geworden ist, dass in jedem davon peinliche Sauberkeit herrscht – weshalb auch meine Ehe in die Brüche gegangen ist.“ Er machte eine Pause. „Ich glaube, mit Ausnahme von Laura, die immer die Prinzessin gewesen ist und gerne hier gelebt hat, mussten wir anderen, die wir hier oben sitzen, damals alle eine schwierige Zeit durchmachen. Ich habe mir so sehr gewünscht, ein anderer zu sein, dass ich mir sogar ein neues Gesicht zugelegt habe. Aber es gibt Tage, an denen ich aufwache und feststelle, dass ich immer noch der alte Gordie bin, der blöd aussehende Junge, den man mit Vergnügen geärgert hat. Du hast dir einen Namen in akademischen Kreisen gemacht, und jetzt hast du einen Bestseller geschrieben. Aber wer bist du wirklich, tief im Innern?“

Ja, wer? Tief im Innern war sie immer noch allzu oft die bemitleidenswerte Außenseiterin. Doch eine Antwort blieb Jean erspart, weil Gordon mit einem Mal jungenhaft grinste. „Man sollte beim Essen niemals allzu philosophisch werden. Vielleicht werde ich mich anders fühlen, wenn sie mir diese Medaille um den Hals hängen. Was meinst du, Laura?“

Er drehte sich zu ihr um, und Jean wandte sich Jack Emerson zu, der zu ihrer Linken saß.

„Das scheint ja ein intensives Gespräch gewesen zu sein, das du da mit Gordon geführt hast“, bemerkte er.

Jean fiel auf, wie neugierig er sie dabei ansah. Doch das Letzte, wonach ihr der Sinn stand, war, das Gespräch mit Gordon nun mit Jack fortzusetzen.

„Ach, wir haben nur ein bisschen über unsere Jugend hier geplaudert“, antwortete sie leichthin.

„Es war toll, in Cornwall aufzuwachsen“, verkündete Jack im Brustton der Überzeugung. „Ich habe noch nie verstanden, warum sich nicht mehr von euch hier niedergelassen haben. Übrigens, falls du mal Interesse an einem Landhaus in dieser Gegend haben solltest, hätte ich für dich einige Häuschen auf Lager, richtige kleine Schmuckstücke.“

Kommt nicht infrage, dachte Jean. Ich will so schnell wie möglich weg von hier. Aber zuerst muss ich herausfinden, wer über Lily Bescheid weiß. Ich wünschte, das Essen wäre vorüber, damit ich mich endlich zu Alice und dem Kriminalbeamten setzen kann, den sie mitgebracht hat. Ich hoffe nur, dass er mir irgendwie helfen kann, Lily zu finden und die Gefahr zu bannen, in der sie womöglich schwebt. Und wenn ich dann sicher bin, dass sie wohlauf und glücklich ist, möchte ich wieder in meine Erwachsenenwelt zurückkehren.

„Ach, ich glaube nicht, dass ich an einem Haus in Cornwall interessiert bin“, beschied sie Jack.

„Im Augenblick vielleicht nicht“, entgegnete er augenzwinkernd. „Aber ich möchte wetten, dass ich schon bald ein Plätzchen für dich finden werde. Da bin ich mir ziemlich sicher.“

WIE VORAUSZUSEHEN war, sah Laura in ihrem goldenen Abendkleid prachtvoll aus. Ein bisschen Talent, unterstützt von ihrem spektakulären Aussehen, verhalfen ihr jetzt immerhin zu ein paar Minuten Ruhm. Und, so viel musste man zugeben, sie besaß wirklich ein einnehmendes Wesen – das heißt, wenn man sich nicht den ganzen Schwachsinn anhören musste, den sie von sich gab.

Ihr Köfferchen befand sich in seinem Auto. Er hatte es unbemerkt über Hintertreppe und -ausgang in den Kofferraum schaffen können.

Mit einem kribbelnden Vorgefühl stellte er sich den Moment vor, wenn sie zum Haus fahren würden, wenn er die Tür hinter ihr schließen und beobachten würde, wie die nackte Angst allmählich in ihre Augen kroch – den Moment, in dem sie begreifen würde, dass sie in der Falle saß.

Endlich waren die Ehrungen, die Reden und das Essen vorüber. Die Eule spürte, dass Laura zu ihr herüberschaute, aber sie erwiderte ihren Blick nicht. Sie hatten ausgemacht, sich zuerst eine Weile unter die Leute zu mischen und dann jeder für sich auf sein Zimmer zu gehen, wenn die Gäste anfingen, sich zu verabschieden. Danach würden sie sich beim Auto treffen.

Die anderen würden am nächsten Morgen im eigenen Wagen vom Hotel aus zur Gedächtnisfeier an Alisons Grab und danach weiter zum Abschiedsbrunch fahren. Bis zu diesem Zeitpunkt würde Laura nicht vermisst werden, und die Leute würden bestimmt annehmen, sie wäre vorzeitig abgereist.

„Die Glückwünsche sind wohl angebracht." Jean legte ihre Hand auf seinen Arm. Dabei berührte sie die schlimmste Stelle, wo der Hund zugebissen hatte.

Die Eule spürte, dass Blut aus der Wunde quoll und in den Jackettstoff drang. Unter größter Anspannung brachte er es fertig, sich den stechenden Schmerz nicht anmerken zu lassen, der durch seinen Arm jagte.

Doch offenbar hatte Jean nicht bemerkt, was vor sich ging, denn sie wandte sich ab, um einen Mann und eine Frau in den Sechzigern zu begrüßen, die auf sie zugingen.

Die Eule musste an das Blut denken, das auf die Straße getropft war, nachdem der Hund zugebissen hatte. DNA. Es bereitete ihm Sorge, dass er zum ersten Mal ein Indiz hinterlassen hatte – bis auf sein Symbol natürlich, aber das war all die Jahre über geflissentlich übersehen worden. In gewisser Weise hatte ihn die Dummheit der Polizei erbittert, aber auf der anderen Seite war er froh darüber. Wenn sie erst einen Zusammenhang zwischen dem Tod all dieser Frauen herstellten, würde es für ihn schwieriger werden weiterzumachen. Wenn er überhaupt weitermachte, nach Laura und Jean.

ALS JEAN Sam Deegan kennen lernte, verstand sie sofort, warum Alice voller Achtung von ihm gesprochen hatte. Er hatte ein kräftiges Gesicht, aus dem klare dunkelblaue Augen hervorblickten. Auch sein warmes Lächeln und sein fester Händedruck gefielen ihr.

„Ich habe Sam von Lily und dem Fax erzählt, das du gestern bekommen hast", erläuterte Alice mit gedämpfter Stimme.

„Es ist noch eine Nachricht dazugekommen", flüsterte Jean zurück. „Ich habe solche Angst um Lily."

Bevor Alice etwas antworten konnte, schlug Sam vor: „Suchen wir uns doch einen Tisch in der Cocktail-Lounge. Da können wir ungestört reden."

Es dauerte eine Viertelstunde, bis Jean sich von den Gästen aus der Stadt lösen konnte, die sich an sie als kleines Mädchen erinnerten oder ihre Bücher gelesen hatten und mit ihr darüber sprechen wollten.

Sie fanden einen Ecktisch und tranken Sekt, den Sam bestellt hatte, während Jean nervös von der Rose mit der Karte berichtete, die sie auf dem

Friedhof gefunden hatte. „Eigentlich kann sie nur einer der Teilnehmer unseres Treffens dorthin gelegt haben, der wusste, dass ich nach West Point gehen und Reeds Grab aufsuchen würde. Aber warum spielt er dieses Spiel mit mir? Warum diese vagen Drohungen? Warum sagt er nicht, aus welchem Grund er mit mir Kontakt aufgenommen hat?“

„Darf ich auch Kontakt mit dir aufnehmen?“, fragte Mark Fleischman freundlich. Ein Glas in der Hand, trat er an den leeren Stuhl neben ihr. „Ich habe nach dir Ausschau gehalten, weil ich noch ein letztes Glas vor dem Schlafengehen mit dir trinken wollte. Schließlich habe ich dich hier entdeckt.“

Er sah das Zögern in ihren Mienen und gestand sich ein, es nicht anders erwartet zu haben. Er hatte durchaus bemerkt, dass sie ein ernstes Gespräch führten, aber er wollte wissen, mit wem Jean zusammensaß und worüber sie sprachen.

„Natürlich, setz dich zu uns.“ Jean bemühte sich, einladend zu wirken. Wie viel hat er wohl mitbekommen?, fragte sie sich, während sie ihn Alice und Sam vorstellte.

„Ich kenne Ihre Sendung und finde sie sehr gut. Sie geben verdammt gute Ratschläge.“

Jean beobachtete, wie angesichts von Sams ehrlich gemeintem Lob ein Lächeln über Marks Gesicht huschte. Als Junge war er so still und schüchtern gewesen. Sie hätte nie gedacht, dass er einmal als Persönlichkeit im Fernsehen landen würde.

„Ich weiß, dass Sie auch hier aufgewachsen sind, Mark. Haben Sie noch Angehörige in der Stadt?“, erkundigte sich Alice.

„Meinen Vater. Er lebt immer noch in unserem alten Haus. Pensioniert, aber viel auf Reisen, wie man hört. Ich habe seit Jahren keinen Kontakt mehr zu ihm. Obwohl er, nachdem so viel Wirbel gemacht wurde, ganz sicher mitbekommen hat, dass dieses Jahrgangstreffen stattfindet und ich einer der Ehrengäste bin, habe ich nichts von ihm gehört.“

„Vielleicht ist er nicht in der Stadt“, gab Alice zu bedenken.

„Wenn dem so sein sollte, dann verschwendet er eine Menge Strom. Gestern Abend waren die Lampen jedenfalls an.“ Mark zuckte die Achseln und lächelte. „Tut mir wirklich Leid. Ich hatte nicht vor, Ihnen mein Herz auszuschütten. Ich bin in Ihre Runde geplatzt, weil ich Jean sagen wollte, wie toll sie aussieht. Und ich wollte dir auf alle Fälle auch noch mal sagen, wie schön es war, dich wiederzusehen, falls wir morgen keine Gelegenheit mehr haben, uns zu sprechen.“ Er lächelte Alice zu und reichte Sam die

Hand. „Hat mich gefreut, Sie kennen zu lernen. Gerade habe ich ein paar Leute gesehen, die ich noch sprechen wollte." Mit langen Schritten eilte er davon.

„Ein sehr attraktiver Mann, Jean", sagte Alice. „Und man merkt sofort, dass er eine Schwäche für dich hat."

Mag sein, aber das war bestimmt nicht der einzige Grund, weshalb er an unseren Tisch gekommen ist, dachte Sam. Er hat uns von der Bar aus beobachtet. Er wollte wissen, worüber wir sprechen. Und ich frage mich, warum das so wichtig für ihn war.

DIE EULE hatte ihren Käfig beinahe verlassen. Er war im Begriff, sich von ihr zu trennen. Stets konnte er den Augenblick spüren, an dem sich die völlige Trennung vollzog. Sein eigenes sanftes, liebevolles Ich – die Person, die er unter anderen Umständen vielleicht geworden wäre – begann sich zurückzuziehen. Er hörte und sah sich selbst lächeln und scherzen und empfing die Wangenküsse einiger ehemaliger Mitschülerinnen.

Und dann entschwand er in die Nacht. Er spürte die samtweiche Oberfläche seines Gefieders, als er zwanzig Minuten später in seinem Wagen saß und zusah, wie Laura aus dem Hintereingang des Hotels schlüpfte.

Sie öffnete die Wagentür und ließ sich neben ihn auf den Vordersitz gleiten. „Entführ mich, Liebling!", rief sie lachend. „Ist das nicht lustig?"

JAKE PERKINS war spätabends noch auf, um für die *Stonecroft Gazette* seinen Bericht über das Bankett zu schreiben. Mit seinen 16 Jahren hielt er sich bereits für so etwas wie einen Philosophen, außerdem für einen guten Schriftsteller und einen feinen Beobachter menschlicher Verhaltensweisen.

Natürlich wusste er, dass die Englischlehrerin, die als Beraterin und Zensorin der *Gazette* fungierte, den Artikel, den er eigentlich schreiben wollte, niemals würde durchgehen lassen. Aber zu seinem Vergnügen verfasste Jake ihn zunächst so, wie er ihn gerne in der Zeitung gesehen hätte, bevor er die Version tippte, die er am Ende vorlegen würde.

> Als Erste wurde Laura Wilcox mit der Medaille für besondere Verdienste geehrt. Ihr Goldlamékleid hielt die meisten anwesenden Männer davon ab, dem, was sie von sich gab, größere Aufmerksamkeit zu schenken. Es lief darauf hinaus, dass sie es als Kind sehr schön in dieser Stadt gehabt habe. Nachdem sie bislang nie wieder in Cornwall aufgetaucht war und es schwer fällt, sich vorzustellen, dass die glamouröse

Ms Wilcox je einen Einkaufsbummel auf der Main Street unternähme oder sich eine Tätowierung in unserem neu eröffneten Tattoostudio verpassen ließe, wurden ihre Ausführungen mit höflichem Applaus und einzelnen Pfiffen bedacht.

Dr. Mark Fleischman, Psychotherapeut und eine durch das Fernsehen bekannte Persönlichkeit, hielt eine einfache und viel beachtete Dankesrede, in welcher er Eltern und Lehrer ermahnte, das Selbstbewusstsein der Kinder zu stärken. „In der Welt da draußen gibt es allzu viele, die nur darauf warten, sie fertig zu machen", sagte er. „Ihre Aufgabe ist es, dafür zu sorgen, dass sie sich in ihrer Haut wohl fühlen, auch wenn Sie ihnen gleichzeitig die notwendigen Grenzen setzen."

Carter Stewart, der Bühnenautor, sagte, im Gegensatz zu Dr. Fleischmans Ausführungen habe sein Vater an den alten Wahlspruch geglaubt: Wer mit der Rute spart, verzieht das Kind. Daraufhin dankte er seinem verstorbenen Vater für diese Erziehungsauffassung, weil sie ihn mit einer illusionslosen Weltsicht ausgestattet habe, die ihm später sehr nützlich gewesen sei. Stewarts Worte wurden mit nervösem Gelächter und spärlichem Applaus aufgenommen.

Der Komiker Robby Brent erheiterte das Publikum mit seinen witzigen Parodien einiger Lehrer, die ihm ständig damit gedroht hätten, ihn nicht zu versetzen – in diesem Fall hätte er sein Stipendium für Stonecroft verloren. Eine dieser Lehrerinnen war anwesend und lächelte tapfer zu Brents gnadenloser Parodie ihrer Geziertheiten und der perfekten Nachahmung ihrer Stimme. Ms Ella Bender hingegen, sonst eine der unerschütterlichsten unter den Mathematiklehrern, war den Tränen nahe, als Brent das Publikum mit seiner perfekten Imitation ihrer hohen Piepsstimme und ihres nervösen Kicherns zu Lachstürmen hinriss.

„Ich war der jüngste und dümmste der Brents", schloss er. „Sie haben dafür gesorgt, dass ich das nie vergessen habe, Ms Bender. Als Schutz habe ich meinen Humor entwickelt, und dafür bin ich Ihnen dankbar."

Danach zwinkerte er mit den Augen und verzog den Mund genauso, wie Direktor Downes mit den Augen zu zwinkern und seinen Mund zu verziehen pflegt, und überreichte ihm einen Scheck über einen Dollar – seinen Beitrag für das Bauprojekt. Als sich ein allgemeines Raunen im Publikum erhob, rief er: „Kleiner Scherz!" und winkte mit einem Scheck über zehntausend Dollar, den er feierlich überreichte.

Manche Leute aus dem Publikum fanden seinen Auftritt überwältigend komisch. Andere, unter ihnen Dr. Jean Sheridan, hatten die launigen Grobheiten von Brent eher betroffen gemacht. Man hörte sie später sagen, sie glaube nicht, dass Humor so grausam sein solle.

Gordon Amory, der Kabelfernseh-Tycoon, war als Nächster an der Reihe. „Ich habe es nie geschafft, in Stonecroft Mitglied einer Sportmannschaft zu werden“, sagte er. „Sie können sich nicht vorstellen, wie sehr ich mir das gewünscht habe. Stattdessen wurde ich fernsehsüchtig, und bald begann ich, den Kram zu analysieren, den ich mir anschaute. Irgendwann wusste ich einfach, woran es lag, dass manche Programme Erfolg hatten, und warum andere nichts taugten. So fing meine Karriere an. Sie war auf Ablehnung, Enttäuschung und Schmerz gegründet. Ach ja, und bevor ich wieder abfahre, möchte ich noch ein hartnäckiges Gerücht aus der Welt schaffen. Ich habe nicht mit Absicht Feuer im Haus meiner Eltern gelegt. Ich habe eine Zigarette geraucht, den Fernseher abgeschaltet und bin zu Bett gegangen, und dabei habe ich nicht gemerkt, dass die noch glühende Kippe unter die leere Pizzaschachtel geraten war, die meine Mutter auf der Couch hinterlassen hatte.“

Bevor das Publikum reagieren konnte, überreichte Mr Amory einen Scheck über hunderttausend Dollar für das Bauprojekt.

Der letzte Ehrengast, Dr. Jean Sheridan, sagte: „Mir ist bewusst, dass ich als Stipendiatin in Stonecroft in den Genuss einer ausgezeichneten Bildung gekommen bin. Aber außerhalb des Schulgeländes, in der Stadt und auf dem Land, gab es noch mehr Dinge zu lernen. Hier und in der Umgebung der Stadt wurde meine Liebe zur Geschichte geweckt, die mein weiteres Leben und meine Karriere bestimmt hat. Dafür werde ich immer dankbar sein.“

Dr. Sheridan hat nicht gesagt, dass sie hier glücklich gewesen ist, überlegte Jake. Oder dass all die alten Bekannten sie an die Streitereien ihrer Eltern erinnerten, die damals Stadtgespräch gewesen waren. Oder dass sie nach einigen der in aller Öffentlichlichkeit ausgetragenen Zwischenfälle weinend in der Klasse zusammengebrochen war.

Wie auch immer, morgen ist alles vorbei, sagte sich Jake, als er das Foto ansah, das er im Archiv gefunden hatte. Das war schon eine seltsame Laune des Schicksals: Nicht nur hatten im letzten Schuljahr alle fünf toten Schülerinnen zusammen mit den zwei Ehrengästen Laura Wilcox und Jean Sheridan mittags immer zusammen an einem Tisch gesessen, sie waren auch noch in derselben Reihenfolge gestorben, in der sie gesessen hatten.

Was bedeutete, dass Laura Wilcox wahrscheinlich die Nächste war. Sollte das wirklich nur ein merkwürdiger Zufall sein, oder müsste man es untersuchen? Aber es war einfach zu verrückt. Diese Frauen waren in einem Zeitraum von zwanzig Jahren gestorben, auf völlig unterschiedliche Weise und an Orten, die über das ganze Land verteilt waren.

Es muss Zufall sein, schloss Jake. Ein Zufall, das ist alles.

5

Ich würde gerne noch ein paar Tage länger bleiben", erklärte Jean Sonntag früh dem Empfangschef, der sich am Haustelefon meldete. „Wäre das möglich?"

Sie wusste bereits, dass es möglich sein würde. Alle anderen Teilnehmer des Treffens würden sich nach dem Brunch in Stonecroft auf die Rückreise machen, sodass eine Menge Zimmer frei werden mussten.

Es war erst Viertel nach acht, aber Jean war bereits angezogen und hatte das „kleine Frühstück" genossen, das sie sich aufs Zimmer bestellt hatte. Sie hatte mit Alice Sommers verabredet, nach dem Brunch noch einmal zu ihr zu kommen. Sam Deegan würde da sein, und sie würden ungestört miteinander reden können. Sam hatte gesagt, die Adoption müsse amtlich registriert worden sein, auch wenn sie privat arrangiert wurde, und ein Anwalt müsse die Papiere aufgesetzt haben. Er hatte Jean gefragt, ob sie eine Kopie des Dokuments besitze, mit dem sie die Rechte an ihrem Kind abgetreten habe.

„Dr. Connors hat mir keine Papiere überlassen", hatte sie geantwortet. „Oder vielleicht habe ich auch nichts aufheben wollen, was mich daran hätte erinnern können, was ich da tat. Ich weiß es nicht mehr. Ich war wie betäubt. Ich fühlte mich, als ob man mir das Herz aus dem Körper reißen würde, als er sie an sich nahm."

Seit diesem Gespräch war das Gefühl einer Bedrohung, die zunehmende Gewissheit, dass Lily in Gefahr schwebte, so stark geworden, dass Jean die Tränen über die Wangen gelaufen waren, als sie um sechs Uhr aufwachte. Sie hatte das Gebet geflüstert, das zu einem Teil ihres Unterbewusstseins geworden war: „Lass nicht zu, dass ihr jemand etwas antut. Bitte beschütze sie."

Um halb neun begab sie sich hinunter zum Parkplatz und stieg in ihr Auto. Aus einem spontanen Entschluss heraus fuhr sie in Richtung Mountain Road, um einen Blick auf das Haus zu werfen, in dem sie aufgewachsen war.

Es befand sich ungefähr auf halber Höhe der gewundenen Straße. Als Jean dort gelebt hatte, waren die Holzverschalung braun und die Fensterläden beige gestrichen gewesen. Die jetzigen Besitzer hatten das Haus nicht nur vergrößert, sondern ihm auch einen neuen Außenanstrich verliehen – die Wände waren jetzt weiß, die Läden tannengrün. Im frühmorgendlichen Dunst sah es wie ein richtiges Schmuckstück aus.

Das stuckverzierte Ziegelhaus nebenan, in dem erst Laura und dann die Familie Sommers gewohnt hatten, schien ebenfalls gut in Schuss zu sein, obwohl man auf den ersten Blick sah, dass zurzeit niemand dort wohnte. An allen Fenstern waren die Jalousien heruntergelassen, aber die Anstriche wirkten frisch, und die Hecken waren sauber geschnitten.

Jean hatte dieses Haus immer geliebt. Sie wendete und fuhr den Hügel wieder hinunter. Es wurde Zeit für die Gedächtnisfeier für Alison.

Noch in der Frühe hatte es so ausgesehen, als ob sich der Nebel auflösen würde. Stattdessen waren, wie so oft im Oktober, die Wolken dunkler geworden, und der Nebel hatte sich in einen feuchten, kalten Nieselregen verwandelt. Es war das gleiche Wetter wie an jenem Tag, als Jean gemerkt hatte, dass sie schwanger war.

Sie war sich nicht sicher gewesen, wie Reed reagieren würde. Sie hatte nur gewusst, dass er das Gefühl haben würde, seinen Vater hintergangen zu haben. Dieser war vor zwanzig Jahren als Generalleutnant im Pentagon stationiert gewesen. Das war einer der Gründe, warum wir nie mit Reeds Kameraden zusammen waren, erinnerte sich Jean. Er wollte nicht, dass seinem Vater hinterbracht würde, dass er eine feste Beziehung eingegangen war.

Und ich wollte nicht, dass er meine Eltern kennen lernte.

Ich habe ihn nur so kurze Zeit gekannt. Ich hatte bis dahin nicht einmal einen Freund gehabt. Und eines Tages, als ich auf den Stufen des Denkmals in West Point saß, setzte er sich neben mich. Mein Name stand auf dem Umschlag des Schreibheftes, das ich bei mir hatte. Er las ihn laut vor und sagte dann: „Ich mag die Musik von Stephen Foster, und weißt du, an welchen Song ich gerade denken muss? Er fängt so an: ‚Ich träum von Jeannie mit den hellbraunen Haaren …‘“

Drei Monate später war Reed tot, und ich erwartete ein Kind von ihm. Und als ich Dr. Connors in der Kirche sah und mir einfiel, dass ich gehört hatte, er vermittle Adoptionen, war das wie eine Eingebung, die mir diktierte, was ich zu tun hatte.

So eine Eingebung brauchte ich jetzt wieder.

Jake Perkins schätzte die Zahl der Trauernden an Alison Kendalls Grab auf weniger als dreißig. Alle anderen hatten es vorgezogen, erst zum Brunch zu erscheinen. Nicht dass Jake das verwerflich fand. Der Regen war stärker geworden. Und es gab nichts Schlimmeres, als an einem regnerischen Tag tot zu sein.

Alfred Downes, der Direktor von Stonecroft, pries gerade die Großzügigkeit und das Talent von Alison Kendall.

Sie mag ja talentiert gewesen sein, ging es Jake durch den Kopf, aber wegen ihrer Großzügigkeit stehen wir hier herum und laufen Gefahr, uns eine Lungenentzündung zu holen.

Aber es gab jemanden, der das nicht riskiert hatte. Als einziger Ehrengast war Laura Wilcox nicht erschienen.

„Wir wollen auch der Schulkameradinnen und Freundinnen von Alison gedenken, die bereits früher verstorben sind", sagte Downes nüchtern. „Catherine Kane, Debra Parker, Cindy Lang und Gloria Martin. Aus diesem Jahrgang, der die Schule vor zwanzig Jahren verlassen hat, sind viele hervorgegangen, die Großes geleistet haben, und doch hat es gleichzeitig noch nie einen Jahrgang gegeben, der so viele Verluste zu beklagen hatte."

Amen. Jake beschloss, das Foto von den sieben Mädchen am Mittagstisch für seinen Artikel über das Treffen und Downes' letzten Satz als Unterschrift zu verwenden.

Vor der Feier war an jeden Teilnehmer eine Rose verteilt worden. Nachdem Downes seine Ansprache beendet hatte, legte einer nach dem andern seine Rose am Fuß des Grabsteins nieder und entfernte sich durch den Friedhof zum angrenzenden Schulgelände. Als Letzte ging Jean Sheridan. Sie hatte still am Grab gestanden und nicht nur traurig, sondern auch gedankenverloren gewirkt.

Jake hatte nicht viel mit Zeremonien am Hut, dennoch schickte er sich nun an, seine Rose zu den übrigen zu legen. Als er sich bückte, fiel ihm etwas ins Auge, was auf der Erde lag. Er hob es auf.

Es war eine Anstecknadel aus Metall in Form einer Eule, etwa zwei Zentimeter groß. Sie war höchstens ein paar Dollar wert. Zuerst wollte Jake sie wieder wegwerfen, doch dann änderte er seine Absicht. Er wischte die Eule trocken und steckte sie in die Tasche. Bald war Halloween. Er würde sie seinem kleinen Cousin schenken und ihm erzählen, dass er sie extra für ihn aus einem Grab ausgebuddelt habe.

JEAN war enttäuscht, dass sich Laura nicht die Mühe gemacht hatte, zur Gedenkfeier für Alison zu kommen, aber gleichzeitig nicht sonderlich überrascht. Laura hatte sich noch nie Umstände für andere gemacht, und es wäre sinnlos zu hoffen, dass sie sich in diesem Punkt je ändern würde. Wie sie Laura kannte, hatte sie nicht draußen im Regen herumstehen wollen, sondern würde gleich zum Brunch gehen.

Als jedoch das Essen schon zur Hälfte vorüber war und Laura sich immer noch nicht hatte blicken lassen, begann Jean unruhig zu werden. Sie teilte ihre Sorge Gordon Amory mit. „Du bist doch gestern viel mit Laura zusammen gewesen. Hat sie irgendetwas erwähnt, weshalb sie heute nicht kommen wollte?"

„Nein. Sie hat sich mächtig ins Zeug gelegt, um mich zu überreden, ihr die Hauptrolle in unserer neuen Sitcom zu überlassen. Ich habe ihr erklärt, dass ich mich grundsätzlich nicht in die Arbeit der Leute einmische, die bei mir für das Casting zuständig sind. Als sie weiter auf mich eindrang, habe ich sie etwas unhöflich darauf hingewiesen, dass ich in diesem Punkt keine Ausnahmen mache, schon gar nicht für wenig begabte Bekannte aus der Schule. An diesem Punkt wandte sie ihren Charme Jack Emerson zu. Wie du vermutlich mitgekriegt hast, hat er keine Gelegenheit ausgelassen, mit seinem beträchtlichen Vermögen zu prahlen. Außerdem hat er gestern Abend bekannt gegeben, dass seine Frau ihn soeben verlassen habe. Somit dachte Laura vermutlich, sie hätte freie Bahn."

Laura schien beim Dinner in guter Stimmung gewesen zu sein. War später am Abend vielleicht etwas schief gelaufen? Oder hatte sie bloß beschlossen, heute Morgen auszuschlafen?

Zumindest das kann ich herausfinden, entschied Jean. Mit einem „Bin gleich wieder zurück!" erhob sie sich vom Tisch und ging hinaus auf den Flur. Dort holte sie ihr Handy aus der Tasche und wählte die Nummer des Hotels.

Als Laura in ihrem Zimmer nicht ans Telefon ging, rief Jean die Rezeption an. Sie nannte ihren Namen und fragte, ob Laura bereits abgereist sei. „Ms Wilcox sollte sich eigentlich mit uns treffen, aber sie ist nicht erschienen", erläuterte sie.

„Also, abgemeldet hat sie sich nicht", antwortete der Angestellte. „Ich könnte jemanden hinaufschicken, um festzustellen, ob sie verschlafen hat. Aber wenn sie wütend wird, dann geht das auf Ihre Kappe, Dr. Sheridan."

Das war der Typ, dessen Haarfarbe zur Theke passte. Jean hatte die

Stimme wieder erkannt. „Ich übernehme die volle Verantwortung“, versicherte sie ihm.

Während sie wartete, hörte sie, wie sich die Tür zum Theatersaal öffnete, in dem der Brunch stattfand. Als sie sich umdrehte, erblickte sie Jake Perkins, den Reporter der Schülerzeitung.

„Dr. Sheridan?“ Der scherzhafte Ton in der Stimme des Empfangschefs war verschwunden.

„Ja?“ Jean merkte, dass sie ihr Handy fester umklammerte. Irgendetwas war geschehen, das spürte sie.

„Das Zimmermädchen war in Ms Wilcox’ Zimmer. Sie hat nicht in ihrem Bett geschlafen. Ihre Kleider sind noch im Schrank, aber dem Mädchen ist aufgefallen, dass einige ihrer Toilettenartikel, die auf dem Frisiertisch lagen, nicht mehr dort sind. Glauben Sie, dass es ein Problem gibt?“

„Wenn sie ein paar Dinge mitgenommen hat, nein, würde ich sagen. Vielen Dank.“

Laura legte bestimmt keinen großen Wert darauf, dass sie ihr nachspionierte, falls sie mit jemandem durchgebrannt war. Jean beendete das Gespräch. Aber mit wem konnte Laura zusammen sein? Wenn man Gordon Glauben schenkte, hatte er sie abblitzen lassen, und sie hatte danach mit Jack Emerson geflirtet. Aber darüber hatte sie bestimmt weder Mark noch Robby, noch Carter vernachlässigt.

„Dr. Sheridan, könnte ich Sie kurz sprechen?“

Erschrocken wirbelte Jean herum. Sie hatte Jake Perkins völlig vergessen.

„Entschuldigen Sie die Störung“, fuhr er unbekümmert fort, „aber könnten Sie mir vielleicht sagen, ob Ms Wilcox heute hier erwartet wird?“

„Ich kenne ihre Pläne nicht“, erwiderte Jean mit einem abwehrenden Lächeln. „Aber jetzt muss ich wirklich wieder zu meinem Tisch.“

Vermutlich hat sich Laura gestern Abend beim Dinner wirklich jemanden angelacht und ist mit ihm weggegangen, beruhigte sie sich.

JAKE musterte Jean Sheridans Miene, als sie an ihm vorüberging. Sie machte sich Sorgen. Vielleicht, weil Laura Wilcox nicht erschienen war? War es möglich, dass diese verschwunden war? Jake zog sein Handy hervor, rief das Glen-Ridge House an und verlangte nach der Rezeption.

„Ich soll einen Blumenstrauß für Laura Wilcox liefern, aber man hat mir gesagt, ich soll mich erst erkundigen, ob sie noch nicht abgereist ist.“

„Nein, ist sie noch nicht“, entgegnete der Angestellte. „Aber sie hat die letzte Nacht nicht hier verbracht, deshalb kann ich nicht sagen, wann sie wiederkommt, um ihr Gepäck zu holen. Sie wollte ursprünglich gegen zwei Uhr abreisen. Sie hat ein Taxi für Viertel nach zwei bestellt, das sie zum Flughafen bringen soll, also weiß ich auch nicht, was Sie mit Ihren Blumen am besten machen."

„Gut, dann werde ich bei meinem Kunden nachfragen. Danke."

Jake unterbrach die Verbindung und steckte das Handy zurück in die Tasche. Er wusste schon, wo er um zwei Uhr sein würde – in der Empfangshalle des Glen-Ridge. Dort würde er abwarten, ob Laura Wilcox auftauchte. Angenommen, sie blieb verschwunden … Er spürte ein nervöses Kribbeln und begriff, was es war – die Vorahnung des Journalisten auf eine ganz heiße Story. Er sah die Schlagzeile bereits vor sich: WEITERES OPFER AUS DEM UNGLÜCKSJAHRGANG.

Nicht schlecht.

„ICH FÜRCHTE, jetzt muss ich mich verabschieden. Es war schön, dich wiederzusehen." Mark Fleischman hielt eine Visitenkarte in der Hand. „Ich gebe dir meine, wenn du mir deine gibst", setzte er lächelnd hinzu.

„Natürlich." Jean kramte in ihrer Tasche und zog eine Karte hervor.

„Wann fährst du zurück?", erkundigte sich Mark.

„Ich bleibe noch ein paar Tage. Ein kleines Forschungsprojekt." Jean versuchte, beiläufig zu klingen.

„Ich muss morgen in Boston einige Sendungen aufzeichnen. Sonst würde ich noch bleiben und dich heute zu einem Abendessen zu zweit einladen." Er zögerte, dann beugte er sich zu ihr hinunter und küsste sie auf die Wange. „Also, noch mal, es war wirklich schön, dich wiederzusehen."

„Auf Wiedersehen, Mark."

Sie gaben sich die Hand und verharrten einen kurzen Augenblick, dann wandte er sich ab und ging.

Carter Stewart und Gordon Amory standen nebeneinander und verabschiedeten sich von den aufbrechenden Schulkameraden. Jean gesellte sich zu ihnen. Bevor sie etwas sagen konnte, fragte Gordon: „Hast du etwas von Laura gehört?"

„Bis jetzt nicht."

„Sie ist einfach unzuverlässig. Das ist mit ein Grund, weshalb ihre Karriere gekippt ist. Dabei hatte Alison Himmel und Hölle in Bewegung gesetzt, um ihr ein Engagement zu verschaffen. Zu traurig, dass sich Laura ausgerechnet heute nicht daran erinnern konnte."

„Na ja …" Jean entschied sich dafür, weder zuzustimmen, noch zu widersprechen. Sie wandte sich an Carter. „Fährst du zurück nach New York?"

„Nein, noch nicht. Ich ziehe aus dem Glen-Ridge aus und wechsle in das ‚Hudson-Valley-Hotel' auf der anderen Seite der Stadt, in der Nähe des Storm-King-Parks. Pierce Ellison führt Regie bei meinem neuen Stück. Er wohnt nur zehn Minuten entfernt in Highland Falls. Wir müssen noch am Text feilen, und er hat mir den Vorschlag gemacht, ein paar Tage länger zu bleiben und in Ruhe bei ihm zu arbeiten. Aber im Glen-Ridge bleibe ich nicht länger als nötig. Die haben doch seit mindestens fünfzig Jahren nichts mehr für Renovierungen ausgegeben."

„Das kann ich bestätigen", stimmte Gordon zu. „Ich habe zu viele Erinnerungen an die Zeit, als ich hier noch als Aushilfe und später als Etagenkellner herumlief. Ich ziehe in den Countryclub. Wir sind auf der Suche nach einem geeigneten Firmensitz in dieser Ecke."

„Wende dich doch an Jack", bemerkte Carter sarkastisch.

„Das ist das Letzte, was ich tun werde. Meine Leute haben schon ein paar Objekte ausgesucht, die ich mir anschauen soll."

„Dann ist dies vielleicht kein endgültiger Abschied", sagte Jean. „Vielleicht laufen wir uns in den nächsten Tagen noch über den Weg. Jedenfalls war es schön, euch zu sehen."

Sie konnte Robby Brent und Jack Emerson nirgends entdecken, wollte aber nicht länger warten. Um zwei Uhr war sie mit Sam und Alice verabredet, und sie war schon etwas spät dran.

HOCH über dem Hudson an die Flanke eines Hügels gebaut, erinnerte das neue Hudson-Valley-Hotel mit seinem Mitteltrakt und den beiden Türmen Carter Stewart an einen Adler mit ausgestreckten Flügeln.

Der Adler. Er stand für Leben, Licht, Macht und Majestät.

Der vorläufige Titel seines neuen Stückes lautete: „Der Adler und die Eule".

Die Eule. Sie stand für Finsternis und Tod. Ein Raubvogel. Dem Regisseur gefiel der Titel. Aber ich bin mir nicht sicher, grübelte Carter, als er vor dem Eingang des Hotels hielt und aus dem Auto stieg. Ist das nicht zu eindeutig? Symbole sollen vom mitdenkenden Publikum erkannt werden, man darf sie nicht dem Oma-Kaffeekränzchen auf dem Tablett servieren. Allerdings konnte man nicht gerade behaupten, dass sich diese Zielgruppe um Karten für seine Stücke riss.

„Wir kümmern uns um Ihr Gepäck, Sir."

Carter drückte dem Portier einen Fünfdollarschein in die Hand. Wenigstens hatte der Bursche nicht „Willkommen daheim“ gesagt.

Fünf Minuten später stand Carter mit einem Scotch aus der Minibar in der Hand vor einem der Fenster seiner Suite. Der Hudson strömte rastlos dahin. Es war erst Oktober, und doch lag schon Winter in der Luft. Aber wenigstens war das Treffen vorüber. Einige der Leute hatte Carter eigentlich ganz gerne wiedergesehen, und sei es auch nur, um sich vor Augen zu führen, wie weit er es gebracht hatte, seit er diesen Ort verlassen hatte.

Pierce Ellison war der Auffassung, dass die Rolle der Gwendolyn in dem Stück mehr Gewicht bekommen sollte. „Wir brauchen eine Schauspielerin, die im wirklichen Leben eine dämliche Blondine ist“, hatte er betont. „Nicht eine, die eine dämliche Blondine spielt.“

Carter kicherte, als er an Laura denken musste. „Wie wundervoll hätte sie für diese Rolle gepasst“, sagte er laut. „Auch wenn sie die nie im Leben gekriegt hätte.“

ROBBY BRENT war nicht entgangen, dass ihn viele seiner ehemaligen Mitschüler nach seiner Rede beim Festdinner geschnitten hatten. Andere hatten ihr Lob eingeschränkt und gemeint, er sei ein wunderbarer Parodist, aber gegen seine alten Lehrer und den Direktor sei er doch etwas zu hart gewesen. Auch hatte er gehört, Jean Sheridan habe angemerkt, Humor dürfe nicht grausam sein. All das verschaffte Robby höchste Befriedigung. Er war immer der Prügelknabe gewesen. Der jüngste und schlechteste der Brents. Und jetzt taten alle plötzlich empfindlich, wenn er das komische Getue und die Unarten der Lehrer vorführte.

Er hatte Jack Emerson gesteckt, dass er eventuell daran interessiert sei, in Grundbesitz zu investieren, und der hatte ihn nach dem Brunch darauf festgenagelt. Jack war in vielerlei Hinsicht ein Angeber. Aber als sie sich über Immobilien unterhalten hatten, hatte er ganz vernünftig geklungen.

„Grund und Boden“, so hatte er dargelegt, „nimmt in dieser Gegend an Wert stetig zu. Warte zwanzig Jahre, und er wird ein Vermögen wert sein. Bleib noch, und ich werde dich morgen ein bisschen herumführen.“

Wenn Jack wüsste, wie viel Land ich bereits besitze, dachte Robby, während er in die Einfahrt zum Glen-Ridge einbog. Ich kaufe über das ganze Land verteilt Grundstücke und lasse überall Schilder mit ZUTRITT VERBOTEN aufstellen. Während meiner ganzen Kindheit und Jugend habe ich in einem gemieteten Haus gewohnt. Meine Eltern, diese intellektuellen Überflieger, haben nie genug Geld zusammenkratzen können, um sich ein eigenes Heim leisten zu können. Ich dagegen könnte mir heute, wenn ich wollte, neben meinem Hauptwohnsitz in Las Vegas ein Haus auf meinem Grundstück in Santa Barbara bauen oder in Minneapolis, Atlanta, Boston, New Orleans, Palm Beach oder Aspen. Land ist mein bestgehütetes Geheimnis.

Und das Land hütet meine Geheimnisse.

SIE SASSEN im gemütlichen Wohnzimmer von Alices Wohnung. Nachdem Sam eine Tasse Tee entgegengenommen hatte, kam er gleich zur Sache.

„Jean, ich habe lange nachgedacht. Wir müssen die Sache ernst nehmen. Die Person, die mit Ihnen Kontakt aufgenommen hat, könnte fähig sein, Lily etwas anzutun. Immerhin war es ihr möglich, in ihre Nähe zu kommen und ihre Haarbürste an sich zu nehmen. Es könnte also jemand aus der Familie sein, die sie adoptiert hat. Diese Person hat vielleicht die Absicht, von Ihnen Geld zu fordern, was – wie Sie schon gesagt haben – fast eine Erleichterung wäre. Aber eine Erpressung kann sich unter Umständen jahrelang fortsetzen." Er machte eine kurze Pause. „Dr. Connors muss mit einem Anwalt zusammengearbeitet haben, um das mit den Adoptionspapieren zu regeln. Es muss jemanden geben, der weiß, wer dieser Anwalt war. Lebt die Frau des Doktors noch in der Gegend?"

„Ich weiß es nicht", antwortete Jean.

„Gut, damit werden wir anfangen. Haben Sie die Haarbürste und das Fax dabei?"

„Nein."

„Diese Dinge hätte ich gerne."

„Die Bürste ist eine von diesen kleinen, die man in der Handtasche mitnehmen kann. Die Art, die man in jedem Drugstore bekommt. Auf dem Fax ist nichts, womit man den Absender identifizieren könnte, aber natürlich können Sie beides haben."

Jean und Sam verabschiedeten sich ein paar Minuten später und vereinbarten, dass er ihr in seinem Auto zum Hotel folgen würde. Vom Fenster aus blickte Alice ihnen nach, dann langte sie in die Tasche ihrer Strickjacke. Am Morgen hatte sie einen Anhänger auf Karens Grab gefunden, den vermutlich ein Kind dort verloren hatte.

Als kleines Mädchen hatte Karen Stofftiere geliebt, sie hatte eine ganze Menge davon gehabt. Alice musste an die Eule denken, die einer ihrer Lieblinge gewesen war, während sie mit einem wehmütigen Lächeln die zwei Zentimeter große Eule aus Metall betrachtete, die in ihrer flachen Hand lag.

Jake Perkins saß in der Eingangshalle des Glen-Ridge House, beobachtete und wartete.

Um Viertel nach zwei kam ein uniformierter Fahrer in die Halle und ging zur Rezeption. Jake schnellte hoch und stellte sich hinter ihn, um die Bestätigung zu vernehmen, dass der Mann tatsächlich gekommen war, um Laura Wilcox abzuholen.

Um halb drei ging der Fahrer sichtlich verärgert wieder.

Um vier betrat Jean Sheridan das Hotel mit dem älteren Mann, mit dem sie sich nach dem Galadinner unterhalten hatte. Sie gingen zur Rezeption.

Sie fragt nach Laura Wilcox, vermutete Jake. Seine Vorahnung war also richtig gewesen – die Schauspielerin war verschwunden.

Er beschloss, Jean Sheridan um eine Stellungnahme zu bitten. Als er sich neben ihr aufpflanzte, hörte er den älteren Mann gerade sagen: „Ich gebe Ihnen Recht, Jean. Die Sache gefällt mir auch nicht, aber andererseits ist Laura erwachsen und hat das Recht, ihre Reisepläne zu ändern und das Flugzeug zu verpassen."

„Entschuldigen Sie, Sir. Mein Name ist Jake Perkins, Reporter der Schülerzeitung von Stonecroft", hakte sich Jake in das Gespräch ein.

„Sam Deegan."

Es war offensichtlich, dass weder Jean Sheridan noch Sam Deegan größeren Wert auf Jakes Anwesenheit legten. Gleich zur Sache kommen, ermahnte er sich. „Dr. Sheridan, glauben Sie, dass Ms Wilcox etwas zugestoßen sein könnte – angesichts der Vorgeschichte der Frauen, die alle beim Mittagessen in Stonecroft zusammensaßen?"

Er sah, wie sie einen bestürzten Blick auf Sam Deegan warf. Sie hat ihm nichts von der Tischrunde erzählt, folgerte Jake. Er wusste nicht, wer dieser Typ war, aber es wäre interessant, seine Reaktion zu testen. Jake zog das Foto von den Mädchen, die in der Schulkantine um den Tisch saßen, aus der Tasche.

„Sehen Sie, Sir, dies war die Mittagsrunde von Dr. Sheridan im letzten Jahr in Stonecroft. In den zwanzig Jahren seit ihrem Schulabschluss kamen zwei von ihnen bei Unfällen ums Leben, eine hat Selbstmord begangen, und eine ist verschwunden – sie wurde vermutlich von einer Lawine begraben. Vor wenigen Wochen ist die Fünfte, Alison Kendall, in ihrem Swimmingpool ertrunken. Und jetzt scheint Laura Wilcox verschwunden zu sein. Glauben Sie nicht, dass das alles ein reichlich merkwürdiger Zufall ist?"

Sam nahm das Bild in die Hand und warf mit grimmiger Miene einen

Blick darauf. „Ich glaube nicht an Zufälle dieser Größenordnung", antwortete er knapp. „Wenn Sie uns jetzt bitte entschuldigen würden, Mr Perkins."

„Oh, kümmern Sie sich nicht um mich. Ich werde hier weiter warten und schauen, ob Ms Wilcox noch auftaucht. Ich würde gerne ein letztes Interview mit ihr machen."

Ohne weiter auf Jake zu achten, wandte sich Sam ab und ging zur Rezeption zurück. „Ich möchte eine Liste der Angestellten, die gestern Abend im Dienst waren."

„ICH WOLLTE um diese Zeit schon längst weg sein, aber als ich vom Brunch kam, wartete eine Reihe von Nachrichten auf mich", erläuterte Gordon Amory. „Ich habe die letzten zwei Stunden am Telefon gehangen."

Mit dem Gepäck in den Händen war er zur Rezeption gekommen, als der Empfangschef mit Sam gerade die Arbeitsblätter der Hotelangestellten durchging. Nun musterte er Jeans Gesicht. „Ist irgendetwas nicht in Ordnung?"

„Laura ist verschwunden." Jean bemerkte, dass ihre Stimme bebte. „Sie hat heute Nacht nicht hier geschlafen. Vielleicht ist ja alles mit ihr in Ordnung, aber eigentlich hatte sie fest vor, heute Vormittag mit uns zusammen zu sein, sodass ich mir jetzt große Sorgen mache."

„Als sie gestern Abend mit Jack Emerson sprach, hat sie ausdrücklich gesagt, sie würde zum Brunch da sein", bestätigte Gordon. „Wie gesagt, zu mir war sie recht kühl, nachdem ich ihr klar gemacht hatte, dass sie keine Chance hat, in der neuen Serie mitzuspielen. Aber nach dem Dinner, in der Bar, habe ich mitbekommen, was sie zu Jack gesagt hat."

Sam hatte ihnen zugehört. Er wandte sich an Gordon und nannte seinen Namen. „Wir müssen bedenken, dass Laura Wilcox ein erwachsener Mensch ist. Niemand kann es ihr verwehren, ihre Pläne für die Abreise umzustoßen. Dennoch halte ich es für ratsam zu prüfen, ob irgendjemand – sei es ein Hotelangestellter, sei es eine Freundin – etwas über ihre Absichten wusste."

„Es tut mir Leid, dass Sie warten mussten, Mr Amory", entschuldigte sich der Empfangschef. „Ihre Rechnung wäre jetzt fertig."

Gordon zögerte, dann sah er Jean an. „Du glaubst, Laura könnte etwas passiert sein, nicht wahr?"

„Ja. Sie war sehr eng mit Alison befreundet. Sie hätte die Gedenkfeier auf keinen Fall aus freien Stücken ausgelassen."

„Ist mein Zimmer noch frei?", fragte Gordon den Empfangschef.

„Ja, natürlich, Sir."

„Gut, dann werde ich noch bleiben, bis wir wissen, was mit Ms Wilcox ist."

Als er sich wieder Jean zuwandte, bemerkte sie, was für ein gut aussehender Mann Gordon geworden war. Früher hatte sie nur Mitleid mit ihm gehabt. Er war damals ein armes Schwein gewesen, und jetzt – unglaublich, was er aus sich gemacht hatte.

„Jean, ich weiß, dass ich Laura gestern Abend wehgetan habe. Es war gemein von mir – ich glaube, ich wollte ihr irgendwie heimzahlen, dass sie mich hat abblitzen lassen, als wir auf der Schule waren. Ich hätte ihr eine Rolle in der Serie geben können, wenn auch nicht die Hauptrolle. Ich habe das Gefühl, dass sie verzweifelt ist. Das würde erklären, warum sie heute Morgen nicht erschienen ist. Aber ich bin sicher, dass sie wieder auftauchen wird, und dann werde ich ihr einen Job anbieten. Und so lange werde ich hier bleiben, damit ich ihr das persönlich sagen kann."

6

Die Leiche von Helen Whelan wurde am frühen Sonntagabend um halb sechs in einer bewaldeten Gegend in Washingtonville entdeckt, einer Stadt, die etwa 25 Kilometer von Surrey Meadows entfernt liegt. Ein zwölfjähriger Junge fand die Tote, als er auf dem Weg zu einem Freund eine Abkürzung durch den Wald nahm.

Die Nachricht erreichte Sam, als er die Befragung der Angestellten im Glen-Ridge House fast beendet hatte. Niemand hatte gesehen, wie Laura Wilcox das Hotel verlassen hatte. Als Sam fertig war, rief er Jean auf ihrem Zimmer an. Sie war hinaufgegangen, um Mark Fleischman, Carter Stewart und Jack Emerson anzurufen, weil sie hoffte, dass einer von ihnen etwas über Lauras Pläne wusste. In der Halle hatte sie bereits mit Robby Brent gesprochen, der jedoch geantwortet hatte, er habe nicht die leiseste Ahnung, wo Laura sein könne.

„Jean, ich muss weg", teilte Sam ihr mit. „Haben Sie schon jemanden erreicht?"

„Ich habe mit Carter gesprochen, aber er weiß auch nicht, wo sie sein könnte. Ich habe ihm erzählt, dass ich mit Gordon zu Abend esse, und er will zu uns stoßen. Wir könnten noch einmal durchgehen, mit wem Laura längere Zeit verbracht hat, und vielleicht bringt uns das auf einen neuen

Gedanken. Jack Emerson ist nicht zu Hause. Ich habe ihm eine Nachricht auf dem Anrufbeantworter hinterlassen. Dasselbe gilt für Mark Fleischman."

„Das ist so ziemlich alles, was Sie im Moment tun können", sagte Sam. „Wenn bis morgen niemand etwas von ihr gehört hat, werde ich mir einen Durchsuchungsbefehl für ihr Zimmer besorgen. Vielleicht hat sie dort irgendeinen Hinweis hinterlassen, wohin sie gegangen sein könnte. Ansonsten heißt es abwarten und Tee trinken."

Sam klappte sein Handy zu und eilte zu seinem Wagen hinaus. Es war besser gewesen, Jean nicht zu erzählen, dass er auf dem Weg zum Fundort einer Leiche war – einer weiteren Frau, die als vermisst gegolten hatte.

HELEN WHELAN war mit einem Schlag auf den Hinterkopf niedergestreckt worden, danach hatte der Täter mehrfach auf sie eingestochen. „Wahrscheinlich hat er sie von hinten mit demselben stumpfen Gegenstand niedergeschlagen, den er auch bei dem Hund verwendet hat", meinte Cal Grey, der Gerichtsmediziner, als Sam am Tatort eingetroffen war. Man war gerade im Begriff, die Leiche abzutransportieren, und auf der Suche nach Spuren durchkämmten Beamte den mit Bändern abgesperrten und von Scheinwerfern grell erleuchteten Fundort.

„Sieht aus, als ob ihre Kleidung nicht angetastet wurde", bemerkte Sam.

„Wurde sie auch nicht. Mein Eindruck ist, dass der Täter sie sofort hierher gebracht und getötet hat. Sie hat immer noch die Hundeleine um ihr Handgelenk gewickelt."

„Okay, Cal. Wir sehen uns dann später bei dir."

Auf der Fahrt zur Gerichtsmedizin überfiel Sam der Gedanke an die Sinnlosigkeit von Helen Whelans Tod. Er spürte ein Ziehen in der Magengegend, das ihn jedes Mal überkam, wenn er mit solchen Fällen von brutaler Gewalt konfrontiert wurde. Ich will den Kerl, und ich will derjenige sein, der ihm Handschellen anlegt, dachte Sam grimmig. Er erinnerte sich an das Foto der lächelnden Helen Whelan, das er in ihrer Wohnung gesehen hatte. Sie war zwanzig Jahre älter gewesen als Karen Sommers damals, aber auf die gleiche Weise ermordet worden – blindwütig erstochen. War es denkbar, dass irgendein Irrer sich über all die Jahre einfach nur ruhig verhalten hatte?

Alles ist möglich, entschied Sam. Wenigstens haben wir DNA-Spuren. Das Blut an den Schnurrhaaren des Hundes muss von ihm stammen, der Fleck an der Hose des Opfers vielleicht auch.

Als Sam bei der Gerichtsmedizin angekommen war, parkte er den Wagen und ging hinein. Es würde eine lange Nacht werden und morgen ein noch längerer Tag. Er musste Kontakt zu den Angehörigen der fünf Frauen aufnehmen, die in Stonecroft gewesen und gestorben waren – er benötigte mehr Details darüber, wie sie zu Tode gekommen waren. Und er musste herausfinden, was mit Laura Wilcox passiert war.

Der Gerichtsmediziner und der Leichenwagen mit der toten Helen Whelan trafen nur wenige Augenblicke nach ihm ein. Eine halbe Stunde später betrachtete Sam die Gegenstände, die man bei der Toten gefunden hatte. Ihre Armbanduhr und ein Ring waren die einzigen Schmuckstücke. Sie hatte vermutlich keine Handtasche dabeigehabt, denn ihr Hausschlüssel hatte sich in der rechten Jackentasche befunden.

Neben dem Schlüsselbund lag noch ein einzelner Gegenstand auf dem Tisch: eine Eule aus Metall, vielleicht zweieinhalb Zentimeter groß. Sam nahm die Pinzette, die der Assistent des Pathologen benutzt hatte, als er die Schlüssel und die Eule auf den Tisch gelegt hatte, griff sich die Eule und untersuchte sie aus der Nähe. Die starren Augen, groß und kalt, begegneten seinem Blick.

„Das steckte ganz tief unten in ihrer Hosentasche“, erklärte der Assistent. „Um ein Haar hätte ich es übersehen.“

Sam erinnerte sich, dass er ein Skelett aus Papier in Helen Whelans Wohnung gesehen hatte. „Sie war gerade dabei, eine Dekoration für Halloween vorzubereiten. Wahrscheinlich gehörte das hier auch dazu. Pack alles in Tüten, dann nehme ich es mit ins Labor.“

Vierzig Minuten später sah er zu, wie Helen Whelans Kleidung unter dem Mikroskop auf Spuren, die zu dem Täter führen könnten, untersucht wurde. Ein anderer Mitarbeiter der Gerichtsmedizin untersuchte die Wagenschlüssel nach Fingerabdrücken. „Die gehören alle zu ihr.“ Mit der Pinzette nahm er die Eule auf. Ein paar Sekunden später brummte er: „Merkwürdig. Auf diesem Ding gibt es keine Fingerabdrücke, nicht mal Spuren davon. Wie soll das vor sich gegangen sein? Schließlich ist die Eule nicht von allein in ihre Tasche gewandert. Jemand muss sie hineingesteckt haben, der Handschuhe getragen hat.“

Sam dachte einen Moment nach. Hatte der Mörder die Eule absichtlich hinterlassen? Er war davon überzeugt. „Kein Wort an die Presse darüber.“ Er ergriff die Pinzette, nahm die Eule auf und starrte sie an. „Du wirst mich zu diesem Kerl führen“, murmelte er. „Ich weiß nur noch nicht, wie.“

SIE WAREN um sieben Uhr im Speisesaal verabredet. Jean ging ins Bad, um ihr Make-up aufzufrischen und ihre Haare zu bürsten. Plötzlich hielt sie inne und starrte auf die Bürste in ihrer Hand. Wer hatte es geschafft, so nahe an Lily heranzukommen, dass er oder sie die Gelegenheit gehabt hatte, ihre Bürste zu entwenden?

Oder war es möglich, dass Lily sie ausfindig gemacht hatte und jetzt dafür bestrafen wollte, dass sie sie weggegeben hatte? Der Gedanke peinigte Jean. Aber ihr Instinkt sagte ihr sofort, dass es nicht Lily sein konnte, die mit ihr spielte und sie quälte. Es war jemand anders, jemand, der ihr wehtun wollte. Fordere Geld von mir!, flehte sie stumm. Ich werde dir Geld geben, aber bitte tu Lily nichts an!

Sie blickte wieder in den Spiegel und betrachtete ihr Gesicht. Sieht Lily mir ähnlich?, fragte sie sich. Oder sieht sie mehr wie Reed aus? Seine Augen waren blau, genau wie meine, also hat sie mit Sicherheit auch blaue Augen.

Mit dieser Art von Spekulation befand sie sich wieder auf vertrautem Gebiet. Kopfschüttelnd legte Jean die Bürste auf die Ablage zurück, knipste das Licht im Badezimmer aus und ging hinunter, um die anderen zum Abendessen zu treffen.

Gordon Amory, Robby Brent und Jack Emerson saßen in dem nahezu leeren Saal schon um einen Tisch. Jack zog den freien Stuhl neben sich unter dem Tisch hervor, und Jean setzte sich.

„Carter ist noch nicht da. Wir haben aber schon mal Getränke bestellt", sagte Emerson. „Für dich, Jeannie, einen Chardonnay."

„Fein, danke."

Als sie zwanzig Minuten später gerade darüber debattierten, ob sie schon das Essen bestellen sollten oder nicht, tauchte endlich Carter auf. „Tut mir Leid, dass ich euch habe warten lassen, aber ich hatte nicht erwartet, dass es schon so bald wieder ein Jahrgangstreffen gibt", bemerkte er trocken, als er sich zu ihnen setzte. Er trug Jeans und ein Sweatshirt mit Kapuze.

„Das hat wohl keiner von uns", stimmte Gordon zu. „Ich schlage vor, du bestellst dir was zu trinken, und dann kommen wir zur Sache."

Carter nickte. Er gab dem Kellner einen Wink und zeigte auf den Martini, der vor Emerson stand. „Schieß los!", forderte er Gordon danach auf.

„Zunächst möchte ich sagen, dass ich glaube und hoffe, dass sich unsere Sorge um Laura als unnötig erweist." Er drehte sich zu Emerson hin. „Übrigens, Jack, du bist der Einzige, der ein Haus in der Stadt besitzt und Laura zu einem ganz privaten Wiedersehenstreffen hätte einladen können."

Emersons Gesicht wurde noch röter, als es ohnehin schon war. „Das kann ja wohl nur als Witz gemeint sein!“

„Ich habe nicht vor, Robby, unserem Komiker vom Dienst, Konkurrenz zu machen.“ Gordon nahm sich eine Olive aus dem Schälchen, das der Kellner auf den Tisch gestellt hatte. „Selbstverständlich war es ein Witz.“

Jean fand es an der Zeit einzuschreiten. „Ich hatte Mark eine Nachricht auf seinen Anrufbeantworter gesprochen“, berichtete sie. „Kurz bevor ich hinuntergegangen bin, hat er mich zurückgerufen. Wenn wir bis morgen nichts von Laura gehört haben, will er seine Termine ändern und zurückkommen.“

„Auf der Highschool hatte er immer eine Schwäche für Laura“, bemerkte Robby. „Würde mich nicht wundern, wenn das immer noch so wäre. Er hat sich gestern Abend unheimlich ins Zeug gelegt, um neben ihr auf dem Podium zu sitzen. Er hat sogar extra die Platzkarten vertauscht.“

Deswegen wollte er also so schnell wieder hier sein. Jean musste sich eingestehen, seinen Worten am Telefon zu viel Gewicht beigemessen zu haben. „Sollte Laura wirklich etwas zugestoßen sein“, hatte er gesagt, „wäre das die Bestätigung, dass es ein schreckliches Muster gibt, nach dem die Frauen aus eurer Mittagsrunde der Reihe nach sterben. Darüber musst du dir im Klaren sein.“ Und ich habe angenommen, dass er sich Sorgen um mich macht, dachte Jean.

Sie war erleichtert, als der Kellner die Speisekarten verteilte. „Darf ich Sie auf unsere Spezialitäten des Tages hinweisen?“, fragte er.

Robby schaute mit einem hoffnungsvollen Lächeln zu ihm auf. „Kann's kaum erwarten.“

„Filet Mignon mit Champignons, Seezungenfilets, gefüllt mit Krebsfleisch …“

Als der Kellner mit der Aufzählung fertig war, fragte Robby: „Ist es in diesem Haus üblich, dass man die Reste vom Vorabend am nächsten Tag als Tagesspezialitäten präsentiert?“

„Oh, Sir“, stammelte der Kellner verlegen, „ich arbeite seit vierzig Jahren hier, und wir sind sehr stolz auf unsere Küche.“

„Schon gut, schon gut. War nur ein kleiner Scherz, um die Stimmung zu heben. Jean, du zuerst.“

Robby ist nicht einfach nur sarkastisch, dachte sie, nachdem sie bestellt hatte, er ist gemein. Es macht ihm Spaß, Menschen wehzutun, die sich nicht wehren können. Er redet davon, dass Mark eine Schwäche für Laura hat. Aber keiner war damals mehr in sie verknallt als er selbst.

Plötzlich ging ihr ein beunruhigender Gedanke durch den Kopf. Robby hatte inzwischen viel Geld. Er war berühmt. Hätte er Laura eingeladen, mit ihm irgendwohin zu gehen, wäre sie mit ihm gekommen, dessen war sie sich sicher.

Jack Emerson bestellte als Letzter. Als er dem Kellner die Karte zurückgab, sagte er: „Ich habe Freunden versprochen, noch auf ein Gläschen vorbeizukommen, deswegen sollten wir allmählich darüber reden, welchen Leuten Laura am Wochenende die meiste Aufmerksamkeit zugewandt hat."

„Noch mal zurück zu unserem fehlenden Ehrengast Mark", meinte Robby. „Er hat keine Gelegenheit ausgelassen, in Lauras Nähe zu kommen."

Emerson hob die Augenbrauen. „Mir fällt gerade was ein. Mark hat auch ein Haus, in das er mit Laura hätte gehen können. Sein Vater ist nicht in der Stadt, das weiß ich. Ich habe Cliff Fleischman letzte Woche im Postamt getroffen und ihn gefragt, ob er bei der Feier zu Ehren seines Sohnes anwesend sein werde. Er erwiderte, dass er schon vor langer Zeit ausgemacht habe, Freunde in Chicago zu besuchen, aber dass er Mark angerufen habe. Vielleicht hat er ihm angeboten, in seinem Haus zu wohnen. Cliff wird nicht vor Dienstag zurück sein."

„Dann hat Mr Fleischman wohl seine Absichten geändert", warf Jean ein. „Mark hat mir erzählt, dass er an seinem Elternhaus vorbeigegangen sei und die Lichter gebrannt hätten. Und er hat nichts davon gesagt, dass er mit seinem Vater gesprochen hat."

„Cliff lässt immer eine Menge Licht brennen, wenn er weg ist", entgegnete Emerson. „Er meint, ein unbeleuchtetes Haus sei ein deutlicher Hinweis für jedermann, dass niemand daheim sei."

Gordon brach ein Stück Baguette ab. „Ich hatte den Eindruck, dass Mark und sein Vater sich entfremdet haben."

„Das stimmt, und ich weiß auch, warum", erwiderte Emerson. „Nachdem Marks Mutter gestorben war, hat sein Vater der Haushälterin gekündigt, und die hat danach bei uns gearbeitet. Das war eine richtige Klatschtante, sie hat uns alles über die Fleischmans erzählt. Jeder wusste, dass Dennis, der ältere Sohn, der Liebling seiner Mutter war. Sie ist nie über den Verlust hinweggekommen und hat Mark die Schuld an dem Unfall gegeben. Der Wagen stand ganz oben auf der langen Auffahrt, und Mark hat Dennis immer angebettelt, ihm das Autofahren beizubringen. Mark war erst 13 und durfte den Motor anlassen, aber nur, wenn Dennis dabei war. An jenem Nachmittag hat er ihn angeworfen, dann aber vergessen, die Handbremse anzuziehen, bevor er aus dem Auto gestiegen ist. Der Wagen ist die Auffahrt hinuntergerollt, ohne dass Dennis ihn hat kommen sehen."

„Aber vielleicht hatte Mark doch Kontakt mit seinem Vater", gab Carter zu bedenken. „Vielleicht hat er noch einen Schlüssel zum Haus, und vielleicht wusste er, dass sein Vater nicht da ist."

Hatte Mark sie angelogen, als er behauptet hatte, dass er nach Boston zurückmüsse? War es möglich, dass er noch immer hier in der Stadt war, zusammen mit Laura? Ich will das nicht glauben, gestand sich Jean ein.

Emerson hatte eine Liste der Leute mitgebracht, die zu dem Jubiläumstreffen gekommen waren. Am Ende beschlossen sie, jeder solle einen Teil der Namen übernehmen, die Leute anrufen, ihnen die Sorgen um Laura mitteilen und fragen, ob sie irgendeine Ahnung hätten, wo Laura hingegangen sein könnte.

Beim Verlassen des Speisesaals verabredeten sie, sich am nächsten Morgen wieder zu sprechen, worauf sich Carter und Emerson auf den Weg zu ihren Autos machten. In der Eingangshalle teilte Jean Gordon und Robby mit, sie wolle noch einmal an der Rezeption nachfragen.

„Gut, dann verabschiede ich mich jetzt", sagte Gordon. „Ich muss noch ein paar Anrufe erledigen."

„Es ist Sonntagabend, Gordie", spottete Robby. „Was könnte so wichtig sein, dass es nicht bis morgen früh warten kann?"

Gordon starrte ihn an. „Wie du weißt, lege ich Wert darauf, Gordon genannt zu werden", erwiderte er ruhig. „Gute Nacht, Jean."

„Er ist ja so von sich und seinem hübschen neuen Gesicht überzeugt." Robby blickte Gordon nach, der auf die Aufzüge zuschritt. „Ehrlich, Jeannie, dieser plastische Chirurg muss ein Genie sein. Kannst du dich noch erinnern, wie dämlich Gordie als Kind ausgesehen hat?"

„Umso erstaunlicher, dass er es geschafft hat, sein Leben umzukrempeln. Er hatte doch eine ziemlich harte Kindheit."

„Wie wir alle. Selbstverständlich mit Ausnahme unserer abwesenden Schönheitskönigin." Robby zuckte die Achseln. „Ich hole mir eine Jacke, und dann werde ich noch ein bisschen rausgehen. Bis auf ein paar kürzere Spaziergänge habe ich dieses Wochenende keine Bewegung gehabt. Der Fitnessraum hier ist das Allerletzte."

„Gibt es eigentlich irgendetwas, was in deinen Augen nicht das Allerletzte ist?", fragte Jean, wobei es ihr gleichgültig war, dass ihre Stimme scharf klang.

„Sehr wenig", entgegnete Robby munter, „mit Ausnahme von dir natürlich, Jeannie. Ich hatte den Eindruck, du warst ein bisschen ärgerlich, als wir davon gesprochen haben, dass Mark das ganze Wochenende über Laura nachgelaufen ist. Mir ist nämlich keineswegs entgangen, dass er sich auch um dich bemüht hat. Man wird nicht so richtig schlau aus ihm, aber bekanntlich spinnen die meisten Psychotherapeuten ja noch mehr als ihre Patienten. Wenn es stimmt, dass Mark die Handbremse des Autos gelöst hat, das seinen Bruder überrollt hat, dann frage ich mich, ob da nicht eine bewusste oder unbewusste Absicht vorlag. Denk mal drüber nach."

Mit einem Zwinkern drehte er sich um und ging auf den Aufzug zu. Wütend und mit dem Gefühl, gedemütigt worden zu sein, weil Robby ihre Reaktion auf die Bemerkungen über Mark und Laura so zutreffend analysiert hatte, wandte sich Jean zur Rezeption. Die Angestellte, die dahinter saß, hieß Amy Sachs, eine kleine Frau mit einer sanften Stimme, kurz geschnittenen grauen Haaren und einer überdimensionalen Brille.

„Es ist ein Fax für Sie gekommen, Dr. Sheridan." Sie drehte sich um und nahm einen Briefumschlag aus einem Regal hinter der Theke.

Jean riss den Umschlag auf und spürte, wie ihre Kehle trocken wurde.

Die Botschaft bestand aus neun Wörtern:

Weit schlimmer noch als Unkraut riechen Lilien, die verwesen.

Lilien, die verwesen. Tote Lilien. Lily.

Wie benebelt fuhr Jean nach oben in ihr Zimmer und rief Sam Deegan an.

„Was gibt's? Haben Sie etwas von Laura gehört?", fragte er.

„Nein, es ist wegen Lily. Wieder ein Fax." Mit zitternder Stimme las sie die neun Wörter vor. „Das ist ein Zitat aus einem Sonett von Shakespeare. Es soll eine Anspielung sein. Derjenige, der mir das geschickt hat, droht damit, mein Kind zu töten." Jean bemerkte die aufkommende Hysterie in ihrer Stimme, als sie in den Hörer schluchzte: „Was kann ich tun, um ihn davon abzuhalten? Was kann ich bloß tun?"

MITTLERWEILE müsste sie das Fax bekommen haben. Er war sich immer noch nicht im Klaren darüber, warum es ihm Vergnügen bereitete, Jean zu verhöhnen, besonders jetzt, da er beschlossen hatte, sie zu töten. Warum quälte er sie, indem er Drohungen gegen Meredith – oder Lily, wie Jean das Mädchen nannte – aussprach? Zwanzig Jahre lang war sein Wissen über ihre Geburt und ihre Adoptiveltern eines dieser kleinen Geheimnisse gewesen, mit denen man scheinbar nichts anfangen kann.

Erst im vergangenen Jahr, als er Merediths Eltern bei einem Essen kennen gelernt und begriffen hatte, wer sie waren, hatte er sich darum bemüht, eine Beziehung zu ihnen aufzubauen. Im August hatte er sie sogar eingeladen, ein verlängertes Wochenende bei ihm zu verbringen und Meredith mitzunehmen, die gerade ihre Ferien bei ihnen verbrachte. Damals war ihm die Idee gekommen, etwas von ihr zu entwenden, mit dem sich eine DNA-Analyse machen ließ.

Die Gelegenheit, ihre Haarbürste zu stehlen, war ihm praktisch auf dem Tablett serviert worden. Sie waren alle um den Pool versammelt gewesen. Meredith' Handy hatte geklingelt, als sie sich gerade nach dem Schwimmen die Haare gebürstet hatte. Sie war davongegangen, um in Ruhe telefonieren zu können. Es war ein Kinderspiel gewesen, die Bürste in seiner Tasche verschwinden zu lassen und sich dann wieder zu seinen anderen Gästen zu gesellen. Am nächsten Tag hatte er die Bürste und die erste Botschaft an Jean geschickt.

Macht über Leben und Tod – bis jetzt hatte er diese Macht über fünf der Mädchen aus der Tischrunde ausgeübt, dazu noch über einige andere Frauen, die er zufällig ausgesucht hatte. Er fragte sich, wie schnell sie die Leiche von Helen Whelan finden würden. War es ein Fehler gewesen, die Eule in ihre Tasche zu stecken? Bisher hatte er sein Symbol immer versteckt hinterlassen. Letzten Monat beispielsweise hatte er ein Exemplar in einer Küchenschublade des Badehauses deponiert, in dem er auf Alison gewartet hatte.

IM HAUS brannte kein Licht. Er nahm die Nachtsichtbrille aus der Tasche, setzte sie auf, steckte den Schlüssel ins Schloss, öffnete die hintere Eingangstür, die in die Küche führte, und trat ein. Er schloss hinter sich wieder ab, lief durch die Küche zur Treppe und stieg lautlos die Stufen hinauf.

Laura befand sich in dem Zimmer, das ihres gewesen war, bevor ihre Familie in die Concord Avenue umgezogen war, als sie 16 gewesen war. Er hatte sie an Händen und Füßen gefesselt und ihren Mund mit einem Knebel aus Klebeband verschlossen. Sie lag auf dem Bett, ihr goldenes Abendkleid glitzerte in der Dunkelheit.

Sie hatte ihn nicht hereinkommen hören, und als er sich über sie beugte, konnte er ihr entsetztes Aufstöhnen hören. „Ich bin wieder da, Laura", flüsterte er. „Freust du dich nicht?"

Sie versuchte, vor ihm zurückzuweichen.

„Ich b-b-bin d-die Eu-Eule, und ich l-l-lebe in ei-ei-ei-nem …", fuhr er fort. „Du fandest das komisch, mich nachzuäffen, nicht wahr? Und jetzt, findest du nicht, dass es jetzt auch komisch ist?“ Mit der Nachtsichtbrille konnte er die panische Angst in ihren Augen sehen. „Du findest doch, dass es komisch ist, Laura. Ihr Mädchen findet es alle komisch. Zeig mir, dass du es komisch findest. Zeig es mir.“

Langsam bewegte sie den Kopf auf und ab. Mit einer schnellen Bewegung löste er den Knebel. „Nicht schreien, Laura. Niemand wird dich hören, und wenn du es doch tust, werde ich dieses Kissen auf dein Gesicht drücken. Hast du verstanden?“

„Bitte“, flüsterte sie. „Bitte …“

„Nein, Laura, ich will nicht, dass du ‚bitte‘ sagst. Ich will, dass du mich nachäffst. Du sollst meinen Satz aus dem Stück sagen, und dann sollst du lachen.“

„Ich b-b-bin d-die Eu-Eule, und ich l-l-lebe in ei-ei-ei-nem … B-B-Baum.“

Er nickte anerkennend. „Du bist sehr gut im Nachäffen. Jetzt tu so, als ob du mit den andern Mädchen am Mittagstisch sitzen würdest, und fang an zu kichern, zu prusten und zu lachen. Ich möchte sehen, wie köstlich ihr euch amüsiert habt, nachdem du dich über mich lustig gemacht hast.“

Verzweifelt begann Laura zu lachen, schrille, kreischende, hysterisch blökende Töne. „Ha … ha … ha …“ Tränen schossen ihr aus den Augen. „Bitte …“

Er drückte ihr die Hand auf den Mund. „Du wolltest gerade meinen Namen sagen. Das ist verboten. Du darfst mich nur ‚die Eule‘ nennen. Jetzt werde ich dir die Fesseln an den Händen abnehmen, damit du etwas essen kannst. Ich habe dir Suppe und ein Brötchen mitgebracht. Danach werde ich dir erlauben, auf die Toilette zu gehen. Und dann werde ich die Nummer vom Hotel auf meinem Handy eingeben. Du wirst der Empfangschefin sagen, dass du bei Freunden bist und das Zimmer noch etwas länger behalten willst. Hast du das verstanden, Laura?“

Ihre Antwort war kaum zu hören. „Ja.“

„Wenn du auf irgendeine Weise versuchst, um Hilfe zu bitten, wirst du sofort sterben.“

Zwanzig Minuten später klingelte das Telefon am Empfang des Hotels. Die Angestellte nahm den Hörer auf. „Rezeption. Mein Name ist Amy.“ Ihre Züge hellten sich auf. „Oh, Ms Wilcox, wir waren alle so besorgt. Selbstverständlich werden wir das Zimmer weiter für Sie zur Verfügung halten. Sind Sie auch sicher, dass es Ihnen gut geht?“

Die Eule brach die Verbindung ab. „Das hast du sehr gut gemacht, Laura.

Deine Stimme klang ein bisschen angestrengt, aber das ist wohl verständlich. Vielleicht hast du ja doch das Zeug zur Schauspielerin." Er klebte ihr den Knebel wieder auf den Mund. „Versuch, ein bisschen zu schlafen."

DEN VERBLEIBENDEN Sonntagnachmittag hing Jake Perkins in der Halle des Glen-Ridge herum. Dann ging er nach Hause zum Abendessen, aber um 22 Uhr war er zurück im Hotel, sehr erfreut darüber, dass seine Freundin Amy Sachs Dienst hatte.

Sie mochte ihn, das wusste er. Im letzten Frühjahr, als er einen Bericht über ein offizielles Mittagessen für Stonecroft hatte schreiben sollen, hatte sie zu ihm gesagt, er erinnere sie an ihren jüngeren Bruder. „Der einzige Unterschied ist, dass Danny 46 ist und du 16 bist." Dann hatte sie gelacht.

Jake fand, dass Amy, die nach außen hin so zurückhaltend und fast ängstlich bemüht war, es jedem recht zu machen, einen ziemlich trockenen Humor besaß und ganz schön schlagfertig sein konnte.

Sie begrüßte ihn mit einem schüchternen Lächeln. „Hallo, Jake."

„Hallo, Amy. Irgendwas Neues von Laura Wilcox?"

„Nein, nichts." In diesem Augenblick klingelte das Telefon, und sie nahm den Hörer ab. „Rezeption. Mein Name ist Amy." Ihr Gesicht hellte sich plötzlich auf, und sie rief: „Oh, Ms Wilcox ..."

Jake beugte sich über die Rezeption und bedeutete Amy, den Hörer etwas von ihrem Ohr wegzuhalten, damit er mithören konnte. So schnappte er auf, wie Laura Wilcox mitteilte, sie sei bei Freunden, wisse noch nicht, wann sie zurückkomme, und wolle ihr Zimmer einstweilen behalten.

Sie ist aufgeregt, dachte Jake. Ihre Stimme zittert.

Als Amy den Hörer auflegte, blickten sie und Jake sich an. „Wo auch immer sie ist, es geht ihr nicht besonders", meinte er.

„Vielleicht hat sie auch nur einen Kater", wandte Amy ein.

„Das könnte natürlich einiges erklären." Jake zuckte die Achseln. Das war's dann wohl mit seinem Zeitungsknüller.

Amy öffnete eine Schublade und entnahm ihr eine Visitenkarte. „Ich habe Mr Deegan versprochen, dass ich ihn anrufe, sobald wir Nachricht von Ms Wilcox bekommen."

„Ich zisch dann mal ab. Wiedersehen, Amy." Jake wandte sich zum Gehen, als Amy die Nummer eintippte. Er trat ins Freie, stand eine Weile nachdenklich auf dem Gehsteig und kehrte dann um. Wieder am Empfang, fragte er Amy: „Haben Sie Mr Deegan erreicht?"

„Ja. Ich habe ihm mitgeteilt, dass sie angerufen hat. Er meinte, das sei eine gute Nachricht und ob wir ihm Bescheid geben könnten, wenn sie zurückkommt, um ihre Sachen abzuholen."

„Genau das habe ich befürchtet. Geben Sie mir die Nummer von Mr Deegan."

Amy blickte Jake beunruhigt an. „Warum?"

„Weil ich der Meinung bin, dass es eher so klang, als ob Laura Wilcox Angst hatte und keinen Kater. Mr Deegan sollte das wissen."

SAMS erste Reaktion auf Amys Anruf war der Gedanke, dass Laura Wilcox eine bemerkenswert selbstsüchtige Frau sein musste. Sie hatte nicht nur die Gedenkfeier für ihre tote Freundin versäumt, sondern auch alle in großer Sorge um sie gelassen. Gleichzeitig beschlich ihn ein ungutes Gefühl angesichts der vagen Erklärung, die sie der Empfangschefin für ihre Abwesenheit geliefert hatte, sowie deren Einschätzung, dass Lauras Stimme nervös oder verkatert geklungen habe.

Jake Perkins' nachfolgender Anruf verstärkte dieses Gefühl, besonders da der Junge betonte, die Schauspielerin habe seinem Eindruck nach ängstlich geklungen.

„Sind Sie wie Ms Sachs der Ansicht, dass es genau halb elf war, als Laura Wilcox angerufen hat?", fragte Sam.

„Ja", bestätigte Jake. „Haben Sie vor, den Anruf zurückzuverfolgen?"

„Das ist richtig."

„Ich werde mich bemühen, die Augen weiterhin für Sie offen zu halten."

„Tun Sie das", erwiderte Sam gereizt. Dieser Knabe schien ein Klugscheißer zu sein. Auf der anderen Seite wollte er nur behilflich sein. Widerstrebend fügte er hinzu: „Und danke, Jake."

Sam drückte auf den Knopf, um das Gespräch zu beenden, und schwang die Beine aus dem Bett. Es war klar, dass nun keine Rede mehr von Schlaf sein konnte. Er musste Jean verständigen, dass sich Laura im Hotel gemeldet hatte, und er brauchte einen richterlichen Beschluss, um die gespeicherten Daten über Anrufe im Hotel einsehen zu können. Er wusste, dass die Anlage im Glen-Ridge über eine Anruferkennung verfügte. Sobald er die Nummer hatte, konnte er bei der Telefongesellschaft den Namen des Teilnehmers ermitteln sowie den Standort der Mobilfunkanlage, die den Anruf weitergeleitet hatte.

7

Sie wusste, dass er sie umbringen würde. Die Frage war nur, wann. Schwer zu glauben, aber sie war tatsächlich eingeschlafen, nachdem er fortgegangen war. Licht sickerte durch die geschlossenen Jalousien; es musste demnach Morgen sein. War es Montag oder Dienstag?

Als sie am Samstag spätabends hier angekommen waren, hatte er eine Flasche Sekt geöffnet, zwei Gläser eingeschenkt und ihr zugeprostet. Dann hatte er gesagt: „Bald ist Halloween. Willst du mal die Maske sehen, die ich gekauft habe?“

Er hatte eine Maske mit dem Gesicht einer Eule aufgesetzt. Riesige Augen mit großen schwarzen Pupillen inmitten einer grellgelben Iris, umgeben von gräulichen Flaumfedern, die zum scharfen Schnabel und dem schmalen Mund hin ins Dunkelbraune wechselten. Ich habe angefangen zu lachen, erinnerte sich Laura, weil ich dachte, dass er das von mir erwartete. Aber gleichzeitig habe ich gespürt, dass etwas mit ihm geschehen war – er hatte sich verwandelt. Noch bevor er die Maske abnahm und meine Hände packte, wusste ich, dass ich in eine Falle gegangen war.

Er hatte sie nach oben geschleift, ihr die Hand- und Fußgelenke gefesselt und ihren Mund mit Klebeband geknebelt, wobei er sorgfältig darauf geachtet hatte, ihre Nase frei zu lassen, damit sie nicht erstickte. Anschließend hatte er ein Seil um ihre Taille geschlungen und es am Bettrahmen befestigt. „Hast du zufällig ‚Meine liebe Rabenmutter‘ gelesen?“, hatte er gefragt. „Joan Crawford hat ihre Kinder immer im Bett angebunden, um sicher zu sein, dass sie nachts nicht aufstanden. Sie nannte es ‚sicherer Schlaf‘.“

Bevor er weggegangen war, hatte er sein Handy auf die Frisierkommode gelegt. „Denk darüber nach, Laura. Wenn du das Handy erreichst, könntest du Hilfe holen. Aber gib dir lieber keine Mühe. Sobald du versuchst, dich zu befreien, werden sich die Fesseln noch fester zuziehen, glaub mir.“

Sie hatte es trotzdem versucht, und jetzt pochte der Schmerz in ihren Handgelenken und Knöcheln. Oh Gott, bitte hilf mir!, flehte sie und versuchte panisch, eine Welle von Übelkeit zu unterdrücken.

Als er das erste Mal zurückgekommen war, hatte im Zimmer wieder schwache Helligkeit geherrscht. Das musste am Sonntagvormittag gewesen sein. Dann war er nach einer längeren Zeit ein zweites Mal gekommen. Er hatte ihre Handfesseln gelöst und ihr Suppe und ein Brötchen zu essen gegeben. Und sie hatte auf die Toilette gehen dürfen. Im Anschluss hatte sie den Anruf machen müssen. Es war so dunkel gewesen, dass es wieder Abend oder Nacht gewesen sein musste.

Samstagabend. Sonntagvormittag. Sonntagabend- oder nacht. Demnach musste jetzt Montagmorgen sein. Laura starrte auf das Handy. Das schaffe ich nicht, dachte sie. Nein, das schaffe ich nicht. Aber vielleicht wird trotzdem jemand auf die Idee kommen, dass ich in Gefahr sein könnte, und sie werden versuchen, mich zu finden. Anrufe, die von Handys aus gemacht werden, kann man zurückverfolgen. Man kann herausfinden, wem das Handy gehört. Diese hauchdünne Hoffnung war das Einzige, was ihr blieb, und in ihrer Verzweiflung klammerte sie sich daran.

„Da bin ich wieder, Laura."

Sie hatte ihn nicht kommen hören. Auch durch den Knebel hindurch zerriss Lauras Schrei die Stille des Raums, der in den ersten 16 Jahren ihres Lebens ihr Zimmer gewesen war.

AM MONTAGMORGEN erwachte Jean voller Entschlossenheit, etwas zu unternehmen, um Lily zu finden, und das minderte das schreckliche Gefühl ihrer Hilflosigkeit ein wenig. Schnell duschte sie und zog sich an.

Als sie in den Spiegel schaute, fiel ihr auf, wie blass sie war. Normalerweise trug sie tagsüber nur wenig Make-up, aber jetzt tupfte sie ein wenig Rouge auf ihre Wangen und wählte einen Lippenstift mit etwas vollerem Ton als gewöhnlich.

Während sie ihre Ohrklipps anlegte, erinnerte sie sich an Sams Anruf, mit dem er ihr gestern Abend mitgeteilt hatte, dass Laura die Rezeption angerufen hatte. Er hatte sie damit sicher beruhigen wollen, aber die Besorgnis in seiner Stimme war nicht zu überhören gewesen.

„Sie sind nicht davon überzeugt, dass sie in Sicherheit ist, oder?", hatte Jean gefragt.

„Noch nicht, aber immerhin hat sie angerufen."

Das bedeutet, dass sie noch am Leben ist, war Jean durch den Kopf geschossen. Das will er damit sagen.

Danach waren sie auf Lily zu sprechen gekommen. Sam hatte Jean versichert, bei den Drohungen gegen ihre Tochter könne es sich auch „nur" um einen Erpressungsversuch handeln, und sie hatte ihm bereitwillig zugestimmt. Es war ihm gelungen, sie wenigstens in dieser Sache ein wenig zu beruhigen.

„Jean, Sie haben mir erzählt, dass Sie das Baby niemandem gegenüber erwähnt haben", hatte er gesagt. „Dennoch hat es jemand herausgefunden.

Das kann erst vor kurzem passiert sein oder auch schon vor 19 Jahren, als Ihr Kind geboren wurde. Wer weiß? Versuchen Sie, sich zu erinnern, ob Sie jemanden in Dr. Connors' Praxis gesehen haben, vielleicht eine Sprechstundenhilfe oder eine Sekretärin, die sich zusammengereimt hat, weshalb Sie dort waren, und die neugierig genug war, um herauszufinden, zu wem Ihr Baby gekommen ist. Vergessen Sie nicht, dass Sie durch Ihren Bestseller zu einer berühmten Persönlichkeit geworden sind. Am wahrscheinlichsten scheint mir, dass irgendein Bekannter von Lily versucht, Sie zu erpressen, indem er droht, ihr etwas anzutun."

Dr. Connors' Sprechstundenhilfe war eine freundliche, ziemlich dicke Frau um die fünfzig gewesen, erinnerte sich Jean nun. Ihr Nachname war irisch und fing mit K an. Kelly … Kimball. Peggy Kimball!

Jean zog die Nachttischschublade auf und holte das Telefonbuch hervor. Es gab mehrere Kimballs, und sie beschloss, es zuerst mit dem Eintrag KIMBALL, STEPHEN UND MARGARET zu versuchen, denn Peggy war die Kurzform von Margaret.

Eine weibliche Stimme meldete sich auf dem Anrufbeantworter. „Hallo. Steve und Peggy sind gerade nicht zu Hause. Bitte hinterlassen Sie nach dem Pfeifton eine Nachricht, und wir werden Sie zurückrufen."

Kann man eine Stimme nach zwanzig Jahren wieder erkennen, oder wünsche ich mir nur, sie wieder zu erkennen?, fragte sich Jean, bevor sie sorgsam ihre Worte wählte. „Peggy, mein Name ist Jean Sheridan. Falls Sie vor zwanzig Jahren als Sprechstundenhilfe bei Dr. Connors gearbeitet haben, wäre es äußerst wichtig für mich, mit Ihnen zu sprechen. Könnten Sie mich bitte unter folgender Nummer so bald wie möglich zurückrufen?"

Im Anschluss blätterte sie im Telefonbuch zum Buchstaben C zurück. Wenn er noch leben würde, wäre Dr. Connors jetzt etwa 75, und seine Frau war vermutlich ungefähr im selben Alter. Vielleicht stand sie noch im Telefonbuch. Dr. Connors hatte im Winding Way gewohnt, und es gab tatsächlich einen Eintrag MRS DOROTHY CONNORS, WINDING WAY.

Voller Hoffnung tippte Jean die Nummer ein. Die silberhelle Stimme einer älteren Frau meldete sich am anderen Ende. Als sie das Gespräch ein paar Minuten später beendete, hatte Jean erreicht, dass Dorothy Connors sie um halb zwölf zu einem Besuch erwartete.

AM MONTAGVORMITTAG saß Sam um halb elf im Büro von Rich Stevens, dem Bezirksstaatsanwalt von Orange County, und informierte ihn über die vermisste Laura Wilcox und die Drohungen gegen Lily.

„Ich habe den richterlichen Beschluss in Bezug auf die telefonischen Daten des Glen-Ridge heute um ein Uhr in der Nacht vorgelegt“, berichtete er. „Die Angestellte und dieser Junge von Stonecroft sind beide überzeugt davon, dass es Laura Wilcox war, die angerufen hat, und sie haben beide ebenfalls übereinstimmend ausgesagt, dass sie merkwürdig klang. Der Junge fand sie sogar ängstlich. Aus den Hotelaufzeichnungen über die Telefonate geht hervor, dass es eine 917-Nummer war, also wissen wir, dass sie ein Handy benutzt hat. Heute Nacht habe ich außerdem die Anordnung zur Mitteilung von Name und Adresse des Teilnehmers vorgelegt, aber ich musste bis neun Uhr morgens warten, bis das Büro der Telefongesellschaft geöffnet hatte.“

„Was haben Sie herausgefunden?“, fragte Stevens.

„Die Informationen bestärken meine Vermutung, dass Ms Wilcox in Schwierigkeiten steckt. Das Handy ist eines von diesen Dingern, die man zusammen mit hundert Minuten Anrufzeit kauft und dann wegschmeißt.“

„Also die Art, die von Terroristen benutzt wird“, brummte Stevens.

„Oder, wie in diesem Fall, vielleicht von einem Kidnapper. Die Mobilfunkanlage befindet sich in Beacon in Dutchess County. Ich habe schon mit unseren Jungs von der Technik gesprochen. Wenn ein neuer Anruf kommt, können wir mithilfe einer Triangulation den genauen Ort ermitteln, von dem er ausgegangen ist. Das könnten wir auch, wenn das Handy eingeschaltet geblieben wäre, aber leider wurde es abgeschaltet.“

Danach erläuterte Sam, wie er weiter vorgehen wollte. „Ich möchte, dass alle ehemaligen Schüler, die an dem Treffen teilgenommen haben, auf eventuelle Verurteilungen überprüft werden. Vielleicht finden wir jemanden, der bereits gewalttätig gewesen ist. Sodann sollten die Angehörigen der fünf verstorbenen Frauen von der Mittagsrunde kontaktiert werden, damit wir nachprüfen können, ob es irgendetwas Verdächtiges im Zusammenhang mit deren Tod gegeben hat.“

„Fünf aus einer Tischrunde, und die Sechste ist verschwunden“, fasste Stevens ungläubig zusammen. „An Ihrer Stelle würde ich mit der letzten Toten anfangen. Der Fall ist noch ziemlich frisch, und wenn die Beamten in Los Angeles von den anderen Frauen erfahren, werden sie genau hinschauen, bevor sie Alison Kendalls Tod als Badeunfall deklarieren. Wir werden die Ermittlungsunterlagen in all diesen Fällen anfordern.“

„Das Sekretariat von Stonecroft wird uns eine Liste der Absolventen schicken, die am Treffen teilgenommen haben, sowie eine Liste der übrigen Personen, die beim Dinner anwesend waren“, fuhr Sam fort. „Sie haben die Adressen und Rufnummern von allen Absolventen und zumindest von einem Teil der Leute aus der Stadt, die anwesend waren." Vor lauter Müdigkeit konnte er ein Gähnen nicht unterdrücken.

Dem Bezirksstaatsanwalt war klar, dass Gefahr im Verzug war. Daher verzichtete er darauf, seinem ältesten Ermittlungsbeamten den Rat zu geben, sich ein wenig schlafen zu legen. Stattdessen sagte er: „Gut, ich vermute, Sie wollen sich gleich wieder an die Arbeit machen."

MIT UNTERBRECHUNGEN hatte die Eule die ganze Nacht von Sonntag auf Montag vor sich hin gedöst. Nach seinem Besuch bei Laura am späten Abend hatte er ein paar Stunden geschlafen. Bei seinem Besuch im Morgengrauen hatte er mit Befriedigung registriert, dass sie nur noch ein zitterndes Häufchen Elend war, das um Gnade flehte – Gnade, die sie ihm in ihren gemeinsamen Schuljahren verweigert habe, wie er ihr vorgehalten hatte. Nach diesem Besuch hatte er in der Hoffnung, das heiße Wasser würde die pochenden Schmerzen in seinem Arm lindern, lange unter der Dusche gestanden.

Er stellte die Lautstärke des Fernsehgeräts höher. Die Entdeckung der toten Helen Whelan war eine Riesenstory für die lokalen Medien. Bilder vom Fundort der Leiche wurden gezeigt. Ihm fiel auf, wie matschig der Boden aussah. Er hatte nicht in Erinnerung, dass es dort so viel Schlamm gegeben hatte. Das bedeutete, dass vermutlich eine Menge Dreck aus dieser Gegend an den Reifen seines Leihwagens klebte. Er wäre gut beraten, wenn er ihn in der Garage des Hauses stehen ließe, in dem Laura noch ein wenig weiterleben durfte. Er würde einen anderen mittelgroßen, unauffälligen schwarzen Wagen mieten. Falls sie auf die Idee kamen, alle Autos der Teilnehmer des Jubiläumstreffens zu überprüfen, würde er mit seinem durch die Maschen schlüpfen.

Als die Eule ein Jackett aus dem Schrank holte, flimmerte eine aktuelle Meldung über den Schirm.

„Ein junger Reporter von der Stonecroft Academy in Cornwall-on-Hudson hat enthüllt, dass möglicherweise ein Zusammenhang zwischen dem Verschwinden der Schauspielerin Laura Wilcox und einem unbekannten Täter besteht, den er den ‚Mittagstisch-Serienmörder' nennt."

DOROTHY CONNORS war eine zerbrechlich wirkende alte Dame über siebzig. Ihr Haus war eines der reizvollen Besitztümer mit Blick auf den Hudson. Sie lud Jean ein, auf der Sonnenveranda neben dem Wohnzimmer Platz zu nehmen, wo sie, wie sie sagte, die meiste Tageszeit verbrachte.

Als sie von ihrem Mann sprach, leuchteten ihre wachen braunen Augen auf. „Edward war der wunderbarste Ehemann und Doktor, den man sich vorstellen kann. Dieses schreckliche Brandunglück hat ihn das Leben gekostet – den Verlust seiner Praxis und aller seiner Unterlagen. Das hat letztlich zu seinem Herzanfall geführt."

„Mrs Connors, ich habe Ihnen am Telefon erklärt, dass ich Drohbriefe erhalten habe, die sich gegen meine Tochter richten. Sie ist jetzt 19. Ich muss unbedingt ihre Adoptiveltern ausfindig machen und sie warnen. Bitte helfen Sie mir. Hat Dr. Connors mit Ihnen über mich gesprochen? Ich könnte mir denken, aus welchem Anlass er das getan haben könnte. Meine Eltern haben sich damals in der Stadt mit ihren öffentlichen Prügeleien zum allgemeinen Gespött gemacht. Deshalb hat Ihr Mann verstanden, dass ich sie nicht um Hilfe bitten konnte. Er hat zur Tarnung etwas arrangiert, sodass ich einen Grund hatte, nach Chicago zu gehen. Er ist sogar zu mir gekommen und hat dem Baby in der Privatklinik auf die Welt geholfen."

„Ja, das hat er für eine Reihe von Mädchen getan. Er wollte ihnen dabei helfen, ihre Geschichte geheim zu halten. Heutzutage finden die meisten Leute überhaupt nichts mehr dabei, wenn eine unverheiratete Frau ein Kind zur Welt bringt und aufzieht, aber mein Mann war da altmodisch. Er sorgte sich sehr darum, die Privatsphäre seiner schwangeren Patientinnen zu schützen, auch mir gegenüber. Bevor Sie es mir gesagt haben, wusste ich nicht einmal, dass Sie seine Patientin waren."

„Aber über meine Eltern müssen Sie doch Bescheid gewusst haben."

Dorothy Connors sah Jean einen langen Augenblick schweigend an. „Ich wusste, dass sie Probleme hatten. Ich habe sie in der Kirche gesehen und mich ein paarmal mit ihnen unterhalten. Ich habe das Gefühl, meine Liebe, dass Sie nur die schlechten Zeiten in Erinnerung behalten haben. Ihre Eltern waren doch auch attraktive, intelligente Menschen, die leider nur nicht zusammenpassten."

Jean hatte einen leisen Tadel herausgehört und fühlte, dass sie auf merkwürdige Weise in die Defensive gedrängt worden war. „Dass sie nicht zusammenpassten, steht hundertprozentig fest." Sie hoffte, dass ihr stiller Ärger nicht herauszuhören war. „Mrs Connors, ich bin Ihnen wirklich sehr dankbar, dass Sie mir so kurzfristig erlaubt haben, zu Ihnen zu kommen, aber ich werde mich jetzt kurz fassen. Meine Tochter schwebt möglicherweise in großer Gefahr. Wenn Sie irgendetwas darüber wissen, an wen Ihr Mann meine Tochter vermittelt haben könnte, dann müssen Sie es mir einfach sagen."

„Ich schwöre Ihnen, Edward hat über Patientinnen in Ihrer Situation niemals mit mir gesprochen, und ich habe nie gehört, dass er Ihren Namen erwähnte."

„Und alle Praxisunterlagen sind verloren gegangen?"

„Ja. Das gesamte Gebäude wurde so vollständig zerstört, dass sofort der Verdacht auf Brandstiftung aufkam, aber es konnte nicht bewiesen werden."

Es war offensichtlich, dass Dorothy Connors ihr nicht weiterhelfen konnte. Jean erhob sich. „Ich erinnere mich noch, dass Peggy Kimball die Sprechstundenhilfe war, als ich bei Ihrem Mann war. Ich habe ihr eine Nachricht hinterlassen und hoffe, dass sie mich zurückrufen wird. Vielleicht weiß sie etwas. Ich danke Ihnen, Mrs Connors. Bitte, bleiben Sie sitzen. Ich finde allein hinaus."

Sie reichte Dorothy Connors die Hand und zuckte innerlich zusammen, als sie in ihr Gesicht schaute. Die alte Dame sah äußerst beunruhigt aus.

MARK FLEISCHMAN nahm sich um ein Uhr am Empfang des Glen-Ridge House wieder ein Zimmer. Nachdem er seinen Koffer hinaufgetragen hatte, wählte er auf dem Haustelefon die Zimmernummer von Jean. Als er sie nicht erreichte, ging er hinunter in den Speisesaal. Zu seiner Freude entdeckte er Jean allein an einem Ecktisch und ging mit raschen Schritten auf sie zu.

Ihr Gesicht hellte sich auf, und sie lächelte ihm entgegen. „Mark, ich habe nicht erwartet, dich hier zu sehen! Setz dich. Ich wollte gerade etwas zu essen bestellen."

Er nahm auf dem Stuhl ihr gegenüber Platz. „Ich habe deine Nachricht erst gestern Abend bekommen. Ich habe heute früh im Hotel angerufen, und an der Rezeption hat man mir gesagt, dass Laura nicht wieder aufgetaucht ist. Daraufhin habe ich meinen Terminplan geändert und bin zurückgekommen. Ich habe den Flieger genommen und dann einen Mietwagen."

„Das war sehr nett von dir. Wir machen uns alle furchtbare Sorgen um Laura." Jean klärte ihn kurz darüber auf, was passiert war, seitdem er am Vortag abgereist war.

Sie blickte Mark an, und als sie seinem besorgten Blick begegnete, verspürte sie das Bedürfnis, ihm von Lily zu erzählen, ihn als Psychologen zu fragen, ob er die Drohungen für echt halte oder ob jemand ihr nur Angst einjagen wolle, um sie zu erpressen.

„Haben Sie schon gewählt?", flötete die Bedienung.

Sie bestellten beide ein Sandwich und Tee.

Als die Bedienung weg war, sagte Mark: „Auf der Fahrt vom Flughafen habe ich im Radio gehört, dass dieser junge Reporter, der uns auf dem Jahrgangstreffen genervt hat, gegenüber den Medien von der Existenz eines Serienmörders gesprochen hat. Auch wenn du nicht an diese Theorie glaubst – ich mache mir Sorgen um dich. Seitdem Laura verschwunden ist, bist du die Einzige von der alten Runde, die übrig ist."

„Ich wünschte, ich müsste mir nur Sorgen um mich selbst machen", seufzte Jean.

„Worüber machst du dir denn noch Sorgen? Komm, sag es mir."

Es war offensichtlich, dass er ihr helfen wollte. Sollte sie ihm von Lily erzählen? Sie bemerkte, dass er sie musterte, und erwiderte seinen Blick. Er hatte wunderbare braune Augen. Diese kleinen gelben Flecken darin waren wie Sonnenlicht.

Sie zuckte die Achseln und hob die Augenbrauen. „Du erinnerst mich an einen Professor auf dem College. Wenn der eine Frage gestellt hatte, starrte er einen immer einfach so lange an, bis er eine Antwort erhielt."

„Genau das tue ich auch, Jean. Einer meiner Patienten nennt es meinen Weise-Eule-Blick."

„Dein Weise-Eule-Blick hat mich überzeugt, Mark. Ich denke, ich werde dir von Lily erzählen."

8

Als Sam wieder in seinem Büro war, rief er als Erstes Carmen Russo an, die Kriminalbeamtin in Los Angeles, welche die Untersuchungen zum Tod von Alison Kendall geleitet hatte.

„Tod durch Ertrinken infolge eines Unfalls haben wir ermittelt, und dabei bleibt es auch", erklärte sie Sam. „Die Tür zum Haus war offen, aber nichts wurde gestohlen. Alles war an seinem Platz, im Haus, im Garten und im Badehaus. Keine Anzeichen von Alkohol oder Drogen."

„Überhaupt keine Spuren von Gewalt?", bohrte Sam nach.

„Ein leichtes Hämatom an ihrer Schulter, das ist alles. Ohne zusätzliche Hinweise reicht das kaum für einen Mordverdacht."

Entmutigt legte Sam auf. Sein Instinkt sagte ihm, dass Alison Kendall keines natürlichen Todes gestorben war. Jake Perkins war tatsächlich auf etwas gestoßen, als er herausgefunden hatte, dass die fünf verstorbenen Frauen in Stonecroft immer an einem Tisch gesessen hatten. Sam war sich da absolut sicher. Aber wenn schon Alison Kendalls Tod keinerlei Verdacht erregt hatte, wie viel Glück, ein Tatmuster herauszufinden, würde er dann bei den vier anderen haben, die über einen Zeitraum von fast zwanzig Jahren gestorben waren?

Ein Klopfen ertönte. Einer der jungen neuen Ermittler stand sichtlich aufgeregt in der Tür. „Sir, wir gehen gerade die Schülerakten der Stonecroft-Absolventen durch, die auf dem Jahrgangstreffen waren, und haben da vielleicht etwas über einen von ihnen, Joel Nieman.“

„Was ist mit ihm?“, fragte Sam.

„In seinem Abschlussjahr wurde er verhört, weil sich jemand an Alison Kendalls Schließfach zu schaffen gemacht hatte. Bei den Scharnieren waren die Stifte entfernt worden, sodass ihr beim Öffnen die Tür entgegenfiel und sie zu Boden ging. Sie trug eine leichte Gehirnerschütterung davon.“

„Warum wurde er verhört?“

„Weil er sich sehr über etwas aufgeregt hatte, was sie in der Schülerzeitung geschrieben hatte. Der Abschlussjahrgang führte „Romeo und Julia“ auf. Nieman spielte den Romeo, und die Kendall schrieb etwas Gemeines darüber – dass er sich den Text nicht habe merken können. Er dagegen behauptete, seinen Shakespeare sehr wohl zu beherrschen. Es habe nur an einem kurzen Anfall von Lampenfieber gelegen. Er hat daraufhin jedem, der es hören wollte, erzählt, was er am liebsten mit Alison Kendall anstellen würde. Kurze Zeit später hat sie die Tür an den Schädel bekommen. Und es gibt noch mehr. Er hat einen ziemlich aufbrausenden Charakter und wurde schon mehrfach nach Schlägereien in Bars mit aufs Revier genommen.“

Der Kerl, der Jean die Faxe geschickt hat, zitierte aus einem Sonett von Shakespeare, erinnerte sich Sam.

Er stand auf. „Romeo, Romeo, warum denn Romeo?“ Als der junge Ermittler ihn anstarrte, setzte er hinzu: „Genau das werde ich jetzt herausfinden. Und dann werden wir sehen, wie viel Zitate von Shakespeare uns Joel Nieman noch aufsagen kann.“

UM HALB sieben war die Eule zurück und schlich die Treppe hinauf. Diesmal hatte Laura seinen Besuch vorausgeahnt oder seine Anwesenheit gespürt, denn als er das Zimmer betrat und die Taschenlampe auf sie richtete, sah er, dass sie bereits zitterte.

„Hallo, Laura“, flüsterte er. „Freust du dich, dass ich wieder da bin?“

„J-Ja, ich freu mich“, stammelte sie.

Mit einer raschen Bewegung zog er sie in eine aufrechte Sitzposition hoch, schnitt ihr die Fesseln durch und riss ihr den Knebel vom Mund. Das alles geschah so plötzlich, dass Laura schwankte und die Hand ausstreckte. Unwillkürlich griff sie nach seinem Arm.

Er stöhnte auf vor Schmerz. „Fass meinen Arm nie wieder an, verstanden?“

Laura nickte.

„Steh auf.“ Die Eule zeigte auf den Stuhl neben der Frisierkommode. Stumm schlurfte Laura darauf zu und setzte sich.

„Hier, ich habe dir ein Sandwich mit Erdnussbutter gebracht und ein Glas Milch.“ Er nahm die Taschenlampe und richtete den Schein auf ihren Hals, sodass er ihre Miene beobachten konnte, ohne sie zu blenden. Es freute ihn, als er sah, dass sie weinte.

„Du hast schreckliche Angst, nicht wahr? Und bestimmt fragst du dich, woher ich weiß, dass du dich über mich lustig gemacht hast. Ich werde dir eine kleine Geschichte erzählen. Vor zwanzig Jahren sind wir alle aus unseren jeweiligen Colleges übers Wochenende nach Hause gefahren und haben uns an einem Abend getroffen. Es gab da eine Party. Nun, wie du weißt, habe ich nie dazugehört. Aber aus irgendeinem Grund war ich zu dieser Party eingeladen, und du warst auch da. Du hast auf dem Schoß deiner neuesten Eroberung gesessen. Der Anblick hat mir wehgetan, Laura, so sehr war ich immer noch in dich verliebt.

Alison war auch auf der Party. Sie hat sich mit mir unterhalten. Ich habe sie nie gemocht. Ehrlich gesagt, hatte ich Angst vor ihrer scharfen Zunge. Sie kam darauf zu sprechen, dass ich in unserem Abschlussjahr mal so verwegen gewesen war, dich zu fragen, ob du mit mir ausgehen willst. ‚Die Eule wollte mit Laura ein Rendezvous haben!‘ Alison lachte. Und dann machte sie mir vor, wie du mich nachgeäfft hast. ‚Ich b-b-bin d-die Eu-Eule, und ich l-l-lebe in ei-ei-ei-nem …‘

Deine Parodie muss großartig gewesen sein, Laura. Alison hat mir versichert, dass die Mädchen am Mittagstisch jedes Mal vor Lachen gekreischt haben, wenn sie daran dachten. Und du hast sie sogar noch daran erinnert, dass ich mir auf der Bühne in die Hose gemacht habe, bevor ich weggerannt bin.“

Laura hatte einige Bissen von dem Sandwich gegessen. Jetzt ließ sie es in ihren Schoß fallen. „Es tut mir Leid …“

„Du begreifst immer noch nicht, dass du schon zwanzig Jahre zu lange lebst. Ich will es dir erklären. Ich war auf dieser Party damals so betrunken, dass ich vergaß, dass du umgezogen warst. Ich bin in dieser Nacht hierher gekommen, um dich zu töten. Ich wusste, dass bei euch immer ein Ersatzschlüssel im Garten unter der Hasenfigur lag. Eure Nachfolger hatten ihn auch dort versteckt. Ich bin in das Haus und hinauf in dieses Zimmer geschlichen. Ich habe nur den Haarschopf auf dem Kissen gesehen und gedacht, du wärst es. Es war ein Versehen, dass ich Karen Sommers erstochen habe. Dich wollte ich töten, Laura. Dich!

Am nächsten Morgen bin ich aufgewacht und konnte mich nur vage erinnern, hier gewesen zu sein. Dann habe ich erfahren, was passiert war, und begriffen, dass ich berühmt bin." Angesichts dieser Erinnerung begann sich die Stimme der Eule vor Begeisterung zu überschlagen. „Ich kannte Karen Sommers nicht. Niemand ist jemals auf mich gekommen. Aber dieser Fehler hat mich befreit. An diesem Morgen habe ich begriffen, dass ich Macht über Leben und Tod besitze. Und ich habe diese Macht seitdem auch ausgeübt. Immer wieder. Über Frauen aus allen Teilen des Landes."

Er erhob sich. Lauras Augen weiteten sich vor Angst, als er sich zu ihr hinabbeugte. „Jetzt muss ich gehen. Denk darüber nach, was für ein Glück du gehabt hast, dass du zwanzig Lebensjahre geschenkt bekommen hast."

Mit schnellen, rohen Griffen fesselte er sie wieder, verklebte ihr den Mund, zog sie vom Stuhl hoch, stieß sie auf das Bett und befestigte das lange Seil über ihrem Körper.

„Es begann in diesem Zimmer, und in diesem Zimmer wird es enden." Mit diesen Worten verschwand er.

Draußen ging der Mond auf, und von ihrem Bett aus konnte Laura die schwachen Umrisse des Handys sehen, das auf der Frisierkommode lag.

UM HALB sieben saß Jean in ihrem Hotelzimmer, als sie endlich den Rückruf von Peggy Kimball erhielt, der ehemaligen Sprechstundenhilfe von Dr. Connors.

„Klang ja ziemlich dringend, was Sie mir auf Band gesprochen haben", sagte Peggy in forschem Ton. „Was ist denn passiert?"

„Wir haben uns vor zwanzig Jahren kennen gelernt. Ich war Dr. Connors' Patientin, und er hat eine private Adoption für mein Baby in die Wege geleitet. Ich muss unbedingt mit Ihnen darüber sprechen."

„Tut mir Leid. Ich bin nicht befugt, über die Adoptionen zu sprechen, die Dr. Connors in die Wege geleitet hat. Wenn Sie Ihr Kind wieder finden möchten, gibt es gesetzliche Möglichkeiten, das zu tun."

„Ich habe mich schon an Sam Deegan gewandt, einen Ermittler vom Büro des Bezirksstaatsanwalts", erklärte Jean. „Ich habe Mitteilungen von einem Unbekannten bekommen, die sich nur als Drohungen gegen meine Tochter deuten lassen. Ihre Adoptiveltern müssen dringend gewarnt werden. Bitte helfen Sie mir, ich bitte Sie darum."

Peggy Kimball unterbrach sie mit einem besorgten Ausruf. „Tommy, ich warne dich. Lass die Schüssel stehen!"

Jean hörte das Geräusch von zerschellendem Glas.

„Oh mein Gott", seufzte Peggy. „Hören Sie, ich muss gerade auf meine Enkelkinder aufpassen. Ich kann jetzt nicht reden."

„Könnte ich mich morgen mit Ihnen treffen? Ich werde Ihnen die Faxe vorlegen, in denen meine Tochter bedroht wird. Sie können sich über mich erkundigen. Ich bin Professorin für Geschichte in Georgetown."

„Tommy, Betsy, geht weg von den Scherben! Warten Sie mal … Sind Sie vielleicht die Jean Sheridan, die das Buch über Abigail Adams geschrieben hat?"

„Ja."

„Ach du lieber Himmel! Ich habe es mit Begeisterung gelesen. Ich weiß alles über Sie. Ich habe Sie auch mal im Fernsehen gesehen. Hören Sie, ich arbeite jetzt im Krankenhaus. Das Glen-Ridge liegt auf dem Weg dorthin. Ich glaube zwar nicht, dass ich Ihnen weiterhelfen kann, aber möchten Sie eine Tasse Kaffee mit mir trinken, so um zehn?"

„Das würde ich gerne. Ich danke Ihnen sehr."

„Ich werde Sie von der Rezeption aus anrufen", verabschiedete sich Peggy. „Wir sehen uns morgen."

Nachdenklich legte Jean auf. Sie massierte ihre Schläfen, um die beginnenden Kopfschmerzen zu vertreiben. Ein heißes Bad würde ihr gut tun.

Das Telefon klingelte um zehn nach sieben, als sie gerade aus der Wanne stieg. Einen Moment überlegte sie, nicht ranzugehen, doch dann schlang sie ein Badetuch um sich und eilte in das Schlafzimmer. „Hallo?"

„Hallo, Jeannie", meldete sich eine muntere Stimme. Laura! Es war Laura.

„Wo bist du?"

„Da, wo ich eine Menge Spaß habe. Sag doch bitte den Bullen, dass sie nach Hause gehen können. Mir geht's blendend, ich amüsiere mich prächtig. Ich melde mich bald wieder. Ciao, Liebes!"

AM SPÄTEN Montagnachmittag fuhr Sam nach Rye, um mit Joel Nieman in dessen Büro zu sprechen.

Sieht mir nicht nach einem Romeo aus, dachte Sam beim Anblick von Niemans schwammigem Gesicht und den dünnen rötlich braunen Haaren.

„Ich habe den ganzen Quatsch über diesen Mittagstischkiller im Radio gehört", begann Nieman. „Hören Sie, ich war mit diesen Mädchen in einem Jahrgang. Ich habe sie alle gekannt. Die Vorstellung, dass da eine Verbindung zwischen den Todesfällen bestehen könnte, ist reiner Blödsinn. Nehmen Sie doch mal Catherine Kane. Sie ist mit ihrem Wagen in den Potomac geschlittert, als wir im ersten Jahr am College waren. Cath ist immer schon flott gefahren. Sehen Sie mal nach, wie viele Strafzettel sie in ihrem letzten Highschooljahr in Cornwall wegen zu schnellen Fahrens kassiert hat, dann wissen Sie, wovon ich rede."

„Aber finden Sie nicht, dass das Zusammentreffen von fünf Todesfällen so außergewöhnlich ist, dass es schwer fällt, an Zufall zu glauben?"

„Klar, es ist schon eine ziemlich unheimliche Geschichte, dass fünf Mädchen aus einer Tischrunde gestorben sind. Aber nehmen Sie zum Beispiel den Burschen, der bei uns die Computer wartet. Seine Mutter und seine Großmutter sind im Abstand von dreißig Jahren am gleichen Tag nach einem Herzanfall tot umgefallen. Am Tag nach Weihnachten. Vielleicht ist ihnen aufgegangen, wie viel Geld sie für Geschenke ausgegeben haben, und da hat es sie erwischt. Könnte doch sein, oder?"

Sam blickte Nieman mit tief empfundener Abneigung an, hatte aber zugleich das Gefühl, dass diesem hinter seinem prahlerischen Hochmut nicht ganz wohl in seiner Haut war. „Ich habe gehört, dass Ihre Frau das Treffen wegen einer Geschäftsreise am Samstagmorgen verlassen hat."

„Das ist richtig."

„Waren Sie am Samstagabend nach dem Festdinner allein zu Hause?"

„Ja, diese ewig langen Feierlichkeiten ermüden mich."

Der Kerl ist nicht der Typ, der allein nach Hause geht, wenn seine Frau weg ist, dachte Sam. Also sagte er aufs Geratewohl: „Sie wurden gesehen, als Sie in Ihrem Wagen vom Hotelparkplatz wegfuhren. Eine Frau saß neben Ihnen."

Nieman hob die Augenbrauen. „Nun, vielleicht saß eine Frau neben mir, aber die ging bestimmt nicht auf die vierzig zu. Mr Deegan, wenn Sie darauf aus sind, mir was anzuhängen, bloß weil Laura mit irgendeinem Kerl losgezogen und nicht wieder aufgetaucht ist, schlage ich vor, dass Sie meinen Anwalt anrufen. Wenn Sie mich jetzt bitte entschuldigen, ich muss noch eine Reihe von Anrufen erledigen."

Sam erhob sich und begab sich demonstrativ langsam zur Tür. Als er am Bücherregal vorbeikam, hielt er inne. „Sie haben da ganz schön viel Shakespeare stehen, Mr Nieman."

„Ich habe mich schon immer für Shakespeare begeistert."

„Ich habe gehört, dass Sie in Stonecroft den Romeo gespielt haben."

„Das ist richtig."

„Hat sich nicht Alison Kendall damals kritisch über Ihren Auftritt geäußert?"

„Sie hat behauptet, ich hätte den Text vergessen. Aber so war es nicht. Ich habe nur an ein oder zwei Stellen Lampenfieber gehabt. Punkt."

„Alison hatte wenige Tage nach der Aufführung einen Unfall in der Schule, richtig?"

„Ja, ich weiß. Die Tür ihres Schließfachs ist ihr auf den Kopf gefallen. Alle Jungs wurden deswegen verhört. Ich war immer der Meinung, sie hätten mit den Mädchen reden sollen. Viele konnten sie nicht ausstehen. Hören Sie, das hier wird Sie nirgendwohin führen. Wie ich schon sagte, ich würde meinen letzten Dollar verwetten, dass vier von den Mädchen vom Mittagstisch durch Unfälle gestorben sind. Auf der anderen Seite war Alison wirklich gemein. Nach allem, was ich über sie gelesen habe, ist das später auch so geblieben. Ich könnte verstehen, dass sich jemand irgendwann gedacht hat, sie wäre genug geschwommen in ihrem Leben."

Er ging zur Tür und öffnete sie demonstrativ. „‚Den aufbrechenden Gast hindere nicht'", rezitierte er. „Das ist auch von Shakespeare."

Sam hoffte, professionell genug zu sein, um sich nicht anmerken zu lassen, was er von Nieman und seiner Art, Alison Kendalls Tod zu umschreiben, hielt. „Kennen Sie das Zitat von Shakespeare mit den toten Lilien?", erkundigte er sich.

Niemans Lachen glich eher einem unangenehmen, freudlosen Bellen. „‚Weit schlimmer noch als Unkraut riechen Lilien, die verwesen.' Ein Vers aus einem seiner Sonette. Natürlich kenne ich ihn. Ich muss sogar ziemlich oft daran denken. Meine Schwiegermutter heißt nämlich Lily."

AUF DEM Rückweg von Rye zum Glen-Ridge House fuhr Sam schneller, als er es normalerweise guthieß. Er hatte die Ehrengäste und Jack Emerson gebeten, sich mit ihm um halb acht zum Abendessen zu treffen. Sein Instinkt hatte ihn bislang vermuten lassen, dass der Schlüssel zu Lauras Verschwinden bei einem dieser fünf Männer lag. Allerdings war er sich da nach dem Gespräch mit Nieman nicht mehr so sicher. Das Mindeste, was man sagen konnte, war, dass es nicht schaden würde, ihn unter die Lupe zu nehmen.

Es war genau halb acht, als Sam das Glen-Ridge betrat. Auf dem Weg zum Speisesaal musste er an dem allgegenwärtigen Jake Perkins vorbei, der in einem der Sessel in der Eingangshalle lümmelte.

Sofort sprang der Junge auf die Füße. „Irgendetwas Neues, Sir?"

„Nichts von Bedeutung."

In diesem Augenblick trat Jean aus dem Aufzug. Sogar aus der Entfernung bemerkte Sam, dass sie etwas erschüttert zu haben schien. Er erreichte sie an der Tür zum Speisesaal.

„Sam, sie hat wieder angerufen. Sie …" In diesem Augenblick bemerkte sie Jake Perkins und brach den Satz ab.

Sam fasste sie am Arm, schob sie durch die Tür und schloss diese hinter sich.

Carter Stewart, Gordon Amory, Mark Fleischman, Jack Emerson und Robby Brent waren bereits da. Als sie Jeans Miene sahen, erstarben ihnen die Begrüßungsworte auf den Lippen.

„Laura hat mich gerade angerufen", teilte sie ihnen mit.

Während des Essens wich die Erleichterung, die sie zunächst empfunden hatten, einer zunehmenden Unsicherheit. „Ich war schockiert, als ich Lauras Stimme hörte", erzählte Jean. „Aber sie hat aufgelegt, bevor ich sie etwas fragen konnte."

„Klang sie nicht nervös oder verzweifelt?", fragte Emerson.

„Nein. Wenn, dann aufgekratzt. Aber sie gab mir nicht die Chance, ihr auch nur eine einzige Frage zu stellen."

„Bist du ganz sicher, dass du mit Laura gesprochen hast?" Gordon sprach aus, was jedem der Anwesenden durch den Kopf ging.

„Ich glaube, dass sie es war", erwiderte Jean langsam. „Aber …" Sie zögerte. „Die Stimme war dieselbe, aber vielleicht nicht exakt dieselbe. Das Gespräch war zu kurz, als dass ich ganz sicher sein könnte."

„Der Punkt ist doch: Wenn der Anruf wirklich von Laura kam und ihr bewusst ist, dass sie als vermisst gilt und gesucht wird, warum hat sie dann nicht etwas deutlicher gesagt, was los ist?", gab Gordon zu bedenken.

„Was meinen Sie, Sam?", fragte Mark.

„Wenn Sie die Antwort eines Polizisten hören wollen: Ob es nun wirklich Laura Wilcox war oder nicht, die Sache gefällt mir nicht."

Mark nickte. „Das ist genau, was auch ich denke."

Carter zerteilte sein Steak mit energischen Bewegungen. „Es gibt noch einen Umstand, den man berücksichtigen sollte. Als Schauspielerin ist Laura auf dem absteigenden Ast. Ich weiß zufällig, dass sie knapp davor steht, ihr

Haus zu verlieren.“ Er schaute in die Runde und blickte selbstgefällig in die erstaunten Gesichter der anderen. „Das bedeutet, dass Laura in einer verzweifelten Stimmung sein könnte. Öffentliche Aufmerksamkeit ist das A und O für eine Schauspielerin. Ob gute oder schlechte Presse, spielt keine Rolle, Hauptsache, man bleibt in den Schlagzeilen präsent. Vielleicht geht es ihr darum. Geheimnisvolles Verschwinden. Geheimnisvoller Anruf. Ehrlich gesagt, ich glaube, wir verschwenden unsere Zeit, wenn wir uns Sorgen um sie machen.“

„Ich hatte bisher ohnehin nicht den Eindruck, dass du dir Sorgen um sie machst“, kommentierte Robby sarkastisch.

Sam erhob sich. „Bitte entschuldigen Sie mich. Ich muss mich noch darum kümmern, dass der Telefonanruf zurückverfolgt wird.“

9

Peggy Kimball war eine korpulente Frau von etwa sechzig Jahren, die Wärme und Intelligenz ausstrahlte. Jean hatte sofort den Eindruck, dass sie ein vernünftig denkender Mensch war, den so leicht nichts aus der Fassung brachte.

Sie lehnten die Speisekarte dankend ab und bestellten Kaffee.

„Meine Tochter hat die Kinder vor einer Stunde abgeholt. Ich habe schon mit ihnen gefrühstückt.“ Peggy lächelte. „Als Sie gestern Abend angerufen haben, müssen Sie gedacht haben, bei uns ist das komplette Chaos ausgebrochen.“

„Ich unterrichte einen Kurs von Studenten im ersten Jahr“, erwiderte Jean. „Manchmal führen die sich schlimmer auf als kleine Kinder.“

Während der Kellner den Kaffee einschenkte, musterte Peggy Jean, ihre Miene war ernst geworden. „Ich erinnere mich genau an Sie. Dr. Connors hat viele Adoptionen für junge Mädchen in Ihrer Situation organisiert. Ich hatte Mitleid mit Ihnen, weil Sie eine der ganz wenigen waren, die allein in der Praxis auftauchten.“

„Wie dem auch sei“, erwiderte Jean, „ich sitze hier mit Ihnen, weil ich mir Sorgen um ein 19-jähriges Mädchen mache, das meine Tochter ist und vielleicht Hilfe braucht.“

Sam hatte die Originale der Faxe an sich genommen, aber Jean hatte Kopien davon gemacht, ebenso von dem DNA-Laborbericht, der bestätigte, dass die Haare an der Bürste von Lily stammten. Sie holte die Blätter aus ihrer Tasche und zeigte sie Peggy. „Stellen Sie sich vor, es wäre Ihre Tochter. Würden Sie das nicht auch für eine Drohung halten?"

„Doch, das würde ich."

„Wissen Sie, wer Lily adoptiert hat?"

„Nein, das weiß ich nicht."

„Es muss ein Anwalt hinzugezogen worden sein, wegen der Papiere. Wissen Sie, welchen Anwalt oder welche Kanzlei Dr. Connors damit beauftragt hat?"

Peggy zögerte, dann antwortete sie langsam: „Ich möchte bezweifeln, dass es in Ihrem Fall einen Anwalt gab."

Da ist etwas, was sie mir nicht sagen will, dachte Jean. „Dr. Connors ist wenige Tage vor meinem Termin zu mir nach Chicago geflogen, hat die Geburt eingeleitet und Lily, nur wenige Stunden nachdem sie auf die Welt gekommen war, mitgenommen. Wissen Sie, wo er die Geburt gemeldet hat?"

Nachdenklich starrte Peggy auf ihre Kaffeetasse, dann sah sie wieder auf. „Ich weiß, dass er manchmal eine Geburt direkt über die Adoptiveltern gemeldet hat, so als ob die Frau die leibliche Mutter gewesen wäre."

„Aber das ist doch illegal!", empörte sich Jean.

„Das weiß ich, aber … Dr. Connors hatte einen Freund, der von sich wusste, dass er adoptiert war, und sein ganzes Leben lang versuchte, seine leiblichen Eltern aufzuspüren. Es wurde zu einer richtigen Obsession, und das, obwohl er von seinen Adoptiveltern geliebt wurde. Dr. Connors meinte, man hätte ihm niemals erzählen dürfen, dass er adoptiert worden war."

„Wenn ich Sie richtig verstehe, ist die Geburt vielleicht nicht offiziell registriert und kein Anwalt für die Adoption hinzugezogen worden. Lily könnte also immer noch glauben, dass die Leute, die sie adoptiert haben, ihre leiblichen Eltern sind."

„Das ist gut möglich. Im Laufe der Jahre hat Dr. Connors mehrere Mädchen in diese Privatklinik nach Chicago geschickt. Das bedeutete meistens, dass er damit die Registrierung der Geburt unter Nennung der leiblichen Mutter umgehen wollte." Peggy beugte sich vor und ergriff spontan Jeans Hand. „Ich weiß noch, dass Sie damals gesagt haben, Ihr Baby solle es gut haben. Sie haben gehofft, dass es bei Eltern aufwächst, die ineinander vernarrt sind und das Kind über alles lieben. Ich bin sicher, dass Dr. Conners dachte, er würde Ihren Wunsch erfüllen, wenn er Lily die Sehnsucht ersparte, ihre leibliche Mutter finden zu wollen."

Jean fühlte sich, als wären gerade riesige Stahltüren vor ihrer Nase ins Schloss gefallen. „Ich muss sie einfach finden." Die Worte stockten ihr in der Kehle. „Ich muss! Wenn ich Sie richtig verstanden habe, hat Dr. Connors nicht alle Adoptionen auf diese Art geregelt."

„Nein, nicht alle."

„Dann hat er also manchmal einen Anwalt eingeschaltet?"

„Ja. Das war damals Craig Michaelson. Er ist immer noch tätig, aber vor Jahren nach Highland Falls gezogen."

Dieser Ort befand sich ganz in der Nähe von West Point.

Peggy trank ihre Tasse aus. „Ich muss gehen – in einer halben Stunde muss ich im Krankenhaus sein. Ich wünschte, ich hätte Ihnen eine größere Hilfe sein können."

„Noch eine letzte Frage. Tatsache bleibt, dass jemand die Sache mit Lily in Erfahrung gebracht hat, und vielleicht ist das schon damals geschehen, als ich schwanger war. Gab es noch jemanden, der in Dr. Connors' Praxis gearbeitet hat und sich vielleicht Zugang zu seinen Akten verschafft haben könnte?"

„Nein, Dr. Connors hat sie immer streng unter Verschluss gehalten."

Der Kellner brachte die Rechnung. Jean unterschrieb sie, und die beiden Frauen gingen zusammen in Richtung Eingangshalle.

Jean beschloss, Craig Michaelson anzurufen, sobald sie wieder in ihrem Zimmer war.

SAMS Ermittlungen, woher Lauras Anruf an Jean gekommen war, zeitigten das gleiche Ergebnis wie im Hinblick auf den Anruf vom Tag zuvor. Der zweite war von derselben Art Handy ausgegangen – einem Apparat, den man zusammen mit hundert Minuten Anrufzeit kaufen konnte und für den man keinen Namen registrieren lassen musste.

Am Dienstagmorgen saß Sam um Viertel nach elf im Büro des Bezirksstaatsanwalts und informierte ihn über den Stand der Ermittlungen. „Es ist nicht dasselbe Handy wie das, das die Wilcox am Sonntagabend benutzt hat, um die Rezeption des Glen-Ridge anzurufen. Dieses hier wurde in Orange County gekauft. Es hat eine 845er-Vorwahl. Mein Kollege Eddie Zarro klappert die Geschäfte in Cornwall und Umgebung ab, die so was verkaufen. Natürlich wurde es wieder abgeschaltet, genau wie das vom Sonntagabend."

Rich Stevens drehte einen Kugelschreiber zwischen den Fingern. „Und Jean Sheridan geht der Sache mit diesem Michaelson nach, dem Anwalt, der einige Adoptionen für Dr. Connors erledigt hat?"

„Sie hat um zwei Uhr einen Termin bei ihm."

„Was werden Sie als Nächstes tun?"

Sie wurden unterbrochen, weil Sams Handy klingelte. Er holte es aus der Tasche und warf einen Blick auf die Anzeige. „Es ist Eddie Zarro", teilte er Stevens mit und drückte auf eine Taste. „Was gibt's, Eddie?"

Der Bezirksstaatsanwalt beobachtete, wie Sam den Mund verzog. „Das darf doch nicht wahr sein! Was bezweckt der Kerl damit? Okay. Ich sehe dich im Glen-Ridge."

Sam klappte das Handy zu und schaute seinen Vorgesetzten an. „Ein Handy mit hundert Minuten drauf wurde gestern Abend kurz nach sieben im Drugstore in der Main Street in Cornwall gekauft. Der Angestellte erinnert sich an den Käufer, weil er ihn vom Fernsehen her kennt. Es war Robby Brent."

„Der Komiker? Glauben Sie, dass er und Laura Wilcox zusammen sind?"

„Nein, Sir, das glaube ich nicht. Der Angestellte im Drugstore hat Brent nachgeschaut, als er aus dem Laden ging. Brent blieb auf dem Bürgersteig stehen und rief jemanden an. Das war genau zu dem Zeitpunkt, als Jean Sheridan den angeblichen Anruf von Laura Wilcox erhielt."

„Das heißt, Sie glauben …"

Sam unterbrach den Staatsanwalt. „Brent ist Komiker und ein erstklassiger Imitator. Ich vermute, dass er bei diesem Anruf die Stimme der Wilcox nachgemacht hat. Ich fahre sofort ins Glen-Ridge und nehme mir diesen Irren vor. Er soll mir mal erklären, was er damit bezweckt hat."

„Tun Sie das", knurrte Stevens. „Und ich kann nur hoffen, dass er eine gute Erklärung hat, sonst ist er wegen Behinderung der polizeilichen Ermittlungen dran."

WIE LANGE war es her, seit die Eule das letzte Mal hier gewesen war? Gestern Nacht, als Laura das Gefühl gehabt hatte, er müsste bald zurückkommen, hatte sie Lärm im Treppenhaus gehört – und dann eine Stimme, die sie kannte.

„Nein!" Es war Robby Brent gewesen, der gerufen hatte, und seine Stimme war voller Angst gewesen. Hatte die Eule Robby gestern Nacht etwas angetan?

Bestimmt war es so. Nachdem Laura Robbys Schrei gehört hatte, war die Eule einige Zeit später zu ihr gekommen und hatte ihr etwas zu essen gebracht. Er war so wütend gewesen, dass seine Stimme gezittert hatte, als er ihr erzählte, dass Robby sie nachgemacht habe.

„Ich habe das ganze Abendessen über dagesessen und habe mich gefragt, ob du nicht doch an das Handy gelangt bist, obwohl mir mein gesunder Menschenverstand natürlich gesagt hat, dass du in diesem Fall die Polizei angerufen hättest und nicht Jean, um ihr mitzuteilen, dass es dir blendend geht. Robby war so dumm, Laura. Er ist mir hierher gefolgt. Ich habe die Tür offen gelassen, und er ist hereingekommen."

Habe ich das geträumt?, dachte Laura benommen. Habe ich mir das eingebildet? Sie hörte ein Geräusch. Die Tür? Ihr Körper wurde von nackter Panik geschüttelt.

„Wach auf, Laura! Ich muss mit dir reden." Die Eule sprach hastig und mit hoher, schneidender Stimme. „Robby hatte mich im Verdacht, und er hat versucht, mir eine Falle zu stellen. Ich weiß nicht, wie er auf mich gekommen ist, aber ich habe mich um ihn gekümmert. Das habe ich dir schon erzählt. Jetzt ist es Jean, die der Wahrheit allmählich zu nahe kommt. Aber ich habe mir schon überlegt, was ich tun werde, um sie in die Irre zu führen und mir dann zu schnappen. Du wirst mir doch dabei helfen, nicht wahr? Nicht wahr, Laura?", wiederholte er laut.

Die Eule hatte die kleine Taschenlampe angemacht und auf den Nachttisch gelegt. Der Lichtstrahl war auf Lauras Hals gerichtet und durchdrang die Dunkelheit in ihrer Nähe. Sie sah, dass er regungslos auf sie herunterstarrte, während sie weiter schwieg. Dann hob er die Arme.

„Ja", flüsterte Laura durch den Knebel.

Die Eule schien beschwichtigt zu sein. Langsam ließ er die Arme sinken.

Laura schloss die Augen, matt vor Erleichterung. Fast wäre es zu Ende gewesen. Sie hatte nicht schnell genug geantwortet.

„Du begreifst es immer noch nicht", flüsterte er. „Ich bin ein Raubvogel. Wenn mich jemand in Unruhe versetzt, gibt es für mich nur einen einzigen Weg, wieder zur Ruhe zu kommen. Bring mich nicht in Versuchung mit deiner Widerspenstigkeit. Du hast doch Hunger. Ich habe dir Kaffee gebracht. Aber zuerst muss ich dir alles über Jeans Tochter Lily erzählen."

Jean? Eine Tochter? Verwirrt schaute Laura ihn an. Ihre Kehle war ausgedörrt. Ihre Hände und Füße waren taub, aber das Beben in ihrem Körper wurde stärker, als ob sich jeder Muskel vor Angst zusammenkrampfte. Sie schloss die Augen und kämpfte, um sich zu konzentrieren, während die Eule sprach.

Dann verstummte er. Als Laura die Augen wieder öffnete, war die Taschenlampe ausgeschaltet. Er stand nicht mehr über sie gebeugt. Sie hörte die Tür zuklappen. Er war fort. Von irgendwoher stieg ihr der schwache Duft des Kaffees in die Nase, den er vergessen hatte, ihr zu geben.

CRAIG MICHAELSONS Kanzlei nahm ein ganzes Stockwerk ein. Der Empfangsbereich wirkte einladend mit holzgetäfelten Wänden und breiten Sesseln. Die Kanzlei scheint zu florieren, dachte Jean.

Michaelson holte sie persönlich am Empfang ab und führte sie in sein Büro. Er war ein großer Mann, knapp über sechzig, breit gebaut und mit vollem grauem Haar. Der dunkelgraue Anzug war gut geschnitten, und seine Krawatte wies ein unaufdringliches grau-blaues Muster auf. Alles an seiner Erscheinung deutete darauf hin, dass man es mit einem zurückhaltenden und konservativen Menschen zu tun hatte.

Jean erzählte ihm von Lily und zeigte ihm die Kopien der Faxe und des Laborberichts. Sie skizzierte ihren eigenen Hintergrund, betonte ihren akademischen Status, die Ehrungen und Preise, die sie erhalten hatte, und wies auf die Tatsache hin, dass aufgrund ihres Bestsellererfolgs ihre günstigen finanziellen Verhältnisse in der Öffentlichkeit bekannt seien.

Der Anwalt wandte seinen Blick nicht von ihrem Gesicht ab. Ihr war klar, dass er einzuschätzen versuchte, ob sie die Wahrheit sagte oder ihm ein Märchen auftischte.

„Peggy Kimball, die damalige Sprechstundenhilfe von Dr. Connors, hat mir anvertraut, dass einige der von ihm arrangierten Adoptionen illegal waren“, fuhr Jean fort. „Was ich unbedingt wissen muss, ist Folgendes: Waren Sie persönlich mit der Adoption meiner Tochter befasst, und wissen Sie vielleicht, wer sie adoptiert hat?“

„Dr. Sheridan, lassen Sie mich zunächst betonen, dass ich zu keiner Zeit an einer Adoption beteiligt war, die nicht streng nach den gesetzlichen Bestimmungen abgelaufen ist. Sollte Dr. Connors jemals das Gesetz umgangen haben, so hat er das ohne mein Wissen und Zutun getan.“

„Wollen Sie damit sagen, dass – sollten Sie sich um die Adoption meines Kindes gekümmert haben – ich als Mutter und Carroll Reed Thornton als Vater eingetragen wurden?“

„Ich will damit sagen, dass sämtliche Adoptionen, mit denen ich befasst war, strikt legal abgelaufen sind.“

„Mr Michaelson, möglicherweise befindet sich ein 19-jähriges Mädchen in Gefahr. Wenn Sie bei dieser Adoption hinzugezogen worden sind, dann wissen Sie auch, wer sie adoptiert hat. Meiner Meinung nach haben Sie die moralische Pflicht, mir zu helfen, sie zu schützen.“

Sie hatte genau das Falsche gesagt. Michaelsons Blick wurde eisig.

„Dr. Sheridan, Sie haben mich gebeten, Sie heute zu empfangen. Sie haben angedeutet, dass ich in der Vergangenheit das Gesetz gebrochen haben könnte, und jetzt verlangen Sie, dass ich das Gesetz breche, um Ihnen zu helfen. Es gibt gesetzliche Wege, wie man Einsicht in das Geburtsregister bekommen kann. Sie sollten sich an das Büro des Bezirksstaatsanwalts wenden. Dort wird man das zuständige Gericht ersuchen, das Geburtsregister offen zu legen. Das ist die einzige Möglichkeit, wie Sie bei dieser Anfrage vorgehen können. Sie haben darauf hingewiesen, dass es vielleicht nur um Geld gehen könnte. Das ist auch mein Eindruck. Irgendjemand weiß, wer Ihre Tochter ist, und rechnet sich aus, dass Sie für dieses Wissen zahlen werden." Er stand auf.

Jean blieb noch einen Moment sitzen. „Mr Michaelson, ich besitze einen guten Instinkt, und der sagt mir, dass Sie die Adoption meiner Tochter geregelt haben und es vermutlich auf legalem Weg getan haben. Mein Instinkt sagt mir aber auch, dass derjenige, der mir diese Botschaften hat zukommen lassen, gefährlich ist. Ich werde mich an das Gericht wenden, um Einblick in das Geburtsregister zu bekommen. Wenn aber meinem Kind in der Zwischenzeit etwas zustößt, nur weil Sie mauern und mich abblocken, bin ich imstande, Ihnen etwas anzutun, darauf können Sie Gift nehmen!"

Jean konnte die heftig aus ihren Augen hervorquellenden Tränen nicht zurückhalten. Sie stand auf und hastete aus dem Zimmer, ohne sich um die Leute an der Rezeption zu kümmern, die ihr erstaunt nachblickten, als sie an ihnen vorbeistürmte. Am Auto angekommen, riss sie die Tür auf, stieg ein und barg das Gesicht in ihren Händen.

VOM FENSTER seines Büros aus blickte Michaelson der zu ihrem Auto hastenden Jean Sheridan nach. Das war nicht gespielt. Das war keine Frau, die von dem Gedanken besessen war, ihr Kind wieder zu finden, und deshalb eine so krude Geschichte erfunden hatte. Sollte er Charles und Gano verständigen? Sie würden es nicht ertragen, wenn Meredith etwas zustieß.

Er würde ihnen Jean Sheridans Identität nicht verraten, aber er konnte Charles wenigstens auf die mögliche Bedrohung seiner Adoptivtochter aufmerksam machen. Dann bliebe ihm die Entscheidung überlassen, was er Meredith erzählen wollte oder auf welche Weise er versuchen würde, sie zu schützen. Wenn die Geschichte mit der Haarbürste stimmte, würde sich Meredith vielleicht daran erinnern, wo sie die Bürste verloren hatte. Das konnte für einen Hinweis auf den Absender der Faxe hilfreich sein.

Jean Sheridan hatte gesagt, wenn ihrer Tochter etwas geschehen würde, was er hätte verhindern können, täte sie ihm etwas an. Charles und Gano würden vermutlich nicht viel anders reagieren.

Michaelson ging zu seinem Schreibtisch und griff zum Telefonhörer.

Nach dem ersten Klingeln wurde abgehoben. „Vorzimmer General Buckley“, meldete sich eine Stimme knapp.

„Craig Michaelson. Ich muss General Buckley in einer sehr wichtigen Angelegenheit sprechen. Ist er da?“

„Tut mir Leid, Sir. Der General befindet sich im Ausland. Aber das Büro steht in regelmäßigem Kontakt mit ihm.“

„Dann sagen Sie ihm bitte, es sei äußerst wichtig und er möge mich so bald wie möglich anrufen.“

Charles würde sich auf seine dringende Bitte hin sofort melden, sobald er die Nachricht erhielt – darauf konnte er sich verlassen.

Und außerdem war Meredith in West Point sicherer, als sie es an fast jedem anderen Ort sein würde. Doch dann musste Michaelson daran denken, dass West Point auch nicht sicher genug gewesen war, um den Tod ihres leiblichen Vaters, des Kadetten Carroll Reed Thornton jr., zu verhindern.

DIE ERSTE Person, die Carter Stewart erblickte, als er um halb vier das Glen-Ridge House betrat, war Jake Perkins, der sich wie gewohnt in der Eingangshalle in einem der Sessel fläzte. Hatte der Kerl kein Zuhause?

Carter begab sich zum Telefon am Ende der Rezeption und wählte die Nummer von Robby Brents Zimmer.

Niemand meldete sich. „Robby, wir waren um halb vier verabredet“, knurrte Carter als Antwort auf die Computerstimme, die ihn aufgefordert hatte, eine Nachricht zu hinterlassen. „Ich werde noch eine Viertelstunde in der Eingangshalle warten.“

Als er auflegte, geriet Sam Deegan in sein Blickfeld, der im Büro hinter der Rezeption saß. Ihre Blicke trafen sich. Sam erhob sich und kam auf Carter zu, sodass sie sich an der Empfangstheke gegenüberstanden.

„Mr Stewart, freut mich, Sie zu sehen. Ich habe eine Nachricht in Ihrem Hotel hinterlassen und gehofft, Sie würden mich zurückrufen.“

„Ich habe mit meinem Regisseur am Text meines neuen Stückes gearbeitet“, entgegnete Carter schroff.

„Ich habe gesehen, dass Sie am Haustelefon waren. Treffen Sie sich mit jemandem?“

Geht Sie einen feuchten Kehricht an, war Carter versucht zu antworten, aber etwas an Deegans Haltung ließ ihn die Bemerkung hinunterschlucken. „Ich hatte eigentlich um halb vier eine Verabredung mit Robby Brent. Und bevor Sie mich fragen, aus welchem Grund, werde ich Ihre Neugier befriedigen. Robby hat für die Hauptrolle in einer neuen Sitcom unterzeichnet. Er hat sich die ersten Drehbücher angesehen und findet, dass die Witze nicht wirklich zünden. Nun hat er mich gebeten, einen Blick darauf zu werfen und ihm zu sagen, ob sie meiner Meinung nach gerettet werden können oder nicht."

„Mr Stewart, Sie sind schon mit Dramatikern wie Tennessee Williams und Edward Albee verglichen worden. Die meisten Sitcoms sind eine Beleidigung für die Intelligenz. Es wundert mich ein bisschen, dass Sie Interesse daran haben, über so etwas ein Urteil abzugeben."

„Auch wenn ich selbst keine Sitcoms schreibe, so besitze ich doch ein hervorragendes Urteilsvermögen über Literatur in jeder nur erdenklichen Form." Carters Ton war eisig. „Wissen Sie zufällig, ob Robby demnächst aufkreuzen wird?"

„Ich habe keine Ahnung, was er für Pläne hat. Ich selbst bin hergekommen, um mit ihm zu sprechen. Ich habe ihn nicht erreicht, als ich auf seinem Zimmer angerufen habe. Als ich dann herausgefunden habe, dass er den ganzen Tag noch nicht gesehen wurde, habe ich das Zimmermädchen hinaufgeschickt, um nachzusehen. Er hat heute Nacht nicht in seinem Bett geschlafen. Es hat den Anschein, als wäre Mr Brent verschwunden."

„Verschwunden? Ach, kommen Sie, Mr Deegan! Meinen Sie nicht, dass dieses ganze Affentheater lange genug gedauert hat? Ich werde Ihnen das Ganze erklären: Es gibt in dieser dämlichen Serie eine Rolle für eine sexy Blondine, vom Typ her unserer verschwundenen Laura Wilcox nicht unähnlich. Als wir alle neulich in West Point waren, hat Robby zu Laura gesagt, die Rolle sei geradezu maßgeschneidert für sie. Ich fange allmählich an zu glauben, dass der ganze Zirkus um ihr Verschwinden nichts als ein Werbetrick ist. Aber wenn Sie mich jetzt bitte entschuldigen. Ich werde hier nicht länger meine Zeit vergeuden und auf Robby warten."

Ich mag diesen Kerl nicht, dachte Sam, während er Stewart nachblickte. Der Dramatiker trug einen zerknitterten dunkelgrauen Trainingsanzug und dreckige Schuhe – ein Outfit, das vermutlich dennoch ein Vermögen gekostet hatte.

Aber auch wenn er unsympathisch ist, hat er ja vielleicht Recht, überlegte Sam weiter. Wir wissen, dass Brent der Anrufer war, der Lauras Stimme imitiert hat. Vielleicht ist dies wirklich alles nur ein Mittel, um die Aufmerksamkeit der Öffentlichkeit zu erregen. Und wenn das der Fall sein sollte, warum bin ich dann noch hier und verschwende meine Zeit, während gleichzeitig in Orange County ein Mörder frei herumläuft?

Sam grübelte noch eine Weile und beschloss schließlich, Zarro zu bitten, ihn abzulösen, und dann nach Hause zu fahren. Sein Kollege konnte in der Halle des Glen-Ridge auf Brent warten. Er selbst brauchte mal wieder eine anständige Portion Schlaf. Er war so müde, dass er nicht mehr richtig nachdenken konnte.

Sam hatte gehofft, dass Jean zurückkäme, bevor er sich auf den Weg machte, und war daher hocherfreut, als sie in diesem Moment in die Halle trat. Begierig zu hören, was sie bei dem Anwalt erreicht hatte, eilte er zu ihr. Aber als sie sich umwandte, sah er an ihren Augen, dass sie vermutlich geweint hatte. „Darf ich Sie zu einer Tasse Kaffee einladen?“, fragte er.

„Eine Tasse Tee wäre wunderbar.“

Amy Sachs hatte heute Dienst an der Rezeption. Sam wandte sich zu ihr. „Wenn Mr Zarro eintrifft, sagen Sie ihm bitte, er soll zu uns in den Speisesaal kommen.“

Sam wartete ab, bis Jeans Tee und sein Kaffee serviert worden waren, bevor er zu reden anfing. „Scheint nicht besonders gut gelaufen zu sein bei Michaelson.“

„Einerseits ja, andererseits nein“, erwiderte Jean langsam. „Ich könnte schwören, dass er mit der Adoption zu tun hatte und weiß, wo sich Lily jetzt befindet. Ich habe ihn praktisch bedroht. Auf dem Weg hierher bin ich rechts rangefahren, um ihn anzurufen und mich zu entschuldigen. Dabei habe ich ihn – sollte er wissen, wo sie ist – darauf hingewiesen, dass Lily sich eventuell daran erinnert, wo sie die Haarbürste verloren hat, und dass das einen direkten Hinweis auf den Unbekannten liefern könnte, der die Drohbriefe abgesandt hat.“

„Wie hat Michaelson reagiert?“

„Es war merkwürdig. Er meinte, das sei ihm auch schon durch den Kopf gegangen. Sam, ich sage Ihnen, er weiß, wo Lily ist. Denn er hat noch hinzugefügt, er fordere mich dringend auf, das Büro des Bezirksstaatsanwalts dazu zu bringen, einen richterlichen Beschluss zur sofortigen Offenlegung des Geburtsregisters zu erwirken, damit die Adoptiveltern über die Situation informiert werden können. Michaelsons Haltung mir gegenüber hatte sich bei diesem Telefonat um hundertachtzig Grad gedreht. Er scheint jetzt ernst zu nehmen, was ich ihm erzählt habe.“ Sie blickte auf. „Oh, da kommt Mark.“

Fleischman war auf dem Weg zu ihrem Tisch.

„Ich habe Mark von Lily erzählt“, sagte Jean hastig. „Sie können also offen reden, wenn er dabei ist.“

„Warum denn das?“ Sam war sprachlos.

„Er ist Psychologe. Ich habe gedacht, er könnte vielleicht einschätzen, ob die Faxe echte Drohungen beinhalten.“

Als Fleischman an ihren Tisch trat, sah Sam, dass Jeans Lächeln echte Freude widerspiegelte. Sei vorsichtig, Mädchen, hätte er sie am liebsten gewarnt. In seinen Augen schleppte dieser Typ eine ganze Menge Ballast mit sich herum. Ihm entging auch nicht, wie Fleischman kurz seine Hand auf die von Jean legte, als sie ihn aufforderte, sich zu ihnen zu setzen.

„Störe ich auch nicht?“ Der Psychologe blickte abwartend auf Sam.

„Nein“, erwiderte dieser. „Ich wollte Jean gerade fragen, ob sie heute schon etwas von Robby Brent gehört hat. Jetzt kann ich Sie beide fragen.“

Jean schüttelte den Kopf. „Ich habe nichts gehört.“

„Ich auch nicht“, antwortete Fleischman.

„Brent hat das Hotel anscheinend gestern nach dem Abendessen verlassen. Bis jetzt ist er nicht zurückgekehrt. Wir sind mittlerweile sicher, dass der vermeintliche Anruf Lauras von einem Handy kam, das Brent kurz zuvor gekauft hatte, und wir gehen davon aus, dass er es war, dessen Stimme Sie gehört haben, Jean. Wie Sie wissen, ist er ein hervorragender Imitator.“

Sie blickte Sam erstaunt an. „Aber warum?“

„Carter Stewart glaubt, Brent und Laura könnten die ganze Sache wegen einer neuen Fernsehserie gemeinsam inszeniert haben. Was halten Sie davon?“ Sam kniff die Augen zusammen, während er den Psychologen beobachtete.

„Ich denke, das ist durchaus möglich“, erwiderte dieser langsam.

„Nein“, widersprach Jean mit Nachdruck. „Laura ist in Schwierigkeiten – ich fühle es. Bitte, Sam, Sie dürfen die Suche nach ihr nicht aufgeben. Ich weiß nicht, was Robby vorhat. Doch Laura geht es nicht gut.“

„Beruhige dich, Jeannie“, sagte Mark Fleischman sanft.

Sam erhob sich. „Jean, wir sprechen uns morgen früh wieder. Ich bitte Sie, wegen der anderen Sache, über die wir geredet haben, in mein Büro zu kommen.“

Zehn Minuten später, nachdem Eddie Zarro ihn für den Fall, dass Robby Brent wieder im Hotel auftauchte, am Empfang abgelöst hatte, stieg Sam müde in sein Auto. Er ließ den Motor an, zögerte aber. Er dachte einen Moment nach und rief dann Alice Sommers an.

„Haben Sie vielleicht ein Gläschen Sherry für einen übermüdeten Kriminalbeamten übrig?“, fragte er.

Eine halbe Stunde später saß er mit hochgelegten Füßen in einem weichen Ledersessel vor dem Kaminfeuer in Alices Wohnzimmer. Er trank den letzten Schluck Sherry und stellte das Glas auf das Tischchen neben sich. Alice hatte nicht viel Überzeugungsarbeit leisten müssen, um ihn zu überreden, sich ein wenig auszuruhen, während sie ein frühes Abendessen zubereitete.

Während ihm allmählich die Augen zufielen, warf Sam einen schläfrigen Blick auf die Vitrine mit Nippes, die neben dem offenen Kamin stand. Doch bevor ein bestimmter Gegenstand dort etwas in seinem Unterbewusstsein anstoßen konnte, das ihn bestimmt hätte hochschrecken lassen, war er bereits eingeschlafen.

AMY SACHS hatte um vier Uhr Feierabend, kurz nachdem Sam Deegan das Glen-Ridge House verlassen hatte. Jake Perkins hatte mit ihr verabredet, sich in einem knapp zwei Kilometer entfernten Fastfoodrestaurant zu treffen. Nachdem sie sich Hamburger geholt hatten, erstattete sie ihm Bericht über Deegans Aktivitäten und das Gespräch zwischen dem Ermittler und, wie sie sich ausdrückte, „diesem hochnäsigen Carter Stewart".

Zwischen zwei Bissen machte sich Jake eifrig Notizen in sein Heft. Der unerwartete Strom von Informationen erzeugte bei ihm erhöhten Speichelfluss. Den ganzen Nachmittag über hatte er in der Eingangshalle gesessen und das Kommen und Gehen beobachtet, sich aber nicht getraut, an der Rezeption herumzustehen oder gar einen allzu auffälligen Versuch zu unternehmen, die Gespräche zu belauschen.

„Ich weiß nicht, ob ich das alles genau mitbekommen habe", berichtete Amy. „Aber ich hatte den Eindruck, dass Robby Brent diesen Anruf gestern selbst gemacht und sich dabei als Laura Wilcox ausgegeben hat. Und jetzt weiß keiner, wo er ist, und alle glauben, das wäre bloß ein Werbegag für eine neue Fernsehserie."

„Sie sind wirklich auf Zack, Amy. Ist Ihnen sonst noch was aufgefallen?"

„Nur eine Sache. Mark Fleischman – du weißt doch, dieser kluge Psychotherapeut … Ich bin sicher, dass er hinter Dr. Sheridan her ist. Er ging heute spazieren, und als er zurückkam, war das Erste, was er getan hat, zur Theke zu rennen und Dr. Sheridan anzurufen. Ich habe gesehen, wie er ihre Zimmernummer gewählt hat."

„Natürlich." Jake grinste.

„Ich habe ihn darauf hingewiesen, dass sie im Speisesaal sei. Er hat sich bedankt, aber bevor er dorthin abgedüst ist, hat er noch gefragt, ob Dr. Sheridan irgendwelche Faxe bekommen habe. Als ich verneinte, sah er fast enttäuscht aus. Ich finde es ganz schön unverschämt von ihm, nach ihrer Post zu fragen, oder?“

„In gewisser Weise schon, ja.“

„Aber er ist nett, und ich habe ihn noch gefragt, ob er einen angenehmen Tag hatte. Er sagte, ja, er habe ein paar alte Freunde in West Point besucht.“

NACHDEM Sam gegangen war, saßen Jean und Mark noch fast eine Stunde zusammen im Speisesaal. Er legte seine Hand auf ihre, als sie ihm erzählte, wie das Treffen mit dem Anwalt verlaufen war.

Als sie fertig war, fragte Mark: „Hast du vor, den Rat von Michaelson zu befolgen und beim Gericht ein Gesuch um Einsicht in die Akten einzureichen?“

„Auf jeden Fall. Ich bin morgen früh mit Sam in seinem Büro verabredet.“

„Ich finde, das ist vernünftig. Aber was ist mit Laura? Du glaubst nicht, dass das alles nur ein Werbegag ist, oder?“

„Nein.“

„Aber wenn Laura wirklich in Schwierigkeiten steckt, wie passt dann Robby ins Bild?“

„Ich habe keine Ahnung.“ Jean blickte sich um. „Wir sollten langsam gehen. Sie fangen schon an, die Tische für das Abendessen zu decken.“

Mark winkte der Bedienung wegen der Rechnung. „Ich würde gerne mit dir zusammen essen, aber heute Abend habe ich die seltene Ehre, mit meinem Vater das Brot zu teilen.“

Jean blickte ihn prüfend an, unsicher, wie sie darauf reagieren sollte. Sein Gesichtsausdruck war undurchschaubar. Schließlich erwiderte sie: „Ich weiß, dass ihr euch entfremdet habt. Hat er dich angerufen?“

„Ich bin heute am Haus vorbeigegangen. Sein Auto stand vor der Garage. Aus einem plötzlichen Entschluss heraus habe ich geklingelt. Wir haben lange gesprochen – nicht lange genug, um irgendetwas aus der Welt zu schaffen, aber dann hat er mich gebeten, mit ihm zu Abend zu essen. Ich habe zugesagt unter der Bedingung, dass er bereit ist, mir auf gewisse Fragen zu antworten. Und er war einverstanden. Wir werden sehen, ob er Wort hält.“

„Ich hoffe, dass es euch gelingt, das auszuräumen, was zwischen euch steht.“

„Das hoffe ich auch, aber ich rechne nicht damit.“

Sie stiegen gemeinsam in den Aufzug, und Jean verabschiedete sich, als der Fahrstuhl im dritten Stock hielt.

Das blinkende Licht an ihrem Zimmertelefon signalisierte eine Nachricht. Der Anruf kam von Peggy Kimball.

„Jean, mir ist eingefallen, dass Jack Emerson zu der Zeit, als Sie zu Dr. Connors gekommen sind, bei der Putzkolonne in unserem Gebäude gearbeitet hat. Ich habe Ihnen erzählt, dass Dr. Connors die Schlüssel zu seinem Aktenschrank immer in seiner Tasche hatte, aber irgendwo muss er einen Reserveschlüssel versteckt gehabt haben, denn ich kann mich erinnern, dass er an einem Tag seinen Schlüsselbund zu Hause vergessen hatte und trotzdem den Schrank öffnen konnte. Es wäre also möglich, dass Emerson Ihre Akte gesehen hat. Wie auch immer, ich dachte, das sollte ich Ihnen noch sagen. Ich wünsche Ihnen viel Glück."

Jack Emerson? Jean legte auf und sank auf das Bett. Konnte er derjenige sein, der ihr das antat? Er hatte immer in dieser Stadt gewohnt. Wenn die Leute, die Lily adoptiert hatten, auch hier lebten, kannte er sie möglicherweise.

Sie hörte ein Geräusch, wandte den Kopf und sah, wie ein brauner Umschlag unter der Tür hindurchgeschoben wurde. Sie rannte zur Tür und riss sie auf.

Der Hoteldiener richtete sich mit einer entschuldigenden Miene auf. „Dr. Sheridan, ein Fax ist für Sie gekommen, kurz nachdem ein ganzer Haufen für einen anderen Gast eingegangen ist. Ihr Fax ist versehentlich unter die anderen geraten. Der Gast hat es gerade erst entdeckt und nach unten zum Empfang gebracht."

„Schon gut." Vor lauter Angst brachte Jean fast keinen Ton heraus. Sie schloss die Tür und hob den Umschlag auf. Mit zitternden Händen öffnete sie ihn. Es geht um Lily, dachte sie.

Und es ging tatsächlich um sie:

> Ich schäme mich so schrecklich, Jean. Ich habe von Anfang an von Lily gewusst, und ich kenne die Leute, die sie adoptiert haben. Sie ist ein wundervolles Mädchen. Sie ist klug, studiert im zweiten Jahr am College und ist sehr glücklich. Ich hatte nicht die Absicht, dich glauben zu machen, dass ich sie wirklich bedrohe. Ich brauche sehr dringend Geld, und in meiner Verzweiflung dachte ich, ich könnte es auf diese Weise bekommen. Mach dir bitte keine Sorgen um Lily. Es geht ihr gut. Ich werde mich bald bei dir melden. Vergib mir, und sag bitte allen Leuten,

dass mit mir alles in Ordnung ist. Der Werbegag war eine Idee von Robby. Er wird versuchen, die Sache wieder auszubügeln. Er möchte erst noch mit den Produzenten der neuen Serie reden, bevor er eine Erklärung für die Presse abgibt.

Laura

Mit weichen Knien sank Jean auf das Bett. Als sie die Nummer von Sams Handy wählte, liefen ihr Tränen der Erleichterung über die Wangen.

JEANS Anruf riss Sam aus seinem friedlichen Nickerchen, während Alice in der Küche beschäftigt war. „Wieder ein Fax? Beruhigen Sie sich. Lesen Sie es mir vor.“ Er lauschte. „Unglaublich! Diese Frau soll Ihnen das angetan haben?“

„Sprechen Sie mit Jean? Ist alles in Ordnung?“ Alice stand in der Tür.

„Ja. Laura Wilcox hat die Faxe geschickt. In einem neuen hat sie sich entschuldigt und versichert, sie habe Lily niemals etwas antun wollen.“

Alice nahm Sam das Handy aus der Hand. „Jean, sind Sie in der Lage zu fahren?“ Sie lauschte. „Dann kommen Sie doch her.“

Als Jean vor ihr stand, erblickte Alice in ihrem Gesicht die überglückliche Freude, die sie selbst empfunden hätte, wenn Karen damals auf irgendeine Weise verschont geblieben wäre. Sie umarmten sich.

„Oh, Jean, ich habe immer wieder gebetet und gebetet!“

Jean drückte Alice heftig an sich. „Es ist schwer zu glauben, dass Laura mir das antun konnte, aber ich bin ganz sicher, dass sie Lily niemals wehtun würde. Es ging also wirklich nur um Geld. Aber warum hat sie mich nicht einfach um Hilfe gebeten?“ Sie schüttelte den Kopf. „Sam, vor einer halben Stunde wollte ich Ihnen noch sagen, dass ich Jack Emerson für denjenigen hielt, der von Lily wusste.“

„Setzen Sie sich. Trinken Sie ein Gläschen Sherry, und erzählen Sie mir, was Sie damit meinen. Was hat Emerson mit der ganzen Sache zu tun?“

Gehorsam schlüpfte Jean aus ihrem Mantel, ging ins Wohnzimmer, setzte sich in den Sessel, der dem Kamin am nächsten stand, und berichtete von dem Anruf Peggy Kimballs. „Jack hat in der Zeit, als ich bei Dr. Connors war, in dem Bürogebäude gearbeitet. Es schien alles zusammenzupassen – bis dieses Fax von Laura gekommen ist. Oh, das habe ich Ihnen noch gar nicht erzählt. Das Fax ist schon gegen zwölf Uhr mittags eingetroffen, aber versehentlich unter die Nachrichten für einen anderen Gast geraten.“

„Sie hätten es bereits um zwölf erhalten sollen?“, hakte Sam rasch nach.

„Ja, und in diesem Fall wäre ich gar nicht erst zu Craig Michaelson gefahren. Ich habe schon versucht, ihn telefonisch zu erreichen – für den Fall, dass er vorhat, Lilys Adoptiveltern zu verständigen. Ich wollte ihm sagen, dass er damit warten soll, bis ich wieder etwas von Laura gehört habe. Es gibt keine Notwendigkeit mehr, die Eltern unnötig zu beunruhigen."

„Haben Sie jemandem von diesem neuen Fax von Laura erzählt?"

„Nein. Aber ich sollte Mark anrufen, bevor er zum Abendessen weggeht. Er wird sich sehr freuen, die Neuigkeit zu erfahren. Er versteht, was für schreckliche Sorgen ich mir gemacht habe."

Jede Wette, dass sie Fleischman erzählt hat, dass die Möglichkeit besteht herauszufinden, mit wem Lily zusammen war, als sie ihre Haarbürste verloren hat, dachte Sam grimmig, während er zusah, wie Jean ihr Handy hervorholte.

Er wechselte einen Blick mit Alice und sah, dass sie seine Befürchtung teilte. Hatte wirklich Laura dieses Fax abgeschickt? Oder war es nur eine weitere bizarre Wende in diesem nicht enden wollenden Albtraum?

Sam weigerte sich zu glauben, dass die Faxe von Laura stammten. Vorläufig jedenfalls. Jack Emerson hatte in Dr. Connors' Praxis in der Putzkolonne gearbeitet, er konnte ohne weiteres mit einem Ehepaar aus Cornwall befreundet sein, das Lily adoptiert hatte.

Und Mark Fleischman mochte vielleicht das Vertrauen von Jean gewonnen haben, aber deswegen war Sam noch lange nicht überzeugt. Irgendetwas schleppte dieser Kerl mit sich herum, was nichts damit zu tun hatte, Teenagern mit Pupertätsproblemen kluge Ratschläge zu erteilen.

Jean hinterließ Mark eine Nachricht. „Er ist nicht mehr da." Lächelnd wandte sie sich an Alice. „Irgendetwas riecht hier wunderbar. Ich glaube, wenn Sie es nicht tun, werde ich mich einfach selbst zum Essen einladen. Oh Gott, ich bin so glücklich. Ich bin so glücklich!"

10

Mein ist die Stunde der Nacht, dachte die Eule, während sie unruhig auf den Einbruch der Dunkelheit wartete.

Gestern Abend war es nicht weiter schwierig gewesen, Robby zu übertölpeln. Als es vorbei gewesen war, hatte er in den Taschen des Toten nach dessen Schlüsselbund gesucht, um das Auto in die Garage fahren zu können. Sein erster Mietwagen, der mit den verdreckten Reifen, nahm die eine

Hälfte der Garage ein. Er hatte Robbys Auto auf den zweiten Stellplatz gefahren und die Leiche dann aus dem Treppenhaus, wo er Robby getötet hatte, zum Wagen geschleppt.

Irgendetwas hatte Robby auf seine Spur gebracht. Und die anderen? Schloss sich allmählich ein Kreis immer enger um ihn, würde er bald nicht mehr in die Nacht hinausfliehen können?

Um elf Uhr fuhr er durch Orange County. Nicht zu nahe bei Cornwall. Vielleicht war Highland Falls der richtige Ort. Vielleicht sollte er in der Nähe des Motels Ausschau halten, wo sich Jean mit ihrem Kadetten getroffen hatte.

Um halb zwölf, als er langsam eine von Bäumen gesäumte Wohnstraße entlangfuhr, sah er zwei Frauen, die unter einer Lampe auf einer Veranda standen. Als er auf ihrer Höhe war, drehte sich die eine um, ging ins Haus und schloss die Tür. Die andere schritt die Stufen hinunter und kürzte über den Rasen des Vorgartens ihren Weg ab. Die Eule hielt am Straßenrand an, schaltete das Licht aus und wartete auf sie.

Sie sah zu Boden und hörte ihn nicht, als er aus dem Wagen schlüpfte und im Schatten eines Baumes verschwand. Als sie an ihm vorüberging, trat er vor. Er spürte, wie die Eule aus ihrem Käfig entwich, als er seine Hand auf den Mund der Frau drückte und das Seil mit einer raschen Bewegung um ihren Hals schlang.

„Tut mir Leid für dich", flüsterte er, „aber du bist ausersehen worden."

Als der Wecker Sam um sechs Uhr morgens weckte, war das Fax von Laura Wilcox das Erste, was ihm wieder in den Sinn kam. Zu glatt, dachte er. Trotzdem, es wird jetzt schwierig werden, von einem Richter eine Eilverfügung für die Einsicht in Lilys Geburtsakte zu bekommen.

Vielleicht war gerade das die Absicht, die hinter diesem Fax steckte. Vielleicht hatte es jemand mit der Angst zu tun bekommen und befürchtete, dass der Verdacht auf ihn fallen könnte, falls ein Richter die Akte freigab und man Lily über die Haarbürste befragte.

Das war genau die Hypothese, die Sam beunruhigte. Er setzte sich auf und schlug die Decke zurück. Auf der anderen Seite, überlegte er, im Geiste den Advocatus Diaboli spielend, ist es durchaus denkbar, dass Laura vor zwanzig Jahren auf irgendeine Weise erfahren hat, dass Jean schwanger war. Aber ich traue diesem Fax nicht, und ich glaube immer noch, dass es kein Zufall sein kann, dass fünf Frauen in der Reihenfolge gestorben sind, in der sie als Schulmädchen mittags an einem Tisch gesessen haben.

Sam schlurfte in die Küche und setzte die Kaffeemaschine in Gang. Dann drehte er im Bad die Dusche auf.

Der Kaffee duftete ihm bereits entgegen, als er fertig angezogen in die Küche zurückkam. Er goss Orangensaft in ein Glas und steckte einen Muffin in den Toaster. Als Kate noch lebte, hatte er immer Hafergrütze zum Frühstück gegessen. Eine Zeit lang hatte er es selbst probiert, aber die Grütze war ihm nie so richtig gelungen. Die von Kate war einfach viel besser gewesen. Nach einer Weile hatte er es dann aufgegeben.

Fast drei Jahre waren vergangen, seit Kate ihren langen Kampf mit dem Krebs verloren hatte. Sie hatte dieses Haus geliebt und es zu einem gemütlichen Heim gemacht. Egal, wie hart sein Tag gewesen war, Sam war immer froh gewesen, abends nach Hause zu kommen.

Es sind immer noch dieselben vier Wände, dachte er, als er die Zeitung von draußen holte und sich an den Küchentisch setzte. Aber es fühlt sich ganz anders an, hier zu wohnen ohne Kate. Als er gestern Abend in Alices Wohnzimmer eingenickt war, hatte ihn das gleiche Gefühl überkommen, das er früher immer in diesem Haus gehabt hatte. Geborgenheit. Wärme.

Ihm fiel ein, dass irgendetwas seine Aufmerksamkeit erregt hatte, kurz bevor er eingeschlummert war. Hatte es nicht mit Alices Nippessammlung zu tun gehabt?

Das Telefon klingelte in dem Moment, als Sam die Zeitung aufgeschlagen hatte. Eddie Zarro war dran. „Gerade kam ein Anruf von den Kollegen in Highland Falls. Eine Frau wurde erdrosselt in ihrem Vorgarten gefunden. In einer ihrer Taschen steckte eine kleine Eule. Sam, wir haben es mit einem komplett Durchgeknallten zu tun!“

ALS JEAN erwachte, stellte sie erstaunt fest, dass es bereits neun Uhr war. Bevor sie gestern Nacht eingeschlafen war, hatte sie zuletzt noch daran gedacht, dass sie Craig Michaelson wegen Lauras Fax Bescheid sagen musste.

Ich hoffe, dass sie sich bald wieder bei mir meldet, dachte Jean. Eigentlich müsste ich ihr unendlich böse sein für das, was sie mich hat durchmachen lassen, aber ich begreife jetzt, wie verzweifelt sie gewesen sein muss.

Sie stand auf, schlüpfte in ihren Morgenmantel, suchte aus ihrer Handtasche Michaelsons Karte heraus und rief in seiner Kanzlei an. Er ließ sie sofort durchstellen, doch seine Reaktion auf das, was sie ihm berichtete, ließ ihren Mut sinken.

„Dr. Sheridan, haben Sie überprüft, ob diese letzte Nachricht tatsächlich von Laura Wilcox stammt?“

„Nein, und das kann ich auch nicht. Aber ich bin mir ganz sicher, dass sie von ihr kommt. Ich muss zugeben, mich hat die Tatsache schockiert, dass Laura die ganze Zeit über von Lily wusste und auch davon, dass ich mit Reed zusammen war. Doch wie auch immer, wir wissen inzwischen auch, dass Robby Brent derjenige war, der mich angerufen und dabei Lauras Stimme imitiert hat. Ich glaube, wir haben es mit zwei Situationen zu tun. Zum einen Laura, die Lily kennt und sich in verzweifelter finanzieller Lage befindet. Zum anderen Robby, der Lauras Verschwinden inszeniert hat, weil er sie in seiner neuen Sitcom einsetzen und dafür ein bisschen öffentliche Aufmerksamkeit erzeugen will. Das ist genau die Art von Nummer, die Robby sich ausdenken könnte."

Wieder hoffte sie, dass Michaelson ihr beipflichten würde.

„Ich möchte ganz aufrichtig zu Ihnen sein", begann er nach einer Pause.

Er hatte wirklich mit der Adoption zu tun, schoss es Jean durch den Kopf.

„Ich hielt die potenzielle Gefahr für Ihre Tochter für groß genug, um ihren Adoptivvater zu verständigen. Er befindet sich zurzeit im Ausland, aber ich bin sicher, dass er sich sehr bald bei mir melden wird. Ich werde ihm alles berichten, was Sie mir erzählt haben, auch, wer Sie sind. Wie Sie wissen, sind Sie und ich nicht durch ein Anwalt-Klient-Verhältnis verbunden, und ich fühle mich ihm und seiner Frau gegenüber verpflichtet, sie darauf aufmerksam zu machen, dass ich Sie für glaubwürdig und verantwortungsbewusst halte."

„Ich habe nichts dagegen einzuwenden. Aber ich möchte vermeiden, dass diese Leute dieselbe Hölle durchmachen müssen wie ich in den letzten Tagen. Ich möchte nicht, dass sie den Eindruck bekommen, Lily befände sich in Gefahr. Denn ich glaube nicht mehr, dass sie in Gefahr ist."

„Ich hoffe das auch, Dr. Sheridan, aber solange Ms Wilcox nicht wieder aufgetaucht ist, sollten wir nicht allzu leichtfertig über die Möglichkeit hinweggehen, dass doch noch ein ernstes Problem besteht. Haben Sie dieses Fax dem Ermittlungsbeamten gezeigt, von dem Sie mir erzählt haben?"

„Sam Deegan? Ja, habe ich. Genauer gesagt, ich habe es ihm gegeben."

„Könnte ich seine Telefonnummer haben?"

„Natürlich." Sie gab sie ihm durch. „Mr Michaelson, warum sind Sie immer noch so besorgt, wenn ich so erleichtert bin?"

„Wegen der Haarbürste. Wenn sich Ihre Tochter an irgendwelche Details erinnert – wo sie sich befand, mit wem sie zusammen war –, dann könnte das einen direkten Hinweis auf denjenigen liefern, der Ihnen die Bürste geschickt hat. Falls sie sich daran erinnert, mit Laura Wilcox zusammen gewesen zu sein, können wir davon ausgehen, dass dieses Fax wirklich von ihr stammt. Auf der anderen Seite kenne ich die Adoptiveltern Ihrer Tochter, und ich kenne auch Ms Wilcox' gut dokumentierten Lebenswandel. Ich kann mir nur schwer vorstellen, dass Ihre Tochter in diesen Kreisen verkehrt haben könnte."

„Ich verstehe." Angesichts der Logik seiner Argumente spürte Jean einen kalten Schauder durch ihren Körper laufen.

Sie vereinbarten, sich gegenseitig auf dem Laufenden zu halten, und beendeten das Gespräch.

BEZIRKSSTAATSANWALT RICH STEVENS reichte Sam die Akte, die vor ihm auf dem Schreibtisch lag. „Fotos vom Tatort", erläuterte er. „Joy war die Erste von unseren Leuten, die dort war, nachdem der Anruf kam. Joy, klären Sie Sam über das Opfer auf."

Außer Sam und Eddie Zarro waren vier weitere Ermittler in Stevens' Büro anwesend. Joy Lacko, die einzige Frau im Team, war erst seit weniger als einem Jahr Ermittlerin, aber wegen ihrer Intelligenz und ihrer Fähigkeit, unter Schock stehende Zeugen zu befragen, hatte Sam bereits große Hochachtung vor ihr bekommen.

„Das Opfer, Yvonne Tepper, war 63 Jahre alt, geschieden, mit zwei erwachsenen Söhnen, die beide in Kalifornien leben und verheiratet sind." Joy hielt ihren Notizblock in der Hand, blickte jedoch nicht darauf, sondern schaute Sam an. „Sie war Inhaberin eines Friseursalons und sehr beliebt. Ihr früherer Ehemann hat wieder geheiratet und lebt in Illinois. All das ist wahrscheinlich unwichtig, nachdem wir die Eule in ihrer Tasche gefunden haben. Wir wissen also, dass es derselbe Kerl gewesen sein muss, der Freitag Nacht Helen Whelan überfallen hat."

„Keine Fingerabdrücke, nehme ich an", sagte Sam.

„Keine."

Stevens schaute von einem zum andern. „Ich habe hin und her überlegt, ob wir gegenüber der Presse etwas über die Eule verlauten lassen sollen. Möglicherweise gibt es jemanden, der etwas über einen Kerl weiß, der von Eulen besessen ist oder sich welche als Hobby hält."

„Stellen Sie sich vor, was für ein Riesending die Medien daraus machen würden, wenn sie erführen, dass die Opfer diese Eulen in der Tasche hatten", wandte Sam ein. „Wenn dieser Irre auf einem Egotrip ist, wie ich vermute, würden wir ihn genau mit dem füttern, worauf er aus ist. Ganz abgesehen von der Möglichkeit, dass ein Nachahmungstäter auftauchen könnte."

„Außerdem würden wir Frauen mit dieser Information keinen ausreichenden Warnhinweis geben“, meinte Joy. „Schließlich hinterlässt er die Eule erst, nachdem er seine Opfer getötet hat, nicht davor. Was mir Angst macht, ist, dass an einem der nächsten Tage eine völlig unschuldige Frau das nächste Opfer werden könnte, nur weil sie sich zur falschen Zeit am falschen Ort befindet und diesem Kerl über den Weg läuft.“

„So weit dürfen wir es nicht kommen lassen!“, sagte Stevens scharf.

Aber sie hat Recht, dachte Sam. Verdammt Recht.

UM ZEHN Uhr erhielt Craig Michaelson einen Anruf von General Buckley.

„Charles, wie geht es Ihnen?“, erkundigte sich der Anwalt.

„Gut“, antwortete eine besorgte Stimme. „Aber was hat es mit dieser dringenden Angelegenheit auf sich? Was ist passiert?“

Michaelson atmete tief durch. „Wie Sie bereits vermuten werden, geht es um Meredith, aber vielleicht stellt sich das Ganze als gar nicht so Besorgnis erregend heraus. Gestern war Dr. Jean Sheridan in meinem Büro. Ist sie Ihnen ein Begriff?“

„Die Historikerin? Ja. Ihr erstes Buch handelte von West Point. Es hat mir sehr gefallen, und deshalb habe ich auch ihre weiteren Bücher gelesen. Sie ist eine gute Schriftstellerin.“

„Und nicht nur das“, fuhr Michaelson nüchtern fort. „Sie ist Merediths leibliche Mutter.“

„Wie bitte? Jean Sheridan ist Merediths Mutter?“

Buckley hörte gebannt zu, während Michaelson ihm mitteilte, was er von Jean Sheridan über deren Vergangenheit und die mutmaßliche Bedrohung von Meredith erfahren hatte. „Craig, wie Sie wissen, haben wir ihr erzählt, dass sie adoptiert wurde“, sagte der General schließlich. „Seit ihrer Jugend hat sie Interesse daran bekundet, ihre leibliche Mutter kennen zu lernen.“

„Was ich Ihnen vor zwanzig Jahren nicht gesagt habe, ist, dass Merediths leiblicher Vater ein Kadett war, der auf dem Gelände von West Point von einem Auto überfahren wurde. Sein Name war Carroll Reed Thornton jr.“

„Ich kenne seinen Vater. Carroll ist nie über den Tod seines Sohnes hinweggekommen. Das ist ja verrückt, dass er Merediths Großvater sein soll!“

„Glauben Sie mir, es ist so, Charles. Nun ist Jean Sheridan aber dermaßen erleichtert darüber, dass Laura Wilcox ihr die Botschaften über Lily, wie sie Meredith genannt hat, geschickt haben soll, dass sie sich an die Überzeugung klammert, das letzte Fax, in dem sich die Wilcox entschuldigt, sei authentisch. Ich habe da jedoch meine Zweifel.“

„Ich kann mir eigentlich nicht vorstellen, bei welcher Gelegenheit Meredith mit Laura Wilcox zusammengetroffen sein könnte."

„Genau das habe ich auch gedacht."

„Befindet sich Jean Sheridan noch in Cornwall?", fragte Buckley.

„Ja. Sie wartet im Glen-Ridge auf weitere Nachrichten von Laura Wilcox."

„Ich werde Meredith anrufen und sie fragen, ob sie je mit dieser Wilcox zusammengetroffen ist und ob sie weiß, wo sie die Haarbürste zuletzt gesehen hat. Ich muss heute zu Besprechungen ins Pentagon, die ich nicht absagen kann, aber Gano und ich fliegen morgen früh nach Cornwall. Könnten Sie Jean Sheridan anrufen und ihr ausrichten, dass wir morgen Abend gerne mit ihr essen würden?"

„Natürlich."

„Ich möchte Meredith nicht beunruhigen, aber ich kann sie bitten, mir zu versprechen, das Gelände von West Point nicht zu verlassen, bis wir sie am Freitag sehen."

„Und Sie sind sicher, dass sie sich daran halten wird?"

„Selbstverständlich. Wenn Meredith ihr Wort gegeben hat, wird sie es unter keinen Umständen brechen."

EINE Stunde später rief General Buckley zurück. Seine Stimme klang beunruhigt. „Craig, Sie hatten Recht mit Ihrer Skepsis in Bezug auf das Fax. Meredith ist sich absolut sicher, Laura Wilcox niemals persönlich begegnet zu sein, und sie hat nicht die geringste Ahnung, wo sie die Haarbürste verloren haben könnte. Morgen früh hat sie eine wichtige Prüfung, und sie hat ziemliche Angst davor, deshalb wollte ich sie nicht noch mehr aufregen. Sie freut sich, dass ihre Mutter und ich sie besuchen wollen. Am Wochenende werden wir ihr von Jean Sheridan erzählen und ihnen die Gelegenheit geben, einander kennen zu lernen. Ich habe Meredith gebeten, mir zu versprechen, so lange in der Akademie zu bleiben, bis wir kommen, aber sie hat nur gelacht. Sie meinte, sie habe noch so viel zu lernen, dass sie bis Samstagmorgen kaum aus ihrem Zimmer kommen werde. Trotzdem hat sie es mir versprochen."

So weit scheint alles in Ordnung zu sein, dachte Michaelson, als er auflegte. Aber gleichzeitig steht jetzt so gut wie sicher fest, dass dieses Fax nicht von Laura Wilcox stammt. Davon muss ich Jean Sheridan in Kenntnis setzen.

11

Letzte Nacht war er freundlich gewesen. Er hatte sogar Marmelade zu dem Brötchen mitgebracht und sich daran erinnert, dass sie Magermilch in ihren Kaffee nahm.

Das war es, woran sie denken wollte – nicht daran, was er gesagt hatte, als sie auf dem Stuhl gesessen und ihren Kaffee getrunken hatte.

„Letzte Nacht habe ich nach Beute gesucht, Laura. Und weil ich an Jean denken musste, habe ich beschlossen, nach Highland Falls zu fahren. Dort fanden nämlich immer die heimlichen Treffen mit ihrem Kadetten statt. Hast du das gewusst?"

Laura hatte den Kopf geschüttelt. Das hatte ihn in Rage gebracht.

„Sprich mit mir! Hast du gewusst, dass Jean eine Affäre mit diesem Kadetten hatte?"

„Ich habe sie einmal zusammen gesehen, als ich bei einem Konzert in West Point war, aber ich habe mir nicht viel dabei gedacht. Jeannie hat niemandem von uns ein Wort über ihn gesagt."

Zufrieden mit ihrer Antwort, hatte die Eule genickt. „Ich wusste, dass Jean oft am Sonntag mit ihrem Notizheft nach West Point ging und sich auf eine der Bänke setzte, von denen man auf den Fluss blickt. An einem Sonntag habe ich sie dort gesucht, und dabei habe ich gesehen, wie er sich zu ihr setzte. Dann gingen sie spazieren, und ich bin ihnen gefolgt. Als sie sich allein glaubten, hat er sie geküsst. Danach bin ich ihnen auf der Spur geblieben. Du hättest den Ausdruck auf Jeans Gesicht sehen sollen, wenn sie zusammen waren. Sie strahlte! Jean, von der ich geglaubt hatte, sie wäre eine Seelenverwandte von mir wegen der Situation bei ihr zu Hause – sie hatte ein geheimes Leben, von dem sie mich ausschloss."

Und ich habe geglaubt, er wäre in mich verliebt gewesen, dachte Laura. Und dass er mich hasst, weil ich mich über ihn lustig gemacht habe. Aber in Wirklichkeit liebte er Jeannie. Der ganze Horror dessen, was er ihr danach erzählt hatte, sickerte erst jetzt allmählich in ihr Bewusstsein durch.

„Reed Thorntons Tod war kein Unfall, Laura. Damals, an diesem letzten Sonntag im Mai, bin ich kreuz und quer über das Gelände gefahren, immer auf der Suche nach ihnen. Der gut aussehende Reed mit dem goldenen Haar lief allein auf der Straße, die zum Picknickbereich führte. Vielleicht waren sie dort verabredet. Hatte ich die Absicht, ihn zu töten? Keine Frage. Er besaß alles, was ich nicht besaß – das Aussehen, die Herkunft und die vielversprechende Zukunft. Und Jeannies Liebe. Das war ungerecht! Das musst du doch zugeben."

Stammelnd hatte sie sich beeilt, ihm beizupflichten, um nicht seinen Zorn zu erregen. Dann hatte er ihr ausführlich von der Frau erzählt, die er in der Nacht zuvor umgebracht hatte. Er habe sich bei ihr entschuldigt, doch wenn sie, Laura und Jean, an die Reihe kämen zu sterben, werde es keine Entschuldigungen geben.

Er hatte hinzugesetzt, dass Meredith seine letzte Beute sein würde, dass mit ihr sein Bedürfnis gestillt sei.

Ich frage mich, wer Meredith ist, dachte Laura träge. Sie sank in einen Schlaf, der angefüllt war mit Visionen von Eulen, die schaurig rufend und mit weich schlagenden Schwingen auf sie hinabstießen. Sie versuchte verzweifelt, vor ihnen wegzurennen, doch ihre Beine gehorchten ihr nicht. Sie konnte sie nicht bewegen.

NOCH lange nach dem Anruf von Craig Michaelson saß Jean am Schreibtisch und versuchte, sich darüber klar zu werden, ob sie das letzte Fax zu schnell als echt akzeptiert hatte, weil sie sich so sehr wünschte, Lily in Sicherheit zu wissen.

Schließlich stand sie auf. Sie musste unbedingt einen langen Spaziergang machen. Das war die einzige Möglichkeit, wie sie wieder auf klare Gedanken kommen konnte.

Besorgt darüber, einen Anruf von Laura zu versäumen, nahm sie den Hörer des Hoteltelefons ab, las die Gebrauchsanweisung auf dem Gerät durch und drückte den Aufnahmeknopf für Nachrichten. „Laura, ich möchte dir helfen. Bitte ruf mich auf meinem Handy an!"

Nachdem sie die Nummer genannt hatte, legte sie mit der einen Hand den Hörer auf, mit der anderen fuhr sie sich über die Augen. Die Euphorie, die sie bei dem Gedanken empfunden hatte, Lily befände sich in Sicherheit, war verflogen, und dennoch weigerte sich etwas in ihr zu glauben, dass Laura nicht der Absender des Faxes war. Und deshalb musste sie sie davon überzeugen, dass sie ihr helfen wollte.

Jean steckte ihr Handy, ihre Sonnenbrille und den Zimmerschlüssel in die Tasche ihrer Jacke. Nach kurzem Überlegen fischte sie einen Zwanzigdollarschein aus ihrem Portmonee. Dann konnte sie eventuell irgendwo ein Croissant essen.

Als sie die Eingangshalle durchquerte, sah sie, dass die Angestellte mit der großen Brille hinter der Rezeption saß, die den Anruf von Laura entgegengenommen hatte. Jean ging zur Rezeption und blickte auf das Namensschild an der Uniformjacke der Angestellten. AMY SACHS stand darauf.

„Amy, ich bin eine gute Freundin von Laura Wilcox“, begann Jean mit einem freundlichen Lächeln, „und wie alle anderen mache ich mir furchtbare Sorgen um sie. Soviel ich weiß, waren Sie und Jake Perkins diejenigen, die am Sonntagabend mit ihr gesprochen haben. Ich weiß, dass Sie Ms Wilcox kaum gesehen haben. Sind Sie denn absolut sicher, dass Sie mit ihr gesprochen haben?“

„Oh ja, das bin ich, Dr. Sheridan“, erwiderte Amy feierlich. „Sie dürfen nicht vergessen, dass ich ihre Stimme von ‚Henderson County‘ her sehr gut kenne. In den drei Jahren habe ich keine einzige Folge verpasst. Pünktlich wie ein Uhrwerk saß ich jeden Dienstagabend um acht vor dem Fernseher.“

„Ja, wenn das so ist, glaube ich auch, dass Sie Lauras Stimme wieder erkennen. Könnten Sie mir noch einmal beschreiben, was Sie bei diesem Anruf für einen Eindruck von Laura hatten?“

„Ich kann Ihnen nur sagen, dass sie komisch klang. Ich meine, auf eine komische Art anders als sonst. Zuerst hatte ich den Eindruck, dass sie vielleicht einen Kater hatte. Aber inzwischen bin ich überzeugt, dass Jake Recht hat. Ms Wilcox klang nicht so, als ob sie zu viel getrunken hätte. Sie klang nervös – sehr nervös, als ob sie versucht hätte, nicht zu weinen.“

„Ich verstehe.“ Ich hatte Recht, dachte Jean. Es hat nichts mit einem Werbegag zu tun.

„Dr. Sheridan, ich möchte mich noch entschuldigen, dass Ihr Fax gestern zwischen die Post von Mr Cullen geraten ist. Wir legen großen Wert darauf, dass die eintreffenden Faxnachrichten gleich an unsere Gäste ausgehändigt werden. Ich werde das auch Dr. Fleischman erklären, wenn ich ihn sehe.“

„Dr. Fleischman?“ Jeans Neugier war geweckt. „Gibt es einen besonderen Grund, weshalb Sie ihm das sagen wollen?“

„Als er gestern Nachmittag von einem Spaziergang zurückkam, blieb er an der Theke stehen und rief in Ihrem Zimmer an. Da ich wusste, dass Sie im Speisesaal waren, habe ich ihm gesagt, er würde Sie dort finden. Dann fragte er, ob neue Faxe für Sie eingetroffen seien, und als ich das verneinte, schien er überrascht zu sein. Er schien fest damit gerechnet zu haben, dass Sie eines erhalten würden.“

„Ich verstehe. Danke, Amy.“ Jean versuchte zu verbergen, wie sehr sie diese Information getroffen hatte. Warum sollte Mark so etwas fragen? Wie betäubt lief sie ins Freie hinaus.

Sie setzte ihre Sonnenbrille auf und begann, sich vom Hotelgelände zu entfernen. Ihre Gedanken drehten sich plötzlich nur noch um eine Möglichkeit, die sie nicht akzeptieren wollte. War am Ende Mark der Unbekannte, von dem die Faxe stammten? Hatte er ihr Lilys Haarbürste geschickt? Mark, der ein so großer Trost gewesen war, als sie ihm ihre Ängste offenbart hatte?

Er wusste, dass sie mit Reed zusammen gewesen war. Er hatte ihr selbst erzählt, er habe sie gesehen, als er in West Point joggen gewesen sei. Hatte er irgendwie von Lilys Existenz erfahren? Wenn er nicht der Absender dieser Faxe war, warum konnte es ihn dann gewundert haben, dass sie gestern Nachmittag noch keine neue Nachricht erhalten hatte? Steckte er hinter dieser ganzen Geschichte?

Ich will das nicht glauben, dachte Jean entsetzt. Ich kann es nicht glauben! Aber warum hat er die Angestellte gefragt, ob ich ein Fax erhalten habe? Warum hat er nicht mich gefragt?

Ohne auf den Weg zu achten, lief sie durch die Straßen, die ihr als Kind so vertraut gewesen waren. Eine Stunde später betrat sie schließlich ein Café am unteren Ende der Mountain Road. Niedergeschlagen und in tiefer Sorge setzte sie sich an die Theke und bestellte einen Kaffee. Es war sogar schlimmer als vorher. Sie wusste nicht, wem sie trauen konnte und was sie glauben sollte.

Dem aufgestickten roten Schriftzug auf seiner Jacke nach zu urteilen, lautete der Name des dürren grauhaarigen Mannes hinter der Theke Duke Mackenzie. „Sind Sie neu hier?“, fragte er, als er den Kaffee einschenkte.

„Nein. Ich bin hier aufgewachsen.“

„Gehören Sie zufällig auch zu den Leuten, die ihr zwanzigjähriges Abschlussjubiläum in Stonecroft gefeiert haben?“

Es gab keine Möglichkeit, einer Antwort auszuweichen. „Ja.“

„Wo haben Sie damals gewohnt?“

Jean deutete zum hinteren Teil des Cafés. „Gleich da oben in der Mountain Road.“

„Ach, wirklich? Wir waren damals noch nicht hier. Das hier war früher eine chemische Reinigung.“

„Ich erinnere mich.“ Jean nippte an ihrem Kaffee.

„Meiner Frau und mir hat es hier in der Stadt gefallen, und so haben wir den Laden vor zehn Jahren gekauft. Mussten alles komplett renovieren.“

Jean nickte und trank fast den ganzen restlichen Kaffee aus, um möglichst bald wegzukommen. Der Mann redete ihr zu viel. Sie stand auf, legte den Zwanzigdollarschein auf die Theke und bat um die Rechnung.

Während Duke an der Kasse das Geld zum Rausgeben zusammensuchte, klingelte Jeans Handy. Craig Michaelson war dran.

„Gut, dass Sie Ihre Handynummer hinterlassen haben, Dr. Sheridan. Können Sie sprechen, ohne dass jemand mithört?"

„Ja." Jean ging ein paar Schritte von der Theke weg.

„Ich habe soeben mit dem Adoptivvater Ihrer Tochter gesprochen. Er und seine Frau werden morgen herkommen, und sie würden gerne mit Ihnen zu Abend essen. Lily, wie Sie Ihre Tochter nennen, weiß, dass sie adoptiert wurde und hat schon immer den Wunsch geäußert, ihre leibliche Mutter kennen zu lernen. Ihre Eltern wünschen sich auch, dass das geschieht. Ich möchte jetzt am Telefon nicht zu sehr in die Details gehen, aber so viel kann ich Ihnen sagen: Es ist nahezu ausgeschlossen, dass Ihre Tochter je mit Laura Wilcox zusammengetroffen ist. Daher glaube ich, dass Sie das letzte Fax als Fälschung ansehen müssen. Ich glaube aber, aufgrund ihres gegenwärtigen Aufenthaltsorts brauchen Sie sich keine Sorgen um die Sicherheit Ihrer Tochter zu machen."

Für einen Moment war Jean so verblüfft, dass sie kein Wort herausbrachte.

„Dr. Sheridan?"

„Ja, Mr Michaelson?", flüsterte sie.

„Wird es Ihnen möglich sein morgen Abend?"

„Ja, natürlich."

„Ich habe ein Essen in meinem Haus vorgeschlagen, damit Sie drei ungestört sein können. Danach werden Sie noch an diesem Wochenende mit Meredith zusammentreffen können."

„Meredith? Ist das ihr Name? Ist das der Name meiner Tochter?" Jean war sich bewusst, dass sie plötzlich mit lauter Stimme sprach, aber sie konnte es nicht unterdrücken. Bald würde sie sie sehen. Sie würde sie in die Arme schließen können. Sie achtete nicht darauf, dass ihr Tränen über die Wangen strömten und Duke jedes Wort von ihr aufsaugte.

„Ja, das ist ihr Name." Michaelsons Stimme klang freundlich. „Ich kann verstehen, wie Ihnen zumute ist. Ich werde Sie also morgen Abend um sieben Uhr am Hotel abholen."

„Morgen Abend um sieben", wiederholte Jean. Sie unterbrach die Verbindung, dann strich sie sich mit dem Handrücken die Tränen aus ihrem Gesicht.

„Sieht so aus, als ob Sie eine gute Nachricht bekommen hätten", brummte Duke erwartungsvoll.

„Ja, das habe ich. Oh Gott, ja, das habe ich wirklich." Jean sammelte ihr Wechselgeld ein und verließ den Raum wie in Trance.

Duke starrte ihr mit einem forschenden Blick nach. Sie hatte ziemlich belämmert ausgesehen, als sie reingekommen war, aber so, wie sie nach dem Anruf wirkte, hätte man denken können, sie habe gerade im Lotto gewonnen. Was zum Kuckuck hatte sie wohl gemeint, als sie gefragt hatte, wie ihre Tochter heiße?

Duke sah vom Fenster aus zu, wie die Frau davonging. Wenn sie nicht gleich weggerannt wäre, hätte er sie noch fragen können, was es mit diesem Kerl mit der dunklen Sonnenbrille und der Mütze auf sich hatte, der in den letzten Tagen jeden Morgen kam, gleich nachdem sie um sechs geöffnet hatten. Er bestellte immer dasselbe – Saft, ein Brötchen mit Butter und Kaffee zum Mitnehmen. Dann stieg er in sein Auto und fuhr die Mountain Road hinauf. Gestern Abend war er auch gekommen, kurz bevor sie hatten schließen wollen, und hatte ein Sandwich und einen Kaffee bestellt.

Dieser Typ ist nicht ganz astrein, dachte Duke, während er die Theke polierte. Ich frage ihn, ob er auch an dem Treffen von Stonecroft teilnimmt, und er gibt mir so eine blöde Klugscheißerantwort: „Ich bin das Treffen."

Duke schenkte sich eine Tasse Kaffee ein. Es war eine ganze Menge los hier, seit diese Leute vom Schultreffen letzte Woche aufgetaucht waren. Falls dieser komische Typ heute Abend wieder kam, um sein Sandwich und seinen Kaffee zu holen, würde er ihn nach der Frau fragen, die gerade hier gewesen war. Sie gehörte zu dem Treffen und sah richtig gut aus, also würde der Bursche wenigstens wissen, wer sie war. Es war doch zu bekloppt, dass sie sich hatte erzählen lassen, wie ihre eigene Tochter hieß. Vielleicht wusste der Typ ja, was mit ihr los war.

„Lily … Meredith … Lily … Meredith", flüsterte Jean immer wieder vor sich hin, während sie zum Hotel zurückging. Wahrscheinlich würde sie ihre Tochter noch an diesem Wochenende sehen. Mit einer bewussten Anstrengung versuchte sie, die Vorfreude auf das Treffen beiseite zu schieben und sich auf Laura und die neue Hypothese zu konzentrieren, die in ihren Gedanken allmählich Form annahm.

Könnte Robby Brent derjenige sein, der hinter den Drohbriefen steckt?, fragte sie sich. Vielleicht ist er es, der herausgefunden hat, dass ich schwanger war. Vielleicht hat er jetzt begriffen, dass seine Drohbriefe strafrechtliche Folgen nach sich ziehen könnten, und versucht, alles Laura in die Schuhe zu schieben, weil er vermutet, dass ich Mitleid mit ihr habe.

Möglich ist es. Robby traue ich ohne weiteres zu, die Existenz von Lily irgendwie herausgefunden zu haben und mir dann, als das Treffen anstand, diese Botschaften als grausamen Scherz geschickt zu haben. Und falls er sich den Werbegag mit Laura ausgedacht hat, hat er sicher inzwischen eingesehen, dass der Schuss nach hinten losgegangen ist. In diesem Fall wird er wahrscheinlich mit den Produzenten der Serie in Kontakt stehen, damit sie sich eine Geschichte ausdenken können. Die Medien werden keine Ruhe geben und nach einer Erklärung verlangen.

Auf der anderen Seite hat Jack Emerson damals abends im Bürogebäude von Dr. Connors geputzt und könnte an die Akten gekommen sein. Außerdem muss ich herausfinden, warum Mark die Empfangschefin gefragt hat, ob ich ein Fax bekommen hätte, und dann enttäuscht war, dass noch keines da war. Nun, zumindest das könnte ich ziemlich schnell herausbekommen.

Nachdem sie das Hotel erreicht hatte, eilte sie zur Rezeption und fragte Amy Sachs, ob Post für sie da sei. Die Angestellte verneinte.

Jean nickte und wählte über das Haustelefon Marks Zimmer an. Er nahm nach dem ersten Klingeln ab.

„Jean, ich habe mir Sorgen um dich gemacht."

„Ich musste auch über dich nachdenken. Es ist schon fast eins, und ich habe heute nichts als eine halbe Tasse Kaffee zu mir genommen. Ich gehe jetzt in den Speisesaal. Es wäre schön, wenn du auch kämst, aber du brauchst diesmal nicht am Empfang zu fragen, ob ein neues Fax für mich gekommen ist. Es ist keines da – ich habe schon gefragt."

AM MITTWOCHMORGEN ging Jake Perkins zum Unterricht, schwänzte aber sein Seminar über kreatives Schreiben. Da konnte ihm sein Lehrer ohnehin nichts mehr beibringen. Stattdessen ging er geradewegs in das Klassenzimmer, das als Büro der Schülerzeitung fungierte. Dort wühlte er sich durch die Aktenordner mit Fotos aus der *Gazette*, die während der vier Jahre aufgenommen worden waren, als Laura Wilcox Schülerin in Stonecroft gewesen war. Sie hatte in einer Reihe von Schulaufführungen mitgewirkt, und Jake fand ein tolles Foto von ihr, auf dem sie als Revuegirl zu sehen war. Mit dem weit hochgestreckten Bein und ihrem strahlenden Lächeln stach sie aus der Reihe der anderen Mädchen hervor. Keine Frage, sie sah wirklich sensationell aus.

Doch als Jake auf das Foto der Abschlussfeier von Lauras Jahrgang stieß, machte er große Augen. Er nahm eine Lupe zur Hand, um die Gesichter der Absolventen zu betrachten. Laura war natürlich wunderschön. Der Anblick von Jean Sheridan jedoch traf ihn wie ein Schock. Sie sah traurig aus, unglaublich traurig. Man wäre nie auf den Gedanken gekommen, dass sie gerade die Ehrenmedaille für Geschichte und ein Stipendium für Bryn Mawr erhalten hatte.

Die meisten Absolventen trugen ein nichts sagendes Lächeln zur Schau. Das breiteste zeigte sich jedoch auf dem Gesicht jenes Jungen, der nicht direkt in die Kamera, sondern auf Jean Sheridan blickte. Was für ein Kontrast! Sie schaute drein, als hätte sie gerade ihren Freund verloren, und der Typ grinste von einem Ohr zum andern.

Kopfschüttelnd blickte Jake auf den Stapel Fotos auf dem Tisch. Er hatte jetzt genug beisammen. Als Nächstes würde er mit Jill Ferris sprechen, der Lehrerin, die für die *Gazette* verantwortlich war. Mit der konnte man reden. Er würde sie überzeugen, dass sie das Foto von Laura als Tänzerin auf der Titelseite und das von der Abschlussfeier auf der Rückseite brachten. Dazwischen würde sich das Thema seines Artikels ausspannen – das Mädchen, das sämtliche Trümpfe in der Hand hielt und jetzt ins Schleudern geraten war, und die Klassentrottel, die es bis ganz nach oben geschafft hatten.

Sein nächstes Ziel war das Fotolabor, in dem die Kameraausrüstung aufbewahrt wurde. Dort traf er auf Ms Ferris, die ihm gegen Unterschrift die schwere altmodische Kamera aushändigte, die er so gerne benutzte, wenn er auf einem seiner fotografischen Streifzüge unterwegs war. Im Hinblick auf die Schärfentiefe konnte es keine Digitalkamera mit ihr aufnehmen.

Jake konnte es kaum erwarten, das Haus zu fotografieren, in dem Laura Wilcox aufgewachsen war. Schließlich war es dasselbe Haus, in dem die Medizinstudentin Karen Sommers umgebracht worden war. Das würde der Geschichte noch einen zusätzlichen menschlichen Touch verleihen.

AM MITTWOCH verbrachte Carter Stewart den größten Teil des Vormittags in seiner Suite im Hudson-Valley-Hotel. Er hasste es, unterbrochen zu werden, wenn er schrieb, und das wusste sein Agent Tim Davis nur zu genau. Dennoch wurde seine Konzentration um elf Uhr durch das grelle Klingeln des Telefons jäh gestört.

Tim Davis beeilte sich, mit einer Entschuldigung aufzuwarten. „Ich weiß, ich hatte Ihnen versprochen, Sie nur zu stören, wenn es unbedingt notwendig ist, aber …“

„Ich kann nur hoffen, dass es wirklich unbedingt notwendig ist!“, bellte Carter.

„Ich habe gerade einen Anruf von Angus Schell bekommen. Das ist der Agent von Robby Brent, und er ist völlig aus dem Häuschen. Robby hatte versprochen, seine Bearbeitung der Drehbücher für die neue Serie bis spätestens gestern zu schicken, und sie sind immer noch nicht da. Angus hat ein Dutzend Nachrichten für Robby hinterlassen, aber er hat nichts von ihm gehört. Der Sponsor ist sowieso wütend wegen dieses Werbegags, den sich Robby zusammen mit Laura Wilcox ausgedacht haben soll. Sie haben gedroht, aus der Serie auszusteigen.“

„Und was hat das bitte mit mir zu tun?“, fragte Carter in eisigem Ton.

„Sie haben mir neulich erzählt, dass Robby Ihnen die Bearbeitungen zeigen wollte. Haben Sie sie gesehen?“

„Nein, habe ich nicht. Ich habe mich extra in sein Hotel bemüht, um mir die überarbeiteten Drehbücher anzuschauen, aber er war nicht da und hat sich seitdem auch nicht gemeldet. Wenn Sie mich jetzt entschuldigen.“

„Bitte, Carter, ich muss das genau wissen. Glauben Sie, dass Robby die Bearbeitungen vorgenommen hat, die er dem Sponsor versprochen hat?“

„Tim, hören Sie genau zu, was ich Ihnen jetzt erzähle. Robby sagte, er habe die Bearbeitungen vorgenommen. Er bat mich, einen Blick darauf zu werfen. Ich habe gesagt, okay, mache ich. Dann war er nicht da, als ich zu ihm ins Hotel kam. Mit anderen Worten: Er hat die Bücher bearbeitet, und er hat mir die Zeit gestohlen.“

„Tut mir Leid, Carter, tut mir wirklich sehr Leid.“ Davis war bemüht, seinen Klienten zu beschwichtigen. „Aber Joe Dean und Barbara Monroe haben bereits Rollen zugesagt bekommen, und es ist unendlich wichtig für sie, dass diese Serie ausgestrahlt wird. Ich flehe Sie an, könnten Sie vielleicht nachsehen, ob Robby die Drehbücher zufällig in seinem Hotelzimmer zurückgelassen hat? Als ich das letzte Mal mit ihm gesprochen habe, hat er geprahlt, dass die Drehbücher erst wirklich komisch würden, wenn er sie umgeschrieben hätte. Und wenn er das sagte, wird es auch so sein. Wenn wir die Drehbücher mit dem Nachtkurier bekommen würden, könnte das die Rettung der Serie bedeuten.“

Carter schwieg.

„Ich möchte nur ungern meine letzten Trümpfe ausspielen, Carter, aber vor zwölf Jahren, als Sie noch an alle Türen geklopft haben, bin ich derjenige gewesen, der Sie unter Vertrag genommen und dafür gesorgt hat, dass Ihr erstes Stück aufgeführt wurde. Verstehen Sie mich nicht falsch. Es war immer eine großartige Zusammenarbeit zwischen uns, aber hier und heute möchte ich diese Schuld einfordern. Und zwar nicht für mich, sondern für Joe und Barbara. Ich habe Ihnen damals zu Ihrer Chance verholfen. Jetzt möchte ich, dass Sie den beiden zu ihrer verhelfen."

„Tim, Sie reden so überzeugend, dass mir fast die Tränen kommen", knurrte Carter. „Na schön, nachdem Sie meine Konzentration nun restlos zerstört haben, werde ich zu Robbys Hotel fahren und sehen, ob ich mir Zutritt zu seinem Zimmer verschaffen kann."

„Carter, ich weiß nicht, wie …"

„… Sie mir danken sollen? Das weiß ich auch nicht. Wiedersehen, Tim."

Carter trug Jeans und Pullover. Seine Jacke und seine Mütze lagen auf dem Stuhl, auf den er sie vorhin geworfen hatte. Mit einem ärgerlichen Seufzen stand er auf, zog die Jacke an, nahm die Mütze in die Hand und verließ das Zimmer.

EINE Stunde später stand Carter in Robby Brents Zimmer im Glen-Ridge House. Sowohl Justin Lewis, der Hoteldirektor, als auch dessen Stellvertreter Jerome Warren waren mit ihm gekommen. Beide machten angesichts der Tatsache, dass sie Carter erlauben sollten, etwas aus dem Zimmer mitzunehmen, einen äußerst unglücklichen Eindruck.

Carter ging zum Schreibtisch, auf dem ein dicker Stapel Manuskripte lag. Er blätterte einige Seiten durch. „Na bitte! Wie Sie selbst sehen können, sind dies die Drehbücher, die Mr Brent bearbeitet hat und die die Produktionsfirma so dringend benötigt. Ich werde sie nicht weiter anrühren." Er deutete auf Lewis. „Sie nehmen sie." Er zeigte auf Warren. „Und Sie halten den Expressumschlag auf, in den sie gesteckt werden. Dann können Sie unter sich ausmachen, wer die Adresse draufschreibt. Sind Sie damit zufrieden?"

„Selbstverständlich, Sir", antwortete Lewis nervös. „Ich hoffe, Sie haben Verständnis für unsere Haltung und weshalb wir so vorsichtig sein müssen."

Carter antwortete nicht. Er starrte auf einen gelben Zettel, den Robby an das Telefon geklebt hatte.

Treffen mit Howie wegen der Drehbücher Dienstag, 15.30 Uhr.

Der Hoteldirektor hatte den Zettel auch bemerkt. „Mr Stewart, soweit ich Sie verstanden habe, waren *Sie* mit Mr Brent verabredet, um sich die Drehbücher anzuschauen."

„Das ist richtig."

„Darf ich dann fragen, wer Howie ist?"

„Damit hat Mr Brent mich gemeint. Es soll ein Witz sein."

„Ach so, ich verstehe."

„Ja, ganz bestimmt verstehen Sie das. Haben Sie schon mal das Sprichwort gehört: Wer zuletzt lacht, lacht am besten?"

„Aber gewiss."

„Gut." Carter kicherte. „Es passt ganz gut zu dieser Situation. Und jetzt gebe ich Ihnen die Adresse."

NACHDEM Sam Deegan das Büro des Bezirksstaatsanwalts verlassen hatte, holte er sich in der Cafeteria des Gerichtsgebäudes einen Imbiss zum Mitnehmen. Rich Stevens hatte ihn von den Morden an den beiden Frauen abgezogen; er sollte sich vielmehr völlig darauf konzentrieren, Laura Wilcox zu finden und Jeans Tochter zu beschützen.

Er hatte sein Essen gerade auf dem Schreibtisch abgestellt, als Joy Lacko sein Büro betrat. „Der Boss will, dass ich mit Ihnen arbeite", teilte sie Sam mit. „Er meinte, Sie würden es mir erklären." Ihr Gesichtsausdruck signalisierte deutlich, dass sie über die neue Zuteilung nicht gerade glücklich war.

Doch ihr Ärger verflog, als Sam sie mit den Einzelheiten des Falles vertraut machte. Die Tatsache, dass Lilys Adoptivvater ein Dreisternegeneral war, ließ sie ebenso aufhorchen wie die Schlussfolgerung, dass Laura Wilcox nicht hinter dem letzten Fax an Jean stecken konnte.

„Und ich kann einfach nicht glauben, dass fünf Frauen, die in der Schule mittags an einem Tisch saßen, einfach so gestorben sind, noch dazu in der Reihenfolge, in der sie saßen", schloss Sam. „Wenn es also nicht einer dieser unglaublichen Zufälle des Schicksals ist, heißt das, dass Laura Wilcox die Nächste ist."

„Kein Wunder, dass der Boss meint, Sie könnten Hilfe gebrauchen", stellte Joy nüchtern fest.

„Die brauche ich wirklich", bekräftigte Sam. „Laura Wilcox zu finden hat oberste Priorität. Erstens, weil sie in Gefahr schwebt, falls die fünf Frauen vor ihr ermordet wurden. Zweitens, weil sie vielleicht von Jean Sheridans Tochter weiß und es jemandem erzählt hat."

„Was ist mit ihrer Familie? Mit Freunden und Bekannten? Haben Sie schon mit ihrer Agentur gesprochen?"

„Sie stellen die richtigen Fragen, Joy. Am Montag habe ich mit ihrer

Agentur telefoniert. Es hat sich rausgestellt, dass Alison Kendall sie persönlich betreut hat. Die Kendall ist jetzt seit einem Monat tot, aber in der Agentur ist noch niemand angewiesen worden, Laura Wilcox zu übernehmen. Ich habe den Eindruck, dass sie nicht mehr an ihr interessiert sind.

Außerdem habe ich mit der Kollegin in Kalifornien telefoniert, die Alison Kendalls Tod untersucht hat, und die meinte, es gäbe keinerlei Anzeichen für Gewalteinwirkung. Aber das stellt mich nicht zufrieden. Als ich Stevens von den Mädchen und dem Mittagstisch erzählt habe, hat er eine Anforderung rausgegeben, damit wir von den jeweiligen ermittelnden Stellen alle Akten über die Todesfälle erhalten. Der älteste liegt schon zwanzig Jahre zurück, es könnte also bis Ende der Woche dauern, bis wir alles vorliegen haben. Dann werden wir uns in die Akten stürzen und schauen, ob wir auf etwas Auffälliges stoßen."

Er schwieg einen Moment, während sich Joy ein paar Notizen machte. Dann stand er auf und streckte sich. „Außerdem werde ich die Witwe eines gewissen Dr. Connors aufsuchen, der damals Jean Sheridans Baby auf die Welt geholt hat. Jean hat sich bereits mit ihr unterhalten und dabei das Gefühl gehabt, dass Mrs Connors ihr etwas verschweigt. Etwas, was die alte Dame in große Aufregung versetzte. Vielleicht bekomme ich es aus ihr raus."

„Ich werde derweil im Internet recherchieren", verkündete Joy. „Mal sehen, was ich so über die fünf Todesfälle der Mittagstischfrauen rausfinde. Wir reden dann später wieder." Sie klappte ihr Notizbuch zu.

12

Jean, ich hatte einen guten Grund, am Empfang nachzufragen, ob du ein Fax erhalten hast", sagte Mark ruhig, nachdem er sich zu ihr gesetzt hatte.

„Dann erkläre es mir bitte." Mark machte einen bedrückten Eindruck, und Jean spürte, dass sich ihre Zweifel und ihr Misstrauen wie ein Hindernis zwischen ihnen aufgebaut hatten.

Lily – Meredith – war in Sicherheit, und sie würde sie bald sehen. Das war alles, was im Moment zählte. Aber der Brief mit der Haarbürste vergangenen Monat, dann die Faxe mit den Drohungen, die Rose auf Reeds Grab – bei jedem dieser Anlässe war sie vor Angst und Sorge fast zerbrochen.

Ich hätte das letzte Fax gestern Mittag erhalten sollen, überlegte sie, während sie Mark über den Tisch hinweg ansah. Ich habe gedacht, ich könnte dir vertrauen. Gestern warst du so einfühlsam, so voller Verständnis, als ich dir von Lily erzählt habe. Hast du mir das nur vorgespielt?

„Offen gesagt, ich hatte gehofft, du würdest wieder etwas von dem Unbekannten hören, der dir die Nachrichten geschickt hat", sagte Mark.

„Warum?"

„Weil das ein Zeichen dafür gewesen wäre, dass er – oder sie – mit dir in Kontakt bleiben will. Inzwischen hast du eine Nachricht von Laura erhalten und bist beruhigt, weil du weißt, dass sie Lily nichts zuleide tun wird. Aber das Wichtigste ist doch, dass sie überhaupt mit dir kommuniziert hat. Das war der Grund, weshalb ich gestern gefragt habe. Und ich war tatsächlich beunruhigt, als mir die Angestellte sagte, es sei nichts gekommen. Ich habe mir Sorgen um Lily gemacht." Er sah sie an, und sein ernster Ausdruck verwandelte sich in maßloses Erstaunen. „Hast du etwa geglaubt, ich hätte dir diese Drohbriefe geschickt? Glaubst du, ich hätte gewusst, dass du die letzte Nachricht eigentlich früher hättest erhalten müssen?"

Kann ich ihm vertrauen?, fragte sich Jean. Ich weiß es nicht.

Als der Ober zu ihnen trat, erkundigte sich Mark: „Damals in Stonecroft mochtest du gegrillte Sandwiches mit Käse und Tomaten. Ist das immer noch so?"

Jean nickte.

„Zwei gegrillte Sandwiches mit Käse und Tomaten und zwei Tassen Kaffee." Mark wartete, bis sich der Ober entfernt hatte, bevor er weitersprach. „Du hast immer noch nichts gesagt, Jeannie. Ich weiß nicht, ob das bedeutet, dass du mir glaubst oder nicht glaubst oder dir nicht sicher bist. Ich gebe zu, dass ich das verdammt enttäuschend finde, aber auch verständlich. Sag mir nur eines: Bist du immer noch sicher, dass Laura die Nachrichten geschickt hat und Lily in Sicherheit ist?"

Ich werde ihm nicht von Craig Michaelsons Anruf erzählen, beschloss Jean. Ich darf einfach niemandem trauen. „Ich bin einigermaßen sicher, dass Lily in Sicherheit ist", entgegnete sie vorsichtig.

Mark bemerkte sehr wohl, dass sie ausweichend antwortete. „Arme Jean. Du weißt nicht mehr, wem du noch trauen kannst, stimmt's? Ich kann es dir nicht übel nehmen. Aber was wirst du jetzt tun? Einfach nur warten, bis Laura wieder auftaucht?"

„Zumindest in den nächsten Tagen. Und was ist mit dir?"

„Ich bleibe noch bis Freitagmorgen. Mein Vater will noch einmal mit mir zu Abend essen."

„Dann nehme ich an, dass er dir auf die Fragen geantwortet hat, die du ihm stellen wolltest.“

„Ja. Du kennst sowieso die Hälfte der Geschichte. Ich möchte, dass du auch den Rest erfährst. Mein Bruder Dennis ist einen Monat nach seinem Abschluss in Stonecroft gestorben. Er sollte im Herbst in Yale anfangen.“

„Ich weiß über den Unfall Bescheid.“

„Du weißt *etwas* darüber“, korrigierte Mark sie. „Ich sollte im September in Stonecroft anfangen. Meine Eltern haben Dennis zum Abschluss ein Kabrio geschenkt. Du hast ihn wahrscheinlich nicht gekannt, aber er war wirklich auf allen Gebieten überragend. Er war der Beste in seiner Klasse, der Kapitän der Baseballmannschaft, der Vorsitzende des Schülerrats, er sah toll aus, war witzig und ein wirklich netter Typ, ein wahres Goldkind.“

„Und es war schwierig, sich mit diesem Goldkind zu messen.“

„Ich weiß, die Leute denken das, aber in Wirklichkeit hatten wir ein tolles Verhältnis. Er war mein großer Bruder. Ich habe ihn verehrt. Er hat mit mir Tennis gespielt. Er hat mich in seinem Kabrio mitgenommen, und dann hat er mir, weil ich ständig gebettelt habe, auch das Fahren beigebracht.“

„Aber du warst doch höchstens 13 oder 14.“

„Ich war 13. Ich bin natürlich nie auf der Straße gefahren, und er saß auch immer neben mir. Das Grundstück um unser Haus ist ziemlich groß. An dem Tag, an dem der Unfall passierte, hatte ich Dennis schon den ganzen Tag angebettelt, mich fahren zu lassen. Schließlich drückte er mir am Nachmittag die Schlüssel in die Hand und sagte: ‚Na gut, meinetwegen, setz dich schon mal ins Auto. Ich komme gleich nach.‘

Ich saß da und zählte die Minuten. Dann tauchten plötzlich ein paar von seinen Freunden auf, und Dennis beschloss, mit ihnen Basketball zu spielen. ‚Ich verspreche dir, dass du in einer Stunde fahren darfst!‘, rief er mir zu. ‚Stell den Motor ab, und zieh die Handbremse an!‘

Ich war enttäuscht und zornig. Wutschnaubend rannte ich ins Haus. Meine Mutter stand in der Küche. Ich meinte zu ihr, ich würde mich freuen, wenn Dennis' Auto den Hügel hinunterrollen und gegen den Zaun krachen würde. Vierzig Minuten später rollte es tatsächlich den Hügel hinunter. Der Basketballkorb befand sich ganz unten am Anfang der Auffahrt. Die anderen Jungen konnten noch ausweichen. Dennis schaffte es nicht mehr.“

„Mark, du bist Psychologe. Du musst doch wissen, dass du keine Schuld daran hast.“

„Rational gesehen, ja. Aber sowohl meine Mutter als auch mein Vater waren danach anders zu mir. Ich habe mit angehört, dass Mutter zu Vater sagte, sie sei sicher, dass ich die Handbremse mit Absicht nicht angezogen hätte. Ich hätte zwar nicht ahnen können, dass es diese Folgen haben würde, aber ich hätte mich an Dennis rächen wollen, weil er mich enttäuscht habe."

„Was hat dein Vater darauf erwidert?"

„Es ist mehr das, was er nicht gesagt hat. Ich hatte erwartet, dass er mich in Schutz nehmen würde, aber das tat er nicht. Später hat mir irgendein Kind hinterbracht, meine Mutter hätte gesagt, wenn Gott schon einen ihrer Jungen als Opfer hätte fordern müssen, warum hätte es gerade Dennis sein müssen?"

„Diese Geschichte habe ich auch gehört", gab Jean zu.

„Du bist mit dem Wunsch aufgewachsen, von deinen Eltern wegzukommen, Jean, und mir ist es genauso gegangen. Ich habe immer das Gefühl gehabt, dass wir Gleichgesinnte sind. Wir haben uns beide in die Wissenschaft gestürzt und ansonsten den Mund gehalten. Siehst du deine Eltern noch häufig?"

„Mein Vater lebt auf Hawaii. Ich habe ihn dort letztes Jahr besucht. Er hat eine Freundin, die ziemlich nett ist, aber er verkündet jedem, der es hören will, dass er mit einer Ehe ein für alle Mal genug habe. Meine Mutter scheint jetzt wirklich glücklich zu sein. Sie hat mich mit ihrem Mann ein paarmal besucht. Ich gebe zu, dass es mir noch manchmal den Hals zuschnürt, wenn ich sehe, wie sich die beiden an der Hand halten und miteinander turteln, und daran denken muss, wie sie mit meinem Vater umgegangen ist. Aber ich glaube, dass ich drüber weg bin und ihnen keine Vorwürfe mehr mache – bis auf die Tatsache, dass ich damals mit 18 das Gefühl hatte, auf ihre Hilfe nicht bauen zu können."

„Meine Mutter ist gestorben, als ich studiert habe", erzählte Mark. „Niemand hat mir mitgeteilt, dass sie einen Herzanfall hatte und im Sterben lag. Ich hätte mich sofort in ein Flugzeug gesetzt und wäre nach Hause gekommen, um Abschied zu nehmen. Aber sie hat nicht nach mir verlangt. Es war wie eine endgültige Zurückweisung. Ich bin nicht zu ihrem Begräbnis gegangen. Danach bin ich nie wieder nach Hause gefahren, und zwischen meinem Vater und mir hat 14 Jahre lang vollkommene Funkstille geherrscht."

„Was waren das für Fragen, die du ihm stellen wolltest?"

„Die erste war, warum er mich nicht verständigt hat, als meine Mutter im Sterben lag."

Jean nippte an ihrem Kaffee. „Was hat er geantwortet?"

„Dass meine Mutter begonnen habe, unter Wahnvorstellungen zu leiden.

Kurz vor ihrem Herzanfall suchte sie einen Wahrsager auf, der ihr erzählte, ihr jüngerer Sohn habe die Handbremse absichtlich gelöst, weil er eifersüchtig auf seinen Bruder gewesen sei und ihm etwas habe antun wollen. Mutter hatte zwar immer schon an die Möglichkeit geglaubt, dass ich Dennis' Auto hatte zerstören wollen, aber dieser Wahrsager gab ihr den Rest. Willst du auch die andere Frage hören, die ich meinem Vater gestellt habe?"

Jean nickte.

„Meine Mutter konnte Alkohol nicht ausstehen, mein Vater trank jedoch gern sein Gläschen am späten Nachmittag. Oft schlich er sich in die Garage, wo er immer ein Fläschchen versteckt hielt. Er gab vor, das Innere des Autos reinigen zu wollen, und feierte dort dann seine kleine private Cocktailparty. Manchmal setzte er sich auch in Dennis' Auto, um einen zu kippen. Ich weiß, dass ich die Handbremse angezogen gelassen habe. Also habe ich meinen Vater gefragt, ob er seinen Scotch an jenem Nachmittag in Dennis' Auto getrunken habe, und wenn ja, ob es dann nicht möglich sei, dass er die Handbremse aus Versehen gelöst habe."

„Was hat er geantwortet?"

„Er hat zugegeben, dass er in dem Auto gesessen hat und, nur Minuten bevor es die Auffahrt hinunterrollte, ausgestiegen ist. Er hat nie den Mut gehabt, es meiner Mutter zu sagen, nicht einmal, als dieser Wahrsager sie gegen mich aufgehetzt hat."

„Warum, glaubst du, hat er es jetzt zugegeben?"

„Mein Terminkalender ist voll von Patienten, die ihre ungelösten Konflikte ihr ganzes Leben mit sich herumschleppen. Als ich neulich Abend das Auto meines Vaters in der Auffahrt stehen sah – derselben Auffahrt von damals –, beschloss ich, zu ihm zu gehen und mich nach 14 Jahren Schweigen endlich mit ihm auszusprechen."

„Du warst gestern bei ihm, und du gehst heute Abend wieder zu ihm. Heißt das, ihr habt euch versöhnt?"

„Er wird bald achtzig, und es geht ihm nicht gut. Er hat 25 Jahre mit einer Lüge gelebt. Ich habe fast Mitleid mit ihm, wenn er davon spricht, es wieder gutmachen zu wollen. Natürlich geht das nicht, aber indem ich ihn sehe und mit ihm spreche, werde ich vielleicht darüber hinwegkommen. Und in einem Punkt hat er Recht: Wenn meine Mutter erfahren hätte, dass er im Auto getrunken und eventuell den Unfall verursacht hat, hätte sie ihn noch am selben Tag verlassen."

„Stattdessen hat sie sich von dir abgewandt."

„Was wiederum dazu beitrug, dass ich in Stonecroft dieses Gefühl der völligen Unzulänglichkeit entwickelt habe. Ich bemühte mich, wie Dennis zu sein, aber ich sah nun mal nicht so gut aus wie er. Ich war nicht so sportlich, und ich war kein Anführer. Die einzigen Male, in denen ich so etwas wie ein Kameradschaftsgefühl gespürt habe, war in unserem letzten Jahr, als einige von uns abends zusammen jobben gingen. Oft waren wir danach noch irgendwo eine Pizza essen. Das Gute daran war vielleicht, dass ich dabei gelernt habe, mich in junge Leute einzufühlen, die es schwer haben, und dass ich als Erwachsener es einigen etwas leichter machen kann, ihr Leben zu bewältigen."

„Soweit ich gehört habe, hast du großen Erfolg damit."

„Ich hoffe es. Die Produzenten wollen die Sendung nach New York verlagern, und man hat mir eine Stelle am New York Hospital angeboten. Ich glaube, dass ich jetzt bereit bin zu wechseln."

„Ein neuer Anfang?"

„Genau – dort, wo das, was nicht vergeben oder vergessen werden kann, wenigstens endgültig der Vergangenheit angehören wird." Er hob seine Kaffeetasse. „Sollen wir darauf trinken, Jeannie?"

„Ja, natürlich." Sie spürte den Impuls, sich über den Tisch zu beugen und ihre Hand auf seine zu legen – dieselbe Geste, mit der er ihr gestern Trost zugesprochen hatte. Doch etwas hielt sie zurück. Sie konnte ihm einfach nicht vertrauen. In diesem Moment fiel ihr ein, dass sie schon vorhin wegen einer Sache hatte nachfragen wollen, die er gesagt hatte.

„Was war das für ein Job, den du im letzten Schuljahr abends gemacht hast?"

„Ich habe in einer Putzkolonne in einem Bürogebäude gearbeitet, das mittlerweile abgebrannt ist. Jack Emersons Vater hat einer Reihe von uns einen Job dort verschafft. Alle männlichen Ehrengäste von der Feier haben irgendwann dort den Staubsauger bewegt."

„Alle? Carter, Gordon, Robby und du?"

„Ja, genau. Und außerdem noch Joel Nieman, unser Romeo. Wir haben alle mit Jack gearbeitet." Er hielt inne. „Du müsstest das Gebäude eigentlich kennen. Du warst doch Patientin bei Dr. Connors."

Jean spürte, wie es ihr eiskalt den Rücken hinunterlief. „Davon habe ich dir nichts gesagt, Mark."

„Bestimmt hast du das. Woher sollte ich es sonst wissen?"

Ja, woher?, fragte sich Jean. Sie schob ihren Stuhl zurück. „Ich muss noch ein paar Anrufe erledigen. Macht es dir etwas aus, wenn ich schon gehe, während du auf die Rechnung wartest?"

Jill Ferris war im Fotolabor, als Jake zurückkam. „Und, wie ist es dir ergangen?“, fragte sie.

„Es war ein Abenteuer, Ms Ferris.“ Er zog seinen Mantel aus. „Puh, richtig kalt heute. Aber wenigstens war es auf der Polizeiwache warm.“

„Auf der Polizeiwache?“, fragte die Lehrerin vorsichtig nach.

„Ja. Aber lassen Sie mich der Reihe nach erzählen. Zuerst habe ich Laura Wilcox’ zweites Elternhaus fotografiert, den Protzschuppen. Ziemlich eindrucksvoll, wenn man diese Art von Großkotzigkeit mag. Es hat einen großen Vorgarten, und der jetzige Besitzer hat ein paar griechische Statuen auf dem Rasen verteilt. Meiner Meinung nach wirkt das Ganze etwas angeberisch, aber die Leser werden begreifen, dass Laura in ihrer Kindheit nicht darben musste. Die Bilder von ihrem zweiten Elternhaus zeigen, dass sie in einer soliden Mittelklasseumgebung aufgewachsen ist, man könnte sogar sagen: obere Mittelklasse.“

Jakes Miene verdüsterte sich. „Nachdem ich mit dem Protzschuppen fertig war, bin ich quer durch die Stadt zur Mountain Road gefahren, in der Laura die ersten 16 Jahre ihres Lebens gewohnt hat. Es ist eine sehr schöne Straße, und ehrlich gesagt gefällt mir das Haus viel besser als das mit den griechischen Statuen. Jedenfalls hatte ich gerade angefangen, Aufnahmen zu machen, als ein Streifenwagen vorfuhr und ein ziemlich aggressiver Polizist wissen wollte, was ich da tue. Als ich ihm erklärte, dass ich mein Recht als freier Bürger wahrnehmen würde, auf einer öffentlichen Straße zu fotografieren, lud er mich ein, im Streifenwagen Platz zu nehmen, und fuhr mich zur Polizeistation.“

„Er hat dich verhaftet?“, rief Jill Ferris aus.

„Nicht wirklich. Der Captain hat mich verhört, und da ich das Gefühl hatte, dem Ermittlungsbeamten Sam Deegan einen wertvollen Dienst erwiesen zu haben, als ich ihn darauf aufmerksam machte, dass Laura Wilcox extrem nervös klang, als sie im Hotel anrief, fühlte ich mich dazu berechtigt, dem Captain zu erklären, dass ich als Assistent von Mr Deegan bei der Untersuchung von Lauras Verschwinden mitwirke.“

„Und hat der Captain dir geglaubt?“

„Er hat Mr Deegan angerufen. Und der hat sich nicht nur geweigert, meine Version zu bestätigen, sondern auch noch vorgeschlagen, der Captain solle mich in eine Zelle sperren und den Schlüssel wegschmeißen.“ Jake warf seiner Lehrerin einen scharfen Blick zu. „Das ist nicht witzig, Ms Ferris. Für mein Gefühl hat Mr Deegan unser Vertrauensverhältnis zerstört. Der Captain hat am Ende mehr Verständnis für mich gezeigt. Er meinte, dass ich die restlichen Fotos morgen machen könne, da ich ja nur ein paar Aufnahmen von dem Haus in der Mountain Road bräuchte. Jetzt werde ich den Film von heute entwickeln, und mit Ihrer Erlaubnis leihe ich mir die Kamera morgen noch einmal aus und fotografiere meine Serie zu Ende."

„Einverstanden, Jake."

Er ging in die Dunkelkammer, um die Fotos zu entwickeln. Er fand es ungeheuer spannend zu beobachten, wie Personen und Gegenstände allmählich aus dem Nichts auf dem Papier auftauchten. Einen nach dem anderen hängte er die Abzüge zum Trocknen auf eine Leine, dann untersuchte er sie sorgfältig. Alle Bilder waren gelungen, aber das Foto, das er von Lauras Haus in der Mountain Road hatte machen können, bevor der Polizist aufgetaucht war, schien ihm das interessanteste zu sein.

Irgendetwas war mit diesem Haus. Es wirkte irgendwie unheimlich. Woran lag das nur? Alles schien tipptopp in Ordnung zu sein. Vielleicht war es das. Es war alles zu ordentlich.

Es liegt an den Jalousien, dachte Jake triumphierend. Die vom Schlafzimmer im ersten Stock sind anders als die übrigen. Auf dem Bild sehen sie viel dunkler aus. Moment mal. Ich habe doch die Geschichte von Karen Sommers im Internet nachrecherchiert … Ich erinnere mich, dass sie in dem Eckzimmer ermordet wurde, auf der rechten Seite des Hauses.

Vielleicht sollte ich das Bild, auf dem nur diese beiden Fenster zu sehen sind, in meinen Artikel nehmen. Ich könnte den Umstand herausstellen, dass eine dunkle Aura das Zimmer umgibt, in dem eine junge Frau umgebracht wurde und in dem Laura Wilcox als Kind und Jugendliche 16 Jahre lang geschlafen hat. Das würde dem Ganzen eine hübsch unheimliche Note geben.

Die Vergrößerung des Negativs enthüllte, dass der Farbunterschied wahrscheinlich darauf zurückzuführen war, dass hinter den dekorativen Jalousien, die von der Straße aus sichtbar waren, innen zusätzlich dunkle Jalousien heruntergezogen worden waren.

Wenn sich dort nun jemand aufhält, der vermeiden will, dass man von außen ein Licht sieht?, überlegte Jake. Das Haus ist ein großartiger Ort, um sich zu verstecken. Es ist renoviert worden. Auf der Veranda stehen Gartenmöbel, also wird auch drinnen alles möbliert sein. Niemand wohnt dort. Und wer ist überhaupt der neue Eigentümer? Wäre es nicht zum Schreien, wenn am Ende Laura Wilcox ihr altes Elternhaus gekauft hat und sich dort mit Robby Brent versteckt hält?

SAMS Besuch bei Dorothy Connors dauerte exakt 15 Minuten. Als er sah, wie gebrechlich sie war, ging er sanft vor und erkannte rasch, dass ihre Sorge nur dem Ruf ihres verstorbenen Ehemannes galt.

„Mrs Connors, Dr. Sheridan hat mit Peggy Kimball gesprochen, die damals für Ihren Mann gearbeitet hat. Um Dr. Sheridan zu helfen, ihre Tochter zu finden, hat Mrs Kimball ihr erzählt, dass Dr. Connors möglicherweise bei manchen Gelegenheiten die gesetzlichen Regeln für eine Adoption umgangen hat. Falls Sie sich deshalb Sorgen machen, kann ich Ihnen sagen, dass Dr. Sheridans Tochter inzwischen ausfindig gemacht wurde und ihre Adoption absolut legal verlaufen ist. Dr. Sheridan wird heute Abend mit den Adoptiveltern zusammenkommen und auch ihre Tochter bald treffen. Dieser Teil der Ermittlungen ist abgeschlossen."

Große Erleichterung zeichnete sich auf dem Gesicht der alten Frau ab. „Mein Mann war so ein wunderbarer Mensch. Es wäre entsetzlich, wenn die Leute zehn Jahre nach seinem Tod anfangen würden zu denken, er hätte etwas Illegales gemacht."

Das hat er, dachte Sam, aber deswegen bin ich nicht hier. „Mrs Connors, ich verspreche Ihnen, dass der gute Ruf Ihres Mannes auf keinen Fall Schaden nehmen wird, ganz gleich, was Sie mir erzählen. Aber bitte beantworten Sie mir eine Frage: Haben Sie irgendeine Erklärung dafür, wie jemand in der Praxis Ihres Mannes an die Akte von Jean Sheridan gelangen konnte?"

Dorothy Connors blickte Sam in die Augen, als sie erwiderte: „Ich gebe Ihnen mein Ehrenwort, dass ich nichts darüber weiß, und wenn ich etwas wüsste, würde ich es Ihnen sagen."

Sie hatten auf der Sonnenveranda gesessen, und Mrs Connors bestand darauf, Sam zur Haustür zu bringen. Als sie sie geöffnet hatte, hielt sie inne. „Mein Mann hat Dutzende von Adoptionen vermittelt. Er nahm immer kurz nach der Geburt ein Foto von den Babys auf, schrieb das Geburtsdatum auf die Rückseite, und wenn die Mutter ihrem Kind schon einen Namen gegeben hatte, schrieb er den dazu." Sie schloss die Haustür wieder. „Kommen Sie mit in die Bibliothek."

Sam folgte ihr durch das Wohnzimmer und zwei Schiebetüren in ein kleines Zimmer, dessen Wände mit Bücherregalen bedeckt waren.

„Hier befinden sich die Fotoalben", erklärte Mrs Connors. „Nachdem Dr. Sheridan fort war, habe ich das Foto ihres Babys gefunden, mit dem Namen Lily auf der Rückseite. Ich muss gestehen, dass ich furchtbar in Sorge war, dass ihre Adoption eine von denen gewesen sein könnte, die sich nicht zurückverfolgen lassen. Aber nachdem Dr. Sheridan ihre Tochter jetzt gefunden hat und sich mit ihr treffen wird, möchte sie sicher gerne ein Bild von Lily haben, als sie drei Stunden alt war."

Mrs Connors nahm ein Album vom Regal, öffnete es, zog ein Foto aus einer Plastikhülle und reichte es Sam. „Bitte richten Sie Dr. Sheridan aus, dass ich mich sehr für sie freue."

Als Sam wieder im Auto saß, schaute er sich das Foto genauer an, bevor er es sorgfältig in der Innentasche seines Sakkos verstaute. Ein Säugling mit großen Augen und flaumigen Haaren, die das Gesicht einrahmten. Was für ein schönes Kind! Sam war nicht allzu weit vom Glen-Ridge entfernt. Wenn Jean da war, konnte er ihr das Bild vorbeibringen.

Als er anrief, war sie in ihrem Zimmer und gerne bereit, sich mit ihm in der Eingangshalle zu treffen.

„Es ist doch nichts Schlimmes, oder, Sam?", fragte sie.

„Nein, es ist überhaupt nichts Schlimmes." Im Moment jedenfalls nicht, setzte er im Stillen hinzu. Sein ungutes Gefühl ließ ihn einfach nicht los.

Er hatte eine Jean erwartet, die angesichts der Aussicht, Lily zu treffen, strahlte, aber er sah sofort, dass sie etwas bedrückte. „Kommen Sie, setzen wir uns da drüben hin." Er nickte zur hinteren Ecke der Halle hinüber, in der ein Sofa und ein Sessel standen, die nicht besetzt waren.

Jean kam sofort auf das zu sprechen, was sie beschäftigte. „Sam, ich fange an zu glauben, dass Mark derjenige ist, der die Faxe geschickt hat."

Er sah den Schmerz in ihren Augen. „Was lässt Sie das vermuten?"

„Weil er weiß, dass ich Patientin bei Dr. Connors gewesen bin. Es ist ihm herausgerutscht, ich habe ihm das nie erzählt. Und da ist noch etwas. Er hat sich gestern am Empfang erkundigt, ob ein Fax für mich gekommen sei, und war enttäuscht, als ihm gesagt wurde, ich hätte keines erhalten. Es ging um das Fax, das aus Versehen in die Post eines anderen Gastes geraten ist. Mark hat mir außerdem erzählt, dass er in der Zeit, als ich dort Patientin war, abends im Gebäude von Dr. Connors' Praxis gearbeitet hat."

„Ich verspreche Ihnen, dass wir Fleischman sehr genau unter die Lupe nehmen werden. Ich sage es Ihnen offen – ich war nicht gerade begeistert darüber, dass Sie sich ihm anvertraut haben. Ich hoffe, dass Sie ihm nichts von dem erzählt haben, was Ihnen Michaelson heute Morgen gesagt hat."

„Nein, das habe ich nicht."

„Sie müssen vorsichtig sein. Ich bin sicher, dass einer Ihrer ehemaligen Schulkameraden die Botschaften geschickt hat. Ich glaube nicht mehr, dass es um Geld geht, sondern dass wir es hier mit einer potenziell gefährlichen Person zu tun haben.“ Er schwieg eine lange Minute und schaute sie an. „Sie haben begonnen, Fleischman zu mögen, nicht wahr?“

„Ja“, gab Jean zu. „Deswegen kann ich mir nur schwer vorstellen, dass er im Innern völlig anders sein könnte, als er sich nach außen gibt.“

„Das ist auch keineswegs sicher. Und jetzt habe ich noch etwas, was Sie aufmuntern wird.“ Er holte das Foto von Lily hervor und erklärte, worum es sich handelte, bevor er es ihr reichte.

In diesem Moment sah er aus den Augenwinkeln Gordon Amory und Jack Emerson das Hotel betreten. „Vielleicht möchten Sie es sich lieber auf Ihrem Zimmer anschauen, Jean. Amory und Emerson kommen gerade herein, und wenn sie Sie entdecken, werden sie sicherlich herkommen.“

„Danke, Sam“, flüsterte Jean rasch. Sie nahm das Foto und eilte zum Aufzug.

Sam sah, dass Gordon sie erblickt hatte und sich anschickte, sie abzufangen. So erhob er sich rasch und hielt ihn auf. „Mr Amory, haben Sie schon entschieden, wie lange Sie noch hier bleiben werden?“

„Ich werde spätestens am Wochenende abreisen. Warum fragen Sie?“

„Nun, wenn wir nicht bald etwas von Ms Wilcox hören, werden wir sie offiziell als vermisst einstufen. In diesem Fall werden wir ausführlicher mit den Personen sprechen müssen, die zuletzt in ihrer Nähe waren, bevor sie verschwunden ist.“

Gordon zuckte die Schultern. „Sie werden schon noch von ihr hören.“ Er machte eine wegwerfende Handbewegung. „Aber sei's drum. Für den Fall, dass Sie mich kontaktieren wollen, gebe ich zu Protokoll, dass ich noch etwas länger in der weiteren Umgebung bleiben werde. Durch Vermittlung von Jack haben wir gerade ein Angebot für ein größeres Stück Land gemacht, auf dem mein neuer Firmensitz entstehen soll. Daher plane ich, noch einige Wochen in meiner Wohnung in Manhattan zu bleiben, wenn ich aus dem Hotel ausgezogen bin.“

Emerson hatte mit jemandem am Empfang gesprochen. Nun gesellte er sich zu ihnen. „Gibt es schon was Neues von der Kröte?“, fragte er Sam.

„Der Kröte?“ Sam hob die Augenbrauen. Er wusste, wer damit gemeint war, aber er hatte keine Lust, das zu erkennen zu geben.

„Na, von unserem Komödianten, Robby Brent. Ich meine, mit dem Werbegag reicht es doch jetzt allmählich.“

Sam ignorierte die Frage nach Brent. „Da Sie hier leben, nehme ich an, dass Sie zur Verfügung stehen, falls ich Sie wegen Laura Wilcox sprechen muss. Wie ich Mr Amory gerade erläutert habe, werden wir sie offiziell als vermisst erklären, wenn wir nicht bald etwas von ihr hören."

„Nicht so schnell, Mr Deegan", erwiderte Emerson. „Sobald Gordon und ich das Geschäft abgeschlossen haben, werde ich nicht mehr hier sein. Ich habe ein Haus in der Karibik, dem ich mal wieder einen Besuch abstatten möchte. Wen interessiert es überhaupt, ob Laura oder Robby jemals wieder auftauchen? Die Stonecroft Academy jedenfalls verzichtet gerne auf diese Art von Werbung."

Gordon hatte mit einem amüsierten Lächeln zugehört. „Mr Deegan, ich finde, das hat Jack sehr schön gesagt. Ich wollte Jean noch sprechen, aber sie war schon im Aufzug, und ich habe sie verpasst. Wissen Sie, was sie vorhat?"

„Nein", antwortete Sam. „Und jetzt entschuldigen Sie mich, ich muss zurück in mein Büro."

Sein Handy klingelte, als er die Hotelhalle durchquerte. Joy Lacko war dran. „Sam, ich habe einen Volltreffer gelandet. Aus einer Vorahnung heraus habe ich zuerst den Selbstmord von Gloria Martin recherchiert, bevor ich mit den vermeintlichen Unfällen angefangen habe. Gloria Martin hat sich das Leben genommen, indem sie sich eine Plastiktüte über den Kopf gestülpt hat. Und jetzt kommt's: Als sie gefunden wurde, hielt sie eine kleine Eule aus Metall in der Hand."

13

Zu Duke Mackenzies Freude betrat der schweigsame Teilnehmer des Stonecroft-Treffens an diesem Abend um neun wieder seinen Laden. Er bestellte ein gegrilltes Käse-Schinken-Sandwich und Kaffee mit fettarmer Milch. Während das Sandwich auf dem Grill schmorte, beeilte sich Duke, ein Gespräch anzuknüpfen.

„Eine Dame von Ihrem Treffen war heute Vormittag hier. Sie sagte, sie habe früher in der Mountain Road gewohnt."

Er konnte die Augen des Mannes hinter den dunklen Brillengläsern nicht sehen, doch die Tatsache, dass der andere für einen Moment erstarrte, zeigte Duke, dass er seine Aufmerksamkeit gewonnen hatte.

„Wissen Sie ihren Namen?", fragte der Kunde beiläufig.

„Nein. Aber ich kann sie Ihnen beschreiben. Richtig hübsch, mit braunen Haaren und blauen Augen. Der Name ihrer Tochter ist Meredith."

„Das hat sie Ihnen gesagt?"

„Nein, Sir. Aber jemand, mit dem sie telefoniert hat, hat ihr das gesagt. Man konnte sehen, dass sie das völlig aus dem Häuschen gebracht hat. Aber mir will einfach nicht in den Kopf, wieso sie den Namen ihrer Tochter nicht kannte."

„Hat sie zufällig den Namen der Person erwähnt, mit der sie gesprochen hat?"

„Nein. Sie hat nur gesagt, sie würde den Betreffenden morgen Abend um sieben Uhr sehen."

Duke drehte sich um, nahm einen Schieber und holte damit das Sandwich vom Grill. Weder konnte er das kalte Lächeln auf dem Gesicht des Kunden sehen, noch hörte er, wie dieser vor sich hin murmelte: „Nein, das wird sie nicht."

DIE EULE warf Geld auf die Theke und verließ mit einem gemurmelten Gutenachtgruß das Geschäft. Er spürte, dass der Blick des Cafébesitzers ihm folgte, als er zum Wagen ging. Dieser Duke war einer von den ganz Neugierigen, dem entging nichts. Er konnte hier nicht mehr herkommen, aber es spielte sowieso keine Rolle mehr. Morgen um diese Zeit würde alles vorbei sein.

Langsam fuhr er die Mountain Road hinauf, beschloss aber, nicht in die Auffahrt zu Lauras Haus einzubiegen. Komisch, ich nenne es immer noch so, dachte er. Stattdessen fuhr er ein ganzes Stück am Haus vorbei und behielt dabei den Rückspiegel im Auge, bis er sicher war, dass ihm niemand gefolgt war. Dann wendete er und fuhr zurück. Als er wieder auf Höhe des Hauses war, schaltete er das Licht aus, bog in die Auffahrt und fuhr bis zum hinteren Garten durch.

Erst jetzt gestattete er sich, über das nachzudenken, was er soeben erfahren hatte. Jean kannte Merediths Namen! Es konnten nur die Buckleys sein, mit denen sie sich morgen Abend treffen wollte. Meredith konnte sich bestimmt nicht erinnert haben, wo sie die Haarbürste verloren hatte, sonst hätte dieser Sam Deegan schon an seine Tür geklopft. Doch es bedeutete, dass er schneller vorgehen musste, als er ursprünglich geplant hatte. Morgen würde er das Haus mehrmals bei Tageslicht betreten und verlassen müssen. Aber er konnte das Auto nicht draußen stehen lassen. Auch wenn der hintere Garten selbst nicht einsehbar war, könnte doch ein Nachbar den Wagen aus einem Fenster im ersten Stock sehen und die Polizei alarmieren. Die Leute gingen schließlich davon aus, dass zurzeit niemand in Lauras Haus wohnte.

Robbys Wagen mit dessen Leiche im Kofferraum nahm die eine Hälfte der Garage ein. Auf dem zweiten Stellplatz stand der erste Mietwagen, der an dem Ort, wo er Helen Whelan getötet hatte, womöglich Reifenspuren hinterlassen hatte. Er musste eines dieser Autos loswerden, damit in der Garage Platz war. Über den Mietwagen würde man ihm auf die Spur kommen können. Er musste ihn also so lange behalten, bis er ihn gefahrlos zurückgeben konnte.

Er war schon so weit gekommen. Er konnte jetzt nicht aufhören. Es musste zu Ende gebracht werden. Er betrachtete das Sandwich und den Kaffee, die er für Laura besorgt hatte. Er hatte nichts zu Abend gegessen. Was machte es für einen Unterschied, ob Laura heute Abend etwas aß oder nicht?

Langsam verspeiste er das Sandwich und trank den Kaffee. Als er fertig war, stieg er aus, schloss die Hintertür auf und betrat die Küche. Aber anstatt die Treppe zu Lauras Zimmer hinaufzusteigen, öffnete er die Tür, die von der Küche zur Garage führte, und schlug sie absichtlich hinter sich zu, bevor er die Latexhandschuhe überstreifte, die er immer in der Tasche seines Jacketts trug.

Laura würde den Lärm hören und bei dem Gedanken, dass jetzt vielleicht die Zeit gekommen war, da er sie töten würde, vor Angst zittern. Sie musste mittlerweile aber auch Hunger haben und hoffen, dass er ihr etwas zu essen brachte. Und wenn er die Treppe nach einer Weile immer noch nicht heraufkam, würden sich ihre Angst und ihr Hunger steigern, bis ihr Wille gebrochen und sie bereit sein würde, ihm zu gehorchen.

Robbys Schlüsselbund steckte immer noch im Zündschloss. Er drückte das Garagentor auf, stieg in Robbys Wagen und fuhr ihn hinaus. Innerhalb weniger Minuten, die ihm aber wie eine Ewigkeit vorkamen, stand der zweite Mietwagen, den Blicken entzogen, in der Garage.

Die Eule schaltete das Licht erst ein, als sie bereits ein Stück die Straße entlanggefahren war, dann lenkte sie Robbys Wagen die wenigen Kilometer zu dessen letztem Bestimmungsort, hinunter zum Hudson River.

Vierzig Minuten später, nachdem er von der Stelle, wo er das Auto versenkt hatte, zu Fuß zum Hotel zurückgelaufen war, befand er sich wieder in seinem Zimmer. Sein Plan für den morgigen Tag war sehr gewagt, aber er würde sich bemühen, die Gefahren auf das geringstmögliche Maß zu beschränken.

Dieser Sam Deegan war nicht dumm. Möglicherweise beugte er sich gerade in diesem Moment über die Akten der anderen Mädchen von der Tischrunde und ging den Unfällen nach, die keine gewesen waren. Erst mit

Gloria habe ich angefangen, meine Signatur zu hinterlassen, dachte die Eule, und der größte Witz dabei ist, dass die blöde Kuh den ersten Anhänger selbst gekauft hat.

„Du hast es geschafft, aus dir ist ja wirklich was geworden. Wenn ich bedenke, dass wir dich immer ‚die Eule‘ genannt haben“, hatte sie lachend gesagt, etwas angetrunken und immer noch völlig ahnungslos. Dann hatte sie ihm die kleine Eule aus Metall gezeigt. „Die habe ich zufällig in einem Laden im Einkaufszentrum entdeckt, und als du angerufen hast, um mir zu sagen, dass du gerade in der Stadt bist, bin ich hingegangen und habe eine gekauft. Ich habe mir gedacht, dann können wir gemeinsam darüber lachen.“

Nachdem Gloria tot gewesen war, hatte er ein Dutzend von diesen kleinen Eulen aus Metall zu fünf Dollar das Stück gekauft. Jetzt waren noch drei übrig. Eine Eule für jede. Laura, Jean und Meredith.

Die Eule stellte den Wecker auf fünf Uhr morgens und ging ins Bett.

SCHLAFLOS drehte sich Jean bald auf eine Seite, bald auf den Rücken. Das Foto von Lily als Säugling lag auf dem Nachttisch. Warum nur hatte sie sie weggegeben? Sie wollte sie unbedingt sehen. Aber was sollte sie ihr dann sagen? Gegen fünf Uhr fiel Jean endlich in einen tiefen Schlaf.

Um Viertel vor sieben weckte sie das Telefon. Voll schlimmer Befürchtungen nahm sie den Hörer auf. „Hallo?“, meldete sie sich atemlos.

„Jeannie … ich bin’s.“

„Laura!“, rief Jean. „Wo bist du? Ist alles in Ordnung?“

Laura schluchzte so heftig, dass ihre Worte schwer zu verstehen waren. „Jean … hilf mir. Ich habe solche Angst. Ich habe so eine … Dummheit … gemacht … Verzeih mir … Faxe geschickt … wegen Lily.“

Jean erstarrte. „Du bist Lily nie begegnet. Das weiß ich.“

„Robby … er … hat die Bürste … gestohlen. Es … war … seine … Idee.“

„Wo ist Robby?“

„Auf … Weg … Kalifornien. Er ist … sau-sauer … auf mich. Jeannie, bitte … triff dich … mit mir … Allein, nur du allein.“

„Wo bist du?“

„Im … Motel … Aber ich muss … gehen. Jemand … hat mich erkannt.“

„Wohin soll ich kommen?“

„Zum Aussichtspunkt …“

„Du meinst den Storm-King-Aussichtspunkt?“

„Ja … ja.“ Lauras Schluchzen wurde heftiger. „Ich bring … mich um …“

„Hör mir zu“, beschwor Jean sie in heller Aufregung. „Ich bin in zwanzig Minuten dort. Alles wird gut. Du wirst sehen, alles wird wieder gut.“

AM ANDEREN Ende der Leitung unterbrach die Eule rasch die Verbindung. „Wer hätte das gedacht“, sagte er anerkennend. „Du bist ja doch eine gute Schauspielerin. Das war eine absolut Oscar-reife Leistung.“

Laura war auf das Kissen zurückgesunken. Sie hielt den Kopf von ihm abgewendet, ihr Schluchzen war abgeebbt, nur noch zitternde Seufzer drangen aus ihrer Kehle. „Ich habe das nur getan, weil du mir versprochen hast, dass du dann Jeans Tochter nichts antun wirst.“

„Richtig, das habe ich. Du musst Hunger haben. Du hast seit gestern Morgen nichts gegessen. Hier habe ich Kaffee für dich, und schau mal, was ich sonst noch mitgebracht habe.“

Durch ihre geschwollenen Lider hindurch sah sie, dass er drei große Plastikhüllen hochhielt.

Die Eule lachte. „Eine ist für dich, eine für Jean und eine für Meredith. Und jetzt rate mal, was ich damit vorhabe, Laura. Was denkst du, was ich damit vorhabe?“

„TUT MIR Leid, Rich. Niemand wird mir jemals weismachen können, dass es nur ein bizarrer Zufall ist, dass Gloria Martin einen Eulenanhänger in der Hand hielt, als sie starb“, sagte Sam entschieden.

Wieder hatte er eine schlaflose Nacht hinter sich. Nach dem Anruf von Joy Lacko war er sofort in sein Büro gefahren. Die Akte der Polizei von Bethlehem im Bundesstaat Pennsylvania über Gloria Martin war inzwischen eingetroffen, und gemeinsam waren sie jeden Satz einzeln durchgegangen.

Als Rich Stevens morgens um acht im Büro eingetroffen war, hatte er sie zur Besprechung in sein Zimmer gerufen. Nachdem er Sam zugehört hatte, wandte er sich an Joy: „Und was halten Sie davon?“

„Zuerst dachte ich, wir hätten einen Volltreffer gelandet, das heißt, dass der Killer mit den Eulen derselbe ist, der in den letzten zwanzig Jahren die Stonecroft-Mädchen umgebracht hat und nun wieder zurück in dieser Gegend ist. Aber jetzt bin ich mir nicht mehr so sicher. Ich habe mit Rudy Haverman gesprochen, dem Kollegen, der vor acht Jahren Gloria Martins Selbstmord untersucht hat. Er hat mir erzählt, dass die Martin diesen Firlefanz anscheinend geliebt hat. Sie sammelte Billigschmuck, kleine Anhänger von Tieren, Vögeln und so was. Der Anhänger, den sie in der Hand hielt, als man sie gefunden hat, steckte noch in der Verpackung. Haverman hat die Verkäuferin im örtlichen Einkaufszentrum ausfindig gemacht, bei der sie das Ding gekauft hat. Die Frau konnte sich sogar noch daran erinnern, dass Gloria Martin ihr erzählt hatte, die Eule sei als kleiner Scherz gedacht."

„Und Sie sagen, ihr Blutalkoholspiegel war so hoch, dass sie sternhagelvoll gewesen sein muss, als sie starb?", hakte Stevens nach.

„Das war sie. Laut Haverman fing sie nach ihrer Scheidung an zu trinken und jammerte ihren Freunden vor, sie habe nichts mehr, für das es sich noch zu leben lohne."

„Haben Sie in den Akten der anderen Frauen von der Tischrunde irgendeinen Hinweis gefunden, dass bei ihnen auch eine dieser kleinen Eulen gefunden wurde, als man ihre Leichen untersucht hat?"

„Bisher noch nicht, Sir", gab Joy zu. „Aber es liegen ja auch noch nicht alle Akten vor."

„Es ist mir egal, ob Gloria Martin die Eule selber gekauft hat oder nicht." Sam blieb stur. „Die Tatsache, dass sie das Ding in der Hand hielt, sagt mir, dass sie ermordet wurde. Was heißt das schon, dass sie ihren Freunden erzählt hat, sie sei deprimiert. Die meisten Leute fühlen sich nach einer Scheidung schlecht, selbst wenn sie diejenigen gewesen sind, die sie gewollt haben. Die Martin hat keinen Abschiedsbrief hinterlassen, und wenn ich mir die Menge an Alkohol anschaue, die sie intus hatte, grenzt es für mich an ein Wunder, dass sie es geschafft haben soll, sich eine Tüte über den Kopf zu stülpen und dabei die Eule in der Hand zu behalten."

„Teilen Sie diese Einschätzung, Joy?", fragte Stevens.

„Ja, Sir. Haverman ist zwar überzeugt, dass es Selbstmord war, aber er hatte es damals nicht mit zwei weiteren Leichen zu tun, die Eulen in der Tasche hatten."

Stevens lehnte sich zurück. „Gut, gehen wir mal von der Annahme aus, dass der Unbekannte, der Helen Whelan und Yvonne Tepper ermordet hat, möglicherweise – und ich wiederhole: möglicherweise – auch etwas mit dem Tod von wenigstens einer der Frauen von der Tischrunde zu tun hat."

„Die Sechste, Laura Wilcox, ist verschwunden", sagte Sam. „Das heißt, es bleibt nur noch Jean Sheridan übrig. Wir sollten Maßnahmen zu ihrem Schutz ergreifen."

„Wo befindet sie sich jetzt?", erkundigte sich Stevens.

„In ihrem Hotel. Jean würde es glatt ablehnen, wenn ich ihr vorschlagen würde, einen Leibwächter zu engagieren. Aber mich mag sie, und wenn ich ihr sage, dass ich dabei sein möchte, wenn sie das Hotel verlässt, wird sie – so glaube ich – damit einverstanden sein."

„Das ist eine gute Idee", pflichtete Stevens ihm bei. „Das Letzte, was wir jetzt brauchen können, ist, dass Dr. Sheridan etwas zustößt."

„Noch etwas. Ich möchte einen von den Teilnehmern des Jahrgangstreffens, der noch in der Stadt ist, überwachen lassen. Mark Fleischman. Er ist Psychotherapeut."

Joy blickte Sam erstaunt an. „Dr. Fleischman? Er ist der beste Ratgeber, den ich je im Fernsehen erlebt habe."

„Finden Sie jemanden, den wir zur Überwachung abstellen können", sagte Stevens. „Und wir sollten Laura Wilcox als vermisst führen. Es sind jetzt vier Tage vergangen, seit sie verschwunden ist."

„Wenn wir ganz ehrlich sind, müssten wir sie als ‚vermisst, vermutlich tot' führen", entgegnete Sam.

NACH Lauras Anruf spritzte sich Jean hastig Wasser ins Gesicht und schlüpfte in ihren Jogginganzug. Dann steckte sie ihr Handy in die Tasche und eilte zu ihrem Auto. Der Storm-King-Aussichtspunkt war etwa eine Viertelstunde Fahrt vom Hotel entfernt. Es war noch früh am Morgen, und es würde nicht viel Verkehr herrschen. Es war zwei Minuten nach sieben.

Laura ist verzweifelt, überlegte Jean. Warum will sie, dass ich dorthin komme? Die Vorstellung, dass Laura als Erste dort sein und in ihrer Verzweiflung über das Geländer klettern und sich in die Tiefe stürzen könnte, ließ sie nicht los. Der Aussichtspunkt befand sich Dutzende Meter über dem Hudson.

In der letzten Kurve geriet der Wagen ins Schleudern, und für ein paar angstvolle Sekunden war sich Jean nicht sicher, ob sie die Kontrolle über das Auto behalten würde. Doch dann griffen die Räder wieder. Von weitem sah sie, dass neben der Aussichtsplattform mit dem Fernrohr ein Wagen parkte. Hoffentlich ist es Laura, betete sie. Hoffentlich sitzt sie im Auto. Hoffentlich lebt sie noch.

Die Reifen quietschten, als sie auf den Parkplatz einbog. Sie schaltete den Motor ab, stieg aus, hastete zu dem Auto hinüber und riss die Beifahrertür auf. „Laura …" Sie erstarrte.

Der Mann hinter dem Lenkrad trug eine Plastikmaske, die das Gesicht einer Eule zeigte. In der Hand hielt er eine Pistole.

Entsetzt drehte sich Jean um und wollte weglaufen, doch eine bekannte

Stimme befahl ihr: „Steig ein, sonst wirst du hier sterben. Und nenn mich nicht beim Namen. Es ist verboten."

Vor Angst gelähmt, blieb sie zunächst stehen. In dem Versuch, Zeit zu gewinnen, setzte sie dann langsam einen Fuß in das Auto. Gleich springe ich zurück, überlegte sie. Dann muss er aussteigen, um mich zu erschießen. Vielleicht schaffe ich es bis zu meinem Wagen.

Doch mit einer blitzschnellen Bewegung packte er sie am Arm und zog sie ins Auto. Danach beugte er sich vor und zog die Tür zu.

Abrupt setzte er den Wagen zurück und fuhr in Richtung Cornwall. Er riss sich die Maske vom Gesicht und grinste sie an. „Ich bin die Eule. Du darfst mich nie mit einem anderen Namen anreden. Hast du verstanden?"

Er war verrückt. Jean nickte.

„Ich b-b-bin d-die Eu-Eule, und ich l-l-lebe in ei-ei-ei-nem …", grölte er. „Weißt du noch, Jeannie? Weißt du noch?" Er wandte ihr den Kopf zu und lächelte – ein breites, zähnefletschendes Grinsen.

Ihr Handy. Es steckte in ihrer Jackentasche. Vorsichtig tastete Jean danach. Es gelang ihr, es in die Finger zu bekommen und auf ihre Seite gleiten zu lassen, wo er es nicht sehen konnte. Aber bevor sie versuchen konnte, den Deckel zu öffnen und den Notruf zu wählen, schoss die rechte Hand der Eule vor. Seine starken Finger schlossen sich um Jeans Hals.

Bevor sie das Bewusstsein verlor, schaffte sie es gerade noch, das Handy hinter sich zwischen Sitz und Lehne zu schieben.

Als sie aufwachte, war sie an einen Stuhl gefesselt, ihr Mund mit einem Klebeband geknebelt. Im Zimmer war es beinahe stockfinster, doch sie konnte noch die Gestalt einer Frau ausmachen, die auf dem Bett auf der anderen Seite des Raumes lag.

Was war passiert? Ihr Kopf tat ihr weh. Warum konnte sie sich nicht bewegen? Sie wollte zu Laura. Sie war in das Auto gestiegen und …

„Du bist wach, Jeannie, nicht wahr?"

Es kostete sie Mühe, den Kopf zu drehen. Er stand an der Tür.

„Erinnerst du dich noch an unsere Aufführung in der zweiten Klasse? Alle haben mich ausgelacht. *Du* hast mich ausgelacht."

Nein, habe ich nicht, dachte sie. Ich hatte Mitleid mit dir.

„Jean, antworte mir."

Der Knebel saß so fest, dass sie nicht sicher war, ob er ihre Antwort verstehen würde. „Ich erinnere mich." Sie bekräftigte es durch ein Nicken.

„Jetzt muss ich gehen", verkündete er. „Aber bald werde ich wieder da sein. Und dann werde ich jemanden dabeihaben, den du wahnsinnig gerne sehen möchtest. Rate mal, wer das sein wird …"

Weg war er. Vom Bett her hörte Jean ein Stöhnen. Dann stieß Laura unter dem Knebel mit erstickter Stimme, aber dennoch verständlich hervor: „Er hat … versprochen … Lily nichts zu tun … Aber jetzt will er … sie auch umbringen."

Um Viertel vor neun kam Sam im Glen-Ridge House an. Als sich unter Jeans Zimmernummer niemand meldete, war er zwar enttäuscht, machte sich aber keine Sorgen. Wahrscheinlich war sie zum Frühstück in den Speisesaal gegangen.

Als er sie dort nicht fand, beschlich ihn zum ersten Mal das Gefühl, dass womöglich etwas nicht stimmte. Der Empfangschef konnte nicht mit Bestimmtheit sagen, ob sie das Hotel verlassen hatte. Es war der Mann mit den komisch getönten Haaren.

In diesem Augenblick trat Gordon Amory aus dem Aufzug. Er trug ein Hemd mit Krawatte und einen dunkelgrauen Anzug. Als er Sam erblickte, kam er auf ihn zu. „Haben Sie zufällig heute Morgen mit Jean gesprochen? Wir wollten uns eigentlich zum Frühstück treffen, aber sie ist nicht gekommen, und in ihrem Zimmer geht niemand ans Telefon."

„Ich weiß nicht, wo sie ist." Sam versuchte, seine wachsende Unruhe zu verbergen.

„Na ja, bestimmt werde ich sie später sehen." Mit einem kurzen Lächeln und einem knappen Gruß wandte sich Gordon Armory zum Ausgang.

Sam griff zu seiner Brieftasche und suchte nach Jeans Handynummer, konnte sie aber nicht finden. Er musste sie in der Jacke gelassen haben, die er gestern getragen hatte. Aber es gab jemanden, der die Nummer vielleicht kannte – Alice Sommers.

Während er wählte, fiel ihm auf, dass er sich darauf freute, ihre Stimme zu hören. Er hatte vorgestern mit ihr zu Abend gegessen, und er wünschte sich, sie könnten sich heute Abend wiedersehen.

Alice hatte Jeans Nummer tatsächlich und gab sie ihm. „Sie hat mich gestern angerufen, um mir zu sagen, wie aufregend sie es findet, Lilys Adoptiveltern kennen zu lernen. Außerdem hat sie mir erzählt, dass sie wahrscheinlich am Wochenende Lily selbst sehen wird. Ist das nicht wunderbar?"

Ein Wiedersehen mit der eigenen Tochter, die man fast zwanzig Jahre nicht gesehen hatte. Alice freut sich für Jean, dachte Sam, doch vermutlich gibt es ihr gleichzeitig einen schmerzhaften Stich, weil es sie daran erinnert, dass es praktisch genauso lange her ist, dass sie Karen verloren hat.

„Es ist bestimmt sehr schön für sie. Alice, ich muss los. Falls Sie etwas von Jean hören und ich noch nicht mit ihr gesprochen habe, dann bitten Sie sie doch, mich anzurufen, ja? Es ist wichtig."

„Sie machen sich Sorgen um sie, Sam, das merke ich. Warum?"

„Es ist eine Menge los zurzeit. Aber wahrscheinlich ist sie nur spazieren gegangen."

„Bitte lassen Sie es mich wissen, sobald Sie etwas von ihr hören."

„Werde ich tun, Alice."

Sam klappte den Handydeckel zu und ging zur Rezeption. „Ich wüsste gerne, ob Dr. Sheridan heute Morgen den Zimmerservice angerufen hat."

Die Antwort kam prompt. „Nein, hat sie nicht."

In diesem Augenblick betrat Mark Fleischman die Eingangshalle. Er entdeckte Sam und kam auf ihn zu. „Mr Deegan, ich wollte mit Ihnen sprechen. Ich mache mir Sorgen um Jean."

Sam musterte ihn kühl. „Warum sagen Sie das?"

„Weil der Unbekannte, der ihr die Botschaften geschickt hat, in meinen Augen gefährlich ist. Und da wir von Laura nach wie vor nichts gehört haben, ist Jean die Einzige aus der Tischrunde von Stonecroft, die bisher verschont geblieben ist."

„Darüber habe ich auch nachgedacht, Dr. Fleischman."

„Jean ist böse auf mich und traut mir nicht. Sie hat die Tatsache, dass ich mich nach einem Fax für sie erkundigt habe, falsch gedeutet. Und jetzt wird sie nicht mehr auf das hören, was ich ihr sage."

„Woher wussten Sie, dass sie Patientin von Dr. Connors war?", fragte Sam geradeheraus.

„Das wollte Jean auch wissen, und ich habe geantwortet, ich müsse es von ihr gehört haben. Seitdem habe ich aber darüber nachgedacht, und ich weiß jetzt, wo es erwähnt wurde. Als die anderen Ehrengäste – Carter, Gordon, Robby – und ich mit Jack Emerson darüber geflachst haben, dass wir alle in der Putzkolonne für seinen Vater gearbeitet haben, hat es einer von den anderen erwähnt. Ich kann mich nur nicht erinnern, wer."

Sagte Fleischman die Wahrheit? „Denken Sie noch einmal genau über dieses Gespräch nach", drängte Sam ihn. „Es ist sehr, sehr wichtig."

„Das mache ich. Aber jetzt werde ich in der Stadt herumfahren und schauen, ob ich Jeannie irgendwo entdecke."

Sam wusste, dass der Beamte, der Fleischman beschatten sollte, noch nicht eingetroffen war. „Warum warten Sie nicht lieber noch eine Weile hier?“, schlug er vor. „Wenn Sie herumfahren, ist die Gefahr groß, dass Sie Jean verpassen.“

„Ich habe nicht die Absicht, herumzusitzen und Däumchen zu drehen, während ich mir Sorgen um sie mache“, erwiderte Fleischman unbeirrt. Er überreichte Sam seine Karte. „Bitte geben Sie mir Bescheid, sobald Sie etwas von ihr hören.“

Mit raschen Schritten durchquerte er die Halle in Richtung Ausgang. Sam blickte ihm nach. Entweder ist Fleischman aufrichtig, oder aber er ist ein verdammt guter Schauspieler, dachte er. Denn auf mich wirkte es, als würde er sich genauso viele Sorgen um Jean machen wie ich.

DER STUHL, an den er sie gefesselt hatte, stand an der Wand neben dem Fenster, gegenüber vom Bett. Das Zimmer kam ihr irgendwie bekannt vor. Mit wachsendem Entsetzen lauschte Jean den erstickten Worten, die Laura von sich gab. Sie murmelte fast ohne Unterlass, während sie zwischendurch immer wieder in Ohnmacht zu versinken schien. Wegen des Knebels hatte ihre Stimme einen unheimlichen, kehligen Klang, der sich beinahe wie ein Knurren anhörte.

Lily, dachte Jean. Laura hat gesagt, er wolle Lily umbringen. Aber Craig Michaelson hat mir versichert, dass sie in Sicherheit ist. Hat Laura im Wahn geredet? Sie wiederholt immer wieder, dass sie Hunger hat. Hat er ihr nichts zu essen gegeben?

Oh Gott! Ihr fiel Duke ein, der Besitzer des Cafés am Anfang der Mountain Road. Er hatte ihr etwas von einem Teilnehmer des Treffens erzählt, der regelmäßig zu ihm komme und etwas zu essen mitnehme – *ihn* hatte Duke also gemeint!

Jean verdrehte die Hände und versuchte, die Fesseln zu lockern, aber sie waren zu fest geschnürt. Hatte er Catherine, Cindy, Debra, Gloria und Alison umgebracht? Und die beiden anderen Frauen, die in dieser Woche hier in der Gegend ermordet worden waren? Samstag am frühen Morgen hatte sie ihn mit abgeschalteten Scheinwerfern auf den Hotelparkplatz fahren sehen. Hätte sie doch Sam etwas davon gesagt – vielleicht hätte er ihn dann genauer unter die Lupe genommen und ihn aufhalten können.

Mein Handy liegt in seinem Auto, dachte Jean. Wenn er es findet, wird er es wegwerfen. Aber wenn er es nicht findet, wird Sam es vielleicht lokalisieren. Bitte, Gott, bevor er Lily etwas antut, lass Sam mein Handy aufspüren.

Lauras Atemzüge verwandelten sich in keuchendes Schnaufen, sie stammelte kaum verständliche Wörter. „Reinigung … die Hüllen … nein!"

Trotz der Jalousien drang ein wenig Licht in das Zimmer. Jean konnte die Umrisse von Plastikhüllen ausmachen, die an Kleiderbügeln an der Lampe neben dem Bett hingen. Etwas stand auf der vordersten Hülle geschrieben, aber Jean konnte es nicht genau erkennen.

Ihre eine Schulter berührte beinahe die Kante der schweren Jalousie. Jean warf sich auf dem Stuhl hin und her, bis er ein paar Zentimeter zur Seite ruckte. Ihre Schulter stieß jetzt gegen die Jalousie und bewegte sie etwas vom Fensterrahmen weg.

Im stärker einfallenden Tageslicht waren die mit dickem schwarzem Filzstift geschriebenen Wörter auf der Plastikhülle nun deutlich zu lesen: *Lily/Meredith*.

14

Jake Perkins konnte die erste Unterrichtsstunde um acht Uhr nicht versäumen, aber gleich danach ging er ins Labor hinunter. Die Abzüge der Aufnahmen, die er gestern gemacht hatte, sahen bei Tageslicht sogar noch besser aus.

Der Protzschuppen in der Concord Avenue schien wirklich jedem Betrachter verkünden zu wollen: Seht mal her, ich bin reich! Das Haus in der Mountain Road bildete dazu einen krassen Gegensatz – gediegene Mittelschicht, vorstädtischer Wohlstand, jetzt aber zusätzlich mit einer unheimlichen Aura versehen. Jake hatte im Internet bestätigt gefunden, dass Karen Sommers im rechten Eckzimmer im ersten Stock ermordet worden war. Außerdem wusste er, dass Jean Sheridan im Nachbarhaus gewohnt hatte, als sie hier zur Schule gegangen war. Er würde sie fragen, ob das Eckzimmer auch Lauras Raum gewesen war.

Jake steckte die Abzüge der Fotos in die Tasche mit dem Ersatzfilm. Er wollte sie beim Fotografieren dabeihaben, falls er sie für einen Vergleich benötigte.

Um neun Uhr näherte er sich der Mountain Road. Er hatte beschlossen, nicht in der Straße zu parken. Auffällige Autos wurden von den Leuten wahrgenommen, und dieser Polizist von gestern könnte sein geliebtes Fahrzeug wieder erkennen, das ihm seine Eltern zum 16. Geburtstag geschenkt hatten. Es gab Zeiten, da wünschte er sich, er hätte es nicht mit Zebrastreifen bemalt.

Er würde sich ein Gebäck gönnen, den Wagen beim Café stehen lassen und zu Fuß zu Lauras Haus laufen. Von seiner Mutter hatte er sich eine große Einkaufstasche geborgt. Kein Auto und keine Kamera würden zu sehen sein. Unbemerkt würde er auf das Grundstück schlüpfen und seine Aufnahmen von der Rückseite des Hauses machen.

Um zehn nach neun saß er an der Theke des Cafés am Anfang der Mountain Road und unterhielt sich mit Duke Mackenzie.

„Du gehst auf die Stonecroft Academy? Ganz schön nobel. Einige der Teilnehmer des Jubiläumstreffens sind hier bei uns gewesen. Oh, da kommt er ja wieder." Dukes Blick schoss zum Schaufenster.

„Wer?", fragte Jake.

„Der Typ, der immer am frühen Morgen und manchmal auch abends reinschneit, um Kaffee und was zu essen zu holen."

„Und wer soll das sein?" Doch es interessierte Jake nicht wirklich.

„Keine Ahnung, aber er ist einer von euern Jubiläumsleuten."

„Aha." Jake erhob sich und fummelte ein paar zerknautschte Dollarscheine aus seiner Tasche. „Ich möchte mir ein bisschen die Beine vertreten. Kann ich den Wagen für eine Viertelstunde hier stehen lassen?"

„Klar, aber bitte nicht länger."

„Keine Angst. Ich habe sowieso nicht so viel Zeit."

Acht Minuten später befand sich Jake im hinteren Garten von Lauras erstem Elternhaus und machte seine Bilder. Er fotografierte die Rückseite und schoss durch die Hintertür sogar ein paar Aufnahmen von der Küche. Es hätte eine Musterküche in einem Möbelmarkt sein können. Alle Stellflächen waren leer – kein Toaster, keine Kaffeekanne, keine Dosen. Nicht das geringste Anzeichen, dass sich jemand hier aufhalten könnte. Jake befürchtete, sich einmal in seinem Leben geirrt zu haben.

Im Anschluss untersuchte er die Reifenspuren in der Auffahrt. Es schien jemand hier gewesen zu sein. Aber das war vermutlich nur der Typ gewesen, der die Blätter weggeharkt hatte. Das Garagentor war abgeschlossen und besaß auch keine Fenster, daher konnte Jake nicht nachsehen, ob Autos darin standen. Er überquerte die Straße und machte noch schnell eine Aufnahme von der Vorderseite des Hauses.

Es wäre lustiger gewesen, wenn er entdeckt hätte, dass sich Laura Wilcox und Robby Brent tatsächlich hier versteckt hielten. Er packte die Kamera in die Einkaufstasche und schlenderte die Straße hinunter. Aber was sollte man machen? Man konnte zwar an einer Geschichte dranbleiben, sich aber keine aus den Fingern saugen.

NACH ihrer ersten Unterrichtsstunde eilte Kadettin Meredith Buckley auf ihr Zimmer, um sich ein letztes Mal die Notizen für die Prüfung in linearer Algebra anzusehen, dem Fach, mit dem sie sich in ihrem zweiten Jahr in West Point am schwersten tat.

Zwanzig Minuten lang vertiefte sie sich in die Unterlagen. Als sie sie zurück in die Mappe legte, klingelte das Telefon. Sie hob ab, aber bevor sie sich melden konnte, verkündete eine gut gelaunte Stimme: „Es ist mir ein großes Vergnügen, Kadettin Buckley einzuladen, ein weiteres Wochenende mit ihren Eltern und mir in meinem Haus in Palm Beach zu verbringen."

„Sie können sich gar nicht vorstellen, wie verlockend das klingt", erwiderte Meredith und hatte dabei das traumhafte Wochenende vor Augen, das sie bei dem Freund ihrer Eltern verlebt hatte. „Nur ... Ich möchte nicht unhöflich erscheinen, aber ich stehe in diesem Moment gerade vor einer Prüfung."

„Ich brauche nur ein paar Minuten. Ich war bei einem Schultreffen an der Stonecroft Academy in Cornwall. Ich glaube, ich habe Ihnen gegenüber erwähnt, dass ich hingehen würde."

„Ja, haben Sie. Es tut mir Leid, aber ich habe jetzt einfach keine Zeit."

„Ich werde es ganz kurz machen. Ein ehemaliger Mitschüler von mir, der auch bei dem Treffen war, ist ein enger Freund von Jean, Ihrer leiblichen Mutter, und er hat einen kurzen Brief darüber an Sie geschrieben. Ich habe ihm versprochen, Ihnen diesen Brief persönlich zu überbringen. Sagen Sie mir, wann ich auf dem Parkplatz vom Museum sein soll, dann werde ich auf Sie warten, den Brief in der Hand."

„Meine leibliche Mutter? Jemand, der auf dem Treffen war, kennt sie?" Meredith spürte, wie ihr Herz pochte, und umklammerte den Hörer. Sie schaute auf ihre Uhr. Sie musste jetzt unbedingt zur Prüfung gehen. „Ich werde um zwanzig vor zwölf fertig sein", sagte sie hastig. „Um zwölf könnte ich auf dem Parkplatz sein."

„Das passt mir sehr gut. Dann wünsche ich Hals- und Beinbruch, meine Generalin."

Während der Prüfung musste Meredith ihre gesamte Konzentration aufwenden, um die Tatsache aus ihren Gedanken zu verdrängen, dass sie schon bald Genaueres über das Mädchen erfahren würde, das sie zur Welt gebracht hatte. Sie wusste nur, dass ihre Mutter kurz vor dem Abschluss an der Highschool gestanden hatte, als sie schwanger geworden war, und ihr Vater ein Akademieabsolvent im letzten Jahr gewesen war, der noch vor ihrer Geburt bei einem Autounfall mit Fahrerflucht ums Leben gekommen war.

Ihre Eltern hatten Meredith versprochen, dass sie nach ihrem Abschluss in West Point versuchen würden, die Identität ihrer leiblichen Mutter herauszufinden und ein Treffen mit ihr zu arrangieren.

Als sie ihre Prüfungsblätter abgegeben hatte und zum Museum der Militärakademie eilte, fiel Meredith plötzlich ein, dass die Erwähnung von Palm Beach die Antwort auf die Frage lieferte, die ihr Vater ihr gestern gestellt hatte. Natürlich, dort muss ich die Haarbürste verloren haben, erinnerte sie sich.

Um zehn Uhr betrat Carter Stewart mit versteinerter Miene das Hotel.

Sam ging schnurstracks auf ihn zu und fing ihn am Empfang ab. „Mr Stewart, ich würde Sie gerne kurz sprechen."

„Einen Augenblick noch, Mr Deegan."

Der Angestellte mit dem passend zum Holzfurnier getönten Haar saß hinter der Rezeption.

„Ich muss den Direktor sprechen, und ich muss noch mal in Mr Brents Zimmer!", bellte Carter ihn an. „Die Produktionsfirma hat das Paket gestern erhalten. Aber es scheint noch ein Drehbuch zu geben, das dringend gebraucht wird, und ich wurde gebeten, ein weiteres Mal die sprichwörtliche gute Tat zu tun. Da das Drehbuch gestern nicht auf dem Schreibtisch lag, wird es notwendig sein, den Schreibtisch zu durchsuchen."

„Ich werde Mr Lewis sofort holen", erwiderte der Angestellte nervös.

Carter wandte sich an Sam. „Wenn die mir nicht erlauben, in Robbys Sachen herumzuwühlen, ist es mir auch egal. Ich habe meine Dankesschuld meinem Agenten gegenüber abbezahlt."

Was für ein unangenehmer Zeitgenosse, dachte Sam. „Mr Stewart, ich habe gehört, Sie, Mr Amory, Mr Brent, Mr Emerson und Dr. Fleischman hätten sich neulich Abend darüber unterhalten, dass Sie in einem Bürogebäude, das von Mr Emersons Vater verwaltet wurde, zusammen bei einer Putzkolonne gearbeitet haben."

„Ja, ja, das war im Frühling in unserem letzten Jahr."

„Haben Sie gehört, ob einer von den Anwesenden erwähnt hat, dass Dr. Sheridan Patientin bei einem Dr. Connors gewesen ist, der seine Praxis in diesem Gebäude hatte?"

„Nein, habe ich nicht. Und außerdem, wieso sollte Jean Patientin bei Dr. Connors gewesen sein? Er war Facharzt für Geburtshilfe." Carter riss die Augen auf. „Ach Gott! Wollen wir gleich ein kleines Geheimnis verraten, Mr Deegan? Jeannie war also Patientin bei Dr. Connors?"

Sam blickte ihn voller Verachtung an. „Ich habe Sie gefragt, ob jemand so etwas verlauten ließ. Ich habe nicht gesagt, dass es der Wahrheit entspricht."

Justin Lewis war hinter ihnen erschienen. „Mr Stewart, man hat mir mitgeteilt, Sie möchten noch einmal Mr Brents Zimmer betreten und seinen Schreibtisch durchsuchen. Ich fürchte, das kann ich beim besten Willen nicht zulassen."

„Na bitte, da haben wir's." Carter drehte dem Hoteldirektor den Rücken zu. „Ich habe meine Angelegenheiten hier so ziemlich zu Ende gebracht, Mr Deegan. Mein Regisseur und ich sind die Änderungen für mein Stück durchgegangen. Ich fahre noch heute Nachmittag zurück nach Manhattan und wünsche Ihnen weiterhin viel Glück beim Warten darauf, dass Laura und Robby wieder auftauchen."

Sam und Lewis blickten ihm nach, bis er durch den Ausgang verschwunden war. „Ein unangenehmer Mensch", murmelte der Direktor.

Bevor Sam zustimmen konnte, klingelte sein Handy. Rich Stevens war dran. „Gerade kam ein Anruf von der Polizei Cornwall. Ein Auto wurde im Hudson gefunden. Es ragte zum Teil aus dem Wasser, weil es an einem Felsen hängen geblieben ist. Im Kofferraum liegt eine Leiche – es ist Robby Brent. Wie es scheint, ist er schon seit mehreren Tagen tot. Am besten, Sie fahren hinüber."

„Bin schon unterwegs." Sam klappte sein Handy zu. *Viel Glück beim Warten darauf, dass Laura und Robby wieder auftauchen* … Auftauchen? Aus dem Wasser? War Carter Stewart nicht nur ein gefeierter Theaterautor, sondern auch ein psychopathischer Killer?

UM ZEHN stand Jake wieder in der Dunkelkammer und entwickelte die letzte Bilderserie. Die Aufnahmen, die er von der Rückseite des Hauses in der Mountain Road gemacht hatte, waren für seinen Artikel wertlos. Und das letzte Foto, das er noch schnell von der Vorderseite des Hauses gemacht hatte, war etwas unscharf. Der Ausflug heute Morgen hatte eigentlich nichts gebracht.

Jake hörte, wie jemand vor der Tür der Dunkelkammer seinen Namen rief. Es war Jill Ferris, und sie klang ziemlich aufgeregt. „Ich komme sofort, Ms Ferris!" Als er die Tür öffnete, sah er auf den ersten Blick, dass sie etwas in hellen Aufruhr versetzt haben musste.

„Ich habe mir gedacht, dass du hier unten bist. Du hast doch Robby Brent interviewt, nicht wahr?"

„Ja. Ein gutes Interview, das muss ich sagen."

„Es ist gerade in den Nachrichten gekommen. Brents Leiche wurde im Kofferraum eines Autos gefunden, das im Hudson lag."

Robby Brent war tot? Jake schnappte seine Kamera. „Danke, Ms Ferris!", rief er, als er durch die Tür stürmte.

DER WAGEN mit Robby Brents Leiche war an der Cornwall Landing in den Fluss gefahren worden. Dieser normalerweise stille Park mit seinen Sitzbänken und Trauerweiden war urplötzlich zum Mittelpunkt größerer Polizeiaktivitäten geworden. Die Umgebung war mit Bändern abgesperrt worden, um Schaulustige und Medien abzuhalten.

Als Sam um halb elf eintraf, lagen die sterblichen Überreste von Robby Brent bereits im Leichenwagen. Cal Grey, der Gerichtsmediziner, klärte Sam auf. „Er ist sicher schon seit mehreren Tagen tot. Stichwunde in der Brust. Genau durchs Herz. Es sieht so aus, als wäre es dasselbe gezackte Messer gewesen, mit dem Helen Whelan umgebracht wurde."

Bevor er zum Fundort der Leiche gefahren war, hatte Sam Jeans Handy angewählt, aber sie hatte sich nicht gemeldet. So hatte er die Nachricht hinterlassen, ihn sofort zurückzurufen. Jetzt spürte er Unruhe aufkommen, und er wusste, dass es sein Instinkt war, der ihm eingab, nicht mehr länger zu warten, sondern nach ihr zu suchen.

„Wie lange wurde er schon vermisst?", erkundigte sich Grey.

„Zuletzt wurde er am Montagabend gesehen", erwiderte Sam.

„Ich schätze mal, dass er danach nicht mehr lange gelebt hat. Natürlich kann ich dir nach der Autopsie Genaueres über den Zeitpunkt sagen."

Ein Abschleppwagen zog Brents Auto aus dem Fluss, und wenig später stand es triefend auf der Uferböschung, während die Spezialisten der Spurensicherung es aus allen Blickwinkeln fotografierten.

Ein Beamter der Ortspolizei informierte Sam über die Einzelheiten. „Wir gehen davon aus, dass der Wagen gestern Abend gegen zehn Uhr versenkt wurde. Ein Ehepaar, das in New Windsor wohnt, kam beim Joggen ungefähr um Viertel vor zehn hier vorbei. Sie sagten, ihnen sei ein Auto aufgefallen, das in der Nähe der Bahngleise geparkt stand und in dem jemand saß. Als sie auf dem Rückweg wieder an dieser Stelle vorbeikamen, war das Auto verschwunden, aber ein Mann ging eilig davon."

„Haben sie sein Gesicht sehen können?"

„Nein. Der Ehemann sagte nur, er sei mittelgroß gewesen, seine Frau meinte, er sei ziemlich groß gewesen."

Es war immer dasselbe mit diesen Augenzeugen. Als sich Sam zum Gehen wandte, entdeckte er Jake Perkins, der sich durch die Menge drängelte, um an die Absperrung zu gelangen. Er trug eine Kamera bei sich, die Sam an das Modell erinnerte, das er in einem Buch über den großen Weltkriegsfotografen Robert Capa gesehen hatte.

Man fragte sich wirklich, ob der Knabe die Fähigkeit hatte, an zwei Orten gleichzeitig zu sein. Er schien nicht nur überall zu sein – er war es tatsächlich. Ihre Blicke trafen sich, aber Jake schaute sogleich weg. Er ist sauer auf mich, weil ich Tony gesagt habe, er soll ihn in eine Zelle werfen, dachte Sam. Ich hätte ihm eine Chance geben sollen und Tony wenigstens sagen können, dass er sich bemüht, mir zu helfen. Denn das hat er. Schließlich hat er mich darauf hingewiesen, dass Laura Wilcox bei ihrem ersten Anruf ängstlich klang.

Er überlegte, ob er zu Jake gehen und mit ihm sprechen sollte, als sein Handy klingelte. Es war Joy Lacko. „Wir hatten vor ein paar Minuten einen Anruf über die Notrufzentrale. Ein Kabrio, das auf Dr. Sheridan zugelassen ist, steht seit mehreren Stunden beim Storm-King-Aussichtspunkt. Der Anruf kam von einem Vertreter, der gegen 7.45 Uhr und dann ein zweites Mal vor zwanzig Minuten dort vorbeifuhr. Er fand es merkwürdig, dass der Wagen so lange dort stand, und hielt an, um nachzusehen. Der Schlüssel steckt noch, und Dr. Sheridans Handtasche liegt auf dem Beifahrersitz. Es sieht nicht gut aus."

„Deswegen hat sie sich also auf ihrem Handy nicht gemeldet!" Sam fluchte. „Steht der Wagen immer noch am Aussichtspunkt?"

„Ja. Der Chef hat sich gedacht, dass Sie einen Blick darauf werfen wollen, bevor wir ihn wegbringen."

Der Leichenwagen mit Robby Brent fuhr in diesem Augenblick los. In nicht mal einer Woche hatte dieses Auto drei Tote befördert. Bitte lass Jean nicht die Nächste sein, betete Sam.

JAKE hatte es sofort bereut, Sam Deegan ignoriert zu haben, als sich ihre Blicke begegnet waren. Kein guter Reporter würde so etwas tun, wie sehr er auch gekränkt worden war.

Vielleicht wusste Deegan, wo Jean Sheridan war. Jake hatte erfolglos versucht, sie anzurufen, um von ihr zu erfahren, ob das Mordzimmer in der Mountain Road tatsächlich auch Laura Wilcox' Zimmer gewesen war.

Die schwere Kamera schützend, arbeitete sich Jake vorsichtig durch die Menge und erreichte Sam bei dessen Wagen. „Mr Deegan, wissen Sie zufällig, wo Dr. Sheridan sein könnte? Im Hotel geht sie nicht ans Telefon."

„Ich weiß nicht, wo sie ist", knurrte Sam und stieg in seinen Wagen. Er schlug die Tür zu und stellte die Sirene an.

Irgendwas ist los, dachte Jake. Deegan macht sich Sorgen um Dr. Sheridan, aber er wendet nicht, um zum Hotel zu fahren. Und er fährt zu schnell, als dass ich ihm folgen könnte.

AUF DEM Weg zum Aussichtspunkt rief Sam das Glen-Ridge House an und bat, sofort mit dem Hoteldirektor verbunden zu werden. Als Justin Lewis sich meldete, sagte Sam: „Soeben wurde Dr. Sheridans Auto gefunden, es fehlt jede Spur von ihr. Ich möchte, dass Sie mir eine Liste der Telefonnummern von allen Anrufen geben, die Dr. Sheridan zwischen zehn Uhr gestern Abend und neun Uhr heute Morgen erhalten hat."

Da er über keine richterliche Genehmigung verfügte, hatte er Bedenken erwartet, stieß aber auf keine. „Geben Sie mir Ihre Nummer. Ich rufe Sie gleich zurück", erwiderte Lewis knapp.

Sam legte sein Handy auf den Beifahrersitz und raste weiter in Richtung Storm-King-Aussichtspunkt. Am Ausgang der letzten Kurve erblickte er Jeans blaues Kabrio und einen Polizisten, der daneben Wache hielt. Sam stellte seinen Wagen gleich dahinter ab und hielt Notizblock und Stift schon bereit, als Justin Lewis zurückrief.

„Dr. Sheridan hat sieben Anrufe erhalten. Der erste kam um Viertel vor sieben von einem Handy aus der Umgebung. Der Name des Teilnehmers wurde nicht mitgeteilt. Die Nummer ist …"

Sam erkannte sie wieder: Sie gehörte zu dem Handy, das Robby Brent benutzt hatte, als er am Montagabend Jean angerufen und Lauras Stimme nachgeahmt hatte.

„Bei den anderen Anrufen können die Teilnehmer identifiziert werden – es waren eine Alice Sommers und ein Jake Perkins. Sie haben beide zweimal versucht, Dr. Sheridan zu erreichen. Zwei weitere Anrufe kamen von Ihrer Nummer."

„Vielen Dank. Sie haben uns sehr geholfen." Sam unterbrach die Verbindung und überlegte. Robby Brent war seit mehreren Tagen tot, aber jemand hatte das Handy, das er in dem Drugstore gekauft hatte, benutzt, um Jean aus dem Hotel zu locken. Sie musste gleich nach dem Anruf weggefahren sein. Ihr Wagen war um Viertel vor acht hier gesehen worden. Mit wem hatte sie sich an diesem Ort treffen wollen? Sie hatte versprochen, vorsichtig zu sein, und es gab nur zwei Menschen, mit denen sie sich getroffen hätte, ohne weiter nachzudenken, dessen war sich Sam sicher. Sie hatte erwartet, hier entweder ihre Tochter Lily oder Laura Wilcox zu treffen.

Sam blickte auf die Berge auf der anderen Seite des Flusses. War sie mit vorgehaltener Waffe aus ihrem Auto gezwungen worden oder selbst zu einem anderen Wagen gegangen? Wer auch immer dieser Psychopath war, er hatte jetzt Jean in der Gewalt. Plötzlich schoss Sam ein Gedanke durch den Kopf: Ist Jeans Tochter wirklich in Sicherheit? Er öffnete seine Brieftasche, fand die Visitenkarte, die er brauchte, und gab die Nummer von Craig Michaelsons Kanzlei ein.

„Es tut mir Leid", bedauerte die Sekretärin. „Er befindet sich in einer Besprechung in der Kanzlei eines Kollegen und kann nicht gestört werden."

„Es muss sein!", bellte Sam. „Es handelt sich um eine Polizeiangelegenheit – und es geht um Leben und Tod!"

„Sir", entrüstete sich die affektierte Stimme, „es tut mir Leid, aber …"

„Jetzt hören Sie mir mal gut zu, junge Frau! Sie werden sich augenblicklich mit Michaelson verbinden lassen und ihm sagen, dass Sam Deegan angerufen hat. Sagen Sie ihm, dass Jean Sheridan verschwunden ist und er unbedingt mit West Point Kontakt aufnehmen muss, damit dort ihre Tochter eine ständige Bewachung bekommt. Haben Sie das verstanden?"

„Ja, natürlich. Ich werde versuchen, ihn zu erreichen, aber …"

„Kein Aber. Sprechen Sie mit ihm!" Sam klappte das Handy zu. Er musste Robby Brents Handy orten lassen, aber wahrscheinlich nützte es nichts. Es gab nur eine einzige Hoffnung.

Er eilte an dem Polizisten vorbei, der Jeans Auto bewachte, öffnete die Tür und schüttete den Inhalt von Jeans Tasche auf den Beifahrersitz. Dann durchsuchte er das Handschuhfach und alle anderen Stauräume im Innern des Wagens. „Wenn es nicht schon zu spät ist, haben wir vielleicht noch eine Chance", sagte er zu dem Polizisten. „Wahrscheinlich hat sie ihr Handy bei sich. Hier ist es jedenfalls nicht."

Es war 11.30 Uhr.

UM 11.45 UHR rief Craig Michaelson Sam zurück, der sich inzwischen wieder im Glen-Ridge House befand.

„Ich habe Ihre Nachricht erhalten. Was ist passiert?"

„Jean Sheridan ist entführt worden", teilte Sam ihm knapp mit. „Es ist mir völlig egal, dass ihre Tochter in West Point von einer ganzen Armee umgeben ist. Ich möchte, dass Sie dafür sorgen, dass sie Personenschutz bekommt. Wir haben es mit einem Psychopathen zu tun, der frei herumläuft. Vor ein paar

Stunden wurde die Leiche eines der Ehrengäste von dem Jubiläumstreffen aus dem Hudson gezogen. Er ist erstochen worden."

„Jean Sheridan wurde entführt? Der General und seine Frau befinden sich in diesem Moment im Flieger von Washington – sie wollten heute mit ihr zu Abend essen. Ich kann sie nicht erreichen, während sie in der Luft sind."

Sams angestaute Sorge und Frustration entluden sich. „Natürlich können Sie das! Sie können über die Fluggesellschaft eine Botschaft an den Piloten übermitteln, aber dafür ist es jetzt sowieso zu spät. Nennen Sie mir den Namen von Jeans Tochter, ich werde selbst in West Point anrufen."

„Es ist Kadettin Meredith Buckley. Aber der General hat mir versichert, dass Meredith den Campus von West Point weder heute noch am Freitag verlassen wird, weil sie Prüfungen ablegen muss."

„Dann können wir nur beten, dass der General Recht hat." Sam beendete das Gespräch und gab die Nummer von West Point ein.

Seine Kollegen von der Technik versuchten währenddessen, Jeans Handy zu lokalisieren – das dürfte nur Minuten brauchen. Wenn sie so weit waren, würden sie den genauen Ort wissen, an dem sich das Handy befand. Das sollte uns weiterbringen, dachte Sam – vorausgesetzt, es liegt nicht irgendwo in einer Mülltonne.

Endlich hatte er den Direktor der Militärakademie am Apparat. Er lauschte Sams kurzer Erklärung und entgegnete dann: „Kadettin Buckley müsste gerade in einer Prüfung sein. Ich werde dafür sorgen, dass sie sofort in mein Büro kommt."

„Ich möchte sichergehen, dass sie bei Ihnen ist. Ich warte so lange."

Es dauerte fünf Minuten. Als sich der Direktor wieder bei Sam meldete, klang seine Stimme äußerst beunruhigt. „Vor weniger als fünf Minuten wurde Kadettin Buckley gesehen, wie sie zum Parkplatz des Museums ging. Sie ist nicht zurückgekommen, und sie befindet sich weder auf dem Parkplatz noch im Museum."

Sam traute seinen Ohren nicht. „Sie hat ihrem Vater versprochen, West Point nicht zu verlassen. Sind Sie sicher?"

„Kadettin Buckley hat ihr Wort auch nicht gebrochen. Obwohl es öffentlich zugänglich ist, gehört das Museum zum Campus von West Point."

ZURÜCK in Stonecroft, eilte Jake sofort in die Dunkelkammer. Er war sich noch nicht darüber im Klaren, was er mit den Aufnahmen vom Leichenfundort machen sollte. Es war unwahrscheinlich, dass sie je in der *Gazette* abgedruckt werden würden. Dennoch war er sicher, dass er schon einen

Platz für sie finden würde, auch wenn er noch kein Angebot der *New York Post* erhalten hatte, dort als Reporter einzusteigen.

Um die entwickelten Abzüge zum Trocknen aufzuhängen, musste er die Bilder abnehmen, die er am Morgen von dem Haus in der Mountain Road gemacht hatte und die noch auf der Leine hingen. Dabei fiel sein Blick auf die letzte, etwas unscharf geratene Aufnahme von der Vorderseite des Hauses. Er stutzte und sah noch einmal genauer hin. Dann holte er eine Lupe und untersuchte das Bild abermals. Seine Augen weiteten sich vor Erstaunen.

Es ging um die Jalousie in dem Zimmer im ersten Stock, in dem Karen Sommers ermordet worden war. Sie hing jetzt ein bisschen schief. Gestern hatte sie das noch nicht getan.

Jake jauchzte triumphierend. Es war ihm egal, wie leer die Küche aussah – in diesem Haus befand sich jemand!

15

Sam war zum Glen-Ridge House und nicht ins Büro gefahren, weil er mittlerweile sicher war, dass einer der Ehrengäste, vielleicht aber auch Jack Emerson oder Joel Nieman hinter den Drohbriefen an Jean steckte. Alle hatten in dem Gebäude gearbeitet, in dem sich die Praxis von Dr. Connors befunden hatte. Einer von ihnen hatte irgendwann am Wochenende darauf angespielt, dass Jean dort Patientin gewesen war. Wer, das hatte Sam bislang allerdings noch nicht herausfinden können.

Im Glen-Ridge konnte er zumindest Mark Fleischman und Gordon Amory im Auge behalten, die beide noch ihr Zimmer im Hotel hatten. Bald würden die Reporter die Neuigkeit aufgreifen, dass Jean verschwunden war. Es würde in den Nachrichten kommen, und Sam war sicher, dass dies unweigerlich auch Emerson anlocken würde. Er hatte Rich Stevens bereits gebeten zu veranlassen, dass alle diese Männer überwacht würden. Es konnte nicht mehr lange dauern, bis man damit anfing.

Um zehn nach zwölf bekam er den Anruf von der Technik. „Wir haben Jean Sheridans Handy geortet. In einem fahrenden Auto."

„Könnt ihr sagen, wo es sich befindet?"

„In der Nähe von Storm King. Es fährt in Richtung Cornwall."

„Er kommt von West Point", sagte Sam. „Er hat die Kadettin. Passt auf, dass ihr ihn nicht verliert."

„Machen wir."

„BITTE fahren Sie wieder zurück“, bat Meredith. „Ich darf das Gelände nicht verlassen. Als Sie mich gebeten haben, ins Auto zu steigen, glaubte ich, Sie wollten nur einen Augenblick mit mir sprechen. Es ist nicht so schlimm, dass Sie den Brief über meine Mutter in der Tasche Ihres anderen Jacketts vergessen haben, ich werde darauf warten. Bitte, ich muss jetzt zurück, Mr …“

„Du wolltest gerade meinen Namen aussprechen, Meredith. Ich möchte nicht, dass du das tust. Aber du darfst mich ‚die Eule‘ nennen.“

Sie starrte ihn an. Plötzlich kroch die nackte Angst in ihren Körper. „Ich verstehe nicht … Bitte fahren Sie zurück!“ Sie umklammerte den Griff der Beifahrertür. Wenn er an einer Ampel hielt, würde sie rausspringen. Er war so anders. Nein, nicht nur anders – verrückt!

Der Wagen raste auf der Route 218 in Richtung Norden. Er fährt viel schneller, als erlaubt ist, dachte Meredith. Hoffentlich kommen wir an einer Polizeistreife vorbei. „Wohin bringen Sie mich?“, fragte sie. Irgendetwas drückte gegen ihren Rücken. Sie rutschte auf dem Sitz ein wenig vor, aber es war immer noch da. Was war das?

„Ich habe dich angelogen, als ich gesagt habe, ich hätte einen Freund deiner Mutter auf dem Jahrgangstreffen gesehen. Ich habe deine Mutter selbst dort gesehen. Und ich bringe dich jetzt zu ihr.“

„Meine Mutter? Jean? Sie bringen mich zu ihr?“

„Ja. Und dann werdet ihr beide deinen leiblichen Vater im Himmel besuchen. Du siehst ihm sehr ähnlich, weißt du das? Wenigstens sah er so aus wie du, bevor ich ihn über den Haufen gefahren habe. Weißt du, wo das passiert ist, Meredith? Auf der Straße in der Nähe des Picknickgeländes in West Point. Dort ist dein richtiger Vater gestorben. Es wäre schön gewesen, wenn du noch eine Gelegenheit gehabt hättest, sein Grab zu besuchen. Sein Name steht auf dem Grabstein: Carroll Reed Thornton jr. Eine Woche später hätte er seinen Abschluss gefeiert. Vielleicht werden sie dich und Jeannie ja neben ihm begraben. Wäre das nicht schön?“

„Mein Vater war in West Point, und Sie haben ihn umgebracht?“

„Sicher habe ich das. Findest du, dass es fair von ihm und Jean war, so glücklich miteinander zu sein und mich im Regen stehen zu lassen? Findest du etwa, dass das gerecht war, Meredith?“ Er drehte den Kopf und starrte sie voller Hass an.

Er war wirklich verrückt. „Nein, Sir. Das war wohl nicht gerecht“, antwortete sie mit fester Stimme. Sie durfte ihm nicht zeigen, dass sie Angst hatte.

Er schien etwas besänftigt zu sein. „Ah, der West-Point-Drill. Ich habe dich nicht gebeten, mich mit ‚Sir' anzureden. Ich habe dir gesagt, du sollst mich ‚Eule' nennen."

Sie befanden sich jetzt am Stadtrand von Cornwall. Nicht in Panik geraten, ermahnte sich Meredith. Schau dich um. Sieh nach, ob du etwas findest, womit du dich verteidigen kannst.

Sie hatte ihre Hände ineinander verknotet. Was war das in ihrem Rücken? Vielleicht etwas, womit sie sich und ihre Mutter retten konnte. Mit größter Vorsicht löste sie die Hände, bewegte ihre Rechte langsam zur Seite und glitt damit hinter ihren Rücken. Ihre Finger berührten die Kante eines schmalen Gegenstands, der sich vertraut anfühlte.

Es war ein Handy. Sie musste ziehen, um es loszubekommen, aber die Eule schien nichts zu bemerken.

Meredith zog ihre Rechte, die das Handy umklammert hielt, langsam zurück. Sie klappte es auf, schielte hinunter und drückte mit dem Finger die erste Ziffer des Notrufs.

Sie hatte seine Hand nicht kommen sehen. Plötzlich schloss sie sich um ihre Kehle. Bewusstlos sackte sie zusammen, während sich die Eule das Handy schnappte, das Fenster herunterließ und es hinauswarf.

Wenige Sekunden später fuhr ein Lieferwagen darüber und zermalmte es.

„SAM, WIR haben ihn verloren", meldete der Techniker am Telefon. „Er ist in Cornwall, aber wir empfangen kein Signal mehr."

„Wie konnte das passieren?" Es war eine dumme Frage. Sam kannte die Antwort – das Handy war entdeckt und zerstört worden.

„Was machen wir jetzt?", wollte der Techniker wissen.

„Beten. Wir beten."

JAKE bat noch einmal um die Erlaubnis, seinen Wagen vor dem Café stehen lassen zu dürfen, und wieder gestattete Duke es ihm. Sein Handy klingelte, als er gerade zur Tür hinauswollte. Der Anruf kam von Amy Sachs, die am Empfang Dienst hatte.

„Jake", flüsterte sie, „du solltest herkommen. Hier ist die Hölle los. Dr. Sheridan ist verschwunden. Sie haben ihr Auto verlassen am Storm-King-Aussichtspunkt gefunden. Mr Deegan ist hier im Büro."

„Ich komme sofort." Jake wandte sich zu Duke um. „Ich werde den Parkplatz wohl doch nicht brauchen, aber danke trotzdem."

„Da fährt dieser Typ wieder, der vom Treffen, von dem ich erzählt habe."

Duke deutete zur Straße. „Ganz schön schnell unterwegs. Kriegt irgendwann ein Knöllchen, wenn er nicht aufpasst."

Jake wandte den Kopf rasch genug zum Schaufenster, um den Fahrer zu sehen und wieder zu erkennen. „*Der* hat hier was zu essen gekauft?"

„Ja. Meistens Kaffee und Toast und manchmal abends ein Sandwich."

Möglicherweise hat er das für Laura Wilcox gekauft, überlegte Jake. Und jetzt ist Dr. Sheridan verschwunden. Ich muss Sam Deegan anrufen. Ich bin sicher, dass er sich Lauras Elternhaus genauer ansehen will. Dann werde ich die Straße hinaufgehen und auf ihn warten.

Er rief das Hotel an. „Amy, bitte holen Sie Mr Deegan ans Telefon."

Sie meldete sich schon nach kurzer Zeit wieder. „Er hat gemeint, du sollst dich zum Teufel scheren."

„Sagen Sie Mr Deegan, ich glaube, ich weiß, wo Laura Wilcox ist."

JEAN sah auf, als die Tür zum Schlafzimmer aufgestoßen wurde. Die Eule stand in der Öffnung. Auf den Armen trug er eine schlanke Gestalt, die in der Kadettenuniform von West Point steckte. Mit zufriedenem Grinsen schritt er auf Jean zu und legte Meredith zu ihren Füßen ab.

„Sieh hier, deine Tochter", verkündete er triumphierend. „Ist sie nicht schön?"

Als ob Reed wiedergeboren wäre!, schoss es Jean durch den Kopf. Die schmale, gebogene Nase, die weit auseinander liegenden Augen, die hohen Wangenknochen, die goldblonden Haare!

„Rühr sie nicht an! Lass sie in Ruhe!", schrie Jean. Doch ihre Stimme erstickte. Vom Bett her war Lauras entsetztes Schluchzen zu hören.

„Ich werde ihr nicht wehtun, Jeannie. Aber ich werde sie töten, und du wirst dabei zusehen. Danach wird Laura an die Reihe kommen. Und dann du. Ich denke, ich werde dir einen Gefallen damit tun. Ich kann mir nicht vorstellen, dass du weiterleben willst, nachdem du deine Tochter hast sterben sehen."

Betont langsam durchquerte die Eule das Zimmer, holte den Bügel mit der Plastikhülle, auf die er *Lily/Meredith* geschrieben hatte, und kam damit zurück. Er kniete neben der bewusstlosen Meredith nieder und entfernte den Bügel aus der Hülle.

Gelähmt vor Entsetzen, sah Jean, wie die Eule begann die Hülle über Lilys Kopf zu streifen. „Nein, nein!" Bevor die Hülle Lilys Nasenlöcher erreichte, brachte Jean den Stuhl zum Kippen und stürzte in dem Versuch, ihr Kind mit ihrem Körper zu schützen, vornüber.

Der Stuhl traf den Arm der Eule und klemmte ihn ein. Er schrie auf vor Schmerz. Während er versuchte, den Arm freizubekommen, hörte er von unten Geräusche – die Haustür wurde eingeschlagen.

ALS SAM den Hörer in die Hand nahm, gab er Jake keine Gelegenheit, etwas zu sagen.

„Hören Sie zu. Jean und Laura befinden sich in der Gewalt eines geistesgestörten Mörders. Also kommen Sie zur Sache! Wissen Sie, wo Laura ist, oder wissen Sie es nicht?"

Daraufhin beeilte sich Jake, Sam alles zu erzählen, was er wusste. „Irgendjemand hält sich in Lauras altem Elternhaus in der Mountain Road auf, obwohl es angeblich unbewohnt ist. Einer der Ehrengäste des Jubiläumstreffens hat fast jeden Tag Essen in einem Café gekauft, das sich am Anfang der Straße befindet. Er ist gerade vorbeigekommen. Ich glaube, dass er zum Haus gefahren ist." Kaum hatte Jake den Namen des Mannes genannt, als er auch schon ein Klicken hörte, das ihm anzeigte, dass Sam aufgelegt hatte.

Diesmal scheint er ja mächtig interessiert zu sein, dachte Jake, während er auf der Straße wartete. Es waren höchstens sechs Minuten vergangen, als Sams Auto quietschend am Bordstein zum Stehen kam, gefolgt von zwei Streifenwagen.

Jake informierte Sam darüber, dass sich – wer auch immer in dem Haus war – vermutlich in dem Schlafzimmer oben rechts befinden müsse. Unmittelbar danach brachen die Polizisten die Haustür auf und drangen in das Gebäude ein. Sam rief Jake zu, draußen zu bleiben.

Von wegen! Der Junge folgte den Beamten mit der Kamera. Als er oben am Treppenabsatz ankam, hörte er, wie eine Tür krachend ins Schloss fiel. Jemand war in das hintere Schlafzimmer gerannt.

Mit vorgehaltener Pistole kam Sam aus dem vorderen Schlafzimmer. „Geh runter, Jake!", befahl er. „Hier oben versteckt sich ein Mörder."

Der Junge deutete den Flur hinunter. „Er ist da drin."

Sam und die Polizisten rannten an ihm vorbei. Jake eilte zur Tür des vorderen Schlafzimmers, warf einen Blick hinein und war für einen kurzen Moment über den Anblick, der sich seinen Augen bot, total schockiert. Dann nahm er die Kamera und begann zu fotografieren.

Er machte eine Aufnahme von Laura Wilcox. Sie lag auf dem Bett, mit zerknittertem Abendkleid und strubbeligen Haaren. Ein Polizist stützte ihren Kopf und hielt ihr ein Glas Wasser an die Lippen.

Jean Sheridan saß auf dem Fußboden. In ihren Armen hielt sie eine junge Frau, die mit der Kadettenuniform von West Point bekleidet war. Jean weinte und flüsterte wieder und wieder: „Lily, Lily, Lily.“ Zuerst dachte Jake, das Mädchen sei tot, aber dann sah er, dass es sich zu bewegen begann.

Er stellte seine Kamera ein und hielt für die Nachwelt den Moment fest, in dem Meredith die Augen öffnete und zum ersten Mal seit dem Tag ihrer Geburt in die Augen ihrer Mutter blickte.

Es kann nur noch Sekunden dauern, dann treten sie die Tür ein, dachte er und blickte auf die kleinen Eulen, die er in der Hand hielt. Sie waren für Laura, Jean und Meredith bestimmt gewesen. Eine weitere Gelegenheit würde es nicht geben.

„Geben Sie auf!“, rief Sam Deegan. „Sie wissen, dass Sie nicht entkommen können!“

Oh doch, kann ich, dachte die Eule. Er seufzte und holte die Maske aus seiner Tasche. Er setzte sie auf und prüfte im Spiegel über der Kommode, ob sie richtig saß. Dann legte er die kleinen Eulen auf die Kommode.

„Ich bin die Eule, und ich wohne in einem Baum“, sagte er laut.

Die Pistole steckte in der anderen Tasche. Er holte sie hervor und hielt sie sich gegen die Schläfe. „Mein ist die Stunde der Nacht“, flüsterte er. Dann schloss er die Augen und drückte den Abzug.

Als der Schuss ertönte, warf sich Sam gegen die Tür, die krachend aufsprang. Mit den anderen Beamten im Schlepptau stürmte er in das Zimmer.

Die Leiche lag ausgestreckt auf dem Boden, die Waffe daneben. Der Mörder war auf den Rücken gefallen. Die Maske saß immer noch auf seinem Gesicht, Blut sickerte darunter hervor.

Sam hockte sich hin, zog die Maske ab und blickte in das Gesicht des Mannes, der so vielen unschuldigen Menschen das Leben geraubt hatte. Im Tod traten die Narben, die die plastische Chirurgie hinterlassen hatte, deutlich hervor, und die Gesichtszüge, die ein Könner der Zunft so attraktiv gestaltet hatte, erschienen jetzt verzerrt und abstoßend.

„Komisch“, murmelte Sam. „Gordon Amory hatte ich eigentlich am wenigsten in Verdacht.“

Am selben Abend aß Jean mit Charles und Gano Buckley im Haus von Craig Michaelson zu Abend. Meredith befand sich bereits wieder in West Point.

„Nachdem der Arzt mit der Untersuchung fertig war, hat sie darauf bestanden zurückzukehren“, berichtete General Buckley. „Sie dachte schon wieder an ihre Physikprüfung morgen früh. Sie ist so diszipliniert. Sie wird eine großartige Soldatin werden.“ Er versuchte zu verbergen, wie sehr ihn die Nachricht getroffen hatte, dass seine Tochter so knapp dem Tod entronnen war.

„Sie ist wirklich ganz nach ihrem Vater geraten“, sagte Jean. „Reed hätte sicher genauso gehandelt.“ Sie spürte immer noch die unaussprechliche Freude des Augenblicks, in dem der Polizist sie von ihrem Stuhl losgeschnitten hatte und sie Lily endlich in die Arme hatte schließen können. Noch immer hallten die wunderbaren Worte in ihrem Kopf nach, die Lily geflüstert hatte: „Jean … Mutter.“

Danach hatte man sie zur Untersuchung ins Krankenhaus gebracht. Dort hatten Lily und sie nebeneinander gesessen und geredet, hatten angefangen, fast zwanzig Jahre nachzuholen. „Ich habe immer versucht, mir vorzustellen, wie du aussiehst“, hatte Lily gesagt. „Ich glaube, ich habe dich genauso gesehen, wie du bist.“

„Mir geht es genauso. Aber ich muss erst noch lernen, dich Meredith zu nennen. Es ist ein schöner Name.“

Nachdem der Arzt erklärt hatte, dass alles in Ordnung sei, hatte er hinzugefügt: „Nach dem, was Sie durchgemacht haben, hätte man den meisten Frauen erst mal ein Beruhigungsmittel verabreicht. Ich muss sagen, Sie beide sind wirklich starke Naturen.“

Danach hatten sie bei Laura vorbeigeschaut. Sie war ernsthaft dehydriert, und man hatte sie an einen Tropf gehängt.

Sam war zum Krankenhaus zurückgekehrt, um sie zum Hotel zu fahren. In der Eingangshalle waren ihnen bereits die Buckleys entgegengekommen. „Mom, Dad!“, hatte Meredith ausgerufen. Mit wehmütigem Verständnis hatte Jean zugeschaut, wie sie in ihre Arme geflogen war.

„Jean, Sie haben ihr das Leben geschenkt, und Sie haben ihr das Leben gerettet“, hatte Gano Buckley gesagt. „Von nun an werden Sie immer ein Teil ihres Lebens sein.“

Über den Tisch hinweg blickte Jean auf das gut aussehende Paar. Beide mussten um die sechzig sein. Charles Buckley hatte stahlgraue Haare, stechende Augen, ein markantes Gesicht und strahlte Autorität aus, die durch seine liebenswürdige Art und sein freundliches Lächeln ausgeglichen wurde. Gano war eine hübsche, zierliche Frau.

Sie verabredeten, Meredith am Samstagnachmittag zu dritt in der Militärakademie zu besuchen. Sie sind ihre Mutter und ihr Vater, dachte Jean.

Sie haben sie aufgezogen, geliebt und zu der wunderbaren jungen Frau gemacht, die sie heute ist. Aber wenigstens werde ich jetzt auch einen Platz in ihrem Leben haben. Am Samstag werde ich mit ihr zu Reeds Grab gehen und ihr von ihm erzählen. Sie soll erfahren, was für ein bemerkenswerter Mensch er war.

Für sie selbst hatte dieser Abend einen bittersüßen Beigeschmack, und die Buckleys zeigten volles Verständnis dafür, dass sie ihre Erschöpfung ins Feld führte und aufbrach, bald nachdem der Kaffee serviert worden war.

Als Craig Michaelson sie gegen zehn Uhr am Hotel absetzte, traf sie in der Eingangshalle auf Sam und Alice, die auf sie gewartet hatten.

„Wir haben gedacht, Sie möchten vielleicht gerne noch ein Gläschen mit uns trinken", sagte Sam.

Mit Tränen der Dankbarkeit in den Augen blickte Jean von einem zum anderen. Die beiden verstanden, wie schwer es für sie an diesem Abend gewesen war. Da entdeckte sie Jake Perkins, der an der Rezeption stand, und machte ihm ein Zeichen, woraufhin er eilig herbeikam.

„Ich war so durcheinander heute Nachmittag, dass ich nicht weiß, ob ich Ihnen überhaupt gedankt habe. Wenn Sie nicht gewesen wären, dann wären Meredith, Laura und ich jetzt nicht mehr am Leben." Jean legte ihre Arme um Jakes Hals und küsste ihn auf die Wange.

Er war sichtlich gerührt. „Ich wünschte, ich wäre ein bisschen schlauer gewesen. Als ich diese Eulen-Anhänger auf der Kommode neben Mr Amorys Leiche gesehen habe, habe ich Mr Deegan erzählt, dass ich genauso einen auf dem Grab von Alison Kendall gefunden habe. Wenn ich ihn gleich darauf hingewiesen hätte, dann hätte man Ihnen vermutlich sofort einen Leibwächter zugeteilt."

„Machen Sie sich darüber keine Gedanken", beruhigte ihn Sam. „Zu diesem Zeitpunkt konnten Sie nicht wissen, dass diese Eule etwas bedeutete. Dr. Sheridan hat Recht. Wenn Sie nicht herausgefunden hätten, wo Laura war, wären sie alle jetzt tot. Und nun sollten wir etwas trinken. Sie kommen mit, Jake."

Da bemerkte er, dass Jakes Worte Alice, die neben ihm stand, erschreckt hatten. „Am Jahrestag letzte Woche habe ich so eine Eule auf Karens Grab gefunden", flüsterte sie. „Ich habe sie zu Hause in die Vitrine neben dem Kamin gelegt."

„Das war es also!", rief Sam aus. „Irgendetwas war mir in Ihrer Vitrine aufgefallen, was mich irritiert hat. Jetzt weiß ich's."

Er legte einen Arm um Alices Schulter, als sie in die Bar gingen. Er hatte ihr berichtet, dass die Eule Laura erzählt hatte, Karen aus Versehen umgebracht zu haben. Zu ihrem Entsetzen hatte Alice erfahren müssen, dass Karen nur ermordet worden war, weil sie zufällig in dieser Nacht im Elternhaus geschlafen hatte. Aber sie hatte versichert, dass sie mit der ganzen Sache nun auf eine gewisse Weise abschließen könne.

„Ich werde die Eule aus Ihrer Vitrine entfernen, wenn ich Sie später nach Hause fahre", versprach Sam. „Sie sollen das Ding nicht mehr sehen."

„Für Sie ist die Sache auch abgeschlossen, nicht wahr, Sam?", fragte Alice, als sie den Tisch erreichten. „Zwanzig Jahre lang haben Sie versucht, den Mord an Karen aufzuklären."

Jake wollte sich gerade neben Jean an den Tisch setzen, als ihm jemand auf die Schulter tippte. „Darf ich?"

Mark Fleischman glitt auf den Stuhl. „Ich war im Krankenhaus, um nach Laura zu sehen. Sie fühlt sich besser, obwohl sie emotional natürlich ziemlich mitgenommen ist. Aber sie wird darüber hinwegkommen."

Jake setzte sich auf die andere Seite von Jean. „Ich glaube, dass sich diese qualvolle Erfahrung am Ende als ein Wendepunkt in ihrer Karriere herausstellen könnte. Mit all dem Medienrummel wird sie garantiert eine Menge Angebote bekommen. So läuft's nun mal im Showgeschäft."

Wahrscheinlich hatte er Recht. Und mit dieser Überlegung beschloss Sam, sich einen doppelten Scotch zu genehmigen.

Jean hatte von ihm erfahren, dass Mark auf der Suche nach ihr kreuz und quer durch die Stadt gefahren war. Als Sam ihn schließlich angerufen hatte, war er sofort zum Krankenhaus geeilt, wohin sie, Meredith und Laura gebracht worden waren. Nachdem man ihm versichert hatte, dass sie in Kürze entlassen werde, war er wieder weggefahren. Sie hatte ihn den ganzen Tag weder gesehen noch gesprochen. Jetzt schaute sie ihm in die Augen. Die Zärtlichkeit in seinem Blick ließ sie glühende Scham empfinden, weil sie ihm misstraut hatte.

„Es tut mir Leid, Mark. Es tut mir so furchtbar Leid."

Er legte seine Hand auf ihre wie schon vor ein paar Tagen, eine warme Geste, die sie getröstet und einen Funken hatte spüren lassen, den sie so lange entbehrt hatte. „Das muss es nicht", erwiderte Mark lächelnd. „Ich werde dir ganz viele Gelegenheiten geben, es wieder gutzumachen."

„Hast du Gordon je in Verdacht gehabt?"

„Tatsache ist, dass bei allen unseren anderen Ehrengästen unter der Oberfläche eine Menge zu brodeln schien, ganz zu schweigen von unserem Vorsitzenden. Jack Emerson mag ein gewiefter Geschäftsmann sein, aber ich würde ihm keinen Zentimeter über den Weg trauen. Mein Vater hat mir erzählt, dass er in der Gegend als Frauenheld und Säufer bekannt ist, obwohl er dabei physisch bisher nicht aggressiv geworden zu sein scheint. Alle glauben, dass er dieses Gebäude vor zehn Jahren in Brand gesteckt hat. Einer der Gründe dafür ist, dass am Abend des Brandes ein Wachangestellter, der vermutlich von ihm bezahlt worden ist, einen zusätzlichen Rundgang gemacht hat, um sicherzustellen, dass sich niemand mehr im Gebäude aufhielt. Dieser Rundgang war verdächtig, aber er zeigt auch, dass Jack niemanden in Gefahr bringen wollte.

Eine Weile habe ich geglaubt, Robby könnte die Frauen von deinem Mittagstisch ermordet haben. Erinnerst du dich, wie ekelhaft er als Kind sein konnte? Und er war gemein genug, dass ich dachte, er könnte Menschen nicht nur verbal, sondern auch physisch verletzen." Mark zuckte die Achseln. „Aber als sich mein Verdacht immer mehr auf Robby konzentrierte, war er plötzlich verschwunden."

„Wir gehen davon aus, dass er Gordon in Verdacht hatte und ihm zu dem Haus gefolgt ist", warf Sam ein. „Auf der Treppe haben wir Blutspuren gefunden."

„Und Carter trägt so viel Wut mit sich herum, dass ich ihn für fähig hielt, jemanden umzubringen", sagte Jean.

Mark schüttelte den Kopf. „Das habe ich eher für unwahrscheinlich gehalten. Carter reagiert seine Wut ständig durch seine schroffe und gemeine Haltung anderen Leuten gegenüber und auch in seinen Stücken ab."

„Blieben also nur noch Gordon und du selbst übrig."

Mark lächelte. „Auch wenn du an mir gezweifelt hast, ich wusste ja, dass ich unschuldig bin. Je mehr ich mich aber mit Gordon beschäftigt habe, desto mehr habe ich ihn verdächtigt. Es ist nichts Besonderes dabei, wenn sich jemand eine gebrochene Nase richten oder hängende Augenlider straffen lässt, aber sein Äußeres vollständig zu verändern ist etwas ganz anderes, und es ist mir schon immer sehr merkwürdig vorgekommen."

Jean wandte sich an Sam. „Ich weiß, dass Sie mit Laura im Krankenhaus gesprochen haben. Hat Gordon ihr etwas darüber verraten, wie er es zuwege gebracht hat, die vier Morde wie Unfälle und Glorias Tod wie einen Selbstmord aussehen zu lassen?"

„Er hat Laura erzählt, dass er alle Frauen eine Zeit lang beobachtet hat, bevor er sie ermordet hat. Catherine Kanes Wagen rutschte in den Potomac, weil er die Bremsen manipuliert hatte. Cindy Lang ist nicht in eine Lawine geraten – er hat sie auf der Piste überfallen und ihre Leiche in eine Felsspalte geworfen. An diesem Nachmittag gab es in der Nähe eine Lawine, und jeder nahm an, dass sie hineingeraten war. Ihre Leiche wurde nie gefunden." Sam nahm einen Schluck Scotch. „Bei Gloria Martin rief er an und fragte, ob er auf ein Glas vorbeikommen könne. Sie hatte gehört, wie erfolgreich er war und wie gut er inzwischen aussah, daher willigte sie ein. Aber sie konnte der Versuchung nicht widerstehen, ihm einen Streich zu spielen, und zog sofort los, um die kleine Eule zu kaufen. Gordon machte sie betrunken, und als sie in Schlaf gesunken war, erstickte er sie mit einer Plastiktüte und ließ die Eule in ihrer Hand zurück."

Alice entfuhr ein Seufzer. „Mein Gott, er war so böse!"

„Ja, das war er", pflichtete Sam bei. „Debra Parker nahm Flugunterricht auf einem kleineren Flugplatz. Mit den Sicherheitsbestimmungen nahm man es dort nicht so genau. Gordon besaß selbst einen Pilotenschein, er wusste daher genau, wie er ihr Flugzeug sabotieren musste, bevor sie zu ihrem ersten Alleinflug startete. Und Alison zu ermorden war einfach – er hat sie in ihrem Pool unter Wasser gedrückt." Er warf einen mitfühlenden Blick auf Jean. „Und ich weiß, er hat Ihnen und Meredith erzählt, dass er Reed Thornton überfahren hat."

Mark hatte seine Augen nicht von Jean abgewendet. „Mein Gott, der Gedanke, dass er dich auch beinahe getötet hätte, macht mich ganz verrückt! Ich hätte es nicht ertragen, wenn dir etwas zugestoßen wäre." Er nahm ihr Gesicht in beide Hände und küsste sie – ein langer, zärtlicher Kuss, der alles sagte, was er noch nicht in Worte gefasst hatte.

Plötzlich zuckte ein Blitz, und sie schauten erschrocken auf. Jake hatte sich erhoben und die Kamera auf sie gerichtet. „Das war genau das Motiv, das mir noch gefehlt hat", sagte er strahlend.

EPILOG

Ich kann es kaum fassen, dass es nun schon zweieinhalb Jahre her ist, seit Meredith in mein Leben zurückgekehrt ist." Jeans Augen glänzten voll Stolz, während sie zusah, wie die West-Point-Absolventen auf den Platz marschierten. Sie waren alle mit der Galauniform bekleidet: graue Jacke mit glänzenden goldenen Knöpfen, gestärkte weiße Hose, weiße Handschuhe und schwarze Mützen.

„Es ist schrecklich viel passiert in dieser Zeit", stimmte Mark ihr zu.

Es war ein wunderschöner Junimorgen. Das Michiestadion war mit den stolzen Angehörigen der Kadetten gefüllt. Charles und Gano Buckley saßen direkt vor ihnen. Auf der anderen Seite von Jean hatten General a. D. Carroll Reed Thornton und seine Gattin Platz genommen und schauten zu, wie ihre Enkelin, die sie inzwischen vergötterten, vorbeimarschierte.

So viel Gutes ist auf so viel Schmerz gefolgt, dachte Jean. Sie und Mark hatten gerade ihren zweiten Hochzeitstag und den ersten Geburtstag ihres kleinen Sohnes Mark gefeiert. Ihr Baby zu umsorgen linderte Jeans Trauer darüber, dass Meredith nicht bei ihr aufgewachsen war. Und diese war ganz verrückt nach ihrem kleinen Bruder, obwohl sie lachend darauf hingewiesen hatte, dass sie nicht oft als Babysitter zur Verfügung stehen könne. Wenn die Feierlichkeiten zu Ende waren, würde sie als Leutnant in der Armee der Vereinigten Staaten dienen.

Sie und Jake waren Marks Taufpaten. Jake hatte großen Gefallen an dieser Rolle gefunden, was sich unter anderem in der Flut von Artikeln über Babypflege äußerte, die er von der Columbia-Universität aus schickte, wo er mittlerweile studierte.

Sam und Alice saßen wenige Reihen von ihnen entfernt. Jean war froh, dass sie zueinander gefunden hatten. Es war wundervoll für beide.

Manchmal hatte Jean noch Albträume, in denen der ganze Horror des Jahrgangstreffens wiederkehrte. Aber oft musste sie auch daran denken, dass diese Umstände sie und Mark zusammengebracht hatten. Und wenn sie die Faxe nicht erhalten hätte, dann hätte sie Meredith vielleicht nie kennen gelernt. Alles hat hier in West Point angefangen, überlegte sie, als die Kapelle die ersten Töne der Nationalhymne anstimmte.

Während der ganzen Zeremonie kehrten ihre Gedanken immer wieder zu dem Frühlingsnachmittag zurück, an dem sich Reed auf die Bank neben sie gesetzt und sie angesprochen hatte. Er war ihre erste Liebe gewesen. Er würde immer in ihrem Herzen bleiben. Und in dem Augenblick, als Kadettin Meredith Buckley aufgerufen wurde, um ihr Diplom in Empfang zu nehmen – jenes Diplom, das Reed nicht mehr vergönnt gewesen war –, hatte Jean das untrügliche Gefühl, dass er hier und heute bei ihnen war.

MARY HIGGINS CLARK

Foto: Bernard Vidal

„Bereits mit fünf liebte ich es, schaurige Geschichten zu erzählen."

Wie lautet das Erfolgsrezept einer weltweit beliebten Krimiautorin, die sich mit bislang 31 Büchern und fünfzig Millionen allein in den USA verkauften Exemplaren den Beinamen „Königin der Spannung" redlich verdient hat? „Ich schreibe über nette Leute, deren Leben plötzlich aus den Fugen gerät", erläutert Mary Higgins Clark, die 1929 in New York geboren wurde. „Wenn sich meine Leser dann in die Lektüre vertiefen, stellen sie fest: Das könnte ja ich sein!"

Trotz ihrer immensen Auflagenzahlen hat sich die ehemalige Stewardess das Bewusstsein dafür bewahrt, dass ein treues Publikum keine Selbstverständlichkeit darstellt. „Ein Schriftsteller, der sich seiner Leser sicher wähnt, ist ein Narr", findet sie deutliche Worte. „Jedes Buch ist wie ein neues Kind. Und die Tatsache, dass ich gesunde Kinder habe, bedeutet noch lange nicht, dass auch das nächste gesund sein muss." Als erfahrene Mutter von fünf Kindern verwendet die Autorin den prägnanten Vergleich nicht von ungefähr.

Ein weiterer Grund für den seit Jahrzehnten anhaltenden Erfolg von Mary Higgins Clark liegt sicherlich auch darin, dass sie sich die Freude an ihrem Beruf erhalten hat – ebenso wie eine unverbrauchte Frische gegenüber dem Krimi-Genre, in dem sie nach anfänglichen Ausflügen in die Welt romantischer Kurzgeschichten ihre literarische Heimat fand: „Wenn ich beim Schreiben selbst ganz nervös werde oder erschrocken aufspringe, wenn das Telefon klingelt, dann sage ich mir: Großartig! Du bist auf dem richtigen Weg."

Ein guter Jahrgang

PETER MAYLE

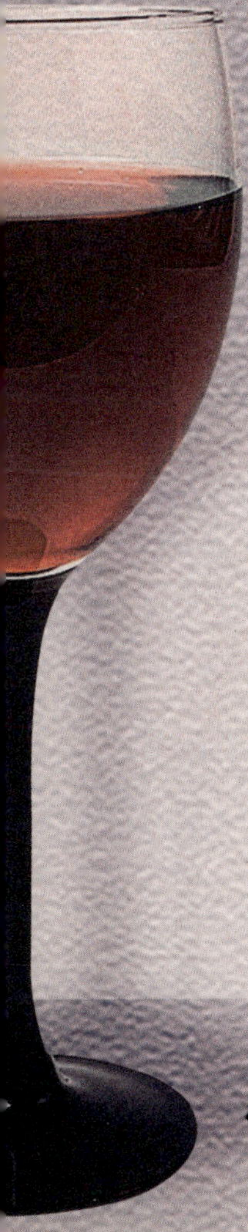

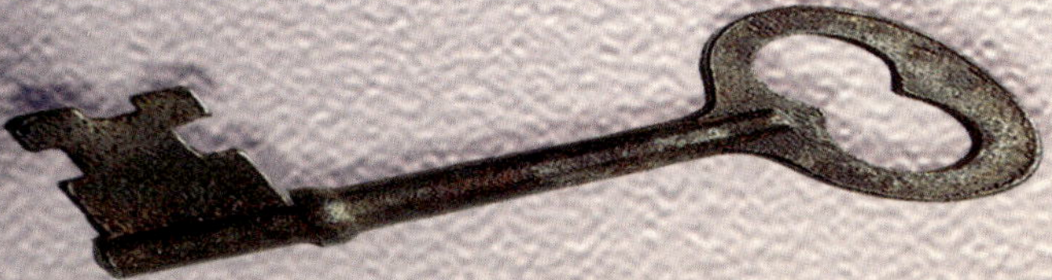

„Kauf dir eine Baskenmütze!“,
rief Charlie.
„Lern Traktor fahren!
Mach dir zur Abwechslung
mal die Hände schmutzig!
Du wirst sehen,
das macht Spaß.“

EINS

Hochsommer in London. Als Max Skinner die Rutland Gate entlangtrabte und in den Hyde Park lief, fühlten sich die Regentropfen auf der Haut beinahe warm an. Im grauen Zwielicht huschten verschwommene Gestalten vorbei, Menschen, die, genau wie er, beschlossen hatten, noch vor dem Frühstück zu leiden. Abgesehen vom harten Kern der Jogger, lockte dieses Wetter niemanden hinter dem Ofen hervor.

Überdies war es nicht nur zu nass an diesem Morgen, sondern vielleicht auch zu früh. Max pflegte seit geraumer Zeit ziemlich spät im Büro zu erscheinen – oft erst um halb acht –, und Amis, sein direkter Vorgesetzter, war darüber alles andere als erfreut. Heute Morgen aber würde sich das Blatt wenden. Max würde als Erster da sein und dafür sorgen, dass es dem elenden Mistkerl Amis nicht entging! Max hatte ein großes Problem mit seinem Arbeitsleben: Ihm gefiel der Job, aber die Leute waren ihm zuwider, Amis im Besonderen.

Er kehrte auf dem höchsten Punkt der Serpentine Road um und lief in Richtung Albert Memorial zurück, in Gedanken bereits in die Tagesgeschäfte verstrickt. Heute würde die Entscheidung über den Deal fallen, an dem er seit Monaten feilte. Der Abschluss würde ihm einen satten Bonus bescheren, groß genug, um seinen unendlich geduldigen Schneider zu bezahlen und – noch wichtiger – sich die Bank vom Hals zu schaffen. Deren gelegentliches leises Grollen über das ausufernde Minus auf seinem Konto war inzwischen echten Drohbriefen gewichen, die ihn ermahnten, in einem so mageren Jahr den Gürtel enger zu schnallen. Aber das würde sich demnächst ändern.

Von einer Welle der Zuversicht angespornt, setzte er zum Endspurt durch die Rutland Gate an, schüttelte sich wie ein nasser Hund auf der Schwelle des georgianischen Hauses mit der Stuckfassade und schloss die Eingangstür auf. Der Hausmeister des imposanten Bauwerks blickte von seinem Staubsauger auf und schnalzte ungehalten mit der Zunge, als er die nassen Fußabdrücke erspähte, die Max auf dem Teppich hinterließ.

„Tut mir Leid, Bert.“ Max starrte schuldbewusst auf den Teppichboden.

Bert schniefte. „Haben Sie wenigstens ein paar Aktientipps auf Lager?"

Max blieb vor der Fahrstuhltür stehen. „Zum Tiefstkurs kaufen – zum Höchstkurs verkaufen. Aber behalten Sie's für sich!"

Bert schüttelte den Kopf. Ganz schön dreist, sich so über ihn lustig zu machen. Andererseits war Max Skinner der Einzige im Haus, der seinen Geburtstag mit einer Flasche Scotch zur Kenntnis nahm. Und Weihnachten ließ er sich auch nicht lumpen. Im Grunde ist er in Ordnung, dachte Bert, während er den Staubsauger über die nassen Fußspuren schob.

Max' Luxusapartment im zweiten Stock wurde lediglich als Schlafplatz genutzt. Es enthielt ein paar kantige avantgardistische Möbelstücke, an denen man sich ständig blaue Flecken holte, eine verstaubte Grünpflanze in beklagenswertem Zustand und eine Batterie von Stereo- und Videogeräten. Obwohl er bereits seit zwei Jahren hier wohnte, hatte Max es erfolgreich vermieden, dem Apartment eine persönliche Note zu verleihen.

Er ging in die winzige, weitgehend unbenutzte Küche, öffnete den Kühlschrank, der bis auf eine Flasche Wodka und eine Packung Orangensaft leer war, und nahm den Orangensaft mit ins Bad. Die Dusche nach dem Laufen war die tägliche Belohnung für eine seiner wenigen gesunden Gewohnheiten. Er arbeitete zu hart, aß zu unregelmäßig, schlief zu wenig und trank zu viel. Aber sein Lauftraining absolvierte er, komme, was da wolle. Außerdem war er ja noch jung. Bis zu seinem vierzigsten Geburtstag blieben ihm noch ein paar Jährchen, um sein Leben und seine Finanzen so weit auf die Reihe zu bringen, dass er häuslich werden und vielleicht sogar einen zweiten Versuch wagen konnte, in den Hafen der Ehe einzulaufen.

Er musterte sich im Spiegel: blaue Augen, kurz geschnittenes dunkelbraunes Haar, die Haut straff über den hohen Wangenknochen, keine sichtbaren Tränensäcke oder Falten – noch nicht. Könnte schlimmer sein, dachte er zufrieden.

Fünf Minuten später war er gewappnet, in der Einheitskluft des dynamischen Jungmanagers das Finanzuniversum zu erobern: dunkler Anzug, blaues Hemd, dunkle Krawatte. Er steckte Handy und Autoschlüssel ein, eilte mit eingezogenem Kopf durch den Nieselregen und stieg in den schwarzen BMW. Heute würde er endlich den seit langem angebahnten Deal unter Dach und Fach bringen, dachte er wieder. Danach den Bonus kassieren, seinem Apartment den letzten Schliff verpassen und sich eine Putzfrau zulegen, die es makellos rein hielt. Nicht einmal die Wettervorhersage im Radio – schwere Regenfälle, unter Umständen sogar Hagel – konnte seine Laune beeinträchtigen. Heute würde ein guter Tag werden.

So früh am Morgen sollten zwanzig Minuten reichen, um in die geheiligten Hallen von Lawton Brothers zu gelangen. Die Firma war in den Achtzigerjahren gegründet worden und hatte in den Neunzigern beispiellos geboomt. Bei ihren Akquisitionen hatten sich die beiden Lawton-Brüder den Ruf erworben, ertragsschwache, aber substanzstarke Firmen mit einer Unverfrorenheit auszuschlachten, um die sie von vielen Konkurrenten beneidet wurden. In der Finanzpresse wurde das Unternehmen wegen seiner beinharten, effizienten Führungsriege oft als Aushängeschild der Branche gepriesen, bestens angepasst an die neuen rauen Zeiten.

Als Max den Ludgate Hill hinunterfuhr, klingelte sein Handy. Es war kurz vor halb sieben.

„Haben Sie sich heute Morgen freigenommen, oder was?", hörte er Amis' Stimme, näselnd und aggressiv. „Wir müssen miteinander reden. Sehen Sie zu, dass Sie spätestens bis zur Mittagspause hier sind. Tracy wird Ihnen sagen, in welchem Restaurant Sie mich finden."

Wird wohl nichts aus meinem guten Tag, dachte Max. Eigentlich konnte kein Tag wirklich gut sein, an dem er mit seinem Vorgesetzten zu tun hatte. Die gegenseitige Abneigung hatte schon bei der ersten Begegnung der beiden Männer in der Luft gelegen, als Amis nach dreijährigem Aufenthalt in New York zurückgekehrt war und die Leitung der Londoner Lawton-Niederlassung übernommen hatte. Ihr Verhältnis zueinander war von Anfang an voll Spannungen gewesen. Zu unterschiedlich war ihre Herkunft. Max war das Produkt einer Mittelklasseidylle in der heilen grünen Welt der Hügel von Surrey. Amis stammte aus den düsteren Außenbezirken Südlondons, einer Welt, die weder heil noch grün war. Sie waren weniger als dreißig Kilometer voneinander entfernt aufgewachsen, und doch trennten sie Welten. Max bildete sich ein, gegen jeden Anflug von Snobismus gefeit zu sein. Amis bildete sich ein, keinerlei Komplexe zu haben. Sie irrten beide. Nur widerstrebend erkannte einer die Fähigkeiten des anderen an, und so hatten sie mit Mühe und Not gelernt, einander zu ertragen.

Während Max den BMW auf seinen Tiefgaragenparkplatz lenkte, zerbrach er sich den Kopf darüber, was der Grund für die heutige Besprechung sein könnte. Das Mittagessen bei Lawton Brothers bestand normalerweise aus einem Sandwich am Schreibtisch, die Augen unbeirrt auf den Bildschirm des Computers geheftet. Eine warme Mahlzeit galt als „etwas für Weicheier" – und jetzt redete Amis plötzlich von einem richtigen Mittagessen, in einem richtigen Restaurant. Sonderbar! Max rätselte immer noch, als er aus dem Fahrstuhl trat und sein Büro ansteuerte.

Er hängte seine Jacke auf und machte sich ans Werk. Sorgfältig ging er ein letztes Mal die Zahlen für *TransAx* und *Richardson Bell* durch, die beiden Unternehmen, die er an einen der größten Lawton-Kunden verhökern wollte. Er prüfte die Zahlen doppelt und dreifach, und jedes Mal kam er unter dem Strich zum gleichen Ergebnis. Nun mussten nur noch die beiden Lawton-Brüder grünes Licht geben, und schon wäre Max um eine sechsstellige Summe reicher.

Er reckte sich und warf einen Blick auf die Uhr. Es war kurz nach zwölf. Siedend heiß fiel ihm ein, dass er keine Ahnung hatte, wo Amis ihn zum Essen erwartete. Er sprang auf und eilte durch den Gang zu Tracy, einer energischen, gut gebauten jungen Frau, die unlängst von Amis' Sekretärin zu seiner persönlichen Assistentin befördert worden war. Wie man im Büro munkelte, war das die unmittelbare Folge eines romantischen Wochenendes, das sie mit ihrem Chef in Paris verbracht hatte. Bedauerlicherweise hatte der Aufstieg ihrem Charakter geschadet: Sie war ziemlich hochnäsig geworden.

Max setzte sich auf die Kante ihres Schreibtisches und deutete mit einem Kopfnicken auf Amis' verwaistes Büro. „Steht die Verabredung zum Mittagessen noch, oder ist er damit beschäftigt, die Börse aufzumischen?"

Tracy machte ein Gesicht, als würde sie ihm gleich die rote Karte zeigen. „Mr Amis erwartet Sie im ‚Leadenhall Cellars', Punkt halb eins."

Max runzelte die Stirn. Das Cellars war eine ehemalige Lagerhalle des alten Marktes von Leadenhall, die man in eine edle Wine Bar umgewandelt hatte. Hier trafen sich die jungen, dynamischen Finanzhaie der City während der Mittagspause. Trotz der nackten Backsteinwände gehörte das Lokal zu den teuersten Gourmettempeln Londons.

„Er will wohl seine Ersparnisse plündern", sagte Max. „Haben Sie eine Ahnung, worum es geht?"

Tracy blickte auf ihren Schreibtisch und zuckte mit den Schultern. „Tut mir Leid." Ihr beiläufiger Ton klang alles andere als überzeugend, fand Max.

„Tracy, ich wollte Sie schon die ganze Zeit etwas fragen."

Sie sah auf.

„Wie war's eigentlich in Paris?"

Es stimmte also! Sie wurde feuerrot, und zufrieden ging Max in sein Büro, um Jacke und Regenschirm zu holen und sich für einen Spurt zur Leadenhall Street zu rüsten. Keine Frage, er würde zu spät kommen.

Als er das rappelvolle Gewölbe betrat, saß Amis bereits am Tisch, das Handy am Ohr. Er trug ein auffallend gestreiftes Hemd mit weißem Kragen, dazu eine mit Bullen und Bären gemusterte Krawatte, die so gar nicht zu seinem harten, schmallippigen Gesicht passen wollte. Was Amis auch anzog, er sah immer aus, als hätte er einiges auf dem Kerbholz. Doch wenn es darum ging, ein gutes Geschäft zu wittern, war er ohne Zweifel ein Genie, und deshalb stand er bei den Lawton-Brüdern hoch im Kurs.

Amis beendete sein Gespräch und sah demonstrativ auf seine goldene Uhr. „Was war los? Haben Sie sich verlaufen?“

Max schenktc sich ein Glas Rotwein aus der Flasche ein, die auf dem Tisch stand. „Tut mir Leid. Regenschirmstau in der Leadenhall Street.“

Amis grunzte und winkte die Bedienung herbei. „Wissen Sie, was mich glücklich machen würde, Schätzchen?“ Er zwinkerte ihr mit einem anzüglichen Grinsen zu. „Ein schönes Steak, gut durchgebraten, ohne einen Tropfen Blut. Davon fließt in meinem Büro genug.“ Die Bedienung gab sich redlich Mühe zu lächeln. „Dazu Pommes frites. Und als Nachspeise die Crème brulée.“ Sein Handy zirpte, er nahm das Gespräch an und begann zu murmeln, während Max Lammkoteletts und Salat bestellte.

Amis legte das Telefon auf den Tisch und trank einen kräftigen Schluck Wein. „Also“, sagte er, „dann klären Sie mich mal über den derzeitigen Stand bei TransAx und Richardson Bell auf.“

Während der nächsten halben Stunde betete Max die Unternehmenszahlen herunter und erklärte seine Strategie, wie sich mit den Vermögenswerten der beiden Firmen eine goldene Nase verdienen ließe – eine Strategie, an der er seit Beginn des Jahres getüftelt hatte. Amis aß sein Steak und machte sich Notizen auf einem Block, der neben seinem Teller lag. Er trug weder mit einer Frage noch mit einem Kommentar zum Gespräch bei.

Als Max seinen Monolog beendet hatte, schob er die Reste der Lammkoteletts beiseite. „Das war's. Haben wir uns deswegen hier getroffen?“

„Nicht wirklich.“ Amis beschäftigte sich ausgiebig mit einem Zahnstocher. Offensichtlich genoss er es, Max auf die Folter zu spannen. „Ich habe mich mit den Lawton-Brüdern über Sie unterhalten“, sagte er schließlich. „Und die beiden teilen meine Besorgnis.“

„Wovon reden Sie?“

„Von Ihren Leistungen, mein Freund. Ihre Arbeitsergebnisse in diesem Jahr sind ein Trauerspiel.“

„Ihnen ist bekannt, womit ich das letzte halbe Jahr beschäftigt war. Ich habe es Ihnen gerade noch mal geschildert.“ Max musste sich zusammenreißen, um nicht laut zu werden. „Und dass sich Transaktionen dieser Größenordnung nicht übers Knie brechen lassen, wissen Sie genauso gut wie ich. Gut Ding will Weile haben.“

Amis begrüßte die Ankunft seiner Crème brulée, indem er der Bedienung abermals zuzwinkerte. „Das zieht nicht bei mir, mein Freund, das zieht nicht. Wollen Sie wissen, woran es hapert?“ Er musterte Max und nickte bedächtig. „Sie haben Ihren Killerinstinkt verloren.“

„Das ist doch Blödsinn, und das wissen Sie auch. Beide Firmen sind erst jetzt reif zum Abschuss. Die Übernahme ist so gut wie geritzt.“

Amis funkelte ihn listig an. „Sie haben es erkannt.“

„Was soll das heißen?“

„Dass ich den Rest erledigen werde.“ Amis verleibte sich den nächsten Löffel ein.

Max holte tief Luft. „Ich schätze, da haben die Lawtons auch noch ein Wörtchen mitzureden. Sie sind …“

„Zu spät, mein Lieber. Das ist bereits geklärt. Die beiden haben mir heute Morgen grünes Licht gegeben.“

Max sah das Ergebnis monatelanger Arbeit mit einem Schlag zunichte gemacht. Noch schlimmer: Er sah, wie *sein* Bonus auf Amis' Konto verschwand, während sich seine unbezahlten Rechnungen stapelten und die Bank die Schlinge um seinen Hals immer enger zog. „Aber das können Sie nicht machen. Das ist Diebstahl geistigen Eigentums!“

„So ist das nun mal in unserer Branche, da wird mit harten Bandagen gekämpft. Kein Grund, nachtragend zu sein. Ich mache Ihnen ein Angebot: Ich habe da von einer kleinen Konstruktionsfirma gehört, aber dafür fehlt mir im Moment die Zeit. Die dürfen Sie übernehmen.“

Max erinnerte sich mit einem Mal an einen Rat, den ihm sein Onkel Henry vor vielen Jahren erteilt hatte – *lieber aufrecht sterben als geduckt leben* –, und er fasste einen Entschluss. „Wissen Sie was?“ Er beugte sich über den Tisch. „Stecken Sie sich Ihre kleine Konstruktionsfirma sonst wohin. Ich arbeite nicht länger für einen Verbrecher wie Sie!“

Amis beobachtete zufrieden, wie Max seinen Stuhl zurückschob. Das Mittagessen war ganz nach Plan verlaufen. Zum einen hatte er einen detaillierten Bericht über die geplante Transaktion erhalten, und zum anderen entfiel, da Max von sich aus das Handtuch geworfen hatte, die Zahlung einer Abfindung. Perfekt!

„Ganz, wie Sie wollen“, erwiderte er. „Das ist Ihre Entscheidung. Sorgen Sie dafür, dass Ihr Schreibtisch bis heute Abend ausgeräumt ist, okay?“

Max stand auf, aber Amis war noch nicht fertig mit ihm.

„Was ist mit dem Firmenwagen?“ Er streckte die Hand aus. „Sie können mir den Autoschlüssel gleich geben.“

Max holte den Schlüssel aus seiner Tasche, zögerte einen Moment – und ließ ihn dann in Amis' halb verspeiste Crème brulée fallen.

Amis sah ihm nach. Dann nahm er sein Handy und tippte Tracys Nummer ein.

Auf dem Rückweg ins Büro fühlte sich Max hin und her gerissen zwischen unbändiger Freude und leisem Entsetzen. Der Gedanke an ein Leben ohne Amis erschien ihm paradiesisch, aber die Zeiten waren schlecht, um auf der Straße zu stehen. Ihm war klar, dass er in der Klemme steckte.

Als er sein Büro betrat, wartete Tracy bereits mit zwei Männern vom Sicherheitsdienst auf ihn. „Na, so was", staunte Max. „Glaubt ihr, ich will den Teppich mitgehen lassen?"

„Das ist Vorschrift, wenn uns jemand verlässt", sagte Tracy kühl. Beim Hinausgehen wandte sie sich an die Männer vom Sicherheitsdienst: „Bleiben Sie bei ihm, bis er fertig ist; danach geben Sie mir Bescheid."

Max blickte sich in dem Raum um, in dem er während der letzten anderthalb Jahre den Großteil seiner Zeit verbracht hatte. Was sollte er hier mitnehmen? Er zuckte mit den Schultern. „Das war's schon, Jungs", sagte er zu den beiden Männern und verließ das Büro.

Als er auf die Straße hinaustrat und ein freies Taxi entdeckte, das sich im strömenden Regen näherte, hob er automatisch den Arm, um es herbeizuwinken. Doch dann fiel ihm ein, dass er sich soeben ins Heer der Arbeitslosen eingereiht hatte, und er winkte das Taxi weiter. Auf dem Weg zur U-Bahn-Station spürte er, wie die Nässe durch seine Schuhsohlen drang.

In seiner Wohnung angekommen, kickte er die Schuhe von den Füßen und zog die Socken aus. Er entledigte sich seiner Jacke und Krawatte und ließ sich auf die Couch fallen; seine ganze Energie war plötzlich wie weggeblasen. Statt zum Wodka zu greifen, schaltete er den Fernseher ein. Eine Kochsendung … ein Tierfilm … Golf, das Schlafmittel mit sofortiger Wirkung. Max nickte ein und träumte davon, Amis in einem großen Fass Crème brulée zu ersäufen.

Es war bereits Abend, als das Telefon ihn weckte. Die Golfspieler auf dem Bildschirm schienen keinerlei Fortschritte gemacht zu haben, seit Max sie vor ein paar Stunden ihrem Schicksal überlassen hatte. Er schaltete den Fernseher aus und nahm den Hörer ab.

„Da bist du ja endlich! Ich hab versucht, dich im Büro zu erreichen, aber da hieß es, du seist früher gegangen. Alles in Ordnung?" Es war Charlie, sein bester Freund und sein Exschwager in einer Person.

Max gähnte. „Na ja, wie man's nimmt. Heute war einer von diesen Tagen, die man am besten aus dem Kalender streicht."

„Dann kann's nur noch besser kommen. Heute Abend werden wir beide nämlich die Beförderung von Charles Willis feiern, einem aufgehenden Stern in der Immobilienbranche. Vor ein paar Stunden haben mich Bingham & Trout in die Führungsriege ihrer Firma aufgenommen."

„Das ist ja fantastisch. Herzlichen Glückwunsch, Charlie!"

„Danke, danke. Komm her, und hilf mir beim Champagner."

„Wo bist du denn?"

„Einer meiner Kunden hat gerade ein Lokal an der Portobello Road aufgemacht. ‚Pinot' heißt es – toller Schuppen, tolle Weinkarte und sämtliche Schönheiten von Notting Hill in durchsichtigen Fummeln. Ich kann sie mir kaum noch vom Leib halten."

Max lächelte, als er ins Schlafzimmer ging, um sich umzuziehen. Seit ihrer gemeinsamen Schulzeit war Charlie stets ein Lichtblick gewesen, wenn es galt, jemanden aufzumuntern.

Als er die Treppe hinunterlief, pfiff er leise vor sich hin. Auf dem Weg durch die Eingangshalle blieb er stehen, um einen Blick in seinen Briefkasten zu werfen.

Außer dem üblichen Wust von Mahnungen und Reklame war da ein Umschlag mit einer französischen Briefmarke, der seine Aufmerksamkeit fesselte. Links oben befand sich der Name des Absenders: Cabinet Auzet, Notaires, Rue des Remparts, 84903 Saint-Pons.

Max schickte sich an, das Kuvert zu öffnen, doch dann beschloss er, sich die Lektüre für die langweilige U-Bahn-Fahrt aufzusparen. Er steckte den Umschlag in die Tasche, stopfte die restliche Post in den Briefkasten zurück und machte sich auf den Weg.

ZWEI

Während die U-Bahn von South Kensington nach Notting Hill ratterte, holte Max den Brief aus der Tasche. Er las ihn einmal, dann ein zweites Mal, wobei sein eingerostetes Französisch allmählich wieder in Gang kam. Er war so geistesabwesend, dass er um ein Haar die Station verpasst hätte, an der er aussteigen musste, und als er die dicken Glastüren des Restaurants aufstieß, war er immer noch in Gedanken versunken.

Der Krach in dem Lokal, das brechend voll war, schlug wie eine Welle über ihm zusammen. Eine kurvenreiche junge Frau in einem hautengen Kleidungsstück, das an schwarze Klebefolie erinnerte, kam mit gekonntem Hüftschwung und klimpernden Wimpern auf ihn zu.

„Hatten Sie für heute Abend einen Tisch reserviert?"

„Ich bin mit Mr Willis verabredet."

„Oh, mit Charlie. Natürlich. Wenn Sie mir bitte folgen würden."

„Bis ans Ende der Welt", erwiderte Max. Die junge Frau kicherte und eilte mit wiegendem Gang voraus.

Charlie, der an einem Ecktisch saß, grinste, als er Max erspähte. „Aha, wie ich sehe, hast du bereits die Bekanntschaft der reizenden Monica gemacht. Ist sie nicht eine Augenweide?"

Monica lächelte ihm zu, bevor sie zu ihrem Empfangspult zurückkehrte.

Max betrachtete das rosig angehauchte Gesicht seines Freundes. Der gute alte Charlie! Niemand wäre auf die Idee gekommen, ihn als gut aussehend zu bezeichnen. Er war übergewichtig, nachlässig gekleidet und immer schlecht frisiert, machte dieses Manko jedoch durch jede Menge Charme, seelenvolle braune Augen und grenzenlose Begeisterung für seine jeweilige Begleiterin wett. Frauen fanden diese Mischung offenbar unwiderstehlich. Nur mit einiger Anstrengung war es Charlie bisher gelungen, den Fallstricken der Ehe zu entgehen.

Max hatte in dieser Hinsicht weniger Glück gehabt. Er hatte vor einigen Jahren die Dummheit begangen, Charlies Schwester Annabel zu heiraten. Die Ehe hatte von Anfang an unter einem schlechten Stern gestanden, und am Ende war Annabel mit einem Filmregisseur nach Los Angeles durchgebrannt, was Charlie scharf verurteilte. „Bei der ist Hopfen und Malz verloren", hatte er zu Max gesagt. „Ich konnte sie noch nie ausstehen; sei froh, dass du sie los bist." So hatte ihre Freundschaft die Ehe nicht nur überdauert, sondern war sogar gestärkt aus dieser Prüfung hervorgegangen.

„Stell dir vor, sie haben mein Gehalt verdoppelt, mir einen Mercedes plus Unternehmensanteile gegeben und gesagt, dass sie mir völlig freie Hand lassen", erklärte Charlie jetzt und schenkte Champagner ein. „Der heutige Abend geht also auf meine Rechnung." Er hob sein Glas.

„Gratuliere, Charlie! Du hast es verdient." Max trank einen Schluck und betrachtete nachdenklich die Bläschen in seinem Glas.

Charlie sah ihn schräg von der Seite an. „Du sagtest vorhin, heute sei ein Tag, den man am besten aus dem Kalender streicht. Was ist los?"

Max schilderte sein Mittagessen mit Amis und die demütigenden Szenen, als er die Autoschlüssel zurückgeben musste und zwei Wachhunde in Uniform über seinen Schreibtisch gebeugt vorfand. „Das sind die schlechten Neuigkeiten: kein Bonus, kein Job, kein fahrbarer Untersatz. Aber dann kam das hier mit der Post.“ Er schob den Brief über den Tisch.

Ein einziger Blick genügte, und Charlie schüttelte den Kopf. „Solchen Herausforderungen ist mein Französisch nicht gewachsen.“

„Erinnerst du dich noch daran, dass ich früher in den Sommerferien immer nach Frankreich geschickt wurde? Onkel Henry, der Bruder meines Vaters, lebte dort – ungefähr eine Stunde von Avignon entfernt – in einem großen alten Haus, von Weinbergen umgeben, unweit eines kleinen Dorfes. Er spielte Tennis und Schach mit mir, gab mir verdünnten Wein zu trinken und erteilte mir Lektionen über das Leben. Ein netter alter Knabe.“ Max hielt inne, um abermals einen Schluck Champagner zu trinken. „Es ist eine Ewigkeit her, seit ich ihn das letzte Mal gesehen habe. Jetzt wünschte ich, ich hätte ihn öfter besucht, denn er ist vor ein paar Wochen gestorben.“

Charlie murmelte Beileidsbekundungen.

„Wie dem auch sei – Onkel Henry war unverheiratet und hatte keine Kinder.“ Max nahm den Brief zur Hand. „Wie aus seinem Testament hervorgeht, bin ich sein einziger lebender Verwandter. Und es sieht so aus, als hätte er mir alles vermacht: das Haus, zwanzig Hektar Land, Mobiliar, den gesamten Besitz.“

„Zwanzig Hektar? Das klingt nach Ländereien. Nach einem Château.“

„So bombastisch habe ich es nicht in Erinnerung, aber es ist auf jeden Fall ein weitläufiges Anwesen.“

„Mit Weinbergen, sagtest du?“

„Richtig. Weingärten, genauer gesagt – so weit das Auge reicht.“

„Na, wenn das keine Neuigkeit ist, die gewürdigt werden muss.“ Charlie hob die Hand, machte den Ober auf sich aufmerksam und verlangte die Weinkarte. „Wir haben etwas zu feiern“, sagte er. „Mein Freund hat gerade ein Château und einen Weinberg in Frankreich geerbt, deshalb suchen wir etwas Passendes; ich dachte dabei an einen Bordeaux.“ Er hob drohend den Finger. „Keine von diesen Neuerscheinungen aus Übersee.“

Charlie und der Ober beugten sich über die Karte, während Max sich im Raum umsah: glamouröse Frauen und betuchte Männer, Londons privilegierte Schicht, alle in lebhafte Konversation verstrickt.

Er blickte wieder auf den Brief und fragte sich, wie viel das Anwesen wohl einbringen mochte, falls er beschließen sollte, es zu verkaufen; mit Sicherheit mehr als genug, um ihn aus der Finanzmisere zu retten, in der er steckte. Er hob sein Glas und brachte insgeheim einen Toast auf Onkel Henry aus.

„Ausgezeichnet", sagte Charlie. „Den nehmen wir."

Der Ober schürzte die Lippen und nickte zustimmend, bevor er sich auf den Weg machte, um den Wein zu holen.

„Du weißt, dass ich einen guten Tropfen von jeher zu schätzen weiß", sagte Charlie, an Max gewandt. „Doch nach der Beförderung heute will ich mein Hobby ernsthaft betreiben und mir einen Weinkeller zulegen. Ich besuche ja seit geraumer Zeit ein Abendseminar, um die fachkundige Weinverkostung zu lernen. Wirklich aufregend!"

Der Ober kehrte zurück, und Charlie verstummte, um sich die feierliche Öffnungszeremonie nicht entgehen zu lassen. Die Flasche wurde zur Begutachtung präsentiert, die Metallkapsel entfernt, der Korken gezogen und beschnüffelt und die rubinrote Flüssigkeit mit geübter Sorgfalt dekantiert, wobei etwas mehr als ein Mund voll in ein Glas abgezweigt wurde.

Jetzt kam Charlies großer Auftritt. „Es gibt fünf Schritte, die den entscheidenden Unterschied zwischen der Kunst des Trinkens und dem Akt des bloßen Schluckens ausmachen", sagte er. Der Ober sah ihn mit der Geduld eines Menschen an, der weiß, dass ihm ein großzügiges Trinkgeld sicher ist. „Der erste Schritt ist die mentale Vorbereitung." Er erwies dem Glas einige Sekunden still die Ehre, bevor er es zum Licht erhob. „Der nächste ist ein Augenschmaus." Er hielt das Glas schräg, sodass man die Farbschattierungen erkennen konnte – ein dunkles Rot, das nach oben hin zu einem helleren Ton verblasste und am Rand eine schwache bräunliche Färbung aufwies. „Und jetzt kommt die Nase auf ihre Kosten." Er ließ den Wein sanft kreisen, bevor er seine Nase in das Glas versenkte und tief inhalierte. „Ah", stöhnte er mit geschlossenen Augen. „Ah!"

Max kam sich wie ein Voyeur vor, der einen Menschen bei einer zutiefst persönlichen Verrichtung beobachtet. In den langen Jahren ihrer Freundschaft hatte ihn die Begeisterung, mit der Charlie seine wechselnden Hobbys in Angriff nahm, stets aufs Neue belustigt, angefangen beim Skateboarden während der Schulzeit bis hin zu Karate, einer Passion, die ihn seit einem Jahr auf Trab hielt. Seit neuestem hatte offenbar der Wein seine Gunst gewonnen.

„Und nun die kleinen Freuden für Zunge und Gaumen." Charlie nahm einen Schluck und behielt ihn im Mund, während er ein wenig Luft durch die Zähne sog und dabei ein leises Schlürfen von sich gab. Ein paar Sekunden kaute er, bevor er schluckte. „Hm. Der letzte Schritt ist die Würdigung,

Botschaften vom Gaumen ans Gehirn." Er nickte dem Ober zu. „Recht ordentlich. Sie können ihn eine Weile atmen lassen."

„Sehr beeindruckend", staunte Max. „Wie im Theater. Hast du das in deinem Weinverkostungsseminar gelernt?"

Charlie nickte. „Bisher nur das Basiswissen. Es ist erstaunlich, was für ein Unterschied allein dadurch entsteht, dass man sich Zeit lässt und sich auf das Trinken konzentriert. Doch erzähl mir von deinem Château."

„Von dem *Haus*, Charlie." Max schwieg einen Moment und kramte in seinem Gedächtnis. „Es ist ziemlich alt, stammt aus dem achtzehnten Jahrhundert, glaube ich, und ist eine so genannte *bastide*, also eine oder zwei Klassen besser als ein Bauernhaus. Es hat große Räume, hohe Decken, geflieste Fußböden und dicke Mauern. Ich erinnere mich, dass es drinnen immer kühl war – kühl und ziemlich chaotisch, ehrlich gesagt. Onkel Henry hielt nicht viel von Hausarbeit. Eine alte Zugehfrau kam einmal in der Woche und verteilte den Staub um, wenn sie nicht gerade an der Flasche hing. Zur Mittagszeit war sie meist schon nicht mehr ansprechbar."

Charlie nickte. „Und jetzt rück mal ein paar sachdienliche Informationen heraus, an denen sich ein Immobilienmakler entlanghangeln kann: Anzahl der Schlafzimmer, Empfangsräume, Badezimmer, architektonische Merkmale wie Türmchen, Zinnen oder Erker …"

„Großer Gott, das klingt, als wolltest du eine Werbeanzeige in einer Schöner-Wohnen-Zeitschrift aufgeben. Es ist Jahre her, seit ich das letzte Mal dort war. Ich erinnere mich, dass es eine Bibliothek mit einem ausgestopften Bären gab, ein Speisezimmer, das wir nie benutzten, weil wir immer in der Küche aßen, ein weitläufiges Wohnzimmer mit Deckengewölbe, einen Weinkeller …" Er überlegte. „Dann war da eine Reihe von Mansardenzimmern, die sich über den gesamten dritten Stock des Hauses erstreckten … außerdem ein halbes Dutzend Schlafzimmer und zwei oder drei Badezimmer, glaube ich. Ach ja, und ein Tennisplatz und einige Nebengebäude – Scheunen oder Ställe und dergleichen. Und im Hof gab es einen alten Springbrunnen."

„Ich sehe es regelrecht vor mir. Klingt, als wäre es ein imposantes altes Herrenhaus. Ist die Bausubstanz einigermaßen in Schuss? War in den letzten hundert Jahren mal ein Fachmann da, der irgendetwas restauriert hat?"

Max schüttelte den Kopf.

„Und wie würdest du das Interieur beschreiben?"

„Nichts Hochherrschaftliches, eher ein bisschen schäbig."

Nun war es an Charlie, den Kopf zu schütteln. „Nein, nein, Max, das heißt nicht schäbig. Wir sprechen von Patina oder vom verblassten Zauber einer längst vergangenen Zeit."

„Natürlich, ganz, wie du meinst. Davon gibt es jedenfalls genug."

Der Wein, der offenbar genug geatmet hatte, wurde eingeschenkt, bewundert und gekostet. Charlie blickte seinen Freund an, die Nase immer noch über dem Glas. „Wie würdest du ihn einstufen?"

Max probierte einen weiteren Schluck, rollte den Wein im Mund, wie Charlie es getan hatte. „Gut. Verdammt gut sogar."

Charlie verdrehte die Augen. „So darf man doch ein solches Kunstwerk nicht beschreiben! Du solltest dir den Wortschatz eines Kenners zulegen." Er warf sich in Pose, hielt das Glas am Stiel und schwenkte es behutsam. „Entdecke ich da welkende Tulpen? Beethoven in melancholischer Stimmung? Die Komplexität, die beinahe gotischen Strukturen ..." Er grinste, als er Max' Miene gewahrte. „Auf solches Gewäsch fahren einige der so genannten Weinkenner ab. Aber im Ernst: Das ist ein ganz außergewöhnlicher Wein." Seine Worte waren mehr an sich selbst als an Max gerichtet. „Sobald ich meine Schäfchen im Trockenen habe, werde ich ihn mir jeden Tag gönnen. Vielleicht lege ich mir sogar ein eigenes Weingut zu." Er zwinkerte Max zu. „Du hast bereits eines, du Glückspilz."

„Wer weiß, wie lange noch. Ich fürchte, ich werde es verkaufen müssen."

Charlie zuckte zusammen, dann setzte er eine geschäftsmäßige Miene auf. „Man sollte den Verkauf von Land niemals übereilen. Land ist eine Ware, die nicht mehr hergestellt wird, habe ich mir sagen lassen. Verpachte deinen Grundbesitz, oder heb ihn für Notzeiten auf, aber trenn dich nicht davon! Außerdem müsstest du mit einem Weinanbaugebiet von zwanzig Hektar eigentlich dein Auskommen dauerhaft sichern können."

Max erinnerte sich an das Meer von Grün rings um das alte Haus. Wenn seine Erinnerung nicht trog, war immer ein Mann auf einem Traktor am Horizont sichtbar gewesen. Onkel Henry hatte ihn Russell oder so ähnlich genannt. Wenn er zu Besuch kam, brachte er den Geruch von Knoblauch und Motoröl mit. „Ich weiß nicht, Charlie. Das ist nichts für Amateure."

Charlie nahm einen ausgiebigen Schluck. „Nur nicht so verzagt! Der Typ aus unserem Seminar hat mir alle möglichen faszinierenden Dinge erzählt. Hast du zum Beispiel jemals etwas von Garagenweinen gehört?"

Max schüttelte den Kopf.

„Wenn du dich wichtig machen willst, kannst du auch von Designerweinen reden. Kleine Spitzenweingüter, kleine Produktionsmengen, Mammutpreise. *Château Le Pin* ist im Augenblick wohl der bekannteste Erzeuger.

Fünftausend Pfund kostet die Kiste im Schnitt, manchmal sogar mehr. Nicht schlecht, wenn man derjenige ist, der die Trauben anbaut, oder? Und auf zwanzig Hektar kann man eine Menge Trauben anbauen." Charlie betrachtete seinen Freund mit dem langen, eindringlichen Blick, den er mit durchschlagender Wirkung bei Frauen einsetzte oder wenn er seinen Klienten ein besonders teures Objekt schmackhaft machen wollte.

Max konnte sich des Gefühls nicht erwehren, als sollte er in eine völlig neue berufliche Laufbahn gelotst werden. Je tiefer der Pegel in der Weinkaraffe sank, desto mehr verfestigte sich dieser Eindruck. Irgendwann verzichtete Charlie vollends auf Argumente und appellierte nur noch an Bedürfnisse und Wünsche, die er im Unterbewusstsein seines Freundes vermutete. „Kauf dir eine Baskenmütze!", rief er. „Lern Traktor fahren! Mach dir zur Abwechslung mal die Hände schmutzig! Du wirst sehen, das macht Spaß."

Und seine Appelle verfehlten ihre Wirkung nicht. Die Vorstellung, das regnerische, trost- und stellenlose London gegen den warmen, lichten Süden einzutauschen, war für Max sehr verlockend. Außerdem reizte es ihn, die Realität an seinen Erinnerungen aus der Jugend zu messen: War das alte Haus wirklich so groß, wie es ihm vor Augen stand? Rochen die Zimmer immer noch nach Lavendel? Waren die Geräusche eines Sommernachmittags die gleichen, die Mädchen im Dorf genauso hübsch wie früher?

„Das Problem ist: Ich bin blank", sagte er ernüchtert. „Mir steht das Wasser bis zum Hals. Ich kann es mir nicht leisten, nach Südfrankreich abzuhauen. Ich muss mir einen neuen Job besorgen. So einfach ist das."

Charlie beugte sich über den Tisch. „Ach was. Du bist an einem Punkt deines Lebens angelangt, an dem du eine beneidenswerte Freiheit genießt: keine Termine, keine Konferenzen, keine Pflichten …"

„Kein Geld …"

„Ein Detail, auf das ich gleich näher eingehen werde. Du hast jedenfalls einen Wendepunkt erreicht, der wie geschaffen dafür ist, dir eine Auszeit zu nehmen, dir anzuschauen, was das Schicksal und Onkel Henry dir in den Schoß gelegt haben, und zu entscheiden, wie es weitergehen soll. Das Wetter da unten ist herrlich, und der kleine Abstecher wird dir gut tun. Im schlimmsten Fall kannst du immer noch beschließen, das Haus zu verkaufen – dann wendest du dich an einen Immobilienmakler aus der Gegend. Und bestenfalls … nun, bestenfalls entscheidest du dich, zu bleiben und das zu tun, was ich auch gern täte: einen Spitzenwein erzeugen, klein, aber fein. Kannst du dir ein schöneres Leben vorstellen?"

Wie immer, wenn Charlie einer Begeisterungsattacke erlag, zog er es vor, die praktischen Probleme zu ignorieren. Max erklärte ihm noch einmal, dass er sich kaum eine Zugfahrkarte nach Brighton leisten konnte, geschweige denn eine Selbstfindungsreise nach Südfrankreich.

„Darauf wollte ich gerade zu sprechen kommen", sagte Charlie, klopfte gegen die Taschen seiner Jacke und zog ein Scheckheft hervor. „Ich verdiene so viel Kohle, dass ich nicht weiß, wohin damit. Meine Wohnung ist abbezahlt, ich bekomme einen Firmenwagen gestellt, und Yachten oder Rennpferde interessieren mich nicht." Er sah Max strahlend an.

„Frauen?"

„Klar, aber die Ausgaben zahle ich aus der Portokasse." Er holte einen Kugelschreiber aus der Tasche und schlug das Scheckheft auf. „Du kannst es ja als Überbrückungskredit betrachten, wenn dir das angenehmer ist." Er schrieb einen Scheck aus und reichte ihn Max. „Da. Das sollte für ein bis zwei Monate reichen, bis die Sache geklärt ist."

Max versuchte die Handschrift zu entziffern und kniff ungläubig die Augen zusammen. „Charlie, ich kann unmöglich …"

„Sei doch nicht so begriffsstutzig! Wenn du das Haus verkaufst, kannst du mir das Geld zurückzahlen. Und solltest du es behalten wollen, wandeln wir das Ganze in eine Art Hypothek um. Das ist die Chance deines Lebens, mein Alter. Du kannst es dir nicht leisten, sie ungenutzt verstreichen zu lassen. Und jetzt: Was hältst du von einem Gläschen Calvados?"

DREI

Als Max nach seinem morgendlichen Lauf unter der Dusche stand und sich das heiße Wasser auf den Kopf prasseln ließ, dachte er über die Veränderungen nach, die sich in den letzten 24 Stunden in seinem Leben ergeben hatten. Sie waren ausnahmslos positiv. Anscheinend hatte er mehr Glück als Verstand. Während er zu Fuß nach Knightsbridge unterwegs war, um eine Tasse Kaffee zu trinken, ertappte er sich dabei, wie er die Marseillaise vor sich hin pfiff.

Der Tag war grau in grau, aber trocken, und so nahm er an einem der Tische Platz, die draußen auf dem Gehsteig standen. Ringsum hatten die Leute ihr Handy am Ohr, telefonierten mit gedämpfter Stimme, schoben Unterlagen hin und her und zogen ihre Uhr zurate, bevor sie sich wieder an die Arbeit begaben. Max hatte beinahe ein schlechtes Gewissen, weil er froh war, dieser Tretmühle entronnen zu sein. Alles, was er heute zu tun hatte, war, Charlies Scheck einzulösen, einen Termin mit dem *notaire* auszumachen und seinen Flug zu buchen.

Zuerst der Notar. Er kramte den Brief des Cabinet Auzet heraus, strich ihn glatt und bereitete sich innerlich auf seine erste französische Unterhaltung seit Jahren vor. Mit einer Fremdsprache ist es genau wie mit dem Fahrradfahren, sagte er sich, als er die Nummer in sein Handy eintippte, man verlernt beides nicht. Dennoch zögerte er einen Moment, als er eine weibliche Stimme vernahm, die widerwillig ein *„Allô?“* von sich gab. Sie klang, als würde er in einem besonders ungünstigen Moment anrufen.

Die Stimme, die der Sekretärin von Maître Auzet gehörte, wie sich herausstellte, verlor einen Teil ihrer Frostigkeit, als Max erklärte, er sei der Neffe von Henry Skinner und Erbe seines Besitzes. Nach mehreren kurzen Pausen, in denen vermutlich der Maître selbst konsultiert wurde, konnte Max für den folgenden Nachmittag einen Termin bekommen. Er trank seinen Kaffee aus und begab sich auf die Suche nach einem Reisebüro.

Wie sich herausstellte, waren die Direktflüge ausgebucht, und so musste er mit einem kurzen Sprung nach Paris und einer Anschlussmaschine vorlieb nehmen, die um die Mittagszeit in Marignane bei Marseille landen sollte. Das Ticket sicher in der Tasche verstaut, legte er einen Zwischenstopp bei seiner Bank ein und verbrachte den Rest des Tages damit, seinen Haushalt zu ordnen. Immerhin war es gut möglich, dass er länger fortblieb.

Am Abend, als er seine Siebensachen gepackt hatte, schenkte er sich den restlichen Wodka ein und blickte aus dem Fenster in den Dunst hinaus. Das Gefühl der Spannung, das ihn den ganzen Tag begleitet hatte, verstärkte sich. Morgen würde er die Sonne sehen und in einem fremden Bett schlafen – vielleicht in seinem eigenen, noch fremden Bett, sofern es keine Probleme mit der Erbschaft gab.

Das Wetter in Paris war durchwachsen. Erst als sich das Flugzeug südlich von Saint-Étienne befand, riss die Wolkendecke auf, und Max konnte den postkartenblauen Himmel sehen, so weit das Auge reichte. Als er den Flughafen von Marignane verließ und zum Mietwagenbereich ging, traf ihn die Hitze wie ein heilsamer Schock. Taxifahrer mit kurzen Ärmeln und Sonnenbrille standen untätig neben ihren Autos herum und blickten den Mädchen in ihren Sommerkleidern nach. Jede Kante der Kalksteinklippen hinter dem Flughafen wirkte in dem klaren Licht messerscharf.

Als Max sich in seinem Renault auf den Weg in den Luberon machte, kam ihm die Landschaft neu und vertraut zugleich vor, erinnerte ihn an die Sommerferien vor langer Zeit, als Onkel Henry ihn vom Flughafen abgeholt hatte. Er verließ die N 7 und bog nach Rognes ab, folgte der schmalen Straße, die sich durch Pinien- und Steineichenhaine schlängelte, während ein laues Lüftchen durch das offene Fenster ins Wageninnere strömte. Schließlich passierte er die Brücke über die Durance und gelangte ins Departement Vaucluse. Der Luberon lag unmittelbar vor ihm, mit seinen gerundeten Hügeln ein anheimelndes, fotogenes Fleckchen Erde, das immer wieder als Bilderbuchidylle beschrieben wurde.

Max bog von der Hauptstraße ab, folgte den Wegweisern nach Saint-Pons und fragte sich gespannt, ob sich das verschlafene Nest in den Jahren seit seinem letzten Besuch wohl verändert hatte. Vermutlich nicht. Dem Ort fehlten zwei wichtige Voraussetzungen, um in Mode zu kommen: Zum einen lag er auf der falschen Seite des Luberon, und zum anderen konnte Saint-Pons im Gegensatz zu den anderen kleinen Dörfern – Gordes, Menerbes, Bonnieux, Roussillon, Lacoste – nicht den Anspruch erheben, ein *village perché* zu sein, da es nicht wie ein Adlernest auf der Kuppe eines Steilhanges thronte, sondern in der Ebene errichtet war.

Eine lange Platanenallee bildete den malerischen natürlichen Eingang zum Dorf. Die Bäume waren, wenn man solchen Schnörkeln der Geschichtsschreibung Glauben schenken darf, wie jede andere Platane in der Provence von Napoleon gepflanzt worden, um seinen Armeen Schatten zu spenden. Wie der alte Haudegen bei derart rastloser Gartenarbeit wohl jemals Zeit gefunden hatte, den Code civil zu entwerfen und sich Joséphine zu widmen?

Max parkte den Wagen im Schatten und schlenderte zum Marktplatz hinüber. Der sah im Wesentlichen so aus, wie er ihn in Erinnerung hatte: ein Café, eine Stehkneipe, das Rathaus und ein Springbrunnen. Die einzige Veränderung war ein kleines Restaurant, dessen Tische unter den Sonnenschirmen alle besetzt waren. Die Gäste verzehrten immer noch in aller Ruhe ihr Mittagessen.

Vom Marktplatz zweigten schattige Gassen ab, kaum breiter als ein Bürgersteig. An einer Ecke war ein Schild mit der Aufschrift NOTAIRE angebracht, mit einem Pfeil, der die Straße entlangwies. Max sah auf die Uhr und stellte fest, dass ihm bis zu seinem Termin noch eine halbe Stunde Zeit blieb. Er schlenderte ins Café, nickte einer Gruppe alter Männer zu, die ihr Kartenspiel unterbrachen, um den Fremden im Anzug in Augenschein zu nehmen, und bestellte einen Pastis. Die Bedienung goss großzügig ein und stellte das Glas auf die Theke, neben einen Krug, an dem die Feuchtigkeit abperlte. Max füllte sein Glas mit Wasser auf und nahm an einem Tisch auf der Terrasse Platz.

Beim ersten Schluck des scharfen, erfrischenden milchig weißen Anisgetränks fragte sich Max, warum es hier um Klassen besser schmeckte als in London. Es lag wohl am Ambiente: Pastis trank man am besten in Kombination mit dem Klicken der Boulekugeln und dem melodischen Klang französischer Stimmen.

Als er zur gegenüberliegenden Seite des Dorfplatzes hinüberspähte, sah er, wie die letzten Mittagsgäste beim Verlassen des Restaurants ihre Sonnenbrillen zurechtrückten, bevor sie sich gemächlich auf den Weg machten, um den zweiten Teil ihres Arbeitstages hinter sich zu bringen. Einer von ihnen, ein Mann mit Wohlstandsbauch und Zigarrenstumpen, verschwand in der Straße, die zur Kanzlei des *notaire* führte. Vermutlich der Notar höchstpersönlich, dachte Max, leerte sein Glas und stand auf.

Die Kanzlei befand sich am anderen Ende der Straße, in einem kleinen Haus mit geschlossenen Fensterläden. Max läutete.

„*Oui?*“, ertönte die mürrische Stimme. Die Störung war wohl auch dieses Mal unerwünscht. Max nannte seinen Namen, hörte den Türöffner summen und trat ein.

Hinter einem großen altmodischen Schreibtisch, auf dem sich Berge von Akten stapelten, saß eine dauergewellte Frau mittleren Alters. Sie rang sich ein Lächeln ab und verwies Max mit einer Handbewegung in den hintersten Winkel des Raumes, wo zwei Stühle mit harten Rückenlehnen standen. Maître Auzet werde gleich Zeit für ihn haben, teilte sie ihm mit und wandte ihre Aufmerksamkeit wieder den Akten zu.

Er nahm eine Zeitschrift von dem Tischchen, das zwischen den beiden Stühlen stand – eine mit Eselsohren verzierte, ein halbes Jahr alte Ausgabe von *Coucou*. Das Sensationsblatt brachte die neuesten Mutmaßungen über die üblichen Verdächtigen: Stephanie von Monaco, Jean-Paul Belmondos Sohn, Prinz William und Altrocker Johnny Hallyday.

Der Klang einer aufgebrachten, lauten Stimme, die hinter der Tür des Büros von Maître Auzet erschallte, ließ Max das Exklusivinterview mit Brasiliens Schönheitschirurgen Nummer eins vergessen. Jetzt wurde die Tür aufgerissen, und ein Mann mit der kräftigen Statur eines Landarbeiters stapfte aus dem Büro. Das Gesicht des Mannes kam Max vage vertraut vor, aber er konnte es nicht einordnen.

Kurz darauf klapperten Absätze über den Fliesenboden, und Maître Auzet erschien, ein Lächeln zur Begrüßung auf den Lippen. „Monsieur Skinner? Ich freue mich, Sie kennen zu lernen. Bitte treten Sie ein!"

Max brauchte einen Moment, um sich von seiner Überraschung zu erholen, bevor er aufsprang und die ausgestreckte Hand schüttelte. Trotz des formalen männlichen Titels war Maître Auzet ganz entschieden weiblich: jung, schlank, mit olivfarbener Haut und Haaren von einem tiefen, feurigen Hennarot. Sie trug ein Kostüm, das selbst in Paris nicht fehl am Platz gewesen wäre, und ihre atemberaubenden Beine steckten in atemberaubend hochhackigen Schuhen.

„Monsieur Skinner?" Seine Fassungslosigkeit schien sie zu belustigen. „Ist etwas nicht in Ordnung?"

Max schüttelte den Kopf und murmelte eine Entschuldigung, bevor er ihr folgte. Im Gegensatz zum kargen, beinahe schäbigen Arbeitsumfeld ihrer Sekretärin wirkte das Büro von Maître Auzet elegant und modern. Der Schreibtisch war leer bis auf einen Laptop, einen Notizblock und eine Kristallvase mit cremefarbenen Rosen.

„Darf ich Sie bitten, sich auszuweisen?" Sie lächelte abermals. „Reine Formsache." Max reichte ihr seinen Pass. Sie setzte eine Lesebrille auf, bevor sie abwechselnd das Foto und den Menschen musterte, der ihr gegenübersaß; dann blickte sie kopfschüttelnd von einem zum anderen. „Diese Passbilder sind nie besonders schmeichelhaft, finden Sie nicht auch?"

Sie schob den Ausweis über den Schreibtisch und nahm einen dicken Aktenordner und eine Reihe altmodische Schlüssel aus der Schublade, die von einer Schnur zusammengehalten wurden. Dann begann sie den Ordner durchzublättern, wobei sie Passagen aus verschiedenen Dokumenten vorlas. Max hörte nur mit halbem Ohr hin. Er nutzte die Gelegenheit, die Notarin, die den Kopf gesenkt hatte, genau zu betrachten: die Haut mit ihrem warmen Schimmer; die wunderbaren Haare; die zarten Hände und die schmalen Finger mit den glänzenden unlackierten Nägeln – ohne Ehering, wie ihm sofort auffiel. Vielleicht hatte sich das Blatt tatsächlich zu seinen Gunsten gewendet? Er suchte angestrengt nach einem überzeugenden Vorwand, sie auf weniger geschäftlicher Ebene wiederzusehen.

„… und deshalb brauchen Sie sich über die Vermögenssteuer jetzt nicht den Kopf zu zerbrechen. Sie ist erst im November fällig." Damit schloss sie den Aktenordner und schob ihn zusammen mit den Schlüsseln über den Tisch. *„Voilà."*

Dann wandte sie sich dem Block zu, auf dem sie sich einige Notizen gemacht hatte. „Bedauerlicherweise gehen solche Erbschaftsangelegenheiten selten ohne das eine oder andere kleine Problem über die Bühne." Sie sah Max über den Rand ihrer Brille an, den Kopf anmutig zur Seite gelegt. „Eines haben Sie gerade aus meinem Büro stürzen sehen."

Max dachte an den finster dreinblickenden Landarbeiter. „Er kam mir nicht besonders glücklich vor. Wer ist der Mann?"

„Claude Roussel. Er hat für Ihren Onkel gearbeitet."

Nun fiel es ihm wie Schuppen von den Augen. Das war also Roussel – ein älterer Roussel, mit mehr Leibesfülle, weniger Haaren und von Wind und Wetter gegerbter Haut, aber eindeutig derselbe Mann, dem er als Kind im Haus seines Onkels begegnet war. „Warum war er so aufgebracht?"

Maître Auzet warf einen Blick auf ihre goldene Uhr. „Das zu erklären ist ziemlich kompliziert, und heute fehlt mir die Zeit …"

Max hob die Hand. „Wie wäre es mit morgen? Beim Mittagessen? Auch Notare müssen zu Mittag essen, oder?"

Mit einem halben Lächeln nahm sie ihre Brille ab und zögerte einen Moment. „Ja, schon."

Max erhob sich und deutete eine Verbeugung an. „Also dann, bis morgen." Er wandte sich zum Gehen.

„Monsieur Skinner! Vergessen Sie die Schlüssel nicht!" Sie lächelte.

Max nahm Schlüssel und Aktenordner an sich.

Bevor er die Kanzlei verließ, blieb er am Schreibtisch der Sekretärin stehen. „Ich wünsche Ihnen einen wunderschönen Abend, Madame. Mit Champagner und Tanz bis in den Morgen."

Die Frau blickte zu ihm auf und nickte. „Was auch sonst, Monsieur." Kopfschüttelnd sah sie ihm nach, wie er leise vor sich hin pfeifend durch die Eingangstür verschwand.

Es war immer das Gleiche mit den jungen Männern, wenn sie Maître Auzet zum ersten Mal begegneten.

VIER

Max ließ das Dorf hinter sich und fuhr zum Haus, wobei er an jeder Ecke auf Erinnerungen stieß. Er hielt vor den Steinsäulen an, die den Beginn des unbefestigten Zufahrtsweges zum Haus markierten. Sie waren verfallen, fleckig und nach zwei Jahrhunderten beinahe schwarz von der Witterung. In dem morschen Gestein war gerade noch der eingravierte Name des Anwesens zu entziffern: Le Griffon.

Durch das Moos, das sie angesetzt hatten, wirkten die Buchstaben weich und verschwommen.

Max fuhr weiter – vorbei an gepflegten Weinstöcken, die in Reih und Glied Spalier standen – und parkte den Wagen unter einer Platane, welche die lange Südmauer des Anwesens beschattete. Im Gegensatz zum gestutzten und gehegten Weingarten befand sich der Hausgarten in einem Zustand beträchtlicher Verwahrlosung, genau wie das Haus selbst. Die Fugen der eigentlich hübschen Fassade bedurften dringend einer neuen Füllmasse, der dunkelgrüne Lack der Eingangstür blätterte ab.

Dennoch war zu erkennen, wie das Gebäude einmal ausgesehen haben mochte und was man wieder daraus machen konnte. Max ging um die beiden offenen Scheunen herum, die auf der einen Seite ans Haus angrenzten. Dort pflegte Onkel Henry seinen verbeulten schwarzen Citroën DS unterzustellen. Der Wagen hatte längst das Zeitliche gesegnet, geblieben waren nur einige verrostete landwirtschaftliche Geräte und zwei alte Fahrräder mit roten Gummireifen, die er damals ungemein exotisch gefunden hatte.

Er kehrte zur Eingangstür zurück und schloss auf. Drinnen herrschte Dämmerlicht, da die Fensterläden geschlossen waren. Dennoch gelang es ihm, die breiten Stufen der Steintreppe auszumachen, die nach oben führte. An den beiden Seiten der Eingangshalle ging es in die Haupträume des Erdgeschosses – der klassische Grundriss der *bastides*. Max tappte in die Küche und öffnete die Läden, damit das Sonnenlicht des Spätnachmittags hereinfluten konnte. Ein massiver gusseiserner Herd und ein Spülstein von der Größe einer Badewanne nahmen eine ganze Wand ein, die andere wurde von Vorratsschränken mit Glastüren in Beschlag genommen. Der große Tisch aus groben Holzplanken stand in der Mitte des Raumes wie früher. Nichts hatte sich verändert.

Die hohen Fenster boten einen Ausblick auf die Hänge des Luberon. Zwischen Haus und Hügel, wo sich weitere Weinstöcke befanden, sah Max die ewig gleiche Gestalt auf dem Traktor patrouillieren. Der Anhänger des Traktors versprühte einen blauen Pestizidnebel über die Reihen. Der Fahrer musste Roussel sein, wahrscheinlich verspritzte er immer noch Gift und Galle wie schon in der Kanzlei des *notaire*.

DRAUSSEN im Weinfeld hatte Roussel mit dem scharfen Blick des Bauern das Öffnen der Fensterläden am Haus registriert und bereits das Handy am Ohr, um seiner Frau Ludivine die Neuigkeit mitzuteilen. „Er ist angekommen, der Engländer. Er befindet sich jetzt im Haus … Nein, ich habe noch nicht mit ihm gesprochen, ihn nur kurz in Auzets Kanzlei gesehen. Er ist jung."

Roussel verstummte, während er die schwierige Wende am Ende einer Reihe bewältigte.

„Ob er nett ist? Woher soll ich das wissen! Er ist Engländer, da kann man nie sicher sein." Roussel blickte zum Haus hinüber und steckte das Handy mit einem Seufzer wieder ein. Dann vernahm er ein Winseln und wandte sich um. *Merde!* Sein Hund, der dem Traktor gefolgt war, hatte eine Ladung Pflanzenschutzmittel abbekommen. Der blassblaue Kopf sah bizarr aus.

MAX SETZTE seinen Erkundungsgang fort, öffnete sämtliche Fensterläden, spähte in Kleiderschränke und Kommoden, während er die Gegenwart mit der Vergangenheit verglich. Das Haus mit seinen sechs Schlafzimmern, der Bibliothek, dem Esszimmer, dem riesigen Wohnzimmer, der Küche, der Waschküche, den beiden Speise- und Vorratskammern, der Spülküche und der Abstellkammer war größer, als er es in Erinnerung hatte. Und irgendwo am anderen Ende musste es auch noch den Keller geben.

Max durchquerte das Wohnzimmer, wobei seine Schritte auf dem Steinboden widerhallten, und hielt vor einem mit Staub bedeckten Flügel inne. Versonnen betrachtete er die Fotografien, die darauf standen. Sein Blick blieb an einer verblassten Schwarz-Weiß-Aufnahme hängen: Onkel Henry und sein kleiner Neffe, die blinzelnd in die Sonne sahen, beide mit einem alten hölzernen Tennisschläger in der Hand.

Schließlich ging er weiter, durch eine schmale Tür neben dem offenen Kamin, die Treppe hinunter, die in den Weinkeller führte. Er spürte einen kühlen Luftzug auf dem Gesicht, als er nach dem Lichtschalter tastete.

Eine nackte Glühbirne war die einzige Lichtquelle des kleinen Raumes. Der Fußboden bestand aus Schotter, die Decke war niedrig, und die Lagerbehältnisse für die Fässer waren gemauert.

Ein nostalgisches Thermometer an der Wand zeigte zwölf Grad Celsius an, und Max fiel ein, dass Onkel Henry ihm erzählt hatte, die Temperatur in diesem Raum schwanke nie um mehr als zwei Grad, ungeachtet des Wetters, das draußen herrsche. „Eine gleich bleibende Temperatur ist das Geheimnis eines Weines", pflegte er zu sagen, „der gesund ist und sich voll entfalten kann."

Max inspizierte die Flaschen, ein buntes Durcheinander aus roten und weißen Weinen der Region. Das Gros stammte aus eigenem Anbau. Er entschied sich für eine Flasche Le Griffon, Jahrgang 99, und trug sie zu dem umgestülpten Weinfass hinüber, das als Schanktisch diente und auf dem er einen Korkenzieher und ein nicht besonders sauberes Glas fand.

Max wischte das Glas mit seinem Taschentuch aus, bevor er die Flasche öffnete, schenkte ein, hielt das Glas gegen das Licht und gestattete sich einen hoffnungsfrohen Moment, in dem er über das Vermögen nachsann, das sich mit Boutiqueweinen scheffeln ließ.

Er schnüffelte. Er gurgelte. Er schauderte und spuckte umgehend aus. Das war kein Wein, das war Essig!

Vielleicht hatte er die falsche Flasche erwischt? Max wählte eine andere aus und wiederholte die Verkostungsprozedur – mit dem gleichen niederschmetternden Ergebnis. Das hier war nicht die Goldmine, die Charlie vorgeschwebt hatte. Max beschloss, ihn anzurufen.

„Ich bin gerade im Keller und probiere den Wein."

„Und? Vielversprechend?"

„Möglich. Aber ihm fehlt die Finesse, er benötigt etwas mehr Schliff." Max hielt inne, unfähig, noch länger mit der Wahrheit hinter dem Berg zu halten. „Ehrlich gesagt, Charlie, er schmeckt wie alte Socken!"

„Wirklich?" Charlies Interesse schien schwerer zu wiegen als die Enttäuschung. „Nun, das muss nicht an den Trauben liegen, es könnte ein Fehler des Erzeugers sein. Das kommt oft vor, weißt du. Wir brauchen einen Önologen, einen Weinbauexperten. Ich habe einiges über sie gelesen. Sie experimentieren mit Trauben aus verschiedenen Lagen, verschneiden sie, bis das Mischungsverhältnis stimmt. Natürlich können sie keine Wunder vollbringen, aber manchmal bewirken sie einen gewaltigen Unterschied. Erkundige dich mal nach einem in eurer Gegend", schlug er munter vor. „Und wie ist das Château? Nein, sag nichts! Ich werde für ein paar Tage runterdüsen und mir selbst ein Bild machen, sobald ich mich hier loseisen kann. Leb du dich in der Zwischenzeit schon mal ein!"

Nachdenklich verließ Max den Keller. Wo sollte er einen Önologen finden? Vielleicht wusste Maître Auzet Rat. Er würde sie fragen, wenn sie sich zum Mittagessen trafen.

Bei dem Gedanken ans Essen erinnerte ihn sein Magen daran, dass er seit dem Gummifrühstück heute Morgen im Flugzeug keinen Bissen mehr zu sich genommen hatte. Er trug seine Koffer in das imposante Schlafzimmer hinauf – großer offener Kamin, mehrere Schinken in Öl, miserabel gemalt –, zog sich um und begab sich ins Dorf, um zeitig zu Abend zu essen.

In Saint-Pons war offenbar „happy hour". Ledergesichtige Männer, staubbedeckt von den Feldern, säumten die Theke des Cafés, laut und geschwätzig, mit einem Akzent so stark wie der Qualm ihrer Zigaretten. Max bestellte einen Pastis und fand einen Platz in der Ecke. Durch die offene Tür konnte er die Partie Boule verfolgen, die draußen in vollem Gang war. Die Spieler bewegten sich lärmend, aber gemächlich von einem Ende der Bahn zum anderen. Die Strahlen der Abendsonne überzogen die Natursteinhäuser mit einem honigfarbenen Schimmer, aus den Lautsprechern im Café erklang Charles Aznavour. Max konnte es kaum fassen, dass er noch vor 24 Stunden durch das Fenster seiner Wohnung auf einen grauen Londoner Himmel geblickt hatte. Er kam sich vor, als wäre er auf einem anderen Planeten gelandet.

NUR WENIGE Kilometer entfernt saß Claude Roussel beim Abendessen, in eine hitzige Debatte mit seiner bewundernswerten besseren Hälfte vertieft, der es gelungen war, sich in der langjährigen Ehe mit einem unverbesserlichen Pessimisten ihren Optimismus zu bewahren.

„... das bringt nur Ärger", sagte Roussel gerade. „Der Bursche ist noch nicht mal trocken hinter den Ohren. Er wird die Rebstöcke herausreißen und einen Golfplatz anlegen ..."

„Noch einen kleinen Nachschlag Couscous?"

Er reichte ihr seinen Teller, um sich eine weitere Kelle des würzigen Eintopfgerichts geben zu lassen, ohne seine düsteren Prophezeiungen zu unterbrechen. „... oder er baut das Haus zu einem von diesen Hotels um ..."

„Was für Hotels?"

„Du weißt doch, diese Nobelherbergen mit den alten Möbeln und dem Personal, das in Wams und Mieder herumläuft. Oder ..."

„*Eh beh oui,* ein Kernkraftwerk, ohne Zweifel! Clo-Clo, wie kannst du solche Behauptungen aufstellen? Du hast doch noch kein einziges Wort mit ihm gewechselt! Vielleicht hat er mehr Geld als der alte Mann, um es in den Wein zu investieren. Und wenn nicht, könnte er unter Umständen in Betracht ziehen, das Gut an uns zu verkaufen." Madame Roussel beugte sich vor, um einen Klecks Eintopf vom Kinn ihres Mannes zu wischen. „Wie auch immer – um ihm auf den Zahn zu fühlen, musst du ihm deine Aufwartung machen und mit ihm reden. Du weißt, dass ich Recht habe, Clo-Clo. Geh zu ihm, aber nicht mit deiner Leichenbittermiene. Geh mit einem Lächeln im Gesicht! Und einer Flasche Wein unter dem Arm. Und wenn ihr ins Gespräch kommt, vergiss nicht, meine Schwester zu erwähnen."

Roussel verdrehte die Augen. „Wie könnte man jemals deine Schwester vergessen?"

MAX LEERTE sein Glas, verließ das Café und blieb kurz stehen, um beim Boulespiel zuzuschauen. Onkel Henry hatte ihn vor langer Zeit in die Regeln eingeweiht und ihm an einem sonnigen Abend auf dem Kiesweg vor dem Haus gezeigt, wie man richtig steht und wirft. Der wichtigste Aktivposten sei jedoch das Talent zu diskutieren, hatte er betont. Die Streitkultur sei entscheidend für die richtige innere Einstellung und die Freude am Spiel.

Einer der Spieler bereitete sich geradc auf seinen Wurf vor. Die Knie gebeugt, die Stirn in angespannter Konzentration gerunzelt, warf er in einem weiten Bogen seine *boule*, die zwei gegnerische Spielkugeln aus dem Weg räumte, bevor sie direkt neben dem *cochonnet* landete – dem „Schweinchen", wie man die kleine hölzerne Setzkugel im Französischen nennt. Für Max sah das nach einem klaren Sieg aus, aber weit gefehlt: Es war lediglich der Auftakt zu einer erregten Debatte zwischen den beiden Mannschaften. Es galt nun, die Entfernung zwischen *boule* und *cochonnet* zu messen – in Millimetern und Bruchteilen von Millimetern –, das Ergebnis nachzuprüfen und infrage zu stellen, was natürlich eine weitere Runde Messen erforderte.

Max überließ die Männer ihrem Schicksal und machte sich, den Marktplatz überquerend, auf den Weg ins Restaurant.

„Chez Fanny" mit seinem Steinfußboden, den Stühlen aus Rohrgeflecht, den Tischdecken und Servietten aus Papier und den alten Filmplakaten an der Wand war klein und unscheinbar. Doch das Restaurant verfügte über zwei Geheimwaffen: einen betagten Küchenchef, der kulinarische Köstlichkeiten aus dem Hut zauberte, und Fanny, die als Chefin für das Ambiente zuständig war.

Es heißt, von der Atmosphäre allein werde man nicht satt – was stimmt; und dass die Kochkunst alles sei, was zählt – was nicht stimmt. Essen ist Balsam für die Seele, doch davon kann keine Rede sein, wenn man in einer kalten, unpersönlichen Umgebung speisen muss. Fanny gab jedem ihrer Gäste – nicht nur den männlichen – das Gefühl, ihr ganz besonders ans Herz gewachsen zu sein. Sie küsste sie beim Kommen und Gehen, lachte über ihre Scherze. Und sie war unfähig, eine Unterhaltung ohne Körperkontakt zu führen – eine leichte Berührung am Arm, ein Drücken der Schulter, ein Tätscheln der Wange. Sie sah alles, vergaß nichts und schien jedermann die gleiche Vorzugsbehandlung angedeihen zu lassen.

Natürlich hatte sie erfahren, dass der neue Besitzer des großen Hauses eingetroffen war. Jeder in Saint-Pons hatte die Neuigkeit vernommen, entweder von der Frau des Metzgers oder von den alten Männern im Café. Jetzt sah Fanny, wie Max den Platz überquerte und auf ihr Restaurant zusteuerte. Sie drehte sich um, musterte sich rasch im Spiegel und rückte Haare und Kleidung zurecht, bevor sie vor die Tür trat.

Max studierte die Speisekarte, die am Stamm einer Platane hing.

„Bonsoir, Monsieur."

Max sah auf. *„Oh pardon. Bonsoir, Madame."*

„Mademoiselle."

„Natürlich, Verzeihung." Einen Moment lang sahen sie sich lächelnd an. Ein aufmerksamer Beobachter hätte geschlossen, dass beiden der Anblick gefiel. „Bin ich zu früh zum Abendessen?"

Nein, Monsieur war nicht zu früh. Fanny wies ihm einen Tisch auf der kleinen Terrasse zu, brachte ihm ein Glas Wein und ein Schälchen mit schwarzen Oliven und ließ ihn mit der Speisekarte allein.

Max traf seine Wahl und lehnte sich in einer Mischung aus Zufriedenheit und gespannter Erwartung zurück, während er beobachtete, wie Fanny eine Vierergruppe begrüßte, die soeben das Restaurant betrat. Irgendwo in ihrer Familie muss es einen Tropfen nordafrikanisches Blut gegeben haben, dachte er. Das würde die kaffeebraune Haut, die schwarz gelockte Mähne und die dunklen Augen erklären. Sie trug ein ärmelloses, eng anliegendes Oberteil, das ihre weiblichen Rundungen betonte.

Als sie ihn dabei ertappte, wie er sie betrachtete, kam sie lächelnd an seinen Tisch. „Haben Sie gewählt?" Sie beugte sich vor, um seine Bestellung aufzunehmen.

Mit einiger Mühe gelang es Max, die Augen auf die Speisekarte zu heften; er bestellte Zucchini, Steak und eine Karaffe Rotwein.

Fanny notierte die Bestellung. „Haben Sie sonst noch einen Wunsch?"

Max sah sie einen Moment lang sprachlos an, während seine Fantasie Amok lief.

„Pommes frites? Gratin? Salade?"

Später, als ein Calvados und eine Tasse Kaffee vor ihm standen, ließ Max den ersten Tag seines neuen Lebens Revue passieren. Mit dem Optimismus, der vom guten Essen und der wohligen Wärme des Abendwindes beflügelt wurde, gelangte er zu der Erkenntnis, dass seine anfängliche Enttäuschung über den Wein läppisch war. Dieses Problem würde sich laut Charlie ohne weiteres beheben lassen. Was Roussel betraf, würde vermutlich einiges an diplomatischem Geschick erforderlich sein. Doch die anderen Entdeckungen des Tages waren ausnahmslos erfreulich – ein prachtvolles Haus, wenn man etwas daraus machte, ein idyllisches Dorf und zwei der schönsten Frauen, die ihm seit Monaten begegnet waren.

Er zahlte und gab ein viel zu großes Trinkgeld. Fanny verabschiedete ihn mit einem Gutenachtkuss auf beide Wangen.

„*À bientôt?*“, fragte sie.

Max nickte lächelnd. „Bis bald!“

FÜNF

Die Sonne, die durch das Schlafzimmerfenster schien, riss Max aus dem besten Nachtschlaf seit Jahren – auch wenn sich dieser nicht sofort eingestellt hatte. In London war er vom fernen Lärm des Verkehrs in den Schlummer gewiegt worden. Noch in finsterster Nacht hatte man einen Abglanz der Großstadtlichter am Himmel sehen können. Hier auf dem Land herrschte vollkommene Stille, und die Dunkelheit war undurchdringlich. Es würde noch einige Zeit dauern, bis er sich daran gewöhnt hatte.

Nun öffnete er schlaftrunken die Augen, unsicher, wo er sich befand. Sein Blick fiel auf die mit Putz und Holzbalken versehene Decke. Die Luft war bereits warm. Als er einen Blick auf die Uhr warf, konnte er kaum glauben, dass er so lange geschlafen hatte. Er beschloss, seinen ersten Morgen in der Provence mit einem Lauf in der Sonne zu feiern.

Die Männer auf den Weinfeldern, die gerade die wuchernden Triebe mit der Handrebschere entfernten, hielten inne und sahen zu, wie Max vorbeilief. Sie schüttelten den Kopf, krümmten den Rücken und wandten sich wieder den Weinreben zu.

Max kam es vor, als fiele ihm das Laufen hier leichter als im Hyde Park. Er machte längere Schritte, spürte, wie ihm der Schweiß über die Brust rann, und wich an den Straßenrand aus, um einem Auto Platz zu machen, das sich von hinten näherte.

Der Wagen wurde langsamer, fuhr im Schritttempo neben ihm her. Mit einem raschen Seitenblick erspähte er Fannys Lockenkopf und ein strahlendes Lächeln. Sie überholte ihn, hielt an und stieß die Beifahrertür auf.

„*Mais vous êtes fous!*“, rief sie lachend. „Steigen Sie ein, ich nehme Sie mit ins Dorf. Sie sehen aus, als könnten Sie dringend ein Bier brauchen.“

Max bedankte sich und schüttelte den Kopf, wenn auch widerstrebend. „Sie wissen ja, wie die Engländer sind: Wir leiden gern.“

Fanny sann einen Moment darüber nach, ehe sie mit einem Schulterzucken davonbrauste. Im Rückspiegel beobachtete sie, wie die laufende Gestalt immer kleiner wurde. Sie fragte sich, ob Max wohl auf Dauer im Haus seines Onkels bleiben würde. Hoffentlich! Die Auswahl an ungebundenen jungen Männern in Saint-Pons war äußerst beschränkt.

Nach dem fünften Kilometer begann Max zu bedauern, dass er Fannys Angebot ausgeschlagen hatte. Die Sonne brannte auf seinen Scheitel, und kein Lüftchen regte sich. Als er endlich wieder zu Hause war, fühlte er sich völlig ausgelaugt. Seine Beine zitterten wie Wackelpudding, während er die Treppe zum Bad erklomm.

Die Dusche war ein Denkmal der Unbequemlichkeit, eine Handbrause, die durch einen Gummischlauch mit den Wasserhähnen der Badewanne verbunden war. Für die Seife hatte man so nur eine Hand frei. Um Schaum zu erzeugen, der diesen Namen verdiente, brauchte man aber zwei freie Hände. Also musste man den sich windenden Schlauch auf den Boden der Wanne legen und nach getaner Arbeit wie ein flüchtiges Reptil wieder einfangen, um dann die Endreinigung mit klarem Wasser zu beginnen.

Max trat vorsichtig auf den überschwemmten Fliesenboden hinaus und ließ sich an der Luft trocknen, während er sich rasierte. Er kämmte sich die Haare und suchte sorgfältig die Garderobe für sein Mittagessen mit Maître Auzet heraus.

Aus Gründen der Diskretion hatte sie einen kleinen Landgasthof vorgeschlagen, in sicherer Entfernung von den Argusaugen und Lästermäulern der Bewohner von Saint-Pons. Max fand ihn ohne Schwierigkeiten und traf einige Minuten zu früh ein.

Geschäftsleute, die grüppchenweise an den Tischen auf der Terrasse saßen, und ein oder zwei Paare mittleren Alters murmelten vor sich hin, in ihre Speisekarten vertieft. Von Maître Auzet keine Spur, obwohl sie, wie der Ober Max anvertraute, ihren angestammten Tisch mit Blick auf das weite Feld der Rebstöcke im Süden reserviert hatte.

Max bestellte einen Kir nebst Speise- und Weinkarte – einem dicken, in Leder gebundenen Wälzer, der von teuren Flaschen nur so strotzte. Es überraschte ihn nicht, dass der Wein von *Le Griffon* mit keiner Silbe erwähnt wurde. Er rief den Kellner herbei. „Ich habe unlängst von einem Roten aus der Region gehört. Ich glaube, Le Griffon lautet der Name."

Der Kellner sah ihn ausdruckslos an. *„Ah bon?"*

„Was halten Sie davon? Taugt er etwas?"

Der Ober beugte sich zu Max hinab und senkte verschwörerisch die

Stimme. „Unter uns gesagt, Monsieur …“, er umfasste mit Daumen und Zeigefinger seine Nasenspitze, „… er schmeckt wie Katzenpipi. Darf ich Ihnen einen angemesseneren Wein empfehlen? Im Sommer neigt Maître Auzet dazu, dem Rosé der Domaine La Figuière den Vorzug zu geben.“

„Gute Idee. Es lag mir bereits auf der Zunge.“

Die Ankunft von Maître Auzet wurde von zahlreichen Bücklingen des Kellners begleitet, der sie zum Tisch eskortierte und ihr den Stuhl zurechtrückte. Sie trug abermals ein Kostüm, schwarz und streng, und eine magersüchtige Aktenmappe. Offensichtlich hatte sie beschlossen, dass dieses Mittagessen rein geschäftlich sein sollte.

„*Bonjour,* Monsieur Skinner …“

„Bitte nennen Sie mich Max. Und mit Verlaub: Weiterhin Maître zu Ihnen zu sagen ist für mich ein Ding der Unmöglichkeit. Dabei müsste ich immer an einen alten Tattergreis mit künstlichen Zähnen denken.“

„Dann sagen Sie eben Nathalie. Meine Zähne sind nämlich echt.“ Sie lächelte. „Und? Alles in Ordnung mit dem Haus? Bevor ich es vergesse …“ Sie öffnete die Aktenmappe und zog einen Schnellhefter heraus. „Noch ein paar Rechnungen – Gebäudeversicherung, Arbeiten, die der Elektriker ausgeführt hat, die vierteljährliche Abrechnung der *Cave Coopérative.*“ Sie schob den Hefter über den Tisch. „*Voilà,* das ist jetzt wirklich alles. Keine unangenehmen Überraschungen mehr, ich verspreche es Ihnen.“

Bevor Max darauf eingehen konnte, kehrte der Ober mit Eiskübel und Wein zurück. Als die ersten Gläser eingeschenkt, eine leichte Mahlzeit aus Salat und Meerbarbenfilets bestellt und einige Nettigkeiten ausgetauscht worden waren, begann Nathalie die Sache mit Roussel zu schildern.

In der Provence, so erklärte sie, gebe es wie in den meisten Weinanbaugebieten ein Arrangement, das als *métayage* bezeichnet werde. Roussel und Max’ Onkel hatten dieses System vor langer Zeit übernommen: Roussel besorgte die Arbeit an den Rebstöcken, und Onkel Henry übernahm die Betriebskosten. Den Erlös aus dem Weinverkauf teilten sich die beiden. Der Besitzerwechsel nach Onkel Henrys Tod hatte Roussel beunruhigt. Er wollte die Partnerschaft gern fortsetzen und machte sich Sorgen, dass Max eine Beendigung in Betracht ziehen könnte.

Max fragte, ob das rein juristisch überhaupt möglich sei, was Nathalie bejahte. Aber, räumte sie ein, es sei unter Umständen sehr kompliziert, den Status quo zu ändern. Sie untermauerte ihre Argumentation mit der Schilderung eines ähnlich gelagerten Falls aus der Gegend, ehe sie sich erkundigte: „Schmeckt Ihnen der Fisch?“

„Fantastisch. Aber sagen Sie mir eins: Ich habe gestern ein paar Flaschen von dem Wein probiert – Le Griffon. Er war ungenießbar. Und auch Ihr Freund, der Kellner, findet ihn grauenvoll."

Falls Max Anteilnahme erwartet hatte, sollte er enttäuscht werden. Nathalie reagierte nur mit einem müden Schulterzucken. „Tut mir Leid. Wir sind hier eben nicht im Médoc."

„Ich verstehe nur nicht, warum Roussel so erpicht darauf ist, weiterhin Wein anzubauen, wenn der so miserabel ist, wie alle behaupten."

Nathalie wischte mit einem Stück Brot die Soße von ihrem Teller. „Aus reiner Gewohnheit, nehme ich an. Er macht das schon seit fünfundzwanzig Jahren und hat sich damit abgefunden." Sie beugte sich vor. „Sie müssen wissen, dass die Leute hier nicht das Geringste von Veränderungen halten."

Max hob die Hand zum Zeichen, dass er sich geschlagen gab. „Na gut. Ich habe nichts dagegen, dass er weiter auf den Weinfeldern arbeitet. Aber es muss ein anständiger Wein dabei herauskommen." Er hielt inne und versuchte sich an den Fachbegriff zu erinnern, den Charlie benutzt hatte. „Ich würde gern einen Fachmann engagieren, der sich die Rebstöcke einmal anschaut. Einen *oenologue*. Es gibt hier doch sicher einige davon."

Einen Moment lang herrschte Schweigen, während Nathalie mit gerunzelter Stirn den Wein in ihrem Glas betrachtete. „Ich weiß nicht recht. Roussel könnte das als … wie soll ich es ausdrücken …, als Misstrauen auslegen. Ich bin sicher, er wird wie alle anderen hier reagieren. Sie mögen keine Einmischung von außen. Die Situation ist recht heikel." Sie seufzte.

Max überlegte kurz, bevor er entgegnete: „Aber es käme ihm in gleichem Maß zugute wie mir, wenn wir den Wein veredeln könnten. Was hat er dabei zu verlieren? Mein Entschluss steht jedenfalls fest."

Die Ankunft des Kellners ersparte es Nathalie, sofort antworten zu müssen. Er räumte die Teller ab und stimmte, seine Fingerspitzen küssend, ein Loblied auf die Käseauswahl an. Die Unterbrechung schien Nathalie geholfen zu haben, zu einer Entscheidung zu gelangen.

„Bon", sagte sie. „Wenn Sie möchten, kann ich mich in meinem Freundeskreis erkundigen. Vielleicht findet sich ein Experte, der die Aufgabe übernehmen kann, ohne jemandem auf die Zehen zu treten."

„Sie sind ein Schatz." Mit dem Gefühl, den Sieg in einem kleinen Scharmützel errungen zu haben, lehnte sich Max in seinem Stuhl zurück. „Wären Sie vielleicht so nett, mir bei einem weiteren Problem zu helfen?"

Das Stirnrunzeln verschwand, und Nathalie lächelte wieder. „Kommt darauf an …"

„Ich habe jede Menge Möbel auf dem Dachboden gefunden, lauter altes Gerümpel. Aber das eine oder andere Stück könnte doch etwas wert sein, und ein wenig Bargeld, um die Rechnungen zu bezahlen, käme mir nicht ungelegen. Sie kennen nicht zufällig einen ehrlichen Antiquitätenhändler?"

Zum ersten Mal, seit sie Platz genommen hatte, lachte Nathalie lauthals. „Na klar", sagte sie, „und an den Weihnachtsmann glaube ich auch."

„Genauso sehen Sie aus." Schmunzelnd schenkte er den restlichen Wein ein. „In der Branche gibt es also nur Gauner?"

Nathalie überlegte. „Sie sollten einen Sonntag in Isle-sur-Sorgue verbringen. Dort finden Sie mehr Händler als sonstwo, abgesehen von Paris, und können intuitiv entscheiden, ob Ihnen jemand zusagt."

Max holte tief Luft und schüttelte den Kopf. „Schauen Sie mich doch an", sagte er. „Ich bin unbedarft und vertrauensselig. Mutterseelenallein in einem fremden Land. Diese Halsabschneider würden mich binnen fünf Minuten über den Tisch ziehen. Ich kann nicht ohne den Schutz einer Person dorthin, die in der Gegend aufgewachsen ist und weiß, wo's langgeht."

Nathalie nickte, als sähe sie voraus, was kommen würde. „Haben Sie jemand Bestimmtes ins Auge gefasst?"

„Da ich außer Ihnen niemanden kenne, kann ich nur hoffen, dass mein grenzenloser Charme und die Aussicht auf ein gutes Mittagessen ausreichen, um Sie zu überzeugen, dass Sie mich am Sonntag begleiten sollten. Das heißt, falls Sie nichts anderes vorhaben."

Nathalie setzte ihre Sonnenbrille auf, um zu signalisieren, dass die Zeit zum Aufbruch gekommen war. „Zufälligerweise nicht."

Während der Heimfahrt ertappte sich Max zweimal dabei, dass er nahe daran war, am Steuer einzuschlafen. Die Temperatur im Wagen betrug mehr als dreißig Grad, das Essen und der Wein, den er dazu getrunken hatte, taten ein Übriges, und so war er froh, als er das Haus erreichte.

Drinnen war es angenehm kühl, und die endlose Serenade der *cigales* klang wunderbar. Max ging in die Bibliothek, nahm wahllos ein Buch aus dem Regal und beschloss, noch eine halbe Stunde zu lesen, bevor er den Rest des Nachmittags in Angriff nahm. Er machte es sich in einem der alten ledernen Clubsessel bequem und schlug das Buch auf, einen Reiseführer durch die Provence – auf Schusters Rappen –, der 1926 zum ersten Mal erschienen war. Schon die allerersten Sätze faszinierten Max. Bedauerlicherweise schlief er ein, bevor er die zweite Seite erreichte …

Plötzlich wurde er jäh aus seinem Schlummer gerissen, von einem Donnerschlag, wie er zunächst meinte, bis ihm bewusst wurde, dass jemand versuchte, die Eingangstür aufzubrechen. Er schüttelte den Kopf, um richtig wach zu werden, und öffnete die Tür. Auf der Schwelle standen ein Mann mit hochrotem Gesicht und ein Hund mit blassblauem Kopf. Beide starrten ihn mit unverhohlener Neugier an.

Die beiden Männer musterten sich einen Moment, bevor der Verwalter das Lächeln aufsetzte, das er auf dem Herweg geübt hatte, und seine fleischige Pranke ausstreckte. „Roussel, Claude."

„Skinner, Max."

Roussel deutete mit dem Kinn nach unten. „Mein Hund Toto."

Max bückte sich und tätschelte den Hund, wobei er eine blaue Staubwolke aufwirbelte. „Ist das seine natürliche Farbe? Sehr ungewöhnlich. Ich habe noch nie einen blauen Terrier gesehen."

„Ich war dabei, die Rebstöcke zu sprühen, der Wind drehte …" Der Verwalter zuckte mit den Schultern, während Toto an Max vorbei in die Küche schlüpfte.

„Bitte, kommen Sie doch herein!"

Roussel nahm seine flache Kappe ab und folgte Max ins Haus. Sie erreichten die Küche gerade noch rechtzeitig, um zu sehen, wie Toto ein Bein hob und den Fuß des Küchentisches taufte. Sein Besitzer stauchte ihn zusammen und entschuldigte sich wortreich, dann fügte er hinzu: „Ein sicheres Zeichen, dass er Sie mag."

Max legte eine alte Zeitung auf die Pfütze. „Und was macht er, wenn er jemanden nicht ausstehen kann?", fragte er grinsend. Roussel hatte etwas an sich, was ihm gefiel; außerdem bemühte sich der Mann ganz offensichtlich, einen guten Eindruck zu machen – und ihm sogar zu helfen.

„Was die Wasserversorgung betrifft", sagte der Verwalter jetzt sachlich, „so können Komplikationen auftreten, wenn der Wasserstand im Brunnen niedrig ist. Die Pumpe hat schon einige Jahre auf dem Buckel. Und die Sache mit der Sickergrube ist auch nicht ohne: Sie kann eigenwillig reagieren, wenn der Mistral weht." Er senkte den Kopf, spähte unter seinen wuchernden Augenbrauen zu Max hinauf und tippte sich an die Nase. „Ich habe mich in den letzten Jahren um solche Dinge gekümmert, als Ihr Onkel das nicht mehr so recht konnte." Roussels Miene wurde lammfromm, und er bekreuzigte sich, als er den alten Mann erwähnte. „Ein echter Gentleman. Wir haben im Lauf der Jahre eine sehr enge Beziehung zueinander entwickelt, wissen Sie. Fast wie Vater und Sohn."

„Ich bin froh, dass Sie sich um ihn gekümmert haben." Max schüttelte sein Bein, um es aus Totos liebestollem Klammergriff zu befreien.

„*Beh oui.* Fast wie Vater und Sohn." Roussel tauchte aus seinen Erinnerungen auf, bückte sich und strich behutsam mit dem Finger über die Tischplatte. Das Ergebnis schien ihn zu überraschen, als wäre Staub eine Seltenheit in leer stehenden Häusern, die niemand hegt und pflegt. „Schauen Sie sich das an! Was hier fehlt, ist jemand, der einen Großputz macht." Er hob den staubigen Finger zum Beweis, dann schlug er sich mit der Hand an die Stirn. „Aber natürlich! Madame Passepartout, die Schwester meiner Frau!"

Max und Toto sahen ihn schräg von der Seite an.

„Kein noch so kleiner Fleck entgeht ihr. Sobald sie irgendwo auch nur ein Körnchen Staub entdeckt, rückt sie ihm gnadenlos zu Leibe."

„Klingt verlockend. Aber ich könnte mir vorstellen, dass sie …"

„*Mais non!* Sie legt gerade eine Verschnaufpause zwischen zwei Beschäftigungsverhältnissen ein. Sie könnte gleich morgen anfangen."

Max, der einsah, dass es keine Möglichkeit gab, Madame Passepartout zu umgehen, wenn er Wert auf ein gutes Verhältnis zu Roussel legte, gab sich geschlagen. „Das wäre fantastisch! Genau das, was ich brauche."

Roussel strahlte. Madame, seine Angetraute, würde entzückt sein. „Das muss gefeiert werden", meinte er und eilte aus der Küche. „Warten Sie!"

Toto begann abermals, Max' Bein zu umwerben. Max schüttelte das lästige Anhängsel ein zweites Mal ab.

Als Roussel zurückkehrte, hielt er eine Flasche in der Hand, die er Max feierlich überreichte. *„Marc de Provence"*, sagte er, „selbst gemacht."

Die Flasche, die kein Etikett hatte, enthielt eine blassbraune Flüssigkeit. Max füllte zwei Gläser, und die beiden Männer prosteten einander zu.

Als sich Max nach dem ersten Schluck von dem Schnaps die tränenden Augen wischte, fiel ihm das gleichermaßen ungenießbare Gebräu im Keller wieder ein.

„Sagen Sie, was halten Sie von unserem Wein, Le Griffon?", fragte er.

Roussel wischte sich mit dem Handrücken über den Mund. „Eine traurige Geschichte. Ich muss zugeben, dass der Wein vielleicht ein wenig unausgegoren ist, ihm fehlt der letzte Schliff." Er hielt inne, schüttelte den Kopf und lächelte. „Nein, ich will aufrichtig sein: Es ist schlimm um ihn bestellt. Die Qualität lässt sehr zu wünschen übrig." Er trank erneut einen Schluck Marc und seufzte. „An der nötigen Fürsorge fehlt es nicht. Schauen Sie sich die Rebstöcke an! Weit und breit kein Unkraut in Sicht. Kein Zeichen der gefürchteten Traubenfäule. Ich hege und pflege die Rebstöcke wie meine Kinder. Nein, nicht mangelnde Fürsorge ist das Problem, sondern mangelndes Kapital." Er rieb Zeigefinger und Daumen aneinander.

„Viele der Rebstöcke sind alt und ausgelaugt. Sie hätten schon vor Jahren ersetzt werden müssen, aber Ihr Onkel war leider nicht in der Lage zu investieren.“ Er blickte in sein Glas und schüttelte den Kopf.

„Nun, es wird Sie sicher freuen, zu hören, dass ich einen Experten bitten möchte, sich die Weinstöcke, die Trauben und alles andere einmal anzuschauen. Einen *œnologue*.“

Roussels Kopf schnellte hoch. „Wozu denn das?“

Max machte mit beiden Händen eine beschwichtigende Geste. „Das soll keine Kritik an Ihrer Arbeit sein. Sie haben getan, was Sie können. Aber wenn uns ein Fachmann Verbesserungsvorschläge macht, kann ich eher das nötige Geld auftreiben, um sie auch umzusetzen. Dann erzeugen wir einen besseren Wein, und das käme uns beiden zugute, oder nicht?“

Roussels Miene ließ darauf schließen, dass er alles andere als überzeugt war. Er griff nach der Flasche Marc.

„Ich habe bereits mit Maître Auzet darüber geredet“, fuhr Max fort. „Sie hat versprochen, sich umzuhören.“

Ein kräftiger Schluck Marc de Provence gelangte ans Ziel, und Roussel grunzte wie ein Boxer, der einen Fausthieb in den Magen einstecken muss. „Vielleicht ist es wirklich keine schlechte Idee. Ich war einfach nur überrascht, *c'est tout.*“ Er blickte Max an; sein Gesicht hatte die Farbe von altem Ocker, mit einem Streifen Weiß über dem Teil der Stirn, der normalerweise unter seiner Kappe verborgen war. „Sie wollen die Weinfelder also behalten? Das ist gut.“ Er nickte erfreut. „Können Sie eigentlich kochen?“

Max schüttelte den Kopf. „Eier mit Speck, das typisch englische Frühstück. Das war's auch schon.“

„Sie müssen nächste Woche zum Essen zu uns kommen. Meine Frau macht ein Wildschweinragout – ein *civet*, wie es sich gehört, mit Blut und Rotwein zubereitet. Nicht mit englischem Essen zu vergleichen.“ Er feixte, als er seine Kappe wieder aufsetzte. „Kennen Sie den? Die Engländer machen ihrem Wild zweimal den Garaus: zum einen, wenn sie es erlegen, und zum anderen, wenn sie es zubereiten.“ Seine Schultern bebten immer noch vor Lachen, als Max ihn hinausbegleitete. Beide Männer trennten sich mit dem Gefühl, dass ihre Beziehung unverhofft erquicklich begonnen hatte.

DER VERWALTER wartete, bis er sich in sicherer Entfernung vom Haus befand, bevor er sein Handy hervorholte. „Er sagt, dass er einen *œnologue* hinzuziehen will, jemanden, den Sie für ihn suchen. Stimmt das?“

Nathalie Auzet blickte auf ihre Uhr und hämmerte ungeduldig mit den

Fingern auf den Schreibtisch. Da wollte sie ein einziges Mal zeitig Feierabend machen, und schon kam ihr Roussel in die Quere, der jetzt plötzlich Fracksausen bekam. „Ja, das ist richtig. Aber zerbrechen Sie sich darüber nicht den Kopf. Ihnen kann nicht viel passieren."

„Ich weiß nicht. Glauben Sie …"

Sie unterbrach ihn. „Roussel, vertrauen Sie mir! Ich werde jemanden finden, der Ihnen wohlgesinnt ist. Und jetzt muss ich los."

Das Gespräch war beendet. Roussel sah das Telefon an, und seine Stirn legte sich in Falten. Hoffentlich wusste sie, was sie tat.

ALS MAX die *Marc*-Gläser ausspülte, erinnerte ihn der Geruch an den höllisch scharfen Geschmack. Er dachte kurz daran, den Inhalt der Flasche in den Ausguss zu kippen, doch dann beschloss er, den Schnaps zu behalten, Roussels wegen. Der Verwalter würde gewiss wieder kommen. Er schien zum Glück ganz in Ordnung zu sein.

Max dachte an Madame Passepartout, die morgen früh anrücken würde, und schritt sämtliche Zimmer ab, um zu entscheiden, wo sie mit dem Großreinemachen anfangen sollte. Genug Auswahl hatte sie ja, weiß Gott. Er blieb am Flügel stehen, der eine beeindruckende Staubschicht aufwies. Der Silberrahmen mit der alten Fotografie von Onkel Henry und ihm wirkte besonders matt. Als Max das Bild in die Hand nahm, um es aus der Nähe zu betrachten, verrutschte die mit Samt bezogene Rückseite des Rahmens, und ein weiteres Foto kam zum Vorschein, das hinter das erste geklemmt war. Unwillkürlich hatte Max den Eindruck, ein bisher verborgenes Kapitel im Leben seines Onkels aufzuschlagen.

Die zweite Aufnahme zeigte ebenfalls Onkel Henry in jungen Jahren. Er stand neben einem wuchtigen Lieferwagen, den Arm um die Schultern einer gut aussehenden blonden Frau gelegt. Beide lächelten in die Kamera, und die Frau hatte eine Hand auf Onkel Henrys Brust liegen, eine Geste, die ungezwungen und besitzergreifend zugleich wirkte. Es konnte keinen Zweifel an der Art ihrer Beziehung geben.

Max nahm das Foto genauer in Augenschein. Der Kleidung nach zu urteilen, war es im Sommer aufgenommen worden. Und dem Wagen nach höchstwahrscheinlich nicht in Frankreich. Er trat mit dem Bild ans Fenster, wo das Licht heller war, und erkannte weitere Einzelheiten: das Chevrolet-Emblem am Kühler und – verschwommen, aber gerade noch lesbar – das kalifornische Nummernschild. Was hatte Onkel Henry mit Blondinen in Kalifornien zu schaffen gehabt? Der alte Schwerenöter!

SECHS

Und wieder ein strahlender Morgen mit Jogging und einer akrobatischen Einlage in der Dusche. Max zog sich sein T-Shirt an und schlüpfte gerade in die Shorts, als er ein Auto vor dem Haus vorfahren hörte. Gleich darauf ertönte ein dreimaliges herrisches Hupen.

Er ging nach unten und öffnete die Tür. Aus der Heckklappe eines alten, auf Hochglanz polierten Renault 5 ragten die stämmigen Beine und das grellbunte Hinterteil einer Frau, die gerade mit Staubsauger, Plastikeimer, Mopp, Bürsten und Reinigungsmitteln aus dem Kofferraum auftauchte.

„Ich komme doch nicht ungelegen, oder?", fragte Madame Passepartout und schwenkte Max' Hand auf und ab, als wollte sie den Arm vom Rest des Körpers abtrennen. „Ich wollte gern hier sein, bevor Sie mit dem Frühstück beginnen." Sie tauchte erneut im Wagen ab und hielt diesmal eine Papiertüte in der Hand, als sie wieder erschien. „*Voilà.* Sie sind noch warm."

Max bedankte sich und stand da, die Tüte mit den Croissants in der Hand, während Madame Passepartout ihn über die derzeitige Qualität des französischen Brotes (auch nicht mehr das, was es einmal war) und die Moral der Bäckerstochter (auch nicht das, was sie sein sollte) aufklärte. Eine Antwort wurde zweifelsohne nicht erwartet.

Während er der Frau half, die Putzausrüstung in die Küche zu tragen, hatte er Zeit, sie genauer unter die Lupe zu nehmen. Sie war schätzungsweise Anfang fünfzig und trotz ihres Alters und beträchtlichen Körperumfangs offenbar nicht bereit, auf jugendlich knallige und knappe Kleidung zu verzichten, wie die farbenfrohe Komposition aus orangefarbenem Top und türkisfarbenen Leggings zeigte. Die überraschend zierlichen Füße steckten in einem Paar makellos weißer Tennisschuhe. Das schwarze Haar trug sie kurz wie bei einem Herrenschnitt, und ihre dunklen Augen funkelten vor Neugier, als sie sich in der Küche umsah.

Sie schnappte nach Luft. „Ein alter Mann, der allein lebte. Das sieht man auf Anhieb." Sie stand da, die Hände in die Hüften gestemmt, die Lippen missbilligend zusammengepresst. „Das ist nichts für einen netten jungen Mann wie Sie. Überall Staub! Mit Sicherheit Mäuse, vermutlich Skorpione! *Quelle horreur.*" Sie füllte den Wasserkessel, um Kaffee zu kochen, holte Tasse und Teller aus dem Geschirrschrank, musterte die Teile argwöhnisch und spülte sie unter fließendem Wasser ab. Kopfschüttelnd wischte sie den Staub vom Tisch und bedeutete Max, sich hinzusetzen.

Das Frühstück wurde serviert – eine Neuerung, die Max sehr erfreulich fand. Und während er seine Croissants aß und seinen Kaffee trank, setzte Madame Passepartout ihr Geschnatter fort, ohne Luft zu holen. Sie werde alles für ihn besorgen, versprach sie, angefangen von der Lavendelessenz (ein hundertprozentiger Schutz gegen Skorpione) bis hin zu Möbelpolitur und Toilettenpapier. Und während sie pausenlos redete, rüstete sie sich für den Angriff auf den Küchenherd, der nach ihrer fachkundigen Ansicht seit dem Sturm auf die Bastille nicht mehr gereinigt worden war.

„Bon", erklärte sie schließlich und zog ein Paar Gummihandschuhe an, die farblich zu ihren Leggings passten. „Jetzt aber raus hier. Ich kann schließlich nicht um Sie herumputzen. *Allez!*"

Max gehorchte bereitwillig. Sein Instinkt sagte ihm, dass diese Frau sich als wahrer Schatz erweisen könnte, sofern es ihm nur gelänge, ihre Lautstärke zu drosseln.

Wegen Roussels Besuch am Vorabend hatte er den geplanten Rundgang über das Anwesen aufgeschoben. Nun wollte er endlich seinen Besitz erkunden. In dem Dossier, das er von Maître Auzet erhalten hatte, befand sich auch eine Gemarkungskarte, in der die mit Nummern versehenen Parzellen des Grundstücks verzeichnet waren, insgesamt zwanzig Hektar, die das Haus umgaben. Max nahm die Karte, trat ins Freie und hörte einen Moment den Heuschrecken und dem Gurren der Tauben zu, während sich die Hitze des Tages wie eine Decke über ihn herabsenkte.

Die Rebstöcke – *seine* Rebstöcke – erstreckten sich in sämtliche Himmelsrichtungen wie ein grenzenloses grünes Meer. Hinter dem Haus führte eine Allee aus zottigen Zypressen zum Tennisplatz. Das Netz hing traurig an den Pfosten, und die Linien auf dem Spielfeld waren beinahe bis zur Unkenntlichkeit verblasst.

Er setzte seinen Weg fort, wobei seine Füße Staubwolken aufwirbelten. Die Erde war karg und trocken, von Rissen und Spalten durchzogen, doch die Rebstöcke machten einen durchaus gesunden Eindruck. Er bückte sich, pflückte ein paar der noch blassen Trauben und kostete: Sie waren bitter und voller Kerne. Es würde Wochen dauern, bis sie saftig und prall waren, und vermutlich Jahre, bis sie einen genießbaren Wein abgaben. Zum ersten Mal wurde ihm bewusst, wie viel Geduld ein Winzer brauchte; Geduld und Glück mit dem Wetter.

Inzwischen hatte er sich mehrere hundert Meter vom Haus entfernt und war auf eine niedrige Steinmauer gestoßen, die eine einzelne Parzelle von den übrigen trennte. Er sah auf der Karte nach und stellte fest, dass das

Stück Land jenseits der Mauer gerade noch zu seinem Anwesen gehörte. Es war nicht eben wie die anderen Parzellen, sondern fiel sanft nach Osten ab, bevor es an der Straße endete.

Max sprang mit einem Satz über die Mauer und musterte den Boden, der hier statt aus Sand und Ton nur aus zerklüftetem Kalkstein zu bestehen schien. Blendend weiß, strahlte er die gespeicherte Sonnenwärme ab. Hier konnte wohl nicht einmal das genügsamste Unkraut den Nährboden zum Wachsen finden. Und dennoch wirkten die Rebstöcke gesund, die Blätter waren leuchtend grün, die winzigen Trauben reiften ohne Makel heran. Max nahm sich vor, den Önologen zu fragen, wie sie in einem derart unwirtlichen Umfeld gedeihen konnten.

Er wollte gerade umkehren und zum Haus zurückgehen, als sein Handy zu klingeln begann.

„Na, wie ist das Wetter da unten?" Charlies Stimme hatte einen sehnsüchtigen Klang.

„Oh, ganz normal für die Jahreszeit. Wir haben an die dreißig Grad und strahlenden Sonnenschein. Und wie ist es in London?"

„Frag lieber nicht. Mir wachsen allmählich Schwimmhäute zwischen den Zehen. Ich hoffe, dass ich mich gegen Ende des Monats einen oder zwei Tage abseilen kann. In Monte Carlo findet ein internationales Symposium über die Zukunft von Luxusimmobilien statt." Charlie schnaubte verächtlich. „Eine Bande von Gaunern, die ausbaldowern, was sie den Russen aufschwatzen können, nehme ich an. Wie auch immer, ich wurde auserwählt, Bingham & Trout zu vertreten, und ich dachte, ich komme auf dem Rückweg vorbei und schaue mir dein Château an."

„Fantastisch, Charlie! Ich freue mich. Es wird dir hier gefallen."

„Was machen die Trauben? Gibt es Neuigkeiten, was die Suche nach dem Weindoktor betrifft?"

„Ich treffe mich am Sonntag mit jemandem, der Kontakte in der Branche hat. Könnte vielversprechend sein."

„Prima. Und was steht heute bei dir an?"

„Im Moment bin ich in den Weinfeldern und mache mich mit den Rebstöcken vertraut. Dann sind Aufräumarbeiten im Hof fällig, und anschließend werde ich wahrscheinlich im Dorf zu Mittag essen. Nicht gerade das, was man als hektischen Tagesablauf bezeichnen würde, oder?"

„Gewiss nicht. Also ist es da unten wirklich so schön?"

Max blickte über die Weinfelder hinweg zum Himmel, blau und wolkenlos bis zum Horizont, und dachte an sein neues Leben: ohne Anzüge und

Geschäftsbesprechungen, ohne Taktieren und Intrigieren, ohne Verkehrsstau und Luftverschmutzung. „Ja, das ist es wirklich“, erwiderte er.

„Du bist ein Glückspilz!“

DEN REST des Vormittags verbrachte Max damit, das Inventar der Scheunen zu sichten und eine Liste der Gerätschaften anzulegen, die er brauchte, um den Hof wieder in Schuss zu bringen: Unkrautvernichter, eine Fuhre feinen Kies, Gartenschere und Rechen. Er hatte noch nie Haus und Hof besessen, ganz zu schweigen von einem weitläufigen Gut, doch er stellte fest, dass ihm die einfache, körperliche Arbeit Spaß machte. Seine Hände rochen nach Erde, waren schmutzig und voll Blasen, weil er die heruntergefallenen Zweige und Äste in die Scheune geschleift hatte, um einen Vorrat an Feuerholz anzulegen.

„Du liebe Güte! Wie können Sie sich ohne Hut in die Sonne wagen?“, rief Madame Passepartout, die mit mahnend erhobenem Zeigefinger aus der Küche auftauchte. „Wollen Sie Ihr Gehirn schmoren?“

Schuldbewusst ergänzte er seine Einkaufsliste um einen Hut.

Es war Punkt zwölf, und Madame Passepartout fuhr zum Mittagessen nach Hause. Bevor sie sich verabschiedete, wurde Max ins Haus zitiert, um das Ergebnis ihrer Anstrengungen zu inspizieren. Er äußerte Bewunderung und Dankbarkeit, als ihm der glänzende Herd, die polierten Kupferkochtöpfe und der makellos geschrubbte Steinboden vorgeführt wurden.

„Das ist nur der Anfang. Wenigstens können Sie jetzt in der Küche essen, ohne sich zu vergiften.“ Madame Passepartout warf ihm einen vorwurfsvollen Blick zu. „Das heißt, Sie könnten – wenn es in diesem Haus irgendetwas Essbares gäbe. Was wollen Sie zu Mittag essen?“

„Oh, ich wollte ins Dorf gehen und im Café eine Kleinigkeit zu mir nehmen. Steak mit Pommes frites oder so.“

Wieder der mahnende Zeigefinger. „*Attention!* Das Steak besteht aus Pferdefleisch, als Rindfleisch getarnt. Mit einem Omelett sind Sie besser bedient.“ Damit und mit dem Versprechen, am Nachmittag zurückzukehren, brauste Madame Passepartout davon.

Max warf sich in Schale, deponierte den Hausschlüssel unter einer Kübelpflanze im Hof und fuhr los. Auf dem Weg ins Dorf wurde der Gedanke an ein Omelett im Café von dem Wunsch nach etwas Handfesterem verdrängt, und deshalb beschloss er, im Chez Fanny zu essen.

Leider kam es anders. Fanny war *très désolée* – untröstlich –, aber es war Samstag und das ganze Restaurant, wie so oft, für eine Hochzeitsgesellschaft reserviert. Max stapfte mit seiner Enttäuschung davon und musste nun doch mit dem Café vorlieb nehmen.

Wie sich herausstellte, war das Omelett ausgezeichnet, leicht und locker, der Salat frisch und der Rosé kühl und körperreich. Von seinem Platz draußen vor dem Café hatte Max einen ungehinderten Blick auf die Feier, die auf der gegenüberliegenden Seite des Dorfplatzes stattfand.

Die Hochzeitsgäste auf Fannys Terrasse waren überwiegend jung – ein paar Kinder und eine Hand voll älterer Leute waren auch darunter – und hatten reichlich dem Wein zugesprochen. Gelächter drang herüber, Bruchstücke von Reden, Zwischenrufe und Beifall inbegriffen, und eine tremolierende Version des von Edith Piaf berühmt gemachten Chansons „La Vie en rose". Ein älterer Mann hatte vor der Braut Aufstellung genommen, sang und dirigierte gleichzeitig die übrigen Gäste, die freudig einstimmten.

Max saß bei Espresso und Calvados und spürte, wie sich ein Gefühl des Wohlbehagens in seinem Körper ausbreitete. Er streckte sein Gesicht der Sonne entgegen, schloss die Augen und gab dem Impuls nach zu dösen.

Ein Höllenlärm holte ihn unsanft in die Gegenwart zurück. Der Dorfplatz hatte sich mit Fahrzeugen gefüllt, die mit Chiffonstreifen in Weiß, Hellblau oder Rosa geschmückt waren, und das obligatorische Hupkonzert zerriss die nachmittägliche Idylle. Nach einer Runde um den Dorfplatz setzte sich die Kavalkade in Marsch, um mit ohrenbetäubendem Getöse die Fahrt in die Flitterwochen einzuläuten.

Max rieb sich die Augen und spürte ein leichtes Brennen auf den Lidern, die zu viel Sonne erwischt hatten. Stille senkte sich wieder über den Platz, als das Dorf die Fensterläden schloss und sich für die Siesta rüstete.

Ins Haus zurückgekehrt, traf er Madame Passepartout bei einem lautstarken Duett mit dem Staubsauger an. Er flüchtete und verbrachte den Rest des Nachmittags in den Scheunen, wo er versuchte, wenigstens einen Anschein von Ordnung in das Chaos aus Düngemittelsäcken, Ölkanistern und alten Traktorreifen zu bringen. Es war eine schwere, schmutzige Arbeit, und um sieben Uhr abends war er so müde und erschöpft wie seit Jahren nicht mehr. Er schenkte sich ein Glas Wein ein, setzte sich auf den Rand des steinernen Bassins im Hof und beobachtete, wie die Sonne langsam am Horizont versank und ein rosa- und lavendelfarbenes Freudenfeuer am Himmel entfachte.

AM SONNTAGMORGEN war es in der Gegend noch stiller als sonst, sodass Max bei seinem Lauf keiner Menschenseele begegnete. Es gab keine Autos auf den Straßen, keine Traktoren am Horizont und keine Gestalten in den Weinfeldern. Das Leben schien stillzustehen, in Sonnenlicht gebadet, wohin er auch schaute.

Er öffnete die Küchenfenster, wodurch er eine entrüstete Taube von ihrem angestammten Platz vertrieb. In der Ferne riefen die Kirchenglocken die Dorfbewohner zur Messe – ein kurzes Intermezzo, das dem Seelenheil diente, bevor man sich den Genüssen des Sonntagsmahls hingab. Als Max in den Kühlschrank sah, entdeckte er wenig, was ihn zu solchen Genüssen verführt hätte. Er musste sich mit einer Schale Milchkaffee begnügen.

Die Küche roch nach Möbelpolitur und Lavendelessenz. Madame Passepartout hatte der Platte des alten Holztisches wieder einen gesunden Glanz verliehen und eine Schale mit dunkelrosa Rosen von dem Strauch im Hof in die Mitte gestellt. Nächste Woche müssen wir uns über ihren Lohn unterhalten, dachte Max. Was immer sie auch verlangt, sie ist ihr Geld wert.

Er putzte sich für seinen Ausflug mit Nathalie Auzet heraus, rasierte sich sorgfältiger als sonst und wählte eine dunkelblaue Baumwollhose zu einem hellen Seidenhemd. Auf dem Weg zur Haustür musterte er sich im Dielenspiegel und stellte fest, dass seine Londoner Blässe einer Sonnenbräune Platz gemacht hatte, die zwar noch auf Gesicht und Unterarme beschränkt war, aber immerhin.

Nathalies Haus lag in derselben Straße wie ihre Kanzlei, nur zwei Türen weiter. Ein glänzendes schwarzes Cabrio mit offenem Verdeck stand davor, und die Haustür war offen. Die Schauergeschichten über steigende Kriminalitätsraten, die sich bei der Sensationspresse so großer Beliebtheit erfreuten, ereigneten sich offenbar nicht in Saint-Pons.

Max hob den schweren Bronzeklopfer und betätigte ihn zweimal.

„*Oui?*" Die Stimme kam aus dem Obergeschoss und übertönte das Summen eines Föhns.

„Nathalie, ich bin's! Max."

Der Föhn verstummte. „Kommen Sie rein! Ich bin gleich fertig."

Max durchquerte die winzige Diele und betrat einen L-förmigen Raum, dessen Wohnbereich durch einen Frühstückstresen von der Küche abgetrennt war. Ein Ledersofa und zwei Clubsessel waren um einen niedrigen Couchtisch voll Bücher angeordnet, und ein kostbarer Orientteppich, dessen Farben mit dem Alter einen warmen Schimmer angenommen hatten, lag auf dem Fliesenboden. Ein großer provenzalischer Spiegel, der über dem offenen Kamin hing, spiegelte eine Vase mit Lilien wider. Eine Reihe Fotografien von Lartigue – alle Aufnahmen signiert, wie Max bemerkte – schmückte eine Wand.

Alles zeugte von einem unaufdringlichen, aber erlesenen Geschmack und von Geld im Überfluss.

Er setzte sich auf die Kante des Ledersofas und nahm die Bücher auf dem Couchtisch in Augenschein, überwiegend Bildbände über Kunst oder Fotografie, wobei ein Stapel dem Wein gewidmet schien. Obenauf lag ein altes Exemplar von „The Great Wine Châteaus of Bordeaux". Max begann darin zu blättern. Wenn dieses Buch noch aufgelegt würde, wäre es das ideale Geschenk für Charlie gewesen, der die Kombination aus erlesenen Weinen und Luxusimmobilien mit Sicherheit zu schätzen gewusst hätte.

Beim Umblättern der Seiten flatterte ein Lesezeichen zu Boden. Max hob es auf und sah, dass es sich um ein Weinetikett handelte. Der Wein war ihm völlig unbekannt, aber die Schlichtheit des Entwurfs und das cremefarbene Papier des Etiketts gefielen ihm. Es strahlte gediegene Eleganz und Klarheit aus. Er schob es wieder zwischen die Seiten, als er Nathalie die Treppe herunterkommen hörte, legte das Buch an seinen Platz zurück und erhob sich, um sie zu begrüßen.

Ihre Notarkluft hatte sie im Kleiderschrank gelassen. Sie trug eine eng anliegende weiße Hose zu einem ärmellosen schwarzen Top, und die Sonne, die durch das Fenster fiel, betonte den Kupferschimmer ihrer Haare. Max streckte ihr die Hand entgegen, die sie zu seiner Überraschung ignorierte, um sich vorzubeugen und ihn auf beide Wangen zu küssen. Der Morgen begann höchst erfreulich.

„Alles klar? Sind Sie bereit zum *chiner*?"

„Ich habe keine Ahnung, was das heißt, aber es klingt, als würde es Spaß machen. Ist es auch legal?"

Nathalie lachte. „Es bedeutet, nach Antiquitäten zu stöbern, auf Schnäppchenjagd zu gehen." Sie hängte sich eine große Schultertasche aus Leder um. „Wir nehmen meinen Wagen. Ich fahre gern."

Max hatte schon immer davon geträumt, sich von einem hübschen weiblichen Chauffeur herumkutschieren zu lassen. Nun stellte er allerdings fest, dass er seinen Fuß ständig gegen den Boden stemmte, auf der Suche nach der nicht vorhandenen Bremse. Nathalie fuhr nach klassischer französischer Manier – rasant und voller Ungeduld – und ignorierte hochmütig die Vorteile des beidhändigen Lenkens. Was nicht hieß, dass die nicht am Steuer befindliche Hand untätig war. Wenn sie nicht gerade von einem Gang in den anderen schaltete, war sie damit beschäftigt, das glänzende Haar zurückzustreichen, die Sonnenbrille zurechtzurücken oder die Unterhaltung mit Gestik zu bereichern.

Während die Kilometer wie im Flug vergingen, erzählte Nathalie, wie sich das verschlafene kleine Nest Isle-sur-Sorgue mit einem Trödelmarkt am Sonntagmorgen in eine weltweit bekannte Antiquitätenmetropole verwandelt hatte. „Inzwischen kommt alles her, was Rang und Namen hat", sagte sie, „Händler aus New York und Kalifornien, London, München und Paris …" Sie schwieg einen Moment, während sie beschleunigte und in einer unübersichtlichen Kurve zu einem besonders waghalsigen Überholmanöver ansetzte. Sie blickte zu Max hinüber und grinste. „Sie können die Augen wieder aufmachen. Wir sind gleich da."

Max richtete ein stummes Dankgebet an den Schutzheiligen aller verzagten Beifahrer und begann sich zu entspannen, als der Verkehr nur noch im Schneckentempo dahinkroch und die Blechlawine Stoßstange an Stoßstange zu einem Parkplatz am Flussufer rollte. Nathalie erspähte ein Pärchen, das gerade ein riesiges Ölgemälde ins Auto lud. Per Zeichensprache vergewisserte sie sich, dass der Parkplatz der beiden frei wurde, und blieb dann mitten auf dem Weg stehen. Prompt setzte in der Schlange hinter ihr ein wütendes Hupkonzert ein. Nathalie ignorierte den Lärm und ließ sich beim Einparken Zeit.

Max stieg aus und reckte sich. „Geht es hier immer so zu?"

Nathalie nickte. „Im Winter ist es ein wenig ruhiger, aber nicht viel."

Sie hielten auf die Marktstände mit ihrem riesigen Angebot zu – altes Leinen, Töpferwaren, eingerissene Plakate, Aschenbecher, Stühle auf drei Beinen, Amateur-Cézannes …

„Diese Straßenseite ist hauptsächlich für die Touristen", erklärte Nathalie. „Vis-à-vis sehen Sie einen Teil der ernsthaften Händler. Der Rest befindet sich ein Stück weiter, im alten Bahnhof. Dort fangen wir an." Sie ergriff seinen Arm und lotste ihn auf eine schmale Fußgängerbrücke, die über den Fluss führte. „Aber zuerst brauche ich einen Kaffee."

Am anderen Flussufer breiteten sich weitere Marktstände aus, beladen mit Käse und Blumen, Olivenöl und Kräutern, billigen Kleidern und robusten rosafarbenen Büstenhaltern und Korsetts. Max schwieg und sammelte Eindrücke – die Farben, die Gerüche, das gutmütige Rempeln der Menschenmenge –, während er den leichten Druck von Nathalies führender Hand genoss.

Sie fanden einen Tisch in einem Café mit Blick auf den Fluss und bestellten zwei Milchkaffee. Nathalie umfasste die Schale mit beiden Händen, nahm einen großen Schluck und lehnte sich mit einem wohligen Seufzer zurück. „*Alors*", sagte sie. „Bevor wir uns ins Gewühl stürzen …" Sie begann, ihre Handtasche zu durchwühlen. „Das Mittagessen." Sie nahm ihr Handy aus der Tasche und wählte eine Nummer. „*Jacques? C'est Nathalie.* Gut, und dir?" Sie lachte über die Antwort. „Ja, für zwei Personen. Bitte im Garten."

Sie tranken ihren Kaffee aus, und Nathalie sah auf die Uhr. „Wir haben noch reichlich Zeit bis zum Essen. Was möchten Sie sich zuerst anschauen? Die teuren oder die sündhaft teuren Händler?"

Nachdem sie annähernd zwei Stunden damit verbracht hatten, Kommoden, Kleiderschränke, Himmelbetten und Unmengen von Stühlen und Tischen mit überladener Verzierung und einer Datierung zu inspizieren, die den verschiedenen Napoleons und den noch zahlreicheren Louis zugesprochen wurde, war Max eines klar: Das Sammelsurium in seinem Dachgeschoss war von geringem Interesse für Antiquitätenliebhaber. Ein wenig enttäuscht gesellte er sich zu Nathalie, die gerade mit einem jungen Mann plauderte, der inmitten einer Kronleuchterkollektion stand.

„Das war sehr aufschlussreich", sagte Max, nachdem sich der junge Mann zurückgezogen hatte. „Ich fürchte jedoch, mein Mobiliar kann in dieser hochkarätigen Liga nicht mitspielen."

Nathalie lachte. „Kein Rembrandt in der Gesindekammer? Armer Max." Sie nahm seinen Arm. „Machen Sie sich nichts draus! Ein Glas Wein wird Sie aufmuntern."

Sie hatte ein kleines, von einem Freund geführtes Restaurant ausgesucht, das sich bei Händlern und Innenarchitekten großer Beliebtheit erfreute. Nathalie steuerte den einzigen freien Tisch im Garten an, überschattet von den Blättern eines riesigen Feigenbaumes.

In weißem Hemd und weißer Hose tauchte Jacques, der stämmige Besitzer des Lokals, auf, verteilte Speisekarten, zwei Küsse für Nathalie und einen Händedruck für Max. Er beklagte, dass Nathalie ihn nicht häufiger mit ihrem Besuch beehrte, empfahl mit Enthusiasmus zwei, drei besondere Leckerbissen und wünschte ihnen einen guten Appetit.

Nathalie studierte die Karte. „Der Lachs ist hier immer gut, genau wie das Lamm. Und vorweg empfehle ich die Salatschüssel à la Jacques."

Max lehnte sich zurück. „Ganz, wie Sie meinen."

Nathalie sah ihn mit dem Anflug eines Lächelns an. „Tun Sie immer, was die Frauen Ihnen sagen?"

„Kommt auf die Frau an."

Sie bestellten und aßen; eine Karaffe Wein führte zur nächsten, während sie in den Nachmittag hineinplauderten und ihre leicht geschönten Lebensgeschichten austauschten. Max merkte, dass Nathalie lieber zuhörte als redete und dass sie stets an den richtigen Stellen lachte. Erst auf dem Rückweg zum Auto dachte er daran, sie zu fragen, ob sie bei der Suche nach einem Weindoktor Glück gehabt habe.

„Ich denke schon“, sagte sie. „Habe ich Ihnen das noch gar nicht erzählt? Er ist einer der Besten und ständig auf Achse – wie alle, die etwas von ihrem Fach verstehen. Wenn sie sich nicht gerade in Burgund aufhalten, sind sie in Kalifornien oder Chile. Wie dem auch sei, sein Büro hat mir versprochen, dass er nächste Woche zurückruft.“

Sie erreichten den Wagen. Max legte eine Hand aufs Herz und setzte eine, wie er hoffte, gewinnende Miene auf. „Nathalie, darf ich einen Vorschlag machen, um einen herrlichen Nachmittag perfekt zu beenden?“

Sie warf ihm einen argwöhnischen Blick zu. Bisher hatte er sich wie ein zivilisierter Mensch betragen, aber man konnte nie wissen.

„Lassen Sie mich zurückfahren!“

SIEBEN

Es war Mr Chens dritter Besuch in Bordeaux, und die Stadt gefiel ihm mit jedem Mal besser. Er war vor allem von der Eleganz und den überschaubaren Dimensionen der Bauwerke aus dem 18. Jahrhundert angetan, die einen angenehmen Kontrast zu den gigantischen Glas- und Stahltürmen seiner Heimatstadt Hongkong boten. Er bewunderte die Place de la Bourse, die Esplanade des Quinconces, das Grand Théâtre, die Springbrunnen und Statuen, er genoss den Blick auf die träge dahinfließende Garonne und zog sogar in Betracht, seine Besuche auf zweimal pro Jahr zu erhöhen.

Von Natur aus bildungsbeflissen, hatte er unter anderem entdeckt, dass der Schriftsteller François Mauriac den Begriff „Aristokratie des Korkens“ erfunden hatte, mit dem das Gemisch aus französischen, englischen, irischen, deutschen und schweizerischen Wein-Granden in Bordeaux bezeichnet wurde, und dass deren ursprüngliche Weinkeller unweit des Flusses erbaut worden waren, am Quai des Chartrons.

Und genau hier, an der Stelle, wo die Rue Ramonet in den Quai des Chartrons mündete, bat Mr Chen den Taxifahrer anzuhalten. Ein Spaziergang in der kühlen Luft, die vom Fluss herüberwehte, würde dafür sorgen, dass er einen klaren Kopf bekam, bevor er sich der Aufgabe des heutigen Tages widmete. Mit der Bank war alles arrangiert. Seinen Kunden hatte er einen vertraulichen Hinweis gegeben. Blieb also nur noch zu hoffen, dass der Preis dieses Jahr nicht in allzu schwindelerregende Höhen steigen würde.

Als er in den Cours Xavier Arnozan einbog, eine von Bäumen und imposanten Häusern gesäumte Prachtstraße, sah er, dass auch die anderen gerade eintrafen. Er beschleunigte seinen Schritt, um mit ihnen eines der beeindruckenden Häuser zu betreten. Es gab kein Schild an der Tür, das etwas über die Bewohner verraten hätte.

Im Dämmerlicht der Eingangshalle tauschte die handverlesene Gruppe von Geschäftsleuten – ausnahmslos Asiaten in dunklen Anzügen – Verbeugungen, Visitenkarten und einen Händedruck mit dem Gastgeber aus, einem hoch gewachsenen Franzosen, dessen Anzug von so erstklassiger Passform war, dass er von einem Londoner Schneider hätte stammen können. Die gemeinsame Sprache war Englisch, mit unterschiedlichstem Akzent gesprochen. Das gemeinsame Interesse galt dem Wein.

„Wie Ihnen gewiss schon aufgefallen ist, handelt es sich nicht um eine gewöhnliche Verkostung“, sagte der Franzose gerade und strich sich eine ergrauende Haarsträhne aus dem Gesicht. „Normalerweise finden die Verkostungen von Spitzenweinen *sur place* statt, also dort, wo die Trauben wachsen. In unserem Fall ist das Weingut zu klein dafür.“ Er betrachtete die aufmerksamen Mienen ringsum und schüttelte den Kopf. „Wir können nicht einmal mit einem Miniatur-Château dienen, und es ist auch nicht geplant, eines zu errichten. Der Boden ist viel zu kostbar, um ihn für Ziegelsteine und Mörtel zu verschwenden. Deshalb findet die Verkostung hier in Bordeaux statt.“

Die Geschäftsleute nickten alle gleichzeitig, wie auf Kommando.

„Wenn Sie mir bitte folgen wollen, meine Herren.“ Durch einen schmalen Korridor gelangten sie in den kleinen Verkostungsraum, der von einem langen Mahagonitisch beherrscht wurde. Auf der polierten Oberfläche waren funkelnde Gläser, silberne Leuchter mit brennenden Kerzen und ein Trio offener Flaschen ohne Etikett aufgereiht, jede mit Hieroglyphen in weißer Kreide gekennzeichnet. *Crachoirs* aus verziertem Kupfer standen an den beiden Schmalseiten des Tisches für das zeremonielle Spucken bereit, das im Verlauf der Verkostung stattfinden würde.

Der Franzose rückte die Manschetten an seinem Hemd zurecht, verschränkte die Hände vor der Brust und unterstrich mit einem leichten Stirnrunzeln die Bedeutung seiner Worte. „Wie Sie wissen, ist diese Verkostung auf geladene Gäste beschränkt, internationale Einkäufer ersten Ranges.“ Im Raum wurden die Köpfe gebeugt, ein stummer Dank für das Kompliment. „Auf ein Fachpublikum, das in der Lage ist, die außergewöhnlichen Qualitäten dieses bemerkenswerten Weines zu schätzen." Wie einstudiert richteten sich alle Blicke auf die drei Flaschen, die auf dem Tisch standen.

„Unser Weingut ist winzig, wir können nur sechshundert Kisten Wein im Jahr erzeugen", erklärte der Franzose. „Das ist weniger, als die Gebrüder Gallo in Kalifornien an einem einzigen Vormittag produzieren. Was wir anbieten, ist lediglich ein Tropfen im Ozean der Weine. Sie werden verstehen, dass wir ihn nicht an Amateure und durstige Journalisten vergeuden."

Die Einkäufer lächelten und nickten abermals geschmeichelt.

„Leider haben wir zwei Probleme", fuhr der Franzose fort. „Das erste habe ich bereits erwähnt: Wir besitzen kein Château, weshalb unser Wein keinen Anspruch auf einen illustren Namen erheben kann. Wir nennen ihn *Le Coin Perdu*, das gottverlassene Fleckchen Erde, weil das der Name des Weinguts ist, das meine Familie vor vielen Jahren übernommen und vor dem Verfall gerettet hat. Ihr Glaube an das Land und die jahrelange harte Arbeit auf den Weinfeldern beginnen nun Früchte zu tragen. Der Wein ist außergewöhnlich – und das bringt uns zum zweiten Problem." Er breitete seine Hände aus und hob in Zeitlupentempo die Schultern. „Es gibt nicht genug. Sechshundert Kisten wie gesagt, und auch das nur in guten Jahren. Wenn sich jedoch Qualität und Knappheit des Angebots paaren, steigen die Preise, traurig, aber wahr. Der Preis für den Wein dieses Jahres wird – wie soll ich es ausdrücken? – beeindruckend sein: etwa vierzigtausend Dollar pro Kiste." Er hob beschwörend die Arme, das Bild eines Mannes, der von traurigen Ereignissen überrollt wurde.

Die illustren Gäste schnappten hörbar nach Luft und holten – alle zugleich – die Taschenrechner heraus.

„Während Sie Ihre Berechnungen anstellen, meine Herren, sollten Sie an Château Pétrus denken. Denken Sie an Latour, an Lafite-Rothschild. Solche Weine können einträglicher sein als der Aktienmarkt, besonders in unserer heutigen Zeit. Sie stellen eine Investition dar."

Bei der Erwähnung dieses elektrisierenden Begriffes besserte sich die Stimmung im Raum beträchtlich, und die Einkäufer sahen gebannt zu, wie der Franzose zum Tisch ging und eine der Flaschen in die Hand nahm. Er goss etwas Wein in ein Glas, hielt es gegen das Kerzenlicht und inspizierte die Farbe. Dann nickte er zufrieden, beugte den Kopf, schwenkte den Wein im Glas, hob ihn an die Nase und schloss die Augen, während er tief einatmete. Die Einkäufer verharrten in ehrfürchtigem Schweigen, als sähen sie einen im Gebet versunkenen Mann vor sich.

„Bon.“ Der Bann war gebrochen, als der Franzose begann, die übrigen Gläser zu füllen. Mit einem strahlenden Lächeln nahm er seinen Monolog wieder auf. „Heute erleben Sie die erste Verkostungsrunde für diesen Jahrgang, und Sie, meine Freunde aus Asien, sind die Ersten, die ihn kosten dürfen. In der nächsten Woche werden unsere Freunde aus Amerika uns die Ehre geben und danach unsere Freunde aus Deutschland.“ Er seufzte. „Hoffen wir, dass genug für alle da ist.“

Unbemerkt von der Gruppe, war eine weitere Gestalt lautlos in den Verkostungsraum geschlüpft: eine grazile, blonde junge Frau in einem maßgeschneiderten grauen Kostüm mit atemberaubend kurzem Rock.

„Ah“, sagte der Franzose und sah von den Gläsern auf. „Darf ich Ihnen meine Assistentin vorstellen? Mademoiselle de Salis.“ Alle Köpfe schnellten herum, dann senkten sich alle Blicke auf die Beine. „Vielleicht sind Sie so freundlich, meine Liebe, mir beim Verteilen der Gläser zu helfen.“

Sämtliche Einkäufer, die sich um den Tisch geschart hatten, nahmen ein Glas. Wie ein eingespieltes Team, das den Ablauf des Rituals in- und auswendig kennt, schwenkten sie den Wein, hoben die Gläser ans Kerzenlicht und beäugten respektvoll die Farbe.

„Etwas dunkler als der gewöhnliche Bordeaux“, verkündete einer der Einkäufer.

„Was für ein scharfes Auge Sie haben, Monsieur Chen! Er ist insgesamt gehaltvoller. Eher mit Samt als mit Wolle zu vergleichen.“

Mr Chen speicherte den Vergleich im Gedächtnis ab zur späteren Verwendung. Seine Klientel war mit solchen Formulierungen immer zu beeindrucken, je bombastischer, desto besser.

„Zeit, Ihre Nasen arbeiten zu lassen, meine Herren.“ Der Franzose ging mit gutem Beispiel voran und beugte den Kopf über sein Glas; im Raum wurde es totenstill. Dann, zögernd zunächst, doch mit wachsender Selbstsicherheit, gaben die Einkäufer ihren Urteilsspruch ab, einer nach dem anderen. Veilchen wurden erwähnt und Vanille.

Als Nächstes wurde der Wein gekaut und auf der Zunge gerollt, bevor es ihm gestattet wurde, die Backenzähne zu benetzen und in den Gaumen einzudringen. Anschließend wurde er den *crachoirs* überantwortet.

Wie beschreibt man das Unbeschreibliche? Nachdem sie einen Schluck gekostet hatten, taten die Einkäufer ihr Bestes, um Bilder von Leder, Schokolade und Himbeeren, von Komplexität und Tiefe, Rückgrat, Muskeln und Weißdornblüten heraufzubeschwören – von beinahe allem außer Trauben. Notizblöcke wurden gezückt und bekritzelt. Der Franzose lächelte unablässig und machte seinen Gästen Komplimente über die Feinheit ihres Gaumens und die Treffsicherheit ihrer Kommentare.

Als das Gurgeln und Spucken zu verklingen schien, gab er Mademoiselle de Salis verstohlen ein Zeichen.

Diese ergriff eine Mappe aus schwarzem Krokodilleder und einen Füllfederhalter, wie sie zur Ratifizierung internationaler Abkommen benutzt werden, und begann damit die Runde zu machen. Wie ein perfekt arbeitender Hirtenhund trennte sie die einzelnen Einkäufer von der Herde und entführte sie abwechselnd vom Tisch, sodass sie abseits von der Gruppe ihre Bestellungen aufgeben konnten.

Das Zuschrauben des Füllfederhalters und das Zuklappen der Mappe gaben dem Franzosen das Signal zum Aufbruch. Er komplimentierte die Herde aus dem Raum und den Korridor entlang, bevor er in der Eingangshalle eine Abschiedsrede hielt. „Ich darf Sie zu Ihren Entscheidungen beglückwünschen", sagte er, „Entscheidungen, die Sie nicht bereuen werden. Ihre Bestellungen werden umgehend versandt." Er hob die Hand und tippte an seine Nase. „Gestatten Sie mir, Ihnen einen kleinen Rat mit auf den Weg zu geben? Erstens: Beschränken Sie den Zugang zu diesem Wein auf langjährige Kunden, die Ihr volles Vertrauen genießen und es vorziehen, über ihre Trinkgewohnheiten zu schweigen. Publicity würde unweigerlich die enge Beziehung zerstören, die wir aufgebaut haben. Und zweitens würde ich vorschlagen, dass Sie ein paar Kisten zurückbehalten, als eiserne Reserve." Er sah seine Partner mit einem Lächeln an, das künftigen Wohlstand verhieß. „Preise haben die Gewohnheit zu steigen."

Nach dieser beruhigenden Schlussbemerkung, weiterem Verbeugen und Händeschütteln bewegte sich die Gruppe durch die Eingangstür auf die Straße hinaus ins helle Sonnenlicht.

Der Franzose eilte in den Verkostungsraum zurück, wo Mademoiselle de Salis am Tisch saß, ihr blondes Haupt über Mappe und Taschenrechner gebeugt. Er trat hinter sie und begann ihr die Schultern zu massieren. „*Alors, chouchou,* hast du schon Bilanz gezogen?"

„Chen hat sechs Kisten geordert, Shimizu ein Dutzend, Deng vier, Ikumio acht, Watanabe und Yun Fat …"

„Macht insgesamt?"

„Alles in allem einundvierzig Kisten – etwas mehr als anderthalb Millionen Dollar."

Der Franzose blickte lächelnd auf seine Uhr. „Nicht schlecht für einen halben Tag Arbeit. Ich denke, wir haben uns das Mittagessen verdient."

An diesem sonnigen Morgen hatte Madame Passepartout beschlossen, das Wohnzimmer in Angriff zu nehmen, vor allem die Spinnweben, die das hohe Deckengewölbe zierten. Zu diesem Zweck hatte sie ihr Handwerkszeug um einen Staubwedel mit Teleskopstange erweitert. Sie rückte gerade einem besonders großen staubig grauen Netz zu Leibe, als sie ein Auto vorfahren hörte.

„Monsieur Max! Monsieur Max!“ Ihr Schrei hallte durch das Wohnzimmer und in den Gang hinaus.

Mit eiligen Schritten erschien Max auf der Türschwelle. „Alles in Ordnung, Madame? Ist etwas passiert?“

„Da draußen ist jemand. Ich habe ein Auto gehört.“

Max nickte ergeben. Nach ihrem panischen Schrei hatte er einen Haushaltsunfall mit Knochenbrüchen befürchtet. „Ich werde nachsehen.“

Das Fahrzeug war klein, nichts sagend – und leer. Max durchquerte den Hof, bog um die Ecke und stieß mit einer Gestalt zusammen. Einer weichen, überraschten, eindeutig weiblichen.

„Oh!“ Sie wich erschrocken zurück. „Hallo.“ Sie war schätzungsweise Mitte zwanzig, hübsch, blauäugig, goldhaarig, goldhäutig, und wenn sie lächelte, gab sie ihre Nationalität preis. Das einzige Land, in dem so regelmäßige, blendend weiße Zähne erzeugt wurden, war Amerika.

Max starrte sie mit offenem Mund an.

„Sprechen … Sie … Englisch?“, fragte sie übertrieben deutlich.

Max riss sich zusammen. „Gewiss“, erwiderte er. „Es ist meine Muttersprache.“

Die Besucherin war sichtlich erleichtert. „Fantastisch! Mein Französisch gibt nicht viel her. Vielleicht können Sie mir weiterhelfen? Ich suche den Besitzer dieses Anwesens – einen Mr Skinner.“

„Er steht vor Ihnen.“

Das Mädchen schüttelte lachend den Kopf. „Das kann nicht sein.“

„Warum?“

„Sie sind nicht alt genug.“

Max rieb sich das Kinn. „Alt genug wofür?“

„Mr Skinner ist mein Vater.“

„Henry Skinner?“

Das Mädchen nickte und warf ihm einen verzweifelten Blick zu. „Es ist mir ungeheuer peinlich, aber ich habe eine lange Fahrt hinter mir und brauche dringend ein Badezimmer. Könnte ich wohl …“

„Ach so, natürlich. Die Toilette.“ Er bat sie ins Haus und deutete die Treppe hinauf. „Zweite Tür links.“

Aus dem Wohnzimmer tauchte Madame Passepartout auf. Ihr Gesicht war ein einziges Fragezeichen, während sie dem Mädchen nachblickte, das zwei Stufen auf einmal nahm. *„Eh alors?“*, sagte sie, an Max gewandt.

„Kaffee“, sagte er. „Das ist jetzt genau das Richtige.“

Madame Passepartout, die eine kurzweilige Verschnaufpause witterte, marschierte schnurstracks in die Küche, begann mit Wasserkessel und Kaffeefilter zu hantieren und stellte drei Tassen auf den Tisch.

„Ein Überraschungsbesuch von einer Freundin“, sagte sie und warf Max einen vielsagenden Blick zu.

„Ich habe sie noch nie im Leben gesehen.“

Madame Passepartout schnaubte ungläubig und goss kochendes Wasser über den gemahlenen Kaffee, während sie ungeduldig auf die Rückkehr des Mädchens wartete. Sie spürte, dass etwas im Busch war – womöglich gab es sensationelle Enthüllungen. Ihr Gespür sollte sie nicht täuschen, doch zu ihrem Leidwesen erfolgten die Enthüllungen in Englisch. Dennoch nahm sie am Tisch Platz und verfolgte das Gespräch, von dem sie kein Wort verstand. Dabei drehte sich ihr Kopf unentwegt von einer Seite zur anderen, als wäre sie Zuschauerin bei einem Tennisturnier.

„So, und jetzt noch einmal der Reihe nach: Das ist Madame Passepartout, und ich heiße Max. Henry Skinner war mein Onkel.“

Das Mädchen beugte sich über den Tisch und reichte ihm die Hand. „Christie Roberts – aus St. Helena, Kalifornien.“

Daher die Sonnenbräune, dachte Max. „Machen Sie hier Urlaub?“

„Urlaub? Nicht ganz. Aber das ist eine lange Geschichte.“ Sie rührte ihren Kaffee um, während sie ihre Gedanken sammelte. „Ich bin allein mit meiner Mutter aufgewachsen. Sie sprach nicht oft über meinen Vater, erzählte mir nur, er sei bei einem Autounfall ums Leben gekommen, als ich ein Baby war. Vor ein paar Jahren wurde sie sehr krank, und letztes Jahr starb sie.“ Christie schüttelte den Kopf. „Stört es Sie, wenn ich rauche?“

„Tun Sie sich keinen Zwang an. Sie sind in Frankreich, dem Paradies der Raucher.“ Max holte einen alten Aschenbecher herbei.

„Dumme Angewohnheit.“ Christie blies einen Rauchkringel an die Decke. „Also … nach dem Begräbnis musste ich Moms Unterlagen durchsehen – Kontoauszüge, Versicherungspolicen und so. Dabei entdeckte ich einen Brief, ziemlich alt, von einem Mann namens Henry, der schrieb, dass er sie vermisse. Er bat sie inständig, zu ihm nach Frankreich zu kommen. Im Umschlag befand sich auch ein verschwommenes Foto von ihm – ich nehme an, dass er es ist –, wie er vor einer Bar in der Sonne sitzt.“

„Haben Sie das Foto dabei?"

„In meiner Handtasche im Auto. Das Bild weckte meine Neugier, und ich begann mich bei Leuten umzuhören, die meine Mutter noch von früher kannten, als sie jung war. Es stellte sich heraus, dass dieser Henry einige Zeit in Kalifornien verbracht hat und mit Mom … liiert war." Sie trank einen Schluck Kaffee. „Also besorgte ich mir eine Kopie meiner Geburtsurkunde, und darin war der Name meines Vaters eingetragen."

„Henry Skinner?"

Sie nickte. „Deshalb bin ich hier. Ich dachte, es sei an der Zeit, meinen Dad kennen zu lernen." Sie drückte die halb gerauchte Zigarette aus und zog die Stirn in Falten. „Aber ich bin wohl zu spät gekommen."

Max nickte. „Tut mir Leid. Er starb letzten Monat. Woher haben Sie die Adresse?"

„Ein alter Freund meiner Mutter arbeitet beim Auswärtigen Amt in Washington. Diese Leute sind in der Lage, alles herauszufinden."

Max stand auf. „Ich möchte Ihnen etwas zeigen." Er ging ins Wohnzimmer und kam mit der Fotografie im Silberrahmen zurück. Er entfernte die Rückseite, nahm das verborgene zweite Foto heraus, das schon braun und brüchig war, und legte es vor Christie auf den Tisch.

Sie betrachtete es lange. „Das ist meine Mutter. Und der Mann daneben ist mein Vater, schätze ich. Ihr Onkel … Dein Onkel, sollte ich wohl sagen, wo wir doch verwandt sind."

Madame Passepartout nutzte das Abräumen der Kaffeetassen, um sich vorzubeugen und einen Blick auf die Fotografie zu erhaschen. „Monsieur Max", sagte sie, „was geht hier vor?"

Max kratzte sich am Kopf. „Ich weiß es noch nicht so recht."

Er wandte sich an Christie und begann ihr die Geschichte von seiner Warte aus zu erzählen – seine Besuche in diesem Haus als kleiner Junge, der Tod seines Onkels, das Testament. Als er das Testament erwähnte, fiel ihm etwas ein. „Mein Gott, ich muss dringend telefonieren."

Christie lächelte. „Tu dir keinen Zwang an."

Max gelang es, zur Kanzlei von Nathalie Auzet durchzukommen, erfuhr von der Sekretärin aber nur, Maître Auzet sei für ein paar Tage in Paris. Er legte auf und sank auf seinem Stuhl zusammen.

„Die Sache ist die", erklärte er Christie, „in Frankreich besagt die gesetzliche Erbfolge, dass das gesamte Vermögen des Erblassers an die Verwandten erster Ordnung übergeht, ganz automatisch. Onkel Henry dachte, ich sei sein einziger lebender Verwandter. Er wusste ja nichts von dir." Max runzelte die Stirn. „Seltsam. Warum hat deine Mutter ihm nicht von dir erzählt?"

„Vielleicht hat sie ihn nicht geliebt, wer weiß? Jedenfalls heiratete Mom noch vor meiner Geburt einen Mann namens Steve Roberts – die Ehe hat nicht lange gehalten."

Max stand auf, um eine Flasche Rosé aus dem Kühlschrank zu holen. „Du siehst, worauf ich hinauswill, oder? Wenn du Onkel Henrys Tochter bist, ist sein Testament unter Umständen ungültig." Er goss Wein ein und reichte Christie ein Glas. „Was bedeuten würde, dass dieses Anwesen dir zufällt."

„Du spinnst." Christie lachte lauthals. „Was sollte ich mit einem Weingut in Frankreich anfangen? Es gehört dir." Sie nahm einen Schluck Wein. „Hm, sehr fein. Würzig und trocken. Was ist das für eine Mischung? Grenache und Syrah?" Sie griff nach der Flasche und las das Etikett. „Im Vergleich dazu schmeckt unser Zinfandel wie Hustensaft."

„Kennst du dich mit Wein aus?"

„Klar. Ich bin in Napa Valley aufgewachsen und arbeite in einer Weinkellerei. Ich mache dort die Öffentlichkeitsarbeit."

Max nickte geistesabwesend. Es war mehr als wahrscheinlich, dass er die Situation richtig erfasst hatte – auch wenn das Mädchen ihm nicht glaubte. Nach dem französischen Gesetz würde eine illegitime Tochter in der Erbfolge mit Sicherheit Vorrang haben vor einem legitimen Neffen. Just in dem Augenblick, als er sich an das Leben eines Gutsbesitzers zu gewöhnen begann, war seine Zukunft mit einem Mal ungewiss. Völlig ungewiss.

„Wir müssen die Sache klären", sagte er, „und zwar gleich, bevor sie noch komplizierter wird." Er holte ein Telefonbuch aus der Küchenanrichte und begann im Branchenverzeichnis zu blättern.

Christie wirkte bestürzt. „Ich verstehe kein Wort. Was ist denn los?"

„Ich denke, wir brauchen juristische Beratung." Max fand, wonach er gesucht hatte, und griff zum Hörer.

„Oh nein! Du willst doch nicht etwa einen Anwalt hinzuziehen?"

„Allerdings."

Während Max die Nummer wählte, sah Madame Passepartout Christie fragend an. Doch die zuckte nur mit den Schultern. So warteten beide, bis Max aufgelegt hatte. „Okay. Wir haben um zwei Uhr einen Termin in Aix."

Das Mittagessen – Brot, Käse und Salat – verlief schweigend. Max war in Gedanken versunken, den Kopf voll niederschmetternder Aussichten. Christie war verwirrt und zugleich bekümmert, weil sie ihren Vater nun nicht mehr kennen lernen würde. Madame Passepartout war nach Hause gefahren, hatte jedoch versprochen, am Nachmittag zurückzukehren, um den Kampf gegen die Spinnweben wieder aufzunehmen.

Sie wollten gerade ins Auto einsteigen, als Christie beim Öffnen der Wagentür innehielt. „Max? Willst du wirklich einen Anwalt befragen?"

Max blickte sie über das Autodach hinweg an. „Ich muss. Ich könnte die Ungewissheit, ob das Gut mir oder dir gehört, nicht ertragen. Angenommen, du überlegst es dir irgendwann anders und lässt deinen Erbanspruch doch überprüfen, weil du vielleicht … einen Franzosen heiraten willst?"

Sie schüttelte den Kopf. „Das steht nicht auf meinem Plan."

„Man kann nie wissen. Pläne haben die Neigung, sich zu ändern."

Auf der Fahrt nach Aix führten sie eine Unterhaltung der sicheren, unpersönlichen Art, zu der zwei Menschen Zuflucht nehmen, wenn sie nicht preisgeben wollen, was ihnen wirklich durch den Kopf geht. Sie verglichen ihre beruflichen Tätigkeiten miteinander: Max' frühere Aktivitäten in der Londoner City, Christies in der Weinkellerei. Sie teilten die Bewunderung für die einzigartige Landschaft, durch die sie fuhren, und als sie endlich einen Parkplatz in Aix gefunden hatten, fühlten sie sich so wohl miteinander, wie es unter den sonderbaren Umständen nur möglich war.

Maître Bosc, der Rechtsanwalt, den Max nach dem Zufallsprinzip aus dem Branchenverzeichnis ausgewählt hatte, belegte mit seiner Kanzlei das gesamte Erdgeschoss eines der besterhaltenen Gebäude an der Place d'Albertas, einem Kopfsteinpflasterplatz aus dem 18. Jahrhundert. Die Sekretärin bat Christie und Max, im Wartezimmer Platz zu nehmen, während sie ihre Ankunft meldete. Fünf Minuten vergingen, dann zehn. Als genug Zeit verstrichen war, um keinen Zweifel aufkommen zu lassen, dass der Maître ein viel beschäftigter und wichtiger Mann war, tauchte die Sekretärin endlich wieder auf und geleitete sie feierlich in sein Büro.

Es war ein weitläufiger Raum mit hohen Fenstern und Stuckgesims, der durch die moderne, billig wirkende Einrichtung entweiht wurde. Maître Bosc erhob sich hinter seinem Schreibtisch aus Rosenholzimitat und forderte sie mit einer Geste auf, sich zu setzen. Der stämmige Mann mit hochgekrempelten Hemdsärmeln und zerzaustem Haar blickte sie mit einem freundlichen Lächeln an. „*Alors?* Was kann ich für Sie tun?"

Während Max die Situation beschrieb, in der sich Christie und er befanden, machte sich Bosc Notizen und warf von Zeit zu Zeit eine gemurmelte Frage ein.

Auf Christie, die bisher nur die kalifornische Spezies von Anwälten kannte – immer tipptopp gekleidet und streitsüchtig –, machte Bosc einen sanften, umgänglichen Eindruck.

Dass auch er den typischen Instinkt für ein langes, lukratives Mandat besaß, ging jedoch schon aus seinen ersten Worten hervor, als Max seinen Bericht beendet hatte.

Der Maître ließ seine Lesebrille von der Nase gleiten und begann sich langsam in seinem Stuhl hin- und herzudrehen. „Wir bewegen uns in einer juristischen Grauzone“, erklärte er schließlich.

Max wusste aus Erfahrung, dass immer dann, wenn ein Jurist den Begriff Grauzone bemühte, atemberaubende Rechnungen folgten. Und die nächsten Worte des Anwalts bestätigten seinen Verdacht.

„Die Sache ist kein Klacks. Es gilt nach Präzedenzfällen zu suchen. Aber vielleicht gibt es gar keinen Präzedenzfall.“ Bosc seufzte. „In diesem Fall liegt die Entscheidung bei den höchstrichterlichen Instanzen.“

Max übersetzte für Christie: „Er sagt, die Angelegenheit könne kompliziert werden.“

„Klar, was sonst“, erwiderte sie ärgerlich. „Das sagen sie doch immer. Max, wir brauchen ihn nicht!“

Max zuckte mit den Schultern. „Jetzt sind wir schon hier. Da können wir uns auch anhören, was er zu sagen hat.“

Bosc wartete geduldig, bis sie ihr Palaver beendet hatten. „Da wäre dann noch das Problem, hieb- und stichfest nachzuweisen, dass Mademoiselle tatsächlich Monsieur Skinners Tochter ist. Natürlich gibt es heutzutage die DNS-Analyse, aber auch das ist kein Klacks. Monsieur Skinners sterbliche Überreste befinden sich auf dem Friedhof, und eine Exhumierung ist ein reichlich vertracktes Unterfangen, das Genehmigungen von verschiedenen Behörden erfordert.“ Er ließ die Sätze genüsslich auf der Zunge zergehen. „Das könnte beträchtliche Komplikationen nach sich ziehen. Aber der Fall ist faszinierend – ich bin gern bereit, ihn zu übernehmen.“

„Die Sache ist noch komplizierter geworden“, übersetzte Max für Christie. „Ich glaube, ich werde dir die Einzelheiten nachher erklären.“

Christie verdrehte die Augen und holte ihre Zigaretten heraus.

Bosc blickte von einem zum anderen, unsicher, wer schließlich sein Mandant werden würde. Er hoffte, der Mann, da er Französisch sprach. Andererseits war das Mädchen sehr hübsch – und Amerikanerin, wie der junge Mann gesagt hatte, also ungeheuer reich. Er beschloss, ihnen einen konstruktiven Rat zu erteilen. „Um Ihre jeweilige Position zu sichern, sollten Sie beide Ihre physische Anwesenheit auf dem Besitz so lange fortsetzen, bis die strittige Angelegenheit geklärt ist. Alles andere könnte unter Umständen als Verzicht auf jeglichen Rechtsanspruch ausgelegt werden. Die französischen Gesetze sind bisweilen sehr vertrackt."

„Was sagt er?", fragte Christie.

„Später", entgegnete Max.

Das Gespräch endete mit Boscs Versprechen, Nachforschungen in die Wege zu leiten. Aber das brauche seine Zeit, erklärte er. Etwas Geduld sei unabdingbar. Er begleitete sie zur Tür und sah ihnen nach, als sie auf den von der Sonne beschienenen Platz hinaustraten, wobei er sich bei der Aussicht auf das fette Honorar im Geist die Hände rieb.

Christie seufzte lange und laut. „Okay. Ist jetzt alles klar?"

„Nicht ganz. Ich denke, ein Bier würde mir die Erklärungen erleichtern. Du machst dir nicht viel aus Anwälten, stimmt's?"

„Ich habe mal mit einem zusammengelebt."

Stumm gingen sie die Rue de Nazareth bis zum Cours Mirabeau entlang, wo sie den letzten freien Tisch auf der Terrasse des „Deux Garçons" ergatterten. Der Ober stellte gleichgültig zwei Bier auf ihren Tisch und wartete auf die Bezahlung, den Blick in weite Ferne gerichtet. Dann spähte er rasch nach unten, um die Höhe des Trinkgelds zu taxieren, das er mit einer leichten Neigung des Kopfes zur Kenntnis nahm, ehe er davoneilte.

Max begann mit seiner Erklärung, aber er musste rasch einsehen, dass Präzedenzfälle und juristische Instanzen Christie nicht interessierten. Und als er auf das Thema Exhumierung und DNS-Test zu sprechen kam, schüttelte sie nur schaudernd den Kopf.

„Jedenfalls schlug er vor – nein, es war eher ein Rat –, dass du, wie er es ausdrückte, deine physische Anwesenheit fortsetzen solltest."

„Meine Anwesenheit fortsetzen?"

„Ja, im Haus."

„Mit dir zusammen?"

„Gewissermaßen. Ich meine, ich würde ebenfalls dort wohnen … also meine physische Anwesenheit fortsetzen. Nur bis der Fall geklärt ist."

„Max, wir sind uns heute Morgen zum ersten Mal begegnet. Ich kenne dich überhaupt nicht. Und jetzt schlägst du vor, dass ich mit dir zusammenleben soll?" Die Fassungslosigkeit der jungen Amerikanerin, die zum ersten Mal mit der europäischen Lasterhaftigkeit konfrontiert wird, stand ihr ins Gesicht geschrieben.

„Das Haus ist groß", sagte Max und musste sich ein Grinsen verkneifen. „Jeder von uns kann drei Schlafzimmer mit Beschlag belegen."

ACHT

Dachte ich mir's doch!", sagte Madame Passepartout zufrieden. „Die junge *Américaine* zieht ein." Sie beobachtete Max, der sich abmühte, Christies riesige Reisetasche auf seiner Schulter durch die Eingangstür zu bugsieren. „Alles ist vorbereitet, Monsieur Max", fügte die Haushälterin verschwörerisch hinzu. „Ich habe Blumen in Ihr Schlafzimmer gestellt und das Bett frisch bezogen. Sie beide werden sich bestimmt wohl fühlen."

Max stellte die Reisetasche abrupt auf den Boden. „Nein, Madame, nein! Das ist ein Missverständnis. Sie bleibt hier, aber nicht bei mir. Das heißt schon bei mir, aber nicht im selben Schlafzimmer."

Madame Passepartout nahm die Neuigkeit verblüfft zur Kenntnis. Sie stemmte die Hände in die Hüften und legte den Kopf schief. „*Ah bon?* Und wieso nicht?"

„Das erkläre ich Ihnen später." Max hievte die Reisetasche wieder auf die Schulter. „Erst mal suchst du dir ein Quartier", sagte er zu Christie.

Sie inspizierten sämtliche Räume im ersten Stock, und Christie musterte verwundert die durchhängenden Betten, die uralten Kleiderschränke, die unebenen Fliesenböden. Ihre Verwunderung verwandelte sich in Ungläubigkeit, als sie eines der Badezimmer betraten.

„Das ist ja vorsintflutlich", sagte sie. „Unfassbar."

„Nicht gerade das Ritz, ich weiß. Aber dafür hat es massenhaft Charme. So etwas gibt es in den Staaten nicht." Max streckte beide Arme in Richtung Fenster aus. „Das Panorama ist fantastisch."

Ein angedeutetes Lächeln konnte Christies Erschütterung nicht verbergen, und Max versuchte sich die luxuriösen sanitären Einrichtungen in Kalifornien vorzustellen, an die sie vermutlich gewöhnt war. Hygiene kam in Amerika einer Religion gleich, das wusste er, und er empfand Mitleid mit der jungen Amerikanerin. „Warum nimmst du nicht mein Schlafzimmer? Ich suche mir eine andere Bleibe", schlug er vor.

Gesagt, getan. Max überließ Christie der Aufgabe, ihre Reisetasche auszupacken, und ging in die Küche hinunter, wo er sich bei einem Glas Wein Madame Passepartouts grenzenloser Neugier stellte.

„Aber warum denn nicht?", fragte sie abermals. „Es ist das beste Schlafzimmer. Und das Bett ist groß genug für zwei."

„Aber wir kennen uns doch gar nicht."

„Na und? Dann lernen Sie sich eben kennen."

Max griff zum letzten Mittel. „Hören Sie, die Wahrheit ist …, dass ich nicht auf Blondinen stehe. Mir waren Brünette schon immer lieber."

Madame Passepartout konnte nicht verhindern, dass ihre Hand hochschnellte und ihr braunes Haar berührte. Wie sonderbar diese Engländer doch waren! Sie wünschte Max einen angenehmen Abend und machte sich auf den Weg zu ihrer Schwester, Madame Roussel, um ausgiebig über Max und seine Schrullen zu diskutieren.

Max wartete, bis ihr Wagen am anderen Ende der Einfahrt verschwunden war, bevor er eine Flasche Rosé und zwei Gläser in den Hof hinaustrug. Er stellte die Flasche unter den Strahl des Springbrunnens, wo sie eiskalt blieb, und holte zwei morsche Weidenstühle aus der Scheune, um mit Christie den Sonnenuntergang zu betrachten. Als er sich setzte und die Ereignisse des Tages Revue passieren ließ, konnte er den Gedanken nicht abschütteln, dass seine Tage hier unter Umständen gezählt waren. Gehörte das Weingut wirklich ihm, oder bestand die Gefahr, dass man ihm den Besitzanspruch aberkannte?

„Hi."

Max schrak aus seinen sorgenvollen Zukunftsbetrachtungen auf und sah Christie vor sich stehen, in frischen Jeans und weißem T-Shirt, die nassen Haare streng zurückgekämmt.

„Herzlichen Glückwunsch! Du hast herausgefunden, wie die Dusche funktioniert." Max schenkte ein Glas Wein ein und reichte es ihr.

Dann saßen sie schweigend da und betrachteten den Himmel, der mit gold- und pinkfarbenen Streifen geschmückt war. Das Wasser des Springbrunnens plätscherte, das Geräusch vermischte sich mit dem Zirpen der Wanderheuschrecken. Christie drehte sich um und sah Max an. „Wie war er, mein Dad?"

Max starrte in die Ferne und durchforstete sein Gedächtnis. „Was mir am meisten an ihm gefiel, war, dass er mich nicht wie einen Schuljungen behandelte, sondern wie einen Erwachsenen. Er besaß viel Humor und hatte ein Faible für die Franzosen mit ihren guten Manieren. Gute Manieren gingen ihm über alles. Er war ein Kavalier der alten Schule – er hätte dir gefallen. Ich mochte ihn sehr." Er trank einen Schluck Wein und blickte auf die Uhr. „Ich dachte, wir fahren ins Dorf zum Essen. Dabei kann ich dir mehr über ihn erzählen."

Das „Chez Fanny" war mit Leuten aus dem Dorf und einer Hand voll Touristen bereits zum Bersten voll. Fanny eilte herbei, um Max zu begrüßen. Sie war sichtlich überrascht, dass er nicht allein war.

„Wo haben Sie in den letzten Tagen gesteckt?“, fragte sie, während sie seinen Arm tätschelte. „Und wer ist das?“

Max machte die beiden Frauen miteinander bekannt und beobachtete belustigt, wie sie einander musterten.

„Was ist so komisch?“, fragte Christie unwirsch.

„Ihr beide. Einen Moment lang dachte ich, ihr würdet euch gleich beschnüffeln wie zwei Hunde im Park.“

Christies Blick folgte Fanny, die sich durch die Tischreihen schlängelte. „Hier trägt man die Kleidung ziemlich eng, oder? Wenn sie niesen muss, steht sie oben ohne da.“

„Ich gebe die Hoffnung nicht auf“, sagte Max grinsend. Als Christie missbilligend die Augenbraue hob, beeilte er sich zu fragen: „Also, worauf hast du Lust? Hast du schon mal gefülltes Kaninchen gegessen? Köstlich!“

Christie wirkte skeptisch. „Schmeckt das nach … Wild?“

„Nein, eher nach Hühnchen. Du wirst begeistert sein.“

Das Thema Henry Skinner bestimmte die Unterhaltung bei Tisch, und Max erzählte Christie von seinen Erinnerungen an jene lang zurückliegenden Sommermonate.

Sein Onkel hatte ihm damals Tennis, Schach und Wein, gute Bücher und klassische Musik nahe gebracht. Max hatte auch Unterricht im Traktorfahren sowie Lektionen über das Ausnehmen von Hühnern erhalten. Und schließlich war dieser Informationscocktail noch ergänzt worden durch Vorträge über die unberechenbare Natur rothaariger Frauen, die Wichtigkeit eines guten blauen Anzugs oder ein bewährtes System, beim Backgammon zu gewinnen.

„Ich fand diese Sommerferien herrlich“, sagte Max.

„Wo waren deine Eltern?“

„Oh – in Schanghai, Lima, Saudi-Arabien, überall auf der Welt. Mein Vater war Diplomat und wurde alle vier Jahre in ein anderes Land versetzt, das generell als ungeeignet für kleine englische Schuljungen galt.“

Inzwischen war die Dunkelheit hereingebrochen, und die Terrasse wurde nur vom flackernden Schein der Kerzen auf den Tischen und der Kette farbiger Glühbirnen beleuchtet, die man an der Vorderseite des Restaurants aufgehängt hatte. Die meisten Gäste waren mit dem Essen fertig und tranken zum Abschluss einen Kaffee, rauchten, unterhielten sich leise oder lauschten den Liedern von Edith Piaf, die Fanny aufgelegt hatte.

Max sah, dass Christie schläfrig wurde und ihr Kopf vornüber sackte, während sie ein Gähnen zu unterdrücken versuchte. Der Wein, das Essen und der lange Tag forderten ihren Tribut, und so bat er Fanny mit einem Wink um die Rechnung.

Sie zog einen Stuhl herbei und nahm Platz. „Schauen Sie sich Ihre *petite amie* an." Mit einer Kopfbewegung deutete sie auf Christie, die kurz vor dem Einschlafen war. „Sie haben ihr offenbar so zugesetzt, dass sie völlig erschöpft ist." Fanny sah ihn an, belustigt und neugierig zugleich.

Max schüttelte den Kopf. „Es ist nicht so, wie Sie denken", erklärte er. „Sie ist gerade erst angekommen, aus Kalifornien. Sie hat einen langen Flug hinter sich."

Fanny lächelte und beugte sich vor, um Max das Haar zu zerzausen. „Vielleicht haben Sie morgen mehr Glück?" Ihre Hand fiel auf seine Schulter und blieb dort liegen, warm und federleicht. Ohne nachzudenken, ließ Max seine Fingerspitzen über die Innenseite ihres nackten Armes gleiten, vom Handgelenk bis zur Ellenbeuge. Ihre Köpfe waren so nahe beieinander, dass er ihren Atem auf seiner Wange spürte.

„Störe ich?" Christie hatte sich hochgerappelt und beobachtete die beiden aus halb offenen Augen.

Max lehnte sich mit einem Räuspern zurück. „Ich zahle gerade."

Während der Rückfahrt konnte Max immer noch Fannys Haut spüren, als hätten seine Finger ein eigenes Gedächtnis.

Christie gähnte erneut. „Tut mir Leid, dass mir die Puste ausgegangen ist. Trotzdem war es ein schöner Abend – vielen Dank. Und du hattest Recht mit dem Kaninchen."

Max lächelte in der Dunkelheit. „Schön, dass es dir geschmeckt hat." Obwohl keiner von beiden es zu diesem Zeitpunkt ahnte, hatten sie damit für die nächsten Tage den Gipfel ihrer bilateralen Beziehung erreicht.

EINEN Zaungast in seinem Leben zu ertragen ist eine schwierige Sache und erfordert ein gehöriges Maß an Rücksichtnahme. So ging es auch Christie und Max mit ihrem für beide Seiten befremdlichen und strapaziösen Arrangement. Später sollte Christie es als Zusammenprall zweier völlig unterschiedlicher Lebenswelten bezeichnen.

Max war Frühaufsteher, Christie Langschläferin. Wenn sie in die Küche hinunterkam, hatte Max bereits sämtliche Croissants aufgegessen und den letzten Orangensaft ausgetrunken. Christie war von Haus aus ordentlich, Max nicht. Sie fand Madame Passepartout neugierig und aufdringlich; er sah in ihr eine Perle von unschätzbarem Wert.

Hinzu kamen kleinere Unannehmlichkeiten, wie sie vielen alten Häusern im ländlichen Frankreich eigen sind: Es gab abwechselnd kochend heißes, eiskaltes oder gar kein Wasser; die Elektrizität schwankte, ermattete oder versiegte völlig. Dann der sonderbare Geschmack der frischen Kuhmilch, die Invasion der Insekten – all das begann bald an den Nerven eines Mädchens zu zerren, das an Komfort und Effizienz in einem modernen, behüteten Umfeld gewöhnt war. Und nicht zu vergessen die Franzosen: In einem Augenblick förmlich, im nächsten vertraulich, redeten sie wie ein Maschinengewehr, waren ständig von Knoblauchgeruch umhüllt und, wie Christie fand, mit chronischer Überheblichkeit geschlagen.

Max stellte fest, dass es ihm insgeheim Vergnügen bereitete, ihr Paroli zu bieten, indem er Frankreich und die Franzosen verteidigte und das Feuer der hitzigen Debatten hin und wieder mit einer wohl dosierten Kritik an Amerika schürte. So wurde die Atmosphäre im Haus immer angespannter, und es war unvermeidlich, dass der anhaltende verbale Schlagabtausch irgendwann in eine handfeste Auseinandersetzung mündete.

Es begann in der Öffentlichkeit. Vom Hunger getrieben, hatten Christie und Max, die beide nicht kochen konnten, wohl oder übel einen Waffenstillstand geschlossen, um im Dorf zu Abend zu essen. Fannys Verhalten trug nicht gerade dazu bei, die Situation zu entspannen: Sie machte viel Aufhebens um Max, während sie Christie ignorierte, die das Treiben mit immer freudloserem Blick beobachtete.

Als das Dessert kam, platzte ihr der Kragen. „Muss sie dir eigentlich jedes Mal eine Massage verabreichen, wenn sie an den Tisch kommt?"

„Das ist nun mal ihre Art. Es zwingt dich ja niemand hinzuschauen."

„Prima." Christie stieß ihren Stuhl zurück und sprang auf. „Dann lasse ich es bleiben." Und damit marschierte sie wütend in die Nacht hinaus.

Max holte sie ein paar Minuten später auf der Landstraße ein. Er trat auf die Bremse, um sich ihrem Schritttempo anzupassen, und stieß die Beifahrertür auf. Christie ignorierte ihn und blickte stur geradeaus, während sie weiterstapfte. Nachdem er rund hundert Meter im Schneckentempo neben ihr zurückgelegt hatte, gab Max auf, zog die Tür zu und gab Gas.

Zu Hause warf er die Autoschlüssel auf den Küchentisch und suchte nach einem Ventil für seine Wut. Roussels widerlicher *Marc* entsprach genau seiner Stimmung, und als Christie zur Tür hereinkam, war er bereits beim zweiten Glas angelangt.

Er sah ihr angespanntes Gesicht und hätte es besser wissen sollen. Aber er war viel zu geladen, um seine Zunge im Zaum zu halten.

„Schönen Spaziergang gemacht?"

Diese drei Wörter öffneten bei Christie das Schleusentor für eine wahre Sturzflut von Beschwerden, die sich – nach einem kurzen Seitenhieb auf Fanny – zielstrebig auf den eigentlichen Brennpunkt ihrer Unzufriedenheit zubewegten: Max und seine gefühllose, selbstsüchtige, eingebildete Art. Typisch Engländer! Sie marschierte vor dem Küchenherd auf und ab und funkelte ihn an, während sie auf seine Reaktion wartete. Doch die fiel anders aus, als sie es sich vorgestellt hatte.

„Jeder hat das Recht auf eine eigene Meinung", sagte Max kühl, „wie aggressiv sie auch zum Ausdruck gebracht wird." Er deutete auf die Flasche, die auf dem Tisch stand. „Lust auf einen Drink?"

Nichts hätte ein Mädchen, das auf einen Kampf aus war, mehr in Weißglut versetzen können. Nein, sie hatte absolut keine Lust auf einen Drink. Sie hatte Lust, ihm eine Lektion über den Respekt zu erteilen, der einer Frau in ihrer Lage gebührte – fern der Heimat, der Sprache unkundig und von Fremden umzingelt.

Max schwenkte den letzten Schluck in seinem Glas, bevor er ihn mit Schaudern runterkippte und sich erhob. „Ich habe dich nicht gebeten herzukommen", sagte er. „Mir ist das zu kindisch. Ich gehe jetzt ins Bett."

Er schaffte es nicht einmal bis zur Küchentür. Christie, die endgültig rotsah, schnappte sich das nächstbeste Wurfgeschoss – eine kleine gusseiserne Kasserolle – und feuerte es ihm hinterher. Bedauerlicherweise traf sie ins Schwarze. Die Kasserolle erwischte Max voll an der Schläfe. Seine Beine gaben nach, und er fiel bewusstlos zu Boden.

Christie stand wie vom Donner gerührt und blickte zu der Gestalt hinüber, die sie niedergestreckt hatte. Blut sickerte aus der Wunde an Max' Kopf und rann in einer dünnen roten Spur an der Schläfe hinab. Er gab keinen Mucks mehr von sich. Von Reue und Panik übermannt, riss Christie Küchenkrepp von der Rolle, eilte zu ihm, hockte sich auf den Boden und wiegte seinen Kopf in ihrem Schoß, während sie versuchte, die Blutung mit dem Küchenkrepp zum Stillstand zu bringen. Ein Arzt! Sie musste einen Arzt rufen. Aber sie hatte keine Ahnung, wie man das in Frankreich machte. Die Polizei? Die Feuerwehr? Oh Gott, was hatte sie nur getan?

Der Kopf auf ihrem Schoß bewegte sich kaum merklich. Dann erklang ein Ächzen, und gleich darauf öffnete Max langsam ein Auge.

„Ein Meisterwurf", stöhnte er. „Wo hast du das gelernt?"

Christie atmete auf. „Es tut mir so Leid. Ich weiß nicht, was in mich gefahren ist. Ich schätze, ich habe … oh Gott, das Blut. Ist alles in Ordnung? Sag, dass alles in Ordnung ist!"

Max hob seinen Kopf mit übertriebener Vorsicht. „Ich denke, ich werde es überleben.“ Er öffnete das zweite Auge.

Erleichtert half Christie ihm, aufzustehen und am Küchentisch Platz zu nehmen, wo sie ihn verarztete. „Es ist nicht so schlimm, wie ich befürchtet hatte“, stellte sie fest, als sie die Platzwunde über seiner Augenbraue säuberte. „Ich glaube nicht, dass es genäht werden muss. Aber das war trotzdem idiotisch von mir. Es tut mir Leid. Ehrlich.“

„Vermutlich habe ich es nicht anders verdient.“

Sie warf das blutige Küchenkrepp in den Mülleimer. „So, das war's. Jetzt brauche ich nur noch ein Desinfektionsmittel. Hast du Jod im Haus?“

„Nicht nötig.“ Max griff über den Küchentisch nach der Flasche Marc. „Versuch es damit. Das tötet alle bekannten Keime ab.“

Sie betupfte seinen Kopf mit dem Alkohol, dann legte sie ihm einen provisorischen Verband aus einem sauberen Geschirrtuch an.

„Sollen wir nicht doch lieber einen Arzt holen?“, fragte sie.

Max, der den Kopf schütteln wollte, zuckte zusammen. „Wozu? Der verdirbt uns nur den schönen Abend.“

NEUN

Am nächsten Morgen betrachtete Max sein zerschundenes Gesicht im Spiegel und hob vorsichtig den Zipfel des Geschirrtuchs an, um die bläulich verfärbte Schwellung über seinem linken Auge zu inspizieren. Abgesehen von dem unangenehmen Pochen, wenn er den Kopf zu schnell bewegte, schien der Schaden nicht allzu schlimm zu sein. Doktor Clerc, der Dorfarzt, würde die Wunde im Handumdrehen fachkundig versorgen.

Max schlich die Treppe hinunter, fest entschlossen, Madame Passepartout aus dem Weg zu gehen. Bei ihrem Sinn fürs Dramatische würde sie bestimmt darauf bestehen, einen Rettungshubschrauber zu alarmieren.

Er schlich vergebens. Die Haushälterin lauerte ihm vor der Küchentür auf, Christie mit banger Miene an ihrer Seite.

„Ich habe kein Auge zugemacht vor lauter Sorge“, gestand Christie. „Wie fühlst du dich?“

Bevor Max antworten konnte, schlug Madame Passepartout entsetzt beide Hände an die Wangen. „Monsieur Max! Was ist mit Ihrem Kopf passiert?“

Max berührte vorsichtig das Geschirrtuch. „Kleiner Unfall bei der

Gartenarbeit. Kein Grund zur Panik." Er wandte sich an Christie und wechselte die Sprache. „Es reicht, wenn der Dorfarzt einen Blick darauf wirft."

Christie bestand darauf, ihn zu fahren, und sie ließen Madame Passepartout auf der Türschwelle zurück, besorgt mit der Zunge schnalzend und etwas von einer Gehirnerschütterung murmelnd.

Eine halbe Stunde und eine Tetanusspritze später, als das Geschirrtuch durch eine professionelle Bandage ersetzt war, verließ Max das Sprechzimmer des Arztes und fand Christie im Wartezimmer vor. Sie blickte ihn fassungslos an und konnte sich das Lachen nicht verkneifen. „Ich nehme an, dem Doktor sind die weißen Mullbinden ausgegangen. Oder hast du ausdrücklich um einen rosafarbenen Verband gebeten?"

Sie gingen die Straße entlang zum Café, das Roussel gerade nach einem stärkenden morgendlichen Bier verlassen wollte. Während sie sich begrüßten, musterte er Max' Kopf. „*Eh alors?* Was …"

„Kleiner Unfall bei der Gartenarbeit", klärte Max ihn auf und erstickte weitere Fragen im Keim, indem er Christie mit Roussel bekannt machte.

Mit einer galanten Geste nahm der Verwalter seine Kappe ab und verbeugte sich. „Sehr erfreut, Mademoiselle. Sie wohnen also bei Monsieur Max? Dann hoffe ich, dass Sie heute Abend mit ihm zu uns zum Essen kommen. Meine Frau hat ein Wildschweinragout vorbereitet." Er küsste genussvoll seine Fingerspitzen. „Mit Wein und Blut, wie es sich gehört." Als er Christies ausdruckslose Miene bemerkte, zuckte Roussel mit den Schultern und wandte sich fragend an Max.

„Mademoiselle spricht kein Französisch. Aber ich weiß, dass sie sich sehr über die Einladung freut. Sie mag Blut."

Mit einem unsicheren Lächeln und einem verstohlenen Seitenblick auf Christie stapfte Roussel davon und überließ die beiden ihrem Frühstück.

Christie wischte sich einen Krümel vom Mund, umfasste die Schale Milchkaffee mit beiden Händen und atmete den wunderbaren Duft tief ein. „Max, was wirst du den Leuten sagen, wenn sie wissen wollen, was mit deinem Kopf passiert ist? Ich meine, wirst du allen erzählen …"

„… dass ich einen Unfall bei der Gartenarbeit hatte? Klar. Das ist doch eine einleuchtende Erklärung, oder? Kurz und bündig."

Sie beugte sich vor und berührte seinen Arm. „Das ist nett von dir."

Erstaunlich, wie sich die Atmosphäre reinigt, sobald ein wenig Blut geflossen ist, dachte Max.

„Roussel hat uns beide für heute Abend zum Essen eingeladen", erzählte er, „und ich habe angenommen. Ich hoffe, du hast nichts dagegen."

Christie antwortete nicht. Ihr Blick war an Max vorbei auf eine Gestalt gerichtet, die schnurstracks auf ihren Tisch zusteuerte. „Halt deine Gartengeschichte parat! Da kommt die Nächste, um sich zu erkundigen."

Max sah sich um und entdeckte Nathalie Auzet in einem todschicken Kostüm. Die Notarin trug ein belustigtes Lächeln zur Schau. „Ich bin gerade Roussel über den Weg gelaufen", berichtete sie. „Er erzählte mir, Sie hätten mit einem Baum gekämpft." Sie küsste Max rechts und links auf die Wange und musterte ihn über den Rand ihrer Sonnenbrille. „Rosa steht Ihnen. Es ist hoffentlich nichts Ernstes?"

„Danke, mir geht es gut. Aber der Baum befindet sich in einer ziemlich desolaten Verfassung. Nathalie, darf ich vorstellen: Das ist Christie Roberts, eine Freundin aus Kalifornien."

Nathalie setzte die Brille ab, um Christie besser in Augenschein nehmen zu können, bevor sie die dargebotene Hand ergriff. „Genau wie die Fotos von den kalifornischen Mädchen, die man überall sieht. Sie wirken alle so frisch und unschuldig", sagte sie zu Max und fuhr fort: „Ich habe gute Neuigkeiten für Sie." Sie hatte wieder ihre Sonnenbrille und eine geschäftsmäßige Miene aufgesetzt. „Ich habe einen Önologen gebeten – einen der besten –, sich Ihre Weinstöcke anzuschauen. Er hofft, dass er es schafft, morgen aus Bordeaux herzukommen."

Max gab die gebührenden Dankesformeln von sich, und Nathalie setzte hinzu: „Ich muss morgen nach Marseille, aber das spielt keine Rolle. Vielleicht können wir nach meiner Rückkehr zusammen essen gehen, und dann erzählen Sie mir, was bei der Aktion herausgekommen ist."

Sie verabschiedete sich mit einem Winken und eilte mit wiegenden Hüften die Straße entlang, wobei ihre Absätze auf dem Pflaster klapperten.

AM NACHMITTAG nahm Max seine Kusine auf einen Rundgang über das Anwesen mit. Die Auseinandersetzung vom Vorabend hatte bewirkt, dass sie lockerer miteinander umgingen. Alle Streitereien waren vergessen, als sie sich den Weg durch die Rebstöcke bahnten und gemeinsam die Route für den Besuch des Önologen festlegten. Ein Weingut war für Christie vertrautes Terrain. Sie betrachtete die Rebstöcke mit kundigem Blick, bemerkte das Fehlen von Unkraut und Mehltau und verglich den Rückschnitt der Reben und das Befestigen der Austriebe mit der kalifornischen Vorgehensweise. Alles in allem stimmten die Methoden überein, wie sie Max erklärte, außer dass man im Napa Valley mehr Wert auf den letzten kosmetischen Schliff lege und oft einen Rosenbusch am Ende jeder Rebstockreihe pflanze.

„Die Rosen haben eine ähnliche Funktion wie früher die Kanarienvögel im Kohlebergwerk: Sie zeigen an, wenn Gefahr im Verzug ist. Grassiert beispielsweise eine Krankheit, so befällt sie den Rosenbusch in der Regel früher als die Rebstöcke. Es bleibt also Zeit, sie zu behandeln. Eine gute Idee, finde ich, auch wenn sie nicht auf dem Mist der Franzosen gewachsen ist." Christie sah Max schräg von der Seite an, aber der ließ sich nicht zu einem neuen Gefecht provozieren und grinste nur.

Sie stiegen über die Mauer und betraten ein steiniges Feld am Rande des Grundstücks. „Kein besonders reizvoller Anblick", meinte Max. „Ich wundere mich, dass hier überhaupt etwas wächst."

Christie hatte ihre Sonnenbrille ins Haar geschoben und sich zwischen die Rebstockreihen gehockt. Jetzt blickte sie zu Max empor und reichte ihm ein kleines welkes Bündel Weintrauben, keine Traube größer als der Zündkopf eines Streichholzes. „Schau dir das an!"

Er nahm das Bündel und wog es in der Hand.

„Fällt dir was auf?" Sie wartete nicht auf eine Antwort. „Die Trauben sind nicht abgefallen – sie wurden abgeschnitten. Siehst du den diagonalen Schnitt am Stamm? Und überall in dieser Reihe wurden die Trauben auf die gleiche Weise entfernt." Sie stand auf und ließ den Blick über die Rebstöcke schweifen. „Da drüben auch! Ich wette, auf der ganzen Parzelle."

Max konnte sich nicht vorstellen, dass Roussel Stunden damit verbracht haben sollte, Trauben vorzeitig abzuschneiden, die er mit so viel Mühe gehegt und gepflegt hatte. Das ergab keinen Sinn.

„Seltsam", meinte er. „So was macht man in Kalifornien sicher nicht."

„Oh doch, aber nicht alle", sagte Christie. „Nur die dogmatischen Weinbauern. Sie entfernen jeweils einen von drei jungen Trieben, damit der Rest besser durchlüftet und mit Nährstoffen versorgt wird. Diesen Vorgang bezeichnet man als *vendange verte*. Er ist zeitaufwändig und teuer, weil er nicht von Maschinen übernommen werden kann, aber er dient der Qualitätsverbesserung des Weines. Das hier muss ein spezieller Teil des Weingartens sein. Was ist das für eine Traube?"

Max zuckte mit den Schultern. „Ich werde Roussel heute Abend fragen. Und morgen können wir uns bei dem Experten erkundigen. In das Gesöff im Keller scheint ziemlich viel Arbeit investiert worden zu sein."

Christie blickte versonnen über die Rebstöcke. „Dieses Stück Land ist ideal gelegen, um einen erstklassigen Wein anzubauen. Die Parzelle geht nach Osten hinaus, wodurch sich der steinige Boden ganz allmählich erwärmt, und die Neigung des Hangs ist perfekt, um das Wasser gut ablaufen zu lassen. Mit einem solchen Stück Land könnte man in Napa ein kleines Vermögen verdienen."

„Wie klein?"

„Na ja, man sagt, der Filmregisseur Coppola habe vor ein paar Jahren 850000 Dollar pro Hektar bezahlt, als er die Cohn-Weinkellerei kaufte."

Max stieß einen Pfiff aus.

„Ich weiß, das klingt verrückt, aber so ist das in der Weinbranche. Hast du jemals von einem Wein namens *Screaming Eagle* gehört? Auf der Napa Weinauktion hat eine einzige Flasche unlängst eine halbe Million erzielt."

„Dollar? Das glaube ich nicht! Wie kann man eine Flasche Wein trinken, die eine halbe Million Dollar gekostet hat?"

Christie lachte. „Du hast keine Ahnung von Amerika. Der Mann, der sie ersteigert hat, würde nie im Leben auf die Idee kommen, sie zu trinken. Er hat ein Prestigeobjekt erworben, zum Vorzeigen. Wahrscheinlich hat er die Flasche im Wohnzimmer auf ein Podest gestellt, samt Preisschild."

„Du hast Recht: Ich habe wirklich keine Ahnung von Amerika."

Sie gingen weiter durch die steinige Parzelle, und überall lagen, wie Christie vermutet hatte, die sauber entfernten Trauben zu Füßen der Weinstöcke. Irgendwann verfaulen sie und verschwinden wieder in der Erde, dachte Max, und nächstes Jahr beginnt der Kreislauf von neuem. Er hoffte, dass er dann noch hier sein würde.

IN DEN frühen Abendstunden erstattete Max seinem Freund in London telefonisch Bericht, während sich Christie für das Essen bei den Roussels umzog.

„Sofern der Önologe etwas taugt, werden wir morgen Abend genau wissen, was wir mit den Rebstöcken anstellen müssen, um die Qualität zu verbessern. Und wie läuft's bei dir, Charlie? Wirst du wie geplant zu dieser Immobilientagung runterkommen?"

„Ja, nächste Woche. Ich werde mir in Nizza einen Leihwagen nehmen. Wird dir gut tun, mal wieder etwas Gesellschaft zu haben. Was für Klamotten brauche ich da unten? Frack und Fliege? Shorts und Sonnenhut?"

Max wollte gerade antworten, als Christie den Raum betrat – eine rundum verwandelte Christie mit hochgesteckten Haaren, schmal geschnittenem schwarzem Kleid und scharlachroten Schuhen mit hohen Absätzen.

„Du siehst fantastisch aus!", rief Max ihr spontan zu.

„Was?" Charlies Stimme am anderen Ende der Leitung klang verdutzt.

„Du doch nicht, Charlie! Aber das ist eine längere Geschichte."

„Ist da etwa eine Frau im Spiel? Es ist nicht zu fassen!"

MAX WAR ziemlich überrascht, als er das Anwesen der Roussels zum ersten Mal sah. Er hatte eine Ansammlung halb verfallener landwirtschaftlicher Gebäude erwartet – stattdessen näherten sie sich einem provenzalischen Landgut. Zugegeben, das Wohnhaus war aus Beton, aber es war weitläufig, mit langen niedrigen Flügeln, die sich zu beiden Seiten des zweistöckigen Haupttraktes erstreckten, mit einer Steintreppe, die zu einer riesigen gefliesten Terrasse führte, und einem akribisch gestalteten Vorgarten, der genug schmiedeeisernen Zierrat aufwies, um einen Ausstellungsraum damit zu eröffnen. Roussel, der Weinbauer mit dem vorsintflutlichen Traktor, schien im Privatleben nicht gerade am Hungertuch zu nagen.

Sie entdeckten ihn auf der Terrasse, das Handy am Ohr, die Stirn gerunzelt. Als er sah, wie sie die Stufen erklommen, beendete er das Gespräch und ging ihnen entgegen, um sie mit einem Lächeln zu begrüßen. Heute Abend hatte er sich in Schale geworfen: schwarze Hose, gestärktes weißes Hemd und schwarze Weste.

„Monsieur Max, Mademoiselle – willkommen!" Er war offenkundig sehr angetan von Christies Garderobe, denn er beugte sich mit übertriebener Galanterie über ihre Hand, wobei er sich reichlich Zeit ließ und verstohlen in ihr Dekolletee blickte. „Wir müssen einen Aperitif trinken – nein, halt, zuerst zeige ich Ihnen mein bescheidenes Heim."

Er führte sie zur Rückseite des Hauses, wo sie von einer Meute schlammfarbener Jagdhunde begrüßt wurden, die im Chor winselten und bellten. Sie waren in einem eingezäunten Freigehege untergebracht.

„Chiens de chasse", sagte Roussel mit einer besitzergreifenden Geste auf die Hunde. „Sie können es kaum noch erwarten, dass im September die Jagdsaison beginnt. Denen entgeht nichts – kein Keiler, kein Rebhuhn, keine Sumpfschnepfe. Sie sollten sie bei der Jagd sehen, ein herrlicher Anblick!"

Er führte sie vom Zwinger weg zu einem Bereich des Gartens, der von einer Steinmauer umschlossen war. „Mein Gemüsegarten", erklärte Roussel. „Möchten Sie einen Blick auf meine schwarzen Tomaten werfen?"

Sie staunten gebührend über die schwarzen Tomaten, bewunderten den kleinen Trüffeleichenhain und waren voll des Lobes für Roussels ganzen Stolz, die lebensgroße Skulptur eines drohend aufgerichteten Keilers.

Vielleicht hat er geerbt, dachte Max, oder in eine reiche Familie eingeheiratet. Wie auch immer – der äußere Schein trog. Ein solches Anwesen hätte niemand bei einem Mann erwartet, der normalerweise wie eine Vogelscheuche gekleidet war und völlig abgebrannt wirkte.

Nachdem sie den Garten ausgiebig bewundert hatten, führte Roussel sie auf die Terrasse zurück, um sie mit Madame bekannt zu machen, einer dunkelhäutigen Frau mit einer Vorliebe für grell orangefarbene Accessoires. Sie schenkte lächelnd Pastis ein, dann stießen sie miteinander an und standen in erbaulicher Stille da. Max gratulierte den beiden zu dem atemberaubenden Panorama, während sich Christie von ihrer allerersten – ebenfalls atemberaubenden – Begegnung mit dem Pastis zu erholen versuchte und ihr Bestes tat, um Madame mittels Lächeln und Zeichensprache ein Kompliment für ihre ungewöhnlichen Ohrringe zu machen.

Dann begann die Mahlzeit. Madame schob einen Servierwagen auf die Terrasse, der sich unter der Last der Speisen bog: in Scheiben geschnittene fetttriefende Würste, Pizzaecken, Olivenpaste auf kleinen Toastbrotquadraten, Rohkost mit Sardellendip zum Eintunken, grüne und schwarze Oliven, Rettiche mit Butter und eine Keramikterrine mit Drosselpastete, wobei der Schnabel des Vogels aus der dunklen Pastete ragte.

„Ah.“ Roussel rieb sich die Hände. „Ein paar kleine Häppchen als Vorspeise, um den Appetit anzuregen.“

Max stieß Christie sacht in die Seite. „Mach langsam“, riet er leise.

Sie beäugte den Servierwagen. „Ist das nicht der Hauptgang?“

Max schüttelte den Kopf. „Ich fürchte, nein.“

Ein paar Minuten lang war nur beifälliges Murmeln über die zur Schau gestellten Speisen zu hören – offenbar ein Signal für Madame Roussel, sich zu entschuldigen und in die Küche zurückzukehren. Roussel nahm ein Messer und strich etwas Drosselpastete auf einen Toast, den er Christie reichte. Sie nahm ihn mit kaum verhohlenem Zögern entgegen, den Blick starr auf den Vogelschnabel gerichtet.

„Was ist sonst noch drin?“, flüsterte sie Max zu. „Der Kopf? Die Füße?“

Roussel deutete lächelnd auf seinen Mund und nickte ihr aufmunternd zu. „Schmeckt vortrefflich. Runter damit!“, sagte er in holprigem Englisch.

„Claude, ich wollte Sie etwas fragen“, sagte Max. „Sie kennen doch die Rebstöcke am Ende des Grundstücks, auf der anderen Seite der Steinmauer. Ich habe sie mir heute angesehen und festgestellt, dass viele der jungen Reben abgeschnitten worden sind. Ist das eine gute Idee? Ich bin kein Fachmann, aber das kommt mir wie Verschwendung vor.“

Roussel ließ sich mit der Antwort Zeit. Seine Stirn runzelte sich gedankenverloren, die Unterlippe wölbte sich vor. Schließlich seufzte er. „Es heißt ja immer, dass Weinstöcke leiden müssen, aber diese Parzelle hat im Übermaß gelitten. Nichts als Steine und Staub …“ Er hielt inne, um den

Kopf zu schütteln. „Sogar das Unkraut darbt. Wenn ich die Reben nicht ausdünnen würde, bekämen wir überhaupt keine Trauben, sondern Stecknadelköpfe. Nur Stecknadelköpfe", wiederholte er und hielt die Hand hoch, Daumen und Zeigefinger einen Millimeter voneinander entfernt.

Er leerte sein Glas in einem Zug, suchte vergeblich die Flasche auf dem Servierwagen und ging ins Haus, um Nachschub zu holen.

Max nutzte die Gelegenheit, um Christie zu berichten, was Roussel über die Trauben gesagt hatte. Sie blickte sich suchend um, kippte den Rest Pastis in einen glasierten Tontopf, der einen akkurat beschnittenen Strauch enthielt, und schüttelte den Kopf. „Das nehme ich ihm nicht ab", erwiderte sie. „Niemand macht sich so viel Mühe, es sei denn …"

Doch in dem Moment kam Roussel auch schon zurück – mit der Flasche und seinem besten Cocktailparty-Englisch – und füllte strahlend die Gläser nach. Christie schob sich Schritt für Schritt näher an die Kübelpflanze und wartete auf einen geeigneten Moment, um sich wenigstens eines Teils der hochexplosiven Flüssigkeit zu entledigen – 45%iger Alkohol mit Anisgeschmack –, die bereits ein Schwindelgefühl bei ihr hervorrief.

Bevor Max auf das Thema Trauben zurückkommen konnte, rückte Roussel näher und legte ihm seine von Wind und Wetter gegerbte Pranke auf die Schulter. „Sagen Sie, Monsieur Max, ganz im Vertrauen: Was für Pläne haben Sie mit dem Weingut?"

Max sann kurz über eine Antwort nach. „Ich weiß es noch nicht", erwiderte er schließlich. „Es besteht aber auch keine Notwendigkeit, die Dinge zu überstürzen."

Der Gastgeber klopfte ihm anerkennend auf die Schulter. „Kluge Entscheidung. Ein solches Anwesen, im Herzen des Luberon, findet man heute nicht mehr. Engländer, Deutsche, Amerikaner, Pariser – alle sind auf der Suche nach Häusern in unserer Gegend." Mit dem Zeigefinger rührte er die Eiswürfel in seinem Glas um. „Lassen Sie sich ruhig Zeit. Aber denken Sie daran, mir Bescheid zu sagen, falls Sie irgendwann beschließen sollten zu verkaufen. Und *attention!*" Der tropfende Finger fuchtelte Max vor dem Gesicht herum. „Vertrauen Sie niemals einem Immobilienmakler! Das sind alles Gauner. Ich könnte Ihnen Geschichten erzählen … unglaublich. Aber wir übergehen Mademoiselle." Er spähte zu Christie hinüber, die lächelnd neben ihrer Kübelpflanze stand. Beim Anblick ihres leeren Glases nickte Roussel anerkennend. Er bot ihr seinen Arm und geleitete sie zum Abendessen hinein.

Auch innen war das Haus perfekt instand gehalten: Die Fliesenböden und die dunklen Holzmöbel waren auf Hochglanz poliert. Überall gab es schmiedeeiserne Verzierungen. Keine Wand war ohne Nische und keine Nische ohne gerahmte Fotografien – darunter mehrere Aufnahmen von Männern in Jagdkleidung, die mit stolz geschwellter Brust ihre pelzigen oder gefiederten Opfer präsentierten.

Roussel ging ins Esszimmer voraus, wo eine ganze Wand den Freuden der Jagd gewidmet war. Ein Kabinettschrank mit Eisengittern war randvoll mit Gewehren bestückt.

„Es gibt nur eine einfache, deftige Mahlzeit, wie man sie hier nach einem harten Arbeitstag auf dem Feld zu sich nimmt", erklärte Roussel, als alle Platz genommen hatten. Zuerst gab es kaltes Auberginenpüree und gefüllte Fleischröllchen, die in der Provence aus unerfindlichen Gründen *alouettes sans têtes,* „kopflose Lerchen", genannt werden. Roussel umrundete den Tisch und schenkte schweren roten Chateauneuf ein. Der Anblick erinnerte Max an das morgige Treffen mit dem Mann aus Bordeaux.

„Gewiss hat Nathalie Auzet Ihnen wegen morgen Bescheid gegeben", meinte er. „Sie hat einen *œnologue* gefunden, der herkommt und sich die Rebstöcke anschaut."

Roussel schenkte zuletzt sich selbst ein und setzte sich. „Sie hat mich vorhin angerufen, kurz bevor Sie kamen." Er schüttelte seufzend den Kopf. „Diese Stadtmenschen – meinen, sie könnten einfach hereinplatzen, wann immer es ihnen beliebt. Aber machen Sie sich keine Sorgen, ich werde schon mit ihm fertig. Sie haben mit Sicherheit Wichtigeres zu tun. Überlassen Sie ihn ruhig mir." Er hob sein Glas, nahm zuerst Christie, dann Max ins Visier. „Auf Amerika! Auf England! Auf die Völkerverständigung!"

Christie hatte Hunger, und da sie nicht an die provenzalische Gastfreundschaft gewöhnt war – die ein Nein nicht als Antwort gelten lässt –, beging sie den Fehler, sich die erste kopflose Lerche zu schnell einzuverleiben. Madame Roussel ersetzte sie unverzüglich, samt einem weiteren Klacks Auberginenpüree. Jetzt erst bemerkte Christie, dass Max ungemein langsam aß.

Er lächelte und nickte, während er Roussels Monologen lauschte.

„Es heißt", sagte der Verwalter, als er die nächste Flasche entkorkte, „dass man so viel Wein trinken kann, wie man will, ohne am nächsten Morgen zu leiden, wenn man sich vorher die Spitzen von fünf rohen Kohlköpfen einverleibt." Er machte abermals die Runde um den Tisch und schenkte nach. „Aber das allerbeste Mittel soll Schwalbenschnabel sein, zu Asche verbrannt und danach im Mörser zu einem feinen Pulver zerstoßen.

Eine Prise oder zwei in das erste Glas Wein, und alle weiteren Gläser bleiben völlig wirkungslos. *Voilà.*"

„Faszinierend", sagte Max. „Das werde ich mir merken." Er fing Christies Blick auf und übersetzte Roussels Ausführungen für sie.

Ihr Lächeln erstarrte, und sie spülte das Entsetzen mit einem kräftigen Schluck Wein hinunter. „Diese Barbaren mit ihren Schnäbeln. Haben die noch nie etwas von Aspirin gehört?"

Die Mahlzeit bewegte sich langsam auf den Hauptgang zu, der feierlich in einer tiefen Eisenkasserolle aufgetragen wurde: ein Schmorgericht aus Wildschwein, fast schwarz vom Wein und von der mit Blut angedickten Fleischsoße, dazu ein Käse-Kartoffel-Gratin. Christie blickte beklommen auf ihren dampfenden Teller, von dem ein ganzes Rudel ausgehungerter Hunde satt geworden wäre. Max lockerte seinen Gürtel. Die Roussels nahmen das Hauptgericht mit unvermindertem Appetit in Angriff.

Natürlich gab es auch hiervon Nachschlag. Und Käse. Und riesige Stücke Apfelkuchen mit glänzender Glasur. Und schließlich, zum Kaffee und den rautenförmigen Mandelkeksen, das obligatorische Tresterschnäpschen, Roussels hausgemachten Rachenputzer, den *Marc*.

Inzwischen befand sich Christie in einem Zustand dumpfer Betäubung. Sie war kaum noch zu einem Gedanken fähig, wurde völlig beherrscht von dem Bedürfnis, sich an einen ruhigen, dunklen Ort zurückzuziehen. Max erging es kaum besser, und selbst bei Roussel machten sich erste Ermüdungserscheinungen bemerkbar: Sein Versuch, die Gäste zu einem weiteren Gläschen *Marc* zu überreden, wirkte halbherzig, wie eine bloße Geste der Höflichkeit.

Es sei ein erinnerungswürdiger Abend gewesen, versicherte Max der Hausherrin beim Abschied auf der Türschwelle. Nach einer Runde Küssen und Händeschütteln lotste er Christie, die etwas unsicher auf den Beinen war, über die Terrasse zum Auto.

„Ich finde, du hast dich wacker geschlagen", lobte er sie während der Heimfahrt. „Tut mir Leid, dass ich dir das eingebrockt habe – ich hatte keine Ahnung, dass sich das Abendessen als Völlerei entpuppen würde. Geht es einigermaßen?"

Er erhielt keine Antwort. Als sie das Haus erreichten, musste er Christie nach oben tragen; sie war schwer wie ein Mehlsack, der leicht nach *Marc* und Mandelkeksen roch. Er legte sie aufs Bett, zog ihr die Schuhe aus und breitete die Decke über sie. Als er ihr das Kissen unter den Kopf schob, flüsterte sie schwach: „Nichts mehr … bitte … nichts mehr."

ZEHN

Max saß auf dem niedrigen Rand des Bassins, den Kopf zwischen den Knien, und fragte sich, ob der Herzinfarkt wohl vor oder nach dem Frühstück eintreten würde. Die Hitze der Morgensonne und das Gelage am Vorabend hatten sein Lauftraining in eine masochistische Übung verwandelt. Stöhnend neigte er sich zur Seite und hielt den Kopf unter den kühlen Strahl des Springbrunnens.

Ein schriller Schrei von Madame Passepartout, die ihn vom Küchenfenster aus beobachtet hatte, durchdrang den Nebel in seinem Gehirn. „Monsieur Max! Ihre Wunde! In dem Wasser wimmelt es von Bakterien. Kommen Sie gleich mal in die Küche!“

Max seufzte und tat wie geheißen.

Madame Passepartout hatte sich erboten, die medizinische Behandlung des Kratzers an seinem Kopf zu übernehmen, und sich dafür mit Salben und Verbandsmaterialien ausgerüstet, die sie nun auf dem Küchentisch ausbreitete. Während sie den alten rosafarbenen Verband entfernte, murmelte sie etwas von Infektionsrisiko.

„Wie sieht es aus?“, fragte er.

„Pst!“, machte die Wunderheilerin. „Die Sache erfordert volle Konzentration.“ Sie trug eine Schicht Salbe auf, bevor sie den neuen Verband anlegte. „So, fertig.“

Max bedankte sich mit einem Lächeln. „Haben Sie Christie heute Morgen schon gesehen?“

„Gesehen nicht, aber gehört.“

„Ist es so schlimm?“

Madame Passepartout nickte und wollte gerade zu einer Antwort ansetzen, als auf der Treppe unsicher tappende Schritte zu vernehmen waren. Dann erschien Christie auf der Schwelle, das Gesicht hinter einer großen dunklen Sonnenbrille halb verborgen.

„Wasser“, ächzte sie. „Wasser!“

Wie eine Schlafwandlerin wankte sie zum Kühlschrank und nahm eine Flasche Mineralwasser heraus.

„Muss am Essen gelegen haben“, meinte Max grinsend. „Diese Mandelbiskuits sind tödlich.“ Er musterte besorgt ihr aschfahles Gesicht. „Aber mal im Ernst: Ein Spaziergang an der frischen Luft würde dir gut tun.“

„Kaffee“, stöhnte Christie. „Kaffee!“

ALS SIE mit einem Liter Wasser und annähernd der gleichen Menge Kaffee auf der Terrasse des Cafés saß, hatte Christie sich so weit erholt, dass sie mit einigem Interesse beobachten konnte, was um sie herum vorging. In Saint-Pons war Markttag, und wie es schien, gab sich die halbe Provence ein Stelldichein, um einzukaufen, zu sehen oder gesehen zu werden.

Ein Farbkodesystem half bei der Zuordnung der Menschenmassen, die sich zwischen den Marktständen hin und her bewegten: Die Einheimischen waren braun gebrannt und trugen lässige, etwas ausgebleichte Kleidung; die Sommergäste, deren Hautfarbe kreidebleich oder ziegelrot war, bevorzugten neue Garderobe in den Farben der Saison; die nordafrikanischen Schmuckverkäufer erkannte man an ihrem Teint, der dunklem Karamell glich; dazwischen sah man das Blauschwarz der Senegalesen mit ihren Lederwaren. Eine empfindsame Nase hätte den Geruch einzelner Gewürze, der am Bratspieß brutzelnden Hähnchen, der Lavendelessenz und des Käses unterscheiden können.

Christies Blick wurde von einer Gruppe Radfahrer mittleren Alters gefesselt, die sich am Rand des Marktplatzes eine kurze Rast gönnten. In ihren viel zu engen Lycra-Beinkleidern glichen sie prall gefüllten mehrfarbigen Würstchen. Ihre Stimmen übertönten mühelos das Getöse, das auf dem Markt herrschte.

„Warum sind die Amerikaner immer die Lautesten? Es ist so peinlich!"

„Du hast wohl noch nie ein Rudel Engländer in voller Lautstärke gehört. Die reinsten Heulbojen!" Max beobachtete, wie einer der Radfahrer ein kompliziertes Dehnritual durchführte. „Tatsache ist, dass wir mit unseren eigenen Landsleuten immer am strengsten ins Gericht gehen. Es gibt viele bewundernswerte Amerikaner – einer von ihnen hat meine Exfrau geheiratet." Er lehnte sich in seinem Stuhl zurück und sah Christie an. „Und was ist mit dir? Wartet Mr Napa im Valley auf dich?"

Christie schüttelte den Kopf. „Ich habe mich gerade von meinem Freund getrennt – nach zwei Jahren. Du weißt schon: der Anwalt. Das ist einer der Gründe, warum ich für eine Weile aus Kalifornien wegwollte."

„Gebrochenes Herz?"

„Bei ihm mehr als bei mir, denke ich. Hoffentlich verklagt er mich nicht auf Schadenersatz oder Schmerzensgeld!" Sie lächelte schief.

Während Max nach dem Kellner Ausschau hielt, kam Fanny auf dem Weg zur Arbeit am Café vorbei. Als sie Max entdeckte, blieb sie stehen, ließ sich zur Begrüßung von ihm küssen und machte viel Aufhebens um seinen bandagierten Kopf.

„Haben Sie Roussel gesehen?“, fragte sie. „Er scheint nach Ihnen zu suchen. Wegen irgendeiner geheimen Zusammenkunft in Ihrem Haus heute Nachmittag. Eine Privatangelegenheit, meinte er.“ Sie winkte zum Abschied und wandte sich im Gehen noch einmal um. „Als ob es in diesem Dorf ein Privatleben gäbe!“

Christie schaute ihr nach, wie sie sich einen Weg durch das Getümmel bahnte. „Man sieht auf den ersten Blick, was zwischen euch beiden abläuft“, meinte sie. „Wollt ihr nicht mal miteinander ausgehen?“

Max legte die Hand aufs Herz und setzte eine trübselige Miene auf. „Das verhindern die unmöglichen Öffnungszeiten ihres Restaurants. Ich kann sie nur aus der Ferne bewundern. Leider!“

Er ließ ein wenig Kleingeld auf dem Tisch liegen, blickte auf seine Uhr und stand auf. „Komm, wir kaufen auf dem Markt ein paar Sachen ein und essen daheim zu Mittag – für den Fall, dass der Önologe zeitig aufkreuzt.“

Sie tauchten in die Menschenmenge ein, hielten am ersten Metzgerstand, entschieden sich für eine grobe Landpastete und sahen zu, wie der Standbesitzer zwei dicke Scheiben abschnitt und in Wachspapier einwickelte. Danach ging es weiter zum Käsestand und einer Fachsimpelei über verschiedene Sorten Schafskäse. Jede Scheibe wurde in Kastanienblätter gewickelt, die in Weinbrand eingelegt worden waren, wie man ihnen versicherte. Als Nächstes kauften sie Salat und Obst, Brot, Öl und zum Schluss eine Flasche Kräuteressig.

„Das ist tausendmal besser, als zu Hause einen Einkaufswagen durch den Supermarkt zu schieben“, befand Christie fasziniert.

Mit Tüten beladen, machten sie sich auf den Weg zum Wagen. Zu Hause fanden sie eine Notiz von Madame Passepartout: Ein Monsieur Fitzgerald aus Bordeaux habe angerufen, um ihnen mitzuteilen, dass er in den frühen Nachmittagsstunden eintreffen werde. Leider sehe sie selbst sich wegen einer *„crise de chat“* außerstande, ihre Arbeit nach dem Mittagessen wieder aufzunehmen. „Ihre Katze ist krank geworden“, erklärte Max. „Sie leidet hin und wieder unter Verdauungsstörungen.“

Er ging zum Spülbecken, um den Salat zu waschen, während sich Christie mit einem Glas Wein und einer Zigarette auf den Küchentisch setzte. „Das Leben hier kommt mir so unwirklich vor“, sagte sie nachdenklich. „Wie es wohl im Winter sein mag?“

Er breitete die gewaschenen Salatblätter auf einem Stück Küchenkrepp zum Trocknen aus. „Im Winter war ich nie in der Gegend, aber ich freue mich schon darauf.“

Falls ich dann noch hier bin, dachte er im Stillen, während er eine abgegriffene Salatschüssel aus Olivenholz aus dem Regal holte. Er gab schwarzen Pfeffer und zwei großzügig bemessene Prisen Meersalz in die Schüssel, ein paar Tropfen Essig und einen kräftigen Schuss Olivenöl. Ein Klecks Dijon-Senf rundete das Gemisch ab. Max schlug die Soße mit einer Gabel schaumig, brach ein Stück Baguette ab, tunkte es in die Brühe und reichte Christie das triefende Brot. „Hier, probier mal", sagte er. „Salatdressing ist das Einzige, was ich in der Küche halbwegs passabel zuwege bringe."

Er sah zu, wie Christie in das Brot hineinbiss und eine Weile schweigend kaute. „Beeindruckendes Aroma", urteilte sie schließlich in bester Weinverkostermanier. „Sehr vielversprechend."

SIE SASSEN bei den Überresten des Mittagessens und den letzten Tropfen Rosé draußen am Steintisch, als sich mit Geratter und Getöse Roussels Lieferwagen ankündigte. Wesentlich leiser glitt der flaschengrüne Jaguar dahinter durch die Landschaft. Als sich der Staub verzogen hatte, der von den beiden Fahrzeugen aufgewirbelt worden war, stieg ein großer, eleganter Mann in hellgrauem Leinenanzug aus der Luxuskarosse. Er nahm die Sonnenbrille ab, glättete sein Jackett und strich sich eine ergrauende Haarsträhne aus der Stirn, bevor er auf Max zuging. „Jean-Marie Fitzgerald. *Très heureux.*" Die beiden Männer begrüßten sich mit Handschlag, und Max stellte Christie vor. Im Anschluss an die gemurmelte Floskel, wie erfreut er sei, beugte Fitzgerald den Kopf tief über Christies Hand, ohne sie mit den Lippen zu berühren, bevor er sich wieder zu voller Größe aufrichtete.

„Fitzgerald", sagte Max erstaunt. „Den Namen würde ich eher mit Dublin in Verbindung bringen als mit Bordeaux."

Der Weinbauexperte lächelte. „Ich bin halb Ire, halb Franzose. Von meiner Sorte gibt es einige im Südwesten Frankreichs. Unsere irischen Vorfahren haben vermutlich Gefallen am Klima und an den heimischen Mädchen gefunden."

Max nickte verständnisvoll, aber Roussel konnte Fitzgerald damit kein Lächeln entlocken. Der Verwalter schien den Weinfachmann völlig zu ignorieren, und Max fragte sich, ob die beiden ein Problem miteinander hatten oder ob es sich nur um das instinktive Misstrauen zwischen einem Bauern und einem Städter in feinem Zwirn handelte.

„Kennt ihr euch bereits?", fragte er Roussel.

Vehementes Kopfschütteln. „Erst seit einer halben Stunde. Wollen Sie wirklich mitkommen, Monsieur Max? Das müssen Sie sich nicht antun. Es ist heiß, und ich kann dem Monsieur doch alles zeigen, was er sehen will."

„Ist schon in Ordnung. Das gehört zu den Dingen, die ich lernen muss."

Sie setzten sich in Marsch, und Fitzgerald schritt bedächtig die Rebstockreihen auf und ab. Von Zeit zu Zeit blieb er stehen, um eine Traube mit seinen Händen zu umschließen, sich nach dem Alter des Weinstocks zu erkundigen oder etwas Erde zwischen den Fingern zu zerreiben. Gelegentlich machte er sich mit einem goldenen Kugelschreiber Notizen in einem ledergebundenen Büchlein.

„Natürlich kann das heute nur ein erster Erkundungsgang sein, um mich mit dem Gelände vertraut zu machen." Er blickte über die exakt ausgerichteten grünen Reihen, die in der Hitze schimmerten, und wischte sich mit einem Taschentuch über die Stirn. „Die Anlage scheint recht gut in Schuss zu sein. Ich werde Bodenproben entnehmen für eine Analyse; Ihr Vorarbeiter kann mir dabei zur Hand gehen. Selbstverständlich muss ich dann noch einmal wiederkommen, um die Kellerei zu inspizieren: Zustand und Qualität der Fässer, Beschaffenheit der Korken und Flaschen, die genauen Anteile der einzelnen Traubensorten – wie viel Syrah, wie viel Grenache – und so weiter. Erst wenn ich das alles in Betracht gezogen habe, werde ich eine Empfehlung aussprechen können." Er klappte das Notizbuch vernehmbar zu. „Ich hoffe, Sie stehen nicht unter Zeitdruck, Monsieur. Heute haben wir nur den Anfang gemacht." Er blickte auf die Uhr. „Wenn Sie mich nun bitte entschuldigen wollen, ich habe noch einen Termin auf der anderen Seite des Luberon."

Roussel, der aufmerksam zugehört hatte, machte auf dem Absatz kehrt, um Fitzgerald zum Haus zurückzubegleiten.

„Einen Moment noch", sagte Max. „Es gibt da eine weitere Parzelle, auf der Wein angebaut wird." Er deutete auf das Stück Land hinter der Steinmauer und nickte Roussel zu. „Ich denke, Monsieur Fitzgerald sollte einen Blick darauf werfen."

Der Verwalter hob die Hände gen Himmel. „Dieses Stück Land? Das ist doch die reinste Katastrophe! Nichts als nacktes, kümmerliches Felsgestein", fügte er, an Fitzgerald gewandt, hinzu. „Ein Jammer, wirklich."

„Trotzdem soll er es sich mal anschauen, wenn er schon da ist", beharrte Max. Roussel und Fitzgerald gingen voraus, und Max übersetzte für Christie, was der Experte gesagt hatte. „„… Roussel scheint nicht allzu begeistert darüber zu sein, dass unser *œnologue* das Stück Land hinter der Mauer zu sehen bekommt. Sag mal, was hältst du von Fitzgerald?"

Christie zuckte mit den Schultern. „Schwer zu sagen, da ich seine Sprache nicht verstehe. Eigentlich hatte ich ja jemanden erwartet, der – wie soll ich sagen – urwüchsiger, naturverbundener ist. Ich wette, der Mann hat noch nie auf dem Feld gearbeitet. Dafür sind seine Hände viel zu zart."

Die beiden Männer vor ihnen hatten die Mauer erreicht und warteten auf Christie und Max, bevor Roussel abermals seine Geringschätzung über das Stück Land äußerte, auf dem sie sich befanden. „Das ist eher ein Steinbruch als ein Weingarten." Er bückte sich, um eine Hand voll weißer Gesteinsbrocken aufzuklauben, die er dem Önologen hinhielt.

Fitzgerald schüttelte mitfühlend den Kopf und wandte sich dann mit einem aufmunternden Lächeln an Max. „Immerhin haben Sie ja die restliche Anbaufläche. Ich bin sicher, dass wir dort mit etwas Zeit und Geld einige Fortschritte erzielen können." Er schickte sich an zurückzugehen.

„Max", warf Christie ein. „Frag ihn doch mal, warum die Reben wohl zurückgeschnitten wurden. Wozu die Mühe, wenn der Boden so schlecht ist?" Sie behielt Fitzgerald fest im Blick, während sie sprach.

Beim Klang ihrer Stimme hielt Fitzgerald inne, dann neigte er den Kopf, um Max' Übersetzung zu lauschen. „Das ist eine gute Frage. Der Rückschnitt ist natürlich gang und gäbe in Bordeaux – aber hier, in diesem Geröll?" Seine Augenbrauen schossen in die Höhe, als er Roussel forschend ansah und auf eine Antwort wartete.

Roussel ließ die Gesteinsbrocken wieder auf den Boden fallen. „Wie ich Monsieur Max bereits erklärte, ist das ein kleines Experiment, ein letzter Versuch." Er wischte sich die Hände an den Hosen ab. „Ich hoffe, dadurch größere Trauben zu erhalten."

Fitzgeralds Miene nahm einen anderen Ausdruck an. Er musterte Roussel mit belustigtem Erstaunen, dann klopfte er ihm auf die Schulter. „Na, dann wünsche ich Ihnen viel Glück mit Ihren Riesentrauben, Monsieur. Oder besser gleich ein Wunder. Jetzt muss ich mich aber wirklich sputen."

Während Max den Dialog für Christie übersetzte, eilte Fitzgerald zum Haus zurück, mit Roussel im Schlepptau.

„Weißt du was?", sagte Christie. „Ich glaube, der Bursche versteht Englisch, und zwar jedes Wort. Als ich dich bat, ihn wegen der Trauben zu fragen, ging sein Blick unwillkürlich in die richtige Richtung. Nur ganz flüchtig, aber er wusste genau, wovon die Rede war."

„Bist du sicher?" Max wiegte zweifelnd den Kopf. „Jedenfalls scheint sein Interesse nicht besonders groß zu sein. Vielleicht sollten wir eine zweite Meinung einholen. Ich werde mit Roussel reden."

„Das kann nicht schaden. Irgendetwas stimmt mit dem Kerl nicht. Ich habe noch nie einen Weinbauexperten mit manikürten Händen gesehen."

ELF

Mr Chen, der in seinem Büro hoch über dem Hafen von Hongkong saß, zündete sich eine Zigarette an und griff nach dem Telefonhörer. Er war wieder einmal im Begriff, seinen guten Ruf zu untermauern – als einer der exklusivsten Weinhändler Asiens. An ihn musste man sich wenden, wenn man seltene Jahrgänge oder Spezialabfüllungen suchte und das entsprechende Kleingeld besaß, um sich etwas Besonderes leisten zu können.

Bei der Erwähnung seines Namens stellte ihn die Sekretärin am anderen Ende der Leitung unverzüglich durch. Chen verschwendete keine Zeit mit langen Vorreden. „Heute ist Ihr Glückstag", eröffnete er seinem Kunden. „Ich war in Bordeaux erfolgreich. Es ist mir gelungen, sechs Kisten zu ergattern, und ich kann Ihnen versichern, dass es die einzigen in ganz Hongkong sein werden. In Anbetracht unserer langjährigen Geschäftsbeziehung habe ich zwei Kisten für Sie reserviert – zum Preis von 75 000 Dollar pro Kiste. US-Dollar, versteht sich." Er hielt inne, damit dieser Beweis seiner Großzügigkeit die gebührende Wirkung entfalten konnte.

Nach einer Weile fragte er nach: „Was? Wie er schmeckt? Was hat denn das damit zu tun? Jetzt machen Sie aber mal einen Punkt, mein Freund! Sie wissen so gut wie ich, dass Wein nicht zum Trinken da ist, sondern zum Kaufen und Verkaufen. Eine Investition. Halten Sie ihn ein, zwei Jahre in Ihrem Depot, dann können Sie Ihr Geld verdoppeln." Er lauschte wieder. „Nein, bedauere, das ist nicht möglich. Nur die zwei Kisten. Die anderen sind bereits nach Peking und Seoul zugesagt. Ja? Gut. Sie werden es nicht bereuen."

Chen legte den Hörer auf, blies einen Rauchkringel in die Luft und hakte einen Namen auf der kurzen Liste ab, die vor ihm auf dem Schreibtisch lag. Die nächsten Tage versprachen spannend zu werden. Jetzt wählte er erst einmal eine Nummer in Peking.

Claude Roussel stocherte gedankenverloren in seinem Mittagessen herum, gab sich wortkarg und rührte seinen Wein kaum an. Ludivine, die das nicht gewohnt war, gelangte zu einer nahe liegenden Schlussfolgerung.

„Dein Magen macht dir zu schaffen, stimmt's?", sagte sie mit der Überzeugung einer Ehefrau, die seit langem mit den Eskapaden des Verdauungssystems ihres Mannes vertraut ist. „Du hast gestern Abend zu viel Käse gegessen. Ich hole dir eine Tablette."

Roussel schüttelte den Kopf und schob den Teller beiseite. „Mein Magen? Nein, dem geht es bestens."

„Was bedrückt dich dann?" Sie streckte den Arm über den Tisch und tätschelte seine Hand. „Na komm, Clo-Clo, raus damit!"

Seufzend lehnte er sich zurück. „Die Rebstöcke … Du weißt schon: die kleine Parzelle." Ludivine nickte. „Gestern war der Önologe aus Bordeaux da, um sich das Anwesen anzuschauen – ein aufgeblasener Kerl, den Nathalie Auzet vermittelt hat."

„Und? Was hat er gesagt?"

„Oh, nicht viel. Vor allem nichts Gutes. Deshalb hat mir Monsieur Max heute Morgen eröffnet, dass er einen zweiten Experten hinzuziehen will, um eine weitere Meinung zu hören. Ist dir klar, was das bedeutet?" Roussels Gesicht bot ein Bild des Jammers.

Ludivine war völlig klar, was das bedeutete. Sie hatte diese Entwicklung seit Jahren kommen sehen. Jetzt ging sie um den Tisch herum, stellte sich hinter Claude und massierte ihm die Schultern.

„*Chéri,* früher oder später musste ja Schluss damit sein. Wir haben diesen Weinstöcken einige gute Jahre zu verdanken – das Haus, die Autos …" Sie beugte sich hinunter, um ihn auf den Scheitel zu küssen. „Ich ertrage es nicht, dich in einem solchen Zustand zu sehen." Nachdem sie seine Schultern ein letztes Mal gedrückt hatte, begann sie die Teller einzusammeln, um sie zum Spülbecken zu tragen. Plötzlich hielt sie inne und stellte das Geschirr mit einem Klirren auf den Tisch zurück.

„Du musst ihm reinen Wein einschenken, Clo-Clo", sagte sie mit eindringlicher Stimme. „Du hast keine andere Wahl!" Sie ergriff seine Hand, und ihr Tonfall wurde weicher. „Er scheint sehr nett zu sein, der junge Mann. Er wird es verstehen. Und es ist doch besser, wenn er die Wahrheit von dir erfährt als von anderer Seite, oder?"

KEIN Lüftchen regte sich in den frühen Nachmittagsstunden, es war drückend schwül. Max stand auf der Leiter und kämpfte mit einer Glyzinenranke, die sich im ersten Stock ungebeten durch ein Fenster ins Haus schleichen wollte. Christie hatte sich auf die Suche nach einer englischsprachigen Tageszeitung begeben, und Madame Passepartout hängte Wäsche zum Trocknen auf.

Die friedliche Stille wurde von Roussels Lieferwagen durchbrochen, der klappernd im Hof vorfuhr. Wie immer war Toto als Erster draußen, rannte herbei und bellte die Leiter an, bevor er das Bein daran hob. Roussel schalt ihn halbherzig, während er zu der Gestalt hinaufspähte, die hoch über ihm schwebte. „Störe ich, Monsieur Max?"

Max stieg die Leiter hinab, und die beiden Männer reichten sich die Hand, wobei Roussel verlegen nach Worten rang.

„Ich muss mit Ihnen sprechen", sagte er endlich, „und Ihnen etwas zeigen. Es geht um die Rebstöcke." Er wandte den Kopf und deutete auf den Lieferwagen. „Wir können gleich losfahren, wenn Sie Zeit haben."

Eine Weile ratterten sie schweigend in Richtung Dorf, dann bogen sie in einen schmalen Feldweg ein, der vor einer langen fensterlosen Scheune endete. Sie war in eine sanft abfallende Bodensenke hineingebaut und besaß eine massive Eingangstür, die mit einem Vorhängeschloss versehen war.

„Die Kellerei", sagte Roussel. „Sie haben sie noch gar nicht gesehen."

Er stellte den Lieferwagen vor der Scheune ab. Max stieg aus und sah zu, wie sich Toto selig im Staub wälzte, während Roussel das Scheunentor aufsperrte. Roussel betrat den Raum und schaltete das Licht ein, bevor er den Engländer mit einer Kopfbewegung aufforderte, ihm zu folgen.

In der Scheune war es kühl, beinahe eisig nach der Hitze, die draußen herrschte. Die Luft roch leicht moderig, nach Gerbstoffen und Schimmel. Der Fußboden aus unverputztem Zement war in der Mitte durch eine mit Weinflecken übersäte Abflussrinne geteilt. Auf der anderen Seite der Rinne standen auf erhöhten Betonsockeln Holzfässer, die mit einem für Max unverständlichen Kreidekode markiert waren. In einer Ecke stand ein wackeliger Tisch, auf dem sich einige schmuddelige Gläser und ein Wust Papiere befanden sowie eine lange Glasspritze mit einem faustgroßen Gummiballon am Ende.

Max blickte sich interessiert um und überlegte gerade, ob ein Kommentar von ihm erwartet wurde, als Roussel zwei alte Holzstühle an den Tisch zog. Er bot Max einen Platz an, nahm seufzend seine Kappe ab und setzte sich ebenfalls.

„Monsieur Max", begann er, „wie Sie wissen, arbeite ich seit dreißig Jahren auf Le Griffon – seit Ihr Onkel das Weingut gekauft hat. Im Lauf der Zeit habe ich ihn unzählige Male gebeten, die Rebstöcke auszuwechseln, die schon vor seiner Ankunft alt und ausgelaugt waren. Doch aus dem einen oder anderen Grund war der Augenblick nie günstig für eine solche Investition. ‚Nächstes Jahr', pflegte Ihr Onkel zu sagen, ‚das machen wir nächstes Jahr.'" Roussel starrte auf den Tisch und drehte die Kappe in seinen Händen. „Ich wusste, da gab es eine Parzelle, nämlich das Stück Land hinter der Mauer, wo sich ein guter Wein anbauen ließe. Die Voraussetzungen waren perfekt:

der steinige Boden, ausreichend Sonne, der richtige Neigungswinkel, die richtige Größe. Ich machte Ihren Onkel darauf aufmerksam – das war vor über fünfzehn Jahren –, aber er hatte kein Interesse oder vielleicht kein Geld mehr übrig, nachdem das Dach ausgebessert worden war. Immer kam etwas anderes dazwischen. Schließlich beschloss ich, die alten Rebstöcke herauszureißen und auf eigene Kosten neue anzupflanzen – Ludivine und ich hatten ein wenig Geld gespart." Er blickte Max mit hochgezogenen Brauen an und wartete auf eine Reaktion.

„Damit haben Sie dem alten Knaben gewiss eine große Freude bereitet."

Roussels Hände kneteten immer noch das Käppchen. „Tja, wenn er genau gewusst hätte, was mir vorschwebte. Er dachte, es seien ganz gewöhnliche Rebstöcke … aber ich wollte etwas Besseres, etwas Besonderes. Er hatte keine Ahnung, dass ich dort den besten Cabernet Sauvignon und ein wenig Merlot anbaute. Niemand wusste davon." Er zuckte mit den Schultern. „Die gesetzlichen Bestimmungen sind in solchen Dingen ziemlich kompliziert. Unser Landwirtschaftsministerium verlangt, dass über jeden Zweig und jedes heruntergefallene Blatt Meldung erstattet wird … Da war es einfacher, den Mund zu halten."

Ohne Vorwarnung sprang er auf, nahm die Glasspritze und ging zu einem der Fässer. Er schlug den Stöpsel aus dem Spundloch, führte die Spritze ein und zapfte ein wenig Wein ab. Nachdem er zum Tisch zurückgekehrt war, drückte er behutsam den Gummiballon zusammen und füllte zwei Gläser zur Hälfte, bevor er eines gegen das Licht hielt.

„Kosten Sie! Aber denken Sie daran, dass er noch jung ist."

Zögernd nahm Max das Glas entgegen, denn er hielt sich für alles andere als einen ausgewiesenen Weinkenner. Doch sobald er einen Schluck genommen hatte und der Wein seine köstlichen Signale an den Gaumen übermittelte, war ihm klar, dass sich dieser Tropfen gewaltig von den gewöhnlichen Luberon-Weinen unterschied. Er wünschte, er hätte sich an einige Begriffe aus Charlies plakativem Wortschatz erinnern können.

„Alle Achtung!" Er prostete Roussel zu. „Der schmeckt ausgezeichnet."

Der Verwalter schien ihn kaum zu hören. „Niemand sonst hier in der Gegend erzeugt einen solchen Spitzenwein. Aber mir war klar, dass ich ihn nicht verkaufen konnte – zumindest nicht auf legalem Weg, weil die Cabernet- und Merlot-Rebsorten nicht als solche ausgewiesen waren. Deshalb bat ich Maître Auzet um Rat. Ich dachte, sie sei in der Lage, eine kleine Lücke im Gesetz zu finden." Er nahm einen Mund voll Wein und kaute ein paar Sekunden darauf herum, bevor er ihn in die Abflussrinne spuckte. „Und damit fing alles an. Statt der Gesetzeslücke fand sie einen Käufer – einen, der den gesamten Ertrag abnimmt, Jahr für Jahr, und bar bezahlt. Mit gutem Geld, ohne Papierkram, ohne Steuer, ohne Fragen. Ich konnte der Versuchung nicht widerstehen …" Er sah Max mit der schuldbewussten Miene eines alten Jagdhundes an, der in der Küche mit einem Lammkotelett erwischt wird.

Erst nach und nach wurde Max klar, was ihm sein Gegenüber da soeben offenbart hatte: Nathalie Auzet – Notarin und Zwischenhändlerin. Kein Wunder, dass sie so gut betucht wirkte.

„Wer ist der Käufer?"

„Keine Ahnung. Ich habe ihn nie kennen gelernt. Nathalie meinte, das sei nicht nötig."

„Und wohin geht der Wein? Nach Paris, Deutschland, Belgien?"

Roussel hob die Schultern. „Der Lkw kommt einmal im Jahr – im September, kurz vor der Weinlese, und immer nach Einbruch der Dunkelheit. Der Wein vom Vorjahr wird aus den Fässern in den Tank gepumpt, und in der Woche darauf erhalte ich mein Geld. Von Nathalie."

Max schüttelte den Kopf. „Wie lange geht das schon so?"

„Sieben oder acht Jahre, vielleicht ein wenig länger."

„Aber ich verstehe nicht, warum Sie mir das jetzt alles erzählen. Möglicherweise wäre ich Ihnen nie auf die Spur gekommen."

Roussel starrte durch das halb offene Tor auf den schimmernden Horizont, das Gesicht reglos und von tiefen Furchen durchzogen. „Ihr Onkel interessierte sich mehr für seine Bücher und seine Musik als für die Weinstöcke. Trotzdem war ich mehrmals drauf und dran, ihm alles zu erzählen, aber … Nun, ich hatte die Rebstöcke von meinem eigenen Geld bezahlt, hatte sie gepflanzt, gehegt und gepflegt. Und Ihrem Onkel ist dadurch nie ein Schaden entstanden … In meinen Augen war es eine faire Angelegenheit – vielleicht nicht ganz ehrlich, aber fair. Doch nun hat sich alles geändert, jetzt, da Sie die Rebstöcke veredeln wollen und all diese Experten ins Spiel bringen …" Er trank den Rest Wein und stellte das Glas behutsam auf den Tisch zurück. „Offen gestanden, Monsieur Max, ich wusste, dass es irgendwann herauskommen würde. Und da hielt ich es für das Beste, es Ihnen selbst zu sagen."

Er setzte wieder seine bekümmerte Miene auf und wartete, wie seine Beichte aufgenommen würde.

Max schwieg eine Weile und überlegte. Nathalie führte also ein Doppelleben. Aber was war mit Roussel? Durfte er ihm trauen, oder spielte der Verwalter sein eigenes Spiel? Und ob sich der Wein wohl auch auf legalem Weg verkaufen ließ? Oder würde er horrende Strafen zahlen müssen? Es gab Komplikationen zuhauf, viel zu viele für eine sofortige Entscheidung.

„Ich bin froh, dass Sie mir alles erzählt haben. Das ist Ihnen bestimmt nicht leicht gefallen. Lassen Sie mich darüber nachdenken."

DER NACHMITTAG war nahtlos in einen warmen Abend übergegangen, der für morgen einen weiteren schönen Tag versprach. Verführerische Essensdüfte drangen durch die geöffneten Fenster der Häuser im Dorf. Christie war es gelungen, eine drei Tage alte Ausgabe der *International Herald Tribune* aufzutreiben, und so versorgte sie Max auf dem Weg zu Fannys Restaurant mit leicht angegilbten Neuigkeiten aus der großen weiten Welt.

Als sie am Boulefeld vorüberkamen, blieben sie stehen, um sich den nächsten Wurf anzuschauen. Wie immer war das Spiel reine Männersache, was Christie merkwürdig fand. „Du kennst die Gegend doch schon ziemlich lange", sagte sie. „Weißt du, warum keine einzige Frau mitmacht?"

„Darüber habe ich noch nie nachgedacht", gestand Max. „Aber warte." Er steuerte auf die alten Männer zu und gab die Frage seiner amerikanischen Begleiterin an sie weiter, was mit einem Kichern quittiert wurde. Dann sagte einer – offenbar der Älteste unter ihnen – etwas, was bei den anderen lautes Gegacker hervorrief.

Max lächelte, als er zu Christie zurückschlenderte. „Die Antwort wird dir nicht gefallen. Er meinte, Frauen verstünden nichts vom Boulespiel, da sei sogar sein Hund gelehriger."

Christies Gesicht wurde starr vor Empörung. „Das wollen wir doch mal sehen. Pass bloß auf, du alter Macho, dir werde ich's zeigen!"

Sie trat auf das Spielfeld, entriss dem verdutzten alten Mann die Kugel und stürmte zu der Markierungslinie, die in den Sand gezeichnet war. Die Spieler verstummten vor Überraschung. Christie bückte sich, nahm das Ziel lange und sorgfältig ins Visier, setzte dann zum Wurf an – und versprengte die anderen Kugeln in sämtliche Himmelsrichtungen, als sie einen Volltreffer mitten auf dem *cochonnet* landete. Sie wandte sich zu dem alten Mann um, der wie vom Donner gerührt schien, tippte sich an die stolz gereckte Brust und radebrechte in notdürftigem Französisch: „Ich St. Helena Bowling Champion, Jugendmannschaft 1993." Damit stolzierte sie hoch erhobenen Hauptes vom Platz.

Im Restaurant verschwand sie erst einmal auf der Toilette, um sich den Staub von den Händen zu waschen, und bot Fanny damit die Gelegenheit, Max eine Frage zu stellen, die sie schon seit mehreren Tagen beschäftigte. „Diese kleine Amerikanerin – ist sie Ihre *copine?*"

„Nein, nein“, beeilte sich Max zu erwidern. „Nur eine Freundin. Sie ist doch zu jung für mich.“

Fanny zerzauste sein Haar, während sie ihm die Speisekarte reichte. „Sie haben Recht. Viel zu jung.“

Als Christie an den Tisch zurückkam, wunderte sie sich über das freundliche Lächeln, das Fanny ihr im Weggehen schenkte.

„Sag mal, wo hast du dich eigentlich den ganzen Nachmittag herumgetrieben?“, wollte sie wissen.

Während sie die üppige Mahlzeit genossen – eine Gemüseterrine als Vorspeise, gefolgt von knuspriger Barbarie-Entenbrust –, berichtete Max von Roussels Enthüllungen.

Christie setzte eine zufriedene, ja selbstgefällige Miene auf. „Ich wusste es! Trau nie einer Frau mit so einer Haarfarbe! Das hat sie ja geschickt eingefädelt. Du kannst sicher sein, dass sie den alten Roussel nach allen Regeln der Kunst über den Tisch zieht.“ Mit einem Stück Brot tunkte sie die Bratensoße auf. „Sie muss einen Komplizen haben. Hat sie irgendwann mal eine verdächtige Bemerkung fallen lassen? Oder ist dir in ihrer Kanzlei etwas aufgefallen?“

Max’ Gedanken schweiften zum vergangenen Sonntag zurück, als er im Wohnzimmer auf Nathalie gewartet hatte. Was kann man in zehn Minuten schon groß entdecken?

Er rief sich die erlesenen Möbel in Erinnerung, den antiken Teppich, die signierten Fotografien, die teuren Kunstbildbände, das Weinbuch, in dem er geblättert hatte … Halt, das Weinbuch!

„Da war ein Weinetikett, das sie allem Anschein nach als Lesezeichen verwendet hat. Der Name sagte mir nichts, aber ich habe ihn mir aufgeschrieben, weil mir das Etikett gut gefiel und ich schauen wollte, ob ich den Wein irgendwo finde. Sonst weiß ich nichts.“

Sie aßen in nachdenklichem Schweigen, das schließlich von Max unterbrochen wurde. „Am einfachsten wäre es, sie zur Rede zu stellen. Der Wein gehört schließlich dem Weingut, und Roussel und sie haben ihn unterschlagen. Vielleicht könnte man ihr ein Geständnis entlocken, was meinst du?“

Christie schnaubte. „Ein Geständnis? Von dieser ausgekochten Person? Das kannst du dir abschminken. Ihr Wort würde gegen deines stehen, und sie ist immerhin Juristin, oder? Vergiss es! Wenn du mich fragst, wäre es besser, herauszufinden, mit wem sie zusammenarbeitet. Dann kannst du die ganze Bande auffliegen lassen.“

Max drehte nachdenklich sein Weinglas in der Hand. Plötzlich tippte er sich an den Kopf. „Heute Nachmittag hat übrigens Bosc angerufen – du weißt schon: der Anwalt, den wir in Aix aufgesucht haben."

Christie verdrehte die Augen, und Max nickte. „Die Grauzone ist inzwischen so dunkelgrau, dass man sie als schwarzes Loch bezeichnen könnte. Alles viel komplizierter und vielschichtiger, als er ursprünglich dachte. Er sprach von umfassenden Nachforschungen in Frankreich, einem aller Voraussicht nach notwendigen Abstecher nach Kalifornien, von monatelangen Recherchen … Er klang sehr vergnügt."

„Das überrascht mich nicht im Geringsten. Sie sind alle gleich." Mit verächtlicher Miene griff sie nach ihren Zigaretten.

„Calvados?"

„Und ob."

ZWÖLF

Max kam gerade aus der Dusche, als das Telefon läutete. Es war Charlie, der klang wie ein zum Tode verurteilter Häftling, dem man gerade erzählt hat, dass er begnadigt wird.

„Morgen werde ich anrücken", jubilierte er. „Ich muss heute nur noch einen Vortrag über mich ergehen lassen – über Pfandrechte an Grundstücken in Steueroasen."

„Klingt nicht sehr aufregend."

„Stimmt. Selbst bei Beerdigungen habe ich mich schon besser amüsiert."

„Charlie, ich habe gute Nachrichten vom Weinanbau – jedenfalls glaube ich, dass es gute sind. Es würde zu lange dauern, dir die ganze Geschichte am Telefon zu erklären; die Situation hier ist ziemlich kompliziert. Aber ich erzähle dir alles, sobald du hier bist."

„Ich kann es kaum noch erwarten."

Lächelnd legte Max den Hörer auf. Der Anruf hatte ihn daran erinnert, dass der stets gut gelaunte Charlie so ziemlich der einzige Teil seines früheren Lebens in London war, den er vermisste.

Er begab sich auf die Suche nach Madame Passepartout, die die Ankündigung eines weiteren Logierbesuchs – eines ganz besonderen Gastes, wie Max sagte – mit einer Mischung aus unstillbarer Neugier und einem Anflug von Panik aufnahm. Der Besuch eines Gentlemans aus London stand ins Haus, zweifellos einer Persönlichkeit von Rang und Ansehen, und da erwartete man von ihr, dass sie binnen 24 Stunden die Wohnung auf Vordermann brachte, wie es sich gehörte! Sie stand da, die Hände in die Hüften gestemmt, und rang nach Atem, während Max sie zu beruhigen versuchte.

„Eigentlich ist Charlie nur ein alter Freund von mir", wiegelte er ab. „Er erwartet sicherlich nicht, hier ein Ambiente wie im Ritz vorzufinden."

Doch Madame Passepartout zog es vor, sich nicht überzeugen zu lassen. Sie blickte auf ihre Uhr und sah aus, als könnte sie es gar nicht mehr erwarten, endlich mit den Vorbereitungen für Charlies Ankunft loszulegen. „Ich wäre Ihnen sehr dankbar, Monsieur Max, wenn Sie und Mademoiselle sich heute außer Haus begeben würden, sodass ich mich ungestört ans Werk machen kann. Das Wetter ist wie geschaffen für ein Picknick." Der Vorschlag wurde in einem Ton geäußert, der keinen Widerspruch duldete.

Zu Max' Überraschung stieß die Idee bei Christie, die gerade schlaftrunken die Treppe heruntergewankt kam, auf Zustimmung. „Picknicks sind Klasse", befand sie, und binnen zehn Minuten waren die beiden aus dem Haus, ausgestattet mit Straßenkarte und Korkenzieher, doch ohne einen blassen Schimmer, wohin die Spritztour gehen sollte.

Die Erleuchtung kam, als sie im Dorf waren.

Sie hatten alles besorgt, was man für ein einfaches Mittagsmahl im Grünen braucht, als Christies Blick auf einen Aushang am schwarzen Brett des Bäckers fiel. Zwischen Fotos von entlaufenen Katzen und den Sonderangeboten einer Supermarktkette steckte die Werbebroschüre eines Reiterhofs außerhalb des Ortes, der Mietpferde für so genannte *„pique-niques hippiques"* im Luberon anbot.

„Ist damit etwa ein Ausritt mit Picknick gemeint?", fragte Christie begeistert. „Fantastisch!"

„Kannst du denn reiten?"

„Klar. Du nicht?"

„Ich hab's erst einmal probiert", gestand er. „Damals hat das Pferd gewonnen."

„Komm schon! Reiten ist nicht schwieriger als Radfahren."

Eine halbe Stunde später standen sie auf der Koppel neben zwei freundlichen, allem Anschein nach lammfrommen Pferden. Der Bauer, dem der Reiterhof gehörte, hatte Max eine Karte gegeben, in der die Reitwege von Hand eingezeichnet waren – obwohl die Pferde den Weg auch blind finden würden, wie er sagte.

Christie schwang sich locker in den Sattel, während Max noch zögernd einen Fuß in den Steigbügel stellte. Kaum hatte er sich hochgehievt, schon setzte sich das Pferd in Bewegung, völlig unaufgefordert. Es dauerte nicht lange, bis Max seine Höhenangst vergessen hatte und sich ein wenig entspannte. Er atmete den Geruch von warmem Pferd und altem Leder ein, versuchte sich den Anschein von Lässigkeit zu geben und begann der Landschaft ringsum mehr Aufmerksamkeit zu schenken. Die Pferde gingen gemächlich im Schritt hintereinander her, einen schmalen steinigen Pfad bergauf. Der Ausblick wurde immer atemberaubender, je näher sie dem Gipfel der Anhöhe kamen.

Nach zwei Stunden hatten sie den höchsten Aussichtspunkt des Luberon erreicht, auf der Karte des Bauern als *Mourre Nègre* gekennzeichnet, mehr als tausend Meter über dem Meeresspiegel. Das lauteste Geräusch, das zu ihnen drang, war das sanfte Schnauben der Pferde. Seit Beginn des Ausflugs hatten sie keine Menschenseele gesehen oder gehört.

Christie band die Pferde im Schatten einer Zwergeiche an, während Max sich reckte und streckte, um seinen steifen Rücken zu entlasten. Ihm zu Füßen lag eine Landschaft, die durch ihren Frieden und das ungeheuer weitläufige Panorama beeindruckte. In weiter Ferne schimmerte silbrig das Mittelmeer.

Als Christie sich zu ihm gesellte, standen sie eine Weile stumm nebeneinander und lauschten dem Wind.

„Herrlich“, seufzte Max. „London scheint Lichtjahre entfernt zu sein.“

„Vermisst du es nicht?“

„London?“ Er überlegte einen Augenblick, bevor er den Kopf schüttelte. „Nein, ganz und gar nicht. Irgendwie habe ich das Gefühl, hier zu Hause zu sein. Und dabei dachte ich immer, ich sei eine Großstadtpflanze.“

Sie fanden eine Stelle, wo sie Seite an Seite sitzen und nach Süden schauen konnten, den Rücken gegen die von der Sonne erwärmten Felsen gelehnt. Max öffnete die Weinflasche und füllte die Pappbecher, während Christie belegte Brote zurechtmachte.

„Soll das heißen, dass du bleibst?“, fragte sie und reichte ihm ein halbes Baguette, prall gefüllt mit Salamischeiben.

„Wenn es nach mir ginge, schon …“ Er betrachtete das riesige Sandwich, das er mit beiden Händen hielt. „Und was ist mit dir?“

„Ich bin noch nicht bereit, mich häuslich niederzulassen“, erwiderte sie, und es klang beinahe wie eine Rechtfertigung. „Ich habe bisher nichts von der Welt gesehen. London, Paris, Prag, Venedig, Florenz – was immer du willst, ich war noch nicht dort.“ Sie trank einen Schluck Wein und blickte in ihren Pappbecher. „Deshalb werde ich meine Zelte hier bald abbrechen.“

Max nahm all seinen Mut zusammen und stellte die Frage, die ihm seit

Christies Ankunft Kopfzerbrechen bereitete: „Und was machen wir mit dem Weingut?“

„Ich habe lange darüber nachgedacht …“ Sie hob die Hand, um Max an einer Erwiderung zu hindern. „Erstens bin ich nicht wegen eines Weinguts hergekommen; ich habe bereits das Haus meiner Mutter geerbt, das heute das Zehnfache dessen wert ist, was sie einst dafür bezahlt hat. Nein, ich kam hierher, weil ich nach der Trennung von Bob einen Tapetenwechsel brauchte – und um endlich meinen Vater kennen zu lernen, wie du weißt.“ Sie sah Max an und begann zu lächeln. „Ich meine, das Leben hier ist fantastisch, aber nichts für mich. Und zweitens wollte dein Onkel, dass du das Weingut bekommst.“ Sie hob ihren Pappbecher und prostete ihm zu. „Es gehört dir, ganz allein.“ Dann fügte sie trotzig hinzu: „Auf diese Weise vermeiden wir nämlich, diesem Winkeladvokaten unser gutes Geld in den Rachen zu werfen. Der Kerl geht mir auf die Nerven!“

Max dachte an den Nachmittag in Aix zurück, als sie den Rechtsanwalt aufgesucht hatten. „Mir auch. Trotzdem – du solltest dir das mit dem Weingut noch einmal in Ruhe überlegen. Das ist schließlich eine Entscheidung von großer Tragweite.“

„Max! Hast du schon vergessen, wie es dir das letzte Mal ergangen ist, als du mit mir gestritten hast?“ Christie gähnte und streckte sich im Gras aus, während Max über den flimmernden Dunst der Nachmittagshitze aufs Meer hinausblickte und an den bevorstehenden Besuch dachte.

„Ich hoffe, dass dir der gute alte Charlie gefällt“, sagte er nach einer Weile leise. „Er ist mein allerbester Freund. Eigentlich hast du nichts gegen Engländer, oder? Nur gegen mich. Aber Charlie ist anders. Er wird dir gefallen.“

Er erhielt keine Antwort. Die Sonne, der Wein und die frische Luft hatten ihren Tribut gefordert – Christie schlief tief und fest.

Max sann über seine Zukunft nach, die ihm plötzlich in viel rosigerem Licht erschien. Er hatte ein Haus geerbt und war nun über jeden Zweifel bezüglich der Eigentumsrechte erhaben. Er besaß einen Weingarten, der einen guten Tropfen erzeugte. Gut genug jedenfalls, um das Interesse von Nathalie Auzet und ihren Komplizen zu wecken, und vermutlich auch gut genug, um die laufenden Kosten des Anwesens zu decken.

Dankbar blickte er auf Christie hinunter. Eine Ameise hatte sich auf die glatte honigfarbene Haut ihrer Wange verirrt. Behutsam wischte er die Ameise weg und betrachtete das Gesicht der Schläferin mit einem Anflug von Zuneigung. Vielleicht würde er sie ja sogar vermissen.

„IHR FREUND wird sich auf Anhieb heimisch fühlen“, sagte Madame Passepartout, als sie Max das Schlafzimmer zeigte, das Charlie beziehen sollte. „Schauen Sie, das Bild habe ich mir von einer Bekannten aus dem Dorf ausgeliehen.“ Sie deutete auf den Nachttisch. Dort stand neben einer Karaffe mit Cognac und einer kleinen Vase mit Gartenblumen ein gerahmtes Foto von Königin Elizabeth, die auf einem Sofa thronte.

Max betrachtete die Aufnahme und war sicher, dass Charlie denken würde, er sei nicht mehr ganz bei Trost. „Sie haben alles bedacht, Madame, bis ins kleinste Detail“, lobte er. „Mein Freund wird hingerissen sein.“

Es war der Morgen des Tages, an dem Charlies Ankunft bevorstand, und Max bestaunte nun schon eine Viertelstunde lang den neuen Glanz des Schlafzimmers. Er musste zugeben, dass Madame Passepartout ein Wunder vollbracht hatte: Sämtliche glatten Flächen waren auf Hochglanz gewienert, ein kleiner Läufer lag neben dem Bett, um Charlies Füßen den Kontakt mit den kalten Fliesen zu ersparen, und natürlich stand das königliche Porträt an dem Platz, der ihm gebührte. Was konnte sich ein Gast mehr wünschen!

„Tanzt er gern, Ihr Freund?“

Max hatte Charlie schon oft auf der Tanzfläche erlebt. Seine Füße kamen selten über ein Schlurfen hinaus, und seine Hände waren ständig mit einer Art Leibesvisitation im Zeitlupentempo beschäftigt. Seltsamerweise schienen seine Tanzpartnerinnen das nie übel zu nehmen.

„Ja“, erwiderte Max, „aber er bevorzugt langsame Musik.“

„*Ah bon?* Nun, heute Abend gibt es Musik in jeder Geschwindigkeit. Unser alljährliches Dorffest findet statt, und das bedeutet: essen und tanzen. Das ganze Dorf wird da sein.“ Sie drehte mit erstaunlicher Geschicklichkeit eine Pirouette. „Und alle werden tanzen!“

Einen Moment lang dachte Max an Fanny und malte sich aus, wie er mit ihr unter dem Sternenzelt tanzte. Dann sah er auf die Uhr. „Ich muss los. Unser Gast wird bald im Dorf ankommen, und er kennt sich hier nicht aus.“

CHARLIE war in aller Herrgottsfrühe in Monte Carlo aufgebrochen und hatte Saint-Pons bereits erreicht. Er hielt vor dem Café, stieg aus seinem gemieteten Mercedes und sah sich gut gelaunt auf dem Dorfplatz um.

Niemand wäre auf die Idee gekommen, ihn mit einem „Eingeborenen“ zu verwechseln. Er war von Kopf bis Fuß *à l'anglaise* gekleidet: doppelreihiger Blazer, reich mit Messingknöpfen bestückt, hellgraue Flanellhose und ein brandneuer Panamahut – alles in allem eine Erscheinung, die von den Einheimischen mit verhaltener Neugier gemustert wurde. Als er den Blick einer älteren Frau auffing, zog Charlie den Hut.

„*Bonjour,* meine Liebe, *bonjour.*"

Bedauerlicherweise war sein französischer Wortschatz damit so gut wie erschöpft. Dennoch war er einen Schritt über die traditionelle englische Kommunikationsmethode mit Fremden hinausgegangen, die darin besteht, sehr langsam und sehr laut Englisch zu sprechen.

Weil er mit einem Mal ein dringendes Bedürfnis verspürte, ließ er den Wagen vor dem Café stehen und ging hinein. In seiner Not besann er sich noch auf ein paar spanische oder italienische Schnörkel. *„Por favor, Madame",* sagte er zu der Frau hinter der Theke, *„toiletti?"* Sie sah von ihrer Zeitung auf und deutete mit einer Kopfbewegung auf den hinteren Teil des Cafés. Er eilte mit einem dankbaren Seufzer davon.

Auf dem angrenzenden Marktplatz herrschte derweil rege Geschäftigkeit. Mehrere Männer standen auf Leitern und hängten bunte Lichterketten ins Geäst der Platanen; andere stellten Klapptische und Bänke auf, die den Großteil des Platzes einnahmen; und eine dritte Truppe stieg soeben fluchend und gereizt aus einem riesigen Lastwagen, der mit einem Gerüst und Holzplanken beladen war. Diese Männer sollten eine Bühne für die Musiker aufbauen, doch leider – und das war der Grund für ihre Gereiztheit – gelang es dem Lkw nicht, an den Bereich heranzufahren, der dafür vorgesehen war. Den Weg versperrte ein Mercedes, den irgendein hirnverbrannter Idiot vor dem Café geparkt hatte. Der Lkw-Fahrer lehnte sich aus dem offenen Fenster, legte die Hand auf die Hupe und ließ sie dort liegen.

Kurz darauf trat der hirnverbrannte Idiot beschwingt und erleichtert auf die Terrasse des Cafés hinaus, wo ihm eine Tasse Kaffee serviert werden sollte, als Max eintraf. Die Wiedersehensfreude wurde durch das Gebrüll des Lkw-Fahrers übertönt. „Wenn das mein Mercedes wäre, Charlie, würde ich ihn schleunigst wegfahren, bevor sie ihn mit dem Lastwagen beiseite schieben."

„Oh Gott." Charlie lief zu seinem Wagen und wedelte bedauernd mit den Händen. „*Pardonnay, pardonnay.* Tut mir schrecklich Leid." Damit räumte der Mercedes rückwärts das Feld, wobei er nur um Haaresbreite einen Klapptisch verfehlte.

Madame trat mit der Tasse Kaffee vor die Tür und hielt nach dem Mann Ausschau, der die Bestellung aufgegeben hatte. Sie schüttelte den Kopf und wandte sich an Max. „Immer wieder gehe ich diesen Typen auf den Leim", schimpfte sie. „Sie kommen zu mir, erledigen ihr Geschäft und machen sich aus dem Staub."

Max erklärte ihr die Lage, bestellte für sich selbst und für die Männer aus dem Lastwagen Kaffee – sozusagen als Friedensangebot –, setzte sich, hielt sein Gesicht in die Sonne und lächelte bei dem Gedanken, Charlie für ein paar Tage zu Besuch zu haben. Er freute sich schon darauf, ihn mit einem ganz anderen Leben bekannt zu machen, vor allem aber mit einem hübschen Mädchen, das ihn auf Trab halten würde.

„Tut mir Leid.“ Charlie war zurückgekehrt, zog seinen Blazer aus und hängte ihn über die Rückenlehne seines Stuhls, bevor er Platz nahm. „Siehst gut aus, Alter. Das Leben hier unten scheint dir zu bekommen. Aber ich dachte, das sei ein verschlafenes kleines Nest, in dem nichts los ist. Was ist passiert? Hast du meine Ankunft vorzeitig bekannt gegeben?“

„Heute Abend findet hier der alljährliche Dorfschwof statt“, klärte Max ihn auf. „Abendessen, Tanz, das volle Programm. Du hast ja keine Ahnung, was für ein Glückspilz du bist – du wirst alles kennen lernen, was Rang und Namen hat, vom Bürgermeister bis zur Bäckerstochter.“

Bei der Erwähnung eines weiblichen Wesens, das er sich jung und drall vorstellte, rieb Charlie sich die Hände. „Ich sollte mein Französisch aufpolieren. Man kann schließlich nie wissen.“

„Wie ist denn dein Amerikanisch?“

Charlie musterte ihn argwöhnisch, und Max erzählte ihm die ganze Geschichte, von Christies Ankunft über den Besuch beim Anwalt bis zu ihrem Angriff mit der gusseisernen Kasserolle.

„Aha“, meinte Charlie. „Du hast also ein armes, hilfloses Mädchen belästigt, ja? Du solltest dich schämen!“

„Wenn du es genau wissen willst: Sie ist absolut nicht mein Typ – sie ist blond. Und du weißt ja, was ich von Blondinen halte.“

Charlie hob warnend den Finger. „Nur weil du Pech mit meiner Schwester hattest. Ich kenne ein paar sehr erfreuliche Blondinen. Habe ich dir mal –“

Max fiel ihm ins Wort. „Wie auch immer, Christie ist eine Augenweide. Sie wird dir bestimmt gefallen.“

„Hübsch?“

„Sehr hübsch! Und eine Weinkennerin.“

Sie bestellten eine weitere Runde Kaffee, und Max schilderte, was Roussel ihm gebeichtet hatte. Charlies Augenbrauen schnellten nach oben.

„Klingt ja ganz so, als hättest du mit diesem Wein einen Glückstreffer gelandet. Ich bin neugierig, wie er schmeckt.“

„Und ich bin neugierig, wer ihn kauft. Ich habe Roussel gebeten, ein paar

Flaschen abzufüllen und rüberzubringen. Der Wein ist noch jung, aber du kannst dir ungefähr eine Vorstellung machen, was in ihm steckt."

Während sie sich unterhielten, war es einem Lieferwagen gelungen, sich Stück für Stück über den Dorfplatz bis zur Bühne vorzukämpfen. Der Fahrer stieg aus, baute Verstärker, Mikrofon und Lautsprecher auf und verkabelte alles miteinander. Er trat einen Schritt zurück, um den Verstärker einzuschalten. Schon hallte ein elektronisches Kreischen über den Platz, das sämtliche Tauben aufflattern ließ. Der Mann regulierte die Lautstärke und schnippte mit dem Zeigefinger gegen das Mikrofon. *„Un ... deux ... trois ... Bonjour, Saint-Pons!"* Erneut ein schrilles Kreischen.

„Wunderbar", sagte Charlie. „Es geht doch nichts über die Stille und Beschaulichkeit des Dorflebens."

AUF DEM Weingut wurden die beiden von Madame Passepartout empfangen, die es nicht erwarten konnte, zum ersten Mal in ihrem Leben einem leibhaftigen englischen Lord zu begegnen. Einen Moment lang befürchtete Max, dass sie gleich einen Hofknicks hinlegen würde, doch sie ließ es bei einem gezierten Lächeln und einem Händedruck bewenden.

„Enchanto, Madame", flötete Charlie und zog seinen Hut, ehe er die heilige französische Grußformel *enchanté* ein weiteres Mal verhunzte. Ein geziertes Lächeln von Madame Passepartout und ein zartes Erröten.

Sie geleiteten Charlie in sein Schlafgemach im ersten Stock, wo die Haushälterin demonstrativ kleine Veränderungen an der Position des königlichen Porträtfotos auf dem Nachttisch vornahm, für den Fall, dass der Gast es noch nicht bemerkt haben sollte.

Charlie legte seinen Koffer aufs Bett, öffnete ihn und entnahm ihm mehrere verhedderte Bündel Schmutzwäsche, ehe er auf seinen Pyjama stieß.

„Die nehme ich." Madame Passepartout klaubte die Schmutzwäsche zusammen. „Möchte Monsieur seine Hemden und Taschentücher leicht gestärkt oder *au naturel?*"

Als Charlie sie freundlich, aber verständnislos anlächelte, trollte sie sich, nicht ohne Max mitzuteilen, sie habe ein einfaches Mittagsmahl zubereitet.

Max schüttelte den Kopf. „Ich fürchte, sie hält dich für einen feinen Pinkel." Er setzte sich auf die Bettkante, während Charlie den Rest seiner Garderobe auspackte und in den Schrank hängte. „Wir essen eine Kleinigkeit zu Mittag, und danach werde ich dich herumführen."

„Bisher macht alles einen ganz ordentlichen Eindruck. Eindeutig ein Château, wenn du mich fragst. Kein Palast, versteht sich, aber ein kleiner schnuckeliger Landsitz mit Flair. Die Banausen in Monte Carlo würden sich den Mund fusselig reden, um eine erstklassige Immobilie wie diese in die Finger zu bekommen. Oh, ich habe noch etwas vergessen." Er zauberte eine Flasche Laphroaig hervor. „Ich hoffe, du trinkst überhaupt noch Whisky. Wo steckt übrigens der hübsche Logierbesuch?"

Christie hatte den Morgen mit diversen Reiseführern und einer Karte von Europa verbracht, um zu entscheiden, was sie sich als Nächstes anschauen wollte. London? Venedig? Paris? Sie blickte vom Küchentisch auf, als die Freunde eintraten. „Christie, das ist Charlie."

Max sah, wie sich Charlies Augen weiteten. Er strich sich die Haare aus der Stirn und reichte ihr die Hand. „Nett, Sie kennen zu lernen. Ein Glück, dass ich heute Abend nicht mit Max tanzen muss!" Christie kicherte. Die beiden standen wortlos da und lächelten sich an, während der Hausherr sich in Bewegung setzte, um Gläser und eine Flasche Wein zu holen.

Madame Passepartout musterte das Paar, das sich immer noch schweigend anlächelte. Erfreut über den Anblick, huschte sie auf Zehenspitzen zu Max hinüber, der gerade die Flasche entkorkte. „Monsieur Max", sagte sie in einem Tonfall, der angesichts ihrer normalen Lautstärke als verschwörerisches Flüstern durchgehen konnte, „vielleicht würden die beiden lieber allein zu Mittag essen."

„Was? Unsinn. Ich habe Charlie seit Ewigkeiten nicht mehr gesehen. Es gibt eine Menge zu erzählen."

Ein ungehaltener Seufzer von Madame Passepartout. Männer! Kein Gespür für Herzensangelegenheiten.

MAX HATTE vorgehabt, seinem Freund beim Mittagessen in allen Einzelheiten Roussels Weingeschäft zu schildern, stattdessen kam er in den Genuss einer Kostprobe von Charlies Verkaufstalent. Natürlich pries Charlie sich selbst an, allerdings unter dem Vorwand, für den Zauber Londons im Vergleich zu Venedig oder Paris zu werben. „Wussten Sie", sagte er zu Christie, „dass man um diese Jahreszeit mehr Touristen als Tauben in Venedig antrifft? So wahr ich hier sitze! Und was Paris angeht – die Stadt ist während der Sommermonate wie ausgestorben. Man kann von Glück sagen, wenn man eine Metrostation findet, die geöffnet hat. London dagegen bietet alles, was sich der Mensch nur wünschen kann: Theater, Klubs, Pubs, Geschäfte, Restaurants, den Buckingham Palace, Taxifahrer, die Englisch sprechen … Äh, Englisch spricht natürlich jeder!"

„*Wow,* man stelle sich das vor!" Christie grinste belustigt.

„Ein weiterer Vorteil ist, dass Sie dort einen Kontaktmann haben, der die Stadt wie seine Westentasche kennt und sich glücklich schätzen würde, sie Ihnen zu zeigen.“ Er schlug gegen seine Brust. „*Moi.* Und ich besitze ein Gästezimmer.“ Dabei gelang es ihm ausnahmsweise, seine Augenbrauen unter Kontrolle zu halten und eine Unschuldsmiene aufzusetzen.

Als Max zusah, wie sich die beiden anlächelten, hatte er das Gefühl, Luft zu sein. Er unterbrach das Schweigen mit einem lauten Seufzer. „Wäre es möglich, kurz über den Wein zu sprechen, nachdem ihr eure Reisepläne miteinander abgestimmt habt?“

Er fing noch einmal von vorn an und gelangte zu der gleichen Schlussfolgerung. Es gab zwei Möglichkeiten: Sie konnten Nathalie Auzet zur Rede stellen und versuchen, ihr ein Geständnis zu entlocken, was Christie als Ding der Unmöglichkeit abtat. Oder sie warteten, bis der geheimnisvolle Unbekannte im September mit dem Lastwagen auftauchte.

„Und was dann?“, fragte Charlie. „Willst du die Burschen höflich fragen, wohin sie den Wein bringen? Sie bitten zu warten, bis du die Polizei geholt hast?“ Er schüttelte den Kopf. „Und woher willst du wissen, ob Roussel der Notarin nicht längst geflüstert hat, dass das Spiel aus ist?“

Christie betrachtete stirnrunzelnd die leere Flasche, die vor ihr auf dem Tisch stand. „Moment mal, Max, sagtest du nicht, dir sei irgendwas in Nathalie Auzets Haus aufgefallen? Ein Etikett?“

Max nickte. „Richtig. Ich erinnere mich, dass ich mir eine Notiz gemacht habe, aber wo?“ Er stand auf. „Warum nimmst du Charlie nicht auf eine Besichtigungstour mit, während ich danach suche?“

Madame Passepartout registrierte zufrieden, wie Christie und Charlie den Hof verließen, sich angeregt unterhielten und dabei die Köpfe zusammensteckten. „Genau, wie ich dachte“, murmelte sie.

Max verbrachte eine geschlagene Stunde damit, die Taschen sämtlicher Kleidungsstücke zu durchforsten. Endlich fand er, wonach er suchte, auf die Rückseite seines englischen Scheckhefts gekritzelt.

Als er die Treppe hinunterging und vors Haus trat, war Charlie von seiner Grundstücksbegehung zurück und hellauf begeistert. „Sensationell“, meinte er. „Man müsste das Haus nur ein wenig renovieren und einen Pool bauen lassen – das ist heutzutage ein absolutes Muss –, und schon säße man auf einem siebenstelligen Objekt. In Pfund Sterling, versteht sich.“

Max hob die Hand. „Charlie, bevor du vollends abhebst und einen Hubschrauberlandeplatz planst, schau dir das hier mal an. Sagt dir das was?“

„Kommt mir irgendwie bekannt vor.“ Er sah auf die Uhr. „London ist eine Stunde im Rückstand, oder? Billy kennt sich auf dem Gebiet aus. Mal sehen, ob ich ihn erwische." Damit verschwand er im Haus.

Christie sah ihm mit dem seligen Lächeln nach, das einfach nicht aus ihrem Gesicht verschwinden wollte, seit sie ihn kennen gelernt hatte.

„Ich freue mich, dass ihr beide euch gefunden habt", sagte Max. „Ich kenne Charlie seit zwanzig Jahren – er ist ein Schatz."

Der Schatz kehrte bereits zu ihnen zurück. „Keine erfreulichen Nachrichten, leider. Billy ist beim Golfspielen und kommt erst morgen wieder ins Büro." Er schob Max das Scheckheft zu. „Doch nun zum heutigen Abend: Ich habe keine Lust, wie ein Besucher von einem fremden Stern auszusehen. Was trägt man hier denn so?"

Max musterte seinen Freund: Flanellhose, schwarze Stadtschuhe, blauweiß gestreiftes Hemd. „Hast du zufällig eine Baskenmütze im Gepäck? Das wäre unter Umständen hilfreich."

DREIZEHN

In einem entlegenen Winkel des Weinkellers war Max auf eine Flasche Champagner gestoßen, die er zur Feier von Charlies Ankunft beiseite gelegt hatte. Nun staubte er die Flasche ab, bevor er sie in einen Plastikeimer stellte, den er mit Eiswürfeln gefüllt hatte. Der Kontrast zwischen dem nüchternen Putzeimer und der eleganten Flasche war zwar wenig stilvoll, doch Hauptsache, der Champagner blieb kühl.

„Na? Was sagst du?" Charlie trat in den Hof hinaus, breitete die Arme aus und wartete auf einen Kommentar. Er hatte das nasse Haar glatt zurückgekämmt, trug eine weiße Baumwollhose und ein kurzärmeliges Hemd, das mit giftgrünen Cannabisgewächsen bedruckt war.

„Was für ein Hemd, Charlie! Du könntest es auch aufrollen und in der Pfeife rauchen." Max wandte seine Aufmerksamkeit der Flasche zu, zwirbelte den Drahtverschluss auf und zog den Korken ein wenig heraus. Dann legte er die Hand darüber und gestattete dem Korken, nach und nach hochzukommen, bis er sich fast geräuschlos aus der Flasche befreite.

Charlie nahm das Glas, das Max ihm reichte, schloss die Augen, sog den Duft ein und hielt es ans Ohr. „Ah – der Klang der Traube. Zum Wohl!"

Sie tranken schweigend und spürten die Perlen auf der Zunge prickeln.

„Mal im Ernst", sagte Charlie, „findest du das Hemd nicht in Ordnung?

Ich dachte, es wirkt unbekümmert, aber nicht zu schrill. Was meinst du?"

Max blickte zur Haustür. „Da kommt deine Verabredung. Frag sie!"

Charlie drehte sich um und stieß einen langen anerkennenden Pfiff aus.

Christie trug das schwarze Kleid, das sie zum Abendessen bei den Roussels angehabt hatte – von Madame Passepartout perfekt aufgebügelt –, und dazu die scharlachroten Schuhe. „Tolles Hemd, Charlie", sagte sie. „Sieht cool aus."

Max reichte ihr ein Glas Champagner. „Trinken wir auf den Mann, der das alles erst ermöglicht hat: auf Onkel Henry, Gott hab ihn selig!"

Sie hoben die Gläser und blickten sich lächelnd an – jeder mit seinen eigenen freudigen Erwartungen an den bevorstehenden Abend.

DER PEGEL in der Flasche und die Sonne sanken etwa im gleichen Tempo, und es zog bereits eine weiche, rosige Dämmerung herauf, als die drei nach Saint-Pons kamen. Auf dem Dorfplatz wimmelte es von Menschen. Das fröhliche Summen der Begrüßungen und Unterhaltungen verschmolz mit der Musik, die aus den Lautsprechern drang. Auf der Terrasse des Cafés waren zusätzliche Tische aufgestellt worden. An einem davon saßen die Musiker – vier Akkordeonspieler mit beeindruckenden Schnauzbärten, bestickten Westen und weißen Hemden – und tranken Pastis, um sich auf ihren Auftritt einzustimmen. Die Kinder spielten zwischen den Erwachsenenbeinen Fangen, die Hunde lungerten hoffnungsvoll in der Nähe des langen offenen Grills herum, wo ein Lamm am Spieß und dunkelrote *Merguez*-Würste über der Holzkohle brutzelten.

Max bahnte sich einen Weg durch die Menge zu der provisorischen Bar, hinter der Fanny – vom Schlüsselbein bis zum Knie von einer züchtigen Schürze bedeckt – Festwein ausschenkte.

„Sie sehen verändert aus", sagte er und deutete auf die Schürze.

Ohne ein Wort drehte sich Fanny langsam um und warf ihm mit hochgezogenen Brauen einen Blick über die Schulter zu. Unter der Schürze befand sich ein beinahe rückenfreier Hauch lavendelfarbener Seide mit kaum mehr als der Andeutung eines Rocks unterhalb der Taille.

Max schluckte und bestellte drei Gläser Wein. „Ich hoffe, Sie sitzen nicht den ganzen Abend hinter der Bar fest", sagte er. „Eine junge Frau wie Sie muss auch mal was essen. Darf ich Ihnen einen Platz freihalten?"

„He, Fanny! Die Getränke fließen zäh wie Klebstoff." Der Postbote und seine Frau, beide schwer parfümiert, hatten sich bis zur Bar vorgekämpft und lechzten nach einer Erfrischung. Max nahm die Gläser und machte sich, von Fanny mit einem aufmunternden Augenzwinkern verabschiedet, auf die Suche nach Christie und Charlie, die vor dem Café standen.

„Was ist so komisch?“, fragte Max, als er bemerkte, dass die beiden ihn schmunzelnd beobachtet hatten.

„Nichts“, sagte Charlie. „Überhaupt nichts.“

„Pass gut auf dich auf, Max. Ich glaube, sie hat beschlossen, heute Nacht zum Angriff überzugehen“, meinte Christie grinsend.

„Was ihr euch wieder zusammenreimt“, sagte Max. „Ich war nur höflich zu einer charmanten jungen Dame, die, wie ich gestehen muss …“

„… ein Kleid von der Größe eines Taschentuchs trägt“, fügte Charlie hinzu. „Wenn du mich fragst – Christie hat Recht.“

Sie tranken ihren Wein – den Charlie als „jung und verspielt, aber gutherzig“ bezeichnete – und beobachteten das Treiben auf dem Platz. Das Fest hatte nicht nur die Bewohner der umliegenden Dörfer angezogen, sondern auch allerlei Fremde: Deutsche, deren Sprache sich kehlig von dem weichen Französisch abhob; die amerikanischen Radfahrer, die Max und Christie bereits gesehen hatten, nun in jene Art von Baumwolle gekleidet, die nie zu knittern scheint; eine Gruppe Zigeuner, hager und dunkelhäutig; und eine kleine Schar Pariser, die zum Schutz gegen die abendliche Kühle – immerhin drohten die Temperaturen unter dreißig Grad abzusinken – pastellfarbene Kaschmirpullover über die Schultern drapiert hatten.

Nach einem letzten Pastis sammelten die Akkordeonspieler ihre Instrumente ein und marschierten im Gänsemarsch auf die Bühne. Der monotone Singsang, der eben noch aus den Lautsprechern gedröhnt hatte, brach abrupt ab, und der Platz vor der Bühne leerte sich. Hinter der Bar nahm Fanny ihre Schürze ab und zog sie dem Aushilfsbarmixer über den Kopf, einem uralten Mann, der ihr knapp bis zum Kinn reichte.

Charlie stieß Max mit dem Ellenbogen an. „Beeil dich, bevor sie der Bodybuilder dort drüben zum Tanz auffordert! Wir suchen mittlerweile einen Tisch für uns vier.“

Fanny an besagten Tisch zu lotsen war ein langwieriges Unterfangen, weil sie ständig Freunde und Stammgäste mit Kuss und Umarmung begrüßte. Max hatte das Gefühl, eine Spitzenleistung vollbracht zu haben, als es ihm nach zehn Minuten gelungen war, die fünfzig Meter zwischen Bar und Tisch zurückzulegen. Christie und Charlie hatten vier Plätze genau vor der Bühne ergattert. Charlie versprühte seinen ganzen Charme, als er Fanny vorgestellt wurde, sprang auf, beugte sich über ihre Hand und murmelte sein unverbesserliches *Enchanto, enchanto* mit mehr als dem üblichen Enthusiasmus.

Leider wurde er von den Akkordeonspielern übertönt, die zu voller Lautstärke aufdrehten, sodass das Sprachproblem erst offenkundig wurde, als Fanny wissen wollte, wie lange er in Saint-Pons zu bleiben gedenke.

Sie wandte sich an Max. „Spricht Ihr Freund nicht Französisch?"

„Doch, aber er begnügt sich mit ungefähr vier Wörtern. Ich bin für heute Abend zum offiziellen Dolmetscher ernannt worden."

Und so leitete Max Fannys Bemerkungen über die Dorfbewohner an Christie und Charlie weiter. „Da drüben, das ist Borel, seit zwanzig Jahren Bürgermeister, ein netter Kerl. Er ist Witwer und hat ein Auge auf die Witwe Gonnet geworfen – dort am Nachbartisch –, die im *Bureau de Poste* arbeitet, aber er ist *très timide,* sehr schüchtern. Vielleicht ermutigt ihn die Musik. Am anderen Ende unseres Tisches sitzen Arlette vom Gemüseladen und ihr Mann. Wie man sieht, ist sie sehr groß und er sehr klein. Man munkelt, dass sie ihn schlägt." Fanny kicherte und trank einen Schluck Wein. Max atmete ihren Duft ein und bezwang den Impuls, ihr die Haare zurückzustreichen und ihren Nacken zu küssen.

„Die beiden da drüben sehen nicht wie Einheimische aus." Er deutete mit dem Kopf auf ein teuer gekleidetes Paar, das am Rande des Trubels stand und über das gemeine Fußvolk die Nase zu rümpfen schien.

Fanny schnaubte. „Die Villeneuve-Loubets – eingebildete Schnösel. Sie haben ein Haus in Paris und einen Landsitz bei Aix. Sie sind mit Nathalie Auzet befreundet. Die drei haben sich gesucht und gefunden."

„Sie scheinen nicht viel von Nathalie zu halten."

Fanny neigte Max ihre braune Schulter zu. „Sagen wir mal, wir haben unterschiedliche Interessen … Oh Mist! Da kommt Gaston."

Max blickte auf und gewahrte einen Kraftprotz mittleren Alters, der direkt auf sie zustapfte, ein lüsternes Grinsen im Gesicht. „Das ist Gaston – er beliefert mein Restaurant", erklärte Fanny. „Er ist ein Grobian, aber sein Fleisch ist immer gut. Ich werde nicht umhinkönnen, mit ihm zu tanzen."

„*Bonsoir,* meine Süße!" Der Mann blieb vor dem Tisch stehen, ignorierte Max, ließ einen Finger kreisen und schwenkte die Hüften. „Hörst du, sie spielen einen Paso doble, nur für uns."

Fanny lächelte Max entschuldigend zu und ließ sich zur Tanzfläche führen, wobei Gastons Hand unterhalb ihrer Taille völlig unnötig Hilfestellung leistete.

Max gab sich redlich Mühe, nicht ständig auf die Fleischerpranken zu starren, die auf Fannys Rücken auf und ab wanderten, als er ein vertrautes Kreischen vernahm. Neben ihm tauchte Madame Passepartout in einem zitronengelben Kleid und mit grünen Federohrringen auf. „Sie können hier nicht das Mauerblümchen spielen, Monsieur Max. Sie müssen tanzen!“

Max blickte sich verzweifelt um, doch es gab keine Fluchtmöglichkeit. Und so geleitete er den Paradiesvogel widerstrebend auf die Tanzfläche.

Das Widerstreben war rasch vergessen. Madame Passepartout tanzte meisterhaft. Mit leichtem und präzisem Schritt unterwarf sie sich seiner fehlerhaften Führung und gab ihm das Gefühl, ein wesentlich besserer Tänzer zu sein, als er in Wirklichkeit war.

Schon nach wenigen Minuten bewegte er sich so weit in Einklang mit ihr, dass er sich entspannen und die anderen Tanzpaare beobachten konnte. Er entdeckte Fanny, weit nach hinten gelehnt und verzweifelt bemüht, Gaston in Schach zu halten. Als sie Max erspähte, verdrehte sie die Augen und knirschte mit den Zähnen, was Gaston als lustvolles Lächeln deutete. Sein Grinsen wurde daraufhin noch lüsterner.

Hinter den beiden sah Max die Roussels, die dem Dorf zeigten, wie ein Paso doble getanzt werden sollte: Körper in hautengem Kontakt, Rücken kerzengerade, Schultern zurück. Bei jedem Richtungswechsel schnellten beide Köpfe genau im selben Moment herum, und Ludivine unterstrich die Wende mit einem blitzschnellen Ausfallschritt nach hinten und einem energischen Stampfen. Max machte Madame Passepartout auf die beiden aufmerksam, und sie nickte. „Sie haben in ihrer Jugend etliche Preise bei Turnieren gewonnen“, sagte sie. „Aber achten Sie auf Ihre eigenen Füße, Monsieur Max – auf die Ballen, auf die Ballen!“

Mit sanftem Druck lotste sie ihn kreuz und quer über die Tanzfläche bis zur äußersten Peripherie. Und dort, wo die Schatten am dichtesten waren, erspähte er Christie und Charlie. Eng umschlungen, beinahe reglos, schienen sie die Welt ringsum vergessen zu haben.

Max lieferte Madame Passepartout am Tisch ihrer Freunde ab, bedankte sich für die unentgeltliche Tanzstunde und sah, dass Fanny zum Grill geflüchtet war und gerade zwei Teller füllte. Sie zuckte zusammen, als er ihren Arm berührte. Aber als sie sah, dass es Max war, lächelte sie. „Ich dachte schon, er hätte immer noch nicht genug. Was für ein widerlicher Kerl! Ich bin ihn nur losgeworden, weil ich sagte, ich müsse etwas zu essen holen, damit Sie mir nicht verhungern.“ Sie reichte ihm einen Teller mit Lammbraten und Kartoffelgratin.

Als sie zum Tisch zurückkehrten, stellten sie fest, dass Christie und Charlie immer noch im Schatten standen; endlich hatte Max das Gefühl, Fanny ganz für sich zu haben.

„Zum ersten Mal, seit wir uns kennen, sind wir allein“, sagte er. „Wenn man die übrigen hundertfünfzig Leute nicht mitzählt.“

Fanny sah ihn mit großen dunklen Augen an. „Welche Leute?“

Max berührte mit dem Handrücken sanft ihre Wange. „Wissen Sie was, ich denke …“

„Es gibt nichts, absolut nichts, was den Appetit so anheizt wie ein flotter Paso doble.“ Charlie war zurückgekehrt, leicht zerzaust und überglücklich. „Du solltest es auch mal versuchen …“ Erst jetzt bemerkte er Max’ Gesichtsausdruck. „Oh, tut mir Leid – ich störe wohl.“ Er guckte verlegen.

Fanny lachte, und Max spürte, wie sich ihr Oberschenkel unter dem Tisch sanft gegen seinen presste. „Was sagt er?“

„Er macht sich Sorgen, dass unser Essen kalt wird.“ Max sah die Betroffenheit auf dem Gesicht seines Freundes, die fast schon komisch wirkte. „Komm, Charlie, setz dich! Was hast du mit Christie gemacht?“

Die Freude kehrte in Charlies Gesicht zurück. „Sie besorgt uns etwas zu essen. Ein wundervolles Mädchen! Was für ein fantastischer Abend!“ Er strahlte Fanny an. „*Bello fiesta* – ah, da kommt sie ja.“

Christie stellte die beiden Teller auf den Tisch und setzte sich. „Falls es jemanden interessiert – diese Notarin ist auch hier.“

Während sie aßen, hielten sie nach Nathalie Auzet Ausschau. Fanny entdeckte sie zuerst, an einem Tisch mit den Villeneuve-Loubets und einem schlanken, modisch gekleideten Mann mittleren Alters, den sie spöttisch als Nathalies *accessoire* bezeichnete. Mit oder ohne Anhängsel, Max war froh, sie zu sehen. Denn wenn Roussel ihr reinen Wein eingeschenkt hätte, wäre sie wohl kaum gekommen.

Die Akkordeonspieler hatten ihre erste Runde beendet und kehrten ins Café zurück, um sich am Pastis gütlich zu tun, während der Diskjockey der Tonanlage den letzten Schliff verpasste. Es dauerte nicht lange, dann hüllte der rauchige, unendlich verführerische Klang von Diane Kralls Stimme den Dorfplatz ein.

Max stand auf und ergriff behutsam Fannys Handgelenk.

Christie zwinkerte ihm zu. „Tanzt, als wärt ihr allein hier.“

Und das taten sie, unter den überwiegend beifälligen Blicken des ganzen Dorfes – Gaston ausgenommen.

MADAME PASSEPARTOUT betrat das Haus am nächsten Morgen ungewöhnlich spät und ungewöhnlich leise. Ein Glas zu viel am Vorabend hatte bei ihr zu einer allgemeinen Sensibilisierung geführt. Die Fensterläden wurden aufgeschoben statt aufgestoßen, und der Staubsauger, dessen Lärm für Verkaterte reine Folter ist, blieb vorläufig im Schrank.

Außer von Kopfschmerzen wurde Madame Passepartout von brennender Neugier geplagt. Wie der Rest des Dorfes hatte sie genau beobachtet, wie Christie und Charlie, Fanny und Max miteinander tanzten. Daraus ließen sich gewisse Schlussfolgerungen ableiten, die es zu verifizieren galt. Doch was für einen Grund konnte sie finden, um Schlafzimmertüren zu öffnen und die Häupter ihrer Lieben zu zählen?

Ein rascher Blick auf die Küchenuhr sagte ihr, dass es beinahe halb elf war, und plötzlich kam ihr eine Idee. Sie erinnerte sich, irgendwann einmal gelesen zu haben, dass ein Engländer den Tag am liebsten mit einer Tasse Tee beginnt – im Bett, in aller Herrgottsfrühe. Also füllte sie den Wasserkessel und richtete ein Tablett her: Teekanne, Tassen, Zuckerdose, ein kleiner Krug Milch. Sie fand ein Päckchen Earl-Grey-Tee, das vermutlich noch aus Onkel Henrys Zeit stammte, brühte den Tee auf und ließ ihn ziehen.

Dann trug sie das Tablett nach oben, klopfte an die Tür des Zimmers, das sie für Charlie hergerichtet hatte, neigte den Kopf und lauschte. Kein Laut war zu hören. Sie klopfte erneut – wieder keine Reaktion. Nach kurzem Zögern stieß sie die Tür auf.

Im Zimmer herrschte die typische Unordnung eines Junggesellen. Von Charlie fehlte jede Spur. Das Bett war unbenutzt, der Cognac unberührt. Die Königin auf dem Foto lächelte hoheitsvoll, und unwillkürlich erwiderte Madame Passepartout das Lächeln. Die beiden Turteltauben hatten die Nacht woanders verbracht. Das hatte sie sich fast gedacht.

Es wäre eine Schande gewesen, den frisch aufgebrühten Tee wegzuschütten. Deshalb beschloss sie, ihn Max zukommen zu lassen. Auch hier klopfte sie mehrmals an, bevor sie eintrat. Doch alles, was sie sah, war ein leeres Schlafzimmer und ein unbenutztes Bett.

Als sie gerade überlegte, ob es taktlos wäre, wenn sie versuchte, den Tee im Schlafzimmer der Amerikanerin loszuwerden, hörte sie einen Wagen vorfahren. Sie eilte die Treppe hinunter, so schnell das Tablett es zuließ, und hatte kaum die Küche betreten, als Max durch die Tür kam – zerzaust, unrasiert, ein Baguette und eine Tüte Croissants in der Hand, strahlend vor Glück.

„Was für ein Morgen!", sagte er und küsste Madame Passepartout auf beide Wangen. „Wie geht es Ihnen, Madame? Ich war gerade im Dorf – ein herrlicher Tag." Er legte Brot und Croissants auf dem Tisch ab und sah das Tablett mit dem Tee für zwei. „Was ist denn das? Zimmerservice?"

„Das war für Monsieur Charles gedacht, aber er ist nicht in seinem Zimmer."

„Nein, wirklich? Vielleicht hat er sich auf dem Heimweg verirrt."

„Sein Auto steht vor der Tür." Madame Passepartout setzte ihre überzeugendste Unschuldsmiene auf. „Wo könnte er nur stecken?"

„Haben Sie es schon im Zimmer der jungen Dame versucht?"

„Auf den Gedanken wäre ich nie gekommen!" Sie rümpfte die Nase angesichts dieser verwegenen Vorstellung und wechselte das Thema. „Haben Sie sich gestern Abend gut amüsiert, Monsieur Max? Sie haben beim Paso doble vielversprechende Ansätze gezeigt."

„Oh, ich befand mich ja auch in den Armen einer Expertin." Bei der Erinnerung an die Arme, die ihn noch vor einer halben Stunde umfangen hatten, besaß er wenigstens den Anstand zu erröten.

Madame Passepartout war mit dem Ergebnis ihrer Ermittlungen zufrieden; sie hatte nicht nur ein leeres Schlafzimmer vorgefunden, sondern gleich zwei. Während sie Kaffee zu kochen begann, plauderte sie munter über die Ereignisse des gestrigen Abends. Es hatte einen denkwürdigen Zwischenfall gegeben, als der sturzbetrunkene Gaston versuchte, Maître Auzets Hintern zu tätscheln, und sich damit eine saftige Ohrfeige einfing. Und der Bürgermeister hatte endlich einmal den Mut aufgebracht, mit der Witwe Gonnet zu tanzen. Alles in allem eine höchst gelungene *fête*.

Max hörte nur mit halbem Ohr zu. Seine Gedanken weilten immer noch bei Fanny, als Charlie – ebenfalls zerzaust und vor Glück strahlend – in die Küche schlurfte, nur mit einem Paar Boxershorts bekleidet. „Ah, da bist du ja", sagte er zu Max. „Ich hab dich gestern Nacht überall gesucht."

„Ich wurde aufgehalten, Charlie, ließ sich nicht vermeiden. Du weißt ja, wie das ist. Komm, iss einen Happen." Die beiden Freunde saßen bei Kaffee und Croissants am Tisch und grinsten selbstvergessen. Als Madame Passepartout nach etlichen Versuchen einsah, dass sie mit Max heute Morgen nicht ins Gespräch kommen konnte, vertrieb sie die beiden aus der Küche. Sie nahmen ihre Kaffeetassen mit in den Hof hinaus.

„Herrje, ist das schön, die Sonne auf dem Rücken zu spüren", seufzte Charlie. „Ich dachte, wir essen vielleicht im Dorf zu Mittag. Bei Fanny – was hältst du davon?"

Max blickte über den verwaisten Weingarten. Offenbar hatte es Roussel gestern Abend mit dem Feiern etwas übertrieben und musste sich jetzt erholen. Er nickte nachdenklich. „Kannst du vorher noch mal versuchen, deinen Freund Billy zu erreichen?"

Jean-Marie Fitzgerald rechnete die Zahlen noch einmal zusammen, bevor er mit einem zufriedenen Lächeln das abgenutzte Notizbuch schloss, in dem er die Weinverkäufe der letzten Jahre vermerkt hatte – Daten, die man am besten vor den Augen des Fiskus und anderer Schnüffler verbarg. Auf seinem Konto in Luxemburg hatten sich die Euros dermaßen angesammelt, dass man Fitzgerald als wohlhabenden Mann bezeichnen konnte. Noch ein oder zwei ähnlich einträgliche Jahre wie dieses, dann hatte er ausgesorgt, und es reichte für eine Zweitwohnung in der Park Avenue und ein Haus nebst Jacht auf den Bahamas.

Er sah nur ein Problem, das ihm einen Strich durch die Rechnung machen konnte: diesen Engländer, der für seinen Geschmack ein etwas zu starkes Interesse an den Weingärten zeigte. Für dieses Jahr war die Lese noch gesichert; die Untersuchung der Bodenproben war zeitaufwändig, sodass mit dem Bericht des *œnologue* erst lange nach der Ernte zu rechnen war. Aber wie würde es dann weitergehen?

Wenn man den Engländer bloß zum Verkauf überreden könnte! Fitzgerald nahm sich vor, mit Nathalie darüber zu reden. Er wusste aus Erfahrung, wie außerordentlich überzeugend sie sein konnte.

Als Christie, Charlie und Max ins Dorf kamen, war von dem Fest am Vorabend fast nichts mehr zu sehen. Nur die bunten Lichterketten hingen noch wie tropische Früchte zwischen den Blättern der Platanen. Die Tische und Bänke waren genau wie die Bühne schon während der Nacht abgebaut und auf den Lkw verladen worden, der sie zur nächsten *fête* brachte. In Saint-Pons war wieder der Alltag eingekehrt.

Nur ein sehr scharfäugiger Beobachter hätte feststellen können, ob Fanny Max nun eine andere Behandlung zuteil werden ließ als jedem anderen gern gesehenen Gast. Möglich, dass sie sich eine oder zwei Sekunden länger an seine Wange schmiegte, als sie zur Begrüßung Küsse austauschten, oder dass ihr Schenkel seinen Arm streifte, als sie am Tisch stand, um die Bestellung aufzunehmen. Doch alles in allem war sie, wie Charlie erklärte, von beispielhafter Diskretion.

„Und jetzt zu diesem rätselhaften Wein", sagte er, holte einen zerknitterten Zettel aus der Tasche und strich ihn auf dem Tisch glatt. „Billy hatte alle Hände voll zu tun, um den Sachverhalt zu klären. Aber er versteht etwas von seinem Fach. Ich bin sicher, dass seine Informationen auf Tatsachen beruhen, auch wenn sie kaum zu glauben sind. Zuerst einmal: Besagten Wein könnten wir Normalsterbliche uns gar nicht leisten. Er ist ein

Beispiel für jenen Trend, von dem ich dir neulich erzählt habe – so genannte Garagenweine, erinnerst du dich? Die stammen von winzigen Weingütern mit äußerst begrenzter Produktion und erzielen exorbitante Preise; genau das Richtige für Snobs, die mehr im Portemonnaie haben als in der Birne." Er hielt inne und trank einen Schluck. „Schade, dass Onkel Henry dir nicht ein Stück Land in Bordeaux vererbt hat. Wie auch immer, für diesen Wein muss man ein kleines Vermögen auf den Tisch blättern: dreißig- oder vierzigtausend Dollar die Kiste, falls man überhaupt eine bekommt. Es gehört Glück dazu, denn die Produktion ergibt nie mehr als ein paar hundert Kisten im Jahr. Sie gehen hauptsächlich nach Asien, ein paar Kisten landen in den Staaten und in Deutschland, aber keine einzige Flasche bleibt in Frankreich – frag mich nicht, warum. Die Transaktion geht in aller Heimlichkeit über die Bühne. Die Verkostung erfolgt strikt auf Einladung, und es gibt nur einen einzigen Repräsentanten als Ansprechpartner. Moment ..." Charlie drehte den Zettel um und versuchte das Gekritzel auf der Rückseite zu entziffern. „Ach ja, hier. Jean-Marie Fitzgerald heißt er."

Max verschluckte sich beinahe. „Wer?"

Christie hatte sich vorgebeugt, um den Namen auf dem Zettel selbst zu lesen. „Wie viele Leute mag es wohl in Bordeaux geben, die so heißen?"

Charlie blickte verwirrt von einem zum andern, und Max schilderte Fitzgeralds Besuch auf dem Weingut.

„Falls es sich um denselben Mann handelt", überlegte Christie laut, „so stellt sich natürlich die Frage, was er hier gewollt hat, als er vorgab ..."

„... der von Nathalie Auzet empfohlene Önologe zu sein", ergänzte Max.

Eine Weile aßen sie in gedankenvollem Schweigen.

„Nehmen wir mal an", sagte Max schließlich, „Roussels Wein – *unser* Wein, den Nathalie Auzet bar bezahlt und nachts mit einem Lkw abtransportieren lässt – geht an Fitzgerald. Und nehmen wir mal an, der füllt den Wein in Flaschen ab, klebt ein ausgefallenes Etikett darauf und treibt den Preis in Schwindel erregende Höhe ..."

Charlie zog seinen Zettel zurate. „Den Namen habe ich doch richtig verstanden, oder? LE COIN PERDU stand auf dem Etikett, das du gesehen hast?"

Max nickte und lehnte sich zurück. „Ein gewagter Plan. Aber wenn er funktioniert, lässt sich damit ein Vermögen scheffeln. Die besten Weine aus dem Luberon kosten zwischen zwanzig und fünfundzwanzig Dollar pro Flasche. Wenn man denselben Wein jedoch mit einem Etikett aus Bordeaux versieht ..."

Charlie fiel ihm ins Wort: „... und wenn man sich unter dem Siegel der

Verschwiegenheit mit dem einen oder anderen Spitzeneinkäufer in Verbindung setzt und ihn in das Geheimnis dieses ungeheuer exklusiven Weines einweiht … Der weiß dann schon, welcher seiner Kunden für das Geschäft infrage kommt", meinte er. „Das läuft wie in ‚Des Kaisers neue Kleider': Pick dir den Richtigen heraus, schmeichle ihm bis zum Umfallen, sag ihm, wie sehr du seinen Geschmack und seinen erlesenen Gaumen bewunderst. Erklär ihm, dass es sich um einen Geheimtipp handelt, den du nur an einige handverlesene Auserwählte weitergibst, und schärf ihm ein, das Geheimnis nur wenigen, absolut vertrauenswürdigen Kunden zu verraten … Das ist vermutlich auch der Grund, weshalb der Wein nicht in Frankreich verkauft wird. Die Franzosen würden unangenehme Fragen stellen." Er blickte Max und Christie fragend an. „Na, was sagt ihr? So könnte es gehen, oder?"

Max überlegte. „Angenommen, du hast tatsächlich Recht. Wie willst du das beweisen?"

Vorschläge und Gegenvorschläge wechselten hin und her. Max schloss die Option aus, die Polizei einzuschalten, weil das Roussel ruiniert hätte. Wieder wurde erwogen, Nathalie Auzet zur Rede zu stellen, aber allen war klar, dass sie die Vorwürfe einfach leugnen und aus Mangel an Beweisen ungestraft davonkommen würde. Je eingehender sie den Fall erörterten, desto deutlicher kristallisierte sich heraus, dass sie sich auf Jean-Marie Fitzgerald konzentrieren mussten.

Sie waren beim Kaffee angelangt. Das Dorf erwachte nach dem Mittagessen allmählich wieder zum Leben.

„Wer ist der reichste Mann der Welt?", fragte Max, an Christie gewandt.

„Keine Ahnung. Bill Gates?"

„Irgendein Rockefeller", meinte Charlie. „Nein, warte, was ist mit dem Sultan von Tengah?"

Max wusste nur eines über den Sultan von Tengah: dass er in Öl und in Geld schwamm. Er war geradezu abartig reich, besaß Immobilien in den Metropolen aller Herren Länder, ganze Wälder in Kanada, Bisonherden in Wyoming, Gold- und Diamantminen in Afrika, Gasbeteiligungen in Russland. Der Palast, in dem er den Großteil seiner Zeit verbrachte, hatte vierhundert Zimmer, wie man munkelte, ein jedes mit kostbaren Antiquitäten eingerichtet.

Doch abgesehen von diesen wenigen Informationen, war der Mann geheimnisumwittert. Er wurde selten in der Öffentlichkeit gesehen, nie fotografiert – ein Krösus, der wie ein Einsiedler lebte.

„Perfekt", sagte Max. „Das ist unser Mann. Ich habe einen Plan."

VIERZEHN

Das schaffe ich nicht, wenn ihr zwei zuschaut und Grimassen schneidet“, stöhnte Charlie. „Ich muss allein sein! Das wird schließlich ein Drahtseilakt. Seid ihr sicher, dass er Englisch spricht? Auf mein Französisch können wir nicht bauen.“

„Er spricht Englisch, jede Wette“, erklärte Christie. Sic und Max zogen die Tür hinter sich zu und ließen Charlie im Wohnzimmer allein. Er legte seine Notizen und einen Stift griffbereit auf den niedrigen Tisch vor seinem Sessel und ließ den Daumen über die Visitenkarte gleiten, die Max ihm gegeben hatte: der Name Jean-Marie Fitzgerald in schlichten, klassischen Lettern. Charlie holte tief Luft und nahm den Hörer ab.

„Oui?“

Der Klang der Frauenstimme – kurz angebunden und leicht verdrossen – veranlasste Charlie, den blasierten Tonfall der Oberschicht anzuschlagen, der normalerweise seiner Immobilienklientel vorbehalten war.

„Guten Tag. Ich würde gern mit Mr Fitzgerald sprechen.“ Er redete übertrieben langsam und deutlich.

Die Frau erwiderte in fließendem Englisch mit amerikanischem Akzent: „Darf ich fragen, wer Sie sind?“

„Willis. Charles Willis. Ich rufe im Auftrag eines Klienten an.“

„Und der Name Ihres Klienten?“

„Leider bin ich nicht befugt, ihn preiszugeben – außer natürlich gegenüber Mr Fitzgerald.“

Er wurde gebeten, am Apparat zu bleiben. Während er mit Kammermusik vom Band berieselt wurde, überflog er noch einmal seine Notizen. „Mr Willis? Jean-Marie Fitzgerald am Apparat. Was kann ich für Sie tun?“

Christie hatte Recht – der Mann sprach beinahe akzentfrei Englisch.

„Ich hoffe, Sie verzeihen mir, Mr Fitzgerald, doch ich muss Sie zunächst bitten, dieses Gespräch und alle nachfolgenden Kontakte strikt vertraulich zu behandeln.“ Charlie wartete auf die entsprechende Zusicherung, bevor er fortfuhr: „Ich wende mich in meiner Eigenschaft als Einkäufer und persönlicher Weinberater eines höchst illustren Klienten an Sie; es handelt sich um einen Weinliebhaber, für den ein edler Tropfen eine der größten Freuden im Leben darstellt. Unlängst hat mein Klient von Ihrem Wein erfahren, *Le Coin Perdu*. Er beauftragte mich, Nachforschungen anzustellen, ihn zu verkosten und gegebenenfalls zu kaufen. Deshalb habe ich mich persönlich nach Frankreich begeben.“ Charlie konnte die Neugier beinahe körperlich spüren, die ihm vom anderen Ende der Leitung entgegenschlug.

„Nun, Mr Willis“, erwiderte Fitzgerald, „ich darf Ihnen versichern, dass Diskretion für mich genauso wichtig ist wie für Sie. Wir verlieren kein einziges Wort über unsere Kunden; die geschäftlichen Transaktionen bleiben absolut vertraulich. Daher würde ich meinen, dass Sie keinen Vertrauensbruch begehen, wenn Sie mir den Namen Ihres Auftraggebers mitteilen. Ich muss gestehen, Sie haben mein Interesse geweckt.“

Na also, dachte Charlie. Er senkte seine Stimme, bis sie kaum mehr als ein Flüstern war. „Mein Klient ist der Sultan von Tengah.“

Am anderen Ende der Leitung wurde eine Schweigeminute eingelegt, in der sich Fitzgerald das geschätzte Vermögen des Sultans ins Gedächtnis zu rufen versuchte, Zahlen, die er irgendwo gelesen hatte. „Ja, sein Name ist mir geläufig. Darf ich fragen, wo er lebt?“

„Er hält sich meistens in Tengah auf. Ihm gehört das ganze Land, wie Sie vermutlich wissen.“

„Nun, ich fühle mich geschmeichelt, dass der Ruf unseres Weines uns so weit vorausgeeilt ist.“ Fitzgerald hatte keinen blassen Schimmer, wo Tengah lag, aber es klang nach weiter Ferne. „Zum Glück haben wir noch ein paar Kisten in Reserve.“ Sein Tonfall wurde mit einem Mal heiter, als wäre ihm soeben eine glänzende, höchst ungewöhnliche Idee gekommen. „Ich mache Ihnen einen Vorschlag: Was halten Sie von einer Verkostung? Auf rein privater Ebene natürlich.“

„Natürlich.“ Charlie raschelte mit dem Papier, auf dem er sich Notizen gemacht hatte – das typische Geräusch eines viel beschäftigten Mannes, der in seinem Terminkalender blättert. „Ich könnte morgen zu Ihnen kommen, wenn es Ihnen passt. Allerdings möchte ich Sie noch einmal darauf hinweisen, dass kein Sterbenswort davon durchsickern darf. Der Sultan ist wirklich äußerst öffentlichkeitsscheu.“

Damit stand die Verabredung. Nachdem sie die Einzelheiten besprochen hatten, legte Charlie den Hörer auf und gönnte sich einen Freudentanz quer durchs Wohnzimmer, bevor er ins Freie trat, wo Christie und Max im Hof auf ihn warteten. Sein Gesichtsausdruck sprach Bände.

„Er hat angebissen“, jubelte Max. „Ich wusste es!“

„Morgen Nachmittag um halb vier werde ich in Bordeaux erwartet. Aber wie will ich erkennen, ob es sich wirklich um Roussels Wein handelt?“

Max grinste verschwörerisch. „Das lass nur meine Sorge sein. Ich habe noch eine Geheimwaffe in petto.“

Am nächsten Morgen fand sich auf dem Flughafen von Marignane eine kleine Gruppe von Passagieren ein, die sich deutlich von den mit Aktenkoffern bewaffneten Geschäftsleuten abhoben. Christie und Max trugen Jeans und leichte Jacken, Charlie Blazer, Flanellhose und ein gestreiftes Hemd mit Fliege. Claude Roussel sah sich mit unbehaglicher Miene um. Er steckte in einem zwanzig Jahre alten schwarzen Anzug, den er bisher nur zu Hochzeiten und Beerdigungen getragen hatte.

In seinem ganzen Leben war er nie weiter gereist als nach Marseille, und heute sollte sein „Jungfernflug“ stattfinden. Anfangs hatte er gezögert mitzukommen; er war nicht besonders erpicht darauf, sich in die Lüfte zu erheben. Außerdem drohte ihm in Bordeaux eine unliebsame Konfrontation. Doch Max hatte ihm die spielentscheidende Rolle geschildert, die ihm zugedacht war, sowohl jetzt als auch in Zukunft, und Roussel hatte sich nach besten Kräften bemüht, seine bösen Vorahnungen zu überwinden.

Als sich die Maschine mit dem üblichen Getöse und Vibrieren in die Luft hievte, merkte Max, wie der Verwalter die Armlehnen seines Sitzes so fest umklammerte, dass seine Knöchel weiß hervortraten. Und diese Farbe behielten sie während des ganzen zum Glück nur kurzen Fluges.

Erst als er am Flughafen von Bordeaux sein Überleben mit einem Pastis gefeiert hatte, nahm Roussels Gesicht wieder Farbe an.

Und als er ins Taxi stieg, wirkte er recht entspannt. Dieses Transportmittel war ihm vertraut.

Während der Fahrt zum Hotel gingen die beiden Engländer noch einmal den Plan durch, den sie ausgetüftelt hatten.

Die Verkostung am Nachmittag war allein Charlies Sache. Er würde sich gebührend beeindruckt zeigen und einen guten Preis aushandeln, der natürlich von der Zustimmung des Sultans abhängig wäre. Wegen des Zeitunterschiedes könnte der Anruf von Bordeaux nach Tengah erst gegen Mitternacht erfolgen, und deshalb sollte ein zweiter Besuch für den folgenden Tag vereinbart werden, um einen Wechsel der Bank vorzulegen und die letzten Einzelheiten des Versands zu besprechen. Zu diesem Treffen würde Charlie seine Truppe mitbringen. Fitzgerald würde mit Roussel konfrontiert, die Polizei würde benachrichtigt und der Gerechtigkeit Genüge getan werden. Ein Klacks.

„Du musst es nur irgendwie hinbekommen, eine Probe herauszuschmuggeln, damit Claude den Wein verkosten und mit der Flasche vergleichen kann, die er mitgebracht hat“, sagte Max. „Alles klar?“

Charlie nickte, wenn auch nicht besonders überzeugt. „Ich hoffe, dass ich es schaffe. Weißt du, es ist *eine* Sache, am Telefon so ein Ding abzuziehen, aber es steht auf einem ganz anderen Blatt …"

„Natürlich schaffst du das!", unterbrach ihn Max zuversichtlich.

Auch Christie, die auf dem Rücksitz saß, beugte sich vor und drückte Charlies Schulter. „Du wirst sehen, alles läuft wie geschmiert."

Sie ließen sich an einem Hotel absetzen, das nur wenige Schritte von Fitzgeralds Probierraum entfernt lag, entledigten sich ihres Gepäcks und besorgten sich einen Stadtplan von Bordeaux. Dann schlenderten sie den Kai entlang und fanden ein Café mit Blick auf die breite Biegung der Garonne. Und dort, bei Schinkensandwiches und einer Karaffe Wein, absolvierte Charlie vor Christie seine Generalprobe. Max und Roussel unterhielten sich über die Zukunft – eine Zukunft, die weitgehend von den Ereignissen der nächsten Stunden abhing.

Endlich war es so weit. Sie kamen überein, sich im Hotel wieder zu treffen, und Charlie machte sich auf den Weg zum Cours Xavier Arnozan.

Fitzgerald höchstselbst öffnete auf sein Klopfen hin die Tür. „Ich freue mich, Sie kennen zu lernen", sagte er, als sie sich die Hand reichten. „Ich habe meiner Sekretärin heute Nachmittag freigegeben, wir sind also ganz unter uns. Ich dachte, das wäre Ihnen lieber."

„Sehr aufmerksam von Ihnen." Charlie bedankte sich mit einem Lächeln, dann folgte er Fitzgerald in den Probierraum. Aus den eingebauten Lautsprechern erklang leise eine Fuge von Bach. Flaschen, Gläser und silberne Kandelaber waren über die ganze Länge des glänzenden Mahagonitisches verteilt. An einer Stirnseite befand sich ein *crachoir* aus Kupfer neben einem Stapel Leinenservietten.

Charlie verspürte den Anflug eines Zweifels. Falls es sich tatsächlich um einen Schurkenstreich handelte, so wurde dieser stilvoll präsentiert, und Fitzgerald – von Kopf bis Fuß Aristokrat – schien ein echter Weinkenner aus Bordeaux zu sein. Sich vorzustellen, dass er ein Gauner war, fiel schwer.

Doch dann dachte Charlie an seine Kollegen im Spitzensegment des Londoner Immobilienmarktes: Sie waren charmant, gebildet, gut gekleidet – und mit allen Wassern gewaschen. Wenn es um ein lukratives Geschäft ging, hätten sie nicht die geringsten Skrupel, die eigene Großmutter per Räumungsbefehl auf die Straße zu setzen.

Er fühlte sich wieder sicherer in seiner Rolle und näherte sich dem Tisch.

„Ich würde vorschlagen", ließ sich Fitzgerald vernehmen, „dass wir mit dem 99er beginnen, bevor wir zum 2000er übergehen – meinem persönlichen Favoriten, wenn ich mir die Bemerkung erlauben darf." Er schenkte ein und reichte Charlie eines der beiden Gläser.

Die Übungsstunden bei seinem Weinverkostungsseminar hatten Charlie auf das ungemein wichtige Drum und Dran dieses Rituals vorbereitet. Er fasste das Glas am Stiel, klemmte diesen zwischen Finger und Daumen und hielt den Wein gegen den Kerzenschein, mit einem Blick, der, wie er hoffte, Kennerschaft und Konzentration ausstrahlte. Dann begann er den Wein mit einer behutsam kreisenden Bewegung des Glases zu schwenken und neigte den Kopf zur Seite. Als er das Bukett für ausreichend entfaltet erachtete, vergrub er seine Nase im Glas und wedelte mit der freien Hand – eine Finesse für Fortgeschrittene, die er in seinem Seminar gelernt hatte –, um die aromatisierte Luft in Richtung seiner aufgeblähten Nasenlöcher zu lenken. Er atmete tief ein, blickte, als wartete er auf eine göttliche Eingebung, gen Himmel, beugte den Kopf, atmete abermals tief ein und stieß ein leises, anerkennendes Brummen aus. Dann hob er das Glas an die Lippen, nahm einen Schluck und behielt ihn mehrere Sekunden im Mund; er kaute, spülte den Mund aus, und schließlich spuckte er.

Fitzgerald wartete, die Augenbrauen wie zwei Fragezeichen erhoben.

„Ausgezeichnet, ganz ausgezeichnet", sagte Charlie. „Er erinnert mich an den Pétrus-Wein, nur gehaltvoller. Und Sie behaupten allen Ernstes, dass Sie Jahrgang 2000 bevorzugen?"

Das angedeutete Lächeln auf Fitzgeralds Gesicht wurde breiter. „Der 2000er wird Sie überraschen. Sie gestatten?" Er nahm Charlies Glas und tauschte es gegen das andere aus, das Wein des Jahrgangs 2000 enthielt. Abermals spulte Charlie langsam und genüsslich das Degustationsritual ab, während Fitzgerald ihn wie eine Katze beobachtete, die kurz davor ist, sich die Maus zu schnappen.

„Bemerkenswert", sagte Charlie und tupfte sich die Lippen mit einer Leinenserviette ab. „Meinen Glückwunsch, Mr Fitzgerald. Ich habe schon viele Weine verkostet, aber dieser Bordeaux ist unvergleichlich. Ein absolutes Spitzenprodukt."

Fitzgerald gestattete sich ein bescheidenes Schulterzucken. „Man tut, was man kann. Nur organische Düngemittel, versteht sich, und die Trauben werden von Hand verlesen."

„Man darf die Details nicht unterschätzen", sagte Charlie und beugte sich zu Fitzgerald hinüber. „Nun denn. Vielleicht können wir jetzt zu den finanziellen Details übergehen; für den Jahrgang 2000, denke ich. Sie hatten Recht: Er ist eine Spur komplexer, hat einen längeren Abgang und mehr – wie soll ich sagen? – *gravitas*. Ich bin sicher, diese Spitzenqualität hat ihren Preis."

„Hunderttausend Dollar pro Kiste", erwiderte Fitzgerald mit einem Schulterzucken, in dem allenfalls die Andeutung einer Entschuldigung lag. „Der Versand an gleich welchen Ort auf der Welt ist inbegriffen."

Charlie erschrak, erholte sich aber rasch. „Gut. Ich werde meinem Klienten empfehlen, in diesen Wein zu investieren. Lassen Sie mich kurz überlegen … Wäre eine Bestellung von zehn Kisten möglich?"

„Sie würden unseren Keller bis auf den letzten Tropfen leeren, Mr Willis", seufzte Fitzgerald wie ein Mann, der es hasst, sich von seinen Schätzen zu trennen. „Nun ja, zehn Kisten wären wohl gerade noch möglich."

„Wunderbar." Charlie blickte auf seine Uhr. „Der Zeitunterschied beträgt neun Stunden, deshalb werde ich mich erst spät am Abend mit meinem Auftraggeber in Verbindung setzen können. Ich könnte den Rest des Nachmittags jedoch nutzen, um alles für den Bankwechsel zu arrangieren. Sind Sie damit einverstanden?"

Und ob! Fitzgerald sah bereits den silbernen Lamborghini vor sich, mit dem er seit vielen Jahren liebäugelte.

„Dann bis morgen früh. Sagen wir … um zehn, hier bei Ihnen?" Charlie ging zur Tür. „Oh, könnten Sie mir noch einen kleinen Gefallen erweisen?"

Inzwischen war Fitzgerald an einem Punkt angelangt, wo er splitterfasernackt Kopfstand gemacht und dabei die Marseillaise gepfiffen hätte, wenn es gewünscht worden wäre. „Mit dem größten Vergnügen."

„Würden Sie mir gestatten, die offene Flasche mit dem 2000er mitzunehmen? Ich möchte den Geschmack noch im Mund haben, wenn ich heute Abend mit meinem Auftraggeber telefoniere."

„Selbstverständlich. Moment, ich besorge Ihnen einen Korken."

Als Fitzgerald die Eingangstür hinter Charlie geschlossen hatte, kehrte er in den Probierraum zurück, schenkte sich ein Glas Wein ein und genoss die Aussicht auf den Scheck in Millionenhöhe, den er morgen sein Eigen nennen würde. Vielleicht sollte er in Betracht ziehen, gleich eine größere Wohnung in New York und ein größeres Boot auf den Bahamas zu kaufen. Er trank einen Schluck. Der Wein schmeckte wirklich gut; beinahe so gut, wie er behauptet hatte.

CHARLIE ließ sich in der ersten Bar, an der er vorbeikam, auf einen Hocker sinken und bestellte einen doppelten Brandy. Obwohl alles nur Theater gewesen war, hatte er das Schwindel erregende Gefühl, gerade für eine Million Dollar 120 Flaschen Wein erstanden zu haben. Einen hervorragenden Wein, ohne Frage; aber handelte es sich wirklich um Roussels Wein? Er starrte die Flasche an, die Fitzgerald ihm mitgegeben hatte, überschlug ihren ungefähren Preis und staunte, dass jemand bereit war, solche Unsummen dafür auszugeben.

Die anderen warteten in der Lobby des Hotels. Max marschierte unablässig auf und ab, Christie versuchte, ihr Augenmerk auf den *Herald Tribune* zu richten, und Roussel blätterte in *L'Equipe*, der Sporttageszeitung.

„Bitte sehr." Charlie stellte die Flasche auf dem niedrigen Tisch vor ihnen ab. „Kostet rund achttausend Dollar. Ich gewähre euch einen kleinen Nachlass, weil ich mir schon ein Schlückchen genehmigt habe. Schmeckt ausgezeichnet." Er setzte sich und nahm seine Fliege ab, während er ein Sperrfeuer von Fragen über sich ergehen ließ, die Christie und Max an ihn hatten. Roussel entfernte den Korken, um seine Nase nah an den Hals der Flasche zu führen.

Max unterbrach die olfaktorische Meditation. „Claude, stell die Flasche lieber ab, denn es könnte sein, dass du gleich in Ohnmacht fällst." Seit sie gemeinsam Roussels ersten Flug überstanden hatten, waren sie zum Du übergegangen. „Fitzgerald verlangt tatsächlich hunderttausend Dollar für die Kiste von diesem Wein. *Deinem* Wein."

Roussels Augen weiteten sich ungläubig, dann schüttelte er langsam den Kopf. Hunderttausend Dollar, das war mehr, als er jemals für den Ertrag eines ganzen Jahres erhalten hatte.

„Jetzt müssen wir nur herausfinden, ob es wirklich dein Wein ist, und du bist der Einzige, der diese Frage mit Sicherheit beantworten kann. Du hast die andere Flasche doch mitgebracht, oder?" Max blickte ihn an und war erleichtert, ihn nicken zu sehen. „Bringst du sie uns in die Bar?"

In der Bar, die sich direkt neben der Lobby befand, war es ruhig um diese Zeit.

Der Barkeeper freute sich über ein wenig Abwechslung. Als Roussel mit der zweiten Flasche erschien, standen die Probiergläser schon bereit.

Sie saßen in erwartungsvollem Schweigen da, den Blick auf Roussel gerichtet, als dieser den Wein einschenkte, ihn ans Licht hielt, schwenkte, schnüffelte und kostete, schluckte, wieder kostete und überlegte. *„Bon."* Er saugte an den Zähnen und nickte mehrmals. „Das ist mein Wein."

Max beugte sich vor und legte die Hand auf Roussels Arm. „Bist du sicher, Claude? Absolut sicher?"

Roussel machte eine entrüstete Miene. *„Beh oui.* Ich kenne diesen Wein, seit er eine Traube war. Das ist mein Wein." Er schenkte Wein aus der zweiten Flasche ein, probierte und nickte erneut. „Mein Wein!"

Ein kollektiver Seufzer der Erleichterung.

Mit einem kleinen Wink holte Max den Barkeeper an den Tisch, und als der die lächelnden Gesichter gewahrte, wurde seine Miene erwartungsvoll. Zufriedene Kunden waren seiner Erfahrung nach bereit, mehr zu trinken und mehr Trinkgeld zu geben als Gäste, die in seine Bar kamen, um ihren Kummer zu ertränken. „Ja bitte, Monsieur?"

„Meine Freunde haben ein Glas Champagner verdient. Bitte eine Flasche Krug, falls Sie eine eisgekühlte haben." Krug hatte man natürlich. Neugierig starrte der Barkeeper die beiden Weinflaschen an, die kein Etikett hatten. In Bordeaux waren Flaschen ohne Etikett von besonderem Interesse.

„Ein vielversprechender Jahrgang", klärte Max ihn auf. „Wir wollen auf seinen Erfolg trinken."

Christie hob die Hand. „Ich möchte Claude nicht zu nahe treten, aber fändet ihr es nicht klüger, den Wein fachkundig testen zu lassen, um ganz sicher zu gehen?" Sie blickte in die Runde. „Es muss doch Dutzende von Laboratorien hier in der Stadt geben, die sich darauf spezialisiert haben."

Nach Auskunft des Barkeepers gab es diese in der Tat. Und besser noch: Sein Bruder arbeitete in einem solchen Labor und erklärte sich nach einem kurzen Telefonat bereit, einen Boten zu schicken, der den Wein abholen sollte, damit er die Analyse noch am selben Abend durchführen konnte.

Jetzt war es Zeit für den Champagner. Sie tranken auf Claude Roussel, der den Wein erzeugt hatte, auf Charlie für seine schauspielerische Glanzleistung, auf eine rosige Zukunft … Als sie in ihre Zimmer hinaufgingen, um sich für das Abendessen umzukleiden, war ihre Stimmung so überschäumend wie der Champagner.

Die allgemeine Freude sollte jedoch einen Dämpfer erhalten. Der Barkeeper hatte ihnen ein Bistro mit solider traditioneller Küche empfohlen. Hier studierten sie gerade die Speisekarte, als Max auffiel, dass Roussel ziemlich schweigsam geworden war.

„Was ist denn los, Claude? Stimmt etwas nicht?"

Roussel zupfte an seinem Ohr und legte die Speisekarte beiseite. „Bevor wir das Hotel verließen, habe ich mit Ludivine telefoniert, und sie erzählte mir, dass Nathalie Auzet heute Morgen angerufen hat."

„Und? Was wollte sie?"

„Hat sie nicht gesagt. Als Ludivine ihr erklärte, ich sei nicht da, meinte sie nur, sie werde morgen wieder anrufen."

Max winkte ab. „Lass dir deswegen das Abendessen nicht verderben. Wir kümmern uns um sie, sobald wir zurück sind. Na komm, mach nicht so ein Gesicht! Was soll schon sein?"

Dem Abendessen folgte eine weitere Flasche Champagner an der Hotelbar, um das Ergebnis der Analyse zu feiern, das den Befund von Roussels Nase bestätigte. Es war weit nach Mitternacht, als Max in sein Hotelzimmer zurückkehrte. Er nahm eine Flasche Evian mit ins Bad, denn eine ausgiebige Dusche und ein Liter Wasser als letztes Getränk am Abend wirkten besser gegen einen Kater als Aspirin am nächsten Morgen. Kaum hatte sein feuchtes Haupt das Kopfkissen berührt, schlief er auch schon ein.

DAS LÄUTEN des Telefons riss ihn nach einer Nacht seliger Träume – Fanny, Wein, die Zukunft, Fanny – aus dem Schlaf.

„Monsieur Max! C'est moi." Als das vertraute Kreischen an sein Ohr drang, fuhr er zusammen und tastete benommen nach der Flasche Evian.

Madame Passepartout war untröstlich, ihn zu stören, aber vielleicht sei es wichtig für ihn, zu erfahren, dass Maître Auzet gestern da gewesen sei, um ihn zu sprechen. Als sie erfahren habe, dass er nicht da sei, habe sie wissen wollen, wo er stecke. Man stelle sich das vor – eine so unverfrorene Neugier an den Tag zu legen! Dazuhin habe sie sich geweigert, den Grund ihres Besuchs zu nennen. Selbstverständlich habe sie keine Antwort auf ihre Fragen erhalten, sondern nur den guten Rat, es später in der Woche noch mal zu versuchen. Madame Passepartout war am Ende ihres rasanten Vortrags angelangt und schien enttäuscht zu sein, dass Max spontan nichts dazu einfiel. Er versprach, sich um alles zu kümmern, und legte auf, in Gedanken versunken. Offenbar gab es ein Problem. Aber wie es auch beschaffen sein mochte – es würde warten müssen.

Nach einem überwiegend schweigend eingenommenen Frühstück verließen die vier im Schneckentempo das Hotel. Der Gedanke an die bevorstehende Konfrontation verdarb ihnen die gute Laune. Würde Fitzgerald unter der Last der Beweise zusammenbrechen und gestehen? Oder leugnen und die Polizei rufen? Die Nerven verlieren und mit Flaschen nach ihnen werfen? Man musste auf alles gefasst sein.

Sie gelangten zu dem Haus am Cours Xavier Arnozan, als in der Ferne eine Kirchturmglocke zehn Uhr schlug. Charlie straffte die Schultern, rückte seine Fliege zurecht und klopfte. Man hörte Schritte den Korridor entlangeilen, dann wurde die Tür von einem jungen Mann in dunklem Anzug, mit untersetzter Statur und ausdrucksloser Miene geöffnet.

„Mr Fitzgerald erwartet mich." Charlies Stimme klang fest und zuversichtlich, trotz seiner Überraschung.

Der junge Mann trat schweigend einen Schritt zurück, um sie einzulassen und in den Probierraum zu führen. Der lange Mahagonitisch war bis auf einen Aschenbecher leer. Hinter dem Tisch stand ein einziger Stuhl, der von einem älteren Mann mit Bürstenhaarschnitt eingenommen wurde. Auch er trug einen dunklen Anzug. Während sie beobachteten, wie er sich eine Zigarette anzündete, hörten sie Schritte hinter sich, und als sie sich umdrehten, sahen sie zwei uniformierte Polizisten, die rechts und links neben der Tür Posten bezogen. Der Mann hinter dem Schreibtisch runzelte die Stirn. „Ihr beide könnt draußen warten", sagte er zu den Polizisten und schnippte mit den Fingern. „Und macht die Tür hinter euch zu!"

Angriff ist die beste Verteidigung, sagte sich Charlie. „Wo ist Mr Fitzgerald?", fragte er und fügte hinzu: „Das kommt mir sehr sonderbar vor."

Der Mann hinter dem Schreibtisch hob die Hand. „Wer von Ihnen spricht Französisch?" Max und Roussel nickten. „Gut. Sie werden für Ihre Kollegen dolmetschen. Mein Name ist Lambert – Inspektor Lambert." Er stand auf, ging um den Tisch herum, hockte sich auf eine Ecke und blinzelte sie mit zusammengekniffenen Augen an. „Wir erhielten gestern Informationen über Ihre … Aktivitäten, und ich muss sagen, dass wir hier in Bordeaux derlei Umtriebe alles andere als amüsant finden. Den guten Namen unserer Weine zu verunglimpfen, sich durch Vorspiegelung falscher Tatsachen in dieses Haus einzuschleichen, sich durch Betrug und Vertrauensbruch Vorteile zu verschaffen – das sind schwer wiegende Delikte, auf die hohe Strafen stehen." Er drückte seine Zigarette im Aschenbecher aus und nahm wieder hinter dem Tisch Platz. „Hohe Strafen", wiederholte er mit Nachdruck, als er der Reihe nach in die erstarrten Gesichter vor ihm blickte.

„Verdammt!", fluchte Charlie, der den Tenor, wenn auch keinesfalls den genauen Wortlaut von Lamberts Monolog erfasst hatte.

„Ich kann Ihnen alles erklären", seufzte Max.

„GOTT sei Dank, dass Sie angerufen haben, gerade noch rechtzeitig", sagte Fitzgerald erleichtert. „Ich hätte geschworen, dass er echt war. Sein ganzes Verhalten, sein Vokabular – absolut überzeugend. Allerdings hätte ich den Braten riechen müssen, als er den Preis anstandslos akzeptierte und nicht einmal versuchte zu feilschen. Aber irren ist menschlich." Er zuckte mit den Schultern. „Zum Glück hatte der Irrtum keine schlimmen Folgen, und das verdanke ich Ihnen, meine Liebc. Trinken Sie einen Schluck Champagner, und verraten Sie mir, was genau Ihren Verdacht erregt hat. Unser letztes Gespräch verlief ja ein wenig hektisch."

Der Tisch gewährte Aussicht auf den ummauerten Garten des Hotel Bristol, eine grüne Oase in dem Backofen, in den Paris durch die gegenwärtige Hitzewelle verwandelt wurde. Nathalie Auzet trank einen Schluck, bevor sie antwortete: „Das war mehr oder weniger Zufall. Ich wollte mit Roussel über die diesjährige Lieferung sprechen und wunderte mich, dass er nicht da war. Es ist im ganzen Dorf bekannt, dass er nicht gern verreist. Dazu kam, dass seine Frau mir keine Telefonnummer geben wollte, unter der er zu erreichen gewesen wäre. Also bin ich schnurstracks zu Skinner geeilt, und der war ebenfalls nicht zu Hause. Als Sie mir dann erzählten, Sie hätten gerade eine Privatverkostung für einen Engländer arrangiert, brauchte ich nur noch zwei und zwei zusammenzuzählen." Sie schüttelte den Kopf. „Jammerschade, dass Roussel beschlossen hat, künftig auf dem Pfad der Tugend zu wandeln. Unser Plan war erstklassig."

Fitzgerald beugte sich vor und berührte ihre Hand. „Macht nichts. Er hat uns lange Jahre gute Dienste geleistet. Und sich bezahlt gemacht: Für uns beide ist mehr als genug dabei herausgesprungen, um uns zur Ruhe zu setzen – Sie in Kalifornien und ich in New York. Amerika ist für Europäer immer noch ein angenehmes Land zum Untertauchen, und morgen um diese Zeit werden wir bereits dort sein." Er wandte sich an die dritte Person am Tisch, einen Mann mit Bürstenhaarschnitt. „Und Ihnen hat es Spaß gemacht, zur Abwechslung einmal einen Bullen zu spielen, Philippe?"

Ein Lächeln ließ das kantige Gesicht des Mannes weicher erscheinen. „Leichte Arbeit", erwiderte er. „Die haben nicht einmal verlangt, dass sich unsere uniformierten Jungs ausweisen. Man glaubt wohl nur zu gern, was man sieht."

„Was man zu sehen meint", sagte Fitzgerald. „So ist es auch beim Wein. Sagen Sie, wie sind Sie mit der Bande verblieben?"

„Skinner und Roussel hatten einleuchtende Argumente, muss ich gestehen. Aber ich kann mir nicht vorstellen, dass sie Ärger machen werden. Ich habe ihnen versichert, dass wir im Fall des so genannten Monsieur Fitzgerald und seiner dubiosen Weingeschäfte umfassend ermitteln werden und dass sie einer Strafverfolgung entgehen können, wenn sie sich nichts mehr zuschulden kommen lassen und bereit sind, zu gegebener Zeit zu kooperieren. Ich nehme an, dass sie in nächster Zeit kleine Brötchen backen und das Beste hoffen."

„Ausgezeichnet, Philippe, ausgezeichnet!"

FÜNFZEHN

Es dauerte nicht lange, bis in Max der Verdacht aufkeimte, dass sie an der Nase herumgeführt worden waren. Der erste Hinweis war Maître Auzets Verschwinden, spurlos und über Nacht. Sie hatte beim Postamt keine Nachsendeadresse hinterlassen, was in Saint-Pons als sicheres Zeichen für vernunft-, wenn nicht gar gesetzwidriges Verhalten galt. War sie mit einem Geliebten durchgebrannt? Oder hatte sich gar etwas Schlimmeres zugetragen? Etwas, was eine plausible Erklärung für ihr verwaistes Büro und die geschlossenen Fensterläden ihres Hauses bot? Die Gerüchte überschlugen sich: Sie war in Marseille gesehen worden; jemand hatte Licht in ihrem Haus entdeckt; man munkelte, sie habe das Geld eines Mandanten veruntreut. Jeden Tag machte eine neue Sensationsgeschichte die Runde.

Max und Roussel behielten ihre Theorien verständlicherweise für sich, in der Hoffnung, dass das allgemeine Interesse mit der Zeit abflauen würde. Irgendwann, sagten sie sich, würde das Verschwinden der Notarin als eine von vielen unaufgeklärten Begebenheiten in die neunhundertjährige Geschichte von Saint-Pons eingehen.

Max erhielt weiteren Aufschluss, als er mit Fitzgerald telefonieren wollte und feststellen musste, dass es unter seiner Nummer in Bordeaux keinen Anschluss mehr gab. Doch erst ein weiterer Anruf, der auf Drängen Roussels erfolgte, bestätigte endgültig den Verdacht, einem Täuschungsmanöver aufgesessen zu sein. Der Verwalter überredete Max, sich mit der Polizei in Bordeaux in Verbindung zu setzen.

Die beiden Männer saßen in der Küche, als Max nach etlichen Stationen endlich mit Inspektor Lambert verbunden wurde.

„Oui?" So klang die Stimme eines überarbeiteten Mannes, der äußerst ungeduldig war.

„Monsieur Skinner am Apparat. Max Skinner."

„Wer?"

„Erinnern Sie sich nicht? Wir sind uns letzte Woche in Bordeaux … äh, begegnet."

„Tut mir Leid, Monsieur. Aber da muss ein Missverständnis vorliegen."

„Sie sind doch Inspektor Lambert, oder?"

„Ja."

„Entschuldigung, aber gibt es noch einen anderen Inspektor Lambert in Bordeaux?"

„Nicht dass ich wüsste."

„Sind Sie sicher? Wir haben erst letzte Woche …"

„Monsieur" – die Stimme klang sehr gereizt – „Lambert ist ein weit verbreiteter Name. Allerdings weiß ich definitiv, dass es im Polizeikommissariat in Bordeaux nur einen Lambert gibt, und das bin ich. Mit Sicherheit haben Sie etwas Besseres zu tun, als meine kostbare Zeit zu verschwenden. Guten Tag, Monsieur."

Roussel hatte sich gespannt nach vorn gelehnt und auf seiner Lippe gekaut, während er versuchte, die fehlende Hälfte des Dialogs zu erraten. Max legte den Hörer auf, schüttelte den Kopf und begann zu grinsen.

„Dieser ausgekochte Halunke!"

„Wer?"

„Fitzgerald. Das muss er ausgeheckt haben. Wir wurden ausgetrickst. Ist das nicht irre? Wir haben uns einfach austricksen lassen!"

Auf Roussels Gesicht breitete sich ein Hoffnungsschimmer aus. „Aber die Polizisten …"

„Die waren genauso wenig echt wie Inspektor Lambert. Claude, heutzutage kann man sich doch alles ausleihen, auch Uniformen. Und wir haben nicht mal verlangt, dass die *flics* sich ausweisen. Nein, ich bin mir absolut sicher: Die Einzigen, die Bescheid wissen, was hier gespielt wurde, sind wir, Fitzgerald und seine sauberen Freunde. Und die werden kein Wort verlauten lassen, darauf kannst du Gift nehmen. Wenn alles herauskäme, müssten sie mit saftigen Strafen rechnen. Was meinst du, was darauf steht, sich für einen Polizeioffizier auszugeben? Ich denke, du kannst aufatmen. Du bist aus dem Schneider! Wir sind aus dem Schneider!"

Roussel sprang auf und lief um den Tisch herum. *„Cher ami, cher ami!"* Er riss Max vom Stuhl, schloss ihn so vehement in seine Arme, dass er ihm das Kreuz zu brechen drohte, und küsste ihn auf beide Wangen.

„Jetzt krieg dich wieder ein, Claude", sagte Max. „Lass mich los! Ich muss Charlie anrufen und ihm alles erzählen."

DER REST des Sommers verging unter strahlend blauem Himmel, und nur das traditionelle Unwetter Mitte August brachte eine zeitweilige Erlösung von der Hitze. Im Weingarten und in der Kellerei wurde hart gearbeitet.

Max lernte Traktor fahren, und als der goldene Herbst und damit die Weinlese nahte, pflückte er Trauben und sortierte sie nach ihrer Größe, ohne sie zu beschädigen. Sein Gesicht und seine Arme hatten die Farbe einer eingelegten Nuss angenommen, seine Hände einen Schutzpanzer aus

Schwielen entwickelt. Er hatte sich nie in seinem Leben glücklicher gefühlt.

Madame Passepartout freute sich maßlos über die Postkarten, die regelmäßig von Christie und Charlie aus London eintrafen. „Es würde mich nicht wundern“, sagte sie zu Max, sobald eine neue Karte im Postkasten lag, „wenn sich daraus etwas Dauerhaftes entwickelte. Eine standesamtliche Trauung hier in Saint-Pons wäre doch schön, oder? Was ziehe ich nur an? Natürlich werden Sie der Trauzeuge sein, Monsieur Max.“

Und selbst Max, der wusste, wie sorgsam sein Freund bisher den Hafen der Ehe gemieden hatte, war geneigt, Madame Passepartout zuzustimmen.

Er und Roussel planten – mit Unterstützung der ortsansässigen *Crédit Agricole* –, die alten Rebstöcke während der Wintermonate herauszureißen und sie durch Roussels Mischung aus Cabernet und Merlot zu ersetzen. Sie hatten die dringend notwendigen Verbesserungen im Weinkeller durchgeführt: den Boden geschrubbt und gescheuert, Decken und Wände frisch getüncht und eine aus Natursteinen gemauerte einfache Theke errichtet. Im Schweiße ihres Angesichts hatten sie den Weg aufgeschüttet, der zu der Scheune führte, und ein schlichtes, aber ansprechendes Hinweisschild an der Straße aufgestellt für alle, die des Weges kamen und Lust verspürten, zu einer *dégustation* einzukehren.

In ihrem Stolz und ihrer Hoffnung auf die Zukunft nannten sie den Wein, der auf der steinigen Parzelle wuchs, nicht länger *Le Coin Perdu*. Sie hatten beschlossen, den Namen des Weinguts zu verwenden und die Verpackung ihres Produktes zu veredeln, damit es der Qualität des Inhalts entsprach. Das Etikett war Purismus in Reinkultur: LE GRIFFON – VIN DE PAYS DE VAUCLUSE – M. SKINNER ET C. ROUSSEL, PROPRIÉTAIRES.

Das Unternehmen steckte natürlich noch in den Kinderschuhen, aber die Anfänge waren ermutigend. Mehrere gute Restaurants, eines sogar im weit entfernten Aix, hatten sich bereit erklärt, *Le Griffon* auf ihre Weinkarte zu setzen, und das trotz des gesalzenen Preises. Max und Roussel liebäugelten mit dem Gedanken, im nächsten Jahr am Wettbewerb um die *Appellation Mâcon* teilzunehmen und eines der begehrten Gütesiegel zu erringen.

„EINEN Moment lang dachte ich, sie würden versuchen zu feilschen“, sagte Max, als er Charlie vom Besuch der ersten amerikanischen Touristen in der Kellerei erzählte. „Aber dann besannen sie sich eines Besseren und kauften tatsächlich ein paar Flaschen.“

Er nahm sein Glas und blickte in die Gesichter an dem langen Tisch, der unter der Platane vor dem Haus aufgestellt war. Als Fanny erfahren hatte, dass Christie und Charlie übers Wochenende aus London herüberkommen wollten, hatte sie angeboten, das Restaurant zu schließen und zum Mittagessen das erste *cassoulet* für diesen Herbst zuzubereiten. Die Gästeliste spiegelte ihre Überzeugung wider, dass man für den Eintopf aus Fleisch und weißen Bohnen neben dem richtigen Wetter viele hungrige Mäuler braucht. Die Roussels waren mit Tochter und Hund gekommen. Madame Passepartout hatte eine Freundin mitgebracht, und Fanny hatte ihren Küchenchef mit seiner besseren Hälfte eingeladen. Was das Wetter anging, hätte sie sich nichts Besseres wünschen können: Der Oktober neigte sich mit einer Reihe spektakulärer Altweibersommertage dem Ende zu – kühl am Morgen, kühl in der Nacht, doch während des Tages noch warm genug, um im Freien zu essen.

Charlie hatte sich von Max abgewandt, um die Roussels mit einigen grundlegenden Kuriositäten der englischen Sprache vertraut zu machen. „Männlein und Weiblein gibt es bei uns nicht, wissen Sie“, sagte er gerade. „Also keine männlichen und weiblichen Artikel, kein *Le* und *La*; das vereinfacht das Leben ungemein.“

Max überließ die vier dem Unterfangen, immer tiefer in die englische Grammatik vorzudringen, und folgte seiner Nase in die Küche, wo Christie und Fanny gerade eine tiefe Auflaufform aus dem Ofen geholt hatten. Sie stand auf dem Küchentisch, groß wie ein Wagenrad, mit einer goldbraunen Kruste obenauf.

„Voilà“, sagte Fanny, „das echte *Cassoulet de Toulouse*.“

Max beugte sich über das Schmorgericht und sog das schwere, reichhaltige Aroma ein. „Riecht das gut! Was ist da drin?“

Fanny begann die Zutaten aufzuzählen. „Weiße Bohnen, Entenfleisch, Knoblauchwurst, gepökeltes Schweinefleisch, Brust- und Schulterstücke vom Lamm, Entenschmalz, Schalotten, Schweinelende, Tomaten, Weißwein, Knoblauch, verschiedene Kräuter ...“

„Max“, sagte Christie, „halt die Köchin nicht von der Arbeit ab! Mach dich lieber nützlich.“ Sie reichte ihm ein Paar Ofenhandschuhe. „Und Vorsicht beim Raustragen! Die Auflaufform ist verdammt schwer.“

Das Schlemmermahl wurde mit lautem Applaus begrüßt, als es den Tisch erreichte. Die Teller wurden herumgereicht und gefüllt, der Wein wurde probiert und gelobt, Trinksprüche wurden auf die Köchin ausgebracht, und dann trat andächtige Stille ein.

Madame Passepartout war die Erste, die wieder das Wort ergriff. Nach ihrem zweiten – vielleicht auch schon dritten – Glas kühn geworden, beugte sie sich vor und tippte Max auf die Schulter. „Also?", flüsterte sie ihm in einer Lautstärke zu, die noch am anderen Tischende aufhorchen ließ. „Wann ist es bei den beiden so weit? Wann wird das Aufgebot bestellt?" Sie deutete mit dem Kopf auf Christie und Charlie.

„Charlie!", rief Max zu seinem Freund hinüber, der auf der gegenüberliegenden Seite des Tisches saß. „Madame brennt darauf, zu erfahren, ob du ehrenvolle Absichten hast." Er wurde mit einem Erröten auf Christies und einem breiten Grinsen auf Charlies Gesicht belohnt.

ES GING auf fünf Uhr zu, als die abendliche Kühle einsetzte und die Tafelrunde sich aufzulösen begann. Christie und Charlie zogen sich Strickjacken über und machten einen Spaziergang durch den Weingarten. Die anderen begaben sich ins Dorf, um ihrem Magen vor dem Fernseher eine Ruhepause zu gönnen oder sich vor dem Abendessen aufs Ohr zu legen. Max winkte seinen Gästen nach und schlenderte ins Haus. Er zündete ein Feuer in der Küche an und legte die CD von Diana Krall auf, die Fanny ihm zur Erinnerung an ihren ersten gemeinsamen Tanz geschenkt hatte. Als er die Ärmel hochkrempelte und das Schlachtfeld betrachtete, das vom Mittagsmahl zurückgeblieben war, hörte er Schritte hinter sich und spürte, wie sich Fannys Arme um seine Taille schlangen.

Er musste den Kopf neigen, um zu hören, was sie ihm ins Ohr flüsterte. „Ich glaube nicht, dass du jetzt den Abwasch machst."

„Nein?"

„Nein. Ich könnte mir nämlich etwas Besseres vorstellen."

Er drehte sich um, sodass sie sich gegenüberstanden. „Na gut, ganz, wie du meinst, dann tanzen wir eben."

Ihre Hände glitten über seinen Rücken nach oben. „Nicht schlecht für den Anfang."

PETER MAYLE

Foto: Marc Cator/Impact.

Glücklich in seiner Wahlheimat, der Provence

Der 1939 im englischen Oxshott geborene Peter Mayle war Kellner, Busfahrer und Werbetexter, bevor er sich ganz und gar dem Schreiben widmete. Ausgangspunkt für seinen überwältigenden Erfolg als Schriftsteller war ein Umzug in die Provence, wo er seine Erlebnisse in der neuen Wahlheimat in dem 1987 erschienenen autobiografischen Roman *Mein Jahr in der Provence* festhielt. Das Buch wurde zu einem Millionenbestseller, ebenso wie der Nachfolgeroman *Toujours Provence,* und in der Folgezeit lernte der Autor sowohl die Vorzüge als auch die Schattenseiten des Ruhms in reichem Maße kennen. „Anfangs, als immer mehr begeisterte Briefe von Lesern und Provencefans bei mir eintrafen, war ich überaus erfreut", erzählt Peter Mayle, „denn im Unterschied zu Musikern oder Theaterschauspielern bleibt für uns Schriftsteller das Publikum außer bei Lesereisen weitgehend anonym." Freilich ahnte Mayle da noch nicht, welcher Ansturm von Touristen und Fans ihm noch bevorstand. Angelockt durch die Beschreibungen in seinen Büchern, belagerten die Leute förmlich seinen Wohnsitz. Als es unerträglich wurde, verkauften Peter Mayle und seine Frau das Haus und flüchteten ins amerikanische Long Island. Von Sehnsucht geplagt, kehrten sie allerdings wenige Jahre später wieder nach Südfrankreich zurück, ihrer wahren Heimat.

Inzwischen hat Peter Mayle mit seiner unwiderstehlichen Mischung aus britischem Humor und französischem Charme eine ganze Reihe weiterer Romane über das Leben in Frankreich – und die dazugehörigen kulinarischen Köstlichkeiten verfasst, darunter auch die Krimikomödie *Trüffelträume*, die ebenfalls in den *Reader's Digest Auswahlbüchern* erschien.

Felix Huby

Der Heckenschütze

U

„Vier Morde in vier Monaten!“,
erklärte Kriminalrat Wischnewski.
„Ein Verrückter,
ein Einzelgänger, ein Mann,
der tötet, um zu töten.
Immer mit derselben Waffe.“

1

Der U-Bahnhof zog sich von der einen nachtschwarzen Öffnung zur anderen hin, mindestens zweihundert Meter, schätzte Peter Heiland. Er war gleich neben der Treppe stehen geblieben, die von der südlichen Seite des Heidelberger Platzes herunterführte, und wartete auf die letzte Bahn dieser Nacht. Bei ihm zu Hause in Mössingen nannte man so einen Zug den Lumpensammler. Der fuhr allerdings schon um 22 Uhr ab Tübingen und war zwanzig Minuten später in Mössingen, wo Peter Heilands Fahrrad auf ihn wartete. Als er daran dachte, spürte er einen kleinen Stich in der Herzgegend.

Ganz am anderen Ende stand eine schmale Gestalt, die mit drei Bällen jonglierte und dazu eine Melodie pfiff, die Peter Heiland noch nie gehört hatte, die ihn aber seltsam anzog. Langsam ging er auf die Gestalt zu. Jetzt, da sie sich, immer weiter die Bälle hochwerfend und wieder auffangend, ein wenig zur Seite unter eine Lampe bewegte, erkannte er, dass es ein Schwarzer war. Auf dem Kopf trug er eine bunte gestrickte Mütze. Die Bälle waren ebenfalls bunt. Die Melodie, die der Schwarze pfiff, schien für sein Jonglieren komponiert worden zu sein.

Plötzlich wurde sie rüde überschrien. Die hart und rhythmisch gebrüllten Wörter kamen aus einem Gettoblaster, den ein junger Mann auf der Schulter trug. Mit ihm kamen zwei weitere junge Männer die Treppe herunter. Unwillkürlich schaute Peter Heiland auf die Uhr über dem Aufgang zur Straße. Es war zwanzig Minuten nach Mitternacht.

Der Schwarze fing den letzten Ball auf und steckte ihn zu den beiden anderen in einen Rucksack, der an einem Riemen über seiner rechten Schulter hing.

Die jungen Männer umringten den Farbigen. Der Gettoblaster stand jetzt auf einer Bank aus Gitterstahl und dröhnte weiter durch den U-Bahnhof.

Peter Heiland verstand nur Wortfetzen. „Dreck“ und „Raus, raus aus unserem Land". Die jungen Männer trugen Jeans und Lederjacken, dazu hohe Schnürstiefel, und sie hatten ihre Köpfe kahl geschoren.

Einer von ihnen trat hinter den Schwarzen. „Du willst doch lieber laufen, Nigger", sagte er und stieß ihn so heftig in den Rücken, dass der Junge bis zur Bahnsteigkante torkelte und nur mühsam das Gleichgewicht wieder fand.

„Bitte!", sagte der Schwarze leise.

Ein anderer riss ihm den Rucksack von der Schulter und kickte ihn – wie ein Fußballtorwart den Ball beim Abstoß – über die Gleise hinweg auf den gegenüberliegenden Bahnsteig.

Peter Heiland ging auf die Gruppe zu. Den Kopf hatte er, wie man es oft bei langen Menschen beobachten kann, ein wenig zwischen die Schultern gezogen. Heiland war fast zwei Meter groß.

Die drei Kerle schienen jetzt mit dem Schwarzen Ball zu spielen. Sie stießen ihn einander zu, fingen ihn kurz auf, um ihn sofort wieder mit einem heftigen ruckartigen Stoß einem ihrer Kumpane zuzuwerfen. Sie sprachen nicht dabei. Sie lachten nur.

Peter Heiland hörte sich sagen: „Würden Sie das, bitte, unterlassen?" Sie schienen ihn nicht wahrzunehmen. Heiland drückte den Stoppknopf an dem Gettoblaster. Die Jungen hielten inne. Es war, als ob man einen Film angehalten hätte. Dann wandten sie sich in einer synchronen Drehung Peter Heiland zu. Der Schwarze duckte sich in einer katzenhaften Bewegung weg. Peter Heiland sah aus den Augenwinkeln, wie er die Treppe hinaufhastete.

„Was bist denn du für einer?" Der Anführer des Trios starrte Peter Heiland an. Er musste zu ihm aufschauen, und unwillkürlich reckte sich Heiland und wirkte dadurch noch ein wenig größer.

„Der hat euch doch nichts getan", sagte Heiland.

„Hör ma', schon dass es den gibt, ist 'ne Beleidigung."

„Jetzt ist er ja weg!" Peter Heiland wandte sich ab und ging davon. Plötzlich ein schneidender Schmerz zwischen Halsansatz und Schulter. Etwas Hartes wickelte sich um seine rechte Schulter und seinen rechten Oberarm und biss ihn tief ins Fleisch. Heiland fuhr herum und schaute in drei grinsende Gesichter. Die jungen Männer hatten metallisch blinkende Ketten in ihren Händen.

„Wenn wir mit dir fertig sind, erkennt dich deine Mama nicht wieder", sagte ihr Anführer, und es war ihm anzusehen, wie er jede Silbe dieses Satzes genoss.

Auf dem anderen Bahnsteig hinter dem Gleis erschien der Schwarze. Er hob seinen Rucksack auf, schrie „Wichser!", streckte den rechten Mittelfinger in die Höhe und schlug hart mit der flachen linken Hand in die Armbeuge seines rechten Arms.

„Auf geht's, Männer!", hörte Peter Heiland den Anführer sagen. Vom anderen Bahnsteig schrie der Schwarze: „Faschos! Nazis!"

Die Ketten gaben ein singendes Geräusch von sich, das immer heller und höher klang, je schneller sie rotierten. Peter Heiland wich einen Schritt zurück. Der Anführer holte aus. Heiland zog seine Dienstwaffe unter der Jacke hervor und richtete sie auf den Mann, der im nächsten Augenblick zuschlagen wollte. Der hielt in der Bewegung plötzlich inne. Die Kette schlug gegen seinen Rücken und pendelte dann aus.

Vom Tunnel her hörte man die Tröte des U-Bahn-Zugs.

„Ich bin Polizist", sagte Peter Heiland. „Verschwindet!"

Der Zug hielt an. Eine Tür öffnete sich zischend. Die drei verschwanden in dem Wagen.

Peter Heiland behielt die Waffe in der Hand, bis der Zug wieder angefahren war. Im gleichen Augenblick meldete sich Heilands Handy.

Kriminalrat Ron Wischnewski war dran. „Egal, wo Sie jetzt sind, Schwabe", sagte er, „Sie kommen in die Gradestraße nach Treptow. Höhe Gebäude Nummer 116."

Der Gegenzug kündigte sich an. Peter Heiland stieg ein und fragte den ersten Fahrgast, den er sah: „Wissen Sie, wo die Gradestraße ist und wie ich da hinkomme?"

„MANN, hat das gedauert!", herrschte Kriminalrat Wischnewski Peter Heiland an.

„Ich musste umsteigen und dann noch laufen!"

„Heißt das, Sie sind mit den öffentlichen Verkehrsmitteln gekommen? Sie hätten einen Einsatzwagen der Schutzpolizei anfordern können!" Der Kriminalrat sah den Kommissar kopfschüttelnd an. „Ist das eure schwäbische Sparsamkeit?"

Heiland grinste. „Noi, kühle Überlegung, Chef."

Wischnewski deutete auf die Silhouette eines Menschen, der auf dem Gehsteig lag: „Wenn ich so etwas sehe, möchte ich am liebsten wieder ins Bett."

Der Schuss musste den Mann genau in dem Moment getroffen haben, als er beim Aussteigen aus dem Bus seinen Fuß aufs Trottoir gesetzt hatte. Das Geschoss war in die rechte Schläfe eingedrungen. Um die Stirn hatte sich auf dem körnigen Asphalt eine kleine Blutlache gebildet, die in der Hitze dieser Nacht schon fast getrocknet war.

Der Fahrer Carsten Pohl, 37, saß auf einem Gartenmäuerchen und starrte über den Gehweg hinweg auf die offene Tür seines Omnibusses. Der Tote war sein letzter Fahrgast gewesen. Seit einer halben Stunde hatte Carsten Pohl eigentlich Feierabend.

Wischnewski diktierte in ein Gerät von der Größe einer Streichholzschachtel: „Auffindungsort Gradestraße, Höhe Gebäude 116. Tatzeit 23.48 Uhr. Die Personalien des Toten ...“, er starrte auf den Personalausweis, der auf seiner schweißnassen Hand lag. „Kevin Mossmann, geboren 23. September 1978.“ Er sah auf den Toten hinunter. Vierundzwanzig Jahre. Der da war so alt wie sein eigener Sohn, von dem er seit zwei Jahren nicht wusste, wo er sich herumtrieb. Nicht mal zu Wischnewskis fünfzigstem Geburtstag im letzten Dezember war er aufgetaucht.

„Wieder so eine sinnlose Tat“, sagte Wischnewski und steckte das Diktiergerät in das Brusttäschchen seines kurzärmeligen Hemdes. „Diese verdammte Stadt“, Wischnewski stöhnte, „nicht mal nachts kühlt es ab.“

„Und immer, wenn wir Bereitschaftsdienst hent“, sagte Heiland im gleichen beleidigten Ton.

„Hent?“

„Haben“, verbesserte sich Peter Heiland. Er wischte sich mit einem Papiertaschentuch den Schweiß von der Stirn, knüllte es zusammen und warf es in Richtung eines Papierkorbs neben dem Wartehäuschen. Er verfehlte den Korb um gut einen Meter.

„Ihr könnt ihn wegbringen“, sagte Wischnewski zu zwei Männern, die neben einem Blechsarg warteten.

Der Busfahrer erhob sich ächzend von dem Gartenmäuerchen. „Und was ist mit mir?“

„Hat sich der Arzt schon um Sie gekümmert?“

„Ich hab keinen Schock“, sagte Carsten Pohl.

„Einer unserer Beamten bringt Sie nach Hause! Den Bus brauchen wir noch für die Spurensicherung.“ Peter Heiland reichte dem Busfahrer seine Visitenkarte. „Für alle Fälle.“

Carsten Pohl warf einen Blick auf das Kärtchen. „Heißen Sie wirklich so?“

Heiland nickte: „Scho mei ganzes Leba lang!“

„Von wo er wohl geschossen hat?“, fragte Heiland.

Die zwei Asphaltbänder zogen sich schnurgerade zwischen Fabrikgebäuden hin. In der Mitte verlief ein schmaler Grünstreifen. Selbst in der

Dunkelheit war zu sehen, dass das Gras verdorrt war. Am Mittag hatte es 37 Grad gehabt. Ein neuer Hitzerekord. Aber was bedeutete das schon, wenn viele Tage 36 Grad gemessen worden waren.

Ron Wischnewski stand unbeweglich auf dem Gehsteig. Seine Hände hatte er hinter dem Rücken verschränkt. Wischnewski war knapp 1,80 Meter groß und wog über zwei Zentner. Sein breites, fleischiges Gesicht erinnerte Heiland an eine Bulldogge. Die Mundwinkel hingen tief, und die Lider bedeckten seine Augen fast zur Hälfte, was Wischnewskis Gesicht einen schläfrigen und zugleich traurigen Ausdruck verlieh. Der Kriminalrat wandte Heiland jetzt den Rücken zu, als ob er fühlte, dass der ihn beobachtete. Zwischen seinen Schulterblättern breitete sich ein Schweißfleck auf dem blau karierten Hemd aus. „Einschusswinkel?", fragte er.

„Der Schuss muss ungefähr aus gleicher Höhe abgegeben worden sein", antwortete sein junger Kollege.

Wischnewski hob den ausgestreckten rechten Arm in die Waagrechte, kniff das linke Auge zu und schaute mit dem rechten über seinen Zeigefinger, der auf eine Einfahrt etwa achtzig Meter die Straße hinunter deutete.

Wortlos marschierte Wischnewski los. Heiland holte aus dessen Dienstwagen einen der Suchscheinwerfer und folgte dem Chef. Einmal mehr wunderte er sich, wie so ein schwerer Mann so einen geschmeidigen Gang haben konnte.

Peter Heiland war sich bewusst, dass er selbst ungelenk und staksig wirkte neben seinem fast doppelt so alten Kollegen. Normalerweise bemühte er sich, nicht daran zu denken. Aber wenn es ihm in den Sinn kam, wie er auf andere wirken musste, erfasste ihn sofort eine melancholische Stimmung. Seine Augen wurden dann noch dunkler, und seine Schultern sanken noch ein Stück mehr nach vorn. Heiland war 1,93 Meter groß. Seine Arme, so empfand er es, waren zu lang geraten. Seine Beine ebenfalls. Und er konnte essen, so viel er wollte, er nahm nicht zu.

Wischnewski war am linken Stahlpfeiler eines Drahtgittertors stehen geblieben. Als Heiland ihn erreichte, schaltete er den Suchscheinwerfer ein und erntete dafür ein anerkennendes Nicken seines Chefs. Auf dem Gelände standen Silos verschiedener Größe. Dazwischen türmten sich Sand- und Kieshaufen. Im Halbdunkel dieser Sommernacht wirkte die Anlage, offensichtlich ein Bauhof, wie eine Landschaft auf einem anderen Stern.

Der Asphalt in der Toreinfahrt war mit einer dicken Zementschicht bedeckt. Jetzt war der Kriminalrat froh, dass kein Windhauch ging. Die Reifenspuren konnte man in der dichten grauen Schicht deutlich erkennen. Sie zeigten, dass der Wagen rückwärts in die Einfahrt gefahren worden war bis knapp an das Tor heran. An der Kante des Gehsteigs erkannte man die Stellung der Vorderräder. Demnach war er nach rechts auf die Straße zurückgefahren. Der Fahrer musste also an dem Bus vorbeigekommen sein, nachdem er geschossen hatte – vorausgesetzt, die Reifenspuren gehörten zu dem Wagen, den der Todesschütze gefahren hatte.

Wischnewski bückte sich. Mit den Spitzen von Zeige- und Mittelfinger zog er unter dem Tor eine Geschosshülse hervor. „Leuchten Sie mal!" Heiland richtete den Scheinwerfer auf Wischnewskis Hand. „Das gleiche Kaliber wie immer!", sagte der Chef der achten Mordkommission.

Sie stiegen in Wischnewskis Dienstwagen. Eine Weile sprach niemand. Schließlich nahm Wischnewski wieder das Wort: „Vier Morde in vier Monaten! Ein Verrückter, ein Einzelgänger, ein Mann, der tötet, um zu töten. Immer mit derselben Waffe."

„Das höre ich zum ersten Mal."

„Sie sind ja bis jetzt auch nicht damit befasst gewesen. Es ist immer ein Mauser-Jagdgewehr. Nach dem Kaliber zu schließen, eine höchst seltene Waffe, vielleicht eine Art Oldtimer. Jedenfalls handelt es sich um eine Munition, die unseren Experten bisher noch nie untergekommen ist. Offenbar ist der Täter ein Scharfschütze. Ein Sniper, wie man so jemanden in Amerika nennt." Unvermittelt brach Wischnewski ab.

Eine ganze Zeit sprach keiner der beiden. Schließlich sagte Heiland: „Was haben Sie eigentlich gegen uns Schwaben?"

„Ich habe keine guten Erfahrungen mit ihnen gemacht", knurrte Wischnewski. „Ich bin dreizehn Jahre lang mit einer Schwäbin verheiratet gewesen."

Heiland sah überrascht zu Wischnewski hinüber. Der Mann redete sonst nie über sich selbst. Heiland wusste nicht einmal, dass er verheiratet gewesen war. „Und? War das so schlimm?"

„Es war die Hölle!" Mehr sagte Wischnewski nicht.

DER SCHOCK kam, als der Busfahrer Carsten Pohl in seiner Küche die Tür des Kühlschranks öffnete, um eine Flasche Bier herauszuholen. Plötzlich trat ihm kalter Schweiß auf die Stirn. Pohl begann zu zittern, er bekam kaum mehr Luft und konnte die Flasche nicht festhalten. Sie zerschellte auf den Steinplatten des Küchenfußbodens. Pohl hielt sich an der Kante des Küchentischs fest und versuchte, seinen Atem zu kontrollieren.

Schlagartig stand die Szene wieder vor seinen Augen. Er sah, wie sein letzter Fahrgast sich erhob, nach vorn kam und sich an der Stange neben der Tür festhielt. „Können Sie denn jetzt auch bald Schluss machen?", fragte er freundlich.

„Wird auch Zeit!", antwortete Carsten Pohl und setzte den Blinker, um in die Haltebucht zu fahren.

„Na dann, schönen Feierabend", sagte der Fahrgast. Die Tür öffnete sich. Er setzte den Fuß auf die Straße. Ein leiser Knall. Der junge Mann stöhnte auf. Dann sackte er zusammen.

Carsten Pohl begriff nicht gleich, was passiert war. „Sind Sie gestolpert?" Aber da sah er das Blut.

Er stemmte sich aus seinem Fahrersitz hoch und hörte im selben Moment die quietschenden Reifen eines viel zu schnell anfahrenden Autos, wendete sich um und sah den Ford Capri, der auf seinen Bus zuschoss. Unwillkürlich duckte sich Pohl. Das Auto wischte vorbei. Für einen kurzen Moment konnte Carsten Pohl schräg von hinten den Fahrer sehen. Er trug eine Trainingsjacke mit Kapuze.

Warum hatte er das den Polizisten nicht erzählt? Carsten Pohl schleppte sich ins Wohnzimmer. „Weil es mir grade erst wieder eingefallen ist!", antwortete er sich selbst laut. Dann zog er mit zitternden Fingern die Visitenkarte des Polizisten aus der Hemdentasche und wählte die Privatnummer.

Als Peter Heiland seine Wohnung betrat, klingelte das Telefon. Der Anrufbeantworter sprang an. Heiland stieß seine Slipper von den Füßen, tappte in die Küche, ließ unterm Wasserhahn ein Glas voll laufen und kehrte ins Wohnzimmer zurück. Die Stimme klang angestrengt. Die Worte kamen stoßweise: „Pohl hier. Der Busfahrer. Mir ist was eingefallen … Ich … ich hab den gesehen …"

Plötzlich fiel alle Müdigkeit von Heiland ab, er riss das Telefon aus der Halterung und sagte: „Ich komme grade zur Tür herein. Herr Pohl …?"

„Ja", sagte der Mann, „ich hab keine Ahnung, warum mir das jetzt einfällt."

„Macht doch nichts. Besser spät als nie. Wie geht es Ihnen?"

„Nicht so doll. Dabei habe ich doch gedacht, das macht mir nichts aus."

Heiland trank das Wasserglas in einem Zug aus.

„Sind Sie noch da?", fragte Pohl.

„Ja. Macht es Ihnen etwas aus, wenn ich jetzt noch bei Ihnen vorbeikomme?"

„Nein, nein, ich kann sowieso nicht schlafen. Hartmannstraße 16 im Wedding. Hinterhaus. Carsten Pohl, aber das wissen Sie ja!"

2

Der Mann hatte den Capri in der Baracke unter den Birnbäumen untergestellt, das Tor verschlossen und war ins Haus gegangen. Er hatte eiskaltes Wasser in die Badewanne eingelassen und in der elektrischen Saftpresse eine halbe Kiste Zitronen ausgepresst. Den Saft goss er ins Wasser und warf die ausgepressten Schalen dazu. Dann zog er sich aus und stieg in die Wanne. Langsam schob er seinen Körper in das kalte Wasser. Dann auch den Kopf. Er hielt den Atem an und spannte nach und nach alle seine Muskeln an, so stark er vermochte. Langsam zählte er bis dreißig, löste die Spannung und tauchte wieder auf. Diese Übung wiederholte er fünfmal. Danach stieg er aus der Wanne, hüllte sich in ein weißes waffelgemustertes Badetuch und ging in den Wohnraum hinüber. Er schaltete das Licht nicht an. Die Havel vor seinem Fenster, die hier wie ein großer stiller See wirkte, spiegelte den Mond, der fast voll war. In solchen Nächten schlief der Mann nicht.

JEDES Klingelschild neben der rissigen zweiflügligen Holztür sah anders aus. Die meisten waren von Hand geschrieben, auch das von Carsten Pohl. „Ich komme runter!“, tönte es aus der Gegensprechanlage. „Ich muss Ihnen aufschließen.“ Pohls Stimme klang jetzt ausgeglichener als zuvor am Telefon.

Er führte Heiland über einen Hof, der nur spärlich beleuchtet war. In der Küche roch es nach Bier. Pohl hatte die Scherben der Flasche weggeräumt und das Bier aufgewischt, aber der Geruch verflog nicht so schnell, obwohl das Fenster weit offen stand.

Behutsam fragte der Kommissar den Busfahrer aus. Am Ende notierte er: Ford Capri, vermutlich blau, eventuell Rallyestreifen. Tiefer gelegt. Extrabreite Reifen.

„Das ist doch heute schon ein Oldtimer“, sagte Pohl, „so ein Capri.“

Heiland nickte. „Und die Nummer? Haben Sie die nicht gesehen?“

„Es ging doch alles so schnell.“ Es klang, als wollte sich Pohl entschuldigen.

„Klar, aber manchmal erinnert man sich an einen Buchstaben. Haben Sie denn vielleicht das B für Berlin erkannt?“

Pohl schüttelte den Kopf. „Nicht mal das!“

Heiland gab die Details an den Kommissar vom Dienst in der Zentrale durch und bat darum, sofort die Fahndung nach dem Ford Capri einzuleiten. Pohl überredete ihn, noch ein Bier mit ihm zu trinken. Heiland willigte widerstrebend ein. Er hatte den Verdacht, dass der Mann sich fürchtete, allein zu sein.

„Sie haben einen spannenden Beruf", sagte der Busfahrer, um das Gespräch am Laufen zu halten.

„Manchmal", gab Heiland einsilbig zurück. Er redete nicht gerne über seine Arbeit. Er redete überhaupt nicht gerne. „Wahrscheinlich erleben Sie viel mehr als ich."

Als er Pohl verließ, hatte er gut ein Dutzend Busfahrergeschichten gehört, von denen er die Hälfte schon gekannt hatte. Es war vier Uhr, als er in ein Taxi stieg.

Peter Heilands Zweizimmerwohnung lag in der Stargarder Straße so nahe an der Schönhauser Allee, dass er die U-Bahn-Geräusche von dort hören konnte. Die Bahn hieß U-Bahn, obwohl sie hier keine Untergrundbahn war, sondern hoch über der Straße auf einem Eisengerüst lief und eigentlich hätte Hochbahn heißen müssen. Wohn- und Schlafzimmer gingen auf die Straße hinaus. Die Küche lag zum Hof hin und hatte einen winzigen Balkon. Zwischen den Zimmern und der Küche lag ein kleines Bad: Dusche, Waschbecken, Klo und Waschmaschine. Trat man aus dem Badezimmer, ging der Blick durch einen kurzen, schmalen Korridor zur Wohnungstür, deren Innenseite Heiland komplett mit einem Spiegel verblendet hatte.

Als er jetzt nackt aus dem Bad trat, sah Peter Heiland die blutrote Quetschung auf seiner Schulter. Er drehte seinen Oberkörper so, dass sein Rücken im Spiegel erschien. Das rote Mal zog sich bis über das Schulterblatt hinab.

Nackt, wie er war, setzte er sich in einen Sessel und hob die Post vom Boden auf: zwei nichts sagende Briefe und das *Schwäbische Tagblatt* von vorgestern. In der Zeitung las er gewöhnlich nur den Lokalteil. Wenn er dann Geschichten aus seiner Heimat las, meinte er stets, er müsste alle Leute kennen, um die es ging. Seitdem er in Berlin wohnte, schaute er auch in jedes Auto mit einer Württemberger Nummer und war jedes Mal enttäuscht, wenn er die Insassen nicht kannte.

Peter Heiland war jetzt ein Vierteljahr in Berlin. Er arbeitete in der Abteilung 8 der Hauptabteilung „Delikte am Menschen". Deren Chef, Kriminalrat Ron Wischnewski, hatte ihn bislang kaum beachtet. Er behandelte ihn wie einen Azubi. In die Sonderkommission „Sniper" hatte er ihn nicht berufen. Heiland durfte allenfalls zuarbeiten. Er schaute auf die Uhr, warf die Zeitung weg und sprang aus dem Sessel hoch.

Als er auf die Stargarder Straße trat, schlug ihm die dumpfe Hitze entgegen. Seit Tagen stieg das Thermometer schon in den Morgenstunden auf annähernd dreißig Grad. An solchen Tagen passierte es ihm, dass er auf dem Straßenschild „Stuttgarter Straße" statt „Stargarder Straße" las. An der Schönhauser Allee stieg er die Stufen zur U-Bahn hinauf.

ES KAM nicht oft vor, dass Hanna Iglau im Büro die Erste war. Sie warf den Ventilator, den Computer und die Kaffeemaschine an und nahm die Berichte aus dem Eingangskorb. Obenauf lag der Fahndungsaufruf. „Der Mörder des Busfahrgastes fährt vermutlich einen Ford Capri … Vorsicht, der Mann ist bewaffnet und ein sehr guter Schütze …"

Sie sah im Computer nach und stieß auf Heilands Bericht aus der vergangenen Nacht. „Macht sich langsam, der Neue", sagte sie sich.

Hanna war seit zwei Jahren in der Abteilung. Gleich nach der Abschlussprüfung an der Fachhochschule hatte sie hier angefangen.

Die Tür ging auf. Der Neue kam herein.

„Na?", sagte Hanna.

„Gibt's schon Kaffee?", fragte Peter Heiland.

„Ausnahmsweise", gab Hanna Iglau zurück. Sie hatte sandfarbenes kurzes Haar und frische rote Wangen. Peter fand, dazu hätten eine niedliche Stupsnase und volle Lippen gepasst. Aber die Kollegin hatte eine schmale, gerade Nase und einen dünnen, geraden Mund, der ihrem Gesichtsausdruck etwas leicht Verkniffenes gab.

„Wir hatten heute Nacht einen Einsatz." Peter hielt die Luft an. Seine Kollegin trug ein enges T-Shirt und einen sehr kurzen Rock.

„Ja, ich hab's gelesen." Hanna schenkte für beide ein.

Christine Reichert kam hereingestürmt – außer Atem und schweißgebadet. „Tut mir Leid …"

„Hör auf, Christine", sagte Hanna Iglau, „du bist *just in time!* Es gibt Kaffee."

Christine Reichert war die Abteilungssekretärin, und obwohl sie sich für unvollkommen hielt, war sie für die Abteilung 8 absolut unentbehrlich.

ERST gegen neun Uhr am Morgen stand der Mann von seinem Stuhl auf. Er verließ das Häuschen und ging die zwanzig Schritte zum Ufer hinunter. Auf dem schmalen Steg ließ er das weiße Tuch von seinem Körper gleiten und sprang elegant ins Wasser. Seine Nachbarin Cordelia Meinert stand zwischen zwei Holunderbüschen. Sie hatte auf diesen Augenblick gewartet, und sie würde rechtzeitig zurück sein, wenn der Mann nach exakt 45 Minuten wieder aus dem Wasser stieg.

Doch jetzt lief sie rasch über den leicht ansteigenden Rasen zu ihrer Gartentür und holte noch im Gehen aus ihrer Schürzentasche einen Ring mit drei Schlüsseln.

Mit einem schloss sie das Gartentörchen zum Nachbargrundstück auf, mit einem zweiten den Schuppen, in dem sein Auto stand. Die Tür quietschte in den Angeln, als Cordelia Meinert sie hinter sich zuzog. Ihre Augen mussten sich an das Halbdunkel erst gewöhnen. Sie öffnete den Kofferraum, der nicht verschlossen war. Das in eine Wolldecke gewickelte Gewehr war der einzige Gegenstand darin. Cordelia schlug die Decke zurück, holte aus ihrer Schürzentasche eine kleine Kamera und begann, das Gewehr von allen Seiten zu fotografieren.

Als sie auf ihr eigenes Grundstück zurückkehrte, brachte sie die Kamera in ihr Häuschen und holte aus der Vitrine ein Fernglas. Wieder im Garten, stieg sie eine Leiter hinauf, die an einem Apfelbaum lehnte, und suchte mit dem Feldstecher die Wasserfläche der Havel ab. Der Mann schwamm in langen gleichmäßigen Zügen auf das Ufer zu. Cordelias Herz schlug bis zum Hals, als er aus dem Wasser stieg, das weiße Tuch nur locker über die Schulter warf und auf sein kleines Haus zuging.

„SIE TEILEN sich ab heute das Zimmer mit Hanna Iglau", sagte Kriminalrat Ron Wischnewski zu Hauptkommissar Heiland, noch bevor er Guten Morgen gesagt hatte.

„Wird das nicht ein bisschen eng?", fragte Hanna. Aber sie bekam keine Antwort.

Die Verwaltung hatte bereits einen zweiten Schreibtisch in den knapp zwölf Quadratmeter großen Raum schieben lassen. Die beiden Tische waren an der Längsseite gegeneinander gestellt worden und bildeten einen Block.

„Wir bekommen Verstärkung. Einen Psychologen."

„Als Profiler?"

„Ja, ich glaube, man nennt die so." Wischnewski ging hinaus und schlug die Tür hinter sich zu.

„Was hab ich ihm denn getan?", fragte Heiland.

Hanna grinste: „Sie haben Erfolg gehabt. Ganz alleine!"

Heiland grinste zurück. Er setzte sich auf seinen neuen Platz und verschränkte die Hände im Nacken. „Der reinste Kaninchenstall."

„Die Büros im Kanzleramt sind noch kleiner", sagte Hanna.

„In Stuttgart hab ich vierundzwanzig Quadratmeter für mich alleine g'habt!"

„Und warum sind Sie nicht dort geblieben?"

„Gute Frage", gab Heiland zurück, beantwortete sie aber nicht.

Ja, warum eigentlich nicht? Vielleicht war sein Chef, der Leitende Hauptkommissar Ernst Bienzle, daran schuld gewesen. Der hatte immer mal wieder räsoniert, es sei der größte Fehler seines Lebens gewesen, nie die Stadt gewechselt zu haben. „Es gibt zwei Sorten von Schwaben, die weltläufigen und die verhockten", pflegte er zu sagen. Er selber habe stets zu den verhockten gehört und nehme sich das erst jetzt so richtig übel.

Aber das allein hätte Peter Heiland wohl kaum dazu gebracht, das Schwabenland zu verlassen. Eigentlich gab er Ruth die Schuld. Der schönen Ruth. Einsachtzig groß, lange Beine, breite Hüften, breite Schultern, Wespentaille, schulterlange blonde Haare. Er hatte sich in dem Moment in sie verliebt, als sie durch die Tür des Seminarraums trat. Polizeischule Göppingen, Lehrgang für angehende Kriminalbeamte. Ruth war unter der Tür stehen geblieben, hatte sich umgeschaut und dann wie selbstverständlich neben Peter Heiland Platz genommen. „Ich bin die Ruth!"

Später hatte sie ihm erklärt, er sei der Einzige gewesen, der halbwegs erwachsen ausgesehen habe. Kunststück. Er war der Älteste im Kurs. Seiteneinsteiger mit einer abgeschlossenen Berufsausbildung als Vermessungstechniker. „Und außerdem", hatte Ruth gesagt, „bist du der Einzige, neben dem ich Schuhe mit richtig hohen Absätzen tragen kann."

Zur Polizei war Peter Heiland gegangen, weil er zu den Raureitern wollte, der Motorradstaffel – benannt nach ihrem Gründer, dem ehemaligen Stuttgarter Polizeipräsidenten Rau. Seine Karriere als Polizist sollte nicht bei den Raureitern enden. Ein Vorgesetzter entdeckte Heilands kriminalistische Talente. „Sie können so ums Eck denken, dass Ihnen Sachen auffallen, die anderen ewig verborgen bleiben", sagte er. „So einer ist der geborene Kriminalist."

Ruth dagegen hatte andere Talente. Ihre Berichte und Protokolle glichen kleinen Kunstwerken – außerordentlich lesbar, aber für die Ermittlungsarbeit nicht zu gebrauchen. Ernst Bienzle, der damals als Dozent an der Polizeischule lehrte, sagte: „Wenn ich Kurzgeschichten lesen will, kauf ich mir ein Buch von Hemingway." Der Hauptkommissar war es dann auch, der Ruth für die Pressestelle vorschlug. Jetzt arbeitete sie bei der *Stuttgarter Zeitung* und wohnte mit dem Lokalchef zusammen.

Peter hatte sie angeboten, ihre Beziehung müsse deshalb nicht zu Ende sein. Sie fühle sich durchaus in der Lage, zwei Männer glücklich zu machen. Das sei schließlich nur eine Frage der Organisation. Nur: Peter Heiland wäre unglücklich gewesen dabei. Und sein Organisationstalent war ziemlich unterentwickelt.

Bienzle hatte schnell spitzgekriegt, mit welchen Problemen sich Peter Heiland herumschlug. „Sie brauchet Luftveränderung", sagte er, „auch wenn ich Sie nicht gern verlier." Der Leitende Hauptkommissar hatte eine gewisse Zuneigung zu ihm gefasst, auch wenn er sie nicht zeigen konnte. Aber das war Peter Heiland gewohnt. In seiner Familie waren alle so, bis auf seinen Opa Henry. Und die allerschwierigste Sache war, Opa Henry beizubringen, dass er nach Berlin übersiedeln wollte. Opa Henry, der eigentlich Heinrich hieß, war der Anker der Familie. Früher war das seine Frau Marieluise gewesen, doch die war schon vor 22 Jahren gestorben. Heinrich Heiland dagegen war noch immer voll bei Kräften. Er jammerte nie. Aber als ihn sein Lieblingsenkel Peter besuchte, um ihm mitzuteilen, dass er nun nach Berlin ziehen werde, hatte er dann doch gesagt: „Das kannsch du mir antun? In mei'm Alter? Wer weiß, ob ich dich dann überhaupt noch amal wiedersehe!"

„Ich werd dich oft besuchen, Opa Henry, und vielleicht kommst ja du auch mal zu mir nach Berlin."

„So weit kommt's noch, was soll ich zu dene da nüber? Das ist doch knapp vor Sibirien!"

AN DER Pforte des Landeskriminalamtes in der Keithstraße gab eine Frau ein Kuvert ab. Es war an die Mordkommission adressiert.

Der Pförtner wollte sie aufhalten. „Moment mal, Mordkommissionen haben wir acht Stück im Haus, um was für einen Fall geht es denn?" Aber die Frau huschte davon wie ein Schatten.

„Na, sollen die sehen, für wen das ist", sagte der Pförtner und nahm das Telefon ab.

Drei Stunden später ließ Ron Wischnewski sieben Fotos aus dem hellbraunen Kuvert rutschen, nachdem er zuvor ein Paar weiße Plastikhandschuhe übergestreift hatte. Und auf allen sah man dasselbe Objekt: ein altes Jagdgewehr.

Wischnewski rief seine Leute zusammen. Jeder sollte sagen, was ihm zu den Bildern einfiel. Die Waffe wurde von mehreren Mitarbeitern als Mauser-Jagdgewehr identifiziert. Viel mehr kam aber nicht dabei heraus.

Doch dann sagte Peter Heiland plötzlich: „Das ist der Kofferraum eines Ford Capri, und die Wolldecke stammt aus der Weberei Huttenlocher in Tübingen-Derendingen!“

Der Rest der Truppe starrte ihn sprachlos an.

Peter Heiland hob beide Hände, als ob er sich entschuldigen müsste. „In der Weberei Huttenlocher hat mein Opa Henry früher g'schafft. Es ist die einzige Firma, die solche Mäandermuster weben darf. Da liegt Gebrauchsmusterschutz drauf.“

Einen Augenblick war es still.

Dann sagte Kriminalrat Wischnewski: „Drei der Fotos gehen in die Kriminaltechnik!“ Dann sah er Peter Heiland an. „Und Sie gehören ab heute zur Sonderkommission Heckenschütze. Beschäftigen Sie sich mit den Akten!“ Er deutete auf ein Regal, auf dem sauber angeordnet mindestens 15 Aktenordner standen.

Als sich der Feierabend ankündigte, sagte Peter Heiland zu Hanna Iglau: „Darf ich Sie vielleicht zum Abendessen einladen?“

Hanna musste sehr an sich halten, um nicht sofort spontan zuzusagen. Sie hasste ihre einsamen Abende in ihrer kleinen Wohnung vor dem Fernseher, der in diesen Sommerwochen nichts als Wiederholungen brachte. Trotzdem sagte sie: „Also ich glaube nicht –“

„Ja no“, unterbrach der Schwabe, „da kann mr nix mache!“

„Geben Sie immer so schnell auf?“, fragte Hanna spitz.

Peter Heiland nickte. „Im Allgemeinen schon.“

Hanna versuchte die Situation zu retten. „Na gut, wenn's nicht länger geht als eine Stunde.“

„Das bestimmen ganz alleine Sie!“

Auf dem Parkplatz stiegen sie in Hannas kleines Auto. Es verfügte über ein Schiebedach, das sich so weit öffnen ließ, dass man sich einbilden konnte, in einem Cabrio zu sitzen. Als Peter Heiland auf Geheiß seiner Kollegin das Dach aufschob, klemmte er den Daumen seiner rechten Hand ein.

Im Profil sah sein Gesicht aus wie das eines römischen Feldherrn, fand Hanna. Oder wie das eines Gladiators. Beide kannte sie aus dem Kino.

Jetzt war er schon ein Vierteljahr in ihrer Abteilung, aber sie hatte immer das Gefühl, dass er sie überhaupt nicht zur Kenntnis genommen hatte. Vielleicht lag es an ihrem engen T-Shirt und dem kurzen Rock, dass es heute anders war.

3

Der Mann hatte sich gegen zwölf Uhr ein Steak gebraten und einen Rucolasalat mit Tomaten zubereitet. Während er aß, hörte er Musik. Mozarts Klavierkonzert in A-Dur. Er kannte jede einzelne Note. Danach war er ins Bad gegangen, hatte sich sorgfältig rasiert, die Nägel nachgefeilt und ein sommerlich frisches Eau de Cologne aufgetragen.

Als die Sonne hinter der Havel untergegangen war, verließ er das niedrige, schmale Häuschen und ging zu dem Schuppen, den er als Garage benutzte. Er öffnete den Kofferraum und erstarrte. So, wie eine Ecke der Wolldecke eingeschlagen war – das entsprach überhaupt nicht seiner Art, die Mauser einzuhüllen.

Wann konnte das geschehen sein? Nachdem er an der Gradestraße geschossen hatte, war er noch zum *Tresor* gefahren. Er hatte seinen Wagen in einer Seitenstraße abgestellt. In der Disko war er eine knappe Stunde geblieben. Das genügte ihm, um zu registrieren, mit welchen Blicken ihn viele der Frauen ansahen. Blicke voller Versprechen.

Er war dann gegangen, als es eine von ihnen wagte, ganz dicht vor ihn hinzutreten und nach seiner Hand zu greifen. Was sie sagte, gefiel ihm. „Ey, du, *lonesome wolf!*" Aber ihre körperliche Nähe konnte er nicht ertragen.

Es konnte nur in dieser Stunde gewesen sein. Irgendwann hatte jemand den Kofferraum geknackt. Bei diesem Wagen war das ein Kinderspiel. Ein Glück, dass der Mensch offensichtlich etwas anderes suchte und dass ihn ein Gewehr nicht reizte.

Der Mann schlug den Kofferraumdeckel zu und beschloss, in nächster Zeit sehr vorsichtig zu sein.

Als er rückwärts aus der Garage fuhr, kam seine Nachbarin auf ihrem Fahrrad den Zufahrtsweg entlang gefahren. Er sah sie im Rückspiegel. Er mochte diese Frau. Sie war von einer ganz und gar unaufdringlichen Freundlichkeit. Und für ihre vierzig oder fünfundvierzig Jahre war sie erstaunlich attraktiv. Er winkte Cordelia freundlich zu, während er den Ford Capri rückwärts auf den Zufahrtsweg lenkte.

Hanna und Peter waren bei „Bollinger" gelandet, und sie hatten auch einen Tisch ganz vorn an der Windscheidstraße ergattert. Es war luftig hier. Seit kurzer Zeit wehte ein frischer Wind. Irgendwer am Nebentisch erklärte, dies habe mit den Temperaturunterschieden zwischen der aufgeheizten Stadt und dem kühleren Umland zu tun.

Peter kommentierte: „No glaube mir des halt au no!“

„Wie bitte?“, fragte Hanna.

„Oh, Entschuldigung – aber ich lern’s noch, mein Schwäbisch zu unterdrücken.“

„Also ich find’s putzig“, sagte Hanna.

„Das wäre dann ein sehr guter Grund, es sich abzugewöhnen.“

Hanna lachte.

„Sie sind von Anfang an in der Sonderkommisssion, gell?“

„Ja.“

Der Kellner kam. Sie bestellten. Hanna nahm nur eine Bruschetta, Peter bestellte Leber Berliner Art und ein Glas Barolo. Beim Wein schloss sich seine Kollegin an.

„Vier Morde in sieben Monaten. Immer mit dem gleichen Waffenmodell und immer aus dem Hinterhalt.“

Hanna zählte an den Fingern ab. „Erst die Kindergärtnerin Amelie Römer, dann der Lehrlingsmeister bei Siemens.“

„Wie hieß der?“

„Sebastian Köberle. Dann Ulrich Schmidt, der Gewerbelehrer. Und jetzt der junge Mann an der Bushaltestelle.“

„Beruf Computerfachmann und Berater. Das passt nicht ganz ins Bild.“

„In was für ein Bild?“, wollte Hanna wissen.

„Alles Leute, die unterrichten.“

„Das macht so ein Berater doch auch!“

Heiland kicherte unvermittelt. „Hab ich mal gehört: Berater sind Leute, die dir deine Uhr wegnehmen, um dir zu sagen, wie spät es ist.“

Hanna lachte. Dabei veränderte sich ihr Gesicht. Alles Verkniffene wich daraus.

„Sie gefallen mir, wenn Sie lachen“, sagte Peter. Wurde dann aber sofort wieder ernst. „Die Kindergärtnerin, wie alt war die?“

„Wollen Sie sich eigentlich das Aktenstudium ersparen, indem Sie sich alles von mir erzählen lassen?“

„So ist es doch viel angenehmer.“ Er hob sein Glas und prostete der Kollegin zu.

Als sie ihre Gläser wieder absetzten, sagte Hanna Iglau: „Die war schon sechsundfünfzig.“

„Nehmen wir an, der Sniper ist so um die dreißig!“

„Wir haben keine Ahnung, wie alt er ist. Bisher hat ihn noch niemand gesehen."

„Trotzdem. Dann könnte er zu dieser Kindergärtnerin vor – sagen wir – fünfundzwanzig Jahren in den Kindergarten gegangen sein."

„Quatsch", entfuhr es Hanna, „wer rächt sich nach so langer Zeit an einer Kindergärtnerin, nur weil sie ihn mit vier Jahren auf den Topf gezwungen hat?"

„Trotzdem ist die Tatsache, dass alle vier Opfer ..." Peter unterbrach sich. Über den Stuttgarter Platz kam ein schwarzer junger Mann auf die Kneipe zu, der eine bunte Wollmütze trug und mit drei bunten Bällen jonglierte, während er mit einem tänzerisch leichten Gang die gepflasterte Straße überquerte. Er blieb vor den Tischen stehen, pfiff dieselbe Melodie wie in der Nacht zuvor im U-Bahnhof Heidelberger Platz, jonglierte dazu in atemberaubender Geschwindigkeit, fing dann plötzlich alle Bälle auf, zog die Mütze vom Kopf und ging damit von Tisch zu Tisch.

„Einen Euro für die Kunst", sagte er, als er bei Hanna und Peter ankam.

„Ey, Mann, ich hab dir letzte Nacht vielleicht das Leben gerettet!"

Der schwarze junge Mann musterte Peter Heiland und kreischte plötzlich: „Ey, Mann, das stimmt. Du warst das. Du hast diese drei Faschos in die Flucht geschlagen!" Dann wandte er sich an Hanna: „Auf deinen Lover kannst du echt stolz sein!"

„Er ist nicht mein Lover", sagte Hanna steif.

Peter lachte.

Der Schwarze sagte: „Was nicht ist, kann ja noch werden!" Er zog einen Stuhl heran und setzte sich zu den beiden. „Und wenn schon – andere Mütter haben auch hübsche Jungs. Schau mich an!"

Peter schob seinen Barolo über den Tisch und sagte zu dem Jongleur: „Da, probier mal, wenn er dir schmeckt, bestellen wir eine Flasche davon."

„Ich muss aber nach Hause", sagte Hanna schwach.

„It's summer in the city", krähte der schwarze Jongleur und beugte sich zu Hanna hinüber. „Du kannst nicht gehen, wo wir doch grade dabei sind, Freunde zu werden."

„Er hat Recht", sagte Peter Heiland und bestellte die Flasche Barolo. Dann sagte er zu Hanna: „Du kannst uns nicht einfach hier sitzen lassen!"

„Haben Sie mich jetzt grade geduzt?"

Der Schwarze ließ ein meckerndes Lachen hören.

„Ich bin die Hanna", sagte Peters Kollegin entschlossen.

„Und ich bin der Manuel", sagte der Schwarze.

„Peter", ergänzte Heiland.

„Und wer küsst nun wen?“, fragte Hanna, wunderte sich über ihre eigene Courage und war zugleich begeistert davon.

„Zuerst ich dich!“, sagte Peter, beugte sich zu ihr hinüber, und ihre Lippen trafen sich flüchtig.

„Das war ja wohl nichts!“, rief Manuel, nahm Hannas Gesicht in seine Hände, zog es sanft zu sich heran und küsste sie lange und anhaltend.

ZWEI Stunden später saß Peter Heiland an der S-Bahn-Haltestelle Tiergarten neben Hanna Iglau in deren Auto. Sie hatten am Ende doch wieder über ihre Ermittlungen geredet.

„Und ich bleibe dabei: Das einzig Übereinstimmende ist die Willkürlichkeit. Der Mann tötet ohne Konzept. Nur um zu töten!“, hatte Hanna gesagt.

Jetzt wollte Hanna nicht mehr reden. Sie wünschte sich, der neue Kollege würde sie genau so küssen, wie es Manuel getan hatte. „Es ist immer noch so heiß“, sagte sie, „nicht einmal nachts kühlt es ab.“

„Ich muss los, sonst verpass ich die Bahn.“

„Ja, dann.“

Er stieß die Tür auf und stieg aus. Von draußen sagte er durchs offene Dach: „Und vielen Dank!“

„Wofür denn? Ich muss mich bedanken.“

„Bis morgen!“, rief Peter.

„Ja, bis morgen!“, antwortete Hanna und sah ihm nach, wie er zum Eingang der S-Bahn ging, wo ein asiatisch aussehender Blumenverkäufer Sonnenblumen anbot. Kurz vor Mitternacht! Hanna ließ traurig den Motor an.

Plötzlich beugte sich Peter Heiland über das offene Schiebedach ihres Wagens und reichte ihr eine Sonnenblume. „Für dich!“, sagte er. Sie griff nach der Blume, er wandte sich ab und lief in mächtigen Sprüngen die Treppe zu den Bahnsteigen hinunter. Hannas Traurigkeit ließ ein wenig nach.

CORDELIA MEINERT betrat das Häuschen des Nachbarn ohne Furcht und ohne schlechtes Gewissen. Sie hatte vom Schloss der Haustür wie von dem des Schuppens schon vor Wochen Nachschlüssel machen lassen. Ganz professionell hatte sie einen Wachsabdruck vom Schlossinneren genommen, nachdem sie sich bei einem Schlosser in aller Unschuld erkundigt hatte, wie man so etwas machte. Sie gab vor, alle Schlüssel zu ihrem Häuschen verloren zu haben.

Seitdem sie die Schlüssel hatte, ging sie in dem fremden Haus aus und ein, als ob es ihr eigenes wäre. Sie kannte die Gewohnheiten ihres Nachbarn und wusste genau, wann sie sich ungestört in seinen Räumen aufhalten konnte.

Cordelia ging in das enge Badezimmer und vergrub kurz ihr Gesicht in dem langen weißen Tuch, in das sich der junge Mann gehüllt hatte, bevor er ins Wasser gesprungen war.

Der Boden war überall mit Terrakottafliesen ausgelegt. Auf einem Glas- und Stahlregal im Wohnraum standen eine hochmoderne Stereoanlage und ein riesiger Fernseher. Zwei Sessel aus schwarzem Leder waren so ausgerichtet, dass man von ihnen aus durch die Panoramascheibe den freien Blick auf die Havel hatte. Auf der anderen Seite war eine Pappelallee zu sehen. Die gelbgrünen Baumkronen schimmerten durch das Hitzeflirren der Luft wie auf einem Bild von Monet.

In der Wohnung war es kühl. Sie wirkte aseptisch. Dass ein Mann sein Zuhause so penibel sauber hielt, erstaunte Cordelia immer wieder.

Cordelia setzte sich in einen der Sessel und ließ langsam ihre Hände über ihren Körper gleiten. Was er wohl dachte, wenn er stundenlang hier saß? Ob er manchmal auch an sie dachte? Ruckartig stand sie auf. Sie wollte sich von solchen Gedanken nicht weiter einfangen lassen. Sie musste eine Entscheidung treffen.

DER MANN ließ sich durch die Oranienburger Straße treiben. Er trug eine enge schwarze Lederhose und ein schwarzes Shirt mit riesigen Armlöchern, durch die seine straffe braune Haut zu sehen war. Auf seinem Rücken hing ein Rucksack, der leer zu sein schien. Er vermied es, anderen Menschen zu nahe zu kommen.

Bevor er losgefahren war, hatte er das Gewehr unter den groben Dielenbrettern des Schuppenbodens versteckt. Danach war er mit dem Ford Capri auf eine unbewachte Baustelle in der Chausseestraße gefahren. Ohne Hast hatte er die Nummernschilder abgeschraubt und in seinem Rucksack versenkt, aus dem er dann eine Zündschnur und ein Feuerzeug hervorholte. Er schraubte den Tankdeckel auf und steckte ein Ende der Zündschnur so weit hinein, bis er fühlen konnte, dass sie sich langsam mit Benzin voll saugte. Schließlich versicherte er sich noch einmal, dass ihn niemand beobachtete. Behutsam legte er die Zündschnur auf eine Reihe von Steinen, die er zusammengesucht und hintereinander gelegt hatte. Dann zündete er das Ende an. Er wartete noch einen Moment, um zu kontrollieren, ob sich die Flamme zügig auf den Autotank zubewegte. Ohne Hast verließ er die Baustelle, überquerte die Straße und schlenderte an ein paar hell erleuchteten Schaufenstern entlang. Er hatte etwa fünfzig Meter zurückgelegt, als er die Detonation hörte. Die Stichflamme spiegelte sich in einem Schaufenster. Er hörte Leute rennen und schreien. Er drehte sich nicht einmal um.

DIE MELDUNG lag im Präsidium schon vor, als Peter Heiland am Morgen eintraf. Er war der Erste und setzte artig die Kaffeemaschine in Gang. Dann klemmte er sich hinter seinen Schreibtisch und las den Bericht. Ein Ford Capri, Baujahr 1984. Total ausgebrannt, ohne Nummernschilder. Die Spurensicherung konnte keinerlei Hinweis auf den Besitzer finden. Selbst die Motorblocknummer war herausgemeißelt worden. Peter Heiland nahm sich die Fotos des Kofferraums noch einmal vor. Er hatte gehofft, dass vielleicht ein Teil des Nummernschildes mit aufs Bild gekommen war. Aber die Hoffnung erwies sich als trügerisch.

Peter holte die Akten aus dem Regal. Oft fand man einen Ansatz in den kleinsten Details.

Als Wischnewski kam und brummelnd grüßte, sagte Peter: „Mir fällt da was auf!“ Er hob die Akte hoch, die er gerade studierte.

„Dann lassen Sie hören!“ Wischnewski nahm sich einen Kaffee von der Maschine und zwängte sich auf Hannas Stuhl. „Ich muss zugeben, das ist ziemlich eng hier.“

Peter ging nicht darauf ein. „Zwei der Opfer stammen aus Schwaben. Die Kindergärtnerin aus Tübingen. Der Lehrlingsmeister aus Hechingen.“

„Ach ja, Sie kommen ja aus dem Land, wo die meisten Orte auf …ingen enden. Sie glauben, es führt eine Spur nach Schwaben? Haben Sie Heimweh?“

Heiland schüttelte seinen schmalen Kopf. „Das Mäandermuster in der Wolldecke, die Herkunft zweier Opfer … Schade nur, dass der Capri so verbrannt ist. Vielleicht war der in Baden-Württemberg zugelassen.“

„Sie wollen um jeden Preis eine Dienstreise nach Schwaben machen.“

„Ach was. Mir g'fällt's in Berlin. Man kann doch die Stuttgarter oder Tübinger Kollegen um Amtshilfe bitten.“

Wischnewski stemmte sich von Hannas Stuhl hoch. „Machen Sie das!“ Er griff sich den Bericht über den ausgebrannten Capri und ging in sein Büro.

CORDELIA MEINERT hatte den Wagen ihres Nachbarn in der Nacht nicht kommen hören. Das beunruhigte sie. Um sechs Uhr war sie aufgestanden, hatte zum Nachbarhaus hinübergeschaut, aber von dem Mann keine Spur.

Schließlich warf sie einen seidenen Morgenmantel über, ohne den Gürtel festzuziehen, und ging barfuß – das Gras war noch feucht vom Tau – hinunter zum Ufer. Cordelia ließ den seidenen Mantel von den Schultern gleiten und stieg ins Wasser.

Ihr Nachbar saß in einem seiner Ledersessel, starrte durch die große Scheibe und beobachtete sie. Er war in der Nacht mit der S-Bahn bis Potsdam gefahren, hatte dort ein Taxi genommen, war aber etwa einen Kilometer vor dem Havelufer ausgestiegen und den Rest gelaufen.

Cordelia schwamm nur ein paar Runden und stieg schon nach einer Viertelstunde wieder ans Ufer. Plötzlich erstarrte sie. An einem der Obstbäume lehnte der Nachbar. Sein weißes Tuch hing über einem Ast. Nackt standen sie sich gegenüber. Cordelia spürte ein Ziehen in den Kniekehlen.

„Sie haben ja eine wunderschöne Figur."

„Werfen Sie mir bitte meinen Mantel her, ich geniere mich!"

Er zog das weiße Tuch von dem Ast herunter und kam auf sie zu. Er trocknete ihr die Haare und das Gesicht ab, dann die Schultern, die Brüste, die Hüften. Schließlich ging er in die Hocke, rieb ihr die Schenkel und ihre Waden trocken. Cordelia stand unbeweglich da. Sie hätte sich nicht rühren können, selbst wenn sie gewollt hätte.

PETER HEILAND hatte sich die Gewehrfotos noch einmal vorgenommen. Plötzlich sprang er auf und rannte in Wischnewskis Büro. Der saß mit weit ausgestellten Ellbogen an seinem Schreibtisch und las in der *BZ*.

„Anklopfen, wenn Sie zu mir wollen!", herrschte er den jungen Kollegen an.

„Die Fotos sind in einem privaten Labor gemacht. Auf Fotopapier, das es gar nicht mehr gibt. Da, gucket Se sich des a! Äh, schauen Sie sich das bitte an."

„ORWO, das war eine Firma in der DDR", erklärte Wischnewski.

„Also ist das Papier älter als sechzehn Jahre", sagte Peter Heiland. „Das muss ein verdammt sparsamer Fotograf gewesen sein."

„Schwabe vielleicht?" Wischnewski grinste, entlockte Heiland aber nur ein nachsichtiges Lächeln.

Wischnewski schlug plötzlich so heftig mit der Faust auf die Tischplatte, dass seine Kaffeetasse hochsprang. „Wozu haben wir eigentlich die Kriminaltechnik? Da muss so ein Klugscheißer kommen, der grade mal ein paar Wochen hier ist …" Er unterbrach sich und schob ein vernuscheltes „Entschuldigung" nach.

Heiland antwortete mit einer großzügigen Geste. „Ich hab übrigens die Kollegen in Stuttgart gebeten, uns eine Liste aller Fahrzeughalter zu schicken, die in den letzten zehn Jahren einen Ford Capri zugelassen haben."

„Und was ist mit den Jahren davor?"

„Wenn wir in dieser ersten Liste nicht fündig werden, fordern wir die früheren auch noch an."

„Gut!", sagte Wischnewski, „ich bin ja froh, wenn in dem Laden überhaupt einer Initiative entwickelt."

Als Peter Heiland an seinen Schreibtisch zurückkam, saß Hanna Iglau an ihrem Platz. Sie hatte mit einem Kollegen einen Teil der Sportwaffengeschäfte in Berlin und Umgebung abgeklappert. Am Nachmittag wollten sie weitermachen. Sieben Käufer von Mausergewehren wurden jetzt überprüft. So langsam wurde Peter Heiland klar, warum die Sonderkommission mit 32 Kolleginnen und Kollegen besetzt war.

Cordelia Meinert goss eine große Kaffeetasse halb voll mit Milch und schob das Gefäß in die Mikrowelle. Als die Milch aufwallte, nahm sie die Tasse heraus und füllte sie mit dickflüssigem schwarzem Kaffee auf bis zum Rand. Sie führte die Kaffeetasse vorsichtig an ihre Lippen und nippte an der hellbraunen Flüssigkeit. Cordelia trug noch immer ihren seidenen Morgenmantel. Ihr Nachbar hatte ihr hineingeholfen, als er sie vollständig abgetrocknet hatte. Dann hatte er sie ganz kurz angelächelt und gesagt: „Ich wünsche Ihnen einen sehr schönen Tag!", war ins Wasser gesprungen und in langen gleichmäßigen Zügen hinausgeschwommen. Als sie wieder daran dachte, begann ihr Körper leise zu vibrieren.

Dieses Lächeln – für einen Augenblick hatte sie gedacht: Dieser Mann weiß alles über mich.

Sie war in ihr Häuschen gerannt, hatte sich auf das zerwühlte Bett geworfen und ihr Gesicht im Kissen vergraben. Diesmal ging sie nicht ans Fenster, um zu sehen, wie der junge Mann aus dem Wasser stieg.

Seit neun Uhr hatte sie gehorcht, ob sein Wagen wegfuhr. Und dann war ihr wieder eingefallen, dass sie ihn auch nicht hatte kommen hören. Jetzt setzte sie sich mit ihrem Milchkaffee in einen ihrer mit Schaffell gepolsterten Korbsessel, zog die Beine unter den Po und starrte auf das Wasser hinaus, dessen glatte Oberfläche den makellos blauen Sommerhimmel spiegelte. Obwohl sie sich nicht rührte, spürte Cordelia erste Schweißtropfen auf ihrer Stirn und zwischen ihren Brüsten. Die Temperaturen sollten heute die 30-Grad-Grenze wieder deutlich übersteigen. Das ging nun schon seit

Wochen so. Ein stabiles Hoch mit dem Namen Susanne stand über Mitteleuropa.

Cordelia wohnte erst seit dem letzten Herbst hier draußen in Caputh. Sie hatte das Häuschen, das aus nicht viel mehr als vier grob verputzten grauen Wänden und einem Dach bestand, eigentlich nur als Wochenendrefugium mieten wollen. Dass sie nun fast immer hier draußen war und ihre Zweizimmerwohnung in Tempelhof kaum noch benutzte, konnte sie sich selbst nicht erklären. Cordelia weigerte sich zuzugeben, dass ihr Nachbar daran zumindest mit schuld sein könnte.

Nach zwei Jahren im Schuldienst hatte sie gewusst: Sie würde verlieren, und immer würden die Schüler gewinnen. Es genügte nicht, fachlich qualifiziert und ein wohlmeinender Mensch zu sein. Man musste den Kampf mit diesen Monstern aufnehmen, die jede kleine Schwäche auszunutzen verstanden.

Es gab Kollegen, die betraten das Klassenzimmer, und die Schüler verstummten und schauten erwartungsvoll nach vorn. Cordelia blieb nach jedem ihrer Klassenzimmerkämpfe geschwächt zurück. An einem Sommertag wie heute, kurz vor den großen Ferien, hatte sie den Schuldienst quittiert, ohne einen neuen Job zu haben.

„So ungefähr das Hirnrissigste, was ich mir vorstellen kann", war der Kommentar ihres Vaters gewesen. Ihr Vater, der im nächsten Jahr siebzig wurde, war außerstande zu verstehen, warum Cordelia ihren sicheren Job hinschmiss. Wochenlang bearbeitete er sie, bis sie eines Tages einfach wieder auflegte, als er anrief.

Sie hatte so viel gespart, dass sie ein Jahr davon leben konnte. Sie wollte ganz viel lesen und reisen. Das Erste, was sie las, war ein Text von Monika Maron, in dem es hieß, in Berlin, wo sich seit 15 Jahren die Straßen und Plätze täglich veränderten, könne man in der eigenen Stadt verreisen wie an einen fremden Ort. Und so kam es, dass sie durch die Stadt reiste und manchmal ins Umland.

Auf diese Weise fand sie auch das Häuschen in Caputh, gar nicht weit entfernt von dem kleinen, spartanischen Holzhaus, das sich Einstein einst als Wochenendrefugium hier hatte bauen lassen.

Das Grundstück rechts von ihr war unbebaut. Links hauste dieser junge Mann, der offenbar nachtaktiv war wie eine Katze.

Cordelia sprang plötzlich auf. Sie zog sich an und holte ihr Fahrrad aus dem Schuppen. Eine halbe Stunde später stieg sie am Hirschsprung in die S-Bahn Richtung Berlin.

Christine Reichert, Sekretärin in der 8. Mordkommission, schreckte Peter Heiland aus seinen Gedanken auf. Er saß mit halb geschlossenen Augen, die Hände hinter dem Kopf verschränkt, die Beine weit von sich gestreckt, an seinem Schreibtisch.

„Da war ein Anruf für Sie. Eine Ruth Schönenborn aus Stuttgart."

Peter Heiland riss die Augen auf. „Ist nicht wahr?! Eine frühere Kollegin." Es sollte beiläufig klingen.

„Für das Konzert morgen Abend in der Waldbühne hätte sie noch eine Karte übrig, hat sie gesagt."

„Waldbühne, was ist das?"

Christine starrte den neuen Kollegen an. „Das ist aber jetzt nicht Ihr Ernst, dass Sie nicht wissen, was die Waldbühne ist! Wird Zeit, dass Sie mal hinkommen." Die Sekretärin legte einen Zettel mit Ruths Handynummer auf den Schreibtisch.

Peter steckte den Zettel ein, stand auf und rammte dabei sein Knie aus Versehen gegen die Kante seines Schreibtisches. Er fluchte wütend, schnallte sein Holster mit der Dienstwaffe um. Das zwang einen, selbst bei dieser brütenden Hitze eine Jacke zu tragen.

„Ich schau mir mal das ausgebrannte Wrack an", sagte Peter Heiland und verließ den Raum.

In der Werkstatt der Spurensicherung stand ein kleiner Mann um die fünfzig vor dem ausgebrannten Fahrzeug. Er hatte ein rundes rosiges Gesicht.

„Sie müssen der Profiler sein", sagte Peter.

„Dr. Konrad Nüssling." Die beiden gaben sich die Hand. „Ihr Täter überlässt nichts dem Zufall", sagte der Psychologe.

„Was sagen Sie dazu, dass drei seiner Opfer in Erzieherberufen gearbeitet haben?"

„Ja, das fällt natürlich gleich auf. Ich sagte schon zu Herrn Wischnewski: Der Schlüssel zur Aufklärung liegt wahrscheinlich bei den Getöteten."

Später redeten sie über die beiden Sniper in Amerika. Der Golfkriegsveteran John Allen Muhammad erschoss im Großraum Washington mithilfe seines siebzehnjährigen Ziehsohns Lee Boyd Malvo innerhalb weniger Wochen mindestens zwölf Menschen aus dem Hinterhalt. Ein Zeuge bei dem Prozess war im Krieg als professioneller Heckenschütze eingesetzt. Er hatte sehr anschaulich berichtet: „Ziel ist, mit kleinstem Aufwand so viel Schaden wie möglich in den feindlichen Reihen anzurichten. Heckenschützen greifen nicht an der Front an, sondern im Hinterland. Wir suchen weiche Ziele. Erschieß einen Funker und noch einen Funker und noch einen – und du wirst sehen: Keiner will mehr ans Funkgerät."

Dr. Konrad Nüssling hatte offenbar Hunger bekommen. „Wenn es Sie wirklich interessiert", sagte er zu Peter Heiland, „dann lassen Sie uns beim Essen weiterreden."

Sie fuhren zu einem schwäbischen Restaurant. Peter Heiland aß hier am liebsten Linsen mit Spätzle und Saitenwürstchen. Und er war stolz darauf, dass er die Wirtsleute hatte davon überzeugen können, den Kartoffelsalat zu den Maultaschen nicht aus der Kühltruhe, sondern leicht angewärmt zu servieren. Sie stiegen die vier Stufen zu der kleinen Empore hinauf, wo vier Tische standen, an denen man seine Ruhe hatte.

„Im Krieg", sagte Nüssling, als die Flädlesuppe kam, „hat der Sniper die Aufgabe, das Vertrauen zwischen den unteren Rängen und dem Kommando des Feindes zu zerstören. Je mehr und je willkürlicher Leute erschossen werden, umso stärker wird die Atmosphäre der Unsicherheit. Aber es gibt noch andere Gründe für den Einsatz von Scharfschützen. Statistiker haben ausgerechnet, dass die amerikanischen Verbände im Vietnamkrieg rund 50 000 Schuss Munition verfeuern mussten, um einen gegnerischen Soldaten auszuschalten."

„Man spart Material. Meinen Sie das?" Dr. Nüssling nickte.

Heiland löffelte seine Suppe. „Aber unser Mann arbeitet alleine, und er ist kein Soldat."

„Das müssen wir erst noch rauskriegen. Die Suppe ist übrigens köstlich."

„Sie meinen, der Heckenschütze führt auf eigene Faust Krieg gegen unsere Gesellschaft?"

„Wenn wir mehr über ihn wissen, kann ich Ihnen diese Frage vielleicht beantworten. Aber eins bleibt immer gleich: Der Sniper liebt die Macht. Mit dem Finger am Abzug ist er plötzlich Herr über das Schicksal eines anderen Menschen. ‚Ich bin Gott' stand auf einer Tarotkarte, die John Allen Muhammad an einem der Tatorte hinterließ."

Peter Heiland hatte natürlich auch die Berichte über Muhammad und Malvo gelesen. Er beugte sich weit über den Tisch und stieß dabei aus Versehen sein Bierglas um. Er begann die gelbe Lache auf dem Tischtuch mit seiner Serviette abzutupfen. „War nicht die ganze Welt um sie herum Feindesland? Muhammad war Kriegsveteran und fühlte sich von seinem Land beschissen."

„Vielleicht." Nüssling bestellte ein neues Bier für Peter Heiland.

„Sorry, passiert mir ständig", sagte Heiland. „Sorry!"

Nüssling winkte jovial ab. „Die Erklärung, dass er sich rächen wollte, weil man ihm den Respekt als Vietnamkämpfer verweigert hatte, ist vielleicht zu einfach."

„Trotzdem: Das mit dem ‚verweigerten Respekt' hat etwas", sagte Peter Heiland und beugte sich weit zurück, um Frau Hägele die Möglichkeit zu geben, ein neues Tischtuch auszubreiten. „Die Flädlesuppe war prima", sagte er zu ihr und fügte mit einem Lächeln hinzu: „Respekt!"

Später, als sie auf die Eisenacher Straße hinaustraten, fuhr ein warmer Windstoß über den Asphalt und trieb Staub, trockene Blätter und Papier vor sich her.

„Eine Hitze ist das!", stöhnte Dr. Nüssling.

Peter Heiland sagte: „Dass diese Schützen kein Erbarmen haben …!"

„Weiß man's?" Nüssling zog ein blütenweißes, penibel gefaltetes Taschentuch aus der Innentasche seiner Jacke und tupfte sich ein paar Schweißperlen von der Stirn und aus den Nasenwinkeln.

Peter Heiland verabschiedete sich von Dr. Nüssling, der sich ein Taxi bestellt und ihm angeboten hatte, ihn ein Stück mitzunehmen. Er nehme lieber den Bus und die U-Bahn, hatte Peter gesagt. Er war jetzt froh, allein zu sein. Das Gespräch mit dem Profiler hatte ihn aufgewühlt. Heiland hatte einmal eines dieser überraschend leichten Präzisionsgewehre in der Hand gehabt. Das Ziel war eine Pappfigur am Ende einer fünfzig Meter langen Schießbahn. Als er sie ins Visier nahm, spürte er förmlich, wie schwer es war, der Faszination dieser Waffe zu widerstehen.

PETER HEILAND hatte sich alle Angaben über die Opfer aus den Akten herausgeschrieben und in einem kleinen Notizbuch festgehalten. Die Kindergärtnerin Amelie Römer hatte mit einer Freundin zusammengelebt, Sonja Michel, in Steglitz in der Schützenstraße.

Auf dem Klingelschild standen noch beide Namen. Frau Michel öffnete die Tür. Sie stützte sich auf einen Stock. Gleich neben der Wohnungstür sah Peter Heiland einen Rollstuhl stehen. Als er die Tür hinter sich zudrückte, kamen aus drei verschiedenen Zimmern insgesamt sieben Katzen.

„Ich würde Ihnen gerne etwas anbieten", sagte Frau Michel, „aber ich schaff das nicht."

Heiland hörte sofort heraus, dass die Frau aus Schwaben stammte. „Sie haben zusammengelebt, Sie und Frau Römer?", fragte er.

„Ja, seit sieben Jahren, nachdem mein Mann an Krebs gestorben war." Sie warf den Stock in eine Ecke. Die Katzen flüchteten in andere Zimmer.

„Das verflixte siebte Jahr." Frau Michel sank in einen Sessel. Sie war groß und breit, dennoch konnte man ahnen, dass sie früher einmal eine attraktive Frau gewesen sein musste. Sie trug einen langen braunen Rock, der voller Katzenhaare war, und einen geringelten Pulli. Heiland schätzte sie auf sechzig bis fünfundsechzig Jahre.

„Sie kommen aus Schwaben?"

„Ja, ich bin in Bodelsingen aufgewachsen. Natürlich wissen Sie nicht –"

„Liegt zwischen Tübingen und Hechingen."

„Dann kommen Sie auch von da unten?"

Heiland nickte. „Und Frau Römer?"

„Die war ursprünglich aus Tübingen, hat aber später auch in Bodelsingen gewohnt. Wir waren in der Ausbildung zusammen. Dann haben wir uns aus den Augen verloren. Vor zehn Jahren ungefähr habe ich sie bei einer Autorenlesung hier in der Albrechtstraße wieder erkannt."

Frau Michel stemmte sich aus ihrem Sessel heraus und ging zu einer Kommode, zog die oberste Schublade auf und entnahm ihr ein Fotoalbum. Auf dem Rückweg hob sie ihren Stock auf. Als sie wieder im Sessel saß, blätterte sie das Album auf und reichte es Heiland. „Da, die links bin ich, die in der Mitte ist Amelie Römer."

Heiland sah mehrere Frauen in den gleichen grauen Kleidern, alle hatten weiße gefaltete Häubchen auf dem Kopf. Trotz der Schwesterntracht wirkte Frau Michel auf dem Bild ausgesprochen attraktiv. In ihrem Blick lag etwas Herausforderndes.

„Wir waren damals bei den Diakonissen", sagte Frau Michel, „aber wir sind dann abgesprungen. Amelie ist Kindergärtnerin geworden, und ich habe einen Abschluss als Apothekenhelferin gemacht."

„Warum sind Sie – abgesprungen?"

„Wegen der Männer." Sie lachte.

„Aber die Diakonissen sind doch evangelisch!"

„Trotzdem dürfen sie nicht heiraten. Amelie hat auch nicht geheiratet, ich hab's versucht, zweimal sogar, aber …" Sie unterbrach sich und machte eine wegwerfende Handbewegung. „Eigentlich hätten wir auch bei den Diakonissen bleiben können. Aber das hat man ja damals net g'wusst."

„Stattdessen haben dann Sie zwei sich wieder gefunden."

„Ja!" Das bleiche, schwammige Gesicht der Frau zeigte plötzlich einen harten Zug. „Aber wir haben wenig gute Tage mit'nander g'habt."

„Warum?"

„Sie war so herrisch. Nix hab ich ihr recht machen können. Immer hat sie mich nur kommandiert. Ich glaub, sie hat mir übel genommen, dass ich so hinfällig wurde."

„Was fehlt Ihnen denn?"

„Es ist ein Nervenleiden. Jetzt geht's mir grade ganz gut, doch es kann von einer Minute auf die andere kommen. Dann zittere ich am ganzen Leib und sterbe fast vor Angst. Aber sie hat mich nicht ernst genommen in meiner Not. Hat sogar manchmal meine Tabletten versteckt. ‚Da musst du aus eigener Kraft wieder rauskommen', hat sie immer gesagt. Aus eigener Kraft! Ja wie denn, wenn man keine Kraft mehr hat?"

„Das tut mir Leid", sagte Peter Heiland lahm.

„Ich bin froh, dass sie nimmer lebt!" Sie stieß ihren Stock hart auf den Boden.

Heiland ließ die Blätter des Albums locker über seinen Daumen gleiten, doch plötzlich griff er fester zu. Ein Foto zeigte eine Frau um die vierzig auf einem Hochstand mit einer angelegten Waffe. „Sind Sie das? Sie sind Jägerin?"

„Ja, gewesen. Ich bin früher viel auf die Jagd gegangen. Im Schönbuch."

„Die Jagdwaffe – wissen Sie, was das für ein Modell war?"

„Keine Ahnung. Sie gehörte einem Freund. Später hat er mir das Gewehr dann geschenkt."

„Ihre Freundin ist mit einem Jagdgewehr erschossen worden."

„Ja! Hat man mir schon gesagt."

Heiland sah die Frau eine ganze Zeit lang unverwandt an. Sie wurde unruhig unter seinem Blick.

„Was gucket Sie denn so?"

„Wären Sie heute noch dazu in der Lage, ein Tier zu erlegen?"

Frau Michel lachte unfroh auf. „Jetzt geht Ihre Fantasie aber mit Ihnen durch, junger Mann."

„In unserem Beruf muss man das Undenkbare denken, Frau Michel. Haben Sie das Gewehr noch?"

„Nein. Und jetzt gehen Sie, bitte!"

DIE GEPFLASTERTE Straße lag still da, als Peter Heiland ins Freie trat. Er überquerte die Fahrbahn und blieb vor einem Bioladen stehen, der auf den schönen Namen „Siebenkorn" getauft worden war. Hier konnte er gleich einkaufen.

Als er das Geschäft wieder verließ und in die Mittelstraße einbog, sah er Sonja Michel. Sie steuerte ihren elektrisch getriebenen Rollstuhl die

Schützenstraße hinauf Richtung Albrechtstraße. Heiland folgte ihr ein paar Schritte, blieb dann aber vor der Haustür stehen, aus der Frau Michel gekommen war. Er drückte mit der Schulter dagegen, die Tür schwang nach innen auf. Die Frau im Rollstuhl hatte sich nicht die Mühe gemacht, abzuschließen. Heiland stellte seine Einkaufstüte in eine dunkle Ecke des Hausflurs, da sagte eine Stimme: „Man sollte eigentlich den ganzen Tag im Keller bleiben, das ist der einzige Ort, wo man's bei dieser Hitze noch halbwegs aushalten kann."

Heiland richtete sich auf, drehte sich um und stand einem freundlich blinzelnden älteren Mann gegenüber, der über seinem nackten sehnigen Körper nur eine viel zu weite Latzhose trug.

„Da haben Sie Recht", sagte Heiland. Der Mann stieg die Treppe hinauf.

Vielleicht suchte Peter Heiland nur einen kühlen Ort, oder warum stieg er plötzlich die Kellerstufen hinab? Er kam in einen langen gewölbten Gang, der aus Sandstein gemauert war. Die Keller waren durch Lattenwände getrennt. Jeder war einer Wohnung zugeordnet. Frau Michel wohnte im dritten Stock rechts. „3 R" stand an der vorletzten Kellertür. Das einfache Schloss leistete dem Kommissar nur kurz Widerstand.

Heiland machte Licht. Hier herrschte Ordnung. An der linken Wand stand ein altes Küchenbüfett, gegenüber der Tür ein Stahlregal, rechts eine Kommode. Das Büfett und das Regal waren schnell durchsucht. Die oberste Schublade der Kommode war bis obenhin vollgestopft mit Kinderzeichnungen. Die zweite enthielt Weihnachtsschmuck. In der untersten waren Diakästen gestapelt.

Aber da fand sich auch ein kleines graues Päckchen. Heiland öffnete es. Zum Vorschein kamen messingglänzende Patronen. Geschosse des Kalibers 7,25, sauber angeordnet. Ein Geschoss fehlte.

Heiland stieg aus dem kühlen Keller in das gleißende Licht und die dumpfe Hitze der Straße hinauf. Er wählte sofort Wischnewskis Nummer.

Amelie Römer war im Botanischen Garten erschossen worden. Am 28. Januar. Der Schuss war aus etwa vierzig Meter Entfernung abgegeben worden. Frau Römer hatte gerade das Tropenhaus verlassen, als das Projektil sie in den Hals traf. Sie verblutete in kürzester Zeit, denn die Kugel hatte die Schlagader zerfetzt. Der Schütze musste auf der gegenüberliegenden Böschung gestanden haben, wo immergrüne Büsche und Bäume genügend Sichtschutz boten. Niemand hatte ihn gesehen. Vielleicht musste man jetzt nach einer Rollstuhlfahrerin fragen. Mit dem elektrischen Gefährt konnte

Sonja Michel leicht von der Schützenstraße bis zum Eingang des Botanischen Gartens gelangen.

„Mann, sind Sie auch noch ganz unter der Mütze?“, herrschte ihn Wischnewski an, als er seinen schweren Körper aus dem Dienstwagen gewuchtet hatte. „Das ist Einbruchdiebstahl.“

„Wieso, ich habe nichts genommen. Ich habe die Patronen an ihren Platz zurückgestellt.“

„Was? Sind Sie wahnsinnig? Das sind unter Umständen wichtige Beweismittel! In meiner Abteilung macht niemand etwas auf eigene Faust. Warum unterrichten Sie mich nicht, bevor Sie etwas unternehmen?“

Heiland sah seinen Chef unglücklich an. „Es muss an der Hitze gelegen haben.“

„Nein, Heiland, Sie sind ein Unglückswurm!“

„Manchmal hat man aber auch Glück im Unglück“, entgegnete Peter Heiland. Über die breiten Schultern seines Chefs hinweg sah er Sonja Michel. Sie fuhr schnell und sicher auf ihrem vierrädrigen Gefährt.

„Sind Sie immer noch da?“ Frau Michel hielt dicht neben den beiden Polizeibeamten.

„Das ist mein Chef“, sagte Heiland, „Herr Wischnewski.“

Der Kriminalrat verbeugte sich leicht und entschloss sich zum direkten Angriff. „Frau Michel, wo waren Sie am 28. Januar, als Ihre Freundin erschossen wurde?“

„Zu Hause, wo sonst?“

„Man hat Sie im Botanischen Garten gesehen!“ Peter Heiland starrte seinen Chef an. Der log, ohne mit der Wimper zu zucken. „Um ehrlich zu sein, eine Rollstuhlfahrerin mit genau so einem Gefährt.“

„Im Januar hatte ich noch gar kein solches Gefährt!“

Wischnewski blieb gelassen. „Wir würden uns jetzt gerne Ihren Keller anschauen, Frau Michel.“

„Warum das denn?“

„Sie werden doch nichts zu verbergen haben, oder?“

Die Frau im Rollstuhl schaute Heiland aus zusammengekniffenen Augen an. „Waren Sie schon in meinem Keller?“

„Ja, er war dort“, sagte Wischnewski, „aufgrund eines Hinweises, dem wir unbedingt nachgehen mussten.“

„Was für ein Hinweis?“

„Schaffen Sie die Kellertreppe?“, fragte Wischnewski unbeirrt weiter. „Wir können Sie auch tragen.“

Frau Michel stemmte sich aus ihrem Rollstuhl heraus. „Kurze Strecken kann ich immer noch gehen.“ Die Kellertreppe schaffte sie fast problemlos.

Im Keller machten sie sich nicht mehr die Mühe, erst lange zu suchen. Heiland zog die unterste Schublade der Kommode auf.

Plötzlich waren da Schritte auf der Kellertreppe. Peter Heiland richtete sich auf und schaute den langen Kellergang entlang. Ein Mann nahm die letzten drei Stufen in einem Satz und geriet nun ins Blickfeld des Kommissars. Aber er stand vor der Lampe. Heiland konnte nur einen Schattenriss erkennen. Der Mann machte sofort kehrt und hastete mit langen Sprüngen die Treppe hinauf.

Heiland wollte ihm nach, rannte gegen die halb offen stehende Lattentür und spürte einen stechenden Schmerz an der Stirn. Er riss die Tür vollends auf und rannte den Kellergang entlang. Als er die unterste Stufe der Treppe erreichte, fiel oben die Tür ins Schloss. Keuchend erreichte der Kommissar die Haustür. Weit und breit war niemand zu sehen.

Wischnewski streifte derweil Plastikhandschuhe über und versenkte die Schachtel mit den Patronen in einer durchsichtigen Tüte. „Mein Kollege schreibt Ihnen eine Quittung aus“, sagte er, „sobald er von seinem Ausflug zurück ist.“ Da kam Peter Heiland auch schon durch den gewölbten Kellergang zurück.

„Sie sind rücksichtslos, überheblich und haben keine Manieren!“ Frau Michel stand mitten in ihrem Keller und klopfte zu jeder Silbe mit ihrem Stock auf den Boden.

„Ich fürchte, alle drei Dinge stimmen, aber unsere Arbeit lässt uns leider oft keine andere Wahl“, sagte Wischnewski. „Können Sie uns sagen, wo die fehlende Patrone ist?“

„Nein, ich weiß ja nicht einmal, wie das Päckchen hier hereinkommt. Wahrscheinlich haben Sie's in die Schublade praktiziert, damit Sie's finden konnten!“ Frau Michel sprach jetzt lupenreines Hochdeutsch.

4

Die Fahrt ins Präsidium brachten sie schweigend hinter sich. Ab und zu warf Heiland einen Blick zu Wischnewski hinüber, der stur und verbissen geradeaus schaute. Erst als sie ausstiegen, nahm der Kriminalrat wieder das Wort: „Bilden Sie sich da ja nichts drauf ein!“

Heiland war nicht wohl in seiner Haut. Aber er war auch stolz, was er freilich niemals zugegeben hätte.

Als er in sein Büro kam, sagte Christine Reichert: „Da war ein komischer Anruf. Vor zehn Minuten. Ein Mann wollte wissen, ob bei uns ein Kommissar Peter Heiland arbeitet. Ich habe gesagt: ‚Ja, seit einem Vierteljahr.' Er hat sich bedankt und aufgelegt. Fragt nur, ob Sie hier arbeiten, und legt dann wieder auf."

„Ja, das ist allerdings komisch!"

Wischnewski rief eine halbe Stunde später die Sonderkommission zusammen. Er sagte, man müsse ganz neu nachdenken. Für den Mord an der Kindergärtnerin Amelie Römer gebe es plötzlich eine Verdächtige. „Und die ist kein Phantom. Sie hatte ein Motiv, und wir werden auf dem schnellsten Wege klären, ob sie auch eine Gelegenheit hatte. Das sind noch immer die beiden wichtigsten Voraussetzungen für einen Mord."

„NA, SIE sind jut." Der Gärtner im Botanischen Garten verstellte den Sprenger. Heiland merkte es zu spät und stand plötzlich pitschnass da. „Tut mir Leid, ick hätte Sie vielleicht warnen sollen", sagte der Gärtner.

„Lasset Se's guet sei, des isch doch wunderbar bei der Hitz'!" Heiland ließ sich ein zweites Mal begießen.

„'ne Frau in 'nem Rollstuhl, nee, da ha ick nu keen Schimmer!"

„Wäre ja auch zu schön gewesen", sagte Heiland und schlenderte weiter. Die Klamotten klebten an seinem Leib. Er suchte die Stelle, wo vermutlich der Todesschütze gestanden hatte, zog seine Jacke aus und legte sich ins Gras. Zwei Minuten später war er eingeschlafen.

Er wachte wieder auf, als eine dünne Stimme rief: „Hände hoch, oder ich schieße!" Heiland blinzelte in die tiefstehende Sonne. Vor ihm stand ein etwa achtjähriger Junge und hatte Heilands Dienstpistole in beiden Händen. Heiland richtete sich auf, griff nach seinem Pistolenholster und hob dann beide Hände hoch über den Kopf. „Ich ergebe mich!"

„Warum hast du einen Revolver?", fragte der Junge.

„Das ist eine Pistole, und ich muss die mit mir rumtragen, weil ich bei der Polizei bin."

„Kannst du das beweisen?", krähte der Dreikäsehoch.

„Ja, aber dazu muss ich die Hände runternehmen, dann kann ich dir meinen Polizeiausweis zeigen."

„Die Polizeimarke", verbesserte ihn der Kleine.

„Du bist im falschen Film. Nur in Amerika haben Polizeibeamte so eine

Marke." Er zog seinen Lichtbildausweis aus der Tasche. „Da, schau ihn dir genau an. Die Pistole kannst du mir solange geben." Der Junge ließ sich auf das Spiel ein, und Heiland schob die Waffe erleichtert in das Holster zurück.

„Und warum schläfst du hier?", fragte der Junge, als er Peter seinen Ausweis zurückreichte.

„Ich war die ganze letzte Nacht auf den Beinen!"

„Verbrecher fangen?"

„Also bevor wir die fangen können, müssen wir eine Menge Vorarbeit leisten." Heiland war aufgestanden. Er schickte ein kleines Dankgebet zum Himmel. Nicht auszudenken, was geschehen würde, wenn Wischnewski erfuhr, was hier gerade passiert war.

Die Kleider waren wieder trocken, wenn auch ein wenig aus der Fasson.

ZWEI Stunden später saß Peter Heiland in der U-Bahn. Als sie beim Senefelderplatz aus der Tiefe schoss, um als Hochbahn weiterzufahren, wurde es draußen für Sekunden taghell. Ein Blitz fuhr über den Himmel. Den Donner konnte man in der Bahn nicht hören, weil drei russische Musiker mit Klarinette, Trompete und Akkordeon gerade in größter Lautstärke „Kalinka" spielten. Über die Scheiben strömte das Regenwasser in kleinen Bächen, die ungefähr in der Mitte der Fensterscheibe vom Fahrtwind nach hinten geleitet wurden.

Natürlich hatte Peter Heiland keinen Regenschirm dabei, obwohl in allen Wetterberichten Gewitter mit starken Regenfällen angekündigt worden waren. An der Haltestelle blieb er deshalb erst einmal unter der Brückenkonstruktion stehen.

„Ey, Kumpel", hörte er plötzlich eine Stimme, die ihm bekannt vorkam. Er drehte sich um.

An einer der nietenbewehrten Metallstreben lehnte Manuel, der schwarze Jongleur, und verzehrte eine Currywurst. „Von Konopke!" Peter trat zu ihm, und Manuel streckte ihm den ovalen Pappteller hin. Heiland bediente sich mit spitzen Fingern und führte das Wurststückchen zum Mund. „Ey, Mann, pass doch auf!", krähte der Schwarze. Aber da war es schon zu spät. Ein dicker Tropfen Ketchup war auf Peters Hemdbrust gelandet. „Sieht ja aus, als wärst du erschossen worden!" Manuel lachte. „Erschossen oder erstochen. Mitten ins Herz!" Er bohrte seinen schwarzen Finger in den Ketschupfleck. „Und wie geht's deiner Freundin?"

„Ist nicht meine Freundin."

„Kann nicht mehr lange dauern." Manuel lachte krächzend. Er ging zu einem Müllbehälter, warf den Pappteller hinein, wischte seine Finger an seinen Jeans ab und kam zu Peter zurück. „Gehen wir noch was trinken?"

„Sobald es aufgehört hat zu regnen."

„Es hat aufgehört!"

In der Stargarder Straße standen vor jedem Haus Bierbänke, Tische und Gartenstühle, egal ob da eine Kneipe war oder nicht. Und überall wischten Menschen das Holz und das Metall trocken.

Der Kommissar und der schwarze Jongleur passierten die Gethsemanekirche, den neugotischen Backsteinbau. Sie setzten sich in eine Bodega, bestellten einen Rotwein, und Manuel ließ sich verschiedene Tapas bringen.

„Du scheinst gut bei Kasse zu sein", sagte Heiland zu dem Schwarzen.

„Wieso, du lädst mich doch ein!"

„Ich? Wie komme ich dazu?"

„Kleine Wiedergutmachung für uns Schwarze."

Heiland konnte von hier zu seiner Wohnung hinübersehen. Die Tür zum Balkon stand offen. Hoffentlich hatte es nicht hineingeregnet.

Manuels Stimme riss ihn aus seinen Gedanken. „Was machst du eigentlich so?"

„Ich bin Polizist!"

„Nein!"

„Was dagegen?" Peters Stimme klang aggressiv.

Manuel hob abwehrend beide Hände. „Warum soll ich was dagegen haben?"

„Ich arbeite bei einer Mordkommission."

Manuel streckte seinen langen schwarzen Finger aus, deutete auf Peters Hemdbrust und brach in meckerndes Lachen aus.

„Hör auf!" Plötzlich ärgerte sich Peter.

Manuel widmete sich dem Wein und den Tapas. Schließlich hob er beide Hände, stand auf und sagte: „Ich muss noch ein bisschen Geld verdienen!" Er zog seine Jonglierbälle aus dem Rucksack. „Danke für den Wein und die Tapas. Ich wünsch dir Glück."

„Ich dir auch", sagte Heiland, schon wieder versöhnt.

„Ja, das werde ich brauchen." Er schlenderte die Straße hinab, wobei er in rascher Folge vier Bälle in die Luft warf und wieder auffing.

Heiland zahlte, überquerte die Straße und schloss die schwere Haustür auf.

Im Treppenhaus war es dunkel wie immer. Langsam stieg er die Stufen hinauf.

Das Schloss in seiner Wohnungstür ließ sich irgendwie schwerer öffnen als sonst. Er betrat den Korridor. Ein unbekannter Geruch hing in der Luft. Heiland warf die Tür hinter sich zu, zog das verschmutzte Hemd über den Kopf und legte es im Badezimmer in das Waschbecken. Er schmiss ein Stück Seife dazu und ließ das Wasser laufen. Dann trat er ins Wohnzimmer. Er schaltete das Licht ein und ging zur Balkontür, um sie zu schließen. Es hatte tatsächlich hereingeregnet. Das Parkett schimmerte nass. Aber da war noch etwas: An zwei Stellen sah der Fußboden anders aus. Ganz deutlich waren Schuhabdrücke zu erkennen. Peter fuhr herum. Er rannte ins Schlafzimmer, in die Küche, noch einmal ins Bad, zur Wohnungstür, riss sie auf, horchte ins Treppenhaus hinaus. Langsam drückte er die Tür ins Schloss und schob den alten Riegel vor. Es gab ein unangenehm quietschendes Geräusch.

Wieder im Wohnzimmer stellte er sich so hin, wie der Fremde gestanden haben musste.

Der Blick durch die offene Balkontür ging direkt auf die Bodega hinunter, in der er mit Manuel gesessen hatte. Wenn man so tief im Zimmer stand, konnte man von draußen nicht gesehen werden.

In der ganzen Wohnung gab es keine anderen Hinweise auf den fremden Gast, außer den Schuhabdrücken und dem seltsamen Duft in der Luft – vermutlich ein Rasierwasser oder ein Eau de Cologne.

„KEINE Erkenntnisse“, berichtete Heiland am nächsten Morgen bei der Lagebesprechung der Sonderkommission. „Niemand im Botanischen Garten kann sich an eine Rollstuhlfahrerin erinnern. Schon gar nicht an eine Rollstuhlfahrerin mit einem Präzisionsgewehr und erst recht am 2. April dieses Jahres – einem Tag übrigens, an dem das Wetter so gräulich war, dass sich sowieso niemand ins Freie gewagt hat.“

Der Kriminalrat ordnete eine Observation von Frau Michel an und berichtete, dass während ihres Besuchs im Keller der Dame ein Mensch kurz erschienen und danach spurlos verschwunden sei.

„Vielleicht hatte er was mit Frau Michel zu tun“, sagte Hanna Iglau.

„Habt ihr sie denn nicht danach gefragt?“, erkundigte sich ein Kollege.

Wischnewski sah Heiland an. „Gut, holen Sie’s nach“, sagte Wischnewski. „Und danach gehen Sie in die Firma, in der Kevin Mossmann beschäftigt war.“

Heiland musste einen Augenblick nachdenken. Ja, das war der Mann, der vor dem Bus in der Gradestraße erschossen worden war.

Ein Kollege meldete sich. „Wir haben ermittelt, dass er als PC-Techniker bei der Firma Crossovercom gearbeitet hat."

PETER HEILAND traf Sonja Michel nicht an, als er sie gegen elf Uhr aufsuchen wollte. Eine Nachbarin wusste, dass sie beim Friseur sei. Frau Michel wolle heute Abend ins Konzert in der Waldbühne.

„Ja, dann werde ich sie ja da vielleicht treffen, ich geh nämlich auch zu dem Konzert."

Die Nachbarin lachte. „Unter zwölftausend Leuten?"

„Was denn, so viele gehen da rein?"

„Das Konzert ist seit einem halben Jahr ausverkauft. Das ist immer so, wenn Barenboim dort mit dem Orchester der Staatsoper spielt."

„Vielleicht sagen Sie mir dann, zu welchem Friseur Frau Michel geht?"

Aber als Heiland in dem Salon ankam, war sie weg. „Ich habe grade einen freien Platz", sagte die Chefin des Friseurladens, „und Sie könnten gut mal wieder einen Haarschnitt brauchen."

Heiland fiel keine Entgegnung ein, und so setzte er sich auf den drehbaren Stuhl. Die Friseurmeisterin zeigte ihm auf einem Foto, welchen Schnitt sie ihm verpassen wollte, und Heiland wusste, auf welche Frisuren Ruth Schöneborn stand. Früher wenigstens. Das passte genau.

CORDELIA MEINERT war am Bahnhof Friedrichstraße ausgestiegen und zu Fuß bis Unter den Linden gegangen. An einem Kiosk kaufte sie sich die *Berliner Zeitung*. Sie ging weiter bis zum „Café Einstein", setzte sich in eine Ecke und bestellte eine russische Schokolade. Sie liebte Kakao mit Wodka.

Die Zeitung brachte auf der ersten Lokalseite ein Bild des ausgebrannten Wagens. Die Polizei teilte mit, es habe sich um einen Ford Capri gehandelt. Cordelia riss das Foto und den dazugehörigen Artikel aus und steckte das Zeitungspapier in ihre Handtasche. Nun wusste sie, warum sie nicht gehört hatte, wann ihr Nachbar nach Hause gekommen war.

HEILAND überprüfte sein Aussehen im Spiegel. Es war der Friseurmeisterin gelungen, ihm die Frisur zu verpassen, die sie ihm auf dem Foto gezeigt hatte. Aber jetzt fand er, dass er grässlich damit aussah.

Er machte sich auf den Weg zu dem Computerunternehmen Crossover. Es residierte in einem Bürohaus am Reichstagsufer, gleich im Erdgeschoss. Begrüßt wurde er von einem etwa 26-jährigen Mann, der sich als Seniorcreativdirector vorstellte und Helmut Kächele hieß. Noch ein Schwabe in Berlin. Es stellte sich heraus, dass ihm Mossmanns Tod nicht nur Leid tat, sondern dass er regelrecht darunter litt. „Er war mein bester Mitarbeiter, aber auch mein bester Freund und eine Seele von einem Menschen. Ich kann mir mit dem besten Willen nicht vorstellen, wer so einen umbringen könnte!"

„Unsere Leute haben ja alle Kunden notiert, die Kevin Mossmann im letzten Jahr betreut hat. Wir werden sie nacheinander befragen. Mir geht es darum, Sie noch einmal zu fragen, ob Ihnen am Tag des Mordes irgendetwas an Ihrem Freund aufgefallen ist."

„Wir haben lang gearbeitet, bis kurz nach elf Uhr. Ich hab noch gesagt: Ich fahr dich nach Hause. Warum hab ich bloß nicht darauf bestanden, dass ich ihn heimfahre?"

„Und während des ganzen Abends war nichts? Kein Anruf zum Beispiel?"

„Doch, jetzt, wo Sie es sagen! Gegen halb elf ist er angerufen worden. Auf seinem Handy."

„Und? Was hat er gesagt?"

„Warten Sie. Er hat gesagt: ‚Nein, ich geh heut nirgends mehr hin.' Und dann noch: ‚Ich mach hier fertig, dann nehm ich die U-Bahn und den Bus und fahr direkt nach Hause.'"

„Wenn er mit seinem Mörder telefoniert hat", sagte Peter Heiland bedächtig, „wusste der genau, wo er auf ihn warten konnte."

DER RESTLICHE Tag verlief ganz friedlich für Peter Heiland. Als er ins Präsidium kam, war Wischnewski nicht da. Hanna Iglau hatte ihre Gewehrrecherche abgeschlossen. Offenbar gab es niemanden in Berlin, der in den letzten zwei Jahren ein Mausergewehr des gefragten Kalibers gekauft hatte.

Hanna war schlechter Laune, und die besserte sich auch nicht, als Peter sie fragte, wie er am besten zur Waldbühne komme. „Sag bloß, du hast eine Karte für das Barenboim-Konzert?"

„'ne Freundin hat mich eingeladen. Journalistin. Die hat Pressekarten."

Als er in Christine Reicherts Gesicht sah, wusste er sofort, dass er das besser nicht gesagt hätte.

Hanna Iglau rauschte aus dem Zimmer.

„Was hat sie denn?", fragte Heiland.

„Na, Sie können fragen!"

Aber dieser Satz machte Peter Heiland auch nicht klüger.

ALS ER am Abend kurz nach zwanzig Uhr dem Bus an der Haltestelle Heerstraße entstieg, wartete Ruth bereits auf ihn. Sie war noch genauso schön wie in seiner Erinnerung, genauso groß, genauso blond. Küsschen rechts, Küsschen links.

„Gute Frisur, ey!“, sagte Ruth. „Wo geht's lang?“

„Ich würde sagen, wir gehen einfach den anderen nach. Zehntausend Ameisen können sich nicht irren.“

Gut eine Dreiviertelstunde vor Beginn der Veranstaltung war die riesige Arena schon fast bis auf den letzten Platz gefüllt. Dort, wo um das Halbrund die Gänge liefen und Stützmauern aus grob behauenen Natursteinen die Ränge trennten, saßen jene Besucher, die sich offenbar schon am Mittag ihre Plätze gesichert hatten. Auf der Mauer vor ihnen standen Körbe mit Köstlichkeiten, die jedem gehobenen Cateringunternehmen Ehre gemacht hätten. Dazwischen Champagner- und Bierflaschen, Gläser und Kerzenleuchter. Die Zugangswege zu der Arena waren von Imbiss- und Getränkeständen gesäumt.

„Ich dachte, wir gehen in ein Konzert“, sagte Heiland.

„Tun wir auch, was denkst denn du?“

„Ich habe das Gefühl, das hier ist eine Mischung aus Jahrmarkt und Basar mit einem Schuss Tiergarten am Sonntag.“

Umso mehr wunderte er sich, als das Konzert begann. Barenboim dirigierte die Ouvertüre zu Figaros Hochzeit, und schon nach dem vierten oder fünften Takt war es still im weiten Rund. Überrascht stellte Peter fest, dass ihm ein Schauer über den Rücken lief. Nun hörte er also zusammen mit zwölftausend Menschen Mozarts perlende Musik, und es war der schiere Genuss.

So sehr war er fasziniert, dass er gar nicht merkte, wie Ruth ihren Platz mit einem Kollegen tauschte, um einem anderen näher zu sein. Zwar bat sie Peter in der Pause, doch einen Champagner und ein paar Snacks zu besorgen, was er auch gehorsam tat. Aber sie nahm ihm die Herrlichkeiten, für die er über achtzig Euro bezahlt hatte, nur aus den Händen und kehrte zu ihrem Kollegen zurück.

Den zweiten Teil eröffnete Barenboim mit Edward Elgars „Pomp and Circumstance“, und sofort waren die Menschen wieder im Bann der Musik. Und als das Konzert dem Ende zuging und sich die Nacht über die Arena legte und Barenboim sein Konzert mit dem Walzer „An der schönen blauen Donau“ beendete, brannten plötzlich im weiten Rund tausende von Wunderkerzen und Feuerzeugflämmchen, die im Rhythmus der Straußschen Musik geschwenkt wurden. Peter Heiland registrierte, wie Tränen der Rührung in seine Augen stiegen. Lächerlich, schimpfte er sich im Stillen.

Aber er griff dankbar zu, als ihm eine Frau, die hinter ihm saß, eine Wunderkerze reichte und anzündete.

Als Zugabe spielte das Staatsopernorchester den Radetzkymarsch. Die Zuhörer erhoben sich von ihren Plätzen. Die stehenden Ovationen dauerten gut zwanzig Minuten, konnten den Maestro aber nicht dazu bewegen, eine weitere Zugabe zu spielen.

Als der Beifall abflaute, sah sich Peter Heiland nach Ruth Schönenborn um, aber sie war längst verschwunden. Die wunderbare Festtagsstimmung, in der sich Heiland bis gerade noch befunden hatte, war mit einem Schlag verflogen.

Er ließ sich mit den anderen zu den Ausgängen treiben, blieb aber noch kurz an einem der Stände stehen und genehmigte sich einen doppelten Korn und ein Bier.

Dann trat er auf den Platz vor dem Olympiastadion hinaus. Die Nacht war hell. Es hatte gut und gerne noch 28 Grad, obwohl es schon nach 23 Uhr war. Langsam ging Heiland weiter, den Blick noch immer aufs Olympiastadion gerichtet. Da war's passiert. Er glitt mit dem rechten Schuh auf einer weichen Masse aus, fluchte, hielt sich an der Stange eines Staketenzauns aus Eisen fest, hob den rechten Fuß an und bückte sich, um den Schaden zu besehen. Im selben Augenblick fiel ein Schuss. Die Kugel schlug mit einem lauten metallischen „Ping“ gegen eine der Eisenstangen.

Fast gleichzeitig hörte Peter Heiland Stimmen: „Was war das?“ – „Da hat doch einer geschossen!“ – „Um Gottes willen, nix wie weg hier!“

Heiland hatte sich nach vorne fallen lassen. Er schmeckte Staub auf der Zunge. Eine Frau beugte sich über ihn. „Ist Ihnen etwas passiert?“ Er richtete sich halb auf und lag nun auf den Knien. Dankbar nahm er die Hand der Frau, um vollends aufzustehen.

Ein Schutzpolizist trat hinzu. „Was ist denn los?“

Peter Heiland zog seinen Dienstausweis heraus, hielt ihn dem uniformierten Kollegen unter die Nase. „Auf mich ist geschossen worden. Würden Sie bitte die Abteilung acht im LKA benachrichtigen. Kriminalrat Wischnewski oder Kriminalhauptkommissarin Iglau.

Der Polizist hielt sein Funksprechgerät an den Mund, und Heiland hörte ihn sagen: „Da is 'n Verrückta vom LKA, der behauptet, auf ihn sei geschossen worden.“

5

Fünfzehn Minuten später war die Stelle durch rot-weiße Bänder mit der Aufschrift POLIZEI gesichert. Heiland saß in einem VW-Bus Hanna Iglau gegenüber. „Mehr kann ich mit dem besten Willen nicht sagen."

„Und deine Freundin?"

„Welche Freundin? Ach so, Ruth. Die hab ich schon während des Konzerts verloren …", er grinste schief, „an einen ihrer Kollegen. Was Frauen anbelangt, bin ich ein richtiger Erfolgstyp." Sein Blick fiel durch das Fenster des Polizei-Bullis nach draußen. Die Beamten der Spurensicherung hatten die Stelle am Zaun gefunden, gegen die das Geschoss geprallt war. Wenig später klaubte einer das verformte Projektil aus dem verstaubten Gras und hob es hoch.

„Wenn ich mich nicht genau in dem Moment gebückt hätte, hätte er mich getroffen", sagte Peter Heiland mit einem leisen Schaudern. „Die Stelle am Zaun ist genau auf Kopfhöhe."

„Und warum hast du dich genau in dem Moment gebückt?"

„Heißt es nicht, dass es Glück bringt, wenn man in Scheiße tritt?"

„Ach, das riecht hier so streng?"

Heiland zog den Schuh aus und warf ihn durch die offen stehende Tür. Bevor er ihn wieder anziehen würde, wollte er ihn gründlich reinigen.

Ein Mann der Spurensicherung reichte einen durchsichtigen Plastikbeutel mit dem gefundenen Projektil herein. Hanna nahm ihn entgegen und hielt ihn gegen das Licht. „Passt!", sagte sie. „Das gleiche Kaliber!"

„Aber warum schießt der auf mich?"

„Der Anruf heute Nachmittag: ‚Arbeitet Peter Heiland bei Ihnen?'"

„Du meinst …?"

„Er kennt dich. Er weiß, dass du gegen ihn ermittelst. Und er hat Angst vor dir!"

„Das kann ich alles nicht glauben."

„Hast du eine andere Erklärung?"

CORDELIA MEINERT stand am Fenster ihres Wohnzimmers. Sie hatte das Licht gelöscht, als sie das Motorrad hörte. Jetzt sah sie, wie ihr Nachbar den Schuppen aufschloss und das Fahrzeug hineinschob. Erst als er wieder herauskam, nahm er den Sturzhelm ab und schüttelte seine schwarzen Locken.

Er schaute zu ihrem Häuschen herüber, und Cordelia machte unwillkürlich einen Schritt zurück ins Zimmer.

Der Mann gehörte ihr. Sie lächelte. Aber noch war es nicht so weit. Er musste Schwächen zeigen, Unruhe, Angst. Erst wenn er Hilfe brauchte, war ihre Zeit gekommen.

Drüben wurde die Haustür zugezogen und von innen abgeschlossen. Cordelia ging in ihr Schlafzimmer und legte sich aufs Bett.

Zehn Minuten später ließ sich der junge Mann in die Badewanne gleiten. Er schaffte es diesmal nicht, lange unter dem eiskalten Wasser zu bleiben. Schon nach wenigen Sekunden wurde ihm die Luft knapp. Er tauchte wieder auf und stieg aus der Wanne. Verwirrt starrte er sein Gesicht im Spiegel an.

WISCHNEWSKI wartete schon vor dem Haus in der Stargarder Straße, als Heiland am nächsten Morgen durch die Haustür trat. Der Kriminalrat stieß die Beifahrertür von innen auf. „Wir fahren jetzt sofort zu dieser Sonja Michel."

Die Haustür stand offen. „Wir klingeln oben", sagte Wischnewski. Wieder einmal bewunderte Peter die wuchtige Eleganz, mit der sich sein Chef bewegte. Als sie im dritten Stock ankamen, hörten sie Frau Michels Katzen miauen.

Heiland drückte den Klingelknopf. Das Miauen der Tiere verstummte, setzte aber kurz darauf wieder ein. Sonst war hinter der Tür keine Reaktion zu vernehmen. Heiland klingelte erneut. Dann klopfte er gegen die Milchglasscheibe in der Wohnungstür.

Am anderen Ende des Korridors öffnete sich eine Tür. Die Nachbarin, die Peter tags zuvor zum Friseur geschickt hatte, sagte: „Sie müsste da sein."

„Und woher wissen Sie das?", fragte Wischnewski.

„Sie sagt mir immer Bescheid, wenn sie weggeht. Und umgekehrt."

„Dann haben Sie doch sicher einen Schlüssel zu Frau Michels Wohnung", warf Heiland ein.

„Ja, natürlich." Zögernd kam sie aus ihrer Wohnung und gesellte sich zu den beiden Männern. „Vielleicht lassen Sie zuerst mich ..." Die Frau schloss auf, betrat die Wohnung und rief leise: „Frau Michel! Frau Michel!"

Außer den Katzen rührte sich nichts. Die Tiere strichen um die Beine der Frau und der beiden Männer. Eine stieg mit den Vorderpfoten an Heilands

Schienbein hinauf. Er bückte sich und hob sie hoch. Sofort begann sie laut zu schnurren.

Die Nachbarin war nun im Wohnzimmer. „Komisch, sie muss tatsächlich weggegangen sein, ohne mir etwas zu sagen“, rief sie von dort.

In diesem Augenblick stieß Wischnewski die Tür zum Schlafzimmer auf. Sonja Michel lag angezogen auf ihrem Bett. Sie hatte die Augen weit geöffnet. Auf dem Nachttischchen stand ein Glas, daneben lag ein Tablettenröhrchen.

Die Nachbarin war hinter Heiland getreten. Sie zog hörbar die Luft durch die Zähne. „Das ist nicht anständig“, sagte sie. „So etwas tut man nicht. Und was wird jetzt aus den Katzen?“

Heiland sah Wischnewski an. „Macht es Ihnen etwas aus, wenn ich die da mitnehme?“ Er hatte das Tier immer noch auf dem Arm.

„Was?“

„Ich lebe allein, so ein Tier wäre vielleicht gar nicht so schlecht. Und um eine Katze muss man sich nicht ständig kümmern wie um einen Hund.“

Wischnewski konnte nur den Kopf schütteln. „Kümmern Sie sich erst einmal darum, dass die Spurensicherung kommt, Mann!“

DIE MITGLIEDER der Sonderkommission saßen an den weißen Resopaltischchen, die im Konferenzraum zu einem Karree zusammengestellt waren. Wischnewski war der einzige, der stand. „Wir haben keinen Abschiedsbrief gefunden und kein Testament. Wir wissen also nicht, warum die Frau Selbstmord begangen hat. Aber dass es ein Suizid war, daran besteht keinerlei Zweifel. Der Tod ist etwa gegen 23 Uhr eingetreten, sagen die Fachleute von der Gerichtsmedizin. Etwa um die gleiche Zeit, als der Schuss fiel, der unseren Kollegen Heiland beinahe ins Jenseits befördert hätte. Also, was haben wir? Eine Schachtel mit dreiundzwanzig Patronen. Die vierundzwanzigste fehlt. Unsere Techniker gleichen die Projektile mit den Kugeln ab, die nach den Morden gefunden wurden. Aber wir haben kein Gewehr. Freilich wissen wir, dass Sonja Michel früher einmal eine geübte Schützin war und genau so eine Waffe hatte. Die Kindergärtnerin Amalie Römer …“

„Amelie“, verbesserte Peter Heiland leise.

„Also diese Römer war das erste Opfer. Danach wurden drei weitere Menschen vermutlich mit demselben Gewehr erschossen. Wenn wir nun davon ausgehen, dass der Mord an Frau Römer von Frau Michel verübt wurde …“

Der Profiler Dr. Nüssling hob die Hand.

„Ja?“, fragte Wischnewski ungnädig.

„Ich möchte nur zu bedenken geben: Es ist höchst selten, dass Frauen mit Schusswaffen töten. Und dann auch noch aus großer Distanz. Frauen töten anders. Mit Gift zum Beispiel. Als Apothekenhelferin war Frau Michel durchaus in der Lage, an Gift zu kommen. Warum hat sie ihre Mitbewohnerin nicht auf diese Weise umgebracht? Es wäre doch viel einfacher für sie gewesen. Und was noch hinzukommt: Der Mord wäre leicht als normaler Todesfall zu kaschieren gewesen."

Ein allgemeines Gemurmel hob an. Was der Psychologe gesagt hatte, leuchtete den Mitgliedern der Sonderkommission ein.

„Und wenn nun jemand stellvertretend für sie gemordet hätte?", fragte Hanna Iglau laut.

„Dann müssten wir das auch beweisen", sagte Wischnewski schlecht gelaunt. „Haben wir irgendeinen Hinweis auf das Mausergewehr?"

Hanna schüttelte den Kopf. „In Berlin wurde eine solche Waffe nicht verkauft, wenigstens nicht legal."

„Frau Michel stammt aus Bodelsingen", warf Heiland ein.

„Ja, und?", bellte Wischnewski.

„Sie könnte das Gewehr nach Berlin mitgebracht haben. Die Jagdbilder, auf denen sie mit einer Waffe zu sehen ist, wurden im Schönbuch gemacht, das ist ein Waldgebiet zwischen Stuttgart, Böblingen und Tübingen."

„Gut. Kümmern Sie sich darum!"

„WIR TRETEN auf der Stelle", sagte Hanna Iglau, als sie zusammen mit Peter Heiland in das kleine Büro trat. „Auch die Ermittlungen wegen des Fotopapiers haben nichts ergeben."

Peter Heiland wollte sich in seinen Schreibtischstuhl setzen, aber auf dem schlief die kleine Katze.

„Wo kommt denn die her?", fragte Hanna.

„Hab ich adoptiert." Peter setzte sich aufs Fensterbrett und baumelte mit den Beinen. Seine Absätze schlugen in gleichmäßigem Rhythmus gegen die Holzverkleidung der Heizung. Von draußen kam ein ganz leichter Windhauch herein. Der Himmel hatte sich bezogen.

„In zwei Stunden regnet es", sagte Peter.

„Woher willst du das denn wissen?"

„Ich bin auf dem Land groß geworden."

„Aha, das ist auch so ziemlich das Erste, was du von dir erzählst."

„Da müssen wir ansetzen", sagte Peter plötzlich. „Wo Sonja Michel groß geworden ist! Sie stammt aus Bodelsingen, hat sie gesagt. Und nachher war sie in Schwäbisch Hall bei den Diakonissen. Zusammen mit Amelie Römer. Wenn es schon keine Verwandten von ihr gibt, muss es doch Bekannte geben, die uns etwas über sie erzählen können."

„Heißt das, du willst du nach Bodelschwingen fahren?"

„Bodelsingen. – Ja, warum nicht?"

„Und die Katze?"

„Ich werde schon jemand finden, der sie versorgt."

„Noch ehe sie sich richtig an dich gewöhnt hat? Wie heißt sie überhaupt? Und ist es ein Kater oder eine Katze?"

„Keine Ahnung." Peter hob das Tier hoch und studierte die Stelle zwischen den Hinterbeinen. „Das ist ein Männchen", konstatierte er.

„Und? Wie nennst du ihn?"

„Kater halt!"

„Das ist doch kein Name." Hanna nahm ihm den Kater aus den Händen, knuddelte ihn und sagte: „Ich taufe dich auf den Namen Schnurriburr." Der Kater gab ein leises Miauen von sich und begann dann laut zu schnurren.

„Er hat akzeptiert", sagte Hanna. Sie behielt Schnurriburr auf dem Arm, und Peter Heiland war froh, sich endlich hinter seinen Schreibtisch setzen zu können.

Zwei Stunden später riss Heiland ein gewaltiger Donnerschlag aus dem Aktenstudium. Er hatte gerade den Bericht der Kriminaltechniker gelesen. Die ballistischen Untersuchungen hatten ergeben, dass das Geschoss, das nach dem Konzert in der Waldbühne auf ihn abgefeuert worden war, aus demselben Gewehr stammte wie die tödlichen Kugeln, die Amelie Römer, den Lehrer Sebastian Köberle, den Gewerbelehrer Ulrich Schmidt und den Computerfachmann Kevin Mossmann getroffen hatten.

Peter Heiland stand auf und trat ans Fenster. Der Kater verkroch sich unter dem Aktenschrank. Ein greller Blitz schoss über den Himmel, und fast augenblicklich folgte der Donner, aber es regnete noch nicht.

„Es gibt nix Schlimmeres als G'witter ohne Regen", sagte Peter.

„Hat man bei euch auf dem Land gesagt, gelle." Hanna war neben ihn getreten. In diesem Augenblick fielen erste schwere Tropfen. Und plötzlich prasselte ein Regen nieder, der so dicht fiel, dass man die gegenüberliegenden Gebäude kaum mehr erkennen konnte.

Hans Georg Kühn stand unter der hohen Eingangstür der Universität der Künste am Ernst-Reuter-Platz. Ein schlanker, groß gewachsener Mann in weißem Hemd und schwarzen Jeans. Sein Wagen parkte auf der gegenüberliegenden Straßenseite. Er hatte keinen Schirm, zog sein Handy aus der Tasche und wollte Angie anrufen, dass er das Ende des Wolkenbruchs abwarten wolle und später nach Haus komme.

Seine Frau hatte kein Verständnis dafür. „Du bist doch nicht aus Zucker!“, rief sie durchs Telefon. „In zehn Minuten steht das Essen auf dem Tisch.“

Kühn legte seine Aktentasche auf den Kopf, hielt sie mit der rechten Hand fest und spurtete los. Auf dem glitschigen Plattenweg glitt er aus. Und da hörte er einen leisen Knall und spürte fast im gleichen Moment den brennenden Schmerz an seiner rechten Schulter. Er stürzte auf den nassen Plattenweg und blieb reglos liegen. Plötzlich hatte er den Geschmack von Blut im Mund. Wie aus weiter Ferne hörte er ein Motorrad anfahren. Er wunderte sich, wie nahe die Maschine war. Er kannte den Typ. Sekunden später verlor er das Bewusstsein.

Als Kühn wieder zu sich kam, lag er in einem Krankenzimmer des Martin-Luther-Krankenhauses. Das Erste, was er sah, war ein schlaksiger junger Mann, der mindestens 1,95 Meter groß sein musste und pausenlos sein linkes Auge rieb, das schon ganz gerötet war. Kühn hörte sich sagen: „Was ist denn mit Ihrem Auge?“

„Das ist nichts, nur ein Katzenhaar“, sagte der Lange und ließ von jetzt an sein Auge in Ruhe. „Sie sind angeschossen worden. Können Sie mir schon ein paar Fragen beantworten? Sie sind nicht der Erste, auf den in letzter Zeit geschossen wurde …“

Kühn richtete sich unwillkürlich auf, stieß aber einen Schrei aus, weil plötzlich ein gewaltiger Schmerz in seine rechte Schulter fuhr. „Sie meinen doch nicht etwa diesen Heckenschützen?“

„Leider besteht daran kaum ein Zweifel.“

„Aber warum? Was hab ich mit dem zu tun?“

„Das versuchen wir zu klären. Auch die anderen Opfer –“

Kühn unterbrach ihn: „Die anderen Opfer sind tot!“

„Nicht alle“, sagte Peter Heiland. „Sie und ich – wir leben noch.“

„Wollen Sie damit sagen, auf Sie hat er auch geschossen?“

„Ja, und das gibt uns Hoffnung. Er ist verunsichert. Bis dahin hatte er keinen Fehler gemacht. Aber jetzt …“

ALS PETER HEILAND das Martin-Luther-Krankenhaus verließ, war er nicht viel klüger als zuvor. Das Gewitter war längst vorüber. Auf der gegenüberliegenden Straßenseite rieben eine Kellnerin und ein Kellner Gartenstühle und -tische trocken. Eine Mittagspause stand ihm zu. Er überquerte die Fahrbahn.

Aus der Tür des Lokals trat Wischnewski, neben ihm ein fülliger Mann mit einem fröhlichen runden Gesicht. „Ich hab dem Wirt gesagt, der Heiland kommt bestimmt hierher, wenn er mit seiner Befragung fertig ist."

„Und der Heiland kam tatsächlich!", sagte der Dicke fast andächtig. „Ich lass euch eine Ratsherrenbulette mit Bratkartoffeln machen. Bier läuft schon!"

Peter Heiland berichtete seinem Chef: „Der Angeschossene hat vermutlich den Täter wegfahren sehen. Auf einer Suzuki K 24. Kennzeichen konnte er leider nicht erkennen."

„Na, immerhin etwas."

Heiland fuhr fort: „Er ist Professor für Malerei an der Kunsthochschule und gibt auch freie Kurse. Seine Kurse sind sehr beliebt. Er muss immer viel mehr Bewerber ablehnen, als er aufnehmen kann."

„Unter denen müssen wir suchen. Irgendwo muss doch eine Verbindung sein."

„Privatschüler allerdings haben eine Chance bei ihm, wenn sie richtig löhnen können."

„So geht es eben zu in unserer Welt", sagte Wischnewski missmutig.

Peter Heiland trank sein Bier aus. „Man denkt, das müsste ganz einfach sein: Alle Personen ermitteln, die Zoff mit einem der erschossenen beziehungsweise verletzten Lehrer oder Ausbilder hatten, die Listen vergleichen und den oder die finden, die mehrfach auftauchen."

„Gehen Sie mal davon aus, dass wir auch nicht viel dümmer sind als Sie! Aber bisher gibt es da keinen einzigen Treffer. Überhaupt keine Anhaltspunkte brachten die Ermittlungen im Umfeld des Computerspezialisten, der in der Gradestraße erschossen wurde. Wir haben da wirklich erstklassige Leute dran." Wischnewski sah zu Peter herüber, der die Ratsherrenbulette mit größtem Genuss verzehrte und ganz beiläufig noch ein zweites Bier bestellte.

„Ihnen schmeckt's wohl?"

„Ihnen nicht?", fragte Heiland zurück.

„Der Fall ist mir irgendwie auf den Magen geschlagen." Wischnewski schob seinen Teller von sich. „Sie nehme ich ab jetzt aus der Schusslinie – und zwar im wahrsten Sinne des Wortes. Der kennt Sie, Heiland! Denken Sie an den Anruf."

„Ja, aber grade dann sollte ich doch dranbleiben. Der glaubt, ich weiß etwas, was ihm gefährlich werden kann. Und wenn ich rauskriege, was das sein könnte …"

„Dieser Typ", unterbrach ihn Wischnewski, „der plötzlich im Keller von Sonja Michel aufgetaucht ist und dann kehrtgemacht hat … Wir müssen davon ausgehen, dass er Sie gesehen hat."

Als sie aufstanden und das Lokal verließen, sagte Heiland: „Ich würde gerne das Umfeld von Sonja Michel in Schwaben checken."

„Wusst ich's doch. Sie haben Heimweh."

„Ja, das vielleicht auch. Aber vor allem glaube ich, dass uns das weiterbringt. Wir müssen doch zum Beispiel davon ausgehen, dass Sonja Michel das Gewehr mitgebracht hat, als sie nach Berlin gezogen ist."

6

Es war später Nachmittag, als der junge Mann mit seinem Motorrad auf das schmale Ufergrundstück fuhr. Cordelia Meinert arbeitete in ihrem kleinen Nutzgarten. Sie zupfte Erdbeeren von den Stauden.

Der junge Mann schlenderte zu ihr herüber. „Wie geht's?", fragte er. „Der Regen hat den Pflanzen sicher gut getan. Ihr Garten ist schwer in Ordnung."

„Ja, ich achte auch darauf." Smalltalk, dachte sie. Cordelia richtete sich auf und reichte ihm ein paar Beeren über den Zaun. „Mögen Sie?"

„Ja, gern. Vielen Dank."

Der Moment, da er nackt vor ihr gestanden und sie von Kopf bis Fuß abgetrocknet hatte, lag in weiter Ferne.

„Ich weiß bis heute Ihren Namen nicht", sagte Cordelia. Sie wusste ihn natürlich. Schließlich hatte sie seine Wohnung mehr als einmal unter die Lupe genommen.

„Sagen Sie einfach Sascha zu mir."

„Dann müssen Sie aber auch Cordelia zu mir sagen."

„Mach ich. Vielleicht haben Sie Lust, heute Abend auf einen Drink zu mir rüberzukommen."

Cordelia fröstelte vor Glück. „Schön", sagte sie so sachlich wie möglich, „dann sehe ich auch mal, wie Sie wohnen."

„So überraschend wird das nicht für Sie sein", sagte der Mann. Cordelia horchte auf. Was meinte er damit?

„Die Erdbeeren schmecken wunderbar!", rief er im Gehen.

„Ich bring Ihnen ein Schüsselchen davon mit, heute Abend. Wann soll ich kommen?"

„Sagen wir halb neun?" Er schlenderte zu seinem Häuschen hinüber. Ein triumphierendes Lächeln glitt über Cordelia Meinerts Gesicht.

DER MANN betrat sein Häuschen. Einer Gewohnheit folgend, schaltete er das Radio ein. Info-Radio Berlin. Die Nachrichten hörten sich an wie immer. In Israel hatte sich ein Selbstmordattentäter in die Luft gesprengt und 14 Menschen mit in den Tod gerissen.

Von dieser Nachricht war der junge Mann fasziniert. Das war doch etwas, wenn man von einer Sache so total überzeugt war und beschloss, sich auf diese Weise zu opfern. Plötzlich wurde er aus diesen Gedanken gerissen. „... ist es wieder zu einem Anschlag des Heckenschützen gekommen", hörte er. „Der Täter schoss einen fünfundvierzigjährigen Professor der UdK nieder. Das Opfer liegt verletzt im Krankenhaus. Der Täter floh mit einem Motorrad der Marke Suzuki K 24. Sachdienliche Hinweise nimmt jede Polizeidienststelle entgegen."

Dem jungen Mann brach unvermittelt der kalte Schweiß aus. Er hatte den Mann auf dem Plattenweg liegen sehen. War der nicht tot gewesen? Er setzte sich in einen der beiden Ledersessel und starrte auf die Havel hinaus.

Auch Cordelia Meinert hatte die Meldung gehört. Allerdings erst in den Achtuhrnachrichten am Abend, als sie sich im Bad zurechtmachte. Suzuki K 24. Sie hatte noch keine Gelegenheit gehabt, das Motorrad genauer in Augenschein zu nehmen. Aber bei nächster Gelegenheit wollte sie es tun.

Sie hatte ausgiebig heiß und kalt geduscht und danach ihren ganzen Körper mit Rosenöl eingerieben. Jetzt wählte sie mit Bedacht die Dessous und ein schlichtes schwarzes Kleid. Sie drehte sich vor dem Spiegel. Noch konnte sie so kurze Röcke tragen. Ihre gebräunten Beine waren lang und schmal.

Er hatte es also wieder getan. Sie war nicht froh darüber, dass dieser Kunstdozent überlebt hatte. Warum auch? Sie kannte den Mann ja nicht. Eher hatte sie Mitleid mit ihrem Nachbarn. Sie konnte sich vorstellen, wie so ein Misserfolg auf ihn wirkte. Gleichzeitig aber hatte sie das Gefühl, dass man diesem Treiben ein Ende setzen musste. Sie würde einen Weg finden.

Sie nahm eine kleine Tasche von einem Stuhl im Wohnzimmer, holte das Schüsselchen mit den Erdbeeren aus der Küche, schlüpfte in die hochhackigen Schuhe und verließ das Haus.

Sascha trug ein schwarzes Seidenhemd und glänzende Hosen aus Leder. Seine Füße waren nackt. „Kommen Sie, Cordelia, wir können uns auf die Terrasse setzen."

Cordelia ging durch das Wohnzimmer, schaute sich um und sagte förmlich: „Schön haben Sie's!"

„Ist Ihnen das nicht alles zu kühl, zu sachlich?"

„Ich finde, es passt zu Ihnen."

„Ja", sagte er, „ich mixe uns eine Margarita. Mit viel oder wenig Wodka?"

„Sie müssen da nicht sparen", sagte sie und schritt auf die Terrasse hinaus.

Der junge Mann verfolgte sie mit seinen Blicken. Die Art, wie sie sich bewegte, gefiel ihm.

Draußen auf der Havel kreuzte ein Segelschiff auf der Suche nach ein wenig Wind. Sascha betrat mit den beiden Gläsern die Terrasse. „Ich sitze sonst eigentlich nie hier draußen", sagte er.

„Ja, ich weiß." Cordelia nahm das Glas entgegen.

„Ich finde, man braucht dafür Gesellschaft."

„Ja." Cordelia nippte an ihrem Glas. „Sie haben eigentlich nie Besuch. Auch die Dame im Rollstuhl ist nur ein- oder zweimal hier gewesen."

Sascha lächelte. „Ihnen entgeht nichts, nicht wahr?"

HANNA IGLAU fuhr vorsichtig. Neben ihr saß Peter Heiland. Er hatte Schnurriburr auf seinem Schoß. Der Kater war unruhig, und immer wieder trieb er seine Krallen durch den dicken Jeansstoff von Peters Hose in dessen Oberschenkel.

„Find ich ja unheimlich nett, dass du den Kater bei dir aufnimmst, während ich weg bin."

„Ich verlasse mich aber darauf, dass du ihn sofort abholst, wenn du wieder da bist!"

„Versprochen!"

Hanna wohnte in Charlottenburg, Zweieinhalb Zimmer, Altbau. Als sie vor dem Haus hielt, sagte sie: „Willst du mal sehen, wie ich wohne?"

„Ja, gern!" Peter war bis jetzt der Meinung gewesen, er habe es besonders gut getroffen mit seiner Wohnung in der Stargarder Straße.

Aber so wie Hanna konnte man natürlich auch wohnen: große hohe Räume mit Stuckdecken, eine geräumige Wohnküche und ein Balkon auf einen Hinterhof hinaus, in dem eine riesige Linde stand, deren Blüten einen betörenden Duft verströmten. Nach dem Gewitterregen war es etwas kühler geworden.

„Ich mach uns einen Tee", sagte Hanna, als Peter ihre Wohnung gebührend bewundert hatte. Schnurriburr nahm die Räume vorsichtig in Besitz.

„Ein Wein tät's auch", sagte Peter mit einem leisen Grinsen. Sie setzten sich auf die bequemen, weich gepolsterten Balkonstühle.

„Was hältst du denn von dem Vortrag des Psychologen?", fragte Hanna und sah Peter in die Augen.

„Hörte sich interessant an: Ein Mann, der von allen Leuten, die ihn erziehen oder unterrichten sollten, zutiefst enttäuscht worden ist. Er war sein Leben lang erfolglos. Ein Loser, ein Versager. Und schuld sind die Kindergärtnerin, der Lehrer, der Meister, der Mann, der ihm helfen sollte, als ihn sein Computer im Stich ließ."

„Und was ist mit dem Kunstdozenten?", fragte Hanna dazwischen.

„Der Gesuchte nahm Unterricht bei Kühn, aber der sagte ihm eines Tages: ‚Ihr Talent reicht nicht. Sie werden als Maler genauso versagen wie in allen anderen Bereichen.' Und damit hat er sein Todesurteil gesprochen."

„Nun wirst du aber ein bisschen zu melodramatisch." Hanna lachte. „Interessant fand ich ja noch, wie der Profiler ein Persönlichkeitsbild des Täters entworfen hat."

Peter nickte zustimmend. Er erinnerte sich noch genau an Dr. Nüsslings Worte: „Der Mann lebt einsam. Er hat etwas von einem Autisten. Vermutlich wohnt er abgelegen und allein. Könnte sein in einem Wochenendhaus oder so. Er muss sich ganz auf sich und die Vorbereitung seiner Taten konzentrieren. Er muss sich selbst zur Tat treiben. Die Waffe ist ein Jagdgewehr, kein Präzisionsgewehr, wie man es bei einem Scharfschützen erwarten würde. Deshalb hat er vermutlich keine militärische Vergangenheit, wie wir das bei den meisten Heckenschützen aus den USA kennen. Er ist ein Jäger."

Hanna ging in die Küche und kam mit einer Flasche Weißwein wieder. „Ein Riesling aus dem Rheingau", sagte sie, „machst du mal auf?" Sie reichte ihm die Flasche und einen Korkenzieher und holte Gläser, die sie mit einem Küchenhandtuch auswischte. „Ich habe so selten Besuch, da stauben die Gläser schon mal ein."

„Wenn aber nun gar kein Zusammenhang zwischen den Taten besteht?", nahm Peter den Faden wieder auf. „Die Kindergärtnerin wurde ja vielleicht von ihrer eigenen Freundin erschossen."

„Glaubst du das wirklich?"

„Eigentlich nicht.“ Peter zog mit einem leisen Plopp den Korken aus dem Flaschenhals. „Wenn ich mir vorstelle, dass Sonja Michel in ihrem Rollstuhl dort hinter einem Busch saß, das Gewehr unter der Wolldecke hervorzog, die beste Freundin über Kimme und Korn anvisierte, Druckpunkt nahm … Ist was?“

Hanna sah ihn mit großen runden Augen an. „Wie du das beschreibst … Wolltest du mal Schriftsteller werden?“

„Nie. Alles, bloß des net!“ Er goss die Weingläser voll. „Auf jeden Fall ist es eigentlich jenseits meiner Vorstellungskraft, dass die Frau ihre Freundin erschossen hat.“

„Und warum hat sich Sonja Michel umgebracht?“

„Was weiß ich? Einsamkeit. Schuldgefühle. Vielleicht war sie ihres Lebens überdrüssig.“

Hanna wollte die Gedanken an den Tod verscheuchen und fragte: „Wo ist denn der Kater?“ Tatsächlich war das Tier schon eine ganze Zeit verschwunden. Sie fanden Schnurriburr im Schlafzimmer. Er lag zusammengerollt auf Hannas Kopfkissen. Sein Schnurren erfüllte den ganzen Raum. „Der kann aber froh sein, dass ich keine Allergie gegen Katzenhaare habe“, sagte Hanna.

Sie kehrten auf den Balkon zurück. Irgendwo auf der anderen Seite des Hinterhofs spielte jemand Gitarre.

„Ich muss jetzt heim ins Bett“, sagte Peter. „Mein Zug nach Stuttgart geht schon um sieben Uhr.“

„Flugangst?“

„Muss ich leider zugeben.“

„Ich war in meinem ganzen Leben noch nie in Schwaben“, sagte Hanna.

„Ja, dann sollten wir das vielleicht mal ändern.“ Peter ging noch einmal ins Schlafzimmer und streichelte den Kater. Der machte sich lang, und sein Schnurren nahm an Lautstärke zu. „Mach’s gut!“, sagte Peter zu dem Tier, richtete sich auf und fasste ganz selbstverständlich Hanna an den Hüften. „Du auch.“

„Ich werd’s versuchen. Pass auf dich auf.“

„Mach ich!“ Er küsste sie auf beide Wangen, dann auf die Nasenspitze und schließlich auf den Mund. Hanna legte ihre Arme um seinen Nacken und erwiderte den Kuss.

An der Wohnungstür sagte Peter Heiland: „Jetzt hab ich wenigstens was, auf das ich mich freuen kann, wenn ich wieder nach Berlin komme.“

Der Vollmond schob sich hinter einer dünnen Wolke hervor, deren Ränder wirkten, als seien sie aus Gaze, und warf eine breite Lichtbahn auf das Wasser. Sascha saß auf einer gepolsterten Bank. Cordelia hatte in einem Sessel Platz genommen, der an der Schmalseite des Glastisches stand. Jetzt erhob sie sich, nahm ihr Glas und setzte sich neben den jungen Mann, achtete aber darauf, ihn nicht zu berühren. „Nun habe ich Ihnen den ganzen Abend von mir erzählt, und von Ihnen weiß ich noch immer nichts."

„Wirklich nicht? Was möchten Sie denn wissen?" Er hatte eine tiefe, wohltönende Stimme, die, wie Cordelia fand, nicht so recht zu seiner Erscheinung passen wollte.

„Haben Sie einen Beruf?"

„Ja, ja, natürlich." Er lächelte.

„Aber Sie üben ihn zurzeit nicht aus."

„Nein. Ich habe eine Erbschaft gemacht." Er lächelte wieder.

„Wo kommen Sie denn her?"

„Aus Württemberg."

„Das hört man aber gar nicht."

Er beugte sich zu ihr herüber. „Wir könnten es doch auch einmal ohne Reden versuchen." Mit seiner Fingerkuppe fuhr er den Ansätzen ihrer Brüste nach, die sich aus dem tief ausgeschnittenen Kleid wölbten.

„Wie alt sind Sie?", fragte Cordelia und versuchte ihrer Stimme einen festen Klang zu geben.

„Zweiunddreißig. Und Sie?"

„Dann bin ich genau zwölf Jahre älter als Sie."

„Und das stört Sie?"

„Wobei?"

„Dabei!" Er beugte sich vollends zu ihr herüber und küsste sie. Gleichzeitig griffen seine Hände nach ihr. „Nicht so fest", keuchte sie, aber er verstärkte seinen Griff um ihre Schultern. Dann packte er nicht weniger roh nach dem Ausschnitt ihres Kleides. Sie hörte, wie der Stoff riss, aber da war sie schon nicht mehr in der Lage, sich zu wehren.

Peter Heiland rief seinen Großvater an. Er wusste, vor Mitternacht ging der selten ins Bett. „Ich bin's, der Peter aus Berlin."

„Kommsch?", fragte der Opa sofort.

„Ja, morgen. Mit dem Zug bis Stuttgart."

„Dann sag ich der Elke, sie soll dich abholen und ich komm mit."

So war er, sein Opa Henry. Schnell entschlossen. Er würde alles organisieren. Und wenn Peters Kusine Elke keine Zeit hatte, würde er schon jemand anderen finden, der mit ihm nach Stuttgart fuhr.

„Wann kommsch an?"

„13.08 Uhr."

ALS CORDELIA wieder zu sich kam, lag sie auf dem breiten Bett. Langsam hob sie die Augenlider. Sascha saß auf einem hochlehnigen Stuhl und schaute starr auf sie herab. Sein nackter Körper war schweißnass. Cordelia schloss die Beine, als sie spürte, dass sie noch immer weit gespreizt waren. Sie hatte Schmerzen in den Schultern, an der Hüfte und in ihren Brüsten. Leise sagte sie: „Warum?"

„Ich habe es genossen", antwortete der junge Mann.

„Es war eine Vergewaltigung", sagte sie und spürte, wie die Übelkeit in ihr aufstieg.

„Hast du darum immer geschrien: ‚Ja, ja! Mehr, mehr!'?"

„Ich weiß nichts mehr." Sie richtete sich auf. Ihr Kleid lag am Boden. „Du bist ein Tier", sagte sie.

„Ich hol uns etwas zu trinken", sagte der junge Mann. Er stand auf und verließ den Raum. Cordelia erhob sich vom Bett und schlüpfte in ihr Kleid, das am Ausschnitt einen tiefen Riss aufwies. Sie glitt mit ihren nackten Füßen in ihre Pumps und verließ das Schlafzimmer. Über die Terrasse erreichte sie den Rasen. Sie ging bis zu dem schmalen Steg und ließ sich ins Wasser gleiten – so, wie sie war. In einem Bogen schwamm sie zu ihrem eigenen Badesteg, kletterte aus dem Wasser und verschwand in ihrem Haus. Die Türen verriegelte sie fest.

HANNA IGLAU war die Erste morgens im Büro. Einen Augenblick blieb sie hinter Peter Heilands Bürostuhl stehen und strich mit den Fingerkuppen über die Lehne. Der Kater hatte die ganze Nacht am Fußende ihres Bettes geschlafen, und als sie aufstand, hatte er nur ein unwilliges Maunzen von sich gegeben.

Jetzt setzte sie Kaffee auf und schichtete die unbearbeiteten Berichte ihrer Kollegen auf ihren Schreibtisch.

Das Telefon klingelte. „Herrn Heiland bitte!", sagte eine männliche Stimme am anderen Ende.

„Der ist nicht da, kann ich Ihnen helfen?"

„Nein, das ist privat. Wo erreiche ich ihn denn?"

„Er ist nach Hause gefahren … also nach Schwaben, wo er …"

„Ja, dann weiß ich Bescheid!“

„Warten Sie!“, rief Hanna. Aber da hatte der andere bereits aufgelegt.

Hanna lief es kalt über den Rücken. Ihr war klar, dass sie einen schweren Fehler begangen hatte. Sie wählte die Nummer von Peters Handy, erfuhr aber nur, dass der Teilnehmer vorübergehend nicht erreichbar sei. Sie hinterließ eine Nachricht: „Hier ist Hanna. Bitte ruf mich so bald wie möglich zurück. Es ist wichtig ... lebenswichtig!“ Und nach kurzem Zögern fügte sie hinzu: „Und es ist dienstlich!“

Plötzlich fühlte sie sich erschöpft, als ob sie den ganzen Tag schwer gearbeitet hätte.

Erst eine ganze Weile später fiel ihr ein, dass ja die Nummer des Anrufers noch auf dem Display sein musste. Sie drückte die entsprechende Taste. Der Anruf war von einer Telefonzelle geführt worden. Die Ermittlungen ergaben, dass sich die Zelle in Potsdam am Bahnhof befand.

CORDELIA hörte, wie Sascha sein Haus verließ. Kurz darauf klopfte es. Cordelia rief: „Wer ist da?“, obwohl sie es wusste.

„Ich möchte mit dir reden. Es tut mir Leid, was geschehen ist!“, rief Sascha.

„Ja, mir auch.“

„Ich muss verreisen!“ Der junge Mann begleitete jetzt jedes Wort mit einem Faustschlag gegen die Tür. Cordelia fror. „Nur zwei Minuten. Bitte!“

Gegen ihren Willen drehte sie den Schlüssel im Schloss und drückte die Klinke nieder. Er stand mit hängenden Armen vor ihr.

„Ich fürchte mich vor Ihnen“, sagte sie.

„Das wird nicht noch mal passieren.“ Er senkte den Blick wie ein kleiner Junge.

„Bleiben Sie lange weg? Und wo, genau, fahren Sie hin?“

„Sie fragen mich aus. Warum?“

„Das weiß ich selber nicht. Ich weiß ja sowieso kaum mehr etwas – seit dem Morgen, als wir plötzlich drunten am Ufer nackt voreinander standen.“

„Mir geht es nicht anders“, sagte Sascha. „Gut, ich fahre nach Tübingen.“

„Kann ich Sie anrufen?“

„Warum?“

„Es könnte ja etwas mit Ihrem Haus drüben sein. Stellen Sie sich vor, da treiben sich plötzlich Leute herum, die Sie dort nicht haben wollen.“

Seine Augen verengten sich. Cordelia hielt den Atem an. Es dauerte eine ganze Weile, ehe er fragte: „Und Sie würden mir dann Bescheid sagen?“

„Ja, natürlich!“

„Gut!“ Er zog einen Kugelschreiber aus seiner Lederjacke, packte ihre Hand und schrieb eine Nummer auf ihren Handballen. „Das ist mein Handy.“ Er hauchte einen Kuss auf ihre Fingerspitzen. „Du bist wunderbar!“

Abrupt drehte er sich um und ging zu seinem Motorrad. Er stieg auf, betätigte den Starter, der Motor heulte auf. Einen Augenblick später fuhr er mit viel zu hoher Geschwindigkeit davon, eine Fahne aus Abgasen, Sand und Staub hinter sich herziehend.

DER ZUG fuhr mit 22 Minuten Verspätung Punkt 13.30 Uhr im Stuttgarter Hauptbahnhof ein. Peter Heiland ging eilig den Bahnsteig hinunter. Schon von weitem entdeckte er den weißen Haarschopf seines Großvaters. Als er näher kam, sah er, dass sich Henry auf einen Stock stützte. Das war neu. Der Stock hinderte den alten Mann dann auch daran, seinen Enkel richtig zu umarmen.

„Da bisch ja endlich!“ Sie gingen dicht nebeneinander durch die große Bahnhofshalle zum Nordausgang. Dort warte Sandra, hatte der Großvater gesagt. Er kniff sein rechtes Auge zu und sagte: „Die wird dir gefallen!“

Henry zog den linken Fuß ein wenig nach. „Neuerdings hab ich’s a bissle mit dem Ischias, aber es ist kaum der Rede wert.“

Peter wusste, dass das gelogen war. Sein Großvater hasste Wehleidigkeit. Er hatte Peters Klagen immer ignoriert, wenn ihm als Kind etwas wehgetan hatte.

Anders war es bei Seelenschmerz. Als sein kleiner Hund damals überfahren wurde, hatte sich sein Opa tagelang darum bemüht, Peter zu trösten oder doch abzulenken, und er war dabei sehr einfallsreich gewesen. Der Großvater vertrat da schon seit Jahren Mutter und Vater bei dem Jungen, unterstützt von einer schweigsamen, aber tüchtigen Zugehfrau.

Sandra hatte rote Haare, die wild vom Kopf abstanden, und ein Gesicht voller Sommersprossen. Ihre Augen waren schmal und verliefen von der Nasenwurzel aus schräg aufwärts. Das, fand Peter, gab Sandras Gesicht etwas von einem schlauen Füchslein. Ihre Hand war kühl, obwohl in Stuttgart die Hitze brodelte.

„Wird Zeit, dass wir aus diesem Dampfkessel raus- und auf die Höhen ’naufkommen“, sagte Henry. „Du sitzt vorne rein, ich geh nach hinten, da kann ich a bissle schlafen, wenn ich will." Peter wusste, dass sein Großvater kein Auge zumachen würde.

Als Sandra anfuhr, sagte sie: „Dein Opa sagt, du bist bei der Polizei?"

„Stimmt. Und du?"

„Ich studier noch. Deutsch und Geschichte."

„In Tübingen?"

„Ja, genau!"

UM DIE gleiche Zeit saß Hanna Iglau an einem Biedermeiersekretär in Sonja Michels Wohnung. Schon seit Stunden sichtete sie, was sich hier seit Jahren in Fächern und Schubladen angesammelt hatte. Sonja Michel hatte alles aufgehoben, aber nichts geordnet.

Das Tagebuch enthielt nur auf den ersten beiden Seiten Eintragungen. Danach hatte Frau Michel wohl die Lust verloren, weiterzuschreiben. Kein Wunder bei den Banalitäten, die sie zu vermerken hatte: *A. hatte gestern wieder schlechte Laune. A. will S. nicht mehr in die Wohnung lassen. Was hat sie gegen ihn?* Der interessanteste Eintrag lautete: *Irgendwann einmal, eines Tages, morgen bring ich sie um.* Aber das Datum des Eintrags lag vier Jahre zurück, und A., was ja wohl für Amelie stand, hatte danach noch lange Zeit gelebt.

In der untersten Schublade des Sekretärs stieß Hanna Iglau in einer alten Pralinenschachtel auf einen Stapel Schwarzweißfotos. Die Ränder der Bilder waren gezackt, die Fotos selbst schon ein wenig ausgeblichen. Es waren ausschließlich Bilder von einem Jungen im Alter von etwa vier bis zehn Jahren. Auf manchen der Fotos war auch eine Frau zu sehen. Hanna verglich die Aufnahmen mit späteren Fotos von Sonja Michel. Die beiden Frauen hatten eine gewisse Ähnlichkeit.

Als ihr Handy klingelte, meldete sich Peter Heiland. „Mein Gott, das wird aber auch Zeit!", rief Hanna.

„Wo brennt es denn?"

„Ich glaube, ich habe einen blöden Fehler gemacht." Sie erzählte Peter, dass ein Mann angerufen und nach ihm gefragt habe und dass sie dem Anrufer gesagt habe, er sei nach Hause gefahren. „Bist du noch dran?"

„Ja sicher. Ich denke nach!"

„Es ist ja nur, weil Wischnewski gesagt hat, wir sollten besonders darauf achten …"

„Ich fürchte, da hat er Recht. Obwohl: Meine Angst hält sich in Grenzen." Hanna fror plötzlich. So souverän, wie Peter klingen wollte, klang er nämlich nicht. „Gibt's sonst etwas Neues?", fragte Peter am anderen Ende der Leitung.

„Ich bin in Frau Michels Wohnung. Da sind Fotos, die zeigen einen kleinen Jungen und eine Frau, die vermutlich seine Mutter ist."

„Frau Michel?"

„Möglich. Es gibt eine gewisse Ähnlichkeit."

„Erkennt man etwas von der Umgebung?"

„Ja, ein Berg, ein bewaldeter Berg. Bäume bis oben. Und darüber ragt nur ganz wenig ein Turm heraus."

„Viereckig oder rund?", fragte Peter Heiland.

„Viereckig!"

„Mit flachen, breiten Luken, die vielleicht auch mit Läden verschlossen sind, direkt unter dem Dach?"

„Könnte sein!"

„Vielleicht der Sternbergturm. Steht auf der Rückseite der Name eines Fotoladens oder so?"

„Tatsächlich. Foto Reschke, Tübingen-Lustnau."

„Kenn ich. Kannst du mir das Bild faxen?" Sie hörte, wie Peter jemanden fragte: „Hast du ein Fax?"

Eine weibliche Stimme antwortete: „Ja, sicher."

„Mit wem redest du denn da?"

Aber Hanna bekam keine Antwort.

„Die Nummer?", fragte Peter, die weibliche Stimme antwortete und Peter wiederholte.

Hanna notierte sich die Ziffern.

„Und wer ist der Anschlussinhaber?"

„Sandra … äh, wie heißt du denn mit Nachnamen?" Dann rief er durchs Telefon: „Sandra Teinacher." Danach war die Verbindung tot. Hanna warf das Handy auf die Schreibplatte des Sekretärs.

LINKER Hand war jetzt der Albtrauf zu sehen. Von der Rückbank kam die kratzige Stimme von Opa Henry: „Mit großen Freuden sah er die Alb, als eine wundersame blaue Mauer ausgestreckt. Nicht anders hatte er sich immer die schönen blauen Glasberge vorgestellt, hinter denen, wie man ihm als Kind erzählt hatte, die Schneckengärten der Königin von Saba liegen."

Sandra sah überrascht zu Peter herüber, der ihr zulächelte und sagte: „Ja, seinen Mörike kann der Opa immer noch auswendig."

„Heut lernt ja koiner mehr so was!", bellte der Alte und zitierte gleich weiter: „Er sah den Breitenstein, den Teckberg mit der großen Burg und den Hohenneuffen …“

„Aber das dort vorne ist der Rossberg“, sagte Peter.

„Isch doch egal“, brummte der Großvater. „Alb isch Alb!“

Auf der ganzen Fahrt hatte Sandra ihn über Berlin befragt, und Peter war selber überrascht, in welche Begeisterung er sich hineingeredet hatte. Sandra sah im Rückspiegel, wie Peters Großvater immer öfter geradezu angewidert das Gesicht verzog. Peter brauchte die Reaktion des Alten nicht zu sehen, er konnte sich denken, was für ein Gesicht Henry machte.

„Komm halt amal, und besuch mich!“

„So weit kommt's no! Ich verreis bloß no so weit, dass ich abends in mei'm eigene Bett eischlafe kann!“

„Mein Gott, bist du stur!“

„I ben net stur, bloß konsequent!“

Als sie Tübingen erreichten, fuhr Sandra zu ihrer Wohnung. In Sandras Fax steckten gut zehn Seiten mit Wiedergaben alter Fotos, die eine Frau mit einem kleinen Jungen zeigten. Tatsächlich sah man im Hintergrund eines Bildes den Sternberg.

Die Frau auf dem Foto trug ein geblümtes Kleid mit einem weiten Rock und einen Strohhut, dessen breite Krempe freilich einen so großen Schatten auf ihr Gesicht warf, dass nicht viel davon zu erkennen war. Die Frau hatte eine gertenschlanke Figur. Sie stand etwas geziert da, mit vorgeschobener Hüfte.

Peter Heiland zeigte die Fotos seinem Großvater, der sagte, weder die Frau noch das Kind habe er je gesehen. Das Foto, auf dem der Sternbergturm zu erkennen war, müsse von Münsingen aus aufgenommen worden sein. Henry drängte zur Weiterfahrt.

Sie nahmen den Weg über Reutlingen, passierten Pfullingen. Hinter Honau tauchte rechts ober der Lichtenstein auf, eine kleine Burg wie aus einem Spielzeugland mit einem hoch aufragenden Turm.

Peter erinnerte sich, dass in seiner Klasse ein Junge gewesen war, den ein Mann bei einem Klassenausflug dort droben an den Achseln zum Turmfenster hinausgehoben hatte. Der Mann war als Elternvertreter auf dem Ausflug dabei, obwohl er nicht der Vater des Jungen war, sondern nur der Partner von dessen Mutter.

Zweihundert Meter ging es da senkrecht über die Burgmauer und danach über den schattigen Kalkfelsen hinunter. Der Junge war wie versteinert. Doch als ihn der Mann lachend wieder hereinhob, bekam das Kind einen

Schreikrampf und trat mit den Füßen gegen die Schienbeine seines Peinigers. Der packte den Buben plötzlich und ohrfeigte ihn so heftig, dass das Kind von den Beinen gerissen wurde. Peter erinnerte sich, wie sehr er den Mann dafür gehasst hatte. Wie hieß der Klassenkamerad bloß? Peter zermarterte noch eine ganze Weile sein Gehirn, kam aber nicht darauf. Jedenfalls war die Lehrerin dazwischengegangen und hatte den Mann zur Ordnung gerufen. An deren Namen erinnerte er sich noch: Frau Scharlau hieß sie.

Und dann waren sie plötzlich oben auf der Alb. Eine weite, geschwungene Hochebene breitete sich vor ihnen aus. Links ein kleiner Bahnhof, rechts ging es zur Bärenhöhle. Vor ihnen tauchte im Hintergrund der Sternberg auf, dessen Turm tatsächlich nur noch knapp über die Baumwipfel ragte.

An den sanften Hängen waren erste Wacholderbüsche zu erkennen, die in großen Abständen voreinander im Gras hockten. Die Hangwiesen wirkten wie grüne Teppiche. Schafherden hielten hier das Gras kurz.

Weiter oben standen Tannen, und zwischen den Bäumen lugten weiße Kalkfelsen hervor. Harte Brocken waren das, die aus einer alten Steinmasse übrig geblieben waren, weil sie der jahrtausendelangen Erosion widerstanden hatten. Peter Heiland wusste das alles von seinem Opa Henry. Mit ihm hatte er auch seine ersten Kletterversuche an den Steinwänden gemacht. Und der Großvater war es auch gewesen, der ihm die ersten Höhlen gezeigt hatte, von denen es im Inneren der Alb mehr als tausend gab. Henry kannte immer auch die richtigen Geschichten dazu. Am liebsten aber hörte Peter Heiland seinem Opa damals zu, wenn er von den Steinzeitmenschen erzählte, die in diesen Höhlen gelebt hatten.

Wenn er schon hier war, dann wollte Peter in den nächsten Tagen möglichst viel Zeit herausschlagen, um mit dem Fahrrad die Gegend zu durchstreifen, in kleinen Bauernwirtschaften einzukehren und möglichst lange Wanderungen zu unternehmen.

Sie erreichten Riedlingen, wo Opa Henry wohnte. Das Haus stand am Ortsrand.

„Kommsch noch mit rein, was veschpern?“, fragte Henry die Fahrerin. Aber es gab Arten zu fragen, da wusste der Gefragte genau, dass er besser ablehnte. Henry wollte offenbar mit seinem Enkel jetzt allein sein. Und so lehnte Sandra höflich ab und sah Peter dabei mit einem kleinen bedauernden Lächeln an.

„Dann isches au so recht“, sagte Henry und gab ihr die Hand.

Peter Heiland verabschiedete sich ebenfalls. „Ich ruf dich in den nächsten Tagen mal an“, sagte er, „vielleicht darf ich dich ja mal zum Essen einladen. Als kleines Dankeschön.“

„Ja gern“, sagte Sandra mit ihrer fröhlichen Stimme und klemmte sich wieder hinters Steuer.

Peter dehnte und streckte sich und sog die würzige Luft ein. Hier, in über fünfhundert Meter Höhe, war es angenehm luftig, nichts zu spüren von der drückenden Hitze in der Stadt. Henrys Haus saß ganz hinten im Garten. Es war anderthalb Stock hoch und hatte ein tief gezogenes Dach. Im vorderen Teil des Gartens standen nur Obstbäume. Hinter dem Haus wuchsen Beerensträucher, und es gab ein paar Kräuter- und Gemüsebeete. Auf der rückwärtigen Seite des Hauses hatte Opa Henry eigenhändig einen Wintergarten gebaut. An der Hauswand lief eine lange Bank entlang, davor stand ein mächtiger Tisch aus massivem Eichenholz, und darauf stellte Henry das Begrüßungsessen: Schinkenwurst, Schwarzwurst, weißen und roten Schwartenmagen, saure Gurken und einen großen runden Laib Bauernbrot aus dem Holzbackofen. In einem Steingutkrug: Most, den Henry aus Äpfeln und Birnen kelterte.

„Mein Gott, wer soll denn das alles essen?“, entfuhr es Peter.

„Du kriegsch doch garantiert nix Anständiges in dei'm Berlin!“

„Ach, Opa, es wird wirklich Zeit, dass du mich mal besuchen kommst.“

Cordelia Meinert betrat schon sehr früh am Morgen das Nachbarhaus. Der Geruch von Saschas Rasierwasser hing in der Luft. Cordelia schlüpfte aus ihren Pumps und ging mit nackten Füßen durch den Raum. Sie trat vorsichtig auf, als ob sie befürchtete, jemanden zu stören. Sie wusste: Das war das letzte Mal, dass sie Saschas Räume betreten würde. Außer dem Geruch erinnerte nichts an ihn. Das Badezimmer hatte er völlig leer geräumt – keine Zahnbürste, keine Rasierklinge, nicht einmal ein kleines Stück Seife hatte er zurückgelassen. Im Schlafzimmer sah es nicht anders aus. Im Wohnzimmer fehlten seine CDs und seine Bücher. Was noch da war, wirkte beliebig und unpersönlich.

Cordelia ging hinaus auf die Terrasse und schaute auf die Havel. Es war ein heißer Tag. Das Wasser reflektierte die Sonnenstrahlen, aber für sie sah es so aus, als wären die Lichtreflexe stumpf. Tränen stiegen ihr in die Augen.

Langsam drehte sie sich um. Es war ihr, als ginge ihr in diesem Moment ein Traum verloren. Plötzlich wusste sie, sie würde diesen schönen, idyllischen Fleck am Havelufer nie wiedersehen, und ein tiefes Bedauern erfasste sie. Cordelia Meinert zog ihr Handy aus der Tasche ihrer Jeansjacke und wählte die Nummer der Polizei.

Der Zufall beziehungsweise der Dienstplan wollte es, dass Hanna Iglau am Telefon war, als der Anruf kam. Die Stimme der Frau am anderen Ende klang ruhig und beherrscht. „Ich glaube, der Mann, der in den Zeitungen beschuldigt wird, mehrere Menschen aus dem Hinterhalt erschossen zu haben, wohnt in Caputh, im Sandweg fünfzehn."

„Würden Sie mir bitte Ihren Namen nennen?", fragte Hanna höflich.

„Nein", sagte Cordelia, schaltete das Mobiltelefon aus, ging zum Ufer hinunter und warf das Handy mit aller Kraft, die sie hatte, in die Havel. Die Polizei würde feststellen können, wem das Telefon gehörte, von dem aus angerufen worden war. Sie hatte sich vorgenommen zu sagen, das Handy sei ihr schon vor ein paar Tagen abhanden gekommen, vermutlich in der S-Bahn.

CORDELIA ging in ihr Haus zurück. Dort hob sie den tragbaren Hörer von ihrem Festnetztelefon ab. Die Nummer auf ihrem Handballen war zwar verblichen, aber man konnte sie noch lesen. Sie wählte und erwartete eigentlich, dass sie auf eine Mailbox würde sprechen müssen. Aber plötzlich hörte sie Saschas Stimme: „Ja, hallo? Wer ist da?"

„Cordelia, Ihre Nachbarin."

„Ach, hallo. Ich bin gerade in Tübingen angekommen. Warum bist du bloß nicht mitgekommen, Cordelia!" Seltsamerweise klang für sie dieser kleine Satz wie ein Hilferuf.

Cordelia rang sich ein leises Lachen ab. „Ich muss doch hier die Stellung halten!"

„Gibt es etwas Neues?"

„Da sind Leute", sagte Cordelia. Sie trat jetzt auf ihre Terrasse hinaus. Ein leichter Wind war aufgekommen. Die Oberfläche des Wassers kräuselte sich.

„Was für Leute?"

„Du denkst jetzt sicher, ich bin verrückt, Sascha, aber ich glaube, das sind Polizisten! Was ist, sind Sie … bist du noch da, Sascha?"

Jetzt hörte sie ein leises, glucksendes Lachen. „Wie gut, dass ich so weit weg bin. Findest du nicht?"

„Doch … das heißt: Ich weiß nicht. Warum sind diese Leute auf deinem Grundstück?"

„Das weißt du ganz genau. Du hast sie selber geholt!“

Es war ein schwülheißer Tag, aber Cordelia spürte, wie die Kälte von den Füßen her in ihren Körper kroch. „Wie kannst du so etwas sagen, Sascha?“

„Du hast mich durchschaut, und ich habe dich durchschaut. Du willst mich verraten, und gleichzeitig willst du mich auch nicht verraten. Mit Verrat kenne ich mich aus!“ Wieder dieses kleine Lachen.

Cordelia Meinert war an der dem Ufer zugewandten Giebelseite ihres Hauses entlanggegangen und erreichte nun die Hausecke. Sie schaute über den sanft ansteigenden Wiesenhang hinauf. Oben am Zaun stand Sascha, an den linken Pfosten ihres Gartentors gelehnt. Er hatte ein Gewehr in seine rechte Armbeuge gelegt. Mit der Linken telefonierte er. Jetzt hob er das Gewehr und richtete es auf sie. Sie hörte, wie er sagte: „Leb wohl, Cordelia!“ Dann sah sie, wie er sein Handy einsteckte und auch die linke Hand an die Waffe legte. Sie wunderte sich, wie leise der Knall war, spürte einen Schlag in ihrer Herzgrube und hatte den Geschmack von Blut im Mund. Langsam brach sie zusammen.

Sie hörte nicht mehr, wie das Motorrad davonfuhr.

Ungefähr eine halbe Stunde später erreichten Kriminalrat Wischnewski, die Kommissarin Iglau und drei weitere Beamte der Abteilung 8 das Grundstück Sandweg 15. Sie fanden Cordelia Meinerts Leiche auf dem Nachbargrundstück neben dem Plattenweg, der zum See hinunterführte. Auf ihrem Gesicht lag ein kaum wahrnehmbares Lächeln.

7

Es war schon nach Mitternacht, als Hanna Iglau müde und zerschlagen nach Hause kam. Sie begrüßte den Kater, der sie freilich nicht beachtete. Offenbar war er beleidigt, weil er so lange allein zu Hause sein musste.

Hanna wählte Peter Heilands Handynummer und war überrascht, als er schon nach dem zweiten Klingeln abnahm. „Ich stör dich nicht gerne ...“

„Hanna? Mensch, da freu ich mich doch!“

Ein warmes Gefühl durchströmte sie. „Ich muss dir aber eine ganze Menge erzählen.“

„So viel du willst. Ich habe Zeit.“

Opa Henry war gegen Abend schnell müde geworden. Als Peter dann sagte: „Wollen wir nicht ins Bett gehen? Ich hatte einen verdammt schweren Tag heute!", war Henry sofort einverstanden, ließ es sich aber nicht nehmen zu sagen: „Schade eigentlich. Jetzt, wo's grade gemütlich wird."

Peter war in das Zimmer im Souterrain hinabgestiegen, das in seiner Kindheit einst sein Reich war. Auf dem linken Bettpfosten am Kopfende saß wie eh und je der Drache Heribert, ein grünes Plüschtier, das ungewöhnlich freundlich dreinschaute und inzwischen völlig verstaubt war. Sogar die blau-rot karierte Bettwäsche war noch die gleiche wie damals, als er hier seine glücklichen Kindertage verbrachte. Licht fiel durch ein schmales langes Rechteck dicht unter der Decke. Er erinnerte sich, dass er früher öfter durch dieses Fenster aus- und eingestiegen war, um sich den Weg durch den Garten und das ganze Haus zu sparen.

Hanna erzählte von dem Anruf der Frau, der Wischnewski veranlasst hatte, mit ihr und den Kollegen nach Caputh zu fahren, und von der grausigen Entdeckung, die sie dort gemacht hatten.

Peter hörte sich den Bericht an und sagte schließlich: „Wir müssen den Kerl unbedingt finden!"

„Na, ob dir das dort unten in deiner Idylle gelingt? Peter? Könntest du mir noch was Nettes sagen?"

„Du bist der einzige Grund, warum ich mich nach Berlin zurücksehne!"

„Okay!", sagte sie. „Ich glaub's! – Gute Nacht!" Sie legte sich, wie sie war, aufs Bett und war überrascht, dass der Kater zu ihr heraufsprang, seinen warmen Kopf gegen ihre Stirn stupste und sich dann laut schnurrend in ihre Armbeuge rollte.

PETER HEILAND verschränkte die Arme unter dem Nacken und starrte an die Decke. Plötzlich kam es ihm völlig unwirklich vor, dass er nun eigentlich in Berlin lebte.

Sein Blick ging zu einem vergrößerten Foto hinüber, das Opa Henry eingerahmt und an die Wand gehängt hatte. Es zeigte Peter auf einem Dreirad. Er trug kurze Lederhosen und einen Lodenjanker. Neben ihm stand seine Mutter und direkt hinter ihm, hoch aufgerichtet, sein Opa Heinrich, der die Hand seiner Frau, Oma Marieluise, hielt. Seinen Vater hatte Peter niemals gekannt.

Es war sein einziges Familienbild. Er selbst war damals vier Jahre alt gewesen. Er erinnerte sich an den Tag, als das Foto gemacht wurde, weil es sein Geburtstag war und weil das Dreirad das größte Geschenk war, das er je in seinem Leben bekommen hatte.

Seine Mutter hatte er im Jahr darauf verloren. Sie saß bei einem Bekannten im Auto, der zu schnell gefahren war und die Beherrschung über den Wagen verloren hatte.

Peter Heiland konnte sich nicht mehr genau an den Schmerz erinnern, der über ihn hereinbrach, als ihm seine Oma Marieluise beibrachte, dass seine Mutter nie mehr nach Hause kommen würde. Er wusste nur noch, dass der Schmerz sehr groß war – so groß, dass er sich auf der Bundesstraße vor einen Lastzug warf. Der Fahrer konnte gerade noch rechtzeitig ausweichen. Bevor Peter richtig zu sich kam, stoppte der Lkw-Chauffeur, sprang aus dem Führerhaus und verprügelte ihn so, dass er drei Wochen nicht in die Schule konnte.

Das fand er dann allerdings ganz gut; denn Opa Henry saß fast die ganze Zeit an seinem Bett und erzählte die wunderbarsten Geschichten. Peter musste unwillkürlich lächeln, aber dabei schlichen sich ein paar Tränen aus seinen Augen. Noch immer empfand er einen Schmerz, als drücke ihm etwas das Herz ab, wenn er an seine Mutter dachte.

VIELLEICHT war es die Ruhe, die ihn weckte. In Berlin waren immer Geräusche um ihn, hörte man den Lärm der Straßen, Flugzeuge oder Hubschrauber in der Luft. Hier, am äußersten Rand des Albstädtchens Riedlingen, gab es nur das Zwitschern der Vögel, das schon bald nach Tagesanbruch verklang.

Heiland hielt die Augen geschlossen und zog die frische Luft, die durch das weit geöffnete Fenster hereindrang, in seine Lungen. Hannas Bericht ging ihm durch den Kopf. Sie und Wischnewski hatten am Ufer der Havel in Caputh die Leiche einer Frau gefunden, die mit einem Geschoss aus dem Gewehr des Heckenschützen getötet worden war. Die Frau hieß Cordelia Meinert, war 44 Jahre alt und Lehrerin von Beruf. In den letzten Jahren hatte sie als freie Lektorin gearbeitet und an der Volkshochschule Deutsch für Ausländer unterrichtet. Hanna hatte die Frau als ungewöhnlich attraktiv geschildert. Cordelia Meinert war es gewesen, die die Polizei angerufen hatte. Das war über den Provider der Telefongesellschaft leicht zu ermitteln gewesen. Außerdem hatten Polizeitaucher, die nach der Mordwaffe gesucht hatten, das Telefon in der Havel gefunden.

Cordelia Meinert musste es auch gewesen sein, die die Bilder von der Jagdflinte im Präsidium abgegeben hatte. In ihrer Wohnung waren Fotos gefunden worden, die auf dem gleichen Kopierpapier abgezogen worden waren.

Wischnewski und seine Leute hatten die Nachbarn befragt. Ein Mann, der sein Haus ganz vorn am Sandweg hatte, glaubte sich erinnern zu können, dass der Mann aus der Nummer 15 gegen elf Uhr mit seinem Motorrad vorbeigefahren sei – in Richtung des Häuschens von Frau Meinert. Aber man habe den ja immer nur vorbeirasen sehen. Kontakt zu ihm habe es nicht gegeben. Eine halbe Stunde später sei er in der entgegengesetzten Richtung wieder vorbeigefahren.

Hanna berichtete weiter, im Haus des Mannes habe man kaum verwertbare Spuren gefunden. Fingerabdrücke der Toten und einer anderen Person, vermutlich des Heckenschützen.

Im Grundbuch war das Anwesen Sandweg 15 in Caputh auf einen Hilmar Isenbeck eingetragen, der früher in Potsdam gewohnt hatte und nun eine Werbeagentur in Berlin betrieb. Isenbeck hatte angegeben, dem jungen Mann, der sich ihm als Tim Bohlen vorgestellt habe, das Haus gegen Vorauszahlung einer Jahresmiete überlassen zu haben, ohne weitere Fragen zu stellen. Hanna sagte, in der Abteilung gehe man davon aus, dass dies nicht der richtige Name des Heckenschützen sei. Brauchbare Beschreibungen des Mannes gab es nicht.

Heiland schaute auf die Uhr. Es war kurz nach sieben. Als er die Treppe hinaufstieg, roch es nach Kaffee. Auf dem Küchentisch stand ein Körbchen mit Brot und frischen Brötchen, dazu eine Platte mit Wurst und Käse und eine Butterdose. Opa Henry kam mit einer Hand voll frischer Tomaten aus dem Garten. „Da, du hast doch früher immer so gern Tomatenbrote gegessen."

„Dass du dich daran erinnerst!"

„Ich erinner mich an alles", tönte der Opa, „bis auf das, was ich vergessen hab!" Er lachte und setzte sich zu Peter an den Tisch. „Was musst du heut machen?", fragte Opa Henry.

„Ich muss rausfinden, wer die Frau und der kleine Bub auf dem Foto sind."

„Wenn ich dir helfen kann …?"

„Danke, Opa, aber das glaub ich jetzt weniger."

„Vielleicht kann dir ja der Bienzle helfen."

Peter musste unwillkürlich lächeln. Einmal war sein Chef hier bei Opa Henry gewesen, und die beiden hatten sich sofort verstanden. „Ich ruf ihn nachher an. Vielleicht wandern wir ja am Wochenende miteinander."

„Ich dät mich freuen, wenn ich ihn wieder einmal sehen dät."

Als Peter aufstand, fragte sein Großvater: „Lässt du mir eins von den Fotos da? Ich könnt doch a bissle rumfragen."

Peter ließ die Kopien, die aus Sandras Faxgerät gekommen waren, durch die Finger gleiten und gab eine davon an den Opa weiter.

Eine Stunde später zog Peter Heiland ein Fahrrad aus dem Schuppen, der dicht bei der Einfahrt stand. Er entstaubte den Drahtesel, schmierte die Kette und pumpte die Reifen auf. Dann strampelte er auf einem betonierten Feldweg ins Zentrum der Stadt.

Den Leiter des örtlichen Polizeipostens kannte Heiland von der Polizeischule in Göppingen. Sie waren im selben Jahrgang gewesen. Mike Dürr war allerdings ein paar Jahre jünger. Heiland war ja Seiteneinsteiger gewesen und hatte zuvor einen anderen Beruf ausgeübt.

Die Freude des Kollegen hielt sich in Grenzen. Man habe auch so Arbeit genug, sagte er, obwohl Peter ihn bei der Lektüre des *Albboten* antraf.

„Das Einzige, was ich von euch brauche, ist ein Dienstwagen“, sagte Heiland.

„Ja“, sagte Mike Dürr, „da ist ein Amtshilfeersuchen aus Berlin gekommen. Draußen steht ein Corsa, den kannst du haben. Die Papiere sind im Handschuhfach, und hier ist der Schlüssel.“

„Danke!“ Heiland ging zur Tür. „Und wie geht's dir sonst so?“

„Man nimmt's, wie's kommt.“ Dürr hatte sich schon wieder seiner Zeitung zugewandt wie ein Beamter, der kurz vor der Pensionierung stand.

Sonja Michel war früher einmal Diakonisse gewesen, genauso wie ihre Freundin Amelie Römer, die in Berlin im Botanischen Garten erschossen worden war. Das Zentrum der Diakonie befand sich in Schwäbisch Hall. Plötzlich gefiel Peter die Idee, dort anzufangen und durch den Schwäbischen Wald ins Hohenlohische zu fahren, in dessen Zentrum Schwäbisch Hall lag.

Er tankte den Corsa voll, kaufte sich zwei Flaschen Mineralwasser und drei Schokoriegel und machte sich auf den Weg.

In der Diakonie in Hall stellte er überrascht fest, dass es einen Referenten für Öffentlichkeitsarbeit gab, der für Außenkontakte zuständig war. Aber der Referent stieß schnell an seine Grenzen und verwies Peter an Schwester Adelheid Müller. Die war 84 Jahre alt und verbrachte ihren Lebensabend in einem Heim für Diakonissen.

Schwester Adelheid war eine quicklebendige kleine Person mit einem Kugelbäuchlein und einem gewaltigen Busen, und sie schien Humor zu haben. Als sie Peters Blick auffing, sagte sie: „Ja, an so einem Vorbau hat man als Frau schwer zu tragen. Übrigens, wissen Sie, warum Männer keinen

Busen haben?“ Um ihre schmalen Augen bildeten sich hundert Fältchen. „Weil sie mit der Doppelbelastung nicht fertig werden!“

Peter lachte lauthals los. „Das gefällt mir!“ Er zeigte Schwester Adelheid die Kopien der Fotos.

Sie legte ihre Stirn in Falten. „Sonja Gräter“, sagte sie. „Die passte in die Diakonie wie ein Schmetterling ins Aquarium!“

„Gräter? Hieß sie nicht Michel?“

„Später, als sie geheiratet hat, aber das hat, glaub ich, auch nicht g’halten. Davor war sie schon mal verheiratet, aber der Name fällt mir nimmer ein.“

„Zuletzt hat sie mit einer Frau namens Amelie Römer zusammengelebt.“

Adelheid Müllers Kopf flog ruckartig in die Höhe. „Im Ernst? Arme Amelie. Die hatte eigentlich einen guten Charakter, was man von Sonja Gräter nicht unbedingt hat sage könne.“

„Haben Sie denn den Weg der beiden weiter verfolgt, als sie hier ausgeschieden waren?“

„Nein, da hätt ich viel zu tun g’habt!“ Der Ton der alten Schwester wurde plötzlich brüsk.

„Amelie Römer ist vor sieben Monaten erschossen worden“, sagte Peter möglichst beiläufig.

„Erschossen?“

Peter nickte. „Vermutlich mit einem Gewehr, das Frau Michel gehörte.“

„Ach ja, das habe ich noch gehört, dass Sonja auf einmal die Jagdleidenschaft gepackt haben soll.“

„Wissen Sie denn irgendjemanden, der mir etwas über das spätere Leben von Sonja Michel oder auch von Amelie Römer erzählen könnte?“

„Solang sie hier in der Ausbildung war, wurde Sonja öfter von ihrer Schwester und einer älteren, ganz netten Frau besucht. Die hieß, warten Sie mal, ja, die hieß Hermine Neidlein. Aber die lebt wahrscheinlich au scho lang nimmer. Sie kam aus Bodelsingen, glaub ich.“

Peter fiel ein, dass auch Sonja Michel von Bodelsingen gesprochen hatte. Dann hatte er gefragt, ob denn auch Frau Römer aus der Gegend stamme. Ja, hatte Frau Michel geantwortet, sie sei aus Tübingen gewesen. Peter versuchte Ordnung in seine Gedanken zu bringen.

„Was ist, hat es Ihnen die Sprache verschlagen?“, hörte er Schwester Adelheid sagen.

„Entschuldigung. Mir ist nur gerade etwas durch den Kopf gegangen. Wissen Sie, ob Frau Michel ein Kind hatte?“

„Sie haben mir doch das Bild gezeigt, ist das nicht ihr Sohn?"

„Das wissen wir nicht!"

„Ja, ich au net", sagte die Diakonisse patzig.

„Und Sie wissen niemanden, der's wissen könnt?"

„Die Amelie hätt's g'wusst! Und, wie gesagt, vielleicht die Frau Neidlein, wenn sie noch lebt. Hat denn die Sonja die Amelie umgebracht?"

„Unsere Ermittlungen sprechen dagegen."

„Die Sonja ist ein Luder. Der muss man zusetzen, sonst lügt die 's Blaue vom Himmel runter."

„Frau Michel ist auch tot. Sie hat sich selbst das Leben genommen."

Die Züge der Diakonisse verhärteten sich aufs Neue. „Das passt zu ihr. Aber sie hat Gottes Gebote immer missachtet. Ich sag ja, die Frau hat einen schlechten Charakter … g'habt!"

Schwester Adelheid brachte Heiland zur Tür. Jetzt war ihr Gesicht wieder entspannt, als sie ihm die Hand gab und sagte: „Wenn man so einen Namen hat wie Sie, das verpflichtet aber, gell!"

„Ich hab mich längst daran gewöhnt. Für mich klingt er auch nicht anders als Maier, Müller, Schulze oder Schmidt!" Plötzlich blieb er stehen. „Sie sagten, der Mädchenname von Sonja Michel sei Gräter gewesen?"

„Ja, Sonja Gräter. Warum?"

„Na ja, da weiß ich doch, wo ich ansetzen kann. Sonja Gräter aus Bodelsingen …"

„Sie werdet das scho älles rauskriega." Schwester Adelheid war nun wieder die Leutseligkeit in Person.

„Geb's Gott!", sagte Peter Heiland.

Über das Gesicht von Adelheid Müller flog ein kurzes Leuchten. „So isch's recht", sagte sie.

HEILAND fuhr ins Zentrum der mittelalterlichen Stadt Schwäbisch Hall. Vom Portal der Michaelskirche führte eine monumentale Treppe auf den Platz hinab. Heiland konnte sich nicht vorstellen, wie sich die Schauspieler auf dieser monströsen Riesenstaffel bewegten, wenn sie alljährlich hier ihre Freilichtspiele absolvierten.

Die Gasthöfe am Rand des Platzes hatten Tische und Stühle draußen. Heiland setzte sich unter einen Sonnenschirm mit Blick auf die Treppe. Schwäbisch Hall war einst eine reiche Stadt gewesen, denn hier wurden schon im 12. Jahrhundert Salzvorkommen entdeckt. Die Salzsieder schufen den Grundstock für einen soliden Wohlstand, bis die Salzquellen 1802 verstaatlicht wurden. Heiland erinnerte sich, dass der Heller seinen Namen von Schwäbisch Hall bezogen hatte, und ein Lied war plötzlich in seinem Kopf: „Ein Heller und ein Batzen, die waren beide mein. Der Heller ward zu Wasser, der Batzen ward zu Wein …“ Ein Viertel würde er sich wohl genehmigen können, ohne um seinen Führerschein bangen zu müssen. Also bat er die Bedienung, einen Großbottwarer Riesling zu bringen.

Aus der Innentasche seiner Jacke zog er einen kleinen Schreibblock hervor, um sich zu notieren, was er von Schwester Adelheid Müller erfahren hatte. Eine Frau wie Sonja Michel musste doch im Gedächtnis der Leute geblieben sein. Heiland war voller Hoffnung, dass sich das Leben der ehemaligen Diakonisse und späteren Apothekenhelferin relativ leicht zurückverfolgen lassen müsste.

Der Riesling kam, und während er an dem Henkelglas nippte, zog Heiland sein Handy aus der äußeren Jackentasche. Er wählte Hannas Nummer. Peter erzählte ihr in dürren Sätzen, was er bisher ermittelt hatte, und bat Hanna, ihm auch die restlichen Fotos aus dem Album von Sonja Michel zu schicken.

„Wieder an diese Sandra?“, fragte Hanna spitz.

„Nein, an den Polizeiposten Riedlingen.“ Er gab ihr die Nummer und fragte nach Kater Schnurriburr.

„Tagsüber ignoriert er mich“, sagte Hanna. „Aber solange sich das nicht auf seinen Herrn überträgt …“

„Bestimmt nicht“, sagte Peter.

„Allerdings: Nachts ist er ganz lieb!“

„‚Wie der Herr, so ’s Gscherr.‘ Sagt man bei uns.“

Nach dem Essen stieg Heiland in den Dienstwagen und fuhr Richtung Stuttgart.

Als er die Höhen des Mainhardter Waldes erreichte, drosselte er das Tempo. Er liebte den Blick über die sanften, weit gezogenen Wald- und Wiesenhänge dieses Mittelgebirges. Das war eine ganz andere Landschaft als die Schwäbische Alb. Thaddäus Troll hatte einst geschrieben, allen Schwaben sei allerdings gemeinsam, dass Gottesfurcht und Geschäftssinn dicht beieinander lägen, Wolkenschau und Brettlesbohren, Fernweh und Heimatstolz.

Er erreichte die Universitätsstadt Tübingen über den Vorort Lustnau. Das Fotogeschäft Reschke lag direkt am Ortseingang. Peter Heiland parkte sein Dienstauto auf dem Kundenparkplatz und betrat den Laden.

Eine Frau begrüßte ihn und fragte nach seinen Wünschen, wobei sie ihn mit zusammengezogenen Augenbrauen musterte. Heiland legte seinen Polizeiausweis auf den Ladentisch.

„Also doch!“, entfuhr es der Frau. „Ich hab mir doch gleich gedacht, den kennst du!“ Jetzt erst sah Peter die Frau genauer an. Sie war in seinem Alter, mittelgroß und „gut beieinander“, wie man hier zu jemandem sagte, der ein paar Kilo zu viel auf den Rippen hatte. „Du kennst mich nimmer“, stellte sie fest. „Hella Rübsam. Im Wildermuth-Gymnasium sind wir mal zusammen in der Theater-AG gewesen.“

„Wallensteins Lager!“ Jetzt fiel es Heiland wieder ein. „Du hast die Marketenderin gespielt.“

„Und du einen der Reiter: Wohl auf Kameraden, aufs Pferd, aufs Pferd ...“

„... ins Feld, in die Freiheit gezogen.“ Beide lachten.

„Und jetzt bist du bei der Polizei ... In Berlin?“

„Ja, aber zurzeit ermittle ich hier.“ Er zog die Fotos aus der Brusttasche.

„Ach du lieber Schieber“, entfuhr es Hella, „das ist ja mindestens zwanzig Jahre her.“

„Wenn nicht gar dreißig!“

Hella musste passen. Aus der Zeit gab es überhaupt keine Unterlagen, und es war auch niemand mehr im Laden, der damals schon hier gearbeitet hatte.

„Ja, man kann nicht immer Glück haben“, sagte der Kommissar.

Als Nächstes fuhr Heiland in die Konrad-Adenauer-Straße in Tübingen-Derendingen, wo die Landespolizeidirektion untergebracht war. Die Chefin der Mordkommission stellte sich als Leitende Hauptkommissarin Désirée Lindemann vor. Heiland hatte ein klein wenig Mühe, seine Überraschung zu überspielen. Frau Lindemann mochte so Mitte dreißig sein, trug einen Nadelstreifen-Hosenanzug und hochhackige Stiefeletten. Sie hatte rotes Haar, das sie mit mehreren Kämmen und Klammern hochgesteckt hatte. Ihre grünlichen Augen musterten ihn kühl. Heiland schilderte seinen Fall. Aber Frau Lindemann hatte von dem Heckenschützen längst gehört und war erstaunlich gut unterrichtet. Eindringlich bat sie den schwäbelnden Kollegen aus Berlin, sie über jede neue Entwicklung auf dem Laufenden zu halten. Er versprach es ihr.

Als er die Hauptkommissarin verlassen wollte, kam ein Mitarbeiter Désirée Lindemanns herein. Er habe gehört, dass ein Kollege aus Berlin da sei. Frau Lindemann nickte zu Heiland hin.

„Ja, also“, sagte der Hauptkommissar, den Heiland auf sechzig schätzte und der vermutlich kurz vor der Pensionierung stand, „da isch ein komischer Anruf g'wesa, ob hier ein Kollege namens Peter Heiland aus Berlin eingetroffen sei."

„Ja, und?", fragte Désirée Lindemann herrisch.

„Das ist eine verdammt wichtige Nachricht", sagte Heiland. Freundlich fragte er den älteren Kollegen. „Was haben Sie ihm geantwortet?"

„Ich hab g'sagt, davon sei mir nichts bekannt."

„Sehr gut!", sagte Heiland und erläuterte den beiden, man könne nicht ausschließen, dass der Heckenschütze ihn persönlich kenne. Er berichtete von den Anrufen beim LKA in Berlin und schilderte das Missgeschick seiner Kollegin, die aus Versehen ausgeplaudert hatte, dass er auf dem Weg hierher nach Tübingen beziehungsweise nach Riedlingen sei.

„So kann's gehen", sagte der Kollege verständnisvoll.

„Gut, dass wir jetzt davon unterrichtet sind", ließ sich Désirée Lindemann hören. Und dann hatte sie plötzlich eine Idee: „Was halten Sie davon, wenn wir Ihnen den Kollegen Raisser hier zuordnen, Herr Heiland?"

„Hätten Sie denn Lust?"

„Also darauf kommt es ja nun wirklich nicht an", schnappte Frau Lindemann.

„Ja, Lust hätte ich schon", sagte Raisser, ohne seine Chefin zu beachten.

Heiland reichte Raisser die Hand. „Ich gebe Ihnen meine Karte, da steht meine Handynummer drauf. Und dann schreibe ich Ihnen noch die Nummer meines Großvaters dazu. Bei dem wohne ich zurzeit."

Désirée Lindemann hörte den beiden mit zunehmender Ungeduld zu. „Das nennt man wohl schwäbische Gemütlichkeit", sagte sie. „Wie kommen Sie damit eigentlich in Berlin zurecht, Kollege Heiland?"

„Ach, wissen Sie, wir Schwaben haben den Berlinern eins voraus: Wir reden zwar langsamer, aber mir schaffet dafür a bissle schneller."

Hauptkommissar Raisser schaute ihn strahlend an. Aus seiner Miene war durchaus so etwas wie Begeisterung herauszulesen.

Heiland fragte die Chefin der Mordkommission, ob man das Präsidium auch auf einem anderen Weg als durch den Haupteingang verlassen könne.

„Warum das denn?"

„Wenn der Mann schon wusste, wo er telefonisch nach mir fragen musste, weiß er ja vielleicht auch, wo er mich beobachten kann. Immerhin hat er schon einmal auf mich geschossen."

Raisser sagte rasch: „Ich zeig's Ihnen!"

Heiland gab Raisser seinen Autoschlüssel. „Wenn Sie so nett wären und mich mit meinem Wagen am Derendinger Bahnhof treffen würden."

Raisser verstand sofort. „Mach ich doch glatt! Und Sie könnet auf dem Fußweg über d'Äcker und nachher durch den Bahnhofweg laufe. Da kann Ihnen auch kein Fahrzeug folgen."

„Sehr gut", sagte Heiland. „Und haben Sie ein Auge auf einen Motorradfahrer, der vielleicht den Haupteingang beobachtet. Wir wissen nur, dass er wahrscheinlich eine Suzuki fährt und einen verspiegelten Sturzhelm trägt."

„Wird gemacht!"

Heiland verließ das Gebäude durch eine schmale Tür, schaute sich sichernd um, überquerte eine Zufahrt zum Nachbargebäude und schlenderte dann wie ein Spaziergänger den Feldweg Richtung Bahngelände entlang.

Am Derendinger Bahnhof stand bereits sein Wagen, als er dort ankam. Raisser saß hinter dem Steuer. „Da war tatsächlich einer", sagte er.

„Haben Sie die Nummer erkennen können?"

„Ja, es war eine Tübinger Nummer. TÜ-IK 416."

„Würden Sie bitte klären, wem die Nummer gehört?"

„Hab ich schon g'macht!"

„Ehrlich? Respekt!"

„Dass mich auf meine alten Tage auch noch einmal einer lobt … Vor grade mal zwei Stunden hat der rechtmäßige Besitzer den Diebstahl gemeldet! Wahrscheinlich findet man das Nummernschild bald in irgendeinem Straßengraben."

„So wird's sein." Heiland reichte Raisser die Hand. „Vielleicht kriegen wir zwei ihn ja miteinander."

Raisser lächelte ihn strahlend an.

BODELSINGEN nannte sich Stadt, war aber ein großes Dorf mit Neubauten, Fachwerkhäusern, Gewerbegebiet. Als Heiland in Bodelsingen eintraf, ging es schon auf den Abend zu. Auf den Feldern wurde das Heu eingebracht. Der herrliche Duft des Heus, mit dem so viele Jugenderinnerungen verbunden waren, lag über der ganzen Stadt. Heiland hatte früher gerne bei der Heuernte geholfen, weil er dann am Ende des Tages hoch oben auf dem Heuwagen nach Hause fahren durfte.

Er überquerte den Rathausplatz und trat in das Wirtshaus „Zum goldenen Adler". Einfaches Mobiliar, dunkles Holz, tief hängende Lampen, die ein warmes gelbes Licht abgaben. Die Bedienung, eine Frau um dic siebzig, die zwei Zöpfe dicht um ihren Kopf geflochten hatte und ein langes blaues Kleid trug, trat an seinen Tisch. „Was darf's sein?"

„Was Kleins zum Essen und ein großes Bier."

„Mir hättet an ganz frische Ochsenmaulsalat, und da könnet Se Bauernbrot oder Bratkartoffeln dazu kriege."

Er entschied sich für das Bauernbrot, und auf den Ochsenmaulsalat freute er sich richtig. Als das Bier kam, zog er die Frau, die offenbar die Wirtin war, in ein Gespräch. „Sagt Ihnen der Name Gräter etwas?"

„Gräter hat's früher hier gegeben."

„Mir geht's um eine Sonja Gräter. Später hat sie Michel geheißen."

Die Wirtin wurde misstrauisch. „Was interessiert Sie denn da?"

„Ich komm eigentlich aus Berlin", sagte Peter Heiland, „und da isch mir eine Frau Sonja Michel, geborene Gräter, unterkomme. Und die muss einen Sohn g'habt habe …"

Die Augen der Wirtin verengten sich. „Keinen eigenen Sohn. Er war das uneheliche Kind ihrer verstorbenen Schwester!", sagte sie streng, und Peter erinnerte sich prompt, dass hier unterm Albtrauf, im Schatten des Gebirges, die engsten Pietisten gediehen. Sollte er der Wirtin sagen, dass er selbst auch ein uneheliches Kind gewesen war, das zudem niemals erfahren hatte, wer sein Vater war? „Später hat Sonja Gräter geheiratet", sagte die Wirtin, „zwoimal sogar, soviel ich weiß. Dera hätt mr noch viel mehr Männer zugetraut. Dabei soll die sogar amal Diakonisse gewese sei! Ein männermordendes Weibsbild war des!"

„Was Sie nicht sagen!"

Von der Küche her ertönte eine Klingel. Der Ochsenmaulsalat war servierbereit. Die Wirtin eilte zur Durchreiche.

Heiland begann zu essen. Der Ochsenmaulsalat war genau so angemacht, wie er ihn mochte: mit viel frischen Zwiebeln und einer sauren Tunke aus Essig und Öl, die einem, wie der Schwabe sagt, „das Hemmed z'ammazieht". Das Brot war frisch, noch ofenwarm, die Kruste dick und knusprig. „Wunderbar", sagte er.

„Vielleicht kommen Sie ja amal wieder, dann müsset Sie den Roschtbrate esse. Den macht der Francesco besonders gut."

„Francesco? Ist das ein Italiener?"

„Ja, scho, aber er isch mein Schwiegersohn. Des isch dann scho no was anders!"

Heiland verkniff sich das Lachen und fragte: „Wer war denn der erste Mann von der Frau Michel, geborene Gräter?"

„Des isch an armer Kerle gewesa. A Langweiler halt, a bissle beschränkt. Reich vom Vadder her, aber sonscht war da nix."

„Und wie hieß der?"

„Köberle, Sebastian Köberle."

„Was?" Heiland ließ Messer und Gabel fallen, dass es klirrte. „Sind Sie sicher?"

„Also i han no lang koin Alzheimer."

„Sebastian Köberle? Und später ist er nach Berlin?"

„Ja, d' Leut hent behauptet, er sei ihr nach!" Die Wirtin stand auf, um Gäste zu begrüßen. Ein älteres Ehepaar, das sich an einen Ecktisch setzte.

Sebastian Köberle hieß der Lehrmeister bei Siemens. Das zweite Opfer des Heckenschützen.

Heiland konnte beobachten, wie sehr sich die Wirtin beeilte, die Bestellung des älteren Ehepaars aufzunehmen und in die Küche weiterzugeben, um möglichst rasch an seinen Tisch zurückkehren zu können. Schon wenige Augenblicke später saß sie wieder neben ihm. „Und was war mit dem zweiten Mann?", fragte er die Wirtin ziemlich unvermittelt.

„Den hat sie wohl erst in Berlin kennen g'lernt."

„Wann ist sie denn hier weggezogen?"

„1990, glaub ich! Da sind ja an Haufe Leut nach Berlin."

„Und der Junge … Der muss ungefähr so alt sein wie ich. Dann war er da vielleicht siebzehn oder so."

„Also des Büble hat sie ja schon früher weggegeben. Der Köberle hat das wohl zur Bedingung g'macht g'habt oder wahrscheinlich dem seine Eltern. Und heirate hat sie ihn ja unbedingt wolle." Die Wirtin kniff ein Auge zusammen und machte mit Daumen und Zeigefinger die Geste des Geldzählens. „Aber jetzt will ich doch wissen, warum Sie das alles so interessiert!"

Amüsiert stellte Heiland fest: Wenn sie streng wurde, bemühte sie sich darum, in der Schriftsprache zu reden. „Ach, wissen Sie", sagte er, „ich bin irgendwie auf den Spuren meiner eigenen Vergangenheit."

„Wenn man so lebt wie unsereiner, hat mr des net nötig", sagte die Wirtin.

„Und Sie haben nie davon geträumt, einmal woanders hinzugehen? Etwas anderes zu machen?"

Überraschend gab die alte Frau einen tiefen Seufzer von sich. „Soll man solchen Gedanken nachhängen, wenn sie doch sowieso vergeblich sind?"

„Wissen Sie", sagte Heiland, „wenn man Ihren Job macht, kommt man gar nicht drum herum, weise zu werden." Er sah auf die Speisekarte, wo der Name der Besitzerin verzeichnet war, und setzte hinzu: „Frau Ruckaberle." Er zahlte, gab ein zu hohes Trinkgeld, was bei der Wirtin ein kritisches Stirnrunzeln hervorrief und trat in den Abend hinaus.

Nach Norden hin sah er den Steilabfall der Schwäbischen Alb. Den Albtrauf. Die blaue Mauer. Als er mit dem Polizeiwagen aus Bodelsingen hinausfuhr, kam ihm ein Motorrad entgegen. Er verlangsamte unwillkürlich das Tempo. Aber Motorradfahrer gab es zu Millionen, und hier in Bodelsingen und Umgebung mochten es immer noch ein paar hundert sein.

DER MOTORRADFAHRER durchquerte das Dorf, am Wirtshaus Zum goldenen Adler vorbei, das Peter Heiland vor kaum zehn Minuten verlassen hatte, und gab dann Gas und verließ Bodelsingen Richtung Gomaringen. Hinter dem Dorfrand bog er auf einen betonierten Feldweg ein.

Der Motorradfahrer erreichte eine kleine Anhöhe, stoppte, nahm den Helm ab und sog die warme Luft in die Lungen. Der Mond stand als scharfe Sichel hoch über der Kante der Schwäbischen Alb und gab ihr einen Schlagschatten, der das Land darunter ins Dunkel stieß.

Sascha bockte das Motorrad auf und ging ein paar Schritte einen Wiesenweg entlang, der von stark wuchernden Schlehenhecken gesäumt wurde. Das kleine Gartentor war nicht verschlossen. Als er es aufstieß, gab es ein Geräusch von sich, als ob es sich beschwerte. Auch die Tür zu dem Gartenhäuschen ließ sich ohne Schwierigkeiten öffnen. Sascha lächelte. Oma Mine vermutete hinter keinem Menschen etwas Schlechtes.

In dem Häuschen roch es nach Staub, ein Geruch, der ihn anwiderte. Sascha brachte die halbe Nacht damit zu, die Hütte zu reinigen. Da er gewusst hatte, was ihn erwarten würde, hatte er in einem Drogerieladen alles gekauft, was man dafür brauchte. Gegen vier Uhr morgens konnte er in dem Häuschen endlich atmen und fiel in einen tiefen, traumlosen Schlaf.

HEILAND war gegen halb neun Uhr am Abend nach Hause, genauer: zu seinem Opa Henry gekommen. Der saß hinter dem Haus auf einer Bank und verfolgte den Flug eines Weltraumkörpers, der sich seinen Weg zwischen den Sternen am Himmel zu suchen schien. Als Peter um die Hausecke kam, sagte sein Großvater: „Jetzt bisch nach Berlin gezogen. Warum net glei da 'nauf auf den Mond?"

„Mach ich, sobald da ein Flugzeug zu vernünftigen Preisen hinfliegt!"

Sein Opa lachte und sagte: „Komm, setz dich zu mir her. Was macht dein Mörder?"

„Wenn ich das wüsst, hätt ich ihn vielleicht bald."

„Die Frau Michel hat früher Gräter g'heißen."

„Ja", sagte Peter.

„Sind wir also gleich weit."

„Das weiß man nie so genau, auch wenn man das gleiche Wissen hat."

„Bisch jetzt du neuerdings der Philosoph?" Sein Großvater sah ihn mit schief gelegtem Kopf an.

„Alles bei dir gelernt, Opa."

Beide lachten. Dann schwiegen sie eine Weile. Schließlich sagte Henry: „Da hat a Mädle aus Berlin angerufen. Ich soll dir ausrichten, Sonja Michel sei zweimal verheiratet gewesen, und ihr erster Mann sei das zweite Opfer des Heckenschützen."

„Sieh mal an, haben die 's also auch rausgekriegt."

„Das wär dann also der Köberle?"

„Opa!" Peter starrte den alten Mann ungläubig an. „Jetzt brauch ich einen von deine Obschtler."

„Was denn für einen Obschtler?"

„Hör auf", sagte Peter, „ich ermittle doch nicht gegen Schwarzbrenner!"

Der Großvater rückte eine Flasche selbst gebrannten Himbeergeist heraus.

„Sie hat ein Kind großgezogen, die Sonja Gräter, spätere Köberle, spätere Michel", sagte Peter, als er den ersten Schnaps hinuntergekippt hatte. „Hast du das auch gehört?"

„Nein!"

Peter sah Opa Henry überrascht an. Das klang so abweisend, als ob er keinesfalls darüber reden wollte. „Sie hat es weggegeben, weil dieser Köberle es verlangt hat. Sonst hätt er sie nämlich nicht geheiratet."

„Sie war halt scharf auf sein Geld", sagte Henry.

„Die Frau wird mir immer unsympathischer." Peter trank den zweiten Schnaps.

„D' Leut sind, wie sie sind." Der Alte seufzte: „Manchmal täuscht man sich halt in den Menschen."

„Täusch ich mich, oder redest du jetzt gar nicht über unseren Fall?"

„Wie man's nimmt."

Peter Heiland hatte ein ungutes Gefühl. Auf ganz unbestimmte Weise glaubte er, das alles könnte etwas mit ihm zu tun haben.

„Trink noch einen", sagte sein Opa und goss nach. „So ein Schnaps reinigt."

„Opa, könnt es scin, dass dich etwas bedrückt, worüber du nicht mit mir reden willst?"

„Frag mich nicht. Erzähl mir lieber noch a bissle was über Berlin."

UM DIE gleiche Zeit lag Hanna Iglau in ihrem Bett. Der Kater, der sich inzwischen längst mit ihr arrangiert hatte, kuschelte sich in ihre rechte Armbeuge und schnurrte so laut, dass Hanna sich überlegte, ob sie das beim Einschlafen stören würde. Sie bemühte sich, nicht an Peter Heiland zu denken, aber es gelang ihr nicht.

Sie war am Nachmittag bei Hans Georg Kühn gewesen. Der Kunstprofessor hatte die Klinik bereits verlassen können und erwartete sie zu Hause. Kühn hatte seine eigene Theorie zu dem Mordanschlag. Der Heckenschütze mochte für alle bisherigen Fälle verwandte Motive gehabt haben. Aber nun hatte er sich eben ein völlig fremdes Opfer ausgesucht, „total willkürlich“, wie Kühn es ausdrückte. „Er musste ja die Kette durchbrechen, die sonst zu ihm führen würde.“

Hanna konnte mit der Theorie nicht viel anfangen. Sie glaubte immer noch, dass Kühn einmal mit dem Schützen in Berührung gekommen sein musste. Dass er gar nicht bereit war, überhaupt darüber nachzudenken, konnte reale oder auch ganz irreale Gründe haben. Vielleicht glaubte er, sich für die Zukunft schützen zu können, wenn er eine Verbindung zu dem Täter auch in seinen Gedanken gar nicht erst aufkommen ließ.

Als sie von ihm wegging, war sie unzufrieden. Sie fuhr zur Universität der Künste und fand dort eine Studentin, die bei Kühn in der Malklasse war. Die junge Frau hieß Helena, war hoch gewachsen, sehr dünn und trug schulterlanges schwarzes Haar und Ponys, die bis über die Augen hingen.

„Sie meinen sicher Sascha“, sagte sie, als Hanna Iglau nach einem jungen Mann fragte, der vermutlich mit dem Motorrad hier angekommen sei und der womöglich versucht habe, von Kühn als Schüler akzeptiert zu werden. „Komischer Typ“, fuhr Helena fort. „Total durchtrainiert, körperlich topfit, alles an dem war angespannt, sogar die Gesichtshaut über den Backenknochen.“

Hanna hatte plötzlich eine Idee: „Könnten Sie den zeichnen?“

„Ich bin ganz schlecht in Porträts.“

„Aber es würde uns enorm helfen.“

Sie gingen ins Café Steintor, tranken einen Cappuccino und bestellten Bruschetta. „Kühn kann einen total fertig machen!“ „Total“ schien Helenas Lieblingswort zu sein. „Ich bin ganz zufällig Zeugin geworden, wie er Sascha abfahren ließ. Ich kann dir sagen!“ Der Übergang zum Du kam ganz selbstverständlich. „Ich weiß ja nicht, ob der Junge begabt ist, aber Kühn hat gar nicht erst danach gefragt. ‚Es gibt hier Regeln‘, hat er gesagt. ‚Sie können sich normal bewerben.‘ Sascha hat ihm Geld angeboten. Ziemlich viel Geld. Keine Ahnung, warum er unbedingt sein Schüler werden wollte."

„Woher weißt du eigentlich, dass er Sascha heißt?"

„Ich hab ihn nachher abgefangen, weil ich gedacht hab, der Junge braucht Trost. Ich hab ihm gesagt, wie total beschissen ich Kühns Verhalten fand, aber er hat nur gesagt, das sei doch normal. Jeder Mensch habe halt seine Interessen. ‚Und was sind deine Interessen?', hab ich ihn gefragt. ‚Zum Beispiel mit dir was trinken zu gehen', hat er daraufhin gesagt. Das fand ich irgendwie total süß."

Die beiden waren dann genau in diesem Café gewesen, in dem Helena jetzt mit Hanna saß.

„Hat er etwas über sich erzählt?"

„Nein. Er hat nur gesagt, dass er Sascha heißt, aber sonst hat er total geblockt. Dann ist er aufgestanden, hat Geld auf den Tisch gelegt und gesagt: ‚War sehr nett', und ist gegangen. Ich kann dir sagen, ich hab mich total blöd gefühlt."

Während sie redete, zeichnete Helena die ganze Zeit in Hannas Notizblock. Es entstanden fünf oder sechs Gesichter, die sich ziemlich ähnlich waren. So ungefähr sehe Sascha aus, sagte Helena, aber bei Kühn könnte sie damit keinen Blumentopf gewinnen. Hanna fragte, ob Helena am nächsten Tag ins Präsidium kommen würde, um mit den Polizeispezialisten ein Phantombild am Computer herzustellen. „Mach ich gern, find ich total geil, mal zu sehen, wie so was geht. – Gibst du mir noch einen Campari-Orange aus?"

Hanna bestellte. Sie musste dazu an den Tresen gehen, und als sie sich wieder umwandte, stand plötzlich Manuel, der schwarze Jongleur, vor ihr.

„Ey", krähte er, „die schöne Freundin vom Bullen meines Vertrauens!" Dann entdeckte er Helena. „Und die schöne Helena! Wenn das nicht mein Glückstag ist!!"

Die drei blieben noch zusammen, und Hanna Iglau genoss es, dass sie schon nach wenigen Minuten alle Gedanken an den Heckenschützen verdrängt hatte.

GEGEN 21 Uhr war sie dann doch noch ins Büro gegangen. Sie hoffte, Ron Wischnewski anzutreffen; denn sie hatte ja mit ihrer Recherche richtig Erfolg gehabt. Wischnewski saß bewegungslos an seinem Schreibtisch, als sie nach einem kurzen Klopfen und einem herrischen „Herein!" sein Büro betrat. Er hatte die Augen geschlossen.

Hanna legte Helenas Zeichnungen auf die Schreibtischplatte vor Wischnewski. Der Chef öffnete die Augen. „Wer ist das?"

„Der Heckenschütze!"

Ruckartig richtete sich Ron Wischnewski auf. „Wo haben Sie das her?"

Hanna berichtete, wie Kühn sie ganz offensichtlich angelogen hatte und welches Glück sie hatte, in der UdK ausgerechnet auf Helena zu treffen, die möglicherweise den Mann kennen gelernt hatte, den sie suchten.

„Gratuliere!", sagte Wischnewski. „Plötzlich habe ich das Gefühl, als komme etwas in Bewegung. Hat sich der Schwabe gemeldet?"

„Bei mir nicht."

„Na dann vielleicht morgen." Wischnewski ließ sich wieder gegen die Stuhllehne zurücksinken.

„Machen Sie noch nicht Feierabend?"

„Manchmal fürchte ich mich vor meiner Wohnung", sagte Ron Wischnewski. „Das heißt eigentlich nicht vor der Wohnung, sondern davor, dass ich dort so alleine bin." Wischnewski hob den Kopf. „Wissen Sie, wie lange sich mein Sohn nicht gemeldet hat? Eineinhalb Jahre. Für den bin ich gestorben."

„Und er für Sie?"

„Ich sag Ihnen was, Iglau: Ich würde heulen vor Rührung, wenn er jetzt statt Ihnen hier stehen würde."

„Ich bin schon weg", sagte Hanna.

„So war es nicht gemeint."

„Weiß ich doch. Aber ich bin müde, und zu Hause wartet ein Kater auf mich!"

8

Die Erde lechzte nach Wasser. Aber außer ein paar kurzen heftigen Gewittergüssen hatte es in den letzten drei Wochen keinen Regen gegeben. So begann auch dieser Tag damit, dass die Sonne vor einem blassblauen, wolkenlosen Himmel emporstieg. Peter Heiland quälte sich mit schweren Träumen. Wehrlos stand er einem Schützen gegenüber, der sein Gewehr auf ihn angelegt hatte, und war unfähig, sich zu bewegen. Der Schuss fiel. Er spürte nichts und war sich doch sicher, dass er getroffen worden war. Aber er stand und fiel nicht. Als wäre das Geschoss durch ihn hindurchgegangen, ohne ihn zu verletzen.

Er war sehr froh, als er aufwachte. Er schwang seine dünnen Beine über den Bettrand.

Opa Henry hatte schon ungeduldig auf ihn gewartet. Der Kaffee dampfte, die Brötchen rochen frisch. Henry hatte ein Stück Älbler Rauchfleisch angeschnitten. Jetzt legte er die Scheiben in eine Pfanne und schlug vier Eier darüber. Dabei sagte er: „Den Köberle hab ich kennt!"

„Ah ja? Dann bist du doch sicher auch mal seiner Frau begegnet."

„Ja, sie war a saubers Weib damals."

Peter schnitt ein Brötchen auf. „In Berlin hat sie mit einer Freundin zusammengelebt. Amelie Römer hieß die. Hast du den Namen schon mal gehört?" Sein Großvater schüttelte den Kopf. „Und den Namen Hermine Neidlein?"

„Ja sicher. Die Neidlein aus Bodelsingen. Die war mit unserer Schwester Gertrud befreundet. Und manchmal, wie deine Großmutter noch g'lebt hat, sind die zwei sogar mitnander bei uns im Garte g'wese." Er kicherte. „Einmal hab ich ihnen ordentlich von mei'm Holunderwein spendiert und hab zu ihne g'sagt, den könntet se ruhig trinke, da sei kein Alkohol drin."

„Und?"

„Gsunge hent se und danzt wie dr Lump am Stecka. Die habet au fröhlich sei könne, so war des net!"

„Lebt die Hermine Neidlein noch?"

„Bis vor a paar Jahr hat sie in einem Gartehäusle g'wohnt. Hinter Bodelsingen am Hang. Ihr Garten war ein kleines Paradies. Jetzt isch die Frau aber, glaub ich, schon seit a paar Jahr im Altersheim."

Opa Henry teilte die Spiegeleier und schob sie mit einem Bratenwender samt dem kross gebratenen Speck auf zwei Teller.

„Sonja Michel war also eine geborene Gräter, ihr erster Mann war dieser Köberle, und der hat sie gezwungen, das Kind ihrer verstorbenen Schwester, das sie großzog, wegzugeben."

„Ich kann mir überhaupt nicht vorstellen, wie eine Mutter oder eine Ziehmutter mit so etwas einverstanden sein kann", sagte Henry. „Aber nach dem zweiten Mann, dem Michel, müsst ihr wahrscheinlich in Berlin suchen."

„Ja, das meinte die Adlerwirtin in Bodelsingen auch."

„Ach! Bisch bei der alten Marie Ruckaberle eingekehrt?"

„Die kennst du natürlich auch."

Opa Henry nickte nachdrücklich. „A bigotte Spinatwachtel isch des. Wenigschtens isch ses früher gewesa."

„Manchmal täuscht man sich auch in de Leut“, wandte Peter ein und stand auf. „Ich muss dann los.“

„Wohin?“

„Zuerst amal aufs Einwohnermeldeamt in Bodelsingen und dann ins Altersheim zu Frau Neidlein.“

„Und ich? Was soll ich machen?“

Peter grinste: „Also von mir aus hast du heut frei – kriminalistisch gesehen.“

SASCHA kam erst kurz nach neun Uhr zu sich. Er sprang von der Matratze, die er sich auf den Boden gelegt hatte, und stieß die Fensterläden auf. Helles Licht flutete herein.

Er hatte zum Schlafen sein Polohemd und die Unterhose angelassen, beides zog er jetzt aus und warf es angewidert in eine Ecke. Die Kleider waren feucht und stanken nach Schweiß.

Der junge Mann trat vor die Tür. Der Garten war verwildert. Bei Oma Mine hatte alles immer seine Ordnung gehabt. Plötzlich spürte er eine regelrechte Sehnsucht nach Mine. Er musste sie endlich sehen. Sascha schlüpfte zu dem alten Brunnen, der hinter dem Haus stand. Er hatte wenig Hoffnung, dass der noch Wasser spendete. Aber schon beim fünften oder sechsten Mal kam tatsächlich ein erster schwacher Wasserstrahl aus dem gebogenen Rohr. Auf einmal floss das Wasser, und bei jeder Bewegung der Pumpe sah es klarer und frischer aus. Endlich schöpfte er mit beiden Händen das Nass und warf es sich ins Gesicht. Dann wusch er sorgfältig seinen ganzen Körper. Ein starkes Wohlgefühl erfasste ihn. Er warf den Kopf weit in den Nacken, breitete die Arme aus und bot seinen durchtrainierten Körper der Sonne dar. Auf seiner Haut verdampfte das eiskalte Brunnenwasser.

Auf der Fahrt zum Altersheim machte er bei einem Bäcker Halt und holte frische Brezeln und Brötchen.

Hermine Neidlein öffnete erst nach dem dritten Klingeln. Sascha erschrak, als er sie sah, so klein, so zerbrechlich sah sie aus. Ihre Haut war verschrumpelt wie die eines alten Apfels. Die kleine Frau musterte den Besucher. „Was wollen Sie?“

„Oma Mine!“

„Wer sind Sie?“

„Ich bin’s, Sascha! Erkennst du mich denn nicht?“

„Ach, es ist furchtbar. Ich vergess doch alles.“

Er drängte sich an ihr vorbei. Das Zimmer war geräumig. Es hatte eine Schlafnische und eine schöne Loggia, die mit üppig blühenden Geranien geschmückt war. Im Wohnraum stand ein Esstisch mit vier dunklen Stühlen, in der Ecke thronte ein mächtiger Ohrensessel. Daneben stand ein Tischchen, auf dem eine Bibel, ein Gesangbuch und der Neukirchner Kalender lagen. Die Wohnung war aufgeräumt und sauber.

Sascha hätte die alte Frau gerne in seine Arme genommen, aber sie war ihm so fremd, und zudem ging ein säuerlicher Geruch von ihr aus, der ihn abstieß.

„Ich hab Brötchen und Brezeln mitgebracht."

„Die kann ich doch gar nicht mehr beißen. Aber essen Sie ruhig", sagte Oma Mine.

„Oma Mine, ich bin es doch. Dein Sascha."

„Der kleine Sascha! Er war ein rechtes Sorgenkind."

„Aber nur manchmal." Sascha setzte sich auf die vordere Kante eines der Stühle an den Tisch. „Bist du denn immer gesund?", fragte er.

„Ja, leider. Ich würd gern sterben", sagte Oma Mine.

„Weißt du, ob jemand nach mir gefragt hat?" Sascha griff nach der Hand der alten Frau.

„Du bist Sascha? Du warst doch immer so klein." Sie zeigte es mit der flachen Hand an.

Sascha lachte: „Ja, damals mit drei oder vier!"

Die Tür ging auf. Eine Pflegerin kam herein. „Ach, Sie haben Besuch?"

„Ja. Schön, nicht?" Jetzt strahlte Oma Mine über das ganze zerknitterte Gesicht.

„Das freut mich für Sie", sagte die Pflegerin und sah Sascha aufmerksam an. „Sind Sie ein Verwandter?"

„Ja, ich bin ihr Enkel." Er lächelte die Pflegerin an.

„Manchmal hat sie ganz lichte Momente, dann weiß sie alles", sagte die Pflegerin.

„War denn sonst jemand da in letzter Zeit, der meine Großmutter besucht hat?"

„Nein, das finden wir auch so schade. Sie bekommt kaum einmal Besuch. Ihre Freundinnen sind alle gestorben. Und eine ihrer Töchter lebt ja schon lange nicht mehr, und die andere lässt nie etwas von sich hören. – Ihre Mutter vermutlich?"

„Nein, meine Mutter ist schon lange tot. Und meine Tante lebt jetzt auch nicht mehr."

„Sie glauben ja gar nicht, wie oft wir das haben, dass alte Menschen leben müssen, als wären sie schon lange nicht mehr auf der Welt."

„Ich werde mich ab jetzt um meine Oma kümmern."

„Haben Sie das gehört, Frau Neidlein?"

„Ich kann noch gut hören, nur ich vergesse immer alles. Ist das nicht furchtbar?"

Zehn Minuten später verabschiedete sich Sascha von Oma Mine. Er war gerade davongefahren, als der Polizeiwagen mit Heiland am Steuer vor dem Heim hielt.

HEILAND war beim Einwohnermeldeamt gewesen. Sonja Gräter, vermutlich die spätere Sonja Michel, war 1948 in Bodelsingen geboren worden, eine Stunde vor ihrer Schwester Sabine. Die Eltern der Zwillinge waren Hermine und Konrad Gräter. Sabine Gräter hatte 1973 einen unehelichen Sohn bekommen, den sie auf den Namen Sascha hatte taufen lassen. Zwei Jahre später starb Sabine Gräter nach einer schweren Krebserkrankung. Sascha war dann von Sonja Gräter aufgenommen worden. Die heiratete freilich 1981 den Werkzeugmacher und Fabrikantensohn Sebastian Köberle. Wo Sascha hingekommen war, ging aus den Unterlagen nicht hervor. Sonja Köberle zog dann 1990 nach Berlin. Ihre Abmeldung war die letzte Eintragung im Bodelsinger Einwohnerregister.

Heiland forschte weiter.

Konrad Gräter, der Vater der Zwillingsschwestern, war erst drei Monate vor der Geburt der Mädchen aus russischer Gefangenschaft zurückgekommen. Offenbar war er bereit gewesen, die Kinder anzuerkennen, aber vielleicht war er damit dann doch nicht zurechtgekommen. Zwei Jahre danach jedenfalls ließen sich die Eheleute scheiden, und Hermine Gräter nahm ihren Mädchennamen Neidlein wieder an.

Sascha war also der Neffe der verstorbenen Sonja Michel und der Sohn von deren Zwillingsschwester Sabine.

Heiland verließ tief in Gedanken das Rathaus von Bodelsingen. Er wollte gerade in seinen geliehenen Dienstwagen steigen, als Hanna auf seinem Handy anrief. „Ich weiß jetzt, wie der Heckenschütze mit Vornamen heißt."

„Sascha?", fragte Peter.

„Du weißt das?"

„Und sein Nachname dürfte Gräter sein."

„Und ich war so stolz", sagte Hanna enttäuscht.

„Kannst du auch sein. Denn was du rausgekriegt hast, bestätigt das, was ich rausgekriegt habe, und die Wahrscheinlichkeit, dass wir nun den Richtigen im Visier haben, wird immer größer."

Sie unterrichteten sich gegenseitig über ihre Ermittlungsergebnisse. Die eigentliche Trumpfkarte hatte allerdings Hanna in der Hand: „Wir haben ein Bild von ihm, eine Zeichnung. Im Augenblick sitzt die Zeichnerin bei unseren Experten, um ein Phantombild zu erstellen."

„Das muss ich dann sofort haben!"

„Faxen wir dir!"

Peter Heilands Blick ging an der Fassade des Altersheims hinauf, diesem hübschen Fachwerkgebäude, das so wunderbar in die kleine Stadt integriert war.

Als er das Haus betrat, begegnete er der Pflegerin, die gerade die Brezeln und Brötchen, die Sascha Gräter zurückgelassen hatte, an ein paar Bewohner verteilte. „Entschuldigung, wo finde ich denn Frau Neidlein?"

„Das ist ja ein Ding", sagte die Pflegerin, „da bekommt sie monatelang keinen Besuch und dann an einem Tag gleich zweimal! Sind Sie auch ein Enkel von ihr?"

„Nein, leider. War denn ihr Enkel heute schon da?"

„Vor zehn Minuten ist er weggegangen."

„Schade, dass ich ihn verpasst habe." Plötzlich wurde Peter Heiland bewusst, dass er seine Dienstwaffe noch tief unten in seinem Koffer liegen hatte.

Während er die Treppe hinaufstieg, überlegte Heiland, ob er nicht gleich eine Fahndung herausgeben sollte: *Gesucht wird Sascha Gräter, 32 Jahre alt. Er fährt eine Suzuki K 24, vermutlich mit Berliner Kennzeichen. Vorsicht, der Mann ist gefährlich und bewaffnet.*

Aber Heiland wollte den Mann, der ihn selbst beinahe getötet hatte, selber zur Strecke bringen. Es sollte sein Erfolg werden. Und vor allem: Bevor er etwas unternahm, wollte er wissen, wer Sascha Gräter wirklich war und woher er ihn kannte. Dass dies keine sehr professionelle Haltung war, wusste er selbst nur zu genau.

Heiland klopfte bei Hermine Neidlein. Sie öffnete und sagte: „Sascha?"

„Nein, der war doch grade erst da, oder?"

„Du musst es ja wissen, Sascha", sagte sie und trat zur Seite, um ihn hereinzulassen.

„Erinnern Sie sich an Schwester Adelheid?", fragte Heiland. „Sie lebt in Schwäbisch Hall in einem sehr schönen Heim für ehemalige Schwestern."

Aber Hermine hatte nicht aufgenommen, was er sagte. „Es sind so viele tot. Bald bin ich nur noch ganz allein auf der Welt."

„Schwester Adelheid lässt Sie grüßen", sagte Peter.

„Das ist lang her, gell?"

„Ja, so um die fünfzig Jahre, denke ich."

Hermine Neidlein ließ sich in den Ohrensessel sinken, faltete die Hände über der Brust und schloss die Augen. „Lieber Gott", kam es leise von ihren blassen Lippen, „vergib uns unsere Sünden, hilf dem kleinen Sascha, dass er leben kann, und hol mich endlich zu dir, wenn es dein Wille ist. Amen."

Dann war sie still. Einen Augenblick befürchtete Heiland, die alte Frau sei just in diesem Moment gestorben. Aber als er dicht zu ihr trat, sah er, dass sie ruhig und gleichmäßig atmete. Sie war tatsächlich eingeschlafen.

HEINRICH HEILAND hatte nur einen Motorradführerschein gemacht – damals, gleich nach dem Krieg. Seitdem fuhr er Seitenwagenmaschinen. Die, mit der er jetzt in Richtung Bodelsingen unterwegs war, hatte er vor 37 Jahren erworben. Eine Zündapp.

Im zweiten Gang tuckerte er die Gomaringer Steige hinunter. Er hatte sich vorgenommen, mit der Adlerwirtin ein paar Sätze zu reden und sie zu fragen, was sie seinem Enkel erzählt hatte. Die alte Motorradbrille beschlug ein wenig. Er verlangsamte das Tempo und ließ das Motorrad an einer Ausweichstelle ausrollen. Mit spitzen Fingern zog er den Zündschlüssel ab. Das Motorgeräusch erstarb. Henry zog seine dicken Lederhandschuhe aus und schob die Brille vom Kopf. In diesem Moment hörte er das anschwellende röhrende Geräusch eines Motorrads, das die Steige heraufkam. Überrascht hob er den Kopf.

In extremer Schräglage raste ein Motorradfahrer auf ihn zu. Er trug eine glatte, eng anliegende schwarze Montur und einen schwarzen Helm, dessen Visier ebenfalls schwarz zu glänzen schien. Vor der nächsten Kurve richtete sich der Fahrer auf und legte sich wieder extrem schräg, fast flach auf die andere Seite. Dann war er verschwunden, und das Dröhnen des Motors verebbte.

Opa Henry stieß die Luft aus, die er die ganze Zeit angehalten hatte. „Verrückt!"

Er wischte umständlich seine Motorradbrille sauber, schob sie wieder über den Kopf und trat mit dem linken Fuß den Kickstarter nach unten. „Brav", sagte er, denn der Motor war sofort angesprungen.

SASCHA stoppte am Waldrand oberhalb von Riedlingen. Das Städtchen lag vor ihm in der Senke. Er erkannte das Rathaus und die Kirche. Sein Blick folgte der Donau, die sich unterhalb der Stadt nordöstlich schlängelte. Sascha wusste, wo Heinrich Heiland wohnte. Sorgfältig verwahrte er sein Motorrad und machte sich zu Fuß auf den Weg.

ETWA um die gleiche Zeit betrat Peter Heiland die Polizeistation in Riedlingen. Mike Dürr telefonierte. Ohne sein Gespräch zu unterbrechen, deutete er auf einen Eingangskorb. Und während er weiter darüber räsonierte, warum wohl die Riedlinger Fußballmannschaft am Samstag gegen Biberach verloren hatte, studierte Heiland, was Hanna Iglau ihm durchgefaxt hatte. Da waren mehrere Zeichnungen und ein typisches Phantombild, wie es an den Polizeicomputern nach Angaben von Zeugen hergestellt wurde. „Ja, ich ruf dich wieder an", hörte er Mike Dürr sagen.

Ohne von den Bildern aufzuschauen, sagte Heiland: „Wieder mal verloren?"

„Ach, das ist doch zum Auswachsen", schimpfte der Kollege. „Die guten Spieler kaufen uns die Reutlinger weg, und mit diesem Dödel von Trainer denkst du andauernd, du bist im falschen Film."

Heiland schob das Phantombild auf Dürrs Schreibtisch. „Kommt der dir bekannt vor?"

Dürr sah nur flüchtig drauf. „Hat was von einem Windhund. Nein, den hab ich noch nie gesehen."

„Könnt unser Heckenschütze sein", sagte Heiland. „Wir glauben, dass er sich hier irgendwo rumtreibt."

„Bei uns?" Die Frage klang fast panisch.

Heiland grinste und antwortete: „Mir zuliebe, wahrscheinlich", klemmte sich die Papiere mitsamt dem Protokoll von Hanna Iglau unter den Arm und verließ die Polizeistation.

Er ging schräg über den Platz in ein Café, bestellte sich einen Milchkaffee und ein Mineralwasser und wandte sich Hannas Bericht zu. Plötzlich stutzte er. Warum hatte sie ihm das nicht am Telefon gesagt: Sonja Michel war eingetragenes Mitglied des Schützenvereins Bodelsingen gewesen. Er fragte die Bedienung, ob sie wisse, wo der Schützenverein in Bodelsingen sein Vereinsheim habe.

„Das Vereinsheim liegt unten beim Sportplatz. Die Schießbahn haben sie am Eichenhain oben. Ich weiß das, weil ich bis letzten Herbst drunten in Bodelsingen g'schafft hab."

Opa Henry saß um die gleiche Zeit am Stammtisch im Goldenen Adler zu Bodelsingen. Er hatte ein Glas Riesling vor sich. Auf einem dicken Holzbrett lagen eine Schwarzwurst, ein Stück Bauernbrot und ein paar saure Gurken. Mit einem scharfen Messer schnitt er dünne Rädchen Wurst ab, nahm sie zwischen Daumen und Mittelfinger, tauchte sie in einen Klacks Senf und schob sie in den Mund. Kauend sagte er: „Es gibt Sache, die wisset die Junge besser net."

„Das musch du mir net sage", antwortete die Wirtin Marie Ruckaberle.

Sie waren allein in dem großen Raum, der so früh am Tag nach kaltem Rauch und abgestandenem Bier vom Vorabend roch.

„Was hasch ihm denn erzählt, dem Peter?", fragte Heinrich Heiland.

„Ich hab ja gar net gwusst, dass er dein Enkel isch. Und au no bei dr Polizei!" Sie schüttelte missbilligend den Kopf.

Henry grinste: „Und was noch viel schlimmer ist: in Berlin!"

Aber da fand er bei Marie Ruckaberle keinen Beifall. „Ich bin letztes Jahr drübe g'wese in Berlin. Mit dem schwäbischen Wirteverband. Eine schöne Reise isch des g'wesa. Wunderbare moderne Häuser habet die. Und die Botschaften alle. Dann der Reichstag und so viel Grün und an Haufe Seen. Und überall kommst mit der U-Bahn oder mit der S-Bahn hin." Henry musste zur Kenntnis nehmen, dass Marie Ruckaberle angefangen hatte, das Geld nicht mehr nur zu horten, sondern zu ihrem eigenen Reisevergnügen auszugeben. „Weißt du", sagte sie, legte ihren Kopf kokett zur Seite und kniff ein Auge zu: „Das zahlen alles meine Erben!"

Heinrich Heiland war mit sich und der Welt zufrieden, als er sein Motorrad wieder bestieg. Die alte Adlerwirtin hatte offenbar nicht zu viel geredet, und das beruhigte ihn sehr.

Peter Heiland schaute auf die Uhr. Es war kurz nach zwei am frühen Nachmittag. Aus der Schießbahn waren deutlich ganze Salven zu hören. Die Polizeidirektion Tübingen nutzte diese Bahn für ihr Training. „Sonst", sagte der Schießmeister, „hätten wir verdammte finanzielle Probleme."

Die Kollegen wirkten höchst konzentriert. Heiland kannte das. Die Zeit für das Schießtraining war kurz bemessen. Zudem dachten die meisten bei diesen Übungen daran, dass es auch einmal ernst werden könnte, und vor nichts fürchtet sich ein Polizist mehr als davor, einmal von der Waffe Gebrauch machen zu müssen. Hier sollte man nicht stören. Heiland verständigte sich mit dem Schießmeister darauf, in zwei Stunden wiederzukommen, um ihm dann seine Fragen zu stellen.

Die Zeit dazwischen nutzte er für einen Spaziergang mit Kletterpartie hinauf zum Felsabriss am Albrand. Ein schmaler Weg führte dort oben die Kante entlang und endete an einem vorgelagerten Aussichtsfelsen, der über einen kaum dreißig Zentimeter breiten Grat erreichbar war.

Von hier oben hatte man einen überwältigenden Blick. Links und rechts zogen sich die Zeugenberge hin. Vor ihm ausgestreckt lag die Tiefebene bis nach Stuttgart.

„SONJA MICHEL?“ Florian Sander, Chef am Bodelsinger Schießstand, zog seine grau melierten Augenbrauen zu steilen Dreiecken nach oben. „Ja, an die erinnere ich mich. Aber eigentlich war sie keine Sportschützin. Sonja ging viel lieber auf die Jagd.“

„Sie waren per Du mit ihr?“

Florian Sander lachte ein kehliges Lachen. „Ach, das ging bei ihr schnell. Sie war gleich mit allen per Du. Eine richtige Betriebsnudel war das.“

„Als ich sie kennen gelernt habe, nimmer“, sagte Peter Heiland. „Da war sie schon schwer krank und wirkte eigentlich eher depressiv.“

Sander nickte. „Sie hat halt kein Glück mit den Männern gehabt.“

„Ach ja?“ Peter gab sich verwundert. „Hatten Sie denn in letzter Zeit noch Kontakt zu Frau Michel?“

„Seit Jahren nicht mehr. Sie war noch mal mit ihrem zweiten Mann da. Cornelius Michel. Bankbeamter, glaub ich. Ein feiner Mensch. Auf einmal hat es so ausgesehen, als hätte sie doch einmal Glück gehabt mit einem Mann. Aber der ist ja dann so kläglich am Krebs gestorben.“

Heiland legte dem Schießmeister die Fotos vor, sowohl jene, die Sonja Michel mit dem kleinen Jungen zeigten, als auch das Phantombild, auf dem, aller Wahrscheinlichkeit nach, der Heckenschütze abgebildet war.

„Das ist unverkennbar die Sonja. Das Kind habe ich nie gesehen.“

„Und den jungen Mann da?“

„Ne, ist mir nie untergekommen.“

Heiland versuchte seine Enttäuschung nicht zu zeigen. „Mit wem ist sie denn damals auf die Jagd gegangen?“

„So genau weiß ich das auch nicht mehr.“

Plötzlich hatte Heiland das Gefühl, dass Florian Sander ihm auswich. „Denken Sie nach!“, sagte er in einer Schärfe, die ihn selbst überraschte.

„Na ja, meistens mit dem Heiner Ruckaberle.“

„Hat der was mit den Ruckaberles vom Gasthaus Adler zu tun?“

„Er war der Wirt!“

„Der Mann von der jetzigen Wirtin? Und die hat das gewusst?“

„Da müssen Sie die Frau Ruckaberle schon selber fragen. Aber die wird fuchsteufelswild, wenn man sie auf ihren Mann anspricht. Sie dürfen ihr auf keinen Fall sagen, dass Sie das von mir haben.“

„In Bodelsingen kennt doch jeder jeden, oder? Und wenn der Wirt vom einzigen Wirtshaus am Ort ein Verhältnis anfängt mit so einer Frau …“

„Eins?“ Sander lachte. „Vor dem war keine sicher!“

„Der Ruckaberle lebt nimmer, gell?“

„Nein.“

„Und wie ist er gestorben?“

„Bei einem Jagdunfall. 1990, glaub ich.“

„Und wer war schuld an dem Unfall?“

„Das ist nie herausgekommen.“

„Oh, du liabs Herrgöttle von Biberach, wie hent die d’Mucka verschissa!“ Es musste schon viel passieren, ehe Heiland einmal diesen Lieblingsspruch seines ehemaligen Chefs in den Mund nahm.

Auf der Rückfahrt nach Riedlingen wählte er wie selbstverständlich die Nummer seines früheren Vorgesetzten, nachdem er in eine Haltebucht gefahren war und den Motor abgestellt hatte, um in Ruhe telefonieren zu können.

„Bienzle“, meldete sich der Stuttgarter Kommissar mit seiner tiefen Stimme.

„Peter Heiland hier!“

„Ja jetzt kann i gar nimmer. Wo sind Sie?“

„Auf dem Weg nach Riedlingen.“

„Zu Ihrem Opa Henry?“

„Ja, aber ich bin beruflich hier.“

„Oh, du liabs …“ Bienzle verkniff sich die Fortsetzung seines Lieblingsspruchs.

„Ich müsste Ihren Rat haben“, sagte Heiland schnell. „Ich hab gedacht … also, es ist ja gleich Wochenende, wir könnten a paar Stunden wandern – wie früher …“

„Das passt ja wie gschpuckt!“, sagte Bienzle. „Meine Hannelore ist in Florenz, ich bin sowieso Strohwitwer, und um Stuttgart macht das Verbrechen grade einen großen Bogen. Obwohl: Man sollte so etwas nicht beschreien.“

ALS ER nach Hause kam, stellte sich Heiland lange unter die Dusche. Schließlich schlüpfte er in seine Badelatschen und ging in seinen Schlafraum hinüber. Er hob den Deckel seines Koffers hoch, um frische Unterwäsche herauszuholen, und erstarrte mitten in der Bewegung. Seine Dienstpistole war weg! Sein Blick ging zum Fenster hinüber, das im leichten Abendwind leise hin- und herschwang. Er war sicher, dass er es am Morgen zugemacht hatte.

Mit ein paar schnellen Schritten war er bei dem Fenster. Man musste kein geschulter Kriminalist sein, um zu erkennen, dass es aufgebrochen worden war.

Von oben kam Opa Henrys Stimme: „Was ist? Das Essen ist fertig!"

„Komme gleich!" Heiland ließ sich auf sein Bett sinken. Keine Sekunde zweifelte er daran, dass es sich bei dem Mann, der hier eingebrochen war, um den Heckenschützen handelte.

Schließlich gab er sich einen Ruck, zog ein leichtes Polohemd und Jeans an und stieg die Treppe hinauf.

„Wir könnten draußen essen", sagte sein Großvater, als Peter in die Küche trat.

„Lieber nicht."

Überrascht schaute Opa Henry auf. „Warum denn nicht? Es ist so schön warm, und der Sommer ist bald vorbei."

„Bei Licht wären wir eine wunderbare Zielscheibe."

„Was schwätzt du denn da?" Peter beschloss, seinem Großvater reinen Wein einzuschenken. Als er seinen Bericht beendet hatte, sagte Opa Henry: „Aber da musst du doch die Spurensicherung holen. Und du musst den Verlust deiner Dienstwaffe melden. Oder sehe ich das falsch?"

„Das siehst du absolut richtig. Aber ich mach mich doch zum Gespött bei der hiesigen Polizei. Und wenn sie das morgen hier wissen, ist es übermorgen auch in Berlin bekannt."

„Armer Kerle! Iss!" war alles, was sein Großvater darauf noch erwiderte. Später verschlossen sie den schweren Laden, der vor dem Fenster zu Peters Souterrainraum angebracht war, und Opa Henry verbarrikadierte ihn zusätzlich mit zwei schweren Bohlen.

RON WISCHNEWSKI ging mit gesenktem Kopf den kurzen Weg vom Wittenbergplatz zum Präsidium in die Keithstraße. Wenn der Wind böig auffrischte, trieb er die ersten welken Blätter vor sich her. Es war Freitag. Am Wochenende würde er keinen Dienst haben. Ihm graute vor diesen zwei freien Tagen.

Plötzlich blieb Wischnewski stehen. Siedendheiß war ihm eingefallen, dass sie zwar die Wohnung von Sonja Michel durchsucht hatten. Aber im Keller waren sie nicht gewesen. Er rief die Fahrbereitschaft an, er brauchte einen Wagen. Hanna Iglau, die irgendwo in der Stadt unterwegs war, bestellte er direkt in die Schützenstraße nach Steglitz.

Hanna hatte noch einmal Hans Georg Kühn aufgesucht. Sie zeigte ihm das Phantombild und sagte ihm auf den Kopf zu, dass er sie bei ihrem letzten Gespräch belogen habe.

„Das Ganze war für mich wie ein Albtraum, den ich schnellstmöglich aus meinem Bewusstsein verbannen wollte. Wer künstlerisch arbeiten will, muss frei sein im Kopf." Kühn lag auf einer Ottomane, die Beine hatte er in einer grazilen Geste übereinander gelegt. Während des ganzen Gesprächs spielte er mit einem Zeichenstift. In seinem Schoß lag ein Skizzenblock. „Der Mann war anmaßend, fordernd, um nicht zu sagen unverschämt."

„Hat er denn irgendwelche Arbeiten vorgelegt?", wollte Hanna wissen.

„Ja, aber ich bezweifle, dass sie von ihm stammten."

„Was haben Sie zu ihm gesagt?"

„So genau weiß ich das nicht mehr. Aber offenbar habe ich ihn verletzt. Mein Gott, der Mann hat auf mich geschossen!"

„Hat er Ihnen irgendwie gedroht?"

„Nein, oder doch. Er hat mich angegrinst und gesagt: ‚Sie werden schon sehen, was Sie davon haben.'"

Hanna deutete noch einmal auf das Phantombild. „Und Sie sind sicher, dass das Bild den Mann darstellt?"

„Ungefähr. Warten Sie!" Er nahm das Phantombild, legte es auf seinen Skizzenblock und brachte mit seinem Zeichenstift ein paar kleine Veränderungen an. Aber so knapp die Striche auch waren, so sehr veränderten sie doch das Gesicht. Plötzlich schien es zu leben. In die Augen trat ein fordernder Ausdruck, um den Mund erschien ein ganz neuer Zug, der dem Gesichtsausdruck etwas Ironisches gab. Die Nase korrigierte Professor Kühn so, dass sie schmaler und gerader wurde. Die Frisur brachte er mit zwei, drei Bleistiftstrichen ein wenig in Unordnung. „So etwa!" Er reichte Hanna das Bild zurück.

„Unglaublich!", entfuhr es Hanna Iglau.

Kühn lächelte geschmeichelt und sagte: „Tja, Kunst kommt eben von Können, junge Frau."

Hanna war seltsam beunruhigt und wusste nicht gleich, warum. Sie steckte das Bild in ihre Tasche und verließ den Maler. Vor dem Haus holte sie das

Konterfei noch einmal heraus, starrte lange darauf und schüttelte dann den Kopf.

„Der Kerl ist ein Kotzbrocken“, sagte Hanna Iglau eine halbe Stunde später zu Ron Wischnewski über Hans Georg Kühn, „aber das Bild hat jetzt wirklich eine ganz andere Aussagekraft.“

„Haben Sie’s schon dem Schwaben gefaxt?“

„Ja. – Sie sollten es sich auch noch einmal anschauen, Chef.“

„Später!“

Sie standen in Sonja Michels Keller und durchsuchten das alte Büfett, das Regal, einige Kartons und die alte Kommode, die fünf geräumige Schubladen aufwies und in der Heiland am Tag vor Sonja Michels Tod die Patronenschachtel entdeckt hatte. Wischnewski stapelte Briefe, Fotoalben, Kalender und Tagebücher in einen leeren Karton. „Das Zeug nehme ich mit nach Hause und schaue es übers Wochenende in aller Ruhe durch. Den Rest sollen die Leute von der Spurensicherung abholen.“

Auf der Straße zog Hanna Iglau das veränderte Phantombild aus ihrer Umhängetasche. Wortlos reichte sie es ihrem Chef.

„Na, so was!“, sagte er, „der sieht ja unserem Schwaben ähnlich.“

„Ja, das schien mir auch so“, sagte Hanna.

Wischnewski lachte. „Zufälle gibt es! Auf jeden Fall sollte dieses Bild an alle Polizeidienststellen gefaxt werden. Mit dem kann man eine richtige bundesweite Fahndung anlaufen lassen.“

PETER HEILAND bewegte sich vorsichtig. Es war, als spürte er den Heckenschützen in seiner Nähe. Im Riedlinger Polizeirevier war das neue Bild angekommen. Mike Dürr hielt es Heiland entgegen und sagte: „Weißt du was? Dein Heckenschütze sieht dir ähnlich.“

„Spinn dich aus“, antwortete Heiland und warf einen flüchtigen Blick auf das Porträt, aber nur, um es gleich sehr viel genauer zu studieren. „Das ist mir aber jetzt unangenehm.“ Er grinste schief und fragte: „Sonst irgendwelche Nachrichten?“

„Florian Sander hat angerufen. Es gibt einen Zeugen von dem Jagdunfall, bei dem Ruckaberle umgekommen ist.“

„Wo?“

„In Bebenhausen. Der Unfall war im Goldersbachtal, ganz in der Nähe von Königs Jagdhütte. Ich hab mir die Akten noch mal kommen lassen.“ Heiland sah seinen Kollegen überrascht an. Der fing den Blick auf und sagte: „Na ja, ich hatte schon immer den Eindruck, dass da etwas unter den Teppich gekehrt worden ist, aber mein Vorgänger hat immer gesagt: ‚Der Fall liegt bei den Akten, und da liegt er gut!'" Das Telefon klingelte. Dürr meldete sich: „Polizeiposten Riedlingen … Ja, den erreichen Sie hier." Er gab den Hörer weiter.

„Ja, bitte?", sprach Heiland in den Hörer.

„Du kannst nicht gewinnen. Fahr zurück nach Berlin!", sagte eine fremde Stimme.

„Wer sind Sie?", fragte Heiland.

Ein leises Lachen schallte zurück. „Vermisst du deine Dienstwaffe?"

Mike Dürr reagierte aufmerksam. Er drückte den Knopf für den Lautsprecher und schaltete das Gerät ein, mit dem man Gespräche mitschneiden konnte. Heiland nickte ihm dankbar zu, war aber heilfroh, dass der Kollege den letzten Satz des Anrufers nicht mitgehört hatte.

„Kennen wir uns eigentlich?", fragte er in den Apparat.

„Kennst du einen Sascha Gräter?"

„Nein, ich bin ihm nie direkt begegnet."

„Da musst du eben noch ein bisschen weiter ermitteln, wenn du noch dazu kommst, Peter Heiland!" Der andere legte auf.

„Der Typ kennt mich, aber ich habe ihn noch nie gesehen", sagte Heiland aufgewühlt.

„Was ist jetzt mit dem Jagdunfall?", wollte Dürr wissen.

„Da kann sich Raisser drum kümmern, ein Kollege aus Tübingen, den man mir zugeordnet hat."

„Aha! Hast du seine Nummer? Dann ruf ich ihn an."

Heiland zog sein Notizbuch heraus und suchte nach Raissers Nummer. Gleichzeitig sagte er: „Wie alt war Sascha Gräter, als der Adlerwirt erschossen wurde?"

„Wie alt ist er heute?"

„Nach unserer Rechnung zweiunddreißig."

„32 minus 15 macht 17. Warum interessiert dich das?"

„Ruckaberle ist ja wohl erschossen worden."

„Aus mindestens fünfzig Meter Entfernung. Es war eine Treibjagd auf Niederwild. Nur wurde bei niemandem eine Waffe gefunden, zu der das tödliche Geschoss gepasst hätte."

Heiland setzte sich Dürr gegenüber. „Mit siebzehn kann einer ein Jagdgewehr bedienen, oder? Nehmen wir mal an, Sascha Gräter hat den Geliebten seiner Tante erschossen, die eine Zeit lang die Mutterrolle bei ihm übernommen hatte. Warum?"

„Was weiß ich?" Dürr kratzte sich am Hinterkopf. „Eigentlich muss der Junge einen Hass auf seine Tante gehabt haben. Die hat ihn doch abgeschoben, bevor sie nach Berlin ist. – Na ja, wenn du ihn erst einmal hast, kannst du ihn das alles fragen."

Heiland warf einen Blick zu seinem Kollegen hinüber, aber der hatte das offenbar nicht ironisch gemeint. Er zog das Fax mit Sascha Gräters Konterfei zu sich heran, drehte es um und begann auf der Rückseite untereinander zu schreiben:

– Heiner Ruckaberle, Wirt und Frauenheld.

– Amelie Römer, Kindergärtnerin, Sonja Michels Freundin.

– Sebastian Köberle, Werkzeugmacher, Fabrikerbe, Lehrlingsmeister bei Siemens in Berlin.

– Ulrich Schmidt, Gewerbelehrer.

– Kevin Mossmann, Computerfachmann.

– Prof. Hans Georg Kühn, Maler.

– Cordelia Meinert, Lehrerin, Lektorin, Nachbarin.

Dürr war interessiert um den Tisch herum gekommen und schaute ihm über die Schulter. „Hat er den Professor auch umgebracht?"

„Nein, nur angeschossen."

„Dann müsstest du dich selber ja vielleicht auch noch auf die Liste setzen."

Peter schrieb: *– Heiland, Kriminaloberkommissar*.

Dürr nickte ein paarmal. „Die Liste kann sich sehen lassen. So, und jetzt legen wir mal richtig los." Dürr bot an, gemeinsam mit dem Kollegen Raisser den Zeugen in Bebenhausen aufzusuchen. Heiland wollte noch einmal mit Marie Ruckaberle reden.

ALS RON WISCHNEWSKI nach Hause kam, goss er sich erst einmal eine ordentliche Portion Whisky in ein Wasserglas. Seine Wohnung in einem nüchternen Mehrfamilienhaus in Tempelhof bestand aus zwei Zimmern, Küche und Bad. Alles genormt. Er hatte sie möbliert gemietet, nachdem seine Frau eines Tages erklärt hatte, für sie sei die Ehe zu Ende. Seine Vermutung, dass sie einen anderen habe, quittierte sie mit der glaubhaften Erklärung, sie trenne sich von ihm, weil er nur für seinen Beruf lebe und niemals Zeit habe. Ihr Sohn sagte mit finsterem Gesicht, er werde auch verschwinden.

Wischnewski hatte angeboten, selbst auszuziehen, und fand diese Wohnung in Tempelhof, wo er sich vom ersten Tag an verloren fühlte. Gleichwohl änderte er nichts daran, als wollte er sich selbst Tag für Tag beweisen, wie beschissen es ihm ging.

Mit einem langen Zug leerte er das Glas und goss sich sofort wieder neu ein. Die Woche über trank er keinen Tropfen Alkohol. Aber an Sonnabenden konnte es passieren, dass er bis zur Bewusstlosigkeit soff. Den Sonntag nutzte er dann, um wieder auf die Beine zu kommen. Er ging in eine nah gelegene Sauna, absolvierte vier lange Gänge, schlief den ganzen Nachmittag, und am Abend ging er ins Kino oder ins Theater. Und er war froh, wenn am Montagmorgen, kurz nach sechs Uhr, sein Wecker läutete und eine neue Arbeitswoche begann.

Nach der Trennung von seiner Frau war er nie wieder eine feste Beziehung eingegangen. Es kam vor, dass er in einer Bar oder einer Kneipe mit einer Frau ins Gespräch kam, sie ein paarmal wieder traf, auch im Bett. Die Frauen bestätigten ihm, dass er ein aufmerksamer und zärtlicher Liebhaber sei, aber auch, dass man gar nicht an ihn rankam, dass er nichts von sich preisgab.

Wischnewski zog den Karton aus Sonja Michels Keller zu sich heran und hob ein Päckchen Briefe heraus, das mit einem blauen Band verschnürt war. Er las den ersten Brief. Schon nach wenigen Zeilen legte er ihn leicht angewidert zur Seite. Für ihn fiel das, was er da las, unter die Rubrik „Gesülze“.

PETER HEILAND saß um die gleiche Zeit im Goldenen Adler zu Bodelsingen. Er hatte mit Ei überbackene Maultaschen mit grünem Salat und ein Bier dazu bestellt. Marie Ruckaberle hatte mehr zu tun als beim letzten Mal, sodass sie über eine kurze Begrüßung nicht hinausgekommen waren.

Gegen neun Uhr kamen Dürr und Raisser. Sie hatten sich lose verabredet. „Ich lade euch ein“, sagte Peter. Und als die Wirtin kam, um die Bestellung entgegenzunehmen, fragte Peter auch gleich, ob sie von Samstag bis Montag noch ein Gastzimmer für einen alten Kollegen aus Stuttgart habe. Bienzle, da war er sicher, würde sich in dem gemütlichen alten Gasthof wohl fühlen.

Seine Kollegen hatten mit dem früheren Jagdaufseher in Bebenhausen gesprochen. Der erinnerte sich daran, dass im Wald oberhalb von Königs Jagdhütte ein Junge gesehen worden sei, der „ein aufgemotztes Moped“ gefahren habe.

„Bei der Gelegenheit …“, sagte Raisser. „Wir haben festgestellt, wo Sascha Gräter einen Ford Capri gekauft haben könnte. Ein Gebrauchtwagenhändler in Ofterdingen konnte sich an ihn erinnern.“ Und noch einen Erfolg hatte Raisser zu vermelden. In Hechingen hatte er mit den Fotos des alten Mausergewehrs Erfolg gehabt. „Der Händler hat sich erinnern können, an wen er amal so eine Waffe verkauft hat." Raisser sah seine Kollegen an. „Des werdet ihr net glaube … Einem gewissen Heiner Ruckaberle."

„Klasse!" Heiland nickte Raisser freundlich zu, legte seine rechte Hand auf Raissers Schulter und sagte: „Sie sind ein richtig guter Polizist."

„Ja, wenn's auch bis jetzt kaum einer gemerkt hat", antwortete der Ältere und wirkte dabei sehr ernst.

Sowohl Raisser als auch Dürr erwiesen sich als „Hocker". Gegen elf Uhr hatte sich das Lokal weitgehend geleert.

Die Wirtin kam herüber und sagte: „Was isch? Hent ihr koi Bett dahoim?"

„Ein Viertele noch, dann packen wir's", sagte Heiland und dann direkt zu Marie Ruckaberle: „Kann ich Sie auch zu einem Gläsle einladen?"

„Ja, warum net." Sie ging zum Tresen und kam mit einem Tablett wieder, auf dem vier Henkelgläser standen, die randvoll mit einem tiefroten Spätburgunder gefüllt waren. „Kommt Ihr Kollege aus Stuttgart beruflich?", fragte sie, als sie die Gläser vor die Männer hinstellte und sich zu ihnen setzte.

„Der Bienzle? Nein, wir wollen a bissle miteinander wandern. Droben am Randecker Maar."

„Ja, da ist es schön", sagte die Wirtin und hob ihr Glas. „Prost!"

Die Männer taten ihr Bescheid, nippten an dem Wein und lobten ihn, wie es sich gehörte.

„Wie alt wär denn Ihr Mann jetzt?", fragte Heiland möglichst beiläufig.

„Siebenundsechzig. Er war a paar Jährle jünger als ich. Aber wenn Sie mich jetzt nach meinem verstorbenen Mann ausfragen wollen, bin ich schneller weg, als Sie ‚Bapp' sage könnet."

Peter machte eine abwehrende Bewegung mit beiden Händen. „Ich bin ganz privat hier, und das war auch eine ganz private Frage", log er und vermied es, noch einmal auf das Thema zurückzukommen.

Erst als er zu Hause war und mit seinem Opa Henry noch einen Absacker trank, nahm er es wieder auf. „Hast du den Heiner Ruckaberle eigentlich gut gekannt?"

„Wie kommst du jetzt ausgerechnet auf den?"

„Ich war heut Abend mit zwei Kollegen im Adler. Übrigens hab ich den Bienzle dort auch untergebracht."

„Der hätt doch auch bei uns schlafen können."

„Von Bienzle stammt der Spruch: ‚Ich hab nicht gerne Logiergäste, und ich bin auch selber nicht gerne Logiergast.'"

„Ja no, wenn des so isch.“ Opa Henry sah seinen Enkel aus den Augenwinkeln an und war auf der Hut.

„Der Ruckaberle soll ein unheimlicher Weiberer gewesen sein. Sonja Michel war wohl nur eine von seinen vielen Geliebten.“

„Schon möglich.“ Der alte Heiland wurde ganz gegen seine Art plötzlich wortkarg.

„Hat er denn auch mit ihrer Zwillingsschwester was gehabt?“

„Warum willst du das denn wissen?“

„Er könnt der Vater von Sascha Gräter sein.“

„Der Heiner Ruckaberle?“

„Über den reden wir!“

„Auf was für Sachen du kommst.“

„Du verschweigst mir was, Opa Henry!“

„Klugscheißer!“, bellte der Alte, stand auf, sah auf seinen Enkel herunter und sagte: „Und wenn, dann hab ich gute Gründe dafür.“ Er marschierte aus dem Zimmer und zog sein Bein stärker nach als sonst. Er ging sehr aufrecht, und ganz gegen seine Gewohnheit drehte er sich in der Tür auch nicht mehr um.

9

Es war vier Uhr morgens, als Wischnewski aus dem Karton ein schmales Büchlein hervorzog. Es hatte einen festen roten Einband. Auf einem Schildchen stand: AMELIE RÖMER: MEIN TAGEBUCH.

Die Frau hatte geschrieben wie gedruckt. Oft lagen Wochen zwischen den einzelnen Aufzeichnungen, dann folgten sie wieder im Tagesrhythmus. Es waren Banalitäten, aber auch nachdenkliche Notizen. Die meisten Einträge galten allerdings Sonja Michel.

> Sie hat sich nicht geändert, alle ihre Gedanken drehen sich um die Männer, und sie merkt es nicht, wenn die Kerle sie bloß ausbeuten wollen. So schlimm wie dieser Uli Schmidt hat es aber bisher noch keiner getrieben. Er ist nur hinter unserem Geld her.

Ulrich Schmidt, so hieß eines der Opfer, Gewerbelehrer an der Konrad-Zuse-Gewerbeschule. Bislang waren sie davon ausgegangen, dass der Heckenschütze ein Schüler des Mannes gewesen war. Aber Schmidt war der Geliebte von Sonja Michel gewesen wie auch Sebastian Köberle, den sie später sogar geheiratet hatte. Nichts passte so recht zusammen. Und warum wurde Amelie Römer erschossen?

Wischnewski ließ die Seiten des Tagebüchleins über seinen Daumen laufen und hielt dann willkürlich ein Blatt fest. *Ich habe Angst. Sie wird mich töten lassen,* las er da plötzlich. Laut wiederholte er: „Sie wird mich töten lassen." Wischnewski riss das einzige Fenster des Raums auf. Draußen zwitscherte ein Heer von Vögeln. Es gelang ihm nicht, sich systematisch mit dem Text zu befassen. Immer wieder schlug er willkürlich eine neue Seite auf. *Ich habe ihr heute gesagt, dass ich Sascha nicht mehr in unserer gemeinsamen Wohnung dulde. Schließlich ist es meine Wohnung und mein Geld, von dem sie lebt wie die Made im Speck.* Zwei Seiten weiter war quer über eine Eintragung mit einem dicken schwarzen Stift geschrieben: *Aas!* Der Text drunter war nicht mehr ganz vollständig zu entziffern, aber dass es sich um eine wahre Hasstirade der Kindergärtnerin gegen Sonja Michel handelte, war klar zu erkennen.

Offenbar hatte Sonja Michel das Tagebuch ihrer Mitbewohnerin gefunden und gelesen. Denn von wem sonst sollte das Wort „Aas" stammen? Wie konnten sich zwei Menschen nur so ineinander verkrallen, obwohl sie sich so hassten. Sie kamen offenbar nicht voneinander los oder eben nur durch Mord.

Plötzlich spürte Wischnewski eine bleierne Müdigkeit in allen Gliedern. Er legte das Büchlein offen auf den Couchtisch und warf sich, wie er war, auf sein Bett. Wenige Augenblicke später war er eingeschlafen.

ENDLICH regnete es. Sascha trat vor die Hütte. Er war nackt und breitete die Arme weit aus, um mit seinem Körper möglichst viel von dem kühlen Nass empfangen zu können. In der Nacht hatte er kaum geschlafen. Plötzlich empfand er es als Fehler, hierher gekommen zu sein, wo er als Kind gelebt hatte. Entsetzlich war für ihn die Begegnung mit seiner Oma Mine gewesen. Ein Mensch, der sich an nichts mehr erinnern konnte, lebte der überhaupt? Sie war verschwunden, obwohl sie noch da war, und dabei schien sie nicht einmal unglücklich zu sein. Aber wenn sie weg war, wen gab es dann noch für ihn? Niemand. Dann war er ganz allein, vollkommen einsam. Früher hätte ihn ein solcher Gedanke stolz gemacht, jetzt flößte er ihm plötzlich Furcht ein, und dafür hasste er sich selbst.

PETER und Opa Henry frühstückten an diesem Samstagmorgen nicht gemeinsam. Der Alte war im Bett geblieben, weil er sich nicht ganz gesund fühlte. Peter hatte dem Großvater das Frühstück auf einem Tablett ans Bett gebracht.

Als er das Zimmer gerade wieder verlassen wollte, sagte Henry: „Ich hab deiner Mutter ein Versprechen gegeben. Sie hat nicht gewollt, dass du erfährst, wer dein Vater war."

„Hat das mit dem Fall zu tun, den ich bearbeite?"

„Ich sag nix mehr!", kam es trotzig von Opa Henry zurück.

Peter schaffte es nicht mehr, den Blick seines Großvaters aufzufangen. Wütend verließ er das Schlafzimmer.

Er hatte sich grade in der Küche an den Tisch gesetzt, um selber zu frühstücken, da meldete sich Wischnewski, der ihn anrief und über Amelie Römers Tagebuch berichtete.

„Meine Theorie ist", sagte der Kriminalrat zum Abschluss des Gesprächs, „die Michel hat den jungen Mann – wie auch immer – dazu gebracht, die Morde zu begehen."

Heiland erinnerte sich daran, dass Bienzle immer gesagt hatte: „Kriminalistik, das ist die Kunst, eine Theorie aufzustellen und diese Theorie dann auch zu beweisen." Zu Wischnewski sagte er: „Vielleicht sollten Sie mal mit Dr. Nüssling darüber reden."

„Gute Idee!"

Einen Moment lang überlegte Heiland, ob er seinem Chef gestehen sollte, dass seine Dienstwaffe gestohlen worden war, aber er ließ es dann doch.

BIENZLE stieg gegen elf Uhr aus seinem Auto. Er trug Kniebundhosen aus braunem Kordsamt und rote Kniestrümpfe, hatte klobige Wanderschuhe an den Füßen und eine Schildmütze auf dem Kopf – für Heiland ein ungewohnter Anblick.

Es regnete noch immer, aber das schien die gute Laune seines ehemaligen Vorgesetzten nicht zu trüben. „Am besten zeigen Sie mir erst mein Hotel, und dann marschieren wir los."

„Also ein Hotel ist es nicht direkt, sagen wir, ein ländlicher Gasthof."

„Ist mir eh lieber. Und was macht Opa Henry?"

Der erschien in diesem Augenblick unter der Tür. Er wirkte tatsächlich körperlich angeschlagen, stützte sich auf seinen Stock, und sein Gesicht hatte eine ungesunde graue Farbe. „Grüß Gott, Herr Bienzle!"

Sie reichten sich die Hand. Der Kommissar aus Stuttgart musterte Peters Großvater. „Geht's Ihne net gut, Herr Heiland?"

„Man wird halt älter."

„Dann wird's nix mit einem gemütlichen Vesper und Ihrem wunderbaren Most?"

„Vielleicht erhol ich mich ja bis heut Abend."

„Was fehlt denn Ihrem Großvater?", fragte Bienzle, als er und Heiland vor dem Gasthof Zum goldenen Adler in Bodelsingen aus Bienzles Auto stiegen.

„Keine Ahnung, bis gestern war er noch kerngesund. Irgendwie hat das mit meinen Ermittlungen zu tun, ich weiß nur nicht, was. Die dort drüben spielt in dem Fall übrigens auch eine Rolle, so wie's aussieht." Er nickte zu Marie Ruckaberle hinüber, die in diesem Augenblick vor die Gasthoftür trat.

„Sie haben mich aber nicht deshalb hier untergebracht?", fragte Bienzle.

„Nein, ich will Sie überhaupt nicht für meine Arbeit einspannen."

„Na, hoffentlich stimmt's!" Bienzle sah seinen einstigen Mitarbeiter prüfend an.

Heiland erzählte ihm von dem Jagdunfall Heiner Ruckaberles im Goldersbachtal.

„Was? Mein Gott, wie oft bin ich da mit meinen Eltern gewandert!", rief Bienzle.

„Es muss in der Nähe von Königs Jagdhütte passiert sein, was oder wo immer das auch ist."

„Hör amal, das war schon immer die Jagdhütte des württembergischen Königs. Ja, war es ein Unfall, oder war es Mord?"

„Das wurde nie geklärt. Der Fall wurde sehr schnell abgeschlossen und zu den Akten gelegt. Zu schnell, wenn Sie mich fragen."

„Mord verjährt nicht", sagte Bienzle. „Wenn's im Bebenhäuser Wald passiert ist, fällt die Sache in die Zuständigkeit unserer charmanten Kollegin Désirée Lindemann. Die war damals noch nicht zuständig, aber wenn Sie die anspitzen …"

Ein Strahlen ging über Heilands Gesicht. „Menschenskind, dass ich da selber noch nicht drauf gekommen bin."

„Sie müssen sich net bedanken", sagte Bienzle. „Wir wandern jetzt erst amal nüber zum Randecker Maar, dann zur Ruine Reußenstein, und zurück geht's dann in einem großen Bogen übern Katzenbuckel." Just in diesem Moment rissen die grauen Wolken auf, und ein erstes Stück blauen Himmels zeigte sich.

WISCHNEWSKI hatte die Witwe von Ulrich Schmidt im März kennen gelernt, als er ihr die Todesnachricht überbringen musste. Sie wirkte damals außerordentlich gefasst. Nach der Lektüre von Sonja Michels Tagebuch suchte der Kriminalrat die Frau nun ein zweites Mal auf. Obwohl es Sonntag war.

Frau Schmidt erkannte ihn sofort wieder. Sie war eine Frau um die fünfzig, hoch gewachsen, blond. Sie hatte volle Lippen, eine kurze, gerade Nase, eine hohe Stirn und dunkelbraune Augen. Um die Mundwinkel hatten sich scharfe Falten eingegraben. Ihr Körper wirkte jung, war sehr schmal und sportlich durchtrainiert.

„Es gibt neue Erkenntnisse, den Tod Ihres Mannes betreffend", sagte Wischnewski steif.

„Und deshalb stören Sie mich am Sonntag?"

„Ich dachte, dass Sie das interessieren würde – egal, was wir für einen Wochentag haben."

„Erzählen Sie!"

Die beiden standen sich im Flur der kleinen Wohnung in Schöneberg gegenüber.

„Was sagt Ihnen der Name Sonja Michel?"

„Nichts. Warum?"

„Sie war die Geliebte Ihres Mannes."

„Aha!" Frau Schmidt nahm die Nachricht völlig gelassen entgegen. Wischnewski zögerte. Frau Schmidt sagte lächelnd: „Sie war nicht die Einzige."

„Aber die Einzige, die sich an ihm gerächt hat!" Wischnewski hätte den Satz nicht so hart gesagt, wenn er Frau Schmidt nicht hätte aus der Reserve locken wollen.

„Ja", sagte sie, „ich habe das nicht geschafft. Aber die eigenen Probleme werden nicht durch die Taten anderer gelöst, Herr Wischnewski. – Wenn Sie nun schon mal da sind: Wollen Sie vielleicht einen Kaffee? Sie sehen müde aus." Sie machte eine einladende Geste und ging dann voraus in ein helles Wohnzimmer, das mit sehr wenigen Möbeln außerordentlich geschmackvoll eingerichtet war.

Frau Schmidt servierte den Kaffee in einer lichten Sitzecke. „Diese Frau hat ihn also umgebracht?"

„Nein, wahrscheinlich hat sie jemand anders dazu gebracht, Ihren Mann zu töten."

„Sie machen mich neugierig." Wenn sie lächelte, glätteten sich die Falten um ihren Mund und an der Stirn.

Wischnewski erzählte ihr offen, was die bisherigen Ermittlungen über die Morde des Heckenschützen ergeben hatten, und er versuchte zu erläutern, in welcher Beziehung Frau Michel und der Mörder vermutlich zueinander standen. Frau Schmidt hörte aufmerksam zu und ließ den Kriminalrat dabei keinen Moment aus den Augen. Als er seinen Bericht abgeschlossen hatte, sagte sie: „Und wie leben Sie?“

Die Frage nahm ihm förmlich die Luft weg. „Wie bitte?“

„Warum warten Sie nicht bis Montag, warum lassen Sie sich nicht Zeit, bis wieder ein normaler Arbeitstag ist? Ich laufe Ihnen doch nicht davon.“

„Ja, was soll ich dazu sagen?“ Wischnewski fühlte sich ertappt.

„Sagen Sie doch einfach, dass Sie sich am Wochenende langweilen und dass Sie nicht wissen, was Sie mit Ihrer freien Zeit anfangen sollen.“

Wischnewski starrte Frau Schmidt an. „Woher wissen Sie das?“

Wieder lächelte sie das Lächeln, das ihr Gesicht glättete. „Glauben Sie ja nicht, dass ich das nicht verstehen kann.“

Wischnewski begriff: Ihr ging es nicht anders als ihm, aber er sagte nichts dazu.

„Ich habe Coq au vin gekocht. Vielleicht reicht die Portion für zwei.“

„Sie kochen so ein kompliziertes Gericht ganz für sich allein?“

„Es ist nicht kompliziert. Ich koche immer. Ich denke, wenn ich damit aufhöre, gebe ich mich verloren.“

„Dann bin ich es schon lange“, sagte Wischnewski. „Sie müssten mal sehen, wie *ich* mich ernähre.“

„Vielleicht ist das bei einem Mann anders. Vielleicht genügt es bei Ihnen, wenn Sie eines Tages damit aufhören, sich zu rasieren.“

Ihre Blicke trafen sich, und diesmal lächelten beide. „Coq au vin ist eines meiner Lieblingsgerichte“, sagte Ron Wischnewski.

Während des Essens erzählte Frau Schmidt aus ihrem früheren Leben, wie sie das nannte. „Ich glaube, ich habe nur diesen Mann geliebt. Wenn er einen Raum betrat, flogen ihm alle Blicke zu. Er gab sich zunächst immer völlig bescheiden, aber schon nach zehn Minuten redete nur noch er, und alle hörten ihm begeistert zu – alle außer mir; denn ich kannte alle seine Geschichten bereits und vor allem: Ich wusste, wie er sie von Mal zu Mal veränderte.“

Wischnewski führte ein kleines Stück Huhn auf der Spitze seiner Gabel zum Mund. „Ich kenne solche Leute.“

„Sie sind bestimmt nicht so“, sagte Frau Schmidt.

„Woher wollen Sie das wissen?“

„Sie sehen absolut nicht so aus.“

„Hat *er* denn so ausgesehen?“

Nachdenklich trank sie einen kleinen Schluck von dem Rotwein, den sie zu dem Essen geöffnet hatte, und sagte schließlich: „Nein. Sie haben Recht!"

Wieder trafen sich ihre Blicke, und Wischnewski stellte fest, dass die braune Iris in Frau Schmidts Augen lauter goldene Einsprengsel hatte. Er sagte es ihr, und zum ersten Mal lachte sie.

Später, als sie die Teller abgetragen hatte und einen Espresso servierte, sagte sie: „Diese Frau Michel – wie war sie?"

„Vor ihrem Tod war sie schwer krank, aber ich denke, dass sie früher sehr attraktiv, sehr lebendig, sehr fordernd war. Sie muss eine Menge Kraft gehabt haben. Die Eintragungen im Tagebuch ihrer Freundin, die Ihren Mann betreffen, stammen aus dem Jahr 1994."

„Ach!" Frau Schmidt war erstaunt. „So lange zurück? Er wurde doch erst Anfang des Jahres getötet."

Wischnewski nippte an seiner Tasse. Der Espresso war stark und süß. „Ich nehme an, der Hass von Frau Michel hat sich Monat um Monat, Jahr um Jahr gesteigert, und je schwerer ihre Krankheit wurde und je aussichtsloser ihre Lage, um so heftiger wurde ihr Wunsch, sich zu rächen."

„Glauben Sie denn, dass sie hinter allen Morden des Heckenschützen steckt?"

„Nein, eigentlich nicht, aber mit Glauben kommt man in meinem Beruf nicht weit. Wir müssen immer alles beweisen, sonst ist es wertlos."

Es war inzwischen vierzehn Uhr geworden. Wischnewski stand auf, machte eine kleine Verbeugung und sagte: „Das Essen war ausgezeichnet. Und es hat mir sehr gut getan, mit Ihnen zu reden."

„Ja, mir auch", sagte Frau Schmidt schlicht.

Am Montag wollte er im Büro sofort in den Akten nachschauen, wie sie mit Vornamen hieß.

ALS ER wieder zu Hause war, rief er als erstes Peter Heiland auf dessen Handy an. Er erreichte ihn zwischen Randecker Maar und Reußenstein und in Begleitung seines ehemaligen Chefs Ernst Bienzle. Wischnewski gefiel das nicht, wenn er auch nicht wusste, warum. In knappen, präzisen Worten berichtete er von den neuen Erkenntnissen zu dem Mord an Ulrich Schmidt.

„Also ist es wieder nur ein Zufall, dass der Mann Lehrer war?"

„Ja, so sieht es aus. Wir müssen endlich rauskriegen, wie das Verhältnis zwischen Sonja Michel und Sascha Gräter war. Welche Mittel hatte die Frau in der Hand, um den jungen Mann womöglich zu immer neuen Morden anzustacheln?"

SPÄTER – Heiland hatte auf dem beschwerlichen Weg zum Reußenstein hinauf Bienzle nun doch den ganzen Fall geschildert – sagte der Stuttgarter Kommissar: „Manchmal ergänzen sich auch zwei Motive. Nehmen wir an, dieser Heckenschütze spürte schon immer die Lust zu töten. Und nun kommt diese Frau und sagt: ‚Wenn du tötest, belohne ich dich dafür.'"

„Aber womit?", fragte Heiland.

„Mit Liebe oder Geld oder beidem. Sagten Sie nicht, dass diese Frau – wenigstens eine Zeit lang – so etwas wie seine Mutter war?"

„Aber die hat ihn weggegeben."

„Vielleicht hat der Junge das damals gar nicht als Strafe empfunden."

Just in diesem Moment hatten sie die Ruine der alten Burg erreicht. Sie stand hoch auf einem steil aufragenden Fels. Heiland sah in die Tiefe. Ihm wurde ein wenig schwindlig.

„Ich kann da gar nicht runterschauen", sagte Bienzle, „da kriege ich ganz weiche Knie, und dann spür ich so einen Sog, als ob ich runterspringen müsste."

Heiland fiel der kleine Junge wieder ein, den der Mann seinerzeit auf Burg Lichtenstein zum Fenster hinausgehalten hatte – zweihundert Meter über dem Abgrund. Er erzählte Bienzle die Geschichte, auch wie das Kind damals seinen Peiniger gegen das Schienbein trat, bis ihn der Mann so ohrfeigte, dass es den Jungen von den Beinen riss.

„Haben Sie den Jungen denn gekannt?"

„Ich glaube, ja. Jedenfalls muss ich in letzter Zeit immer wieder an diese Szene denken."

„Dann hat es etwas mit Ihrem Fall zu tun. Wenn man so sehr mit einer Sache beschäftigt ist, gibt es keine frei steigenden Vorstellungen."

Heiland starrte seinen Exchef an. „Die Lehrerin müsste ich finden können. Sie hieß Scharlau."

WISCHNEWSKI hatte gleich nach dem Telefonat mit Heiland bei Hanna Iglau angerufen. Ob sie sich vorstellen könne, eine Sonntagsschicht einzulegen, fragte er. Hanna zögerte. „Ich sorge dafür, dass Sie dafür ein anderes Mal freibekommen." Wischnewski berichtete ihr von Amelie Römers Tagebuch und gestand seiner Mitarbeiterin ein, dass er unfähig sei, das Dokument Seite für Seite durchzugehen. „Ich bin kein Systematiker. Ich hasse solche Recherchen. Sie machen mich völlig rammdösig."

Hanna Iglau musste unwillkürlich lachen. „Okay, schicken Sie einen Kurier mit dem Ding vorbei."

„Macht es Ihnen etwas aus, wenn ich es schnell selber vorbeibringe?"

Als Wischnewski bei Hanna Iglau klingelte, wollte er sich gar nicht aufhalten. „Je schneller Sie damit anfangen und je genauer Sie sich damit beschäftigen, umso besser für uns." Er berichtete noch knapp über seinen Besuch bei Frau Schmidt, kraulte kurz dem Kater das Fell und war auch schon wieder auf dem Weg die Treppe hinab.

Wischnewski beschloss, in die Sauna zu gehen, obwohl er sich nicht in dem Zustand befand, den er an seinen einsamen Wochenenden so oft erreichte.

ALS BIENZLE und Heiland zurückkehrten, ging es Opa Henry schon wieder besser. Bienzle und Heinrich Heiland beschlossen, sich zu einem Vesper niederzulassen. Peter wollte versuchen, ob er die Lehrerin Scharlau ausfindig machen konnte.

„Sag amal, das ist bald dreißig Jahre her, dass du zu der in d' Schul gange bisch", sagte Opa Henry.

„Da erinnern Sie sich noch dran?" Bienzle sah Henry verwundert an.

„Na ja, er ist ja bei mir aufgewachsen. Da hat man an allem teilgenommen."

Peter Heiland stieg in seinen Souterrainraum hinab, schaltete seinen Laptop ein und ging über seine mobile Connect-Card ins Internet. Es gab ziemlich genau fünfzig Scharlau im Kreis Biberach, zu dem Riedlingen gehörte. Davon waren nur 18 Einträge weiblich. Bei sieben stand ein anderer Beruf dabei. Die restlichen elf begann Peter Heiland abzutelefonieren. Beim vierten Versuch wurde er fündig.

„Hilde Scharlau", meldete sich die Anschlussinhaberin.

„Peter Heiland!"

„Was denn, der Peter Heiland, der einmal zu mir in die Schule gegangen ist?" Die Frau am anderen Ende lachte. „Du warst doch der, dem immer alles daneben gegangen ist."

„Na ja, immer und alles ist vielleicht ein bisschen übertrieben."

„Warum rufen Sie denn an? Tut mir Leid, dass ich Sie geduzt habe."

„Das macht doch nichts, schließlich haben Sie mich nur als kleinen Jungen gekannt. Könnte ich denn mal bei Ihnen vorbeikommen?"

„Ja, gerne, ich wohne in Pflummern, wo sind Sie denn?"

„Bei meinem Großvater in Riedlingen."

„Das sind ja nur zwei Kilometer."

Bevor Heiland das Haus verließ, schaute er noch mal in die Küche, wo

Henry und Bienzle Rauchfleisch, Bauernbrot und Schinkenwurst aßen und den selbst gekelterten Apfel-Birnen-Most des Großvaters dazu tranken. „Ich bin in einer Stunde wieder da."

„Pass auf dich auf. Der Scheißkerl ist in der Lage und erschießt dich mit deiner eigenen Waffe."

Bienzle riss die Augen auf und rief: „Was war das??"

„Opa Henry, hat des jetzt sei müsse?", sagte Heiland ärgerlich.

Henry zuckte die Achseln. Er schien absolut kein schlechtes Gewissen zu haben. Zu Bienzle sagte er: „Ich erzähl's Ihne gleich." Und zu Peter: „Und du geh deiner Arbeit nach, ja?"

HILDE SCHARLAU war eine zierliche Frau um die siebzig. Sie bewohnte ein kleines Einfamilienhaus in Pflummern. Als sie die Tür aufmachte, musste sie den Kopf in den Nacken legen, um Peter Heiland ins Gesicht schauen zu können. „Mein Gott, sind Sie groß!"

„Sie können mich ruhig weiter duzen", sagte Peter.

„Na, dann komm. Ich sitz hinterm Haus. Es hat ja zum Glück aufgehört zu regnen, obwohl, die Natur könnt schon noch a bissel mehr Nässe brauchen."

Frau Scharlau hatte einen hübschen Sitzplatz unter einer Pergola eingerichtet.

Peter hatte sie offenbar bei der Arbeit unterbrochen. Ein aufgeklappter Laptop stand auf dem Tisch. „Ich schreibe frei für den *Albboten*. Kleine Berichte für den Riedlinger Lokalteil, das beschäftigt mich und hält das Denken wach."

Sie reichte ihm ein Glas Saft, das er gerne nahm. „Es wird Ihnen komisch vorkommen", sagte er, „aber mir geht eine kleine Szene nicht mehr aus dem Kopf, die wir damals erlebt haben und von der ich plötzlich glaube, dass sie mir in einem Fall weiterhelfen könnte."

„Jetzt bin ich aber gespannt!" Ihre hellblauen Augen blitzten, und sie sah ihren ehemaligen Schüler begierig an. Heiland erzählte die Episode.

„Oh ja, daran erinnere ich mich gut. Das war schrecklich. Dieser Köberle war überhaupt ein sehr unangenehmer Mensch."

„Köberle? – Sebastian Köberle?"

„Ja, er war mit Saschas Tante liiert …"

„Sascha?" Heiland schrie es förmlich hinaus.

Frau Scharlau sah ihn verwundert, ja leicht pikiert an. „Ja, ja. Ein schwieriges Kind. Aggressiv gegen andere, vor allem aber gegen sich. Ich habe immer gedacht, wenn man diese Autoaggression nicht in den Griff bekommt, wird es mal ein ganz schlechtes Ende mit ihm nehmen. Ich habe mich sehr mit dem Jungen beschäftigt. Aber erst will ich wissen, warum dich das alles so interessiert."

Heiland berichtete ohne die Details und sagte: „Sascha Gräter lebte bei seiner Tante Sonja."

„Richtig. Seine Mutter war an Krebs gestorben."

„Inzwischen weiß man auch, wer der Vater war."

„Ach ja? Jedenfalls haben sich Sascha und seine Tante gut verstanden. Aber noch besser vertrug er sich mit seiner Großmutter. Die alte Frau Gräter hat wieder ihren Mädchennamen Neidlein angenommen. Und das hatte folgenden Grund: Als ihr Mann aus russischer Gefangenschaft kam, gegen 1950, war sie im dritten Monat mit ihren Zwillingen schwanger. Ein Kriegskamerad ihres Mannes hatte ihr erzählt, er sei von einem Spähtrupp nicht mehr zurückgekehrt. Später hat sich herausgestellt, dass Herr Gräter ihr aus dem Gefangenenlager ein paarmal geschrieben hatte. Aber die Briefe hatte der Mann, mit dem Hermine Gräter zusammenlebte, abgefangen und vernichtet."

„Mein Gott, sind das Geschichten!"

„Ach, Peterle, damals hat es alles gegeben. Da war die Welt aus den Fugen. Fast jedes Leben ein Melodram." Frau Scharlaus Rede strömte dahin wie ein Fluss. „Zuerst hat der Herr Gräter versucht, mit der Situation fertig zu werden. Seine Frau hatte sich sofort von dem Vater ihrer Zwillinge getrennt. Aber es hat nichts genutzt. Ihr Mann hat die Scheidung beantragt. Hermine Gräter wurde wieder Hermine Neidlein und war allein erziehende Mutter zweier Töchter. Ja, und 22 Jahre später war dann ihre Tochter Sabine Gräter schwanger und hatte auch keinen Mann. Zweieinhalb Jahre später starb sie."

„Und Sonja Gräter?", fragte Peter.

„Sie lebte gerne. War ständig unter Leuten, ließ kein Fest aus, wechselte die Männer wie ihre Unterröcke. Es gibt solche Frauen, und die können gar nichts dagegen machen. Aber für den kleinen Sascha sorgte sie vorbildlich. Bis eben dieser schreckliche Köberle in Erscheinung trat. Er war wohlhabend, wollte Sonja Gräter heiraten, machte aber zur Bedingung, dass der Junge aus dem Haus kam."

„Und dann war Sascha also bei seiner Oma Hermine?"

„Ja. Und sie hat wirklich alles versucht, um dem Jungen eine gute Zukunft zu ermöglichen. Aber er war nicht zu bändigen. Ich weiß nicht, wie oft er die Schule gewechselt hat. Später habe ich ihn dann aus den Augen verloren. Es hieß, er sei zur Fremdenlegion gegangen. Doch das war nur ein Gerücht."

„Ja, irgendetwas muss gründlich schief gelaufen sein. Der Mann wird wegen fünffachen Mordes und zweier Mordversuche gesucht", sagte Peter Heiland ernst.

10

Opa Henry hatte Bienzle erzählt, dass am Freitag bei ihnen eingebrochen worden sei und dass seitdem Peters Dienstwaffe fehle.

„Und woher wollen Sie wissen, dass das dieser Heckenschütze war?", fragte Bienzle.

„Er hat ihn angerufen und regelrecht verhöhnt."

Bienzle legte seine Stirn in tiefe Falten. „Das ist a dumme G'schicht", sagte er ernst. „Ihr Enkel hat sowieso a bissle den Ruf, ein Schussel zu sein."

„Haben Sie ihn deshalb nach Berlin abg'schoben?"

„Ich? Sobald er zurück will, nehme ich ihn mit offenen Armen auf. Allerdings glaub ich, dass ihm der Ortswechsel gut tut."

Opa Henrys Miene zeigte deutlich, dass er da ganz anderer Meinung war. „Ich hol uns noch einen selbst gebrannten Schnaps. Was haben Sie lieber – Birne, Mirabelle, Himbeere, Kirsch?"

„Mirabelle, wenn Sie mich schon so fragen."

„Sehr gut. Der hält jung!"

„Wie alt sind Sie eigentlich?", fragte Bienzle.

„Na ja, ich werd bald achtzig. Alt werden ist kein Problem, solang man g'sund dabei ist."

Gleich darauf kam er mit einer Flasche und zwei Gläsern zurück. „Wissen Sie, Leut, die sich dauernd bloß beklagen, dass das Altwerden schrecklich sei, die gehen mir so was von auf den Geist! Für die Junge muss des doch ganz furchtbar sei, sich dieses Gejammere dauernd anhören zu müssen!"

„Vielleicht haben Sie Recht." Bienzle war ein aufmerksamer Zuhörer.

Henry hatte zwei Schnapsgläser voll gegossen und prostete seinem Gast zu. „Was sollen wir's den Jungen denn so schwer machen, die haben doch auch so schon Probleme genug."

„Denken Sie jetzt an was Bestimmtes?", fragte Bienzle den alten Heiland.

„Nein, das war jetzt ganz allgemein", sagte der so schnell, als fühle er sich ertappt.

Als der Abend näher rückte, verabschiedete sich Ernst Bienzle und fuhr zum Gasthof. „Wenn Ihr Enkel Zeit und Lust hat, kann er ja dort noch mal vorbeischauen."

HANNA IGLAU las Amelie Römers Aufzeichnungen wie einen Roman. Die Frau erstand vor ihrem inneren Auge. Sie war ganz offenbar unselbständig und wenig selbstbewusst gewesen. Diesem Büchlein hatte sie ihre geheimen Sehnsüchte anvertraut: *Heute Nachmittag im Bus. Der Mann sah sehr gut aus. Groß und schlank, schwarzhaarig. Er hat so tiefe dunkle Augen gehabt. Eigentlich unverschämt, wie er mich angestarrt hat. Ich hab jeden Augenblick damit gerechnet, dass er mich anspricht. Richtig gezittert hab ich. Er hat so unverschämt gut ausgesehen. Und dann steigt er am Hohenzollerndamm plötzlich aus, als ob überhaupt nichts gewesen wäre.*

Die wichtigsten Passagen aber befassten sich mit Sascha und Sonja. *Nicht auszuhalten, diese Affenliebe,* stand da unter anderem. *Der Kerl ist ein eiskaltes Monster. Wie er mich manchmal ansieht. Ich werde mein Testament ändern. Nicht auszudenken, dass Sonja mich beerbt und alles an diesen Teufel weitergibt!*

Das war die vorletzte Eintragung, sechs Tage vor Amelie Römers gewaltsamem Tod am 28. Januar im Botanischen Garten.

Warum hatte Sonja Michel das kleine Buch nicht einfach verschwinden lassen, nachdem sie es gelesen hatte? Dass sie es gelesen hatte, bewies ja wohl die Seite, über die sie quer *Aas!* geschrieben hatte. Hanna versuchte sich zu erinnern, wo sie das Büchlein gefunden hatten. Doch es fiel ihr nicht ein.

Vielleicht wusste es Wischnewski. Doch den konnte sie nicht mehr erreichen, nachdem er ihr die Arbeit aufgehalst hatte.

Peter Heiland dagegen meldete sich gleich. Hanna berichtete, dass Wischnewski trotz Wochenende bei der Witwe des Opfers Ulrich Schmidt gewesen war. Und dann las sie ihm die Stelle aus Amelie Römers Aufzeichnungen vor, in der sie die Vermutung aussprach, dass Sonja Michel sie umbringen lassen wolle. Als sie zu der Stelle kam, wo sich Frau Römer um ihr Erbe sorgte, fragte Peter dazwischen. „War sie denn so wohlhabend?"

„Das wird man rauskriegen können", antwortete Hanna.

Peter berichtete seinerseits von seinem Besuch bei der alten Lehrerin. „Das glaubst du nicht, aber ich bin mit dem Typ offensichtlich mal zur

Schule gegangen." Einen Augenblick überlegte er, ob er Hanna sagen sollte, dass Sascha vermutlich seine Dienstwaffe gestohlen hatte.

Plötzlich hatte Hannas Stimme einen ganz anderen Klang: „Du, Peter? Wann kommst du denn wieder? Ich glaube der Kater hat Sehnsucht nach dir."

„Nur der Kater?"

„Bilde dir bloß nichts ein!"

„War ja nur eine Frage."

„Wie geht es Sandra?"

„Mensch, die hab ich total vergessen. Dabei habe ich versprochen, dass ich sie zum Dank dafür, dass sie mich gefahren hat, zum Essen einlade."

Hanna Iglau biss sich auf die Unterlippe. Ausgerechnet sie hatte Heiland darauf bringen müssen. „Ich fahr dich auch mal wieder!" Sie versuchte ihrer Stimme einen fröhlichen Klang zu geben.

„Grüß bitte Wischnewski. Er wird ja inzwischen erfahren haben, dass wir hier mit allem, was uns zur Verfügung steht, nach Sascha Gräter fahnden."

Die Art, wie Peter plötzlich dienstlich wurde, ärgerte Hanna. „Ja, mach ich", sagte sie kurz angebunden und legte grußlos auf.

SASCHA schob sein Motorrad in Oma Mines Hütte. Er deckte eine Plane darüber, die er in dem kleinen Geräteschuppen gefunden hatte, der im hinteren Teil des Gartens stand und fast völlig überwuchert war. Was er in seinen Satteltaschen hatte, packte er in einen Rucksack um. Das Gewehr verstaute er hinter den Dachsparren, die hier nur teilweise verkleidet waren. Peter Heilands Walther PK steckte er in den Hosenbund. Dann verließ er das Gartenhäuschen.

Im Westen ging die Sonne unter. Sie tauchte die steile Wand der Schwäbischen Alb in ein rötliches Licht. Die Kanten und Schrunden wurden tief ausgeleuchtet.

Sascha zog das Gartentörchen hinter sich zu. Vom Dorf drunten hörte man Blasmusik. Eines der vielen Vereinsfeste. Sascha hasste alles, wo viele Menschen eng beisammen waren.

Sein Weg führte ihn allerdings nahe am Sportplatz vorbei. Im Bierzelt hatte soeben der Volkschor Liederkranz Bodelsingen die musikalische Unterhaltung übernommen und sang das Lied „Am Brunnen vor dem Tore". Sascha blieb einen Moment stehen. „Die kalten Winde bliesen", tönte es aus dem Zelt, „mir grad ins Angesicht. Der Hut flog mir vom Kopfe. Ich wendete mich nicht …" Sascha musste kurz auflachen. Und ein neuer Gesang hob an. „Wahre Freundschaft soll nicht wanken …“ Und dann: „Wenn der Mühlstein trägt die Reben, und daraus fließt kühler Wein, wenn der Tod mir nimmt das Leben, hör ich auf, getreu zu sein.“

Sascha ertappte sich dabei, dass er die letzten Zeilen tonlos mitsprach. Er ärgerte sich so sehr darüber, dass er die Pistole aus dem Hosenbund riss und gegen einen Baum richtete. Er schoss aber nicht. Im Magazin waren sechs Patronen. Konnte er wissen, ob die reichten?

Die Sonne war am Horizont verschwunden. Der Chor aus dem Festzelt verebbte. Sascha nahm einen Waldweg, den er kannte und von dem er wusste, dass er hinter dem Dorf wieder herauskam, dort wo der Schrotthändler Thomas Keinath auch einen Auto- und Autozubehörhandel betrieb. Keinath selbst wohnte mitten auf dem Platz in einer flachen Baracke.

Der Schrottplatz lag im Dunkeln. Sascha wusste, dass Thomas Keinath auf jeden Fall im Festzelt war. Er war ein wichtiger Mann bei der Musikkapelle. Zudem hatte er aus den besten Musikanten des Vereins eine Combo gebildet, die später am Abend immer zum Tanz aufspielte.

Sascha stieg an einer Stelle, die man nicht einsehen konnte, über den Zaun. Schließlich erreichte der Eindringling ganz hinten auf dem Hof die Fahrzeuge, die Keinath zum Kauf anbot.

Sascha zog aus seinem Rucksack eine starke Stabtaschenlampe und leuchtete die abgestellten Autos ab. Eine Ratte huschte davon und verschwand unter einem Haufen aufgeschichteter Kotflügel. Dahinter lagerten Stoßstangen. Sascha trat gegen den Stapel, der prompt scheppernd in sich zusammenstürzte. Der Lärm trieb noch mehr Ratten aus ihren Schlupflöchern. Aber nun entdeckte Sascha, was er suchte. An einigen der Stoßstangen hingen noch die Kennzeichen. Ihre TÜV-Plaketten waren zwar abgelaufen. Aber das Risiko, dass das irgendwem auffallen würde, musste er eingehen. Werkzeug fand er unter dem Sitz eines Gabelstaplers, ebenso ein Fläschchen mit Kriechöl, das er brauchte, um die Schrauben überhaupt erst gängig zu machen.

In dem Führerhaus des Gabelstaplers hing die Jacke eines Blaumanns. Sascha zog sie über, um seine Kleider zu schützen, und als er mit den Händen in die Außentaschen fuhr, fühlte er etwas Hartes, Metallenes. Es war ein Handy, und es war sogar betriebsbereit. Manchmal musste man eben Glück haben.

Sascha suchte sich einen bequemen Platz, fand einen ausgebauten Autositz. Er machte es sich darauf bequem, schlug die Beine übereinander, zog einen kleinen Zettel aus der Hosentasche und wählte.

„Heiland!“

„Senior oder junior?“, fragte Sascha.

„Senior. Aber mein Enkel ist grade auch gekommen.“

„Dann geben Sie mir den Kriminaloberkommissar doch bitte mal.“

„Hallo“, meldete sich Peter.

Sascha lachte glucksend. „Eigentlich ist der Senior vom Heiland doch der liebe Gott, oder hab ich da im Schulunterricht nicht richtig aufgepasst?“

Peter schaltete sofort: „Frau Scharlau sagt, du seist gar kein so schlechter Schüler gewesen.“

„Du hast ja echt gearbeitet, Bulle!“

„Ja, wir wissen inzwischen eine ganze Menge. Du darfst nicht vergessen, Sascha, du bist alleine, und wir sind viele. Sehr viele sogar inzwischen.“

„Du machst mir ja richtig Angst.“

„Die müsstest du so oder so haben. Vor allem vor dir selbst!“

„Die gute alte Scharlau, die hab ich ganz vergessen. Ich habe überhaupt vergessen, dass es ja auch noch ein paar anständige Menschen gibt auf der Welt.“

Heiland hatte zwischendurch immer wieder einen Blick auf das Display des neuen Telefonapparats geworfen und schrieb die Zahlen auf einen Block, der immer neben dem Telefon lag.

„Bist du noch da?“, hörte er die Stimme Saschas.

„Warum rufst du an?“ Peter wedelte mit dem Zettel.

Henry nahm ihm das Stück Papier ab. Peter zog aus seiner Hosentasche sein Handy und reichte es dem Großvater. Dann deckte er die Muschel ab und sagte leise: „Ruf den Polizeiposten an oder 110, und gib die Nummer durch.“

Aus dem Hörer schallte Saschas Stimme. „Wir sehen uns in Berlin, Bulle. Erinnerst du dich denn an mich?“

„Ich habe mich an einen Schulausflug auf den Lichtenstein erinnert. Damals war der Sebastian Köberle dabei, den du später ermordet hast.“

„Daran erinnerst du dich. Und an den alten Steinbruch erinnerst du dich nicht mehr?“

„An den alten Steinbruch?“

„Du solltest dich unbedingt daran erinnern, Peter Heiland, damit du weißt, warum du der Nächste auf meiner Liste bist.“

Es knackte in der Leitung. Sascha Gräter hatte das Handy ausgeschaltet. Jetzt warf er es in weitem Bogen über den Schrottplatz. Irgendwo knallte es gegen Blech.

Peter Heiland wandte sich zu seinem Großvater um. Der hatte offenbar Mike Dürr am Apparat und diktierte ihm grade die Nummer. Heiland ließ sich von Opa Henry das Handy geben und rief hinein: „Mike, bist du's?"

„Ja, aber halte mich nicht auf! Ich schmeiße jetzt den ganzen Apparat an."

„Danke", sagte Peter. „Wenn du mich brauchst – ich bin mit Bienzle im Goldenen Adler."

Auf der Fahrt zu dem Wirtshaus in Bodelsingen holte Peter Heiland die Erinnerung wieder ein. Ja natürlich. Sie waren damals elf oder zwölf Jahre alt und er war in Tübingen auf dem Gymnasium. Ein Junge, es könnte Sascha Gräter gewesen sein, hatte die Schwester eines Schülers aus ihrer Clique blöd angemacht. Vielleicht hatte sie das auch nur erfunden. Aber dieses Mädchen hatte behauptet, der Junge habe sie gezwungen, sich auszuziehen und alles zu zeigen. Jetzt fiel ihm wieder ein, dass er völlig naiv gefragt hatte: Was denn „alles"?

Die Bande, der sich Peter zugehörig fühlte, wenngleich auch meistens nur als fünftes Rad am Wagen, diese Bande hatte Rache geschworen. Alle waren sich einig, der Junge müsse bestraft werden. Im Grunde war auch Peter Heiland dafür, aber nur, wenn dieser Junge wirklich schuldig war.

„Natürlich ist er schuldig!", schnauzte ihn Winfried an.

Peter hatte daraufhin im Bewusstsein seines besonderen Status als Gymnasiast gesagt: „Bis zum Beweis der Schuld gilt die Unschuldsvermutung. Jeder bei uns bekommt einen fairen Prozess." Natürlich wusste er nicht, wie der zu bewerkstelligen gewesen wäre, aber er fühlte sich irgendwie bedeutend, als er das sagte.

Als ihn daraufhin allerdings Winfrieds Faust mitten auf die Nase traf und diese furchtbar anfing zu bluten, fühlte er sich plötzlich nicht mehr überlegen.

Sie waren da schon auf dem Weg zum Steinbruch, wo sie den Jungen unter einem Vorwand hingelockt hatten. Kurzerhand packten sie Peter und stießen ihn in die ehemalige Sprengstoffkammer des Steinbruchs. Sie warfen die Tür zu und schoben den schweren eisernen Riegel vor.

Mehr wusste Peter nicht über die Sache im Steinbruch. Er hatte sie sogar völlig verdrängt. Selbst den Namen Sascha Gräter – wenn er der Junge gewesen war – hatte er vergessen.

Als die anderen ihn damals endlich wieder aus der Sprengkammer herausließen, schrie er sie an: „Nur dass ihr es wisst! Ihr seid für mich gestorben! Mit keinem von euch rede ich mehr ein Wort!" Freunde hatte er dann nur noch auf dem Gymnasium.

DER STUTTGARTER Kommissar hatte selten einen so guten Rostbraten mit so wunderbarem Sauerkraut gegessen. „Kompliment an Ihren Koch!“, sagte er zur Wirtin.

„Ja, der Francesco kocht besser schwäbisch als die meisten Schwaben.“

Heiland kam zur Tür herein. Marie Ruckaberle seufzte: „Was will denn jetzt der scho wieder. Also langsam geht der mir auf die Nerven.“

„Der will zu mir“, sagte Bienzle.

„Ach so, ja natürlich. Ich hab ja ganz vergessen, dass der junge Heiland Sie hier einquartiert hat. Ich hoffe, Sie sind nicht dienstlich da.“

„Noi, ganz gwieß net. Ich bin in Stuttgart und Umgebung zuständig. Hier oben wandere ich nur durch eure herrliche Landschaft. Aber warum haben Sie denn so wenig Gäste? Also bei dem Koch hätten Sie einen größeren Zuspruch verdient.“

„Heut ist Musikfest. Da verirren sich bloß so a paar Storchefüß wie Sie hierher.“ Bienzle warf einen Blick auf seine roten Strümpfe unterhalb seiner Kniebundhose und musste unwillkürlich lachen. In diesem Moment trat auch schon Peter Heiland an den Tisch. Bienzle blickte zu ihm auf und fragte sofort: „Was ist passiert? Sie sehet aus, als wär Ihne ein Geist begegnet.“

„Sascha Gräter hat mich angerufen und mir erklärt, ich sei der Nächste auf seiner Liste.“

Bienzle beugte sich weit über den Tisch. „Wiederholen Sie das Gespräch bitte Wort für Wort und Satz für Satz. Jetzt machet Se schon!“

Peter Heiland bemühte sich. Er hatte ein gutes Gedächtnis, besonders für Texte. Als er die Stelle zitierte, wo Sascha sagte: „Die gute alte Scharlau, die hab ich ganz vergessen. Ich habe überhaupt vergessen, dass es ja auch noch ein paar anständige Menschen gibt auf der Welt“, packte Bienzle Peters Hand. „Sagten Sie nicht, er hat seine Großmutter besucht?“

„Ja, er muss ganz reizend zu ihr gewesen sein, sagt die Pflegerin.“

„Wo wohnt diese Frau Scharlau?“

„In Pflummern drüben.“

Bienzle sprang auf. „Los!“, rief er, und zu Frau Ruckaberle sagte er: „Wir sind in einer Stunde wieder da, und sonst setzet Se einfach alles auf meine Zimmerrechnung!“ Schon stürmte er aus dem Lokal. Peter Heiland hatte Mühe, ihm zu folgen.

SASCHA hatte zwei gleiche Nummernschilder abgeschraubt. Unter den Fahrzeugen suchte er sich das unauffälligste aus. Es war ein VW Golf, Baujahr 1994. Nachdem er die Kennzeichen anmontiert hatte, schloss er die

Zündung kurz. Eine Viertelstunde später hatte er den Wagen vor dem kleinen Einfamilienhaus von Frau Scharlau ausrollen lassen. Seitdem Peter Heiland die alte Lehrerin erwähnt hatte, musste Sascha an sie denken.

Frau Scharlau erkannte Sascha Gräter sofort. Ihre ersten Worte, als das Licht über ihrer Haustür auf sein Gesicht fiel, waren: „Sascha, was machst du hier? Die Polizei sucht dich."

„Ich wollte Sie nur noch mal wiedersehen."

„Komm rein, erzähl mir, was passiert ist."

„Nein, ich wollte Sie wirklich nur noch einmal sehen und Ihnen danke für alles sagen. Vielleicht, wenn Sie mal nach meiner Oma im Altersheim drunten in Bodelsingen schauen könnten."

„Sascha, sag bitte, dass die Polizisten sich irren. Sie sagen, du hättest fünf Menschen ermordet."

„Es gab in jedem einzelnen Fall einen sehr guten Grund!"

„Nein! Niemand darf einem anderen Menschen das Leben nehmen. Niemand! Wir Menschen sind zum Verzeihen gemacht, nicht für die Rache!"

„Vielleicht haben Sie Recht." Ein Lächeln flog über das angespannte Gesicht des jungen Mannes. „Verzeihen Sie mir. Und, bitte, rufen Sie jetzt nicht gleich die Polizei an."

„Ich werde niemanden anrufen. Aber ich rate dir, dich zu stellen, Sascha."

„Keine Chance! Aber danke noch mal." Dann machte er auf dem Absatz kehrt.

Frau Scharlau rief ihm nach: „Sascha, du weißt hoffentlich, dass Peter Heiland damals im Steinbruch nicht dabei war."

Sascha blieb abrupt stehen, machte noch einmal kehrt und kam mit weit vorgeschobenem Kopf auf sie zu. Plötzlich sah er aus wie ein Raubvogel. „Ist das wahr?"

„Ich habe dich noch nie angelogen. Dich nicht und auch sonst niemanden."

„Sie wollen Peter Heiland schonen."

„Nein … Ja, natürlich das auch. Aber vor allem sage ich das, weil ich nicht will, dass du ihn fälschlich im Verdacht hast. Er hat sogar damals versucht, die anderen davon abzuhalten. Das ist bei der Untersuchung herausgekommen. Aber sie haben ihn in die Sprengkammer gesperrt. Er muss dort Todesängste ausgestanden haben."

„Aber warum? Warum wollte er die anderen davon abhalten?"

„Vielleicht wusste er, dass sie im Unrecht waren. Ja, sicher wusste er das."

Von Frau Scharlaus Häuschen aus konnte man die tiefer gelegene

Landesstraße einsehen. Dort näherte sich mit Martinshorn und kreisendem Blaulicht ein Polizeifahrzeug. Sie bemerkten es gleichzeitig.

„Meinst du, Peter Heiland hat sich gedacht, dass du zu mir kommen wirst?"

Sascha antwortete nicht mehr darauf. Elegant flankte er über den Gartenzaun und verschwand in der Dunkelheit. Frau Scharlau hörte noch, wie der Motor seines Wagens stotternd ansprang. Dann fuhr das Fahrzeug den Berg hinauf, ohne Licht, über einen Feldweg, der weit oben einen Bogen machte und hinter Riedlingen wieder auf die Landesstraße stieß.

Frau Scharlau blieb regungslos stehen, bis der Polizeiwagen vor ihrem Gartentor hielt.

Peter Heiland kam im Laufschritt auf sie zu. Frau Scharlau sagte sehr ruhig: „Er war da, aber er ist schon seit einer ganzen Weile wieder weg."

„Was wollte er?", fragte Bienzle aus dem Hintergrund.

„Wer sind Sie?", fragte Frau Scharlau dagegen.

Heiland antwortete: „Mein früherer Chef aus Stuttgart."

Sie wendete sich wieder Peter Heiland zu. „Jedenfalls habe ich ihm gesagt, dass du damals im Steinbruch nicht dabei warst. Die anderen hatten ihm ja die Augen verbunden, sodass er seine Peiniger nicht sehen konnte."

„Moment mal!" Heiland schrie es fast heraus. „Das damals im Steinbruch war also wirklich Sascha?"

„Du warst ja nicht mit denen in der Schule, sondern in Tübingen auf dem Gymnasium. Deine Freunde in Riedlingen haben dir nicht gesagt, um wen es gehen sollte, nur dass man einen Jungen bestrafen müsse, der sich an Winfrieds Schwester vergangen habe."

„Ja, stimmt! Und ich habe gesagt: Nicht ohne ein ordentliches Gerichtsverfahren."

Frau Scharlau lächelte Bienzle zu. „Er war schon damals so."

„Ein Gerechtigkeitsfanatiker, meinen Sie?", fragte Bienzle. „Aber was kann man Besseres über einen jungen Polizisten sagen?"

„Vielleicht sollten wir uns doch noch ein wenig unterhalten." Frau Scharlau machte eine einladende Geste.

„Aber zuerst müssen wir dienstlich werden", sagte Bienzle und schaute Peter Heiland auffordernd an.

Der stellte nun die Fragen: „Wann kam er hier an? Wann ist er wieder gegangen? Was hat er gesagt? Welchen Weg hat er genommen? Wie sah sein Auto aus?"

Naturgemäß waren die Antworten von Frau Scharlau nicht besonders hilfreich, wenngleich sie sich ehrlich bemühte. Heiland gab die Angaben an die Leitzentrale nach Tübingen durch und schloss mit den Worten: „Leider haben wir keinerlei Angaben über Typ, Farbe oder Kennzeichen des Fluchtwagens."

Währenddessen hatte Bienzle das Häuschen von Frau Scharlau inspiziert, wobei ihn besonders ihre Bibliothek interessierte.

„Neugierig sind Sie nicht, gell?", sagte Frau Scharlau.

„Noi, i will bloß alles wissen! Und jetzt zum Beispiel interessiert es mich brennend: Worum ist es damals in diesem Steinbruch gegangen?"

Frau Scharlau ließ sich in einen bequemen Sessel sinken. „Miriam, so hieß das Mädchen, hatte sich wohl in Sascha verliebt. Er war ja auch ein interessanter Typ. Ein Außenseiter mit einem Flair von Abenteuer. Aber Sascha wollte von Miriam nichts wissen. Und da hat sie die Geschichte erfunden, er habe sie sexuell belästigt. Ihr Bruder wollte sie daraufhin rächen."

„Winfried?", rief Heiland.

„Ja. Winfried Leienberger. Er hat Sascha unter einem Vorwand in den alten stillgelegten Steinbruch gelockt, und dort haben er und seine Freunde ihn ..."

Bienzle vollendete den Satz so neutral wie möglich: „Zusammengeschlagen?"

„Wenn es das nur gewesen wäre ..."

„Sexuell gedemütigt?", fragte Bienzle.

„Ja. Bitte ersparen Sie mir die Einzelheiten. Aber wenn fünf Jungs über einen herfallen, ihm die Augen verbinden, die Kleider vom Leib reißen, ihn mit Messern bedrohen und zu Handlungen zwingen ..." Ihr versagte die Stimme.

„Sie müssen das nicht weiter ausführen", sagte Bienzle, „wir haben Fantasie und Kenntnisse genug."

„Das war also der Anfang", sagte Heiland dumpf.

„Ja", antwortete Frau Scharlau. „Wir dachten damals, wir könnten ihm helfen, indem wir die Wahrheit ans Licht bringen."

„Und?", fragte Bienzle.

„Ach, wissen Sie, die Eltern der Jungs, die das Verbrechen an Sascha begangen haben, sind alle irgendwie wichtig und bedeutend gewesen hier in der Gegend. Es gab ein paar finanzielle Zuwendungen. Sascha konnte auf ein Internat gehen. Und im Übrigen wurde schnell so geredet: Er stammt doch aus dieser Familie, die Großmutter hat ihren armen Mann betrogen, solange er in der Kriegsgefangenschaft war. Die Mutter hat sich von einem verheirateten Mann schwängern lassen, und seine Tante, die jetzt für ihn sorgt, ist ein ... na ja, sagen wir mal: ein leichtlebiges Wesen."

„Es könnt einem schlecht werden", ließ sich Bienzle hören.

HEILAND und Bienzle kehrten in den Goldenen Adler nach Bodelsingen zurück. Auf der Fahrt sprach keiner der beiden, erst als sie sich wieder an ihrem Tisch im Gasthof niederließen, sagte Bienzle: „Jetzt brauch ich zuerst amal einen Schnaps, und zwar einen doppelten."

„Ich schließe mich an", sagte Heiland.

Mike Dürr kam herein. Er ließ sich bei den beiden nieder, nachdem Heiland ihn seinem Exchef vorgestellt hatte. „Das Gespräch mit dir ist von einem Handy aus geführt worden, das dem Thomas Keinath gehört. Der hat aber den ganzen Abend im Festzelt gespielt und ist nach so einem Fest nicht vernehmungsfähig vor morgen Nachmittag. Ob auf seinem Hof ein Auto fehlt, weiß man noch nicht. Ich denke aber, wir sollten davon ausgehen."

Plötzlich schlug Heiland so heftig mit der flachen Hand auf den Tisch, dass die Gläser hochsprangen. „Menschenskind, mein Großvater hat doch g'sagt, die Oma von Sascha Gräter habe in einem Gartenhäusle gewohnt, bevor sie ins Altersheim ging."

„Ja, und?", fragte Mike Dürr.

„Wenn das noch existiert und ihr gehört …"

„Ja, dann könnte ihr Enkel sich dort versteckt haben."

„Aber jetzt nimmer", beruhigte Bienzle seine jungen Kollegen. „Ich wette, der ist auf dem Weg nach Berlin oder was weiß ich, wohin. Ihr seid ihm zu dicht auf den Fersen."

„Morgen nehmen wir uns trotzdem mal das Grundstück vor!", entschied Mike Dürr. Peter Heiland wunderte sich mehr und mehr über Mikes Unternehmungsgeist.

„Und ich fahr morgen nach Stuttgart. Mir ist das zu viel Arbeit für ein dienstfreies Wochenende."

Kurz vor Mitternacht verabschiedeten sich Heiland und Dürr. Bienzle, nunmehr der einzige Gast, bestellte noch einen allerletzten Wein. Marie Ruckaberle setzte sich zu ihm und trank auf seine Einladung ein Viertele mit.

Bienzle ließ sich Zeit. Eine Weile schaute er in sein Glas, wie die Zeit verging, und hob dann den Blick. „Es geht mich ja nichts an, und ich bin ja au gar net von hier …"

„Ja, dann lasset Se's halt!", knurrte die Wirtin.

„Ich habe jetzt eine Menge erfahren", sagte Bienzle, ohne sich aus seinem Konzept bringen zu lassen. „Und da dät mich schon noch a bissle was interessieren."

„Lasset Se's!"

Unbeirrt fuhr der Kommissar aus Stuttgart fort: „Ihr verstorbener Mann ist eine richtige Schlüsselfigur, aber keiner mag so recht über ihn reden.“

„Ich auch nicht.“

„Na ja, bei Ihnen kann man’s ja verstehen.“

Marie Ruckaberle hob ihren Kopf. „Ich hab versucht, ihn in meinen Erinnerungen nicht gar zu schlecht wegkomme zu lasse.“

„Das gefällt mir!“ Bienzle hob sein Glas und trank der Wirtin zu.

„Aber einfach ist das nicht“, sagte sie. „Obwohl: Er war halt, wie er war.“

Bienzle verkniff sich ein Grinsen: „Der Don Juan von Bodelsingen und Umgebung!“

„Was willsch mache?“ Marie Ruckaberle wunderte sich über sich selbst. Warum redete sie mit diesem fremden Mann so offen. Aber es tat ihr auch gut. Irgendwie fühlte man sich bei diesem Bienzle aufgehoben. „Der Bruder von meinem Mann war das genaue Gegenteil. Der ist sogar ins Kloster gegangen. Aber wer weiß, vielleicht bloß, weil er hat net au so werde wolle …“

„Die Tübinger Kollegen werden nun vielleicht den Tod Ihres Mannes neu untersuchen.“

„Um dr Gottes Chrischtags willa!“, stieß Marie Ruckaberle hervor. „Alles, bloß des net.“

„Aber wenn’s kein Unfall war?“

„Dann isch er trotzdem tot, und nix macht ihn mehr lebendig.“

„Können Sie eigentlich mit einem Gewehr umgehen?“, fragte Bienzle.

„Jetzt gehet Sie besser ins Bett!“

„Ja, wahrscheinlich haben Sie Recht!“ Bienzle erhob sich ächzend. „A schöne Wirtschaft habet Sie!“

„Ja, ond nix als Gschäft damit.“

„Na ja“, sagte Bienzle schon im Hinausgehen, „da geht’s de Menscha wie de Leut. Gutnacht, Frau Ruckaberle.“

„Gutnacht, Herr Bienzle. Schlafet Sie gut!“

11

Beim Grundbuchamt der Stadt Bodelsingen dauerte es keine zehn Minuten, bis eine junge Angestellte Peter Heiland einen Lageplan des Gewanns Hohengehren vorlegen konnte. Das Grundstück mit der Nummer H 316 war auf Frau Hermine Neidlein eingetragen. Heiland erbat sich eine Kopie des Plans und machte sich auf den Weg.

Etwa um dieselbe Zeit betraten Mike Dürr und Raisser den weitläufigen Schrottplatz am nördlichen Ende des Städtchens. Außer einer fetten Katze war zunächst kein Wesen vorzufinden. Dürr klopfte mit der Faust an die Tür der flachen Baracke, die daraufhin widerstandslos nach innen aufschwang.

„Raus!“, schrie eine Stimme, die klang, als ob sie aus einer rostigen Gießkanne käme.

„Thommi, steh auf!“, rief Dürr. Der Schrotthändler war nirgendwo zu sehen.

„Raus, hab ich gesagt!“ Jetzt war die Stimme zu orten. Sie kam aus einem Berg von Kissen, einem Federbett und mehreren Wolldecken. Das Federbett flog zur Seite, ein völlig verschwitzter und verstrubbelter Thomas Keinath kam darunter hervor. „Was wollt ihr?“ Er trug eine grellrote Unterhose und ein grellgelbes T-Shirt dazu.

„Wo ist Ihr Handy?“, fragte Raisser.

„Ist das jetzt wichtig?“, Thomas Keinath ließ sich in die Kissen zurückfallen.

„Von diesem Handy ist gestern Abend telefoniert worden, und zwar vermutlich von einem mehrfachen Mörder, der sich hier mit einem fahrbaren Untersatz versorgt hat.“

Thomas Keinath brach in schallendes Gelächter aus, lag auf dem Rücken und strampelte mit seinen kurzen nackten Beinen.

„Schluss jetzt!“, sagte Raisser streng und absolut humorlos.

Das Lachen brach ab. Thomas Keinath richtete sich auf und schüttelte den Kopf, dass seine schweißnassen Locken flogen. Er stand auf, ging auf unsicheren Beinen zu einem Arbeitswaschbecken, drehte den Hahn voll auf und beugte sich weit vor, sodass er seinen Kopf direkt unters Wasser halten konnte. Als er wieder darunter hervorkam, war sein Blick ein klein wenig klarer.

Ein paar Minuten später standen sie auf dem Hof. Nun war es nicht so, dass zwischen den zum Verkauf stehenden Wagen irgendwo eine Lücke gewesen wäre; denn Thomas Keinath hasste Ordnung, und er weigerte sich, seine Autos aufzustellen wie Soldaten. Er stand, noch immer in Unterhose und T-Shirt, eine ganze Weile zwischen den Gebrauchtwagen, hatte die Hände auf dem Rücken verschränkt und wippte auf seinen nackten Zehen. Plötzlich schoss sein rechter Zeigefinger nach vorn. „Der Golf!“

„Irgendwelche Papiere?“, fragte Raisser.

Keinath schaute ihn an und schien zu überlegen, ob er einfach wieder loslachen sollte. Aber dann sagte er: „Es wird a bissle dauern, aber ich werd sie finden.“

PETER HEILAND stoppte derweil seinen geliehenen Dienstwagen vor dem Gartengrundstück Hohengehren H 316. Dass in letzter Zeit jemand hier gewesen sein musste, sah er sofort.

Rechts von dem Häuschen führte ein Trampelpfad nach hinten, wo ein alter Brunnen stand, der noch mit einem Schwengel bedient wurde. Dort war das Gras niedergetreten worden.

Heiland stieß das Gartentörchen auf und fasste unwillkürlich nach der Stelle, wo er sonst seine Pistole trug. Langsam und leicht geduckt bewegte er sich auf die Hütte zu.

Die Tür war verschlossen, ein Außenriegel mit einem starken Vorhängeschloss gesichert. Auf der Rückseite befand sich ein Fenster. Ein schwerer zweiflügliger Laden war vorgelegt und ließ sich nicht bewegen.

Heiland wählte Dürrs Handynummer und erreichte den Kollegen auf Keinaths Schrottplatz. Dürr berichtete, dass vermutlich ein schwarzer Golf, Baujahr 1994, gestohlen worden sei. Heiland bat den Kollegen, ihm einen Fachmann zu schicken, der das Schloss an Frau Neidleins Hütte öffnen könne.

MIKE DÜRR hatte grade den Schlosser angerufen, der in solchen Fällen für die Polizei tätig wurde, als Thomas Keinath mit einer Mappe aus einer Hängeregistratur aus seiner Baracke kam. „Ordnung ist das halbe Leben!", rief er, begeistert von sich selbst. Der Fahrzeugbrief steckte in der Mappe.

Eine weitere Viertelstunde dauerte es, da waren auch die Stoßstangen gefunden, von denen der Dieb die Kennzeichen abmontiert hatte. Keinaths Autokenntnisse erwiesen sich als hilfreich. Die Stoßstangen, an denen er Spuren von Kriechöl festgestellt hatte, seien früher mal an einem alten Ford Mondeo angebracht gewesen. Tatsächlich fand der Schrottplatzbesitzer auch die Unterlagen zu dem Mondeo, was umso verwunderlicher war, als der Ford längst in Keinaths museumsreifer Schrottpresse zu einem „Päckle", wie er sagte, verarbeitet worden war.

Jetzt hatte die Fahndung nach dem Auto, die Dürr sofort anlaufen ließ, Hand und Fuß.

PETER HEILAND durchstreifte den verwilderten Garten. Auf dem Weg vor dem Grundstück fuhr ein Kombi mit der Aufschrift SCHLOSSEREI MOTZER vor. Ein kleiner, dicker, schwitzender Mann schleppte eine eiserne Werkzeugkiste zur Tür des Häuschens. „Guten Morgen", grüßte Heiland freundlich.

Der Handwerker nickte nur. Er schien Sprechen überhaupt für eine Energieverschwendung zu halten. Aus dem Metallkasten fingerte er ein dünnes Stück Draht heraus, bog es zu einer Art Fragezeichen, fuhr in das Schlüsselloch des Vorhängeschlosses, machte die Augen zu und legte den Kopf in den Nacken. Auf seiner Glatze perlten große Schweißtropfen. Der Mann atmete schwer, einmal, zweimal, beim dritten Mal begleitete er das Ausatmen mit einem pfeifenden Ton. Der Bügel des Vorhängeschlosses sprang hoch. Er schob den Riegel aus der Lasche. Die Tür schwang nach außen auf. Wortlos betrat der Schlosser die Hütte. Das Fenster hinter dem Laden stand offen. Der Laden war mit zwei senkrechten Riegeln im Rahmen verankert. Mit drei gezielten Hammerschlägen löste der Meister jeden Riegel und stieß die Läden auf. Licht flutete herein. Mitten im Raum stand Saschas Suzuki, sorgfältig mit einer Plane abgedeckt.

„Rechnung wie immer?“, fragte der Handwerker.

„Ich denke, ja!“

Grußlos klappte der Schlosser den Metallkasten zu und stapfte breitbeinig zu seinem Lieferwagen zurück.

Später saßen Heiland und Dürr in der Polizeiwache. Heiland schrieb auf Dürrs Computer seinen Bericht. Raisser telefonierte im Nebenraum mit der Einsatzzentrale in Tübingen. Dürr hatte einen Kollegen vom LKA in Stuttgart am Telefon. Der Polizeiapparat kam langsam auf Touren.

Quer über dem Schreibtisch lag, sorgfältig in eine Plastikfolie gewickelt, das Mausergewehr, das Peter hinter den offenen Dachsparren gefunden hatte – vermutlich die Tatwaffe in allen Mordfällen. Heilands Hoffnung, er würde vielleicht auch seine Dienstwaffe in der Hütte finden, hatte sich nicht erfüllt.

Einige Zeit später traf ein Kriminaltechniker aus Tübingen ein. Er streifte weiße Plastikhandschuhe über und unterzog das Mauser-Jagdgewehr einer ersten Untersuchung.

„Mann!“, entfuhr es ihm, als er die Waffe sorgfältig auswickelte. „Das ist eine Mauser M 98 Magnum. Die wird neuerdings nach Originalzeichnungen aus dem Jahr 1936 wieder nachgebaut. Aber das ist ein Original! Eigentlich müsstet ihr den ursprünglichen Besitzer rasch ermitteln können.“

„Ich glaube, den haben wir schon!“, meinte Heiland.

Dürr feixte: „Ja, wir Riedlinger sind schnell!“

Später nahm der Kriminaltechniker dann das Jagdgewehr mit. Man müsse ja ballistische Untersuchungen machen und überhaupt alle Regeln der Spurensicherung anwenden.

„Wie geht es jetzt weiter?", wollte Raisser wissen, der aus dem Nebenraum zurückkam.

„Sobald wir einen Hinweis haben, wo sich Sascha Gräter aufhält, entscheiden wir das", sagte Heiland. „Vielleicht identifiziert ihn auch jemand. Wir haben ja ein sehr gutes Bild von dem Mann."

Dürr grinste: „Ja, aber da müssen wir aufpassen, dass du nicht verhaftet wirst."

„Hör doch auf", sagte Heiland unwillig.

„Ich habe mich auch schon gewundert." Raisser nahm das Blatt mit dem durch Professor Hans Georg Kühn veränderten Phantombild und verglich es mit Heilands Gesicht.

GEGEN Abend rief Peter Heiland Sandra an. Sie war sofort einverstanden, mit ihm essen zu gehen. Er holte sie kurz nach sechs Uhr in ihrer Tübinger Wohnung ab. „Warum hat das denn so lange gedauert, bis du dich endlich mal gemeldet hast?", fragte sie ihn.

„Eigentlich bin ich ja nicht zu meinem Vergnügen hier."

Sie ließen den Wagen an einem Waldparkplatz vor Schloss Hohenentringen stehen und gingen die letzten zwei, drei Kilometer zum Schloss hinauf zu Fuß.

Im Hintergrund sah man die blaue Mauer der Schwäbischen Alb. Nach Süden hin tauchte die Wurmlinger Kapelle auf, die Ludwig Uhland einst besungen hatte: „Droben stehet die Kapelle, schauet still ins Tal hinab …" Es war ein klarer Abend. Hier oben wehte ein leichtes Lüftchen. Die Temperaturen waren in den letzten Tagen etwas gesunken.

Nach einer Dreiviertelstunde erreichten sie das Schloss. Sie holten sich im ersten Stock, wo die Speisen und Getränke ausgegeben wurden, zwei Portionen warmen Leberkäse und zwei Gläser Apfelmost. Im Hof fanden sie noch zwei Plätze an einem langen Tisch mit Blick hinunter ins Strohgäu.

„Wie lange bleibst du noch?", fragte Sandra.

„Kommt drauf an. Irgendwie scheint sich der Fall zuzuspitzen."

„Magst du darüber sprechen?" Das Füchsleingesicht Sandras bekam einen gespannten Ausdruck.

„Ja, warum nicht? Ist vielleicht gar nicht schlecht. Ich bin so einer, der seine Gedanken beim Reden verfertigt", sagte Heiland und begann langsam, doch dann immer flüssiger, zu berichten, wie er von seinem Chef Wischnewski vor nunmehr vier Wochen nachts in die Gradestraße gerufen wurde, wo der junge Computerfachmann Kevin Mossmann erschossen worden war, als er aus dem Bus ausstieg. Danach berichtete er von den Morden an der Kindergärtnerin Amelie Römer im Januar, die mit Saschas Tante Sonja Michel zusammengewohnt hatte; an dem Lehrlingsmeister Sebastian Köberle wenige Wochen später, der einmal mit Frau Michel verheiratet gewesen war und damals zur Bedingung gemacht hatte, dass sie Sascha weggeben müsse. Schließlich kam er zu Ulrich Schmidt, dem Gewerbelehrer, der, wie man nun wusste, Sonja Michel über die „Agentur Seitensprung" kennen gelernt hatte.

Sandra kicherte. „So etwas gibt es?"

„Sieht so aus, ja."

„Und wie ging es dann weiter?"

„Jetzt geht's erst mal so weiter, dass ich uns noch etwas zu trinken hole. Magst du auch noch etwas essen?"

„Die haben so einen guten hausgemachten Apfelkuchen hier. Und da hätte ich am liebsten einen Milchkaffee dazu."

Als Peter Heiland den Kuchen, den Kaffee und zwei Viertel Rotwein auf den langen Tisch stellte, fuhr er fort: „Das nächste Opfer war dann dieser Computerfachmann Kevin Mossmann, der offenbar mit seinem Mörder noch kurz zuvor telefoniert hatte. Es gab dann noch einen Anschlag auf einen Malerprofessor, der, wie wir jetzt wissen, unseren Täter als Schüler abgewiesen hatte. Und auf mich natürlich."

„Auf dich?" Sandra starrte ihn entsetzt an.

„Ja, aber er hat danebengeschossen."

„Warum hat er überhaupt auf dich geschossen?"

Peter Heiland erzählte die Geschichte, die er von Frau Scharlau, seiner früheren Lehrerin, erfahren hatte. „Unsere Lehrerin hat ihm gesagt, dass ich damals nicht beteiligt war."

„Dann müsstest du aber jetzt außer Gefahr sein", sagte Sandra, „wenn er doch weiß, dass du bei der Schweinerei gar nicht mitgemacht hast."

„Vielleicht hat er ja auch nur auf mich geschossen, weil ich ihm als Ermittler gefährlich geworden bin."

Sandra biss sich auf die Unterlippe. „Mist", sagte sie leise.

„Sieht ja grade so aus, als ob du dir Sorgen um mich machen würdest."

„Und?", fuhr sie auf. „Was wäre dabei?"

„Nichts!" Er trank ihr zu. So entspannt und fröhlich hatte er sich schon lange nicht mehr gefühlt.

„Und dieser andere Schüler?", fragte Sandra plötzlich. „Der Anführer von dieser Bande? Jetzt, wo das alles wieder hochgekommen ist bei diesem Sascha, könnte es da nicht sein …?“

Heiland hielt den Atem an. „Menschenskind, warum bin ich bloß selber nicht darauf gekommen?“ Er riss förmlich sein Handy aus der Tasche, wählte und hatte Verbindung. „Gut, dass du noch da bist, Mike. Mich hat gerade das charmanteste Mädchen zwischen Meersburg und Stuttgart darauf gebracht, dass möglicherweise Winfried Leienberger … Was?“

Mike Dürr saß an seinem Schreibtisch, hatte die Füße auf die Schreibplatte gelegt und kaute an einem Bleistift, weshalb er nicht so besonders gut zu verstehen war, als er jetzt sagte: „Ja, der Bienzle hat angerufen und gefragt, ob wir denn schon auf die Idee gekommen seien, dass der Mann möglicherweise gefährdet sei.“

„Und?“, fragte Peter Heiland. „Habt ihr schon etwas unternommen?“

„Raisser versucht ihn grade ausfindig zu machen.“

„Hoffentlich kommen wir da nicht zu spät. Rufst du mich auf dem Handy an, wenn ihr was wisst?“

„Logisch!“ Dürr legte auf.

„Ende des fröhlichen Ausflugs, was?“, sagte Sandra.

„Sieht fast so aus!“

„Schade. Wer weiß, wann ich dich wiedersehe. Und ich Dussel bring dich auch noch drauf!“

WINFRIED LEIENBERGER lebte in Tübingen. Hier hatte er Abitur gemacht und das Jurastudium in zwölf Semestern hinter sich gebracht. Er bewarb sich bei der Sparkasse, was eigentlich keine wirkliche Bewerbung war; denn sein Vater, der als Textilfabrikant ganz gutes Geld verdiente, war dort ein angesehener Kunde. Vater Konrad Leienberger pflegte zu sagen: „Oiner, der anschtändig lebt, lebt oifach net so en da Tag nei und scho gar net en d’Nacht.“

Sein Sohn Winfried hatte sich schon früh nach der Maxime des Alten gerichtet. Damals freilich, als er sich den Sascha Gräter vorgenommen hatte, weil der seiner Schwester Miriam unter die Röcke gegriffen haben sollte – was sich ja später als Irrtum herausstellte –, damals also hatte sich sein Vater den Knaben Winfried vorgeknöpft. Nicht wegen des kleinen Sascha Gräter, sondern weil die Tat in der Schule und in der Elternschaft so eine Aufregung verursachte. Vater Leienberger hatte es gerne sauber und übersichtlich, und er wollte auf keinen Fall, dass über ihn oder seine Familie in der Stadt gesprochen wurde.

Er war damals zu der Ziehmutter des Jungen gegangen, hatte ihr Geld fürs Internat angeboten und die Kosten für drei Jahre übernommen.

Inzwischen war sein Sohn Winfried 33 und Leiter der Abteilung Sorten und Devisen, hatte eine Frau und zwei Kinder und ein hübsches, gepflegtes Häuschen auf dem Österberg.

An diesem Tag verließ Winfried Leienberger die Bank erst gegen sechs Uhr.

Er ging zu Fuß zum Rathausplatz, setzte sich vor dem Café Pfuderer an einen der Tische im Freien und vertiefte sich in das *Schwäbische Tagblatt*, zu dessen Lektüre er den ganzen Tag noch nicht gekommen war. Erst später bemerkte er verwundert, dass ein Fremder ausgerechnet an seinem Tisch Platz genommen hatte, wo es doch eine ganze Reihe anderer Tische gab, an denen niemand saß.

Plötzlich sagte sein Gegenüber: „Winfried Leienberger, nicht wahr?"

Überrascht schaute der Banker auf.

„Ich bin dir von der Bank her gefolgt. Es war nicht schwierig rauszukriegen, wo du arbeitest."

„Kennen wir uns?" Eine seltsame Unruhe befiel Winfried Leienberger. Zu seiner eigenen Überraschung empfand er plötzlich Angst.

„Ich kenne dich!"

Die Bedienung brachte das Mineralwasser. Sascha bezahlte sofort und nahm einen ersten Schluck.

Das Handy des Bankers meldete sich.

Sascha sagte in das Klingelgeräusch hinein: „Sascha Gräter. Erinnerst du dich nicht?"

Winfried Leienberger brach der Schweiß aus. Zugleich sagte er ins Telefon: „Ja … Wer? – Polizei?"

Sascha Gräter zog Heilands Dienstpistole aus dem Hosenbund und beugte sich leicht vor. Er schob die Hand mit der Waffe unter den Tisch.

„Was?", schrie Leienberger ins Telefon. „Aber der sitzt mir gegen…"

Weiter kam er nicht.

Sascha schoss zweimal, und er traf beide Beine des anderen. Dann stand er auf, als ob nichts gewesen wäre. Erst als er die Schlosstreppe erreicht hatte, hörte er die Schmerzensschreie des Getroffenen. Den schwarzen Golf hatte er auf dem anderen Neckarufer geparkt. Als er merkte, dass niemand ihn verfolgte, schlenderte er wie ein Flaneur die Neckargasse hinunter, überquerte den Fluss und stieg in der Nähe des Bahnhofs in das gestohlene Auto.

HEILAND und Sandra Teinacher hatten den Waldparkplatz gerade erreicht, als Dürr mitteilte, dass man Leienberger nicht mehr habe rechtzeitig warnen können. Er werde in diesem Moment mit zerschossenen Beinen in die Uniklinik gebracht. Der Täter habe die Pistole – eine Walther PK übrigens, wie man sie auch als Polizeidienstwaffe einsetze – hinterlassen. Er selbst sei spurlos verschwunden.

„Wo ist die Waffe?", fragte Peter Heiland.

„Die wird im Augenblick erkennungsdienstlich behandelt."

„Ich kann dir sagen, wem sie gehört!"

„Ja?"

„Mir!"

„Was?"

„Ich erklär dir das."

„Das wirst du wohl dem Staatsanwalt erklären müssen. Sorry, Alter!"

„Ja, verdammt. Das ist schon immer so gewesen in meinem Leben: Was ich falsch machen kann, habe ich falsch gemacht. Ich bin in einer Viertelstunde bei den Kollegen in Tübingen."

Er sah Sandra mit allen Anzeichen des Bedauerns an.

Im Polizeipräsidium wartete Hauptkommissarin Désirée Lindemann bereits auf den Kollegen aus Berlin. Raisser und drei weitere Kollegen flankierten die Chefin, die aufrecht hinter ihrem Schreibtisch stand. Sie trug ihre Haare diesmal offen, aber als sie Heiland mit ihrer schneidend scharfen Stimme anherrschte: „Sagen Sie, dass es nicht wahr ist!", wirkte sie trotzdem nicht fraulicher.

„Sie meinen, dass der Täter mit meiner Dienstpistole geschossen hat?"

„So etwas kann doch überhaupt nicht passieren."

„Mir schon", sagte Heiland geknickt und erzählte von dem Einbruch in das Haus seines Großvaters.

„Und Sie haben das nicht gemeldet?"

„Nein. Sonst hätten Sie ja vielleicht schon früher davon erfahren."

„Dass das zu einem Dienststrafverfahren führt, ist Ihnen doch …"

Heiland unterbrach sie laut: „Ja, natürlich ist mir das klar! Sie werden es ja zum Glück nicht führen."

Plötzlich war es mucksmäuschenstill in dem Raum und es dauerte ein paar Sekunden, bis Frau Lindemann ihre Contenance wiedergefunden hatte. „Der Fall Gräter/Leienberger ressortiert jedenfalls hier, bei uns", sagte sie schmallippig. „Wenn ich Sie noch brauche, werde ich Sie's wissen lassen."

„In Ordnung", sagte Peter Heiland und verließ den Raum.

Sein Großvater sah ihm die Niedergeschlagenheit sofort an. „Was ist passiert?“, fragte der Alte, als Peter Heiland nach Hause kam.

Peter erzählte es ihm, während er in die Küche ging und eine Flasche Rotwein und zwei Gläser holte. Inzwischen war es kurz vor zehn Uhr am Abend. Peter fühlte sich müde und ausgebrannt. Aber da dies sein letzter Tag in Riedlingen war, wollte er sich auch nicht einfach ins Bett legen.

Sie setzten sich unter die Pergola und tranken sich stumm zu. Eine ganze Zeit lang schwiegen sie. Dann nahm Peter wieder das Wort: „Meine Kollegen behaupten, es gebe eine frappierende Ähnlichkeit zwischen diesem Sascha Gräter und mir.“

„Kann schon sein“, sagte sein Großvater vorsichtig.

„Niemand hat mir gesagt, wer mein Vater ist“, fuhr Peter fort. „Bei Sascha Gräter weiß man's. Seine Mutter hatte damals ein Verhältnis mit dem Wirt vom Goldenen Adler.“

Henry nickte. „Der Heiner Ruckaberle war's tatsächlich!“

„Bei mir auch? Hat meine Mutter etwa auch ein Verhältnis mit dem Ruckaberle g'habt?“

„Deine Mutter mit dem Heiner Ruckaberle?“

„Drück ich mich nicht deutlich aus?“ Peter war ungewöhnlich gereizt.

„Ach Peter! Wie kommst du nur auf so was? Wegen einer entfernten Ähnlichkeit auf einem Foto?“

„So entfernt dann au wieder net.“

Opa Henry stemmte sich ächzend aus seinem Stuhl. „Ich zeig dir deinen Vater, da wirst du erst eine Ähnlichkeit entdecken!“

Es dauerte eine Weile, ehe Opa Henry zurückkam. In der Hand trug er eine alte Zigarrenschachtel. Langsam ließ sich der Alte wieder auf seinen Stuhl sinken, trank einen kräftigen Schluck aus seinem Glas, öffnete dann den Deckel der Zigarrenschachtel und begann in den alten Fotos zu kramen. Schließlich zog er eines heraus. Seine Finger zitterten ein wenig, als er die Fotografie über den Tisch reichte. Peter erkannte darauf einen Mann in einer Soutane, unverkennbar ein katholischer Pfarrer. Der große, dünne Mann mit den leicht eingesunkenen Schultern und dem vorgereckten schmalen Vogelkopf sah ihm ähnlich wie ein Zwillingsbruder.

„Das ist mein Vater? Ein Pfarrer?“

„Ja!“

„Ein katholischer? Opa, wir sind evangelisch!“

„Die Liebe kennt keine Konfessionen. Er hatte ihr versprochen, sich von der Kirche zu lösen. Aber, scheint's, ist das doch schwerer, als mr glaubt.“

„Und er lebt nicht mehr?"

Opa Henry schüttelte den Kopf. „Er saß damals mit in dem Auto."

„Heißt das …?"

„Nein, er hat den Unfall bestimmt nicht bewusst herbeigeführt." Aber es klang nicht sehr überzeugt.

„Und wenn", sagte Peter fast tonlos, „dann wäre es gegen ihren Willen gewesen."

„Aber ja. Sie hätte dich nie im Stich gelassen, Bub!"

„Und wenn du mir jetzt noch seinen Namen verrätst, Opa!"

„Net gern!" Peter sah Henry nur an. Und der wusste, sein Enkel würde jetzt nicht mehr lockerlassen. Schließlich stieß er hervor: „Ruckaberle. Michael Ruckaberle. Er war der Bruder vom Heiner Ruckaberle."

Peter starrte seinen Großvater ungläubig an. „Das würde ja bedeuten …"

„Ja, dass der Mann, den du die ganze Zeit suchst, väterlicherseits dein Vetter ist!"

Peter stand auf, ging zu Opa Henry hinüber, nahm ihn fest in die Arme und drückte ihn. „Danke, dass du 's mir endlich gesagt hast."

„Wer weiß, in was du dich sonst noch hineingesteigert hättest", sagte sein Opa Henry mit leiser Stimme.

SASCHA GRÄTER war, ohne anzuhalten, von Tübingen bis in die Gegend von Kassel gefahren. Als sich die Nadel der Tankanzeige auf null zu bewegte, bog er von der Autobahn auf eine Bundesstraße ab, danach auf eine Landesstraße und schließlich auf einen Feldweg. Unter einem allein stehenden Nussbaum parkte er den Wagen. Er machte den Beifahrersitz lang, rollte sich hinüber, zog aus dem Rucksack eine Isomatte und deckte sich damit zu. Fünf Minuten später war er eingeschlafen.

Es war schon gegen neun Uhr vormittags, als er aufwachte.

Er holte ein Paar Turnschuhe und ein Handtuch aus seinem Rucksack, zog die Sportschuhe an und lief quer über eine Wiese bergaufwärts auf einen bewaldeten Hügel zu. Das Handtuch hatte er um den Hals geschlungen. In dem Mischwald entdeckte er in einem flachen Tal einen von Erlen umstandenen Bach. Er folgte ihm, bis er eine Stelle fand, wo sich das Wasser staute. Dort zog er sich aus und legte sich flach in den Bach. Das Wasser erfrischte ihn.

Eine weitere Stunde später stellte Sascha Gräter den schwarzen Golf mit dem Tübinger Kennzeichen auf dem Parkplatz beim Bahnhof Kassel-Wilhelmshöhe ab und kaufte eine Fahrkarte nach Berlin.

Peter Heiland rief Sandra an und fragte, ob sie ihn nach Stuttgart fahren wolle. „Aber gern“, sagte sie, „wo soll ich dich abholen?“

„Beim Polizeiposten Riedlingen.“

Seinem Großvater sagte er, ein Kollege bringe ihn zum Zug. Er wollte nicht, dass der alte Mann mitfuhr.

Vielleicht wollte er auch nur mit Sandra allein sein. So genau wusste er das selbst nicht.

Sein Großvater nahm Peters Hände zwischen die seinen. „Sei vorsichtig, gell!“ Sie umarmten sich. Opa Henry hatte Tränen in den Augen, was er freilich nie und nimmer zugegeben hätte. „Und wart desmal net so lang, bis du wieder amal kommsch“, sagte der Großvater.

„Versprochen!“

Opa Henry blieb unter der Tür stehen und winkte auch noch, als er Peters Auto schon lange nicht mehr sehen konnte.

Als Heiland die Polizeistation in Riedlingen betrat, war gerade die Meldung hereingekommen, dass der gesuchte Wagen auf dem Parkplatz beim Bahnhof Kassel-Wilhelmshöhe gefunden worden sei.

„Er hat den Zug nach Berlin genommen“, sagte Heiland. „Ich werde mir auch gleich einen Zug raussuchen.“

„Soll ich dich nach Stuttgart fahren?“, fragte Dürr.

„Nein. Ist schon organisiert.“

Raisser warf dazwischen: „Wir wissen übrigens jetzt, dass Ruckaberle das alte Mausergewehr seiner damaligen Geliebten geschenkt hat.“

„Sonja Michel“, ergänzte Dürr.

„Damals hieß sie noch Gräter“, sagte Heiland, „und die hat es dann mit nach Berlin genommen und an ihren Neffen weitergegeben. Mit einem Auftrag, nehme ich an.“

Heiland holte sich auf dem Computermonitor die Zugverbindungen heran. Er würde 12.51 Uhr von Stuttgart aus fahren. Dann ging er um den Schreibtisch herum und streckte Mike Dürr die Hand hin. „Danke für alles!“

„Alles der Job“, antwortete Dürr.

Auch Raisser reichte Heiland die Hand.

Raisser sagte: „Schade eigentlich. Ich hätt gern noch a bissle mit Ihne zusammeg’schafft.“

„Vielleicht ein anderes Mal“, sagte Peter und begriff im selben Moment, wie abgedroschen diese Floskel war, zumal Raisser nur noch wenige Monate bis zum Ruhestand hatte.

Vor dem Polizeiposten hupte ein Auto. Dürr trat ans Fenster und sah Sandra, die in diesem Moment ausstieg. „Die könnt dich doch auch gleich direkt bis nach Berlin fahren“, sagte er.

Sandra fuhr zügig. Heiland betrachtete ihr Gesicht mit den ungewöhnlich schrägen Augen, dem vollen Mund und den vielen Sommersprossen. Er lachte kurz auf.

Sandra sah herüber. „Was ist?“

„Ich musste grade dran denken, wie wir zu Sommersprossen sagen.“

„Rossmucke! Gefallen sie dir nicht?“

„Oh doch!“

„Als Kind bin ich deshalb immer gehänselt worden. Inzwischen kriege ich fast nur noch Komplimente dafür.“

Sie fuhren die engen Kurven der Gomaringer Steige hinunter. Peter spürte einen kleinen Stich in der Herzgegend. Nun verließ er also wieder einmal die Schwäbische Alb, und wer wusste, wann er wiederkommen würde.

Als ob sie seine Gedanken erraten hätte, fragte Sandra: „Kommst du bald mal wieder?“

„Vielleicht kommst du eher nach Berlin?“

„Könnt schon sein. Ich hab sogar schon überlegt, ob ich nicht in Berlin weiterstudieren soll.“

„Bist du hier nicht gebunden?“

Ihre Blicke begegneten sich kurz. „Eigentlich nicht“, sagte Sandra.

„Und uneigentlich?“

„Na ja, wenn sich einer nicht entscheiden kann …“

In Stuttgart steuerte Sandra ihren kleinen Wagen auf den Parkplatz am Nordausgang.

Heiland holte sein Gepäck aus dem Kofferraum und blieb dann dicht vor Sandra stehen. „Man sieht sich“, sagte er steif. Er streckte die Arme vor, als ob er die junge Frau umarmen wollte, zog sie dann aber wieder zurück. Er war sich bewusst, wie linkisch diese Geste wirken musste.

Sandra warf ihm ihre Arme um den Nacken, zog seinen Kopf zu sich herunter und küsste ihn auf beide Wangen. „Mach’s gut“, sagte sie leise, „und bitte, pass auf dich auf.“

„Mach ich!“

Er nahm seinen Rucksack und seinen Koffer und ging, ohne sich noch einmal umzuschauen, in den Bahnhof hinein.

12

Hanna Iglau betrat Ron Wischnewskis Büro. „Sie wollten mich sprechen?"

„Aus Schwaben ist ein Bericht gekommen. Heiland ist unterwegs hierher. Der Heckenschütze hat in – wie heißt das Nest …?" Er schaute nach und fuhr dann fort: „… in Bodelsingen ein Auto gestohlen. Danach hat er in Tübingen mitten auf dem Marktplatz einem Mann in die Beine geschossen und ist geflohen. Das Fahrzeug hat man inzwischen beim Bahnhof Kassel-Wilhelmshöhe gefunden. Alle Bahnpolizeistationen sind mit dem Fahndungsfoto versorgt worden, aber bis jetzt haben wir keine Reaktion. Im schlimmsten Fall ist der Kerl schon wieder in Berlin."

Er schob den Ausdruck einer E-Mail über den Tisch. Sie stammte von Dürr und Raisser und berichtete präzise über die Ermittlungsarbeit von Heiland und seinen Kollegen in Schwaben.

„Sie sollten das in aller Ruhe studieren", sagte Wischnewski. „Die haben gute Arbeit gemacht. – Aber natürlich hat sich Heiland wieder einmal einen typischen Klops geleistet." Hanna sah auf und zog die Augenbrauen hoch. Sie mochte es nicht, wenn ihr Chef so herablassend über Peter sprach. „Er hat sich seine Dienstwaffe von diesem Heckenschützen klauen lassen, und der hat damit den Mann in Tübingen angeschossen."

„Au weia!", entfuhr es Hanna.

„Der Kollege Bienzle hat mich vor einer halben Stunde angerufen. Er meint, man müsse alles versuchen, um die Geschichte so niedrig wie möglich zu hängen." Wischnewski verzog das Gesicht. „Wissen Sie, was der sagte: ‚So was kann doch jedem mal passieren. Nur wer nicht arbeitet, macht keine Fehler.'"

„Sehr gut", kommentierte Hanna Iglau.

„Also ich sehe da keine Chance", sagte Wischnewski gnatzig. „Wenn einer Fehler macht, hat er gefälligst dafür einzustehen."

Sascha Gräter schnürte durch die Gegend um den Berliner Ostbahnhof. Endlich fand er ein Hotel garni in der Müncheberger Straße, das einen properen Eindruck machte. Er entschied sich für ein Zimmer zum Hof, nahm den Schlüssel entgegen und stieg in den ersten Stock hinauf. Er öffnete das Fenster und warf einen Blick hinaus. Links neben dem Fenster lief ein Regenfallrohr hinunter und endete in einem Gulli. Sascha war zufrieden. Notfalls konnte er diesen Weg nehmen, wenn er schnell und unbemerkt wegmusste. Er warf sich auf das Bett und kreuzte die Arme unter dem Nacken, um zu warten, bis es Abend wurde.

HEILAND betrat kurz nach 19 Uhr seine Wohnung in der Stargarder Straße. Die Luft war stickig. Er riss alle Fenster auf und trat auf den Balkon hinaus. Die Blätter der Bäume waren staubig, und manche von ihnen welkten bereits. Eine Folge des viel zu heißen und trockenen Sommers.

Sein Blick fiel auf die Straße. Vor der Bodega gegenüber stand mit dem Rücken zu ihm ein bunt gekleideter Mensch und jonglierte mit vier Bällen. Peter steckte vier Finger in den Mund und pfiff.

Ohne sein Spiel mit den Bällen zu beenden, drehte sich Manuel um und schaute zu ihm herauf. Peter deutete gestisch an, dass er hinunterkommen werde.

Eine Viertelstunde später servierte ihnen der Kellner Kapern, Artischockenherzen, dicke Bohnen und wilde Kartoffeln mit Knoblauchmajonäse. Die beiden jungen Männer ließen sich die Tapas schmecken, und Peter Heiland erzählte – eigentlich gegen seinen Willen – die ganze Geschichte seiner Ermittlungen gegen Sascha Gräter. Der Schwarze sah seinen neuen Freund mit großen Augen an. „Und du hast tatsächlich geglaubt, er wäre dein Bruder?“

„Mein Halbbruder!“

„Eigentlich schade, dass er’s nicht ist. Ich würde es dabei belassen: Ihr habt denselben Vater und zwei verschiedene Mütter. Gibt doch der Geschichte einen ganz anderen Kick!“

„Ey, hier geht es nicht um eine möglichst gute Story. Hier handelt es sich um Polizeiarbeit. Warum interessiert dich das überhaupt alles so?“

„Na hör mal! Mich als Schriftsteller soll das nicht interessieren?“

„Du bist Schriftsteller?“

„Mein Geld verdiene ich als Straßenartist. Aber eigentlich bin ich Autor. Weißt du, wie bei mir *deine* Geschichte enden würde? Der Typ hat doch da draußen in Caputh an der Havel gewohnt – wie Einstein selig. Nehmen wir mal an, das Häuschen hat ihm gefallen. Wollen wir wetten, bevor er endgültig abhaut, geht er noch mal dorthin?“

„Quatsch!“

„Der Typ ist sentimental. Hätte er sonst seine Oma und seine alte Lehrerin besucht? Und dir deine Dienstwaffe wieder in die Hände gespielt? Ich sag dir: Der Typ ist sentimental!“

Peter war nachdenklich geworden. „Und du meinst, wenn ich jetzt da rausfahre und mich auf die Lauer lege, spaziert der mir direkt vor die Nase."

„Du hast doch gesagt, ihr habt einen Profiler! Warum fragst du nicht ihn?"

Peter nippte an seinem spanischen Rotwein. Im Westen war die Sonne hinter den Dachgiebeln versunken. „Man könnte das Häuschen observieren, immer vorausgesetzt, Wischnewski zieht mit und wir haben genügend Leute."

„Er muss doch schon wieder in der Stadt sein", sagte Manuel. „Wahrscheinlich muss er noch einiges erledigen, bevor er sich endgültig aus dem Staub macht … Hast du mal ‚Der Graf von Monte Christo' gelesen?"

„Manuel! Der Kerl stammt aus Riedlingen oder Bodelsingen und ist alles andere als ein Graf."

„Aber er hat sich für alles gerächt, was man ihm angetan hat."

„Indem er die Leute aus dem Hinterhalt abgeknallt hat. Erlegt wie ein Jäger das Wild, das sich auch nicht wehren kann! Der Mann ist ein Mörder. Und wenn ich mich draußen an der Waldbühne nicht zufällig im richtigen Moment gebückt hätte, wäre ich jetzt auch tot."

„Das wäre allerdings schade", sagte Manuel mit komischem Ernst. „Trinken wir noch einen?"

„Vielleicht fahre ich doch mal raus nach Caputh."

„Ich kann dich fahren. Ich hab ein Motorrad. Das teile ich mir mit Luigi, der backt bei Giovanni Pizza. Und das sind nur fünf Minuten zu Fuß von hier."

„Und warum willst du das machen?"

„Vielleicht wird ja doch noch eine Story daraus, die ich brauchen kann."

SASCHA verließ das Hotel gegen 21 Uhr. Die Wirtin hatte ihm einen Schlüssel gegeben, der die Haustür und die Zimmertür aufschloss. Am Ostbahnhof nahm er die S-Bahn Richtung Spandau. Am Bahnhof Friedrichstraße stieg er aus, überquerte die Eisenbrücke zum Schiffbauerdamm. In einer schmalen Seitenstraße fand er den Eingang zur Disko „Nowhere". Um diese Zeit war noch nicht viel los. „Mitgliederausweis?", stieß der Türsteher, den sie alle Jonny nannten, zwischen seinen Zähnen hervor.

„*Hi,* Jonny!"

Der Zweimetermann mit der Bodybuilderfigur hob endlich den Blick. „Ey, Sascha! Wo warst du so lange?"

„Wen interessiert's?"

„Da war ein Bulle mit 'nem Bild von dir da. Ich wusste ja nicht, dass du

Scharfschütze bist." Sascha Gräter spürte Schweißtropfen in den Augenwinkeln.

„Du holst deinen Krempel ab?", fragte Jonny.

„Hm."

„Mach schnell!" Jonny warf Sascha einen Schlüssel zu. „Und sei froh, dass sie noch keine Belohnung auf dich ausgesetzt haben. Ich bin verdammt klamm zurzeit."

Sascha zog einen Hunderteuroschein aus der Innentasche seiner seidenen schwarzen Bomberjacke und schob ihn in das Brusttäschchen von Jonnys Hemd. Wortlos ging er in die Disko hinein. Die Musik brandete ihm entgegen. Der Diskjockei grinste zu Sascha herüber und hob den Daumen. Sascha nickte ihm zu und verschwand durch einen schlecht beleuchteten Gang, den er bis ans Ende ging. Er steckte den Schlüssel, den ihm der Türsteher gegeben hatte, in das Schloss der Tür zu einem kahlen Raum. Hinter dem Spind des Türstehers zog Sascha einen prall gefüllten Seesack hervor. Er schnürte ihn auf und grub mit seiner rechten Hand tief in dem Sack. Als er die Maschinenpistole ertastete, war er zufrieden. Sascha schulterte den Sack und machte sich auf den Rückweg.

Als er wieder am Türsteher Jonny vorbeikam, fragte der: „Und? Wie fühlst du dich?"

„Frag mich in drei Jahren wieder!"

Sascha ging etwa zwanzig Schritte durch die Reinhardtstraße Richtung Friedrichstadtpalast. Bei einer dunklen Hofeinfahrt hielt er inne, sah sich vorsichtig um und ging dann in den Hof hinein. Er lehnte den Seesack an die Mauer neben der Einfahrt und wartete. Zwei Minuten später fuhr ein junger Mann auf einer 250er BMW auf den Hof. Sascha griff tief in den Seesack und zog die Uzi heraus, ein Exemplar jener leichten Maschinenpistolen, die von den Israelis gebaut wurden. Er hatte sie im vorausgegangenen Jahr für sündteures Geld bei einem Iraner gekauft.

Sascha Gräter trat auf den Motorradfahrer zu und hielt ihm die Mündung der MP an den Hals. „Tut mir Leid! Ich muss mir deine Maschine leihen."

Der junge Mann starrte Sascha mit weit aufgerissenen Augen an. „A-A-A-Aber", stotterte er.

„Du kriegst sie zurück. Ich brauche sie nur zwei oder drei Stunden. Danach rufe ich Jonny an und sag ihm, wo die Kiste steht. Wenn du die Bullen benachrichtigst, finde ich dich, und dann spricht die da!" Sascha erhöhte den Druck mit der Mündung auf die Halsschlagader des Jungen.

„Okay", brachte der unter Mühen heraus.

„Na also. Viel Spaß in der Disko!"

Sascha schob den jungen Mann aus der Hofeinfahrt. „Ich behalte dich erst mal im Auge."

Mit unsicheren Schritten ging der Motorradfahrer auf den Eingang der Disko zu. Kurz bevor er ihn erreichte, drehte er sich noch einmal um. Sascha zielte spielerisch mit der Uzi auf den jungen Mann. Der zeigte dem Türsteher einen Ausweis und verschwand in dem Gebäude.

Sascha schnallte seinen Seesack auf den Gepäckständer und verteilte den Inhalt seines Rucksacks auf die Satteltaschen. Den leeren Rucksack verstaute er ebenfalls dort.

Er fuhr ohne Hast durch die Stadt und drehte erst auf, als er die A 10 Richtung Süden erreichte. Am Autobahndreieck Potsdam fuhr er weiter Richtung Dreieck Drewitz, verließ die Autobahn bei Ferch und nahm den Weg am Schwielowsee entlang bis Caputh.

UM DIESE Zeit waren Manuel und Peter Heiland bereits in der Gartensiedlung an der Havel angelangt. In den meisten Häuschen brannte kein Licht.

Manuel fuhr an Cordelia Meinerts Häuschen vorbei und stoppte am Ende des Weges bei einem dichten Erlengebüsch. Sie schoben das Motorrad unter das Buschwerk und gingen langsam zurück.

Auf der Fahrt hatte sich Peter Heiland überlegt, dass es möglicherweise keine so gute Idee gewesen war, auf eigene Faust hier herauszufahren. Er rief bei Wischnewski zu Hause an, aber dort meldete sich niemand. Im Büro traf er nur auf den Kommissar vom Dienst, der nicht wusste, wo man Wischnewski erreichen könnte. Schließlich wählte Peter Heiland die Nummer von Hanna Iglau.

Sie meldete sich sofort. „Na endlich!", rief sie in den Hörer. „Ich hab schon gehört, dass du wieder in der Stadt sein musst." Ein leichter Vorwurf schwang mit.

Peter ging nicht darauf ein. „Weißt du, wo ich Wischnewski erreichen kann? Ich muss ihn unbedingt sprechen."

„Wahrscheinlich ist er nur über sein Handy zu erreichen. Ich glaube, er hat eine persönliche Verabredung. Soll's ja geben." Jetzt klang Hanna verschnupft.

Peter sah Manuel mit einem verzweifelten Blick an und sagte ins Telefon: „Gibst du mir bitte die Nummer von Wischnewskis Handy, ja?"

Manuel reichte ihm einen Kugelschreiber, und Peter schrieb sich die Nummer auf den Handrücken.

WISCHNEWSKI hatte Frau Schmidt in sein Lieblingslokal eingeladen. In den Akten hatte er nachgesehen, dass sie Friederike mit Vornamen hieß. Frau Schmidt trug ein leichtes, helles ärmelloses Baumwollkleid. Ihr Haar hatte sie hochgesteckt.

Er hatte natürlich auch bemerkt, dass sie ein dezentes Make-up aufgetragen hatte, und er fühlte sich geschmeichelt dadurch.

„Dass das alles erst knapp vier Monate her ist, will mir gar nicht in den Kopf", sagte Friederike Schmidt. „Für mich hat sich seitdem viel verändert. Ich bin ein freierer Mensch geworden. Ich unternehme Dinge, die mir gar nicht in den Sinn gekommen wären, als mein Mann noch lebte."

„Immer allein?"

„Nicht immer, aber meistens. Ich hatte ja nicht viele eigene Freunde. Die hat immer mein Mann angeschleppt, und als er tot war, habe ich gemerkt, dass mich die meisten von denen gar nicht interessieren, oder sie sind von selber weggeblieben."

„Tja", sagte Wischnewski, „man müsste ein ganzes Netzwerk von Beziehungen aufbauen. Aber zu so etwas kommt man ja nicht. Meine einzigen sozialen Kontakte sind meine Mitarbeiter und Kollegen ..." Er unterbrach sich, weil sein Handy klingelte, und warf einen Blick auf das Display. „Da, was habe ich gesagt ...!", rief er und meldete sich.

Friederike Schmidt sah und hörte ihm beim Telefonieren zu. Sie genoss es, ihn auf diese Weise beobachten zu können.

„Heiland? Was? Und da fahren Sie auf eigene Faust ... Ja, reicht das denn noch nicht, was Sie sich geleistet haben? Haben Sie wenigstens Ihre Waffe wieder? Und auch keine andere? Ja, sind Sie denn nun vollends verrückt geworden? Unternehmen Sie nichts! Und rühren Sie sich nicht von der Stelle." Wischnewski schaltete sein Handy ab und sah Frau Schmidt unglücklich an. „Ich hätte mein Handy nicht eingeschaltet lassen dürfen."

„Aber dann wäre ja Ihr Heiland ganz auf sich alleine angewiesen."

„Das tut mir echt Leid! Wirklich und wahrhaftig!"

„Wenn Sie mir versprechen, dass wir uns bald mal wiedersehen, nehme ich mir ein Taxi und verschwinde ganz unauffällig."

Die beiden standen auf.

Einem Impuls folgend, nahm Wischnewski Friederike in den Arm, und die ließ es gerne geschehen.

Von unterwegs rief Wischnewski Hanna Iglau an, sie solle nach Caputh kommen und so viel Verstärkung organisieren, wie sie kriegen konnte.

PETER und Manuel gingen zum Ufer der Havel hinunter und setzten sich ins Gras.

„Der kommt nicht“, sagte Peter.

„Wer, dein Chef?“

„Ne, der kommt auf jeden Fall, und sei es nur, um mir die Leviten zu lesen. Ich rede von Sascha Gräter.“

„Schau mal, dort draußen!“

„Wo? Was?“

„Da muss eine kleine Insel sein.“

„Möglich. Und?“

„Da bewegt sich einer. Da, ein kleines Boot. Jetzt steigt er aus.“

„Ich sehe nichts.“

„Wir Afrikaner haben eben die viel besseren Augen. Wir sind noch nicht so degeneriert wie ihr Europäer.“

„Ja, vor allem die Afrikaner aus Neukölln.“

„Du vergisst, was ich für ein Erbe in mir trage. Da! Siehst du wenigstens das?“

„Sah aus wie das Licht einer Taschenlampe. Wie weit mag es sein bis da raus?“, fragte Heiland.

„Schwer zu sagen: 250, 300 Meter vielleicht.“

„Wenn man ein Boot hätte.“

„Schick doch die Wasserschutzpolizei.“

„Und dann ist es ein harmloses Liebespärchen.“

„Dort drüben liegt ein Ruderboot.“

„Man könnte wenigstens ein bisschen näher ran, um zu sehen, was dort überhaupt vor sich geht.“

Sie schlichen durch hohes Gras bis an den Wasserrand. Das Boot lag ein wenig im Schilf versteckt, war aber nicht gesichert. Die beiden Ruder lagen am Boden des Kahns.

SASCHA GRÄTER hatte die BMW nicht weit vom Havelufer abgestellt. Im Bootshaus des Rudervereins, das wusste er, lagen Kanus. Man konnte unter der Wand durchtauchen in den Schuppen, wo die Boote auf Eisenstangen, die aus der Wand ragten, gestapelt waren.

Er legte seine Kleider auf dem Bootssteg ab, ließ sich ins Wasser gleiten und war mit zwei Zügen im Inneren des Bootsschuppens. Er wählte ein Kanu und das passende Paddel, stieß den Riegel zurück und öffnete das Tor zum Wasser. Er trieb das Boot mit drei Schlägen zu dem Steg, wo seine

Kleider lagen. Nicht zum ersten Mal an diesem Abend verfluchte er sich dafür, dass er das Geld und die Wertgegenstände ausgerechnet auf der kleinen Insel vergraben hatte. Aber damals hatte er die Idee für besonders schlau gehalten. Von seinem Häuschen aus hatte er das Inselchen ständig im Blick gehabt.

Er verstaute seine Kleider, die Schuhe, den leeren Rucksack und den Spaten im Heck des Paddelbootes und paddelte mit kraftvollen Schlägen auf den See hinaus.

MANUEL manövrierte sehr geschickt mit dem eher schwerfälligen Ruderkahn. Er wendete das Boot, um einen besseren Blick auf die Insel zu haben. „Der gräbt da!"

„Ich ruf meinen Chef an. Der soll die notwendigen Maßnahmen einleiten." Heiland stand auf, um sein Handy aus der Hosentasche zu fingern.

„Setz dich hin, Mann!", zischte Manuel. „Er sieht dich doch sonst!"

Heiland hatte das Mobiltelefon bereits in der Hand. Manuel machte einen schnellen Ruderschlag. Heiland kam aus dem Gleichgewicht, griff nach dem Bootsrand und ließ das Handy los, das prompt in der Tiefe der Havel versank. „Scheiße! Ich brauche dein Handy, Manuel."

„Ich hab kein Handy, wenn ich telefonieren muss, leih ich mir eins. Ist doch ganz einfach, hat ja jeder eins! Und jetzt?"

„Zurück zum Strand …" Heiland unterbrach sich. „Moment mal. Wenn man wüsste, wo er wieder an Land geht …"

„Wenn er das Boot geklaut oder ausgeliehen hat, dann vielleicht drüben beim Ruderklub", sagte Manuel.

„Du weißt, wo hier ein Ruderklub ist?"

„Da bin ich letzten Sommer aufgetreten. Beim Kinderfest als Zauberer und Clown! – fünfundzwanzig Euro die Stunde. Was zahlst du eigentlich?" Manuel wendete das Boot und hielt nun auf Schwielow zu.

WISCHNEWSKI fuhr bei Potsdam von der Autobahn und nahm den Weg über Werder. Er war wütend, dass der schöne Abend mit Friederike Schmidt so jäh unterbrochen worden war. Aber er war auch gespannt. Im Verlauf seiner Dienstzeit hatte er ein Gespür dafür entwickelt, wann ein Fall in seine entscheidende Phase trat. Das waren die Augenblicke, in denen er das Gefühl hatte, dass sich jeder Muskel in seinem Körper straffte.

Er versuchte Peter Heiland anzurufen, es meldete sich aber nur die Mailbox.

Wischnewski erreichte die Brücke über die Havel. Rechts im Hintergrund sah man die Lichter von Werder, die sich zum Teil im Wasser spiegelten.

Er versuchte, sich das Gesicht von Friederike Schmidt ins Gedächtnis zu rufen. Wenn daraus wirklich etwas werden sollte, dann wollte er sein Leben ändern. Leise lachte er in sich hinein. Wie oft hatte er sich das vergebens vorgenommen. Diesmal aber …! Er stieß den Atem aus. „So viele Chancen kommen nicht mehr!“, sagte er laut.

Sein Telefon klingelte. Er schaltete die Freisprechanlage ein. „Ja, hallo?“

Hanna Iglau meldete sich. „Wir sind unterwegs. Wo sollen wir hinkommen?“

„Zum Sandweg. Dort, wo die Frau erschossen worden ist.“

„Hat sich Peter gemeldet … Peter Heiland?“

„Nein. Entweder steckt er in einem Funkloch oder in einer Situation, in der er nicht telefonieren kann.“

DER RUDERKAHN stieß gegen den Landesteg. Heiland sprang, das Tau in der Hand, hinaus, erreichte mit einem Fuß die Bretterbohlen, der andere klatschte ins Wasser. Heiland achtete nicht darauf, sondern zurrte das Boot fest. Gegen den Nachthimmel sah man den Giebel des Bootshauses.

Manuel turnte aus dem Boot und lief den Steg entlang. „Die Tür ist offen!“, rief er, zog einen Flügel des Holztores auf und machte im Inneren des Schuppens Licht an. „Und da fehlt auch ein Boot.“ Er löschte das Licht sofort wieder.

„Gut, warten wir!“

„Ich warte“, sagte Manuel. „Geh du und such ein Telefon.“

„Wenn er anlegt, will ich da sein!“, entgegnete Heiland.

„Dann gib mir die Nummer von deinem Chef.”

Die Art, wie Manuel schnell und präzise seine Entscheidungen traf, überraschte Peter. Er schrieb Wischnewskis Handynummer auf einen Zettel, den er aus einem kleinen Notizbuch riss. Manuel setzte sich in Trab.

SASCHAS Spaten stieß auf Metall. Das war der Deckel der Blechkiste, in der er seine Schätze vergraben hatte: das Geld, das Tante Sonja ihm gegeben hatte: 244000 Euro. Den Schmuck, der ihn zwei Tage nach ihrem Tod in einem Postpaket erreicht hatte. Eine Smith-and-Wesson-Pistole, Kaliber 7,5 Millimeter. Die hatte er von demselben Mann gekauft, der ihm auch die Uzi besorgt hatte.

Noch ein paar Spatenstiche, und er konnte die Kiste herausheben. Den Inhalt packte er in seinen leeren Rucksack um. Die Pistole steckte er in den Gürtel. Die Mühe, das Loch wieder zuzuschaufeln, machte er sich nicht. Den Spaten warf er in weitem Bogen ins Wasser. Er schaute auf die Uhr. Es war genau 1.45 Uhr. Still war es über dem See. Weit und breit keine Bewegung. Dennoch überkam ihn eine seltsame Unruhe. Dabei war doch alles so exakt vorbereitet. Er würde auf dem gestohlenen Motorrad bis Warnemünde fahren. Dort erwartete ihn ein Engländer, den er über den Türsteher Jonny kennen gelernt hatte. Der hatte versprochen, ihn auf dem Frachter zu verstecken, wo er als Smutje arbeitete. Der Kapitän war eingeweiht. Alle bekamen gutes Geld, keiner stellte Fragen. In Valparaiso würde er das Schiff verlassen. Wie es dann für ihn weiterging, interessierte niemanden.

PETER HEILAND saß auf dem Bootssteg im Schatten einer Kiste, in der Seenotrettungsgerät verstaut war. Plötzlich waren leise Paddelschläge zu hören. Der Steg bebte ein klein wenig, als das Paddelboot dagegen stieß. Heilands langer Körper straffte sich, aber er blieb hinter der Kiste sitzen. Schritte näherten sich. Sascha Gräter kam ins Blickfeld des Kommissars. Als er zwei Schritte an ihm vorbei war, sagte Heiland: „Hallo, Sascha!"

MANUEL hatte am ersten Haus im Dorf geklingelt und mit der Faust gegen die Tür geklopft. Eine alte Frau hatte erst nach einer ganzen Zeit aufgemacht, entsetzt die Augen aufgerissen, einen Schrei ausgestoßen, als stünde der Gottseibeiuns persönlich vor ihr, und die Tür mit einem gewaltigen Krachen wieder zugeworfen. Manuel verzog das Gesicht. Das kam davon, dass er so aussah, wie er aussah. Erst sein dritter Versuch hatte Erfolg. Ein dicker Mann in Schlafanzughose und Unterhemd sah ihn an und sagte: „Nu sach ma, wo kommst du her um diese Zeit?" Es stellte sich heraus, dass seine Kinder bei dem Fest gewesen waren, wo der Schwarze als Zauberer aufgetreten war. „Na, wenn de nur telefonieren willst, det lässt sich machen!"

ALS HEILAND Sascha angesprochen hatte, wendete der sich langsam um. In seiner Hand hatte er die Smith and Wesson. „Ganz schön hartnäckig", sagte er.

„Du kannst die Waffe runternehmen. Ich hab keine. Du hast sie mir ja geklaut!"

„Sicher ist sicher!" Sascha lehnte sich gegen das Geländer des Stegs. Die Mündung der Pistole hielt er weiter auf Heiland gerichtet.

„Wir haben so ziemlich alles beisammen", sagte Heiland. „Du hast zuerst Amelie Römer erschossen, weil Sonja Michel es von dir verlangt hat."

„Ich habe es gerne getan."

„Ja, das hatte ich befürchtet. Und bei Sebastian Köberle und Ulrich Schmidt hat es dich wohl kaum mehr Überwindung gekostet."

„Genau!"

„Aber warum Mossmann?"

„Es war nötig, euch Bullen auf eine falsche Spur zu bringen. Es sollte keine Gesetzmäßigkeiten geben."

„Und wie war es mit Kühn?"

„Das war auf einmal so leicht, verstehst du? Wenn du es viermal getan hast …", er unterbrach sich. „Du bist plötzlich Herr über Leben und Tod. Du entscheidest."

Heiland blieb unbeeindruckt. „Am wenigsten verstehe ich den Mord an Cordelia Meinert." Er stand auf.

„Sie hat mich verraten."

„Und nun hast du also auch mein Leben in der Hand."

„Ja!"

„Deinen eigenen Cousin!"

„Was? Was redest du denn da?"

„Ich habe es auch erst gestern erfahren. Heiner Ruckaberle, dein Vater, hatte einen Bruder, der Pfarrer geworden war …"

„Ja, das weiß ich."

„Dieser Michael Ruckaberle war mein Vater. Mit einem Ruckaberle hat ja auch alles begonnen. Damals, im Wald bei Bebenhausen, unterhalb von Königs Jagdhütte. Das warst doch auch du!"

„Glaubst du, ich hätte meinen eigenen Erzeuger erschossen?"

„Ja, davon gehen wir aus."

„Das war ich nicht. Ich war zwar im Wald, aber als der Schuss fiel, stand ich gut zweihundert Meter entfernt. Dann habe ich seine Frau gesehen. Die Marie Ruckaberle. Mit einem Gewehr in der Hand. Du hättest sie sehen sollen, die Ruckaberle. Die Haare sind ihr wild vom Kopf weggestanden, ihre Arme sind wie Windräder gegangen, und sie hat so geschluchzt, dass es sich anhörte, als würde sie daran ersticken."

Einen Augenblick lang schwiegen beide.

Manuel, der sich von dem dicken Mann ein Handy ausgeliehen hatte, erreichte in diesem Moment das Ufer hinter dem Schuppen. Er sah Sascha und Heiland auf dem Bootssteg stehen. Sofort wählte er Wischnewskis

Nummer und gab seine Beobachtung durch: „Der andere hat eine Waffe in der Hand, wenn ich das richtig sehe, aber es sieht so aus, als würden sich die beiden nur ein bisschen unterhalten."

„Wir sind ganz in der Nähe. In fünf Minuten sind wir da!", rief Wischnewski.

Manuel zog die Schuhe aus und stellte sie ordentlich nebeneinander ans Ufer. Aus seinem Rucksack nahm er zwei Bälle. Dann klaubte er einen großen ovalen Kieselstein vom Boden.

„MICH hast du verfehlt, Sascha, als du vor der Waldbühne auf mich geschossen hast."

„Vielleicht wollte ich dich ja gar nicht treffen."

„Doch. Du hattest bei mir das gleiche Motiv wie bei Leienberger. Rache!"

„Ja, aber inzwischen weiß ich mehr."

„Frau Scharlau hat dir erzählt, dass ich an dieser Schweinerei nicht beteiligt war, stimmt's?"

Sascha lächelte. „Trotzdem kann ich dich jetzt nicht mehr schonen."

„Du kannst doch einfach abhauen."

„Ich brauche mehr Zeit, als du mir einräumen kannst."

„Du hast sowieso keine mehr. Meine Kollegen müssen gleich hier sein."

„Ja dann. Tut mir Leid!" Sascha hob die Waffe und entsicherte sie.

Im gleichen Augenblick hörte man Manuels Stimme: „An 'nem schönen Sonntagmorgen liegt ein toter Mann am Strand …" Sascha fuhr herum. Keine fünf Meter entfernt stand der Schwarze breitbeinig mit bloßen Füßen auf dem Steg und jonglierte mit zwei bunten Bällen und einem grauen Kieselstein.

„Verschwinde!", schrie Sascha und fuhr wieder zu Heiland herum. „Jetzt ist ein für alle Mal Schluss!" Er hob langsam die Waffe, bis deren Mündung nur wenige Zentimeter von Peters Kopf entfernt war.

ZWEI bunte Bälle aus Manuels Händen tanzten nach oben. Der graue Kieselstein flog mit großer Geschwindigkeit waagrecht nach vorne.

HEILAND wusste, dass Sascha es ernst meinte. Sein Körper war schlagartig mit kaltem Schweiß bedeckt. Er hielt den Atem an und schloss die Augen.

Ein Schrei.

Heiland riss die Augen auf. Sascha brach in die Knie. Ein Schuss löste sich.

Heiland spürte einen Schlag und kurz danach einen stechenden Schmerz in seinem linken Oberarm. Sascha Gräter stöhnte, er lag, die Beine an den Leib gezogen, auf den Bohlenbrettern. Aus seinem Hinterkopf sickerte Blut und bildete eine kleine Lache auf dem Holz des Steges. Er versuchte, die Waffe erneut auf Heiland zu richten, aber der trat sie ihm aus der Hand, sodass sie in weitem Bogen auf den See hinausflog.

Manuel war jetzt heran. Heiland sagte leise: „Danke, Manuel!“

„Nicht der Rede wert!“ Manuels Gesicht verriet, dass er nicht dachte, was er sagte.

Heiland räusperte sich. „Sascha Gräter, ich nehme Sie fest wegen des Verdachts des fünffachen Mordes, zweifachen Mordversuchs und schwerer Körperverletzung. Alles, was Sie ab jetzt sagen …“ Heiland kam es vor, als höre er sich selbst zu.

Plötzlich tauchten die Scheinwerfer eines herannahenden Polizeibootes die Szenerie in helles Licht. Zugleich hielt vor dem Bootsschuppen mit knirschenden Reifen ein Auto auf dem Kies des Parkplatzes.

Man hörte Kommandos, Schritte, fragende Rufe. Peter Heiland konnte die Stimmen und die Geräusche nicht unterscheiden. Er schaute auf Sascha Gräter hinab, der sich ein wenig aufgerichtet hatte. Ihre Blicke trafen sich.

„Hättest du geschossen, Sascha?“

„Es ging ja um mein Leben!“

Foto: Rainer Griese

„Ich hab solch eine Angst vor meiner Faulheit, dass ich unheimlich fleißig bin."

Der unter dem Künstlernamen Felix Huby bekannt gewordene Drehbuch- und Krimiautor wurde als Eberhard Hungerbühler 1938 in Dettenhausen bei Tübingen geboren. Er arbeitete zunächst als Zeitungsreporter und Redakteur, bevor er 1972 als Korrespondent für Baden-Württemberg vom Nachrichtenmagazin *Der Spiegel* engagiert wurde. Gegen Ende der Siebzigerjahre verfasste Felix Huby dann seine ersten Kriminalromane mit der Figur des Stuttgarter Kommissars Bienzle, die bundesweit populär wurden.

Kurz danach gelang ihm aufgrund einer glücklichen Fügung der ganz große Durchbruch als Drehbuchautor: „Ich war sieben Jahre beim *Spiegel*, da hatte ich einen Fall, über den ich vieles wusste, ohne ihn aber lückenlos beweisen zu können", erinnert sich Huby. „So habe ich einen Roman über den wahrscheinlichen Hergang geschrieben." Wie Huby weitererzählt, wurde dieser Roman damals bei der Filmgesellschaft Bavaria gelesen, die gerade einen ersten „Tatort" mit der Figur Schimanski plante. Spontan wurde Huby gebeten, es einmal mit einem Drehbuch für einen der Pilotfilme zu versuchen. „Schimanski schlug ein wie eine Bombe, und von da an war ich ein gefragter Filmautor", berichtet Huby und fügt bescheiden hinzu: „Ich habe wahnsinniges Glück gehabt."

Zum Glück gesellten sich allerdings auch Hubys außerordentlicher Einfallsreichtum und seine strenge Arbeitsdisziplin. Aus seiner Feder stammen zahlreiche „Tatort"-Drehbücher sowie die Vorlagen zu „Oh Gott, Herr Pfarrer", „Peter Strohm" und „Ein Bayer auf Rügen" – überaus beliebte Serien, mit denen der Autor die deutsche Fernsehunterhaltung nachhaltig geprägt hat.

Kristin Hannah
WER ZU LIEBEN WAGT

Niemand kennt dich so
wie deine Schwester.
Sie kann dich
zum Lachen bringen
oder dir mit
einem einzigen Wort
das Herz brechen.

Erstes Kapitel

Geduldig wartete Dr. Harriet Bloom auf eine Antwort. Meghann Dontess lehnte sich zurück und betrachtete ihre Fingernägel. Es war mal wieder Zeit für eine Maniküre. „Zu viel Grübelei tut mir nicht gut, Harriet. Es nimmt mir die Lebensfreude."

„Kommen Sie deshalb seit vier Jahren jede Woche zu mir? Weil Ihnen Ihr Leben so großen Spaß macht?"

„Vielleicht ist es gar nicht so weit her mit Ihren fachlichen Fähigkeiten. Vielleicht war ich zunächst völlig normal, und Sie reden mir nur ein, dass ich verrückt bin."

„Sie versuchen schon wieder, sich mit einer scharfsinnigen Pointe aus der Affäre zu ziehen."

„Sie überschätzen mich. So scharfsinnig war das gar nicht."

Harriet Bloom blieb ernst. „Ich möchte mit Ihnen über den Tag sprechen, an dem Claire und Sie getrennt wurden."

Voller Unbehagen setzte Meghann sich in ihrem Sessel zurecht. Sie wusste genau, worauf die Therapeutin hinauswollte. „Das Thema ist für mich abgeschlossen", sagte sie kühl.

„Ich finde es interessant, dass Sie den Kontakt zu Ihrer Mutter aufrechterhalten, sich aber von Ihrer Schwester total distanzieren."

Meghann zuckte mit den Schultern. „Meine Mutter ist Schauspielerin, ich bin Anwältin. Wir sind beide ganz gut darin, anderen Leuten etwas vorzumachen."

„Wie meinen Sie das?"

„Haben Sie mal eines ihrer Interviews gelesen? Sie erzählt immer, wie bitterarm wir waren, aber wie liebevoll wir in unserer Familie miteinander umgingen. Wir tun beide so, als sei es wahr."

„Sie wohnten doch in Bakerfield, als dieses angeblich so liebevolle Familienleben zu Ende ging, oder?"

Meghann schwieg.

„Claire war damals neun Jahre alt“, fuhr die Therapeutin fort.

„Hören Sie auf!“

Die Therapeutin sah sie an. „Weichen Sie nicht aus, Meghann. Wir machen Fortschritte.“

„Noch mehr solche Fortschritte, und ich lande in der Notaufnahme des nächsten Krankenhauses. Wir sollten lieber über meine Kanzlei sprechen. Deshalb komme ich schließlich zu Ihnen. Meine Arbeit im Familiengericht wird langsam unerträglich. Gestern fuhr doch tatsächlich ein Typ mit einem Ferrari vor und behauptete, er sei total pleite. Der Kerl will nicht für die Ausbildung seiner Tochter bezahlen.“

„Warum bezahlen Sie mich eigentlich, wenn Sie mit mir nicht über die Ursachen für Ihre Probleme reden wollen?“

„Ich war sechzehn, als das alles passiert ist, jetzt steuere ich auf die zweiundvierzig zu. Ich möchte nicht mehr darüber nachdenken. Es ist nicht wichtig.“

„Und warum haben Sie dann immer noch Albträume?“

Warum hatte sie das nicht kommen sehen? Meghann blickte auf ihre goldene Armbanduhr.

„Schade, die Zeit ist schon um. Ich fürchte, wir müssen die Bewältigung meiner Neurosen auf die nächste Woche verschieben.“

Sie stand auf.

„Gefällt Ihnen Ihr Leben, Meghann?“

Damit hatte sie nicht gerechnet. „Was sollte mir daran denn nicht gefallen? Ich bin die beste Scheidungsanwältin in Seattle. Ich lebe …“

„… allein.“

„… in einer schicken Eigentumswohnung in bester Lage und fahre den neuesten Porsche.“

„Und was ist mit Ihrer Familie?“

„Im vergangenen Jahr war meine Mutter eine Woche lang bei mir. Wenn ich Glück habe, besucht sie mich erst wieder, wenn bemannte Raumschiffe zum Mars fliegen.“

„Und Claire?“

„Ich sage ja gar nicht, dass meine Schwester und ich nicht ein paar Probleme miteinander haben. Aber das ist nichts Grundsätzliches. Wir sind einfach zu beschäftigt, um uns öfter zu sehen.“

Schweigend sah Harriet Bloom ihre Patientin an.

„Also gut, es bringt mich fast um den Verstand, wie sie ihr Leben vergeudet. Sie ist intelligent genug, um richtig was aus sich zu machen, aber sie will ihre Tage auf diesem schäbigen Campingplatz beschließen. Entschuldigung, es ist ja kein Campingplatz, sondern eine Ferienanlage."

„Bei ihrem Vater."

„Ich möchte nicht über meine Schwester sprechen und über ihren Vater erst recht nicht."

Harriet Bloom pochte mit dem Stift auf die Schreibtischplatte. „Also gut, dann stelle ich Ihnen jetzt eine andere Frage. Wie lange ist es eigentlich her, dass Sie zweimal mit demselben Mann geschlafen haben?"

„Ich habe eben gerne ein bisschen Abwechslung."

„Und Sie bevorzugen jüngere Männer, Männer, die noch keinen Wunsch nach einer festen Bindung haben."

„Ich sehne mich absolut nicht nach einem Häuschen im Grünen. An einer Familie bin ich nicht interessiert."

„Und wie gefällt Ihnen die Einsamkeit?"

„Ich bin doch nicht einsam", erklärte Meghann. „Ich bin unabhängig. Männer mögen nun mal keine starken Frauen."

„Starke Männer schon. Und starke Frauen stellen sich ihren Ängsten. Sie sprechen über die schwierigen, schmerzhaften Entscheidungen, die sie in ihrem Leben getroffen haben."

Meghann fuhr sich nervös durchs Haar. „Tut mir Leid, aber ich muss jetzt wirklich los", sagte sie schnell. „Bis nächste Woche dann."

Sie verließ die Praxis. Draußen herrschte strahlendes Wetter, was im Juni eher ungewöhnlich war an der nördlichen Pazifikküste. Normalerweise pflegte man in Seattle um diese Zeit verdrossen auf den Kalender zu schauen und sich über den verregneten Sommer zu beschweren.

Meghann überquerte die Straße und betrat den Rasen des Uferparks. Vor ihr erstreckte sich der Puget Sound in seiner ganzen Schönheit. Sie wünschte, der Anblick des tiefblauen Wassers und des weiten Horizonts würde sie – wie sonst auch – auf andere Gedanken bringen, aber sie spürte, dass sie heute zu sehr gefangen war in der Vergangenheit.

Sie wusste, dass sie nur die Augen zu schließen brauchte – aber das wagte sie nicht –, und dann wäre alles wieder da: das Wählen der Telefonnummer, das unbeholfene Gespräch mit einem Mann, den sie nicht kannte, die lange Autofahrt zu der trostlosen Kleinstadt im Norden. Und das Schlimmste wäre, dass sie wieder die Tränen sehen würde, die ihrer kleinen Schwester über die Wangen liefen, als sie zu ihr sagte: „Ich kann nicht bei dir bleiben, Claire."

Meghann packte das Geländer des Uferweges. Dr. Harriet Bloom irrte sich. Ein Gespräch über Meghanns schmerzhafte Entscheidung und die einsamen Jahre, die sie danach durchlebt hatte, würde ihr nicht helfen.

Ihre Vergangenheit war keine Sammlung von Erinnerungen, die man hätte aufarbeiten können. Sie war wie ein riesiger Samsonite-Koffer mit kaputten Rädern, den sie geschlossen hinter sich herschleifen musste.

Claire Cavenaugh stand am Ufer des Skykomish River. Sie steckte mit ihren langen Gummistiefeln fast knöcheltief im weichen braunen Schlamm und ließ ihre Hacke sinken, um sich den Schweiß von der Stirn zu wischen. Es war jedes Jahr aufs Neue wieder eine gewaltige Anstrengung, die Ferienanlage auf die Sommersaison vorzubereiten.

Die Ferienanlage gehörte ihrem Vater Sam Cavenaugh. Er hatte das sechzehn Hektar große Grundstück vor fast vierzig Jahren für wenig Geld erworben. Damals war Hayden kaum mehr gewesen als eine Tankstelle auf dem Weg zum Stevens Pass. Zu dem Grundstück gehörte damals ein sehr renovierungsbedürftiges Holzhaus. Sam Cavenaugh war dort eingezogen, hatte seiner Immobilie den Namen „River's Edge Resort“ gegeben und begonnen, von einem Leben ohne seinen Job in der Papierfabrik in Everett zu träumen, einem Leben ohne Plastikhelm, Ohrenschützer und Nachtschichten.

Zunächst arbeitete er nur in seiner Freizeit und an den Wochenenden an seiner Ferienanlage – mit einer Kettensäge, seinem Pick-up und einem Plan, den er auf eine Papierserviette gezeichnet hatte. Unermüdlich rodete er jahrzehntealtes Strauchwerk und baute Blockhütten nach seinen eigenen Entwürfen.

Inzwischen war River's Edge ein blühendes kleines Familienunternehmen. Es gab insgesamt acht Ferienhäuser, die alle zwei hübsche Schlafräume hatten, ein eigenes Bad und eine Terrasse mit Blick auf den Fluss. In den letzten Jahren waren ein Swimmingpool und ein großer Aufenthaltsraum hinzugekommen, es gab Pläne für einen Minigolfplatz und einen Waschsalon. River's Edge war eine Ferienanlage mit vielen Stammgästen: Familien, die sich nichts Schöneres vorstellen konnten, als Jahr für Jahr hier ihre kostbaren Urlaubswochen zu verbringen.

Claire konnte sich noch gut an ihre eigene Ankunft in River's Edge erinnern. Die hoch aufragenden Bäume und der silbern funkelnde Fluss waren ihr damals vorgekommen wie das Paradies. Die Zeit davor war eher düster gewesen: schäbige Wohnwagensiedlungen am Rand hässlicher Ortschaften, noch hässlichere Wohnungen in heruntergekommenen Wohnblocks. Mama hatte mehrmals geheiratet, aber Claire konnte sich nicht erinnern, dass ein Mann länger bei ihr geblieben war als ein paar Wochen. Die Einzige, an die Claire sich wirklich gut erinnern konnte, war Meghann, ihre große Schwester, die für alles gesorgt hatte – und die dann eines Tages verschwunden war und Claire zurückgelassen hatte.

Inzwischen hatten sie kaum noch eine Beziehung zueinander. Alle paar Monate telefonierten sie miteinander, aber jedes Mal bekam Meghann dann einen anderen wichtigen Anruf und hängte auf. Sie erzählte ihrer kleinen Schwester gern von ihren beruflichen Erfolgen und hielt Claire vor, dass sie ihr Leben „auf einem schäbigen kleinen Campingplatz" vergeudete. Jedes Jahr zu Weihnachten bot sie Claire an, ihr ein Studium zu bezahlen, doch Claire sah keinen Sinn in einer Collegeausbildung.

Sie hatte sich jahrelang danach gesehnt, in Meghann nicht nur eine Schwester, sondern auch eine Freundin zu haben, aber das wollte Meghann nicht. Und so waren sie Meghanns Wunsch entsprechend zwei Fremde, die nichts miteinander gemein hatten außer ihrer Blutgruppe und ihrer trostlosen Kindheit.

Sie nahm die Hacke und ging langsam hinüber zu ihrem Pick-up. Auf dem Weg dachte sie an die vielen Dinge, die bis zur Eröffnung unbedingt noch erledigt werden mussten – Rasen mähen, Rosen schneiden, das Moos von den Schindeldächern der Ferienhäuser entfernen, die Terrassen schrubben. Und die Kanus! Die Kanus mussten unbedingt noch sauber gemacht werden. Claire warf die Hacke hinten auf den Pick-up. Scheppernd landete sie auf der rostigen Ladefläche.

„Hallo, Schätzchen. Fährst du heute noch in den Ort?"

Claire drehte sich um. Ihr Vater stand in seinem alten, fleckigen Overall auf der Veranda der Blockhütte, in der die Rezeption untergebracht war. Während er auf sie zukam, zog er ein rotes Taschentuch aus seiner Gesäßtasche und wischte sich über die Stirn. „Ich beschäftige mich übrigens gerade mit der Tiefkühltruhe. Nicht dass du denkst, wir brauchen eine neue!" Es gab nichts, was er nicht reparieren konnte.

„Ich wollte eben Alison abholen. Brauchst du denn irgendwas aus dem Ort?"

„Smitty hat ein Ersatzteil für mich bestellt. Das könntest du für mich abholen."

„Mach ich. Übrigens, die Kanus müssen noch sauber gemacht werden."

„Alles klar. Kann ich zum Abendessen mit dir rechnen?"

„Alison hat nachher um fünf ihr Spiel im Riverfront Park. Wolltest du nicht auch kommen?"

„Ach ja! Natürlich komme ich."

Sie nickte. Er hatte sich noch kein einziges Ereignis im Leben seiner Enkelin entgehen lassen. Sie packte den Türgriff des Pick-ups und zerrte an der Tür, die quietschend aufging. Rasch kletterte sie auf den Fahrersitz.

„Fahr bloß nicht zu schnell", sagte ihr Vater, bevor er die Tür zuschlug.

Sie lächelte. Genau dasselbe sagte er seit fast zwanzig Jahren zu ihr – jedes Mal wenn sie ins Auto stieg. Sie kurbelte das Fenster herunter. „Ich hab dich lieb, Dad."

„Ich dich auch. Und jetzt los, Alison wartet."

Zweites Kapitel

Die durchgehende Fensterfront von Meghanns Büro bot einen atemberaubenden Ausblick auf den Puget Sound. Meghann saß an ihrem langen, nierenförmigen Konferenztisch und wartete auf eine Klientin. Die schimmernde Oberfläche des Tisches aus Kirsch- und Ebenholz verriet Geschmack und Geld – vor allem Geld. Für jeden, der an diesem Tisch Platz nahm und einen Blick durch die Fenster auf das weite Blau der Bucht warf, war die Botschaft klar: Nur sehr erfolgreiche Anwälte konnten sich ein solches Büro leisten.

Und so war es auch. Meghann war sehr erfolgreich. Damals, als sie mit dem Studium begonnen hatte, hatte sie es gewagt, von einem besseren Leben zu träumen. Inzwischen war dieser Traum Wirklichkeit geworden. Sie lebte in einer wunderschönen Eigentumswohnung, und ihre Kanzlei zählte zu den bekanntesten der Stadt.

Sie blickte auf ihre Armbanduhr. Zwanzig nach vier. Ihre Klientin verspätete sich. Ein teurer Spaß bei einem Stundenhonorar von über dreihundert Dollar.

„Miss Dontess?", kam eine Stimme über die Sprechanlage.

„Ja, Rhona?"

„Ihre Schwester möchte Sie sprechen."

„Stellen Sie sie durch. Aber sagen Sie mir sofort Bescheid, wenn May Monroe eintrifft."

Meghann nahm den Hörer ab. „Claire! Wie schön, dass du anrufst", sagte sie und bemühte sich um einen munteren Tonfall.

„Du könntest ja auch mal anrufen. Wie lebt es sich im Geldparadies?"

„Angenehm. Und in Hayden? Warten alle gespannt darauf, dass der Fluss über die Ufer tritt?“

„Diese Gefahr ist bis zum Herbst erst einmal gebannt.“

„Dann ist ja gut.“ Meghann blickte zum Fenster hinaus. „Und wie geht es meiner bezaubernden Nichte? Hat ihr das Skateboard gefallen?“

„Sehr sogar.“ Claire lachte. „Aber manchmal solltest du dich vielleicht doch von einer Verkäuferin beraten lassen, Meghann. Nicht jedes Kind kann schon mit fünf die Balance halten.“

„Du konntest das. Damals haben wir in Needles gewohnt.“

Das hätte sie nicht sagen sollen. Für eine lange Reihe von Jahren war Claire für Meghann mehr eine Tochter als eine Schwester gewesen, für die sie besser gesorgt hatte, als Mama es jemals vermocht hatte. Es tat ihr weh, sich daran zu erinnern.

„Kauf ihr das nächste Mal einfach eine Hörkassette. Du brauchst nicht so viel Geld für sie auszugeben. Sie freut sich schon über Polly Pocket.“

Polly Pocket? Meghann hatte keine Ahnung, was das war. Ein unbehagliches Schweigen breitete sich aus. Meghann sah auf ihre Armbanduhr, dann sprachen beide gleichzeitig.

„Und was hast du …?“

„Was macht die Arbeit?“

„Ich kann nicht klagen. Und wie steht’s mit dem Campingplatz?“

„Es ist eine Ferienanlage. In gut zwei Wochen geht es los. Eine Familie hat sich mit zwanzig Gästen angemeldet.“

„Eine Woche ohne Telefon und Fernsehen?“

„Es gibt Familien, die gern zusammen sind“, entgegnete Claire spitz.

„Es tut mir Leid. Ich weiß, wie sehr du das River’s Edge liebst.“

„So ist es.“ Claire schwieg kurz. „Demnächst fahre ich ein paar Tage an den Lake Chelan.“

„Ach ja, der jährliche Ausflug mit deinen Freundinnen.“ Meghann war dankbar für den Themenwechsel. „Wie nennt ihr euch noch gleich? Die Bluesers?“

„Ja, genau.“

„Und ihr fahrt tatsächlich jedes Jahr an den Lake Chelan?“

„Ja, jeden Sommer seit der Highschool.“

Meghann konnte sich nicht vorstellen, mit Frauen befreundet zu sein, die sie schon von der Highschool kannte. „Dann wünsche ich dir viel Spaß.“

„Danke. In diesem Jahr will Charlotte …“

Die Sprechanlage summte. „Mrs Monroe ist da.“

„Entschuldige, Claire, aber ich muss auflegen."

„Macht nichts. Ich weiß, wie gern du es hast, wenn ich dir von meinen Freundinnen erzähle."

„Darum geht es nicht. Eine Klientin ist gerade gekommen."

„Ja, ja, schon gut. Bis dann, Meghann."

„Bis dann." Meghann legte den Hörer in dem Moment auf, als ihre Sekretärin May Monroe hereinführte.

„Guten Tag, Mrs Monroe." Lächelnd stand Meghann auf und ging auf ihre Klientin zu. „Vielen Dank, Rhona. Wir möchten nicht gestört werden, bitte."

Die Sekretärin nickte, verließ das Büro und zog die Tür hinter sich zu.

Meghanns Klientin blieb vor einem großen Ölgemälde stehen, einem Original der Malerin Alexandra Nechita mit dem Titel „Wahre Liebe". Die Ironie war Meghann durchaus bewusst – hier in diesem Raum fand die wahre Liebe immer wieder ein trauriges Ende.

May Monroe trug ein schlichtes schwarzes Jerseykleid und schwarze Schuhe, die seit mindestens fünf Jahren aus der Mode waren. Ihr Ehering war ein einfacher, schmaler Goldreif, und sie trug eine pflegeleichte, zeitlose Frisur. Wer sie so sah, würde kaum auf den Gedanken kommen, dass ihr Mann einen schicken Mercedes fuhr und seine Dienstagnachmittage regelmäßig auf dem Golfplatz verbrachte. Sie sah immer noch so aus wie in jenen Zeiten, als sie in einem Restaurant geschuftet hatte, um ihrem Mann sein Studium der Zahnmedizin zu finanzieren.

„Bitte setzen Sie sich, Mrs Monroe."

May Monroe zuckte zusammen. Mit seltsam ungelenken Bewegungen nahm sie auf einem der bequemen schwarzen Wildlederstühle Platz.

Meghann setzte sich wie immer ans Kopfende des Konferenztisches. Vor ihr lag ein Stapel Aktenordner.

Sie sah ihre Klientin an. „Wie ich Ihnen bei unserem letzten Treffen bereits andeutete, habe ich durch einen privaten Ermittler ein paar Nachforschungen über die finanzielle Situation Ihres Mannes anstellen lassen."

„Das war sicher reine Zeitverschwendung, oder?"

„Nicht ganz."

May Monroe starrte sie schweigend an, stand dann auf und trat zum Sideboard, um sich eine Tasse Kaffee einzuschenken. „Und was haben Sie herausgefunden?", fragte sie schließlich.

„Er besitzt über sechshunderttausend Dollar auf den Cayman Islands. Das Konto lautet auf seinen Namen. Vor sieben Monaten hat er das Rücklagenkonto für die Abzahlung Ihres Hauses gekündigt. Mit Ihrer Unterschrift! Sie haben wahrscheinlich gedacht, sie würden irgendwelche Refinanzierungsunterlagen unterzeichnen."

May Monroe drehte sich um. Die Kaffeetasse schlug klirrend auf die Untertasse in ihrer Hand, als sie wieder auf den Konferenztisch zutrat.

„Daran kann ich mich nicht mehr erinnern", sagte sie.

„Im Gegensatz zu ihm vermutlich. Er hat sich das Guthaben auf sein Konto überweisen lassen."

May Monroe schüttelte fassungslos den Kopf.

„Es kommt noch schlimmer", fuhr Meghann fort und suchte vergebens nach schonenden Worten. „Er hat die Praxis an seinen Partner Theodore Blevin verkauft. Für einen Dollar."

„Aber warum sollte er so etwas tun? Die ist doch …"

„Bei einer Scheidung haben Sie Anspruch auf die Hälfte des Wertes der Praxis."

Jetzt schienen May Monroe die Knie weich zu werden. Sie ließ sich auf ihren Stuhl fallen und verschüttete dabei den Kaffee auf der schimmernden Tischplatte. Sofort griff sie nach einer Serviette. „Entschuldigen Sie …", flüsterte sie.

Meghann griff nach dem Handgelenk ihrer Klientin. „Lassen Sie das. Bitte. Und Sie brauchen sich nicht zu entschuldigen." Schnell stand sie auf und wischte den verschütteten Kaffee weg.

„Finden sich in Ihren Unterlagen auch Gründe dafür, warum er mir das angetan hat?"

Meghann hätte die Antwort darauf lieber nicht gewusst, doch sie griff in ihre Akten und zog ein Foto hervor. So behutsam, als handelte es sich um Sprengstoff, schob sie es May Monroe zu. „Sie heißt Ashleigh."

„Ashleigh Stoker. Deswegen hat er Sarah immer so bereitwillig vom Klavierunterricht abgeholt."

Meghann nickte. Wenn die Ehefrau die Geliebte kannte, war es am schlimmsten. „Hier im Staat Washington braucht für eine Scheidung kein Fehlverhalten des Ehepartners nachgewiesen zu werden. Rein rechtlich gesehen ist seine Affäre für die Scheidung belanglos."

May Monroe hob den Kopf und starrte sie an. Sie schien unter Schock zu stehen. „Belanglos?" Sie schloss die Augen. „Ich bin ein Idiot." Die Worte wurden mehr gehaucht als gesprochen.

„Nein. Sie sind eine loyale Frau, die einem egoistischen Kerl zehn Jahre lang das Studium ermöglicht hat, damit er ein gutes Leben führen kann."

„Eigentlich wollten wir zusammen ein gutes Leben führen.“

Meghann legte ihre Hand auf die ihrer Klientin. „Sie haben einem Mann vertraut, der Ihnen ein Eheversprechen gegeben und geschworen hat, dass er Sie liebt. Er rechnet fest damit, dass Sie jetzt immer noch die verständnisvolle Seele sind, die Frau, die ihre Familie an die erste Stelle setzt und Herrn Dr. Dale Monroe das Leben so bequem wie möglich macht.“

May Monroe sah sie ängstlich an. „Was passiert denn jetzt? Ich möchte den Kindern nicht wehtun.“

„Er tut ihnen weh, Mrs Monroe. Er hat sie bestohlen. Und Sie auch.“

„Aber er ist ein guter Vater.“

„Dann möchte er sicher, dass sie gut versorgt sind, und wird sich anstandslos von der Hälfte des Familienvermögens trennen.“

May Monroe sah sie zweifelnd an. „Und wenn er es nicht tut?“

„Dann müssen wir ihn dazu zwingen.“

„Er wird außer sich sein.“

Meghann beugte sich vor. „Er? Dazu haben Sie doch viel mehr Grund. Ihr Mann hat Sie belogen, betrogen und bestohlen.“

„Aber er ist der Vater meiner Kinder“, entgegnete May Monroe. „Eigentlich möchte ich keine Auseinandersetzung. Ich möchte ihm zu verstehen geben, dass er jederzeit zu uns zurückkommen kann.“

Meghann atmete tief durch und wählte ihre Worte mit Bedacht. „Hier geht es um Fairness, Mrs Monroe. Ich habe durchaus nicht vor, Ihren Mann über den Tisch zu ziehen, aber ich kann auch nicht zulassen, dass Sie mittellos auf der Strecke bleiben. Schließlich ist er ein wohlhabender Zahnarzt. Ich lasse nicht zu, dass er Ihnen weiterhin wehtut.“

„Glauben Sie wirklich, dass mich juristische Erfolge und ein gefülltes Bankkonto davor bewahren?“ Sie seufzte. „Gut, Miss Dontess, unternehmen Sie alles, was Sie für die Absicherung meiner Kinder für nötig halten. Aber tun Sie bitte nicht so, als könnten Sie mir eine schmerzfreie Scheidung garantieren. Es tut bereits so weh, dass ich kaum atmen kann, und dabei hat es gerade erst angefangen.“

ÜBER dem sonnenverbrannten Präriegras ragten Windräder in den wolkenlosen Himmel. Langsam und stetig drehten sich ihre Metallflügel. Manchmal, bei günstigem Wetter, konnte man sogar das dumpfe Knacken der Rotoren hören. Aber heute war es zu heiß, um mehr zu vernehmen als den eigenen Herzschlag.

Mit einer Dose lauwarmer Cola in der Hand stand Joe Wyatt auf der betonierten Fläche vor einem Lagerhaus. Mehr war von seinem Mittagessen nicht übrig geblieben. Er blickte zu den Feldern hinüber. Die Hitze machte ihn schon jetzt völlig fertig, dabei war es gerade einmal Mitte Juni. An den richtigen Sommer im Yakima Valley wagte er nicht einmal zu denken. Es war an der Zeit weiterzuziehen.

Die Erkenntnis deprimierte ihn. Nicht zum ersten Mal fragte er sich, wie lange er sich noch weiter ziellos von Ort zu Ort treiben lassen konnte. Die Einsamkeit hatte ihm zugesetzt, ihn zu einem ruhelosen Schatten seiner selbst gemacht. Vor langer Zeit hatte er gehofft, irgendwann an einen Ort zu kommen, der so etwas wie ein Zuhause werden könnte, doch davon träumte er längst nicht mehr. Er wusste es inzwischen besser: Nach einer Woche im selben Raum wurde ihm die Umgebung vertraut, er begann sich zu erinnern. Sobald er sich an die Umgebung gewöhnt hatte, eine gewisse Vertrautheit empfand, begann er unweigerlich von Diana zu träumen.

Selbst im Traum erfüllte ihn der Anblick ihres Gesichts mit einer quälenden Sehnsucht, mit der bittersüßen Erinnerung daran, wie das Leben früher gewesen war, an die Liebe, die er für sie empfunden hatte. Wenn die Träume dort enden würden, wäre es erträglich: mit Bildern von Diana auf dem Rasen ihres Colleges oder von ihnen beiden, eng aneinander geschmiegt im großen Bett in ihrem Haus auf Bainbridge Island.

Doch dieses Glück war ihm nie beschieden. Die Traumbilder änderten sich, wurden hässlich, unerträglich. Und dann schreckte er meistens aus dem Schlaf hoch, mit den Worten „Verzeih mir“ auf den Lippen. Seine einzige Rettung bestand darin, rastlos weiterzuziehen.

Er hatte in den Jahren des Umherziehens gelernt, sich quasi unsichtbar zu machen. Inzwischen wusste er, dass ein Mann nur dann von seinen Mitmenschen bemerkt wurde, wenn er sich anständig kleidete und regelmäßig zum Friseur ging. Aber wenn er ein altes T-Shirt, lange Haare und einen schmuddeligen Rucksack trug, übersahen ihn die Leute.

Vor drei Jahren, zu Beginn seiner Flucht, hatte er einen teuren Lederkoffer gepackt. Er wusste noch genau, wie er in seinem Schlafzimmer gestanden und überlegt hatte, was ein Mann im Exil brauchte. Er hatte ein paar Freizeithosen eingepackt, Wollpullover und sogar einen schwarzen Anzug.

Am Ende des ersten Winters wusste er, dass diese Sachen nutzlose Relikte einer vergangenen Existenz waren. In seinem neuen Leben brauchte er nichts weiter als zwei Jeans, ein paar T-Shirts, ein Sweatshirt und eine Regenjacke. Alles andere war in der Altkleidersammlung gelandet. Ein rosafarbener Kaschmirpullover war das einzige teure Kleidungsstück, das er behalten hatte. In günstigen Momenten konnte er noch immer den Duft ihres Parfüms wahrnehmen.

Er schloss die Augen. In letzter Zeit hatte er immer häufiger dieses Gefühl, dass sie ihn gar nicht verlassen hatte, dass sie immer noch da war. Vielleicht waren das Wahnvorstellungen, aber das machte ihm nichts aus.

„Ich bin müde“, sagte er zu ihr.

„Es ist nicht gut, was du da machst.“

„Ich weiß nicht, was ich sonst tun soll.“

„Geh nach Hause.“

„Das kann ich nicht.“

„Du brichst mir das Herz, Joe.“

Sie verschwand.

CLAIRE stand an der Spüle in der Küche und dachte über das gestrige Telefongespräch mit Meghann nach.

„Mommy, kann ich noch eine Waffel haben?“

„Wie heißt das?“, fragte Claire geistesabwesend.

„Darf ich bitte noch eine Waffel haben, Mommy?“

Claire drehte sich um und trocknete sich die Hände an einem Geschirrtuch ab. „Natürlich.“ Sie schob eine Waffel in den Toaster und schaute sich in ihrer Küche um – und sah ihre Umgebung plötzlich mit den Augen ihrer Schwester.

Ihr Haus war eigentlich ganz nett, zumindest im Vergleich zu anderen in Hayden. Aber es war nicht besonders groß: drei kleine Mansardenzimmer im Dachgeschoss, ein Bad oben, ein WC unten, ein Wohnzimmer und eine Küche mit einer Essecke, deren Tisch auch als Arbeitsfläche diente. In den sechs Jahren, seit Claire hier wohnte, hatte sie die moosgrünen Wände in einem zarten Gelb gestrichen und den orangefarbenen Teppichboden herausgerissen und durch Holzdielen ersetzt. Die zumeist gebraucht gekauften Möbel hatte Claire sorgfältig abgebeizt und renoviert.

Für das alles hätte Meghann nur ein geringschätziges Schulterzucken übrig gehabt. Meghann, die ihr Studium mit Bravour absolviert hatte, die nicht den geringsten Zweifel daran ließ, wie viel Geld sie verdiente, und die ihrer Nichte zu Weihnachten Präsente schickte, die alle anderen Geschenke unter dem Baum in den Schatten stellten.

„Mommy, die Waffel ist fertig!“

Claire nahm die getoastete Waffel, bestrich sie mit Butter, schnitt sie in kleine Stücke und schob ihrer Tochter den Teller zu. „Hier, bitte.“

Sofort spießte Alison mit der Gabel einen Happen auf und begann mit Begeisterung zu essen.

Lächelnd sah Claire ihr zu. Ihre Tochter war mit ihren blonden Haaren, dem blassen Teint und dem herzförmigen Gesicht eine Miniaturausgabe von ihr selbst. Von ihrem Vater schien Alison so gut wie nichts geerbt zu haben – was Claire nur gerecht fand, denn als er von ihrer Schwangerschaft erfuhr, hatte er unverzüglich das Weite gesucht.

„Du bist noch gar nicht angezogen, Mommy. Wenn du dich nicht beeilst, kommen wir noch zu spät."

„Da hast du Recht." Claire dachte an die vielen Dinge, die sie an diesem Tag noch erledigen wollte: die Duschen und Fenster im Bad von Blockhütte drei abdichten, die Toilettenspülung in Blockhütte fünf reparieren und den Bootsschuppen in Ordnung bringen. Vielleicht gelang es ihr ja wirklich, heute alles fertig zu machen, es war noch früh, gerade einmal acht Uhr. Morgen wollten sie für eine Woche an den Lake Chelan.

Claire sah sich suchend um. „Hast du vielleicht irgendwo meine Liste gesehen, Alison?"

„Sie liegt im Wohnzimmer auf dem Tisch."

Kopfschüttelnd stand Claire auf und holte den Zettel. Sie konnte sich beim besten Willen nicht erinnern, ihn dort hingelegt zu haben.

„Ich möchte gern zum Ballett, Mommy."

„Früher wollte ich auch unbedingt Tänzerin werden."

„Und warum bist du keine Tänzerin geworden, sondern eine Arbeitsbiene?"

Claire lachte. „Arbeitsbiene ist doch kein Beruf, so nennt Großvater mich nur. Eigentlich bin ich stellvertretende Geschäftsführerin."

Wie so oft in ihrem Leben hatte Claire auch die Entscheidung fürs River's Edge eher zufällig getroffen. Viel überlegt hatte sie dabei nicht.

Es hatte damit begonnen, dass sie die Prüfungen an der Washington State University nicht bestanden hatte, weil sie es am nötigen Fleiß hatte fehlen lassen. Ohne Abschluss und ohne eine klare Berufsvorstellung war Claire erst einmal nach Hayden zurückgekehrt und hatte begonnen, mit ihrem Vater zusammenzuarbeiten.

Dabei war ihr schnell klar geworden, wie sehr sie das River's Edge liebte und wie sehr die Arbeit hier sie erfüllte. In dieser Hinsicht war sie ganz die Tochter ihres Vaters. Und obwohl sie ihre Universitätsausbildung abgebrochen hatte, hatte Claire sich nie als gescheitert betrachtet – außer sie sprach mit ihrer Schwester.

VIERUNDZWANZIG Stunden später war alles gepackt für den Urlaub, und Alison saß schon im Auto. Claire ging gerade ein letztes Mal durch das kleine Haus, um sicherzugehen, dass sie nichts vergessen hatte, als sie Schritte im Wohnzimmer hörte.

„Du bist ja immer noch hier!"

Ihr Vater stand mitten im Wohnzimmer. Wie immer schien alles um ihn herum zu schrumpfen, wenn er auftauchte. Aber es waren nicht nur seine Körpergröße und die breiten Schultern, die so einen starken Eindruck hinterließen, sondern es war vor allem seine Persönlichkeit.

Claire war neun Jahre alt gewesen, als er in ihr Leben getreten war. „Du bist also meine Tochter Claire", hatte er gesagt und sie liebevoll angesehen. „Du bist das netteste Mädchen, das ich je gesehen habe. Komm, wir fahren nach Hause."

Nach Hause! Wie lange hatte sie von einem richtigen Zuhause geträumt! Erst Jahre später wurde ihr bewusst, dass er Meghann dieses Angebot nicht gemacht hatte.

„Hallo, Dad. Ich wollte nur sichergehen, dass alles in Ordnung ist, wenn du hier einziehst."

Lachend schüttelte er den Kopf. „Du weißt ganz genau, dass ich nicht die Absicht habe, hierher umzusiedeln. Es gefällt mir in meinem Wohnwagen. Ich habe einen Kühlschrank und eine Satellitenschüssel. Mehr brauche ich nicht."

Sie führten diese Diskussion nicht zum ersten Mal, seit Claire in das kleine Haus gezogen war. Er behauptete stets, dass der zwischen hohen Bäumen verborgene Wohnwagen geräumig genug für einen sechsundfünfzigjährigen Single sei.

„Komm her, lass dich von deinem alten Vater umarmen", sagte er.

Claire lief auf ihn zu, und wie immer gaben ihr seine starken Arme Sicherheit und das Gefühl, geliebt zu werden. „In einer Stunde mache ich mich auf den Weg", sagte sie. „Die Toilette in Nummer fünf …"

Aber er drehte sie kurzerhand um und schob sie zur Tür. „Jetzt aber raus mit dir. Der Laden läuft auch ohne dich weiter."

Claire nickte lächelnd. „Also gut", sagte sie.

„Du kannst ruhig länger wegbleiben als eine Woche, Claire. Ich möchte, dass ihr euch mal richtig erholt, Alison und du. Du bist viel zu pflichtbewusst."

„Ich bin eine fünfunddreißigjährige, allein erziehende Mutter, die den Vater ihres Kindes nicht geheiratet hat. Sehr pflichtbewusst ist das nicht gerade!“ Claire sah ihren Vater an. „Wir erholen uns bestimmt gut am Lake Chelan, und in einer Woche bin ich wieder da.“

Er legte ihr die Hand auf die Schulter. „Du hattest schon immer deinen eigenen Kopf. Also dann gute Reise, und amüsier dich gut!“

Claire verließ das Haus. Draußen fiel ein leichter Nieselregen.

„Komm endlich, Mommy!“, rief Alison durch das geöffnete Autofenster.

Ihr Vater lief an Claire vorbei und küsste seine Enkelin zum Abschied auf die Wange, während Claire ins Auto einstieg und den Motor startete.

„Können wir los, Alison? Hast du auch nichts vergessen?“

Alison kuschelte sich in ihren Autositz und drückte ihren großen Plüschorca an sich. „Meinetwegen könnten wir schon ganz weit weg sein!“

CLAIRE freute sich auf die Tage auf dem Blue Skies Campground am Lake Chelan. Kurz nach dem Highschool-Abschluss hatte sie mit ihren Freundinnen zum ersten Mal ihre Ferien dort verbracht. Zuerst waren sie zu fünft gewesen, seit dem tragischen Krebstod Dianas waren sie nur noch vier. In den ersten Jahren waren sie muntere, ausgelassene Mädchen gewesen, die gerne gefeiert und mit den einheimischen Jungen geflirtet hatten, aber mit der Zeit waren sie ruhiger geworden. Es wurde geheiratet, die ersten Kinder wurden geboren und auf den Campingplatz mitgenommen. Inzwischen waren die lieben Kleinen groß genug, um allein schwimmen zu gehen und sich auf dem Spielplatz zu vergnügen. Die Frauen hatten ein wenig von ihrer früheren Freiheit wiedergewonnen.

„Mommy! Du hörst mir überhaupt nicht zu.“

„Oh, entschuldige, Schätzchen.“

„Ich habe gesagt, dass wir diesmal in der Flitterwochenhütte wohnen!“ Übermütig hopste Alison auf ihrem Sitz herum. „Juhu! Die mit der tollen Badewanne. Hast du mein Skateboard mitgenommen?“

„Nein, dafür bist du noch zu klein.“

„Warum besucht uns Tante Meghann eigentlich nie?“

„Tante Meghann hat so viel zu tun, dass sie kaum zum Atmen kommt.“

„Eliot Zane wurde ganz blau im Gesicht, als er nicht geatmet hat.“

„Ich wollte damit nur sagen, dass sie sehr damit beschäftigt ist, anderen Menschen zu helfen.“

„Ach so.“

Claire schob eine Disney-Hörkassette für Alison in den Kassettenrekorder. Nach einer Weile hatten sie die Berge hinter sich gelassen und fuhren durch das flache und trockene Land im Osten des Staates Washington.

„Ist das hier schon die Wüste?“, fragte Alison.

Claire nickte. Ihre Tochter hatte den kargen Osten von Washington schon immer als Wüste bezeichnet, und so ganz falsch war das auch nicht. Im Gegensatz zum üppigen Grün der Umgebung um Hayden war die Landschaft hier eher karg.

„Da ist die Wasserrutsche!“, rief Alison, beugte sich vor und begann laut zu zählen. „Und da ist das Wasser!“, schrie sie, als sie bei siebenundvierzig angelangt war.

Sie hatten den Lake Chelan erreicht, einen riesigen, kristallklaren See, der in einer sanften Hügellandschaft lag. Langsam fuhr Claire über die Brücke, die in den Ort führte.

Noch vor zwanzig Jahren war der Ort nicht mehr als ein verschlafenes Nest gewesen. Aber mit der Zeit sprach es sich bis in den regenreichen Westen und die nicht gerade von der Sonne verwöhnten Küstenstädte herum, wie angenehm das Klima im Osten des Staates war. Die Bewohner Seattles liebten zwar ihre üppigen Rhododendronblüten und die riesigen Farne, aber immer öfter reisten sie im Sommer über die Berge in die sonnendurchfluteten, trockenen Ebenen. Und mit den Feriengästen kam der Bauboom. Am Ufer des Lake Chelan entstand ein Apartmentkomplex nach dem anderen, und der Ort wurde zu einem beliebten Urlaubsziel mit familienfreundlichen Attraktionen: Es gab Swimmingpools, Wasserrutschen, Motorbootverleih und Wasserski.

Die Straße führte direkt am Seeufer entlang. Sie kamen an Dutzenden von Gebäudekomplexen mit Ferienwohnungen vorbei. Dann wurde die Bebauung wieder spärlicher, und schließlich tauchte ein Hinweisschild auf: BLUE SKIES CAMPGROUND. NÄCHSTE AUSFAHRT LINKS.

„Sieh mal, Mommy. Sieh doch nur!“

„Ja, Alison, gleich haben wir es geschafft.“ Claire bog nach links auf die Schotterpiste ein. Nach anderthalb Kilometern machte die Straße eine scharfe Kurve und führte an einer großen Wiese mit Wohnwagen und Wohnmobilen vorbei. Claire ließ das offene Gelände links liegen und fuhr weiter zur Rezeption.

Nachdem sie eingecheckt hatten, streckte sie ihrer Tochter den Schlüssel entgegen.

„Hier, Alison, nimm. Du kennst den Weg.“

Mit einem Jubelschrei schoss Alison los. Claire folgte ihrer Tochter mit dem Gepäck.

Sie liefen über die Wiese, vorbei am Bootsschuppen, und tauchten in den kleinen Wald ein. Der Boden unter ihren Füßen war von einem Teppich aus Kiefernnadeln bedeckt.

Alison rannte vor zu ihrer Blockhütte und schloss voller Begeisterung auf.

Claire ließ ihr Gepäck auf die kleine Veranda fallen und sah hinaus auf den See. Ein silbergraues Holzdock schwankte leicht auf den Wellen.

„Clara Bella!"

Claire legte eine Hand über die Augen und sah sich um. Am Ufer stand Gina und winkte ihr zu. Selbst aus der Entfernung konnte Claire erkennen, dass ihre Freundin einen Drink in der Hand hielt. Gina war immer die Konservativste von ihnen gewesen, keine, die schon am helllichten Tag Alkohol trank, aber vor ein paar Monaten hatte sie ihre Scheidung hinter sich gebracht und musste jetzt ihr Leben neu regeln. Außerdem war ihr Exmann in der vergangenen Woche mit seiner jungen Freundin zusammengezogen.

„Alison! Endlich!", rief Ginas sechsjährige Tochter Bonnie.

Alison ließ ihren Winnie-Pooh-Rucksack fallen und begann sich auszuziehen. Stolz wie ein Pfau drehte sie sich in ihrem gelben Badeanzug.

„Du gehst aber nicht weiter als bis zum Bauchnabel hinein", warnte Claire sie.

„Na gut", maulte Alison, drehte sich um und rannte zum Wasser.

Claire setzte sich zu Gina. „Wann bist du denn angekommen?"

Gina lachte. „Rechtzeitig natürlich. Eins habe ich in den letzten Monaten gelernt. Auch wenn es in deinem Leben zu einer Katastrophe kommt, bleibst du doch die, die du immer gewesen bist. Ich bin nun einmal der Typ Frau, der immer und überall pünktlich ist."

„Dagegen ist doch nichts einzuwenden."

„Rex ist da ganz anderer Meinung. Er hat immer gesagt, ich wäre nicht spontan genug. Ich dachte, dabei ginge es ihm vielleicht um Sex am Nachmittag, aber dann stellte sich heraus, dass er Fallschirmspringen meinte." Sie schüttelte den Kopf und lächelte müde. „Jetzt würde ich ihn nur zu gern aus dem Flugzeug stoßen."

„Und ich seinen Fallschirm zusammenlegen."

Sie lachten, obwohl es überhaupt nicht komisch war. „Wie nimmt Bonnie es auf?"

„Wenn du mich fragst, ist das vielleicht das Traurigste an der ganzen Sache. Es fällt ihr kaum auf. Rex war auch früher nur selten zu Hause."

Sie schwiegen eine Weile. Die einzigen Geräusche waren das leise

Klatschen der Wellen und das Lachen der Kinder. Gina sah Claire von der Seite an. „Wie bist du in all diesen Jahren damit fertig geworden? Mit dem Alleinsein meine ich."

Über ihre Situation seit Alisons Geburt hatte Claire nicht viel nachgedacht. Sie hatte zwar seitdem allein gelebt, ohne Ehemann oder Freund, hatte sich aber nur selten wirklich einsam gefühlt.

Claire sah zu Alison hinüber, die exakt bis zum Bauchnabel im See stand und ausgelassen mit Wasser spritzte. Ihr wurde wieder einmal bewusst, wie sehr sie ihre Tochter liebte. Sie wusste, dass es Gefahren barg, einen anderen Menschen so ausschließlich zu lieben, aber anders war es ihr nicht möglich.

Das war auch der Grund, warum sie nie geheiratet hatte. Weil sie das Gefühl hatte, dass Männer, die ihre Frauen bedingungslos liebten, eher selten waren – wenn es sie überhaupt gab.

„Irgendwann fühlt man sich nicht mehr einsam. Und man lebt für die Kinder", sagte sie leise.

„Aber Alison sollte nicht alles auf der Welt für dich sein, Claire."

„Ich habe ja versucht, mich zu verlieben. Ich bin mit jedem Junggesellen von Hayden ausgegangen."

„Genau einmal, aber nie zum zweiten Mal." Gina lachte. „Bert Shubert gilt in Hayden als gute Partie und hat noch immer eine Schwäche für dich!"

„Ich finde es echt traurig, wenn ein dreiundfünfzigjähriger Klempner mit meterdicken Brillengläsern und rotem Spitzbart nur deshalb als idealer Heiratskandidat gilt, weil er ein Eisenwarengeschäft besitzt."

Gina lachte. „Du hast ja Recht. Wenn ich es jemals in Erwägung ziehe, mit Bert auszugehen, rede mir bitte ernsthaft ins Gewissen."

„Du kommst darüber hinweg, Gina", flüsterte Claire. „Glaub mir."

„Ich bin mir nicht sicher", entgegnete Gina leise und fing an zu weinen.

Und Claire dachte an den Tag, an dem sie selbst erkannt hatte, dass es auch für Liebe ein Verfallsdatum gab. „Ich gehe", hatte Meghann damals zu ihr gesagt. Bis zu jener Minute war Meghann Claires beste Freundin gewesen und eine weit bessere Mutter als Mama.

Jetzt kamen auch Claire die Tränen.

Gina schluchzte kurz auf. „Kein Wunder, dass niemand mehr mit mir zusammen sein will. Zehn Sekunden in meiner Gesellschaft, und glückliche Menschen fangen an zu weinen."

Hastig wischte sich Claire über die Augen. Es hatte wenig Sinn, über die Vergangenheit Tränen zu vergießen. „Weißt du noch, wie Charlotte beinahe vom Schwimmdock gefallen ist? Weil sie so heftig geweint hat, dass sie nichts mehr sehen konnte?“

„Wegen Bobs Midlifecrisis. Sie dachte, er hätte eine Affäre.“

„Dabei hat er heimlich eine Haartransplantation machen lassen.“

Gina zog Claire an sich. „Dem Himmel sei Dank für die Bluesers! Nie habe ich euch dringender gebraucht als jetzt.“

Drittes Kapitel

Bei Nacht hatte Seattle einen ganz besonderen Zauber. Die Schnellstraße, während des morgendlichen Berufsverkehrs ein wahrer Albtraum, verwandelte sich nachts in einen glitzernden rotgoldenen chinesischen Drachen, der sich an den Ufern des Lake Union entlangschlängelte.

Meghann stand am Fenster ihres Büros. Es war halb neun, Zeit, nach Hause zu fahren.

Sie stand fast schon am Fahrstuhl, als ihr Handy klingelte. Sie zog es aus ihrer Tasche und meldete sich.

„Miss Dontess? Hier spricht May Monroe.“ Sie klang aufgeregt.

Beunruhigt runzelte Meghann die Stirn. „Was gibt es?“

„Es geht um meinen Mann. Er war gerade bei mir und war ziemlich wütend über ein Schreiben, das er bekommen hat. Was haben Sie ihm denn geschickt?“

„Darüber haben wir in der letzten Woche gesprochen, Mrs Monroe. Ich habe dem Anwalt Ihres Mannes geschrieben, dass wir den Geldtransfer anfechten, da dieser offensichtlich in betrügerischer Absicht erfolgt ist. Außerdem verlangen wir einen Überblick über die Konten auf den Cayman Islands. Darüber hinaus wurde der Anwalt Ihres Mannes von mir dahin gehend informiert, dass uns die Affäre mit der Klavierlehrerin bekannt ist und dass sie negative Auswirkungen auf sein Sorgerecht haben könnte.“

„Haben Sie etwa gedroht, ihm die Kinder wegzunehmen?“

„Die Kinder sind bei Typen wie Ihrem Mann doch nur ein Vorwand. Wenn sie behaupten, es ginge ihnen um das Sorgerecht, können sie mehr Geld herausschlagen. Das ist die übliche Taktik.“

„Glauben Sie, dass Sie meinen Mann besser kennen als ich?“

„Ich brauche ihn gar nicht zu kennen“, erwiderte Meghann und spulte die Sätze ab, die sie bereits vor langer Zeit verinnerlicht hatte. „Es ist meine

Aufgabe, *Sie* zu schützen, Mrs Monroe. Wenn er darüber erzürnt ist, dann ist das bedauerlich, aber nicht zu ändern. Er wird sich schon wieder beruhigen. Das ist immer der Fall."

„Sie kennen Dale nicht."

Meghann runzelte die Stirn. Da stimmte etwas nicht. „Haben Sie Angst vor ihm, Mrs Monroe?"

„Angst?" Sie tat überrascht, aber Meghann wusste Bescheid.

„Schlägt er Sie, Mrs Monroe?"

„Manchmal, wenn er getrunken hat. Dann brauche ich nur ein falsches Wort zu sagen."

Das Opfer suchte die Schuld bei sich – erschreckend, wie oft das der Fall war. „Wie geht es Ihnen jetzt?"

„Er hat mich nicht geschlagen. Und an den Kindern hat er sich noch nie vergriffen."

Meghann sagte nichts dazu, aber sie wusste, dass Männer, die ihre Frauen schlugen, oft genug auch vor den Kindern nicht Halt machten.

„Wir müssen ihm vor allem verständlich machen, dass es nicht meine Absicht ist, ihm die Kinder wegzunehmen. Das würde ihn umbringen", sagte May Monroe mit einem kaum wahrnehmbaren Zittern in der Stimme.

„Ich möchte Ihnen eine Frage stellen, Mrs Monroe. Stellen wir uns vor, wir wären drei Monate weiter. Sie sind geschieden, und er lebt mit seiner neuen Flamme zusammen. Ich nehme an, dass Sie immer der Puffer waren zwischen Ihrem Mann und den Kindern, eine Art menschlicher Stoßdämpfer. Sie wussten genau, was Sie tun mussten, um ihn zu beruhigen und von den Kindern abzulenken. Aber wird die neue Flamme das auch wissen?"

„Bin ich so leicht zu durchschauen?"

„Nein, aber die Situation ist es. Das alles hat auch sein Gutes, Mrs Monroe. Sie bauen sich und Ihren Kindern ein neues Leben auf. Geben Sie jetzt nur nicht klein bei."

„Aber was soll ich Ihrer Meinung nach tun?"

„Verschließen Sie die Türen, und schalten Sie das Telefon ab. Ziehen Sie notfalls zu Freunden, wenn Sie sich nicht sicher fühlen. Morgen setzen wir uns zusammen und besprechen unser weiteres Vorgehen. Ich werde den Kontakt Ihres Mannes zu Ihnen unterbinden lassen."

„Sie können uns vor ihm schützen?"

„Sie haben nichts zu befürchten, glauben Sie mir. Sobald er erkennt, wie stark Sie sein können, wird er nachgeben."

„Gut. Wann können wir uns treffen?"

„Wie wäre es mit morgen Mittag zwei Uhr? Zu einem kleinen Mittagessen im ‚Judicial Annex' im Gerichtsgebäude?"

„Also gut."

„Bis dann." Meghann schaltete das Handy aus, steckte es in die Tasche und drückte auf den Knopf am Fahrstuhl.

Während sie hinunterfuhr, betrachtete sie sich in den verspiegelten Wänden der Fahrstuhlkabine. Sie war jetzt zweiundvierzig Jahre alt, und da es ihr vorkam, als sei sie gestern noch dreißig gewesen, konnte es nicht mehr lange dauern, bis sie fünfzig war. Das deprimierte sie. Sie stellte sich vor, wie sie als allein stehende Sechzigjährige rund um die Uhr arbeitete, mit den Nachbarkatzen schwatzte und Kreuzfahrten für Singles buchte.

Als der Fahrstuhl unten war, verließ sie rasch das Gebäude und atmete tief durch. Es war ein wundervoller, klarer Abend. Zügig lief sie die Straße hinunter bis zu dem Haus, in dem sie wohnte. Sie blieb stehen und betrachtete ihren Balkon – er war der Einzige im ganzen Gebäude ohne Kübelpflanzen und Sitzmöbel. Die Fenster dahinter waren dunkel, während alle anderen hell erleuchtet waren. Dort saßen Freunde und Familien zusammen, aßen ihr Abendessen, sahen fern, liebten sich und waren vertraut miteinander.

Meghann ging weiter. Sie wollte nicht nach oben in ihr Apartment fahren, ihr altes Sweatshirt anziehen, sich ein Müsli zum Abendbrot machen und fernsehen.

Statt dessen steuerte sie ihr Stammlokal an, das „Athenian", eine gemütliche altmodische Kneipe, die durch den Film „Schlaflos in Seattle" über die Grenzen Seattles hinaus bekannt geworden war.

Meghann hatte die Kunst perfektioniert, die Gäste einer Bar unauffällig in Augenschein zu nehmen. An diesem Abend hockten am Tresen fünf oder sechs ältere Männer, offensichtlich Fischer, die vielleicht für die Fangsaison nach Alaska wollten.

„Hallo, Meghann!", rief Freddie, der Bartender. „Das Übliche?"

„Gern."

„Kommt sofort!"

Lächelnd lief sie am Tresen vorbei, fand einen Tisch ganz hinten und setzte sich. Freddie stellte ein Martiniglas vor sie hin, schüttelte den Shaker und goss ihr einen Cosmopolitan ein. „Wie wär's mit ein paar Austern und Ciabatta dazu?"

„Seit wann können Sie Gedanken lesen?"

„Eine meiner leichtesten Übungen, Verehrteste." Er schmunzelte und beugte sich zu ihr. „Die Eagles haben sich angesagt. Sollten eigentlich jeden Moment hier sein."

„Die Eagles?"

„Das Zweitligateam aus Everett." Er zwinkerte ihr zu.

Meghann stöhnte unhörbar auf. Es war ein schlechtes Zeichen, wenn Bartender dazu übergingen, ganze Baseballmannschaften anzupreisen. Sie schloss ihre Augen und machte sich wieder einmal bewusst, dass ihr Leben genauso war, wie sie es wollte. Seit ihre Ehe gescheitert war, lebte sie allein, und das war auch gut so. Sobald der erste Cosmo geleert war, bestellte sie einen zweiten.

„Etwas dagegen, wenn ich Ihnen Gesellschaft leiste?"

Meghann hob den Kopf und blickte in zwei dunkle Augen. Sein Aussehen – jung, blond und sexy – sagte ihr, dass er immer bekam, was er wollte. Und heute Abend wollte er sie. Eine anregende Vorstellung.

„Durchaus nicht." Sie lächelte nicht und verzog keine Miene. „Ich heiße Meghann Dontess. Meine Freunde nennen mich Meg."

Er glitt neben sie auf die Bank. Sein Knie berührte ihres, und er lächelte leise. „Ich bin Donny MacMillan. Mögen Sie Baseball?"

„Ich mag viele Dinge." Sie winkte Freddie zu, und er nickte. Einen Moment später brachte er ihr einen weiteren Cosmopolitan. „Ihre Frage lässt mich vermuten, dass Sie Baseball spielen."

Sein Lächeln war umwerfend – Sex mit ihm war sicher großartig. Und würde sie vieles vergessen lassen.

DAS ERSTE Mal waren sie an den Lake Chelan gefahren, um zu feiern. Im Jahr 1989. Es war das Jahr, in dem sie alle einundzwanzig wurden. Fünf Freundinnen, die sich seit der Grundschule kannten.

Eigentlich war dieses erste Zusammensein am See damals eher ein Zufall gewesen.

Die Mädchen hatten zusammengelegt, um Claire ein Wochenende in der Flitterwochensuite zum Geburtstag zu schenken – damals war sie bis über beide Ohren in einen Jungen namens Carl verliebt gewesen. Doch Mitte Juli, kurz vor dem gebuchten Termin, war es bereits wieder aus mit der Liebe, und Claire war allein und ziemlich deprimiert. Da sie das Geschenk aber nicht verfallen lassen wollte, war sie trotzdem an den Lake Chelon gefahren, um zu lesen und ihre Wunden zu lecken.

Am Spätnachmittag des ersten Tages hielt ein zerbeulter gelber Ford Pinto vor der Blockhütte. Ihre Freundinnen stiegen aus und kamen mit zwei

Flaschen Tequila und reichlich Limonen im Gepäck lachend über den Rasen gerannt, um erste Hilfe zu leisten in einer Lebenskrise.

Seither waren sie jedes Jahr für eine Woche hierher gefahren. Gina und Claire hatten inzwischen beide eine Tochter, Karen hatte vier Kinder im Alter von elf bis vierzehn Jahren, während Charlotte noch immer vergeblich versuchte, schwanger zu werden.

Natürlich verliefen ihre Abende inzwischen ruhiger als in den ersten Jahren. Statt sich aufzubrezeln und zu „Cowboy Bob's Western Roundup" zu fahren, um Squaredance zu tanzen, brachten sie die Kinder ins Bett und setzten sich dann mit einer Flasche Weißwein an den runden Holztisch auf der Veranda und spielten Karten. Am Ende der Woche winkte der Gesamtsiegerin der Schlüssel für die Flitterwochensuite im kommenden Jahr.

Ihre Tage verbrachten sie am See. Sie lagen ausgestreckt auf ihren rotweiß gestreiften Badetüchern und sonnten sich. An besonders heißen Tagen wateten sie in den See und standen dann stundenlang bis zum Hals im kühlen Wasser. Und redeten miteinander. Unentwegt.

Auch dieses Jahr war das Wetter herrlich – der Himmel strahlend blau und der See ruhig wie ein Spiegel. Die älteren Kinder hielten sich im Haus auf, hörten Musik und spielten Trivial Pursuit, Alison und Bonnie plantschten im Wasser, Karen lag im Liegestuhl und fächelte sich mit einem Lake-Chelan-Prospekt Luft zu. Charlotte – mit einem breitkrempigen Hut und einem kaftanähnlichen Baumwollgewand vollständig gegen die Sonne abgeschottet – las einen gewaltigen Schmöker und schlürfte Limonade.

Gina öffnete die Kühlbox und suchte nach einer Cola Light. „Meine Ehe bricht auseinander, und was trinken wir? Cola Light! Als Karens erster Mann das Weite suchte, gab es wenigstens noch Tequila und wilde Nächte im Cowboy Bob's."

„Du meinst Stan, meinen zweiten Mann", korrigierte Karen. „Als Aaron mich verlassen hat, haben wir Marihuana geraucht und danach nackt im See gebadet."

Gina schüttelte den Kopf. „Das ändert doch nichts daran, dass meine Krise nach dem Schema ‚Sesamstraße' abgehandelt wird. Für deine galt noch ‚Animal House'."

„Cowboy Bob's", sagte Charlotte nachdenklich. „Wir sind seit Jahren nicht mehr dort gewesen."

Karen nickte. „Jedenfalls nicht mehr, seit wir unsere kleinen Monster dabeihaben."

Claire setzte sich auf. Der raue Stoff des Badelakens kratzte an ihrer sonnenverbrannten Haut. „Willie ist doch in diesem Jahr vierzehn geworden, oder?“

Karen nickte. „Im September beginnt er mit der Highschool.“

„Könnte er nicht für zwei Stunden auf die anderen Kinder aufpassen?“

„Meine Güte, Claire!“, rief Gina aufgeregt. „Das ist eine gute Idee! Warum sind wir darauf nicht längst gekommen? Er ist ja schon vierzehn.“

Karen verzog das Gesicht. „Aber unreif wie ein Regenwurm.“

„In seinem Alter haben wir alle Babys gehütet“, erklärte Charlotte. „Himmel, in den letzten Wochen der Highschool war ich doch praktisch ein professionelles Kindermädchen.“

„Er ist ein verantwortungsbewusster Junge, Karen. Er schafft das schon“, versicherte Claire.

„Ich weiß nicht. Im letzten Monat sind seine Fische gestorben. An Futtermangel.“

„In zwei kurzen Stunden werden die Kinder schon nicht verhungern.“

Karen blickte zur Blockhütte hinüber. „Nun gut“, sagte sie schließlich. „Warum nicht? Wir geben ihm eins unserer Handys …“

„… und eine Liste mit Telefonnummern.“

Zum ersten Mal an diesem Tag lächelte Gina. „Die Bluesers beenden ihre Auszeit, Ladys. Mit ihnen ist wieder zu rechnen.“

Sie brauchten zwei Stunden, um sich zu duschen, sich umzuziehen und den Kindern Essen zu machen. Eine weitere Stunde war nötig, die Kinder von ihrem Plan zu überzeugen. Schließlich packte Claire Karen entschlossen am Arm und führte sie aus dem Haus. Auf dem langen, gewundenen Weg zur Straße blieb Karen alle paar Schritte stehen und blickte sich um. „Ob das wohl gut geht?“, fragte sie immer wieder.

„Komm, Karen, lauf einfach weiter.“

„Sie ist wie ein Auto auf vereister Fahrbahn“, flüsterte Gina Claire zu. „Wenn sie anhält, bekommen wir sie nie wieder in Gang.“

SIE STANDEN vor dem Cowboy Bob’s und sahen sich ratlos an.

„Es ist noch nicht mal richtig dunkel!“, rief Claire.

„Die Bluesers haben ihr Gespür für den optimalen Zeitpunkt ihres Auftritts verloren“, stellte Charlotte bekümmert fest.

Claire ließ sich nicht entmutigen. Was machte es schon, wenn sie nicht zu den Kampftrinkern passten, die zu dieser frühen Stunde die Kneipe bevölkerten? Niemand konnte sie daran hindern, sich einen netten Abend zu machen.

„Mir nach, Ladys“, sagte sie und ging entschlossen auf die Tür zu. Die Freundinnen folgten in geschlossener Formation. Hoch erhobenen Hauptes betraten sie das Cowboy Bob’s, als würde ihnen der Laden gehören.

Claire steuerte eine Reihe Tische direkt an der Tanzfläche an. Von hier aus hatte man einen ungehinderten Blick auf die Band, die im Moment allerdings durch Abwesenheit glänzte. Es lief wimmernde Countrymusik vom Band. Gina bestellte eine Runde Margaritas und Zwiebelringe, die umgehend serviert wurden.

Karen seufzte glücklich. „Himmel, tut das gut“, sagte sie. „Ich kann mich nicht erinnern, wann ich das letzte Mal aus war.“

Claire hob ihr Glas. „Auf uns!“, erklärte sie entschlossen. „Auf die Bluesers! Wir haben die Juniorhighschool und die Highschool überlebt. Weder Krankheiten, Operationen, Hochzeiten noch Ehekatastrophen konnten uns auseinander bringen. Zwei von uns wurden geschieden, eine konnte bisher nicht schwanger werden, eine hat sich nie wirklich verliebt, und vor ein paar Jahren ist eine von uns gestorben. Aber wir Übriggebliebenen sind immer füreinander da. Und das macht uns zu glücklichen Frauen.“

Sie stießen miteinander an.

Sie erzählten sich Geschichten von früher und mussten laut lachen. Irgendwann bestellten sie ihre erste Schale Nachos. Als die zweite gebracht wurde, begann die Band zu spielen, und die Bar füllte sich. Ein paar versuchten sich auf der Tanzfläche mit Squaredance.

„Hört ihr das?“ Claire beugte sich vor. „Das ist ‚Guitars and Cadillacs‘. Wir müssen einfach tanzen.“

Gina lachte schallend. „Als ich das letzte Mal getanzt habe, habe ich mit meinem kühnen Hüftschwung einen Mann von den Füßen geholt.“

Karen schüttelte den Kopf. „Ohne mich, Claire.“

Claire stand auf. „Charlotte, wie steht’s mit dir?“

„Ich bin dabei!“ Charlotte warf ihre Handtasche auf einen Stuhl und folgte Claire auf die Tanzfläche.

Claire bewegte sich im Rhythmus der Klänge, schwenkte die Hüften, stampfte mit den Füßen, klatschte in die Hände und wusste wieder, wie gern sie früher getanzt hatte. Wie lange war das her!

Als die Band eine Pause machte, war Claire außer Atem. Hinter ihrem linken Auge pochte es. Rasch steckte sie eine Hand in die Tasche und zog eine Schmerztablette heraus.

Charlotte strich sich die Haare aus dem Gesicht. „Das war toll! Komm, wir machen eine Pause. Ich habe einen Höllendurst.“

Claire machte sich auf den Weg zurück zum Tisch, erinnerte sich dann aber an die Tablette in ihrer Hand, ging zum Tresen und bat um ein Glas Wasser. Während sie wartete, sah sie, dass ein Mann die Bühne betrat. Er hatte eine akustische Gitarre dabei.

Er trug ausgeblichene Jeans und ein schwarzes T-Shirt, sein blondes, fast schulterlanges Haar schimmerte im Schein der Deckenbeleuchtung. Er ließ sich auf einem Barhocker nieder und senkte den Blick auf seine Gitarre. Obwohl ein schwarzer Stetson viel von seinem Gesicht verbarg, konnte Claire genug erkennen, um zu wissen, dass sie schon lange nicht mehr einen so attraktiven Mann gesehen hatte.

Der Mann beugte sich zum Mikrofon. „Ich werde Sie ein wenig unterhalten, solange die Band eine kurze Pause macht."

Rasch nahm Claire ihre Tablette, trank das Glas Wasser leer und drängte sich dann hinüber zur Tanzfläche. Der Mann schlug ein paar Akkorde auf der Gitarre an und begann zu singen. Zunächst klang seine Stimme so leise, dass sie in dem allgemeinen Stimmengewirr kaum zu hören war.

„Ruhe!" Überrascht merkte Claire, dass sie das nicht nur gedacht, sondern das Wort laut ausgesprochen hatte. Es war ihr peinlich, wie sie nur wenige Meter von ihm entfernt dastand und ihn anstarrte, aber sie konnte weder die Augen abwenden noch sich rühren.

Er hob den Kopf.

Claire stand zwischen einem Dutzend anderer Menschen, aber sie hatte das Gefühl, dass er nur sie ansah. Ganz langsam verzogen sich seine Lippen zu einem Lächeln. Ihr war, als bliebe ihr das Herz stehen.

„Mein Name ist Bobby Austin", sagte er und ließ sie nicht aus den Augen. „Mein Song ist für die Frau, nach der ich schon mein ganzes Leben lang suche."

Seine langen, sonnengebräunten Finger glitten über die Saiten. Dann sang er weiter. Er hatte eine tiefe, angenehm raue und ungemein verführerische Stimme. Claire ertappte sich dabei, wie sie sich im Rhythmus der Musik leicht hin und her wiegte.

Schließlich stellte er die Gitarre zur Seite und stand auf. Die Gäste applaudierten höflich und wandten sich wieder ihren Biergläsern zu.

Er kam auf Claire zu. Sie hatte das Gefühl, sich nicht von der Stelle rühren zu können. „Ich bin Claire Cavenaugh", sagte sie, als er vor ihr stehen blieb und sie schweigend anblickte.

Ein winziges Lächeln lag auf seinem Gesicht. „Wenn ich jetzt sage, was ich denke, dann halten Sie mich wahrscheinlich für verrückt."

Claires Herz klopfte so heftig, dass ihr fast schwindlig wurde. „Was meinen Sie damit?“

Er trat noch einen Schritt auf sie zu. Jetzt war er ihr so nahe, dass sie die goldenen Fünkchen in seinen grünen Augen erkennen konnte und eine winzige sichelförmige Narbe an seinem Mundwinkel.

„Ich bin es“, sagte er leise.

„Was sind Sie?“ Claire versuchte zu lächeln. „Der Weg zur Seligkeit? Die Erleuchtung? Der Heilsbringer?“

„Das ist kein Scherz. Ich bin der, nach dem Sie gesucht haben.“

Sie glaubte schon lange nicht mehr an die Liebe auf den ersten Blick. Sie wollte laut lachen, aber als sie den Mund öffnete, sagte sie nur: „Woher wollen Sie das wissen?“

„Weil ich auch nach Ihnen gesucht habe.“

Claire trat einen kleinen Schritt zurück. Gerade so weit, dass sie wieder atmen konnte. Sie wollte lachen. Und tat es auch.

„Komm, Claire Cavenaugh“, flüsterte er. „Tanz mit mir.“

Viertes Kapitel

Manche Ehen endeten mit bitteren Worten und hässlichen Beschimpfungen, andere mit Tränen und hilflosen Entschuldigungen, aber etwas war allen gemeinsam: Enttäuschung und tiefes Bedauern. Jeder, der am Familiengericht arbeitete, wusste, dass alle, die eine Scheidung hinter sich hatten, die Welt – und die Liebe – mit anderen Augen sahen.

„Wie geht es Ihnen?“, fragte Meghann ihre Klientin.

May Monroe saß kerzengerade da und hatte die Hände auf dem Schoß verschränkt. Sie wirkte ruhig, aber Meghann wusste, dass sie kurz vor dem Zusammenbrechen war. „Gut“, sagte sie.

„Wie ist es? Wollen wir noch einen kleinen Happen zusammen essen?“

Die Richterin erhob sich. Sie lächelte erst Meghann, dann George Gutterson, den Anwalt von Dale Monroe, kurz an und verließ den Raum.

Meghann half ihrer Klientin beim Aufstehen und ging mit ihr langsam auf den Ausgang zu.

„Verdammtes Miststück!“ Mit hochrotem Gesicht kam Dale Monroe auf die beiden zu. An seiner Schläfe pochte eine purpurfarbene Ader.

„Dr. Monroe“, George Gutterson griff nach dem Arm seines Klienten, „machen Sie jetzt keinen Fehler …“

Doch Dale Monroe schüttelte die Hand des Anwalts ab. Rasch stellte Meghann sich zwischen ihn und ihre Klientin. „Halten Sie sich zurück, Mr Monroe."

„Für Sie immer noch *Doktor* Monroe, Sie geldgierige Schlampe."

„Ich verbitte mir diese Ausdrucksweise. Keinen Schritt weiter."

„Sie haben mir meine Kinder genommen!", zischte Dale Monroe und starrte Meghann wütend an.

„Wollen Sie damit sagen, dass *ich* derjenige war, der seiner Frau und seinen Kindern unberechtigt und in betrügerischer Absicht Geld entzogen hat? Oder soll das vielleicht heißen, dass *ich* jeden Dienstagnachmittag mit der Klavierlehrerin meiner Tochter ins Bett gestiegen bin?"

Er wurde kalkweiß. Dann wandte er sich an seine Frau. „Ich bitte dich, May. Du kennst mich gut genug, um zu wissen, dass diese Vorwürfe absolut absurd sind. Du hättest alles von mir bekommen können. Aber die Kinder … Ich ertrage es nicht, sie nur an den Wochenenden und zwei Wochen im Sommer sehen zu dürfen."

Er hörte sich aufrichtig an, und wenn Meghann nicht die ganze hässliche Wahrheit gekannt hätte, hätte sie ihm seine Verzweiflung über die Kinder geglaubt.

„Die Teilung Ihres gemeinsamen Vermögens war nicht mehr als recht und billig, Dr. Monroe. Auch für die Besuchszeiten wurde eine faire Lösung gefunden. Und wenn Sie sich ein wenig beruhigt haben, werden Sie mir sicher zustimmen. Uns allen ist bekannt, wie selten Sie zu Hause waren. Sie verließen täglich gegen sechs Uhr morgens das Haus, bevor die Kinder aufwachten, und kehrten selten vor zehn Uhr abends nach Hause zurück, wenn Ihre Kinder schon schliefen. Vermutlich werden Sie Ihre Kinder in Zukunft häufiger sehen als bisher."

„Was bilden Sie sich eigentlich ein?", knurrte Dale Monroe, ballte die Fäuste und bewegte sich auf Meghann zu.

„Wollen Sie mich etwa schlagen, Dr. Monroe? Nur zu. Damit setzen Sie nur Ihr Besuchsrecht aufs Spiel." Sie legte einen Arm um May Monroe und schob sie aus dem Saal.

„Dafür werdet ihr bezahlen!", schrie Dale Monroe ihnen nach.

Doch Meghann sah sich nicht um, sondern lief mit May Monroe zügig zum Fahrstuhl.

Sobald sich die Türen hinter ihnen geschlossen hatten, brach May Monroe in Tränen aus.

Meghann griff nach der Hand ihrer Klientin und drückte sie sanft. „Es hört sich im Augenblick vielleicht absurd an, aber Sie werden sich bald besser fühlen. Das verspreche ich Ihnen."

Zusammen traten sie aus dem Gerichtsgebäude auf die Straße hinaus. Der Himmel war grau und wolkenverhangen. Sie liefen die Third Street hinunter zum Judicial Annex, dem Lieblingstreffpunkt der Familienrichter und Anwälte für einen Capuccino oder ein kleines Mittagessen.

„Hallo, Meghann", grüßten ein paar Kollegen, als sie das Restaurant durchquerte und einen Tisch im hinteren Bereich ansteuerte. Nach zwei, drei Sekunden stand eine Kellnerin neben ihnen.

„Ist heute ein Tag für Champagner oder für Martinis?", fragte sie.

„Eindeutig für Champagner. Danke."

May Monroe sah sie über den Tisch hinweg an. „Wir können doch jetzt nicht im Ernst Champagner trinken."

„Sie sind jetzt Millionärin, Mrs Monroe. Wenn Sie wollen, können Sie Ihre Kinder zum Studium nach Harvard schicken, Sie haben ein schuldenfreies Haus, und Ihnen wurde das uneingeschränkte Sorgerecht für Ihre Kinder zugesprochen. Selbstverständlich werden wir das feiern."

„Was hat man Ihnen angetan?"

„Was meinen Sie damit?"

„Mein Leben ist vollkommen aus den Fugen geraten. Den Mann, den ich liebe, gibt es nicht mehr für mich, vielleicht habe ich mir seine Liebe nur eingebildet. Meine Kinder müssen lernen, dass Familien zerbrechen können, und Sie sitzen mir gegenüber und wollen Champagner trinken. Was stimmt mit Ihnen nicht?"

„Mein Job ist nicht gerade leicht", antwortete Meghann wahrheitsgemäß. „Manchmal ist es so schwer für mich, dass ich ohne ein bisschen …"

Im Restaurant brach Unruhe aus. Glas klirrte. Eine Frau begann zu schreien. May Monroe wurde totenblass.

Verständnislos runzelte Meghann die Stirn und drehte sich um.

Nur wenige Meter entfernt stand Dale Monroe mit einer Pistole in der linken Hand. Es sah aus, als würde er weinen.

„Stecken Sie die Waffe ein, Dr. Monroe." Die Ruhe ihrer Stimme überraschte Meghann.

„Sie haben mein Leben ruiniert."

„Werfen Sie die Waffe fort. Sie werden doch nichts Unüberlegtes tun."

„Das ist doch längst geschehen." Er schluchzte kurz auf. „Ich habe mich auf eine Affäre eingelassen und darüber ganz vergessen, wie sehr ich meine Frau liebe."

May Monroe wollte aufstehen. Doch Meghann streckte die Arme aus, drückte sie auf den Stuhl zurück und erhob sich. „Kommen Sie, Dr. Monroe. Beruhigen Sie sich. Wir werden jemanden rufen, der Ihnen hilft."

„Wo war Ihr Hilfsangebot, als ich versuchte, meiner Frau zu erklären, wie sehr ich alles bereue?" Tränen liefen ihm über die Wangen.

„Hören Sie, Dr. Monroe", sagte Meghann mit mühsam beherrschter Stimme. „Ich kann sehr gut nachempfinden, was Sie …"

„Halten Sie den Mund! Es ist allein Ihre Schuld. Sie sind für diese Katastrophe verantwortlich." Er hob die Pistole, zielte und schoss.

JOE ERWACHTE mit Halsschmerzen und Fieber. Noch bevor er seine Augen ganz geöffnet hatte, wurde er von einem Hustenanfall geschüttelt. Als er wieder durchatmen konnte, blickte er sich keuchend um. Glitzernder Raureif bedeckte seinen Schlafsack. Das lag an der Höhe, in der er sich befand. Obwohl die Tage in diesem Teil des Staates glutheiß waren, konnte es nachts sehr kalt werden.

Wieder musste er husten. Er kroch aus dem Schlafsack und holte mit zitternden Fingern seine Zahnbürste, Zahnpasta und Seife aus dem Rucksack. Dann hockte er sich ans Ufer des Icicle Creek und begann mit seiner Morgentoilette.

Als er fertig war, atmete er so keuchend, als hätte er am Boston Marathon teilgenommen. Er betrachtete sich im Bach. Trotz der schnell fließenden Strömung gab die Oberfläche des klaren Wassers sein Spiegelbild überraschend deutlich wieder. Sein Haar war zu lang und zerzaust. Mit seinem ungepflegten Bart sah er so struppig aus wie das Gesträuch, unter dem er die letzten beiden Nächte verbracht hatte.

Heute war sein dreiundvierzigster Geburtstag. Früher – in einem anderen Leben – wäre das ein Grund zum Feiern gewesen. Diana hatte Partys geliebt. Als er achtunddreißig geworden war, hatte sie eine rauschende Party organisiert und einen Bruce-Springsteen-Imitator engagiert, der alle Hits ihrer Jugend gesungen hatte. Wie viele Menschen waren damals gekommen, um seinen Geburtstag mit ihm zu feiern …

Mit einem tiefen Seufzer richtete er sich auf. Ein Blick in sein Portemonnaie zeigte, dass er noch ganze zwei Dollar besaß. Joe nahm seinen Rucksack und folgte dem gewundenen Pfad, der aus dem National Forest hinausführte. Als er die Straße erreichte, glühte sein Kopf. Benommen starrte er die schwarze Asphaltstraße an, die zu einem kleinen Ort in einiger Entfernung führte.

Als er dort ankam, hatte er fast unerträgliche Kopfschmerzen und gab an einer Chevron-Tankstelle sein letztes Geld für Aspirin aus. Er spülte eine Tablette auf der Toilette mit metallisch schmeckendem Wasser hinunter.

Gerade wollte er sich wieder auf den Weg machen, als ihn der erste Regentropfen traf. Noch bevor Joe einen weiteren Schritt machen konnte, brach ein wahres Unwetter los.

Er stand einfach nur da und beobachtete die peitschenden Regenfluten. Plötzlich wusste er, dass er so nicht mehr weiterleben konnte. Er war seine erbärmliche, einsame Existenz endgültig leid.

Nach Hause …

Er schloss die Augen und dachte an die kleine Stadt, in der er aufgewachsen war, an seine Baseballmannschaft, an die Autowerkstatt, in der er nach der Schule und in den Sommerferien gearbeitet hatte, bis er angefangen hatte zu studieren. Wenn man ihn nach allem, was er getan hatte, überhaupt noch irgendwo akzeptierte, dann dort.

Zögernd, überwältigt von einer sonderbaren Mischung aus Angst und Vorfreude, lief er zur Telefonzelle, trat ein und zog die Tür hinter sich zu. Hier drinnen war der Regen nur noch ein Geräusch – heftig und hämmernd wie sein Herzschlag. Joe holte tief Luft und ließ sie langsam wieder entweichen. Dann griff er zum Hörer und drückte die Null für ein R-Gespräch.

„Hallo, Schwesterchen", sagte er, als sich jemand meldete. „Wie geht es dir?"

„Joey! Ich habe mir wahnsinnige Sorgen um dich gemacht! Du hast dich ewig lange nicht gemeldet, seit über acht Monaten nicht mehr."

„Ich weiß. Es tut mir Leid. Was macht meine bezaubernde Nichte?"

„Es geht ihr blendend."

Er glaubte, etwas in ihrer Stimme zu hören. „Was ist mit dir?"

„Nichts", antwortete sie schnell. „Aber ich könnte meinen großen Bruder gerade jetzt wirklich brauchen. Das ist alles. Bist du nicht lange genug weg gewesen?"

Da war sie, die Frage, die er sich selbst immer wieder stellte. „Ich weiß es nicht, aber ich bin furchtbar müde. Haben die Leute es vergessen?"

„Ich werde nicht mehr so oft gefragt wie früher."

Also hatten manche es vergessen, aber nicht alle. Joe war sich nicht sicher, ob er stark genug war, um sich seiner Vergangenheit zu stellen. Er schwieg.

„Komm nach Hause, Joey. Du kannst dich nicht für immer verstecken. Und … ich brauche dich."

Er hörte sie leise schluchzen. Es zerriss ihm fast das Herz. „Nicht weinen. Bitte!“

„Ich weine überhaupt nicht“, erwiderte sie schniefend. „Ich schneide Zwiebeln für's Abendessen. Deine Nichte durchläuft gerade ihre Spaghettiphase. Sie isst nichts anderes.“

Seine Schwester versuchte zu lachen, und Joe war ihr dankbar für diesen Versuch, Normalität zu vermitteln.

„Mach ihr doch Spaghetti nach Moms Art. Danach wird sie bestimmt Ruhe geben.“

Jetzt lachte sie wirklich. „Himmel, die hatte ich ganz vergessen. Sie waren grauenhaft.“

„Aber immerhin noch besser als ihr Hackbraten.“

Sie schwiegen beide. „Du musst dir verzeihen, Joey“, sagte seine Schwester schließlich leise.

„Manche Dinge sind unverzeihlich.“

„Dann komm wenigstens nach Hause. Es gibt Menschen, denen du etwas bedeutest.“

„Ich möchte nach Hause. Ich kann nicht mehr … so weiterleben.“

„Ich hoffe, du meinst es ernst.“

„Das hoffe ich auch.“

ES WAR ein ungewöhnlich heißer Sommertag in Seattle. Heiß und stickig. Im Gerichtssaal war es fast unerträglich. Meghann starrte auf den Notizblock, der vor ihr lag. Sie hatte noch kein einziges Wort geschrieben. Ihre rechte Hand begann zu zittern.

„Miss Dontess … äh, Miss Dontess?“

Meghann schreckte auf. Die Richterin sprach mit ihr. „Entschuldigung“, sagte sie und stand auf.

Die Richterin, eine schlanke, eher strenge Person, sah sie mit erhobenen Brauen an. „Treten Sie bitte vor“, sagte sie.

Krampfhaft um eine selbstsichere Ausstrahlung bemüht, trat Meghann vor die Richterbank. „Ja, Euer Ehren?“

Die Richterin beugte sich zu ihr. „Uns allen ist bekannt, was in der letzten Woche geschehen ist, Miss Dontess. Die Kugel hat Sie nur um Zentimeter verfehlt. Ist es nicht zu früh, um schon wieder zu arbeiten?“

„Nein, es geht schon.“ Ihre rechte Hand zitterte immer noch.

Die Richterin räusperte sich und nickte. „Also gut. Dann nehmen Sie bitte Ihren Platz wieder ein.“

Als Meghann sich wieder auf ihren Platz setzte, starrte ihre Klientin sie besorgt an, doch Meghann schüttelte nur den Kopf.

„Auf Bitten meines Klienten ersuche ich um Unterbrechung des Verfahrens“, begann John Heinreid, der Anwalt der Gegenpartei. Meghann hatte schon bei vielen Prozessen mit ihm gearbeitet. „Damit er zusammen mit Mrs Miller einen Eheberater aufsuchen kann. Es sind immerhin kleine Kinder betroffen.“

„Auf gar keinen Fall“, flüsterte Meghanns Klientin.

Meghann nickte und stand langsam auf. Ihr Kopf war vollkommen leer. Als sie die Augen schloss, um sich zu konzentrieren, sah sie wieder, wie die Pistole auf sie gerichtet wurde, und hörte den ohrenbetäubenden Knall. Sie versuchte sich zusammenzureißen, öffnete die Augen wieder und wandte sich an ihre Klientin.

„Das ist eine durchaus verständliche Forderung, Mrs Miller“, flüsterte sie. „Es würde nicht gut aussehen, wenn wir uns um die Eheberatung streiten.“

Celene Miller runzelte die Stirn.

Meghann richtete den Blick auf die Richterbank. „Wir ersuchen allerdings um eine zeitliche Begrenzung der Therapie und möchten, dass der Termin für die Fortsetzung des Verfahrens schon jetzt anberaumt wird.“

„Wir sind einverstanden, Euer Ehren.“

Leicht schwankend blieb Meghann stehen, während die Einzelheiten festgelegt wurden. Ihre rechte Hand zitterte noch immer.

„Moment. Was wurde denn gerade vereinbart?“, wisperte Celene Miller.

„Wir haben einer Eheberatung zugestimmt. Für einen begrenzten Zeitraum von ein paar Monaten. Vielleicht …“

„Beratung? Haben Sie denn vergessen, dass wir es damit bereits versucht haben? Mister Computersoftware bevorzugt nun einmal Strichjungs.“

„Das tut mir Leid, Mrs Miller.“

„Es tut Ihnen Leid? Meine Kinder und ich wollen endlich ein neues Leben beginnen.“

„Sie haben Recht. Ich bringe das in Ordnung.“ Das war kein Problem. Ein Anruf bei John Heinreid mit der Andeutung, Mr Millers sexuelle Vorlieben bekannt zu machen, reichte bestimmt für eine Rücknahme der Forderung. Unverzüglich und diskret.

Celene Miller seufzte. „Hören Sie, mir ist bekannt, was in der letzten Woche passiert ist. Die Frau tut mir richtig Leid – und Sie mir auch. Immerhin wollte der Mann Sie umbringen. Aber ich muss trotzdem auch an mich denken.“

„Natürlich, Sie müssen vor allem an sich denken, Mrs Miller", antwortete Meghann. „Ich bringe das wieder in Ordnung, und Sie werden für die Scheidung keinen Cent zahlen. Einverstanden?"

Celene Millers Miene hellte sich auf. „Einverstanden."

Meghann legte Halt suchend beide Hände auf den Tisch und sah zu, wie ihre Klientin den Saal verließ. Jemand legte seine Hand auf ihre Schulter.

„Meghann?"

Es war ihre Partnerin Julie Gorset.

„Hallo, Julie. Nun sag bloß nicht, dass du in der Verhandlung warst."

Voller Mitgefühl blickte Julie sie an. „Doch, ich war da. Ich glaube, wir müssen dringend mal miteinander reden."

AN EINEM sonnigen Sommertag konnte man sich auf dem Pike Place Public Market vor Menschen kaum bewegen, doch jetzt am Abend war er leer und verlassen. Meghann stand vor der offenen Tür des Athenian.

Sie brauchte nur das Lokal zu betreten, ihr einladendes Lächeln aufzusetzen und mit jemandem ein Gespräch anzufangen. Für ein paar Stunden könnte sie tun, als sei sie nicht allein.

Doch plötzlich konnte sie an nichts anderes mehr denken als an das, was wirklich passieren würde. Sie würde einen Typen kennen lernen, dessen Name sie schon bald vergessen hätte, und sich danach noch einsamer fühlen als zuvor.

In ihrem linken Auge begann es wieder zu zucken.

Meghann griff in ihre Handtasche und zog ihr Handy heraus. Sie gab eine Nummer ein und biss sich auf die Unterlippe, während sie wartete. Sie wollte gerade aufgeben, als sich endlich jemand meldete.

„Es ist schon ziemlich spät. Warum rufen Sie mich an?", fragte Dr. Harriet Bloom.

„Mein linkes Augenlid flattert wie eine Fahne bei Windstärke zehn. Ich brauche dringend ein Rezept für irgendein Mittel zur Muskelentspannung."

„Wir haben doch über verzögerte Reaktionen gesprochen. Erinnern Sie sich?"

„Wir haben über posttraumatischen Stress gesprochen."

„In einer halben Stunde bin ich in meiner Praxis."

„Das ist doch nicht nötig. Ich möchte Sie nur bitten, beim Apotheker ..."

„In dreißig Minuten in meiner Praxis."

„Ich komme."

Sie schaltete das Handy aus, steckte es wieder in ihre Handtasche und machte sich auf den Weg. In weniger als fünfzehn Minuten hatte Meghann ihr Ziel erreicht.

Auf die Minute pünktlich tauchte Harriet Bloom auf. Ihr sonst elegant frisiertes schwarzes Haar wurde von einem dünnen Haarband aus der Stirn gehalten, und ihr ungeschminktes Gesicht glänzte. „Wenn Sie sich über das Stirnband lustig machen, berechne ich Ihnen das Doppelte."

„Halten Sie mich für so kritisch? Das kann nicht Ihr Ernst sein."

Harriet Bloom drehte den Schlüssel im Schloss und öffnete die Tür. Gemeinsam betraten sie den Empfangsbereich der Praxis und gingen ins Sprechzimmer. Die Vertrautheit mit den Räumen wirkte beruhigend auf Meghanns angespannte Nerven.

Harriet Bloom nahm ihren üblichen Platz ein. „Bitte setzen Sie sich."

Zögernd nahm Meghann Platz.

Dr. Bloom legte die Fingerspitzen gegeneinander und musterte Meghann nachdenklich. Ihre Fingernägel waren kurz geschnitten und farblos lackiert. „Heute ist es genau eine Woche her, seit der Mann Ihrer Klientin auf Sie geschossen hat, stimmt's?"

Ohne dass Meghann es hätte kontrollieren können, begann ihr linker Fuß trommelnd auf den Boden zu klopfen. „Ja."

„Ich habe Ihnen gesagt, dass Sie sich mit dieser Sache ordentlich auseinander setzen müssen."

„Ja, das haben Sie gesagt."

„Können Sie wenigstens gut schlafen?"

„Nein. Sobald ich die Augen schließe, ist alles wieder da. Ich höre die Kugel an meinem Ohr vorbeipfeifen … sehe, wie er die Waffe fallen lässt und auf die Knie sinkt … Mrs Monroe rennt zu ihm, nimmt ihn in die Arme und versichert, alles würde wieder gut und dass sie zu ihm steht. Die Polizei kommt und legt ihm Handschellen an. Heute habe ich die Szene sogar im Gericht noch einmal erlebt." Sie hob den Kopf. „Das war besonders prickelnd."

„Es ist doch nicht Ihre Schuld. Er trägt die Verantwortung."

„Das weiß ich. Mir ist aber auch bewusst, dass ich den Fall nicht richtig gesehen habe. Ich glaube, mir ist das Mitgefühl für Menschen abhanden gekommen." Meghann seufzte. „Heute im Gericht war ich ein Totalausfall. Meine Partnerin hat mich genötigt, erst einmal Urlaub zu nehmen."

„Das ist doch keine schlechte Idee."

„Aber wo ginge es mir Ihrer Meinung nach besser? In London oder in Rom?"

„Warum rufen Sie nicht Claire an? Sie könnten ein bisschen Zeit in ihrer Ferienanlage verbringen."

„Mit Claire kann ich keine fünf Minuten reden, ohne dass wir uns in die Haare kriegen."

„Sie könnten Ihre Mutter besuchen."

„Lieber fange ich mir ein tödliches Virus ein."

„Sie haben also niemanden, den Sie besuchen könnten."

Es war ein Fehler gewesen, in die Praxis zu kommen. „Wissen Sie was?", sagte Meghann, leiser und unsicherer als üblich. „Irgendwie habe ich das Gefühl zu zerbrechen. Mich selbst zu verlieren. Alles, was ich von Ihnen möchte, ist ein Medikament, das mir hilft, wieder zu mir selbst zu finden. Sie kennen mich doch gut genug. In ein oder zwei Tagen geht es mir wieder blendend."

„Meinen Sie wirklich, es hilft Ihnen, einfach weiter den Kopf in den Sand zu stecken?"

„Was spricht denn dagegen? Wenn es mir damit gut geht, warum sollte ich es dann nicht weiterhin tun?"

„Damit machen Sie sich doch etwas vor. Es geht Ihnen ja nicht mehr gut damit. Deshalb zuckt Ihr Augenlid, zittern Ihnen die Hände, und Sie finden keinen Schlaf. Sie können nicht für immer vor Ihrer Vergangenheit davonlaufen. Eines Tages müssen Sie sich mit Claire auseinander setzen, mit ihr ins Reine kommen."

„Es geht nicht um Claire, verdammt noch mal."

„Letztlich liegt der Schlüssel immer in der Familie, Meghann. Die Vergangenheit hat nun einmal die unangenehme Eigenschaft, zur Gegenwart zu werden."

„Diese Weisheit kommt mir bekannt vor. Wahrscheinlich habe ich sie mal auf einem Abreißkalender gelesen."

„Sie weichen mir schon wieder aus."

„Nein. Ich wehre mich nur gegen Unterstellungen." Meghann stand auf. „Sie geben mir also kein Rezept für ein muskelentspannendes Mittel?"

„Es würde Ihnen nicht helfen."

„Also gut. Dann besorge ich mir eben eine Augenklappe."

Auch Harriet Bloom erhob sich. „Warum wollen Sie sich nicht helfen lassen?"

Meghann hatte sich diese Frage selbst schon oft gestellt.

Sie schwiegen beide. „Was wollen Sie eigentlich?", fragte Harriet Bloom schließlich.

„Ich weiß es nicht."

„Doch, Sie wissen es. Sie wollen nicht mehr einsam sein."

Ein unwillkürliches Frösteln überlief Meghann. „Ich war schon immer allein. Ich habe mich daran gewöhnt."

„Nein. Sie waren nicht immer allein."

Ganz gegen ihren Willen wanderten Meghanns Gedanken in die Vergangenheit zurück, in jene fernen Jahre, in denen Claire und sie unzertrennlich gewesen waren. Damals konnte sie lieben.

Genug davon. Es brachte sie nicht weiter. Sie hob ihre Tasche vom Boden auf und setzte sich in Bewegung. „Schicken Sie die Rechnung für das heutige Gespräch meiner Sekretärin. Leben Sie wohl."

Sie hatte bewusst nicht „Auf Wiedersehen" gesagt, weil sie nicht die Absicht hatte, noch einmal wiederzukommen. Als sie schon an der Tür war, sagte Harriet Bloom: „Nehmen Sie sich in Acht, Meghann. Vor allem jetzt. Lassen Sie sich nicht von der Einsamkeit verzehren."

Meghann antwortete nicht, sondern verließ rasch die Praxis und lief zum Fahrstuhl. Während sie auf den Aufzug wartete, warf sie einen Blick auf ihre Armbanduhr: zwanzig Minuten vor zehn.

Noch früh genug, um dem Athenian einen Besuch abzustatten.

JOE SASS auf dem Beifahrersitz eines Lastwagens und lehnte erschöpft am Fenster. Der Fahrer, ein Fernfahrer namens Eddie, trat auf die Bremse und schaltete einen Gang herunter. Ächzend und stöhnend wurde das schwere Fahrzeug langsamer. „Jetzt kommt die Ausfahrt Hayden", sagte Eddie.

Joe sah das vertraute Schild und wusste nicht recht, was er eigentlich empfand. Er war schon so lange nicht mehr hier gewesen … zu Hause … nein, zu Hause war es schon lange nicht mehr …

Die Ausfahrt schwang sich in hohem Bogen über die Autobahn und ging dann über in eine mit Bäumen bestandene Landstraße. Auf der linken Seite gab es eine kleine Tankstelle, wo Eddie seinen Truck zum Halten brachte.

Er stieg aus. Joe drückte ebenfalls den Türgriff hinunter und versetzte der Beifahrertür einen kräftigen Stoß, um sie zu öffnen. Dann sprang er hinaus und stand zum ersten Mal seit drei Jahren wieder auf dem Boden des Bundesstaates Washington.

Er sah sich nach Eddie um. „Danke fürs Mitnehmen."

Der Trucker nickte. „Sie war'n 'ne angenehme Gesellschaft. Wollen Sie nicht doch bis Seattle mitkommen? In anderthalb Stunden wären wir da. Hier ist doch nicht viel los."

Joe blickte die lange Straße entlang. „Hier ist mehr los, als man so denkt“, sagte er leise. Er warf sich seinen Rucksack über die Schulter und lief los. Schon bald erreichte er das Ortsschild mit der Aufschrift: WILLKOMMEN IN HAYDEN. 872 EINWOHNER. HEIMAT VON LORI ADAMS, SIEGERIN IM RECHTSCHREIBWETTBEWERB DES STAATES WASHINGTON 1974.

Sein Geburtsort sah noch genauso aus, wie er ihn im Gedächtnis behalten hatte: ein Dorf, dass in der Junisonne friedlich vor sich hin dämmerte. Die Häuser hatten alle hölzerne Fassaden, hier und da gab es altertümliche Holzpflöcke zum Anbinden von Pferden. Die Geschäfte waren unverändert: der „Whitewater Diner“ und der „Basket Case Florist Shoppe“, dann „Mo’s Fireside Tavern“ und der Lebensmittelladen. Jedes Firmenschild weckte Erinnerungen.

Früher war er überall im Ort willkommen gewesen. Aber jetzt? Da war er sich nicht so sicher. Joe seufzte tief auf und lief weiter. Vorbei am Stoppschild am Ortseingang, vorbei am Eisenwarenladen und der Bäckerei. Er spürte, dass Menschen ihn musterten. Sie bedrückten ihn, diese verstohlenen Blicke, die sich in stirnrunzelndes Wiedererkennen verwandelten. Er hörte ihr Getuschel, wenn er vorbeigegangen war.

„Großer Gott, ist das nicht Joe Wyatt?“

„Hast du den Mann gesehen, Myrtle? Das war Joe Wyatt.“

Er senkte den Kopf und marschierte weiter. An der Azalea Street bog er links ab und dann nach rechts in die Cascade Street. Hier, nur wenige Blocks von der Main Street entfernt, war die Welt ruhig und friedlich – adrette, gepflegte Holzhäuser und makellose Rasenflächen.

Als er die Rhododendron Lane erreicht hatte, war die Straße nahezu menschenleer. Er kam an der vor der herbstlichen Ernte noch ruhigen Craven Farm vorbei und bog auf die Zufahrt ein. Der Briefkasten, auf dem jahrelang WYATT gestanden hatte, trug jetzt den Namen TRAINOR.

Es war ein Blockhaus, das aus Baumstämmen errichtet worden war, und es stand mitten in einem perfekt angelegten Garten. Sein Vater hatte das Haus Stamm für Stamm selbst gebaut, und als er starb, waren seine letzten Worte gewesen: „Sorgt gut für das Haus. Eure Mutter hat es so geliebt …“

Joe fühlte, wie ihm die Tränen kamen. Seine Schwester hatte den Wunsch des Vaters erfüllt. Das Haus sah genauso aus, wie es ausgesehen hatte, als seine Eltern noch gelebt hatten.

Er stieg die Treppe hinauf, registrierte das vertraute Knarren der Holzbretter unter seinen Füßen. Nach langem Zögern klopfte er an die Tür.

Zunächst war drinnen kein Laut zu hören, dann schnelle Schritte und ein munteres „Ich komme“. Die Tür schwang auf. Und da stand Gina in einem bequemen Jogginganzug und grünen Clogs. Sie war etwas außer Atem, und ihre Haare waren zerzaust. Sie sah ihn an, ihre Lippen formten ein „Oh“, dann brach sie in Tränen aus.

„Joey …“, flüsterte sie und zog ihn in ihre Arme. Einen Moment lang war er zu benommen, um reagieren zu können. Schon lange hatte ihn niemand mehr berührt. Es fühlte sich irgendwie … falsch an.

„Joey“, wiederholte sie und verbarg ihr Gesicht an seiner Halsbeuge. Er fühlte ihre warmen Tränen auf seiner Haut und merkte, wie sich etwas in ihm öffnete. Er legte seine Arme um sie und drückte sie an sich. Der Geruch nach frisch gebackenem Brot und der Duft ihres Shampoos brachte seine ganze Kindheit zu ihm zurück.

Gina drückte sich eine Handbreit von ihm fort und wischte sich über die Augen. „Ich habe nicht gedacht, dass du wirklich kommst.“ Sie fuhr sich über die Haare und verzog das Gesicht. „Oh Gott, ich sehe bestimmt grauenhaft aus. Ich habe gerade hinten im Garten Blumen gepflanzt.“

„Du siehst klasse aus“, sagte er und meinte es auch so.

„Und du siehst ziemlich krank aus.“ Sie zog ihn mit sich ins sonnige Wohnzimmer.

„Ich habe wahnsinnige Kopfschmerzen.“

Sofort rannte Gina aus dem Zimmer, um ein Glas Wasser und Aspirin zu holen.

Er sah sich um und bemerkte das Foto auf dem Kaminsims. Langsam stand er auf und ging darauf zu. Das Bild zeigte fünf Frauen, die in die Kamera strahlten. Vier von ihnen trugen ähnliche pinkfarbene Kleider. In der Mitte stand Gina, die einzige Frau in Weiß. Diana stand lachend neben ihr.

„Das ist eins meiner Lieblingsfotos“, sagte Gina und trat zu ihm.

„Zum Schluss hat sie immer wieder von euch gesprochen“, sagte er leise. „Von den Bluesers. Sie hat mir hunderte von Geschichten vom Lake Chelan erzählt.“

Seine Schwester legte eine Hand auf seine Schulter. „Sie fehlt uns allen schrecklich.“

„Ich weiß.“

„Hast du gefunden … wonach du da draußen gesucht hast?“

Joe dachte nach. „Nein“, antwortete er schließlich. „Aber jetzt, wo ich hier bin, wäre ich am liebsten wieder weit fort. Wohin ich auch blicke … ich sehe nur sie.“

„Sag bloß nicht, dass es da draußen anders war.“

Er seufzte. Seine Schwester hatte vollkommen Recht. Es war gleichgültig, wo er sich befand. Diana beherrschte überall seine Gedanken und seine Träume. „Ich bin verloren, Gina. Ich weiß nicht, ob ich neu anfangen kann.“

Sie strich ihm sanft über die Wange. „Du hast schon einen neuen Anfang gemacht. Du bist hierher gekommen.“

Joe legte seine Hand auf ihre Finger und fragte sich, was er darauf sagen könnte. Doch ihm fiel nichts ein, daher lächelte er sie nur an. „Wo ist Bonnie? Und wo ist Rex?“, fragte er.

„Bonnie ist drüben in River’s Edge. Sie spielt mit Alison.“

„Und Rex? Muss er etwa am Sonntag arbeiten?“

„Er hat mich verlassen, Joey. Wir sind geschieden.“

Sie sagte nicht „während du fort warst“, aber er wusste, wie dringend seine kleine Schwester ihn gebraucht hätte. Er zog sie in seine Arme.

Gina begann hilflos zu weinen. Joe strich ihr über das Haar und flüsterte ihr zu, dass er bei ihr war und nicht wieder fortgehen würde.

Zum ersten Mal seit drei Jahren war das die Wahrheit.

MEGHANNS Schreibtisch war so leer und aufgeräumt wie seit über zehn Jahren nicht mehr. Sie hatte alle ihre Fälle an die Kollegen übergeben und Julie versprochen, mindestens drei Wochen Urlaub zu machen. Wie das im Einzelnen aussehen sollte, wusste sie allerdings nicht so genau. Sie hatte seit über zehn Jahren keinen Urlaub mehr genommen und hatte keine Vorstellung, womit sie die langen Stunden eines normalen Tages ausfüllen sollte.

Sie nahm ihren Aktenkoffer und machte sich auf den Weg zum Ausgang. Ein letztes Mal sah sie sich in dem Raum um, der für sie mehr Zuhause war als ihre Wohnung, und zog dann leise die Tür hinter sich ins Schloss.

Draußen war es bereits dämmrig, aber immer noch überraschend heiß. Rund um den Public Market wurde es voller auf den Straßen. Touristen waren unterwegs und standen vor Blumengeschäften und Bäckereien.

Meghann bog in die Post Alley ein. Nur selten wählte sie diesen Weg, um nach Hause zu gehen, aber sie wollte nicht am Athenian vorbeikommen. Nicht jetzt, nicht in dieser Stimmung.

In der Lobby des Apartmenthauses, in dem sie wohnte, winkte sie dem Portier kurz zu und fuhr mit dem Aufzug in den obersten Stock hinauf. Ihre Wohnung empfing sie mit quälender Stille – sie hatte vergessen, das Radio eingeschaltet zu lassen.

Die Wohnung war sauber und aufgeräumt. Zwei elegante Sofas standen einander gegenüber, zwischen ihnen ein schicker schwarzer Couchtisch. Nach Westen war die Wand voll verglast, und man sah nichts als den inzwischen fast dunklen Himmel und den Puget Sound.

Meghann öffnete die schwarzgold lackierten Türen, die den Fernseher verbargen, und griff nach der Fernbedienung. Als die ersten Töne erklangen, ließ sie sich in ihren Lieblingssessel fallen und legte die Beine hoch. Nach fünf Sekunden erkannte sie die Titelmusik.

Es war eine Wiederholung der alten TV-Serie, in der ihre Mutter mitgespielt hatte: „Starbase IV". In einem absurden lindgrünen Stretchanzug und mit hüfthohen schwarzen Stiefeln rannte ihre Mutter über den Bildschirm.

„Captain Wad", sagte Mama. „Wir haben gerade einen Notruf von den Jungs in der Dehydrierungsschleuse erhalten."

Dieser Südstaatendialekt ... Als wäre die Mikrobiologin einer Raumstation auf dem Mars im tiefen Süden der Vereinigten Staaten aufgewachsen. Meghann hatte den unechten Dialekt immer gehasst. Aber ihre Mutter hatte ihn gepflegt, weil ihre Fans das von ihr erwarteten. Jedenfalls hatte sie das immer behauptet.

Meghann schloss die Augen und dachte daran, wie sie in Bakersfield gelebt hatten ...

„Hallo, Mädels. Mama ist wieder da."

Meghann zog Claire näher heran und hielt ihre kleine Schwester fest an sich gedrückt. In einem hautengen roten Paillettenkleid mit silbernem Saum und durchsichtigen Plastiksandaletten kam Mama in den Wohnraum des Wohnwagens gestolpert.

„Ich habe Mister Mason mitgebracht. Ich möchte, dass ihr nett zu ihm seid", sagte sie. Sie war angetrunken, was bedeutete, dass sie gereizt und unberechenbar aufwachen würde.

Meghann wusste, dass sie schnell handeln musste. Mit einem Mann im Wohnwagen hatte Mama keinen Sinn für etwas anderes, und die Miete war längst überfällig.

Sie hob die verknitterte Zeitschrift auf, die sie in der Ortsbibliothek geklaut hatte. „Mama?"

Ihre Mutter zündete sich eine Mentholzigarette an. „Was ist das?"

Meghann streckte ihr die Zeitschrift entgegen, in der sie eine Anzeige rot angestrichen hatte. ERFAHRENE SCHAUSPIELERIN FÜR KLEINE ROLLE IN EINER SF-FERNSEHSERIE GESUCHT. BEWERBERINNEN MELDEN SICH BITTE UNTER DER ANGEGEBENEN ANSCHRIFT. Es folgte eine Adresse in Los Angeles.

Mama las die Anzeige laut vor. Bei den Worten „erfahrene Schauspielerin“ vereiste ihr Lächeln. Nach einem langen, angespannten Moment lachte sie laut auf und schob Mr Mason in Richtung Schlafzimmer. Als sich die Tür hinter ihm geschlossen hatte, kniete sich ihre Mutter auf den Boden und breitete die Arme aus. „Kommt, gebt Mama einen Kuss.“

Meghann und Claire flogen in ihre Arme. Augenblicke wie dieser waren sehr selten, aber wenn Mama sich entschloss, so etwas wie Zärtlichkeit zu zeigen, war es die reine Wonne.

„Danke, Miss Meghann. Ich weiß nicht, was ich ohne dich tun würde. Selbstverständlich werde ich mich um die Rolle bewerben. Aber jetzt trollt euch, und stellt bloß keinen Unsinn an. Ich bin beschäftigt.“

Ihre Mutter meldete sich tatsächlich auf die Anzeige und beeindruckte zu ihrer Überraschung und der aller anderen das Castingteam so sehr, dass man ihr statt des kleinen Parts, für den sie sich beworben hatte, die Hauptrolle gab, die der Mikrobiologin Tara Zyn.

Es war der Anfang vom Ende gewesen. Meghann seufzte. Sie wollte nicht an die Woche denken, die Mama in Los Angeles verbracht hatte, die Woche, in der ihre Töchter allein in dem schmutzigen Wohnwagen geblieben waren – oder die Veränderungen, die dann folgten. Claire und sie waren seither nie wieder richtige Schwestern gewesen.

Neben ihr klingelte das Telefon. Hastig griff Meghann nach dem Hörer, froh darüber, mit jemandem sprechen zu können. „Hallo?“

„Hallo, Meghann. Ich bin's, deine Mama. Wie geht es dir, Schätzchen?“ Da war er wieder, der schleppende Südstaatendialekt.

Meghann verdrehte die Augen. „Gut, Mama. Und dir?“

„Könnte besser gar nicht sein. An diesem Wochenende war das große Treffen mit meinen Fans. Du glaubst nicht, wie viele Autogramme ich geschrieben habe. Ich habe jetzt noch Krämpfe in der rechten Hand.“

„Nun, deine Fans lieben dich eben.“

„Dem Himmel sei Dank für kleine Wunder. Es war echt schön, mit dir zu reden, Meghann. Ihr müsst mich endlich mal wieder besuchen.“

Das sagte Mama immer, das gehörte zum Drehbuch. Meghann wusste, dass sie es nicht ernst meinte, aber sie konnte auf keinen Fall drei Wochen lang in diesem Apartment herumsitzen.

„Ich habe Urlaub“, hörte sie sich sagen. „Vielleicht könnte ich dich besuchen.“

„Oh! Das wäre … wundervoll. Vielleicht zu Weihnachten …“

„Morgen.“

„Morgen?“ Mama lachte. „Aber morgen um drei kommt ein Fotograf vom *People Magazine*, Schätzchen. Und in meinem Alter wage ich nach dem Aufwachen kaum in den Spiegel zu schauen. Ich sage dir, zehn Frauen brauchen den ganzen Tag, um mich einigermaßen in Form zu bringen.“

Meghann wollte gerade „Vergiss es“ sagen und auflegen, doch dann sah sie sich in ihrem leeren Apartment um. „Wie wäre es mit Montag?“, sagte sie schnell. „Nur für ein paar Tage. Wir könnten uns ein bisschen Wellness gönnen.“

„Siehst du denn nie fern? Am Montag fliege ich nach Cleveland. Ich bin mit Pamela Anderson und Charlie Sheen in ‚Hamlet‘ zu sehen.“

„Du spielst Shakespeare?“

„Den eigentümlichen Ton in deiner Stimme überhöre ich jetzt einfach, Meghann.“

„Spar dir den Südstaatendialekt, Mama. Du sprichst mit mir. Ich weiß, dass du in Detroit zur Welt gekommen bist. Auf deiner Geburtsurkunde steht der Name Joan Jojovitch.“

„Jetzt werd nicht frech. Na ja, du warst ja schon immer ein schwieriges Kind. Es ist ein großartiger Durchbruch für mich.“

Für mich … Mamas Lieblingsworte. „Dann wünsche ich dir viel Erfolg. Du solltest früh schlafen gehen, damit du morgen ausgeschlafen bist, wenn der Fotograf kommt.“

„Gott im Himmel, da hast du Recht.“ Mama atmete tief durch. „Vielleicht könntet ihr mich später im Jahr besuchen. Wenn ich ein wenig mehr Zeit habe. Du und Claire.“

„Sicher. Mach’s gut, Mama.“

Meghann beendete das Gespräch und verbrachte die folgende Stunde damit, rastlos durch ihr Apartment zu laufen.

Wieder klingelte das Telefon. Sie riss den Hörer förmlich von der Gabel und meldete sich.

„Hallo, Meghann.“

„Claire? Das ist aber eine nette Überraschung.“ Und zum ersten Mal empfand sie es auch so. „Vorhin habe ich mit Mama telefoniert. Du wirst es nicht glauben, sie …“

„Ich heirate.“

„… spielt Shakespeare in … Du heiratest?“

„Noch nie im Leben war ich so glücklich, Meghann. Ich weiß, es hört sich verrückt an, aber ich glaube, ich liebe ihn wirklich.“

„Und wen willst du heiraten?“

„Er heißt Bobby Jack Austin. Ich habe ihn vor zehn Tagen am Lake Chelan kennen gelernt. Ich weiß, das kommt ein bisschen plötzlich, aber …"

„Vor zehn Tagen! Manchmal verschwindet man mit einem Mann für ein Abenteuerwochenende. Aber man heiratet ihn doch nicht gleich."

„Ich liebe ihn, Meghann. Bitte, mach es mir nicht kaputt!"

Meghann wollte so dringend Ratschläge loswerden, dass sie ihre Hand zur Faust ballte. „Womit verdient er seinen Lebensunterhalt?"

„Er ist Songschreiber und Sänger. Er ist im Cowboy Bob's Western Roundup aufgetreten, als ich ihn kennen gelernt habe. Als wir uns das erste Mal in die Augen gesehen haben, ist mir fast das Herz stehen geblieben. Ist dir das schon mal passiert?" Claire ließ ihr keine Zeit für eine Antwort, sondern redete sofort weiter. „Im Winter arbeitet er als Skilehrer, und im Sommer fährt er durch die Gegend. Spielt Gitarre und singt. Er ist zwei Jahre älter als ich und sieht unverschämt gut aus. Besser als Brad Pitt. Er kommt bestimmt noch mal groß raus."

Fassungslos hörte Meghann zu.

Ihre kleine Schwester wollte einen siebenunddreißigjährigen Faulenzer heiraten, der von einer Karriere als Sänger träumte und im Cowboy Bob's auftrat!

„Weiß er, was die Ferienanlage wert ist? Ist er bereit, einen Ehevertrag zu unterschreiben?"

„Mensch, Meghann! Kannst du dich denn nicht für mich freuen?"

„Das möchte ich gern", erwiderte Meghann und meinte es auch so. „Wann findet die Hochzeit statt?"

„Am Samstag, dem Dreiundzwanzigsten."

„In diesem Monat?" Das war doch komplett verrückt. „Ich muss ihn unbedingt kennen lernen."

„Ja, natürlich. Der Polterabend ist am …"

„Interessiert mich nicht. Ich möchte ihn sofort sehen. Morgen Abend bin ich bei dir. Ich lade euch beide zum Essen ein."

„Aber das ist doch nicht nötig, Meghann. Wirklich nicht."

„Ich muss doch den Mann kennen lernen, der meiner Schwester das Herz gestohlen hat, oder?"

„Na gut, dann bis morgen." Claire schwieg einen Moment. „Ich freue mich darauf, dich wiederzusehen."

„Ich mich auch. Mach's gut." Meghann legte auf, wählte die Nummer der Kanzlei und hinterließ eine Nachricht für ihre Sekretärin. „Suchen Sie mir alles heraus, was wir über Eheverträge in den Akten haben. Und ich möchte, dass mir bis morgen Vormittag um zehn alles nach Hause geliefert wird.“ Erst verspätet fügte sie ein „Danke“ an.

Dann setzte sie sich an ihren Computer, um ein paar Nachforschungen über Bobby Jack Austin anzustellen.

Endlich wusste sie, womit sie ihren idiotischen Urlaub verbringen würde. Sie musste Claire davor bewahren, den größten Fehler ihres Lebens zu begehen.

CLAIRE legte den Hörer auf. Um sie herum war alles still. Und in dieser Stille meldeten sich plötzlich Zweifel. Bobby und sie hatten es wirklich eilig.

„Verdammt noch mal, Meghann“, sagte Claire laut, doch tief in ihrem Inneren wusste sie, dass eine gewisse Skepsis von Anfang an in ihr gewesen war – wie ein winziges Samenkorn, das nur darauf wartete, zu keimen und zu wachsen. War sie nicht zu alt, um so überstürzt zu heiraten?

Immerhin war sie Mutter einer kleinen Tochter. Alison hatte ihren Vater nie kennen gelernt, aber bisher war es leicht gewesen, ihr eine unbeschwerte Kindheit zu ermöglichen, ihr Enttäuschungen zu ersparen. Eine Ehe könnte all dies schnell ändern.

Auf keinen Fall wollte Claire einen Mann heiraten, für den Dauerhaftigkeit ein Fremdwort war. Sie selbst hatte vier Stiefväter gehabt, noch bevor sie neun Jahre alt war – ganz zu schweigen von den Männern, die sie „Onkel“ nennen sollte, Männer, die Mama konsumierte wie Tequila und die nichts zurückließen als einen bitteren Nachgeschmack.

Claire ging zum Fenster. Draußen ging gerade die Sonne unter und tauchte die Ferienanlage in rosig goldenes Licht. Ihr Vater kam mit Bobby zusammen über den Hof. Bobby trug eine Unkrauthacke und einen Benzinkanister. Seit seiner Ankunft im River’s Edge Resort machte er sich nützlich. Er schien es gern zu tun, aber sie wusste, dass er hier auf Dauer nicht glücklich werden würde. Er hatte bereits davon gesprochen, dass er in diesem Sommer noch ein paar Wochen mit Claire und Alison auf Tour gehen wollte. Noch hatte sie nicht mit ihrem Vater über dieses Vorhaben gesprochen, war sich aber sicher, dass er nichts dagegen einzuwenden hätte.

Die beiden Männer blieben vor der Blockhütte fünf stehen. Ihr Vater zeigte zum Dach hinauf, und Bobby nickte. Eine Minute später schüttelten sie sich vor Lachen, und ihr Vater legte eine Hand auf Bobbys Schulter.

„Hallo, Mommy.“ Claire dreht sich um. Alison stand auf der untersten Stufe der Treppe. „Großvater will mit mir zu Smitty’s Werkstatt. Der Pickup muss repariert werden.“

Während sie ihrer Tochter nachsah, empfand Claire erneut die Schwere der Verantwortung. Was, wenn die Ehe nicht hielt, was sie sich davon versprach? Sie musste unbedingt mit jemandem darüber reden.

Aber nicht mit ihrer Schwester. Lieber mit einer Freundin.

Sie rief Gina an, die sich schon nach dem ersten Klingeln meldete. Claire ließ sich in einen Sessel fallen. „Ich bin's", sagte sie. „Die Braut, die es nicht erwarten kann. Meghann hält mich für schwachsinnig."

„Seit wann scherst du dich um die Meinung deiner Schwester? Als Anwältin rangiert sie in der Evolution noch unter den wirbellosen Tieren."

Claire musste lachen. „Gina, du sollst mir jetzt sagen, dass ich keine selbstsüchtige Schlampe bin, die durch die übereilte Heirat mit einem Fremden das Leben ihrer Tochter ruiniert."

„Ach so, du wolltest mit mir über deine Mutter reden …"

„Ich möchte nicht so sein wie sie", sagte Claire leise.

„Ich kenne dich seit unserem ersten Schultag – du bist nie egoistisch gewesen. Und ich habe dich noch nie so glücklich erlebt wie jetzt. Die Liebe ist ein Gottesgeschenk, Claire, weise sie nicht zurück."

„Aber ich habe Angst. Ich hätte mich verlieben sollen, als ich jung war."

„Natürlich hast du Angst. Jeder, der seine fünf Sinne beisammen hat, fürchtet sich vorm Heiraten. Wenn du noch nicht hundertprozentig zur Ehe bereit bist, dann warte noch ein bisschen damit. Aber warte nicht, weil deine Schwester dich verunsichert hat. Folge einfach deinem Herzen."

„Was würde ich nur ohne dich machen?"

„Das Gleiche wie ich ohne dich: zu viel trinken und mich bei Fremden ausweinen", sagte Gina. Sie lachte, aber es klang nicht fröhlich.

„Und was machst du so?"

Gina seufzte. „Rex war gestern Abend hier. Der Mistkerl hat glatt zehn Pfund abgenommen und färbt sich jetzt die Haare." Gina schwieg kurz. „Er will seine Freundin heiraten."

„Oh!"

„Kannst du wohl sagen. Es tut verdammt weh. Aber das Neueste weißt du noch gar nicht: Joe ist wieder da."

„Tatsächlich? Und wo war er die ganze Zeit?"

Gina fuhr mit gedämpfter Stimme fort: „Darüber hat er sich nicht geäußert, aber er sieht furchtbar schlecht aus. Älter. Gestern ist er nach Hause gekommen und hat erst einmal dreizehn Stunden geschlafen. Ehrlich gesagt kann ich nur hoffen, dass ich nie einen Menschen so sehr lieben werde, wie er Diana geliebt hat."

„Und was hat er jetzt vor?"

„Das weiß ich nicht. Natürlich habe ich ihm angeboten, dass er bei mir bleiben kann, aber das will er nicht. Bei mir zu Hause trifft er auf Schritt und Tritt auf Erinnerungen. Das Foto von meiner Hochzeit hat er fast eine Stunde lang angestarrt. Ehrlich, ich hätte heulen können."

„Bestell ihm liebe Grüße von mir."

„Mach ich."

Sie plauderten noch ein paar Minuten lang über alltägliche Dinge, und als Claire schließlich den Hörer auflegte, fühlte sie sich besser. Nachdenklich betrachtete sie ihren Verlobungsring – ein matt glänzendes Band aus Alufolie am Ringfinger ihrer linken Hand.

Sie wollte sich gar nicht erst vorstellen, was ihre Schwester zu einem solchen „Ring" sagen würde.

„Heirate mich", hatte Bobby auf Knien geflüstert und ihr den Ring an den Finger gesteckt. Als sie die Liebe in seinen dunklen Augen gesehen hatte, eine Liebe, von der sie bisher nur geträumt hatte, war es um sie geschehen gewesen.

Gina hatte Recht, diese Liebe war ein Gottesgeschenk. Sie durfte es nicht zurückweisen, nur weil sie sich fürchtete. Denn eins hatte das Muttersein sie gelehrt: Liebe verlangte Mut. Und mit Mut konnte man seine Furcht überwinden.

Claire nahm ihren Pullover von der Sessellehne, legte ihn sich um die Schultern und ging ins Freie.

Inzwischen war es fast Nacht geworden, nur die Bergspitzen leuchteten noch violettrosa vom Widerschein der Sonne. Langsam machte Claire ihre abendliche Runde und blieb hier und da stehen, um ein paar Worte mit Gästen zu wechseln. Als sie bei der letzten Hütte angekommen war, war es vollständig dunkel.

Blockhütte vier hatte eine hübsche kleine Veranda mit Blick auf den Fluss. Wegen Regenschäden am Dach war die Hütte in diesem Sommer nicht vermietet worden, und nun wohnte Bobby darin. „Schicksal", hatte ihr Vater gemurmelt, als er Claire den Schlüssel überreicht hatte.

Bobby saß mit seiner Gitarre auf der Veranda, sah auf den Fluss hinaus und stimmte zögernd eine Melodie an. Claire blieb unter den ausladenden Ästen einer Douglas-Tanne stehen und beobachtete ihn. Leise begann er zu singen, und die Musik schickte kleine, wohlige Schauer über ihre Haut. *„I've been walkin' all my life … on a road goin' nowhere. Then I turned a corner, darling … and there you were."*

Claire trat aus dem Schatten heraus. Bobby hob den Kopf. Lächelnd und ohne den Blick von ihr zu wenden, sang er weiter. *„For the first time in my life … I believe in God Almighty … in the Lord my grandpa promised me … 'cause, honey, I see Heaven in your eyes.“* Bobby schlug noch ein paar Akkorde an, schlug leicht mit der Hand auf den Bauch der Gitarre und grinste verlegen. „Mehr habe ich noch nicht zu Wege gebracht. Es muss natürlich noch überarbeitet werden.“ Er legte das Instrument auf den Boden und kam auf sie zu.

Mit jedem seiner Schritte wurde Claire das Atmen schwerer. Als er endlich vor ihr stand, bekam sie kaum noch Luft, so stark waren ihre Gefühle. Er griff nach ihrer linken Hand und betrachtete den Reif aus Alufolie.

„Erbärmlich“, flüsterte er, und seine Stimme klang rau. „Nicht jede Frau würde einen so schäbigen Ring annehmen.“

„Ich liebe dich, Bobby. Das allein ist wichtig.“

„Ich bin nichts Besonderes, Claire. Das weißt du. Ich habe Fehler in meinem Leben gemacht. Drei, um genau zu sein.“

So hatte sie noch niemand angesehen – als wäre sie die wunderbarste und begehrenswerteste Frau der Welt. „Ich bin eine allein erziehende Mutter, die nie geheiratet hat. Ich weiß, wie schnell man Fehler begeht.“

„So geht es mir zum ersten Mal in meinem Leben“, sagte er mit bebender Stimme. „Als würde mein Herz mir gar nicht mehr gehören, als könnte es ohne dich nicht schlagen. Du gibst mir Kraft, Claire. Du weckst in mir den Wunsch, mehr sein zu wollen, als ich bin.“

„Ich möchte mit dir zusammen alt werden“, flüsterte sie.

„Und ich möchte unseren Kindern zuhören, wie sie auf dem Rücksitz darüber streiten, wer wen zuerst gekniffen hat.“

Claire lachte, weil es so schön war, mit ihm zusammen von der Zukunft zu träumen.

Bobby nahm sie in seine Arme und begann, mit ihr zur Musik des Flusses und der Grillen zu tanzen.

„Meine Schwester Meghann kommt morgen“, sagte Claire schließlich. „Sie ist nicht gerade begeistert von unseren Heiratsplänen.“

„Ist ihre Meinung denn wichtig?“

„Sie sollte nicht wichtig sein.“

„Aber sie ist es.“

Claire kam sich vor wie eine Idiotin. „Ja.“

„Aber sie wird dich doch nicht dazu bringen, deine Entscheidung zu überdenken, oder?“

„Es ist ihr noch nie gelungen, meine Entscheidung über irgendetwas zu ändern. Das bringt sie ja gerade so in Rage."

„Solange du mich liebst, kann ich alles ertragen."

„Nun, Bobby Austin, wenn das die Voraussetzung ist ..." Claire schmiegte sich an ihn. Bevor sich ihre Lippen berührten, flüsterte sie: „Dann kannst du alles ertragen. Sogar meine Schwester."

Fünftes Kapitel

Es ist töricht, einen Mann zu heiraten, den man gerade erst kennen gelernt hat ...

Töricht ist vielleicht nicht das richtige Wort ...

Alle Erfahrungen zeigen ...

Du bist ihre Schwester, nicht ihre Anwältin ...

Seitdem sie in Seattle losgefahren war, führte Meghann diese absurde Diskussion mit dem Rückspiegel, und sie fragte sich, wie es sein konnte, dass sie vor Gericht Argumente fand, die eine Jury zu Tränen rühren konnten, ihr jetzt aber keine schlichten, überzeugenden Worte einfallen wollten, um ihre Schwester vor der drohenden Katastrophe zu warnen.

Die letzte Raststätte vor Hayden war ein wenig einladendes Gasthaus mit einer schrill blinkenden Neonreklame. Am liebsten hätte sie angehalten, wäre in dieses heruntergekommene Gasthaus gegangen und hätte sich in das verqualmte Halbdunkel gesetzt, um alles zu vergessen. Alles war besser, als Claire nach so vielen Jahren gegenüberzutreten und zu sagen: „Du machst einen großen Fehler."

Aber Meghann hielt nicht an. Sie verließ die Autobahn und fuhr die letzten fünfzehn Kilometer bis Hayden auf einer von Bäumen gesäumten Landstraße. Als das kleine grüne Ortsschild auftauchte, ging Meghann vom Gas. Genau wie früher machte Hayden einen gastfreundlichen Eindruck, ein Ort, in dem neu zugezogene Familien von den Nachbarn mit selbst gemachtem Kuchen begrüßt wurden. Aber Meghann wusste es besser. Sie hatte hier lange genug gelebt, um zu wissen, wie unbarmherzig diese freundlich aussehenden Menschen einem Mädchen gegenüber sein konnten, das sich nicht einfügen wollte. Sie hatte erfahren, dass die enge Gemeinschaft in einem kleinen Ort zwar Wärme und Geborgenheit bietet, aber auch sehr schnell in eisige Kälte umschlagen kann.

Meghann hielt an der einzigen Kreuzung in Hayden, die eine Ampel hatte. Als es für sie Grün wurde, gab sie Gas und bog ein paar Kilometer weiter am Schild RIVER'S EDGE RESORT links in eine Schotterstraße ein.

Auf dem Briefkasten, der die Form und Farbe eines Orcas hatte, stand C. CAVENAUGH. Der einst verwilderte Garten sah inzwischen aus wie ein englischer Bauerngarten: sorgfältig bepflanzt und üppig blühend. Die Holzschindeln der Hausfassade waren in einem blassen Gelb gehalten, die umlaufende Veranda, mit Körben voller Pelargonien und Lobelien, schneeweiß gestrichen.

Meghann parkte ihren Wagen und stieg aus. Beladen mit Geschenken lief sie zur Haustür und klopfte. Doch niemand öffnete. Nach einer Weile vergeblichen Wartens marschierte sie zum Auto zurück und fuhr die fünfhundert Meter hinüber zu der Blockhütte, in der die Rezeption des Campingplatzes untergebracht war.

Als sie die Tür öffnete, schellte über ihr eine Glocke. Sam Cavenaugh stand hinter dem Empfangstresen. Sein offenes Lächeln verschwand für einen Moment aus seinem Gesicht, als er sie erkannte. „Hallo, Meghann. Wie schön, dich wiederzusehen. Verdammt lang her …"

„Ja. Ich weiß, wie sehr du mich vermisst hast."

Wie immer fühlte sich Meghann in Sams Gegenwart unbehaglich. Sie konnte sich noch gut an den Tag erinnern, an dem er sie aus dem Haus gewiesen hatte. „Verschwinde!", hatte er geschrien. „Geh einfach!" Er war der Meinung gewesen, dass sie auf Claire einen schlechten Einfluss habe. Was sie aber am meisten erbittert hatte, war sein nächster Satz gewesen: „Du bist genau wie deine verdammte Mutter."

Schweigend sahen sie sich an.

„Du siehst gut aus", sagte Sam schließlich.

„Du auch." Meghann warf einen Blick auf ihre Armbanduhr. Das Letzte, was sie sich wünschte, war ein qualvoll wortkarges Zusammensein mit Sam.

„Claire hat mich gebeten, auf dich zu warten. Die Familie Ford in Blockhaus sieben hat Probleme mit ihrem Herd. Sie ist bestimmt gleich zurück."

„Gut. Dann warte ich vor dem Haus auf sie."

Sie machte auf dem Absatz kehrt und ließ die Tür hinter sich zufallen. Als sie ihren Wagen fast erreicht hatte, hörte sie seine Stimme.

„Sie ist glücklich mit dem Burschen, Meghann."

Langsam drehte sie sich um. „Wenn ich mich recht erinnere, warst du bei der Heirat mit Mama auch glücklich. Genau wie ich bei meiner Hochzeit mit Eric."

Sam kam auf sie zu. „Deine Mutter ist eine echte Plage, aber ich bin froh, dass ich sie geheiratet habe."

„Du musst den Verstand verloren haben."

„Claire …" Mehr sagte er nicht.

„Oh!" Meghann verspürte einen feinen Stich. Da war sie wieder, diese lächerliche Eifersucht.

„Geh behutsam mit ihr um", sagte er. „Sie ist deine Schwester."

„Ich weiß, dass ich ihre Schwester bin." Und damit stieg sie in ihr Auto und fuhr zurück zu Claires Haus.

Als sie diesmal klopfte, hörte sie gleich darauf schnelle Schritte. Die Tür flog auf. Vor ihr stand Alison in Jeanslatzhose und einer hübschen gelben Bluse.

„Bist du etwa Alison Cavenaugh? Ich dachte, die ist noch ein Baby!"

Alison strahlte. „Ich bin schon ein großes Mädchen."

„Ja, das sehe ich. Willst du deine Tante Meghann nicht umarmen?"

Zögernd trat ihre Nichte einen Schritt vor und bequemte sich zu einer Umarmung.

„Ich habe dir ein Geschenk mitgebracht", sagte Meghann lächelnd.

„Lass mich raten." Claire tauchte in der Diele auf. „Es ist bestimmt ein Schweizer Armeemesser."

Meghann lachte. „Nein, im Spielzeugladen hat mir die am langweiligsten aussehende Verkäuferin das hier empfohlen."

Alison riss die Verpackung auf. „Es ist eine Reiter-Barbie, Mommy. Eine richtige Reiter-Barbie!" Diesmal stürzte sie sich voller Begeisterung in Meghanns Arme, zeigte Claire die Puppe und rannte die Treppe hinauf.

Meghann überreichte ihrer Schwester eine Flasche Far Niente 1997. „Das ist mein Lieblingswein", sagte sie.

„Danke."

Hilflos standen sie sich gegenüber. Schließlich streckte Claire beide Arme aus, zog Meghann an sich, ließ sie aber schnell wieder los. Zu verblüfft, die Geste zu erwidern, stolperte Meghann rückwärts.

„Hier riecht es so lecker, hast du etwa gekocht? Ich wollte euch doch zum Essen einladen."

„Das Angebot im ‚Chuck Wagon' ist nicht ganz dein Stil."

„Wie kommst du auf den Gedanken, ich …"

„Komm endlich herein. Du hast mich hier noch nie besucht."

Meghann folgte ihrer Schwester ins Wohnzimmer und setzte sich neben sie aufs Sofa. Der absurde Verlobungsring aus Alufolie sprang ihr förmlich ins Auge. Wie gut, dass sie gekommen war. Und es gab nicht den geringsten Grund, um die Sache herumzureden. „Claire, ich glaube …"

In diesem Moment kam Bobby ins Zimmer, und Meghann wusste sofort, warum ihre Schwester sich Hals über Kopf in ihn verliebt hatte. Bobby Jack Austin mochte als Sänger vielleicht keine große Nummer sein, aber sein Aussehen … damit konnte er Säle füllen. Er war groß und schlank, hatte breite Schultern und blonde, fast schulterlange Haare. Und er lächelte nicht, er strahlte. Ein Mann wie er warf einen nicht nur um, er schleuderte einen in Sphären, aus denen man nur tief fallen konnte. Als Claire und er sich ansahen, war nicht zu übersehen, dass sie sich liebten.

„Ich bin Bobby Austin", sagte er lächelnd.

Meghann stand auf und schüttelte seine Hand. „Meghann Dontess."

„Von Claire weiß ich, dass man Sie Meg nennt."

„Ja, meine Freunde."

Er lächelte. „Ihre Miene sagt mir, dass Sie es lieber hätten, wenn ich bei Miss Dontess bliebe."

„Ich könnte mir vorstellen, dass die Mädchen in Arkansas Sie durchaus charmant finden."

„Die Mädchen in Texas mit Sicherheit." Er legte einen Arm um Claire. „Aber diese Tage liegen hinter mir. Ich habe das Mädchen gefunden, mit dem ich alt werden möchte." Er küsste Claire leicht auf die Wange, dann griff er nach der Weinflasche und ging in die Küche.

Meghann sah ihre Schwester an und überlegte, was sie sagen sollte. Aber nichts, was ihr einfiel, schien zu der Situation zu passen.

Bobby kam mit zwei gefüllten Weingläsern zurück und reichte eins davon Meghann. „Ich vermute, dass Sie ein paar Fragen an mich haben", sagte er und setzte sich neben Claire.

Seine Direktheit verblüffte Meghann. Leicht verunsichert nahm sie auf dem Sessel gegenüber dem Sofa Platz. „Erzählen Sie mir ein wenig von sich", sagte sie.

„Ich liebe Claire."

„Etwas Handfesteres bitte."

„Ich bin siebenunddreißig. Habe an der Oklahoma State University Musik studiert. Ich war schon verheiratet."

Gespannt beugte Meghann sich vor. „Wie oft?"

Er sah Claire an. „Dreimal."

„Hast du den Verstand verloren, Claire?", fragte Meghann. „Wenn Eheschließungen Schwerverbrechen wären, säße er lebenslang hinter Gittern."

„Ich habe Suellen geheiratet, als wir achtzehn waren“, erwiderte er schnell. „Sie erwartete ein Kind, und da, wo ich herkomme …“

„Sie haben Kinder?“

„Nein.“ Seine Stimme wurde leiser. „Es war eine Fehlgeburt. Danach gab es für uns kaum noch einen Grund zusammenzubleiben. Die Ehe hielt nicht einmal drei Monate. Mit einundzwanzig habe ich wieder geheiratet. Dummerweise stellte sich erst nach der Hochzeit heraus, dass sie sich vom Leben etwas anderes wünschte als ich – zum Beispiel tolle Autos und teuren Schmuck. Als die Polizei sie festnahm, weil sie in unserem Haus mit Kokain handelte, buchtete man mich gleich mit ein. Obwohl wir zwei Jahre lang zusammengelebt haben, ist mir nie aufgefallen, dass sie mit Drogen zu tun hatte. Ich dachte, sie sei eben besonders launisch. Aber das glaubte mir natürlich niemand. Und dann kam Laura, die Einzige, die wirklich zählt. Sie war – ist – Kinderärztin und liebt Countrymusic. Wir waren zehn Jahre miteinander verheiratet. Vor etwa einem Jahr haben wir uns getrennt. Den Grund könnte ich Ihnen nennen, aber er geht Sie nichts an. Claire weiß natürlich Bescheid.“

Ein Krimineller mit drei gescheiterten Ehen. Hervorragend.

Claire erhob sich vom Sofa und kam auf sie zu. Sie setzte sich auf die chinesische Truhe, die als Couchtisch diente. „Ich weiß, dass du dich nicht für mich freuen kannst, Meghann“, sagte sie.

„Ich würde mich gern für dich freuen.“ Es war die Wahrheit. „Es ist nur so, dass …“

„Ich weiß, dass Bobby mir vielleicht nicht das bieten kann, was man eine gesicherte Zukunft nennt. Ich weiß, dass du dein Geld als Scheidungsanwältin verdienst. Vor allem aber weiß ich, dass du bei Mama aufgewachsen bist.“ Sie beugte sich vor. „Ich weiß das alles, Meghann.“

Meghann wusste nicht, was sie sagen sollte.

„Mir ist klar, dass meine Entscheidung leichtfertig auf dich wirkt, unüberlegt und riskant“, fuhr Claire fort. „Wahrscheinlich denkst du: genau wie Mama. Aber ich möchte, dass du mir vertraust, und es würde mir viel bedeuten, wenn du mich einfach umarmen und mir Glück wünschen würdest. Selbst wenn du es nicht ganz aufrichtig meinst.“

Meghann blickte in die klaren grünen Augen ihrer Schwester und erinnerte sich an ihre Kindheit. Sobald ihre Mutter einen neuen „Freund“ nach Hause gebracht hatte, hatte Claire davon geträumt, dass er endlich der ersehnte Vater für sie sein würde. Meghann hatte immer wieder versucht, ihre Schwester vor diesem unbegründeten Optimismus zu bewahren, aber ohne jeden Erfolg. Wenn der nächste Mann auftauchte, war er der Grund für neue Hoffnungen. Natürlich glaubte Claire an Bobby Austin.

Meghann sah keinen Weg, ihre Schwester eines Besseren zu belehren. Sie hatte entweder die Möglichkeit, sich mit Claires Wahl einverstanden zu erklären oder auf ihrer Ablehnung zu beharren.

„Ich vertraue dir, Claire“, sagte sie schließlich. „Wenn du sagst, dass du Bobby liebst, soll es mir recht sein.“

Claire atmete erleichtert aus. „Danke.“ Sie beugte sich vor und umarmte Meghann, die vor Überraschung vergaß, die Geste zu erwidern.

Dann stand sie auf und setzte sich wieder neben Bobby, der sofort einen Arm um sie legte. Sie schwiegen.

Meghann suchte nach Worten, um die unbehagliche Stille zu beenden. „Wie sehen denn eure Hochzeitspläne aus?“, fragte sie schließlich.

Claire lachte. „Ich will eine Hochzeit mit allen Schikanen. Langes weißes Kleid, kirchliche Trauung, dreistöckige Hochzeitstorte. Ein Empfang mit Tanz. Das ganze Drum und Dran.“

„In der Etage unter unserer Kanzlei hat eine Eventmanagerin ihr Büro. Ich glaube, sie hat die Hochzeit von Bill Gates vorbereitet.“

„Wir sind hier in Hayden, nicht in Seattle. Wir mieten den Veranstaltungsraum vom Sportverein, und jeder steuert etwas zum Büfett bei. Es wird bestimmt schön. Wart's nur ab.“

„Wie bitte?“ Meghann sprang auf. Anscheinend war sie ihrer Mutter doch nicht so unähnlich, denn so eine Discount-Hochzeit würde sie auf keinen Fall zulassen. „Ich organisiere die Hochzeit und den Empfang!“

Claires Lächeln verschwand. „Du?“

„Traust du mir das etwa nicht zu?“

„Aber … aber … du bist doch sehr beschäftigt. Ich kann doch nicht verlangen, dass du meinetwegen deinen Job vernachlässigst.“

„Du hast es nicht verlangt. Ich habe es dir angeboten. Und abgesehen davon habe ich im Moment gerade … ein bisschen mehr Zeit.“ Die Idee gefiel ihr immer besser. Vielleicht kamen sie sich auf diese Weise wieder näher. „Ich würde es wirklich gern für dich tun, Claire.“

„Ich finde das toll“, sagte Bobby strahlend. „Es ist sehr großzügig von Ihnen.“

Doch Claire sah ihre Schwester zweifelnd an. „Warum höre ich plötzlich die Musik zu dem Film ‚Vater der Braut‘? Zurückhaltung war noch nie dein Stil, Meghann.“

Plötzlich fühlte sich Meghann unbehaglich, ungewohnt verletzlich. „Ich halte mich zurück“, sagte sie. „Ich mache alles so, wie du es dir wünschst, Claire. Es ist deine Hochzeit. Das verspreche ich dir.“

„Also gut“, sagte Claire schließlich. „Du kannst mir bei den Hochzeitsvorbereitungen helfen.“

„Na, wunderbar!“, rief Meghann und klatschte in die Hände. „Wann wollt ihr heiraten? Nächsten Samstag? Da bleibt aber nicht viel Zeit.“ Sie rannte in die Küche, fand einen Zettel und begann fieberhaft zu schreiben.

NACH zwei Tagen im Haus seiner Schwester hatte Joe das Gefühl ersticken zu müssen. Er wurde einfach zu viel an sein früheres Leben erinnert. Wohin er wollte, wusste er zwar nicht, aber bei Gina konnte er nicht bleiben.

Joe wartete, bis seine Schwester das Haus verlassen hatte, um Einkäufe zu machen, packte seine Sachen – darunter ein paar gerahmte Fotos von Diana – in seinen Rucksack und ging zur Tür. Auf dem Küchentisch hatte er einen Zettel zurückgelassen:

> *Ich kann nicht hier bleiben. Verzeih mir, aber es tut zu weh. Ich weiß, dass es dir zurzeit nicht gut geht, deshalb bleibe ich in der Nähe. Ich rufe dich sobald wie möglich an.*
> *In Liebe, J.*

Joe machte einen Bogen um den Ort und lief durch die Felder auf den Fluss zu. Das sanfte Gurgeln des Wassers weckte Erinnerungen an seine Jugend. Er blieb stehen.

„Hallo, Diana.“ Joe schloss die Augen. „Ich bin wieder hier. Und was jetzt?“

Keine Antwort kam mit dem Sommerwind, und doch wusste er es genau. Sie freute sich, dass er nach Hause gefunden hatte.

„In unser Haus nach Bainbridge kann ich nicht zurück.“ Vor drei Jahren hatte er ihr gemeinsames Haus verlassen, ohne sich auch nur einmal umzudrehen. Ihre Kleider hingen noch immer im Schrank. Dorthin zurückzukehren war unmöglich. Seine Hoffnung – falls es überhaupt eine gab – lag in winzigen Schritten. Er brauchte sich nicht auf sein altes Leben zuzubewegen, er musste nur endlich aufhören, davor die Flucht zu ergreifen.

„Ich könnte mir in Hayden einen Job suchen“, sagte er nach langem Schweigen. „Zumindest könnte ich es versuchen.“

JOE STAND gegenüber dem Riverfront-Park und starrte das Firmenschild SMITTY'S AUTOWERKSTATT an. Am Maschendrahtzaun hing ein handgeschriebenes Schild: *Suche Mitarbeiter mit Berufserfahrung.*

Joe überquerte die Straße und ging auf den Eingang zu. Ein Hund bellte, und erst jetzt bemerkte Joe das Schild ACHTUNG HUND. Sekunden später kam ein weißer Zwergpudel um die Hausecke gefegt.

„Madonna, hör auf zu kläffen!“ Ein alter Mann trat aus der Werkstatt. Er trug einen ölverschmierten Overall und eine Schirmmütze. „Beachten Sie den Köter gar nicht. Was kann ich für Sie tun?“

„Ich habe auf dem Schild gelesen, dass Sie eine Aushilfe suchen.“

„Ach wirklich?“ Der Alte schlug sich auf den Schenkel. „Das Ding hängt da seit fast zwei Jahren. Ich …“ Er verstummte, trat einen Schritt näher und hob die Brauen. „Joe Wyatt?“

Joe merkte, dass er sofort angespannt reagierte. „Hallo, Smitty.“

Smitty pfiff durch die Zähne. „Ich glaube, ich spinne.“

„Ich bin wieder da und brauche dringend einen Job. Aber falls Sie befürchten müssen, Kunden zu verlieren, wenn Sie mich einstellen, dann verstehe ich das natürlich.“

„Sie wollen wirklich bei mir als Mechaniker arbeiten? Aber Sie sind doch Arzt …“

„Das ist vorbei.“

Smitty sah ihn lange schweigend an. „Erinnern Sie sich an Phil, meinen Sohn?“

„Er ist sehr viel älter als ich, aber ich erinnere mich genau.“

„Vietnam hat ihn zugrunde gerichtet. Schuldgefühle, glaube ich. Er hat da drüben Sachen erlebt …“ Smitty schüttelte den Kopf. „Ich habe schon einmal einen Mann die Flucht ergreifen sehen, Joe. Es ist nicht gut. Natürlich stelle ich Sie ein. Zum Job gehört eine kleine Blockhütte, da könnten Sie wohnen. Wie ist es? Kommen wir ins Geschäft?“

„Ja.“

Smitty nickte. Dann marschierte er Joe voran durch die Werkstatt und zur Hintertür wieder hinaus. Der Hof war groß und gepflegt, überall blühten Blumen. Hinter ein paar hohen Tannen war eine kleine Blockhütte zu sehen.

„Als Sie damals hier gewohnt haben, waren Sie noch ein Teenager.“

„Das ist lange her.“

„Ja, das stimmt.“ Seufzend schloss Smitty die Tür auf. „Helga hält die Hütte immer noch sauber. Sie wird sich freuen, dass Sie wieder da sind.“

Drinnen war es so aufgeräumt und sauber wie früher. Eine rot gestreifte Wolldecke lag auf einem alten Ledersofa, neben dem Kamin stand ein Schaukelstuhl. Die Küche schien mit Töpfen und Pfannen gut ausgestattet zu sein,und der kleine Schlafraum beherbergte ein großes Himmelbett.

Dankbar schüttelte Joe Smittys bärenstarke Pranke. „Vielen Dank“, sagte er heiser.

„Es gibt eine ganze Reihe von Leuten in Hayden, denen Sie nicht egal sind, Joe. Denken Sie daran.“

„Das freut mich zu hören. Dennoch wäre es mir lieber, wenn niemand erfahren würde, dass ich zurück bin, zumindest nicht sofort. Ich bin … das Zusammensein mit Menschen nicht mehr gewohnt.“

„Ich vermute, der Weg zurück ist ziemlich lang.“

„Sehr lang.“

Nachdem Smitty gegangen war, holte Joe eines der Fotos aus dem Rucksack, die er aus dem Haus seiner Schwester mitgenommen hatte, und betrachtete Dianas lächelndes Gesicht. „Es ist ein Anfang“, sagte er zu ihr.

MEGHANN wusste nicht, wo sie war, als sie aufwachte. Sie glaubte in einem Nebenzimmer ein Radio zu hören, doch dann erkannte sie, dass draußen vor dem Fenster offenbar Vögel sangen. Vogelgezwitscher? Da fiel es ihr wieder ein. Sie war bei Claire.

Meghann setzte sich auf und blickte sich um. Das Gästezimmer war richtig gemütlich. Überall entdeckte Meghann Dinge, die Alison selbst gebastelt hatte – Zeichen für die Zeit, die in diesem Haushalt auch für kleine Dinge verwendet wurde.

Sie hörte ein Klopfen an der Tür, dann ein unsicheres „Meghann?“.

Sie warf einen Blick auf den Wecker. Viertel nach zehn. Schon so spät? Meghann rieb sich die vor Müdigkeit brennenden Augen. Wie so oft hatte sie die halbe Nacht wach gelegen.

„Ich bin wach!“, rief sie und schlug die Bettdecke zurück.

„Das Frühstück steht auf dem Tisch!“, rief Claire durch die geschlossene Tür. „Ich muss jetzt noch eben den Swimmingpool sauber machen. Wir wollen gegen elf los, wenn es dir recht ist.“

Meghann brauchte eine Sekunde, bis ihr wieder einfiel, worum es ging. Sie hatte versprochen, mit Claire und ihren Freundinnen in den Ort zu fahren. Um mit erwachsenen Frauen, die sich Bluesers nannten, ein Hochzeitskleid auszusuchen.

„Ich bin gleich fertig.“

„Bis dann also.“

Meghann hörte, wie Claire sich entfernte, und fragte sich, wie lange sie diese Farce noch durchhalten konnte. Andererseits gab es keine Alternative. Ins Büro konnte sie nicht zurück, und so saß sie jetzt mit den Vorbereitungen für die Hochzeit ihrer Schwester fest. Dabei war sie für diese Aufgabe denkbar ungeeignet.

Meghann stieg aus dem Bett und lief die Treppe hinauf in das kleine Bad im ersten Stock. Sie putzte sich schnell die Zähne und duschte. Eine halbe Stunde später verließ sie das Haus. Sie steckte in einer weißen Bluse von Dolce & Gabbana und einer schicken Designerjeans.

Es war ein herrlicher Hochsommertag, und der Garten war sonnendurchflutet.

Meghann warf ihre Handtasche auf den Beifahrersitz ihres Porsche und stieg ein. Dumpf dröhnend erwachte der Motor zum Leben. Langsam und bemüht, keinen Staub aufzuwirbeln, fuhr sie los. Es war nicht weit, nur rund fünfhundert Meter, aber ihre hohen Absätze waren für einen Fußmarsch über Stein und Kiesel wenig geeignet.

Sie parkte vor dem lang gestreckten Blockhaus und ging zum Eingang. Die Rezeption war leer. Meghann trat hinter den Tresen, suchte das Telefonbuch von Hayden und schlug es auf. Unter „Hochzeitsservice“ gab es nur einen Eintrag: *Royal Event Planning*. Darunter stand klein gedruckt: „Wir organisieren alles so einmalig, als wäre es die erste und einzige Hochzeit Ihres Lebens.“

Meghann lächelte etwas schief, schrieb die Telefonnummer auf einen Zettel und steckte ihn in ihre Handtasche. Dann ging sie zurück zu ihrem Wagen, öffnete das Klappverdeck und wartete im Auto auf Claire. Genau um elf Uhr tauchte Claire in Jeans und einem River's-Edge-T-Shirt auf. Sie verstaute ihre Tasche hinter den Sitzen und stieg ein. „So elegant bin ich noch nie in den Ort kutschiert“, sagte sie.

Da Meghann nicht recht wusste, wie ihre Schwester die Bemerkung gemeint hatte, schwieg sie.

„Du hast ziemlich lange geschlafen“, meinte Claire. „Ich hielt dich eher für eine Frühaufsteherin, die schon um sieben im Büro ist.“

„Ich konnte nicht besonders gut schlafen.“

„Mach dir keine Sorgen um mich, Meghann. Bitte.“

„Es ist nicht wegen der Hochzeit. Ich habe oft Schlafprobleme.“

„Seit wann?“

„Ich glaube, das hat bereits auf dem College angefangen. Das nächtelange Büffeln vor den Prüfungen. Du weißt ja, wie das ist.“

„Nein, weiß ich nicht.“

Meghann hatte Claire nicht sagen wollen, dass ihre Schlaflosigkeit angefangen hatte, als ihre Familie auseinander gebrochen war. Aber es war falsch gewesen, das College zu erwähnen. „Nach allem, was ich so höre, hat man auch als Mutter hin und wieder unruhige Nächte."

„Nun, da kennst du dich ja aus. Mama hat erzählt, dass ich früher zu Koliken neigte."

„Hat Mama erzählt? Du hattest keine Koliken, du hattest eine Mittelohrentzündung. Wenn die Schmerzen zu heftig wurden, hast du geschrien wie am Spieß. Dann habe ich dich auf den Arm genommen und bin mit dir in den Waschraum gegangen. Ich habe mich mit dir auf den Wäschetrockner gesetzt und dich gewiegt und geschaukelt, bis du endlich einschlafen konntest. Mama hat sich immer gefragt, wo wir geblieben sind."

Meghann spürte, dass ihre Schwester sie ansah. „Kein Wunder, dass ich heute noch gern Wäsche wasche", sagte Claire schließlich. „Da ist es." Sie zeigte auf ein viktorianisches Haus in Bonbonrosa mit lavendelfarbenen Zierleisten. MISS ABIGAIL'S DRAWERS stand auf einem Schild am schneeweißen Lattenzaun.

Meghann seufzte. „Wir könnten doch auch zu ESCADA oder NORDSTROM fahren."

„Ich heirate, Meghann, nicht du."

„Schon gut. Geh ruhig voran. Ich sage kein Wort."

Sie liefen die knarrenden Verandastufen hinauf und betraten das Geschäft.

„Hallo!", rief Claire.

Die Reaktion ließ nicht lange auf sich warten. Sie hörten das Geschnatter von Frauenstimmen, dann hastige Schritte.

Eine große, ältere Frau mit dem Kopf voller krauser grauer Löckchen kam in Sicht. „Claire Cavenaugh! Ich freue mich ja so, Ihnen endlich das Obergeschoss zeigen zu können."

„Hochzeitskleider sind oben", erklärte Claire Meghann. „Abigail hatte bei mir schon alle Hoffnung fahren lassen."

Bevor Meghann etwas sagen konnte, tauchten zwei weitere Frauen auf. Die kleinere trug ein weit fallendes Kleid und weiße Turnschuhe. Die andere war groß, superschlank und steckte in beigefarbener Seide. Zwei der Bluesers. Meghann erfuhr von Claire, dass die kleine Gina und die große Charlotte war.

„Karen konnte nicht kommen", sagte Gina. „Willie muss zum Kieferorthopäden, und Dottie hat sich auf ihre Brille gesetzt."

„Mit anderen Worten, ein ganz normaler Tag für Karen", meinte Charlotte.

Meghann sah Claire nach, die mit Abigail und Charlotte die Treppe hinaufstieg. Sie schwatzten über Spitze, Perlenstickerei und Schleier.

„Es überrascht mich, dass du dir freinehmen konntest, Meghann", sagte Gina. „Wie ich höre, bist du die beste Scheidungsanwältin in Seattle."

„Ich kann mir doch Claires Hochzeit nicht entgehen lassen."

„Ich kenne noch eine Scheidungsanwältin. Sie ist sehr gut im Auflösen von Ehen."

„Das gehört zu unseren Aufgaben."

„Bringst du sie eigentlich jemals wieder zusammen?", fragte Gina leise.

„Nicht allzu oft."

Ginas Gesicht schien in sich zusammenzufallen wie ein luftleerer Ballon, und Meghann verstand sofort, was los war. „Lässt du dich gerade scheiden?", fragte sie.

Tapfer bemühte sich Gina um ein Lächeln. „Ich bin seit kurzem geschieden. Du hast doch Erfahrung, Meghann, geht es mir bald besser?"

„Bestimmt, aber es kann eine Weile dauern. Es gibt eine ganze Reihe von Selbsthilfegruppen, die dir vielleicht helfen können."

„Die Bluesers sind meine Selbsthilfegruppe." Gina sah Meghann an. „Komm, lass uns jetzt nach oben gehen und für deine Schwester ein wundervolles Hochzeitskleid aussuchen."

Als sie oben ankamen, probierte Claire bereits das erste Kleid an. Es hatte riesige Puffärmel, und der Rock sah aus wie eine umgestülpte Teetasse. Meghann setzte sich auf einen weißen Korbsessel, Gina stellte sich hinter sie.

„Oh, das sieht wirklich sehr schön aus", flötete Abigail.

Prüfend drehte sich Claire vor dem großen Spiegel.

„Es gibt dir etwas von einer Prinzessin", sagte Charlotte.

Claire sah ihre Schwester an. „Wie findest du es?"

Meghann wusste nicht recht, was Claire von ihr erwartete – Zurückhaltung oder Offenheit. Dann warf sie noch einen Blick auf Claire und entschied sich für Offenheit. „Es ist grauenhaft", sagte sie.

„Meine Schwester äußert sich immer sehr direkt", sagte Claire leise und verschwand wieder in der Umkleidekabine. Charlotte und Abigail sahen Meghann nur an. Sie lächelten nicht.

Meghann seufzte. Wieder hatte sie sich nicht beherrschen können, sondern unverblümt ihre Meinung gesagt. Sie machte sich auf ihrem Sessel ganz klein und kniff die Lippen zusammen.

Was folgte, war eine Parade indiskutabler Kleider. Claire schlüpfte in jedes hinein, wollte von den Umstehenden wissen, was sie davon hielten, und zog es wieder aus. Nach Meghanns Meinung fragte sie ebenso wenig, wie diese sich dazu äußerte. Stattdessen lehnte sie sich in ihren Sessel zurück und lehnte den Kopf an die Wand.

Ein Stoß in die Rippen weckte sie. Blinzelnd richtete Meghann sich auf. Charlotte, Abigail und Claire verschwanden gerade in einem Raum, über dem HÜTE UND SCHLEIER stand.

Gina sah Meghann an. „Ich wusste ja schon, dass du recht zickig sein kannst. Aber einzuschlafen, während deine Schwester Hochzeitskleider anprobiert, ist wirklich ein starkes Stück."

„Das war die einzige Möglichkeit, meinen Mund zu halten. Hat sie ein Kleid gefunden?"

„Nein."

Meghann runzelte die Stirn. „Was meinst du eigentlich mit ‚zickig'? Hat Claire das über mich gesagt?"

„Nein. Ja. Manchmal. Du weißt, wie es ist, wenn man irgendwann zu viele Margaritas trinkt. Karen spricht von ihrer Schwester Susan als ‚eiskalter Psychopathin'. Claire nennt dich ‚Giftzahn'."

Meghann wollte lächeln, schaffte es aber nicht. „Oh!"

„Ich kann mich noch gut erinnern, als sie damals nach Hayden gezogen ist", fuhr Gina leise fort. „Sie begann zu weinen, sobald man sie nur schief ansah. Jahrelang hat sie immer wieder erzählt, wie sehr ihre Schwester ihr fehlte. Erst nach unserem Schulabschluss erfuhr ich, was ihr zugestoßen war."

„Was ich ihr angetan habe, meinst du."

„Darüber kommt mir kein Urteil zu. Ich weiß nur, dass die ganzen Ereignisse damals Claire ziemlich verletzt haben. Und ich weiß auch, dass es ihr viel bedeutet, dass du hier bist, auch wenn sie es nicht zugibt."

„Ich habe ihr angeboten, die Hochzeit auszurichten."

„Das machst du sicher gut."

„Oh ja, weil ich ja eine echte Romantikerin bin." Meghann seufzte.

„Meghann, du brauchst Claire doch nur zuzuhören, ich meine richtig zuzuhören und dann ernsthaft zu versuchen, ihren Traum Wirklichkeit werden zu lassen. Wann habt ihr beide eigentlich das letzte Mal zusammengesessen und richtig miteinander geredet?"

„Ich glaube, wir waren noch nicht alt genug, um Wein zum Essen trinken zu dürfen."

„Das habe ich mir gedacht. Also hol es nach. Fahrt nach Seattle, geht irgendwo was trinken und unterhaltet euch miteinander."

„Aber was ist mit Alison?"

„Um Alison kann Sam sich kümmern. Ich kann ihm mal einen entsprechenden Tipp geben."

„Claire wird sich bestimmt darum reißen, mit mir etwas zu unternehmen. Vor allem, nachdem ich ihr die Hochzeitskleider mies gemacht habe."

„Und dann bist du auch noch eingeschlafen. Dein Schnarchen war nicht zu überhören."

„Du nimmst wohl auch kein Blatt vor den Mund, was?"

„Selten. Daher die Scheidung. Lade Claire zum Essen ein. Geh mit ihr ins Kino. Unternehmt irgendetwas Schwesterliches. Es ist höchste Zeit."

CLAIRE warf einen Seitenblick auf ihre Schwester, die hinter dem Steuer saß. „Wohin fahren wir?", fragte sie nun schon das vierte Mal.

„Warte es ab." Immer die gleiche Antwort.

„Ich muss zu Alison zurück", erklärte Claire, ebenfalls zum vierten Mal.

„Das kannst du auch. So, wir sind schon da." Meghann steuerte den silbernen Porsche an den Straßenrand und hielt. Bevor Claire reagieren konnte, sprang Meghann aus dem Auto und warf ein paar Münzen in den Parkautomaten. „Komm, steig aus!"

Sie befanden sich im Zentrum von Seattle. Hier kannte Meghann sich aus, und sie eilte mit raschen Schritten voraus, während Claire versuchte, mit ihr Schritt zu halten.

„Hier." Meghann blieb vor einer schmalen weißen Tür stehen, die zu beiden Seiten von Schaufenstern flankiert wurde. Auf einem kleinen, mit Eisen verschnörkelten Schild stand BY DESIGN.

„Was ist das für ein Geschäft?"

„Du warst doch damit einverstanden, dass ich deine Hochzeit ausrichte, stimmt's?" Meghann stieß die Tür auf und trat ein.

Claire zögerte.

„Jetzt komm." Ihre Schwester stand schon am Fahrstuhl, die Türen öffneten sich gerade. Etwas widerstrebend setzte Claire sich in Bewegung.

„Das mit der Kleideranprobe tut mir Leid", sagte Meghann, während sie nach oben fuhren. „Ich weiß, dass ich mich unmöglich benommen habe."

„Einschlafen ist die eine Sache. Aber dann auch noch schnarchen …"

„Ich sagte doch, dass es mir Leid tut."

Claire seufzte. „Irgendwie scheint das die Tragödie unseres Lebens zu sein, Meghann, aber wir …"

Die Fahrstuhltüren gingen auf. Claire verschlug es den Atem.

Überall standen Schaufensterpuppen mit den wundervollsten Hochzeitsroben, die Claire je gesehen hatte. Sie trat vorsichtig auf ein Kleid zu. Es war aus cremefarbener Seide, schulterfrei mit schmaler Taille. Claire warf einen verstohlenen Blick auf das Preisschild: 4200 $.

Sie ließ das Etikett sinken, als hätte sie sich verbrannt, und drehte sich zu Meghann um. „Lass uns gehen."

Doch Meghann schüttelte nur den Kopf und nahm ihr Handgelenk. „Ich möchte, dass du ein paar dieser Kleider anprobierst."

„Das kann ich nicht. Ich weiß, du kannst nicht aus deiner Haut, aber das hier entspricht mir einfach nicht. Ich arbeite auf einem Campingplatz."

„Ich möchte es nicht zweimal sagen, Claire, also hör bitte genau zu: Ich arbeite fünfundachtzig Stunden die Woche, und meine Klientinnen zahlen über dreihundert Dollar die Stunde. Ich sage das nicht, um zu protzen, sondern um dir zu erklären, dass genug Geld da ist. Und es würde mir sehr viel bedeuten, wenn ich dir das Hochzeitskleid kaufen dürfte. Die Kleider, die du heute Vormittag anprobiert hast, passen nicht zu dir. Es tut mir Leid, wenn du mich deshalb für einen Snob hältst, aber so ist es nun mal."

Claire wollte gerade etwas erwidern, als hinter ihnen eine Frauenstimme ertönte. „Meghann Dontess in einem Brautmodensalon? Ist das zu glauben?"

Eilig kam eine hoch gewachsene, gertenschlanke Frau in einem marineblauen Hemdblusenkleid auf sie zu. Der fransige Schnitt ihrer hellblonden Haare erinnerte an die Schauspielerin Meg Ryan.

„Hallo, Raisa." Meghann streckte die Hand aus.

„Und das ist die kleine Schwester der großen Anwältin?"

Claire glaubte einen leicht osteuropäischen Akzent zu hören. Russisch vielleicht. „Ja, ich bin Claire Cavenaugh."

„Hat Meghann gar nichts dagegen, dass Sie heiraten?"

„Doch, sie hat mir ernsthaft davon abgeraten."

Die Verkäuferin warf den Kopf in den Nacken und lachte. „Das glaube ich Ihnen aufs Wort. Mich hat sie zweimal vor der Ehe gewarnt. Beide Male hätte ich auf sie hören sollen, aber was will man machen? Die Liebe, die Liebe …" Sie trat einen Schritt zurück und musterte Claire von Kopf bis Fuß. „Sie sind eine echte Schönheit", stellte sie schließlich fest. „Größe sechsunddreißig, würde ich sagen. Bei Ihnen fallen mir die klassischen Designer ein. Prada, Valentino, Armani, Wang. Wenn Sie mir bitte folgen würden." Die Frau drehte sich um und ging durch den Laden. Hier und da streckte sie die Hand nach einem Kleid aus und legte es sich über den Arm.

Claire sah Meghann an. „Armani? Vera Wang?" Sie schüttelte den Kopf und wollte sagen: Das geht doch nicht, diese Kleider sind viel zu kostbar für mich, aber die Worte blieben ihr im Hals stecken.

„Wir können jederzeit wieder gehen. Wir müssen nichts kaufen“, versicherte Meghann. „Probier sie einfach an. Nur zum Spaß.“

Wenig später betrat Claire einen durch Paravents abgeschirmten Ankleidebereich, der größer war als ihr Schlafzimmer zu Hause. Drei hohe Spiegel zeigten sie von allen Seiten, in der Mitte stand ein Holzpodest.

„Nur zu. In der Kabine warten ein paar Kleider auf Sie.“ Raisa sah sie aufmunternd an.

Claire öffnete die Tür zum angrenzenden Umkleideraum, in dem schon drei Roben für sie hingen. Eine von Ralph Lauren aus weißer Seide mit spitzenbesetztem und perlenbesticktem Mieder. Claire schlüpfte aus ihren verblichenen Jeans. Sanft und weich glitt das Ralph-Lauren-Kleid über ihre Schultern, schmiegte sich zärtlich an ihre fast nackte Haut.

„Kommen Sie, lassen Sie sich bewundern!“, rief die Verkäuferin.

Zögernd öffnete Claire die Tür und trat heraus. Die beiden Frauen sahen sie erwartungsvoll an.

„Schuhe!“, schrie Raisa und eilte davon.

Die Arme voller Kleider starrte Meghann Claire schweigend an. Sie seufzte leise. Gegen ihren Willen musste Claire lächeln. Sie drehte sich prüfend vor den Spiegeln hin und her und wunderte sich nicht mehr darüber, dass Meghann die Kleider bei Abigail scheußlich gefunden hatte.

Mit ein paar hochhackigen Riemchensandalen in der Hand kehrte die Verkäuferin zurück. „Ziehen Sie die hier dazu an.“

Claire tat, wie ihr befohlen, und stand dann stocksteif da, um nicht das Gleichgewicht zu verlieren. „Ich finde den Stoff ein bisschen problematisch, du nicht auch?“ Sie war fest entschlossen, an jedem Kleid einen Makel zu entdecken, damit Meghann nicht so viel Geld für sie ausgab.

„Problematisch?“ Meghann schüttelte den Kopf. „Du siehst atemberaubend aus.“

„Unter dem Kleid zeichnet sich doch jede Rundung ab. Ich müsste auf jeden Fall ein Mieder tragen.“

„Claire! Welche Rundungen denn? Du hast Größe sechsunddreißig.“

Claire probierte weitere Kleider an, eins schöner als das andere. Sie kam sich vor wie eine Märchenprinzessin. Da störte es auch nicht, dass sie jedes Einzelne ablehnen musste und dass Meghann langsam frustriert wurde, auch wenn sie weiterhin neue Kleider anschleppte.

Raisa kümmerte sich längst um andere Kundinnen.

Schließlich streckte Claire die Hand nach der letzten Robe aus, die von Meghann ausgewählt worden waren. Es war ein elegantes weißes Kleid mit perlenbesticktem, schulterfreiem Mieder und einem weit fallenden Taftrock. Sie zog den Reißverschluss zu und trat aus der Umkleidekabine.

Meghann sah sie nur an und sagte kein einziges Wort.

„Du bist ungewöhnlich schweigsam“, meinte Claire. „Hat es dir die Sprache verschlagen?“

„Sieh dich mal im Spiegel an.“

Claire hob den schweren Rock an und trat auf das Podest. Langsam hob sie den Kopf und betrachtete sich im Spiegel.

Die Frau, die sie da sah, konnte nicht Claire Cavenaugh sein. Nein. Die Frau im Spiegel hatte nicht ihr Studium abgebrochen und kein uneheliches Kind zur Welt gebracht. Und auf gar keinen Fall schuftete sie auf einem Campingplatz.

Diese Frau fuhr ausschließlich in Limousinen und trank Champagner aus hauchdünnen Gläsern. Sie schlief auf Seidendamast und hatte immer einen gültigen Pass. Die Frau im Spiegel war die Frau, die sie hätte werden können, wenn sie in New York das College besucht und danach in Paris weiterstudiert hätte.

Vielleicht konnte sie diese Frau immer noch werden.

Claire stellte sich Bobbys Gesicht vor, wenn sie in diesem Kleid durch die Kirche auf ihn zuschritt. Bobby, der vor ihr auf die Knie gesunken war, als er sie gebeten hatte, seine Frau zu werden. Wenn er sie so sah …

Hinter ihr betrat Meghann das Podest. Sie standen nebeneinander, zwei Frauen, die sich als Kinder näher gestanden hatten als Schwestern.

Meghann berührte Claires nackte Schulter. „Wehe, du mäkelst auch an diesem Kleid herum.“

„Ich habe noch keinen Blick auf den Preis geworfen, aber …“

Meghann griff nach dem Preisschild und zerriss es. „Vergiss den Preis!“

Claire sah ihre Schwester an. „Du hast es geahnt, stimmt's? Du hast dieses Kleid mit Absicht bis zum Schluss aufgehoben.“

Meghann unterdrückte ein Lächeln. „Ich wusste, dass du eigentlich nicht wolltest, dass ich dir dein Brautkleid kaufe, aber ich hatte mir schon gedacht, dass dir dieses Vera-Wang-Modell am besten stehen würde. Deshalb habe ich es dir als letztes gegeben.“

Sie schwiegen beide. „Vielen Dank, Meghann“, sagte Claire schließlich. „Das Kleid ist …“ Ihre Stimme wurde brüchig. „Es ist genau das, wovon ich immer geträumt habe.“

Jetzt lächelte Meghann doch. „Auch wenn ich nicht an die Ehe glaube, bin ich doch in der Lage, eine absolut unvernünftige Hochzeit auf die Beine zu stellen."

Die Arme voller Kleider trat Raisa hinter einem Paravent hervor. „Also tatsächlich das Wang-Modell", stellte sie leise fest und sah Meghann an. „Sie sagten ja bereits, dass sie sich dafür entscheiden würde."

„Ich hatte es vermutet."

„Es sieht wirklich bezaubernd aus." Die Verkäuferin betrachtete Claire kritisch. „Wir werden hier an der Brust etwas abnähen." Sie hängte die nicht mehr benötigten Kleider weg und begann an Claire herumzuzupfen. „Es ist rechtzeitig fertig", versprach sie und eilte wieder davon.

„Was hältst du davon, wenn wir uns jetzt vom Chinesen etwas Essbares mitnehmen und zu mir gehen?", fragte Meghann Claire.

„Aber Alison …"

„… ist gerade mit Sam und Bobby zum Essen unterwegs und darf hinterher mit den beiden noch in die Big Bowl."

Claire schmunzelte. „Bobby geht freiwillig zum Bowling? Und du glaubst nicht an die wahre Liebe!"

Vor dem chinesischen Restaurant parkte Meghann in der zweiten Reihe, rannte schnell hinein und kam drei Minuten später wieder heraus. Sie warf die Tüte auf Claires Schoß, stieg wieder ins Auto und trat aufs Gaspedal.

DER AUSBLICK aus Meghanns Apartment war atemberaubend. Draußen war es inzwischen fast Nacht geworden, aber der Himmel über dem dunkelblauen Puget Sound leuchtete noch amethystfarben. Die Space Needle, der Fernsehturm von Seattle, erstrahlte in seiner vollen Schönheit.

„Wow!", sagte Claire bewundernd.

„Ja, die Aussicht ist wirklich schön", sagte Meghann und verschwand in der Küche.

Wohin Claire auch blickte in der Wohnung ihrer Schwester, es war alles perfekt. Sie ging zu einem kleinen Biedermeierschreibtisch in der Ecke, auf dem eine gerahmte Fotografie stand, die einzige im ganzen Raum. Sie nahm sie in die Hand. Das Bild zeigte Claire und Meghann im Alter von etwa sieben und vierzehn Jahren. Eng umschlungen saßen sie auf einem Anlegesteg. Überrascht spürte Claire einen kleinen Stich in der Magengegend. Rasch stellte sie das Foto zurück und schlenderte in die Küche.

„Du hast ein wundervolles Zuhause."

„Zuhause?" Meghann lachte und reichte Claire einen Margarita. „Komisch, ich sehe es nie so, aber ja, natürlich ist es mein Zuhause. Vielen Dank für das Kompliment."

Richtig. Es wirkte gar nicht wie ein richtiges Zuhause, sondern eher wie eine noble Hotelsuite. Sehr schön, aber kühl und unpersönlich.

Meghann stellte Teller auf ein Tablett, legte Besteck dazu und die Tüten aus dem Restaurant. „Wollen wir draußen essen?", fragte sie. Claire nickte, und sie trugen das Essen und die Getränke auf die Terrasse hinaus. „Aber wir müssen uns auf den Boden setzen. Meine Innenarchitektin hatte unglaublich unbequeme Möbel ausgesucht. Ich habe alles zurückgebracht, aber noch keine Zeit gefunden, mir andere zu kaufen."

„Seit wann wohnst du hier?"

„Seit sieben Jahren."

Es war ein herrlicher Abend. Überall funkelten Sterne. Während des Essens blickte Claire Meghann an und musste an früher denken, als sie unzertrennlich gewesen waren. Zum ersten Mal seit Jahren fragte sie sich, ob das nicht wieder so werden könnte. Und wer von ihnen bereit war, den ersten Schritt zu tun.

Claire beschloss, das Risiko zu wagen. „Möchtest du vielleicht ein paar Tage bei mir wohnen? Während du die Hochzeit vorbereitest, meine ich."

„Ist das dein Ernst?" Ihre Schwester wirkte überrascht.

„Wahrscheinlich bist du viel zu beschäftigt."

„Eigentlich nicht. Mein aktueller Fall ist gerade abgeschlossen. Und morgen habe ich tatsächlich einen Termin in Hayden."

Ich habe einen Fehler gemacht, dachte Claire, aber laut sagte sie: „Dann ist es also abgemacht. Du kommst für ein paar Tage zu mir."

Sechstes Kapitel

Meghann parkte ihr Auto und überprüfte noch einmal ihre Notizen. Dann sah sie sich um. Sie ging zwei Blocks zu Fuß bis zur Azalea Street. Ihr Ziel war kaum zu verfehlen: ein schmales viktorianisches Haus in Kanariengelb mit purpurfarbenen Zierleisten. Am weißen Lattenzaun des Vorgartens hing ein windschiefes Schild mit der Aufschrift ROYAL EVENT PLANNING. Rund um die pinkfarbenen Buchstaben rankten sich glitzernde Rosen.

Am liebsten wäre Meghann weitergegangen. Wer mit Glitzerfarbe malte, war vermutlich nicht in der Lage, eine stilvolle Hochzeit zu planen.

Trotzdem öffnete sie die Pforte und betrat den Märchenlandvorgarten. Ein grüner Kunstrasenweg führte hinauf zur Veranda.

Sie klopfte an die lachsrosa Haustür. Die Tür öffnete sich, und ein hoch gewachsener Mann mit dunkelblonden Locken und tief gebräunter Haut stand vor ihr. Er trug eine auffällige Brille mit schwarzem Gestell, eine hautenge schwarze Lederhose und ein tannengrünes Muscle-Shirt.

„Sie müssen Meghann Dontess sein. Ich bin Roy Royal."

Meghann unterdrückte ein amüsiertes Grinsen.

„Nur zu, lachen Sie ruhig. Ich bin nur froh, dass mein zweiter Vorname nicht Al ist." Er stemmte eine Hand auf die Hüfte. „Sie tragen verdammt scharfe Klamotten, Miss Dontess. Hier in Hayden bekommen wir nur selten etwas von Marc Jacobs zu Gesicht. Ich kann nicht einmal ahnen, was Sie zu mir führt."

„Claire Cavenaugh ist meine Schwester. Und ich bin wegen ihrer Hochzeit hier."

Der Mann klatschte begeistert in die Hände. „Claire! Gut, Miss Dontess, dann wollen wir mal anfangen. Für Claire nur vom Feinsten." Er führte Meghann ins Wohnzimmer und steuerte auf ein pinkfarbenes Sofa zu. „Die Trauung findet natürlich in der Episcopal Church statt. Für den Empfang denke ich an die Moose Lodge, als Caterer kommt nur Chuck Wagon infrage."

„Sie reden von einer Hochzeit in Hayden, nicht?"

„Erster Klasse."

„Und was kostet hier eine Hochzeit, so in etwa?"

„Eine richtig schöne Feier? Sagen wir … zweitausend Dollar."

Meghann beugte sich zu ihm hinüber. „Lesen Sie eigentlich das *In Style Magazine*?"

„Machen Sie Witze?" Er lachte. „Von der ersten bis zur letzten Seite."

„Dann wissen Sie sicher, was so genannte Promi-Hochzeiten sind. Ich denke besonders an die, die als ‚schlicht, aber nobel' bezeichnet werden."

„Schlicht bedeutet in Hollywood, dass es nicht teuer genug sein kann und dass der Empfang im Freien stattfindet. Keine Brautjungfern."

„Mr Royal, ich möchte eine Hochzeit, wie sie Hayden noch nicht gesehen hat. Aber das darf außer Ihnen und mir niemand erfahren. Kein Sterbenswörtchen zu niemandem. Sind wir uns einig?"

„Aber klar." Schmunzelnd klatschte er in die Hände. „Und was erwarten Sie genau?"

„Eine Traumhochzeit. Geld spielt keine Rolle."

Roy Royal schüttelte lächelnd den Kopf. „Süße, den Satz habe ich hier noch nie gehört. Ein Empfang im Freien also? Da brauchen wir ein Zelt. Für die Beleuchtung Lampions und Lichterketten …"

Meghann hörte kaum zu. Mit Royal Event Planning hatte sie die richtige Wahl getroffen, sie brauchte nur die Schecks auszustellen.

JOE STECKTE bis zu den Ellbogen im Fahrgestell eines alten Traktors und wechselte gerade das Öl, als ein Auto sich näherte und hielt. Er wartete darauf, dass Smitty den Kunden begrüßte, konnte aber nichts hören.

„Jemand hier?", ertönte es. „Smitty?"

Joe kroch unter dem Traktor hervor und stand auf. Ein stämmiger Mann betrat die Werkstatt. Joe erkannte ihn sofort. Es war Reb Tribbs, ein Holzfäller, der bei der Arbeit einen Arm verloren hatte.

Joe zog sich die Mütze tiefer in die Stirn. „Was kann ich für Sie tun?"

„Mein Pick-up springt nicht richtig an. Das verdammte Ding war gerade erst hier, und Smitty sagte, er hätte es repariert. Ich zahle aber keinen Cent, bevor nicht alles in Ordnung ist."

„Das müssen Sie mit Smitty klären. Aber wenn Sie den Wagen in die Werkstatt fahren, kann ich …"

„Kenne ich Sie nicht?" Reb Tribbs runzelte die Stirn und trat näher. „Was sagt man dazu? Joe Wyatt!" Er pfiff durch die Zähne. „Junge, du hast aber Nerven. Hier erinnert man sich noch genau an das, was du getan hast. Himmel, ich dachte, man hätte dich eingebuchtet."

„Nein." Joe spürte den überwältigenden Drang, Reb Tribbs einfach stehen zu lassen, aber er blieb da.

„Wenn du mich fragst, solltest du hier so schnell wie möglich wieder verschwinden. Ihr Vater braucht nicht zu wissen, dass du hier bist."

„Ich habe ihn noch nicht besucht."

„Natürlich nicht. Dafür hat ein so erbärmliches Stück Dreck wie du nicht genug Mumm in den Knochen."

„Es reicht, Reb." Smitty stand in der offenen Werkstatttür, ein angebissenes Sandwich in einer Hand, eine Dose Cola in der anderen.

„Ich begreife nicht, wie du diesen Verbrecher einstellen konntest", knurrte Tribbs. „Wenn er weiter für dich arbeitet, muss ich mir eine andere Werkstatt suchen."

„Ich werde es überleben", erklärte Smitty.

Reb brummte etwas Unverständliches, machte auf dem Absatz kehrt und marschierte zu seinem Pick-up. Bevor er einstieg, blickte er sich noch einmal um. „Das wird dir noch Leid tun, Smitty. Dreck wie der gehört nicht nach Hayden."

Als Reb Tribbs anfuhr, legte Smitty Joe eine Hand auf die Schulter. „Er ist selbst Dreck, Joe. Das war schon immer so. Eine miese, kleine Ratte."

„Wenn sich herumspricht, dass ich wieder hier bin, wirst du Kunden verlieren."

„Macht nichts. Mein Haus ist bezahlt, mein Grundstück auch. Die Miete meines Zweithauses bringt mir fünfhundert Dollar im Monat."

„Trotzdem … Du hast doch einen Ruf zu verlieren."

Smittys Druck auf seiner Schulter verstärkte sich. „Als Helga und ich das letzte Mal etwas von Philly gehört haben, lebte er in Seattle. Unter dem Viadukt. Heroin. Jeden Tag bete ich, dass ihm jemand hilft."

Joe nickte stumm. Er wusste nicht, was er sagen sollte.

„Ich muss noch mal weg", sagte Smitty schließlich. „Einen Ford reparieren. Wie ist es? Kommst du in den nächsten zwei Stunden allein klar?"

„Nicht, wenn Reb Tribbs wieder auftaucht."

„Der kommt nicht wieder." Smitty warf ihm die Schlüssel zu. „Wenn es dir zu viel wird, dann schließ einfach ab." Dann verließ er die Werkstatt.

Joe beendete seine Arbeit, konnte aber den Zwischenfall mit Reb Tribbs nicht vergessen. Ihm war, als hätten die Worte des alten Mannes die Luft in der Werkstatt verpestet. „Du solltest hier so schnell wie möglich wieder verschwinden …"

Als er schließlich die Werkstatt abschloss, fühlte er sich richtig ausgebrannt. Er verschloss auch das Büro und wollte sich gerade auf den Weg zu seiner Hütte machen, als er zufällig die Straße hinunterblickte. Die Neonreklame im Fenster von „Mo's Taverne" fiel ihm ins Auge. Und plötzlich sehnte er sich danach, in das verqualmte Halbdunkel dort drüben einzutauchen und zu trinken, bis der Druck in seiner Brust endlich nachließ.

Joe zog sich seine Baseballmütze tiefer ins Gesicht und überquerte die Straße. Vor dem Lokal blieb er kurz stehen und hoffte inständig, dass er niemanden traf, den er kannte. Dann öffnete er die verschrammte Holztür.

Seit mindestens zehn Jahren hatte Meghann an keiner Brautparty mehr teilgenommen, und sie wusste auch nicht recht, wie sie sich in diesen Kleinstadtkreisen benehmen sollte, ohne aufzufallen.

Nach dem vierstündigen Besuch bei Roy Royal hatte sie eine weitere Stunde im „Too Many Cooks" zugebracht. Wenn sie auch keine gute Köchin war, so kannte sie sich doch mit schicken Küchenutensilien aus. Sie kaufte für Claire (und Bobby, obwohl sie sich die beiden nicht recht als Ehepaar vorstellen konnte) eine Küchenmaschine von Kenwood.

Als sie wieder bei Claire ankam, war sie vollkommen erschöpft. Sie entschuldigte sich nach dem Abendessen mit Kopfschmerzen und rannte die Treppe hinauf in ihr Zimmer, um sich hinzulegen.

Inzwischen fühlte sie sich wieder ein bisschen besser. Sie warf einen Blick auf den Wecker: zwanzig vor sieben, Zeit aufzustehen.

Sie öffnete den Schrank, und ihre Wahl fiel auf ein schlichtes schwarzes Kleid. Mit Armani lag man nie falsch. Sie zog schwarze Strümpfe sowie gleichfarbige Pumps an und lief dann die Treppe hinunter. Im Haus war alles ruhig.

„Claire?“

Keine Antwort. Dann entdeckte sie den Zettel auf dem Küchentisch: *Tut mir Leid,' dass du dich nicht wohl fühlst. Bleib ruhig zu Hause, und erhole dich. Liebe Grüße, C.*

Sie waren ohne sie losgefahren. Meghann sah auf ihre Armbanduhr. Sieben Uhr. Natürlich waren sie fort. Als Ehrengäste durften sie nicht zu spät kommen.

Meghann kramte die lavendelfarbige Einladung aus ihrer Tasche. *Brautparty für Claire und Bobby* stand da in schwungvoller Schrift. Auf der Rückseite waren Ort und Zeit vermerkt.

In weniger als zehn Minuten hatte sie Ginas Haus erreicht. Sie klemmte sich ihr Geschenk fest unter den Arm, stieg die Verandastufen hinauf und klopfte an die Tür.

Du schaffst das ganz bestimmt, dachte sie. Du kommst mit ihren Freundinnen schon klar. Du brauchst nur zu nicken, zu lächeln und zu fragen, wo der Krug mit der Bowle steht.

Hastige Schritte, dann ging die Tür auf.

Mit lachendem Gesicht stand Gina auf der Schwelle. „Oh, hallo“, sagte sie und trat einen Schritt zur Seite. „Wie schön, dass es dir besser geht.“

Überrascht starrte Meghann Gina an. Sie trug eine Caprihose und ein weites schwarzes T-Shirt.

„Ich bin falsch angezogen“, sagte sie. „Viel zu fein.“

„Ach was, überhaupt nicht. Ohne die sechs Kilo, die ich nach Rex' Verschwinden zugelegt habe, hätte ich heute Abend auch etwas anderes angezogen. Komm herein. Du bist meine Partnerin heute Abend.“ Gina lächelte. „Ich dachte schon, ich müsste solo bleiben.“

Sie packte Meghann am Arm und schob sie durch einen breiten Flur in ein großes Zimmer mit Ausblick auf einen wunderschönen Garten. „Claire! Sieh doch mal, wer hier ist!“, rief sie so laut, dass jeder es hörte.

Sofort verstummten die Gespräche, und alle drehten sich um. Die Gäste trugen fast ausnahmslos T-Shirts und Jeans. Claire löste sich aus Bobbys Armen und eilte auf ihre Schwester zu. Sie trug eine hellblaue Hose und einen weißen Baumwollpullover, was ihr ausgezeichnet stand. „Wie schön, dass du doch noch gekommen bist“, sagte sie lächelnd. „Wenn ich Kopfschmerzen habe, kann ich mich stundenlang nicht rühren.“

Meghann kam sich vor wie Jacqueline Kennedy beim Schützenfest in der Provinz. „Ich hätte nicht kommen sollen“, sagte sie schnell. „Es ist besser, wenn ich gleich wieder gehe.“

„Bitte nicht.“ Claire sah sie besorgt an. „Ich freue mich, dass du hier bist. Wirklich.“

Schweigend standen sie beieinander, bis Gina endlich die unbehagliche Stille durchbrach. „Möchtest du etwas trinken, Meghann?“

Meghann nickte. „Sehr gern.“

„Komm mit in die Küche.“

„Aber beeilt euch, wir wollten gerade mit den Spielen beginnen!“, rief Claire ihnen hinterher.

INZWISCHEN hatte Meghann wieder Kopfschmerzen.

Mit züchtig zusammengedrückten Knien hockte sie auf dem Sofa und balancierte auf ihnen einen Pappteller. Die anderen Gäste (ausnahmslos Pärchen wie in der Arche Noah) saßen im Kreis auf dem Boden und erzählten sich Geschichten von früher, die Meghann alle nicht kannte.

„Erinnert ihr euch noch, wie sich Claire im Island Lake Camp vom höchsten Sprungbrett ins Wasser stürzte …“

„Oder wie sie Mrs Testerns Lineal versteckt hat …“

„Wisst ihr noch, wie sie beim Giftnotruf angerufen hat, weil Alison Waschwasser getrunken hatte …“

Die Jahre auf der Highschool, die Teenagerzeit, Schwangerschaft und die erste Zeit nach Alisons Geburt – Meghann wusste nichts darüber.

„Okay, Leute, höchste Zeit für die Spiele!“, rief Gina.

Sie rannte in die Küche und kam mit einer großen weißen Porzellanschüssel zurück. „Das Spiel heißt ‚Smarties sagen die Zukunft voraus‘. Jeder nimmt sich, so viel er will.“

Meghann sah, dass nicht nur sie skeptisch war. Niemand griff wirklich beherzt zu. Meghann nahm sich zwei der bunten Schokolinsen.

„Für jeden Smartie muss man etwas über die Braut oder den Bräutigam sagen und eine Vorhersage für die Zukunft machen."

Die Männer stöhnten unüberhörbar.

„Ich fange an!", rief Charlotte. „Ich habe drei. Claires Lächeln ist einfach bezaubernd, und ich sage voraus, dass sich mit Bobby daran nichts ändern wird. Sie kann auch sehr gut kochen, daher wage ich die Vorhersage, dass er vor seinem vierzigsten Geburtstag schneckenfett ist. Und drittens ist Waschen und Bügeln nicht ihr Ding, folglich prophezeie ich, dass sich Bobby an Falten und Flecke gewöhnen wird."

Claire lachte schallend, lauter als alle anderen.

So ging es munter weiter, aber mit jeder Aussage wurde Meghann unbehaglicher zumute. Selbst die Ehemänner der Freundinnen schienen mehr über Claire zu wissen als sie, und ihr selbst fiel nur eine einzige Prophezeiung ein, die sie auf keinen Fall äußern wollte: „Ich sage vorher, dass er ihr das Herz bricht."

„Meghann!", rief Gina. „Du bist dran."

Unsicher starrte Meghann auf die beiden Smarties in ihrer schweißnassen Hand. „Ich habe zwei." Sie zwang sich zu einem Lächeln. „Claire … Claire ist die liebevollste Mutter, die ich kenne, daher prophezeie ich, dass Alison nicht ihr einziges Kind bleibt."

Claire strahlte und lehnte sich an Bobby.

„Und die zweite Prophezeiung, Meghann?"

Sie nickte. „Meine Schwester liebt intensiv, aber nicht leichten Herzens, daher wage ich die Vorhersage, dass es ihr wirklich ernst ist." Sie hob den Kopf und bemerkte, dass Claire die Stirn runzelte.

Meghann verstand nicht, warum. Sie fand ihre Aussage eigentlich eher positiv, aber Claire sah aus, als würde sie gleich anfangen zu weinen.

„Ich bin die Letzte", brach Gina die plötzliche Stille. „Und ich habe nur einen Smartie. Da Claire keinen Ton trifft, prophezeie ich, dass Bobby auf sie als Hintergrundsängerin gern verzichtet."

Lachend standen alle auf und scharten sich um Claire und Bobby. Zu ihrer Überraschung merkte Meghann, dass sie den Tränen nahe war. Sie stand auf, sah, dass niemand auf sie achtete, durchquerte hastig das Haus und lief zu ihrem Auto. Sie machte sich auf den Weg nach Hause, um dort auf Claire zu warten und sich zu entschuldigen. Für was auch immer.

Doch dann bemerkte sie die Bar. Meghann nahm den Fuß vom Gaspedal. Wenn sie da hineinging und ein Glas – oder auch zwei oder drei – trank, ging es ihr bestimmt bald besser. Kurz entschlossen parkte sie ihr Auto und betrat das Lokal. Die Bar nahm die gesamte rechte Wand ein. Mit geübtem Blick überflog Meghann die Tresenbesetzung. Auf dem schimmernden Holz standen mehr Gläser, als Gäste auf den Barhockern saßen. Das waren die Kampftrinker.

Links im Raum standen runde Tische, die meisten von ihnen gut besetzt. Sie ging zu einer Lücke am Tresen, wo ein müde wirkender Mann eine Bierlache aufwischte. „Was soll's sein?", fragte er.

Sie lächelte. „Geben Sie mir ein Glas Weißwein. Wenn möglich einen Vouvray."

„Wir haben keine französischen Weine, nur kalifornische. Inglenook oder Gallo."

„Dann Inglenook."

Er wandte sich ab, verschwand und kehrte einen Moment später mit dem Wein zurück.

Meghann warf ihre Kreditkarte auf die Theke. „Schreiben Sie an. Es bleibt wahrscheinlich nicht bei einem Glas."

In der Jukebox klickte es, dann begann es zu summen. Eine alte Platte von Aerosmith begann sich zu drehen.

An einem Tisch in ihrer Nähe saß ein Mann, der damit beschäftigt war, etwas zu schreiben.

Sie ging zu ihm. „Hallo, darf ich mich zu Ihnen setzen?"

Als er den Kopf hob, sah Meghann, wie jung er war. Einundzwanzig vielleicht, höchstens zweiundzwanzig. „Verzeihen Sie, Ma'am. Was sagten Sie gerade?"

Ma'am …

„Nennen Sie mich doch Meghann."

„Sie kommen mir bekannt vor. Sind Sie eine Freundin meiner Mutter?"

Meghann fühlte sich plötzlich wie die alte Lady aus *Titanic*. „Ich … habe Sie mit jemandem verwechselt. Entschuldigen Sie."

Sie wandte sich einem anderen Tisch zu, doch bevor sie ihn erreicht hatte, setzte sich dort eine Frau und küsste den Mann am Tisch.

Unvermittelt drehte Meghann ab und stieß mit einem etwas heruntergekommenen Mann zusammen, der auf dem Rückweg zum Tresen war.

„Verzeihen Sie", sagte sie hastig. „Ich hätte besser aufpassen müssen."

„Nichts passiert."

Leicht schwankend ging er zur Bar und setzte sich.

Da stand sie nun – ganz allein in einer gut besuchten Bar. Heute war ganz offensichtlich nicht ihr Tag. Es blieb ihr nichts anderes übrig, als zu Claire zurückzufahren, sich allein im Gästebett auszustrecken und schlaflos darauf zu warten, dass es wieder Tag wurde.

Dann sah Meghann einen grauhaarigen Mann, der allein an einem Tisch saß. Er hatte breite Schultern, sein schwarzes T-Shirt spannte sich über dem Rücken. Schon von hinten war zu sehen, dass es ihm nicht gut ging. Sie konnte wählen: er oder die Einsamkeit.

Meghann ging auf ihn zu. „Haben Sie etwas dagegen, wenn ich mich zu Ihnen setze?“ Sie zog sich einen Stuhl heran und setzte sich ihm gegenüber an den Tisch.

Er hob den Kopf und sah sie an. Seine Augen waren blau, und sie stellte überrascht fest, dass er nicht viel älter war als sie selbst. Sie fand ihn recht attraktiv, aber es war deutlich, dass er schon einiges mitgemacht hatte im Leben.

„Ich weiß nicht, was Sie suchen“, sagte er leise, „aber hier finden Sie es bestimmt nicht.“

Sie wollte etwas Witziges und Belangloses sagen, aber die Worte blieben ihr im Hals stecken. Er hatte etwas an sich, was ihr bekannt vorkam …

„Sind wir uns nicht schon einmal begegnet?“, fragte Meghann stirnrunzelnd. Sie hatte ein gutes Gedächtnis – besonders für Gesichter.

„Das werde ich immer wieder mal gefragt. Ich habe eben ein typisches Durchschnittsgesicht.“

Nein, das stimmte nicht. Sie war sicher, ihn schon einmal gesehen zu haben, doch darauf kam es nicht an. „Leben Sie hier in der Gegend?“

„Jetzt schon.“

„Was machen Sie beruflich?“

„Sehe ich so aus, als hätte ich einen Beruf? Ich schlage mich durch, mehr nicht.“

„Das tun wir doch alle. Mehr oder weniger.“

„Hören Sie …“

„Ich heiße Meghann.“

„Ich weiß nicht, was Sie von mir wollen, Meghann, aber ich nehme Sie nicht mit zu mir nach Hause.“

Sie lächelte. „Ich kann mich nicht erinnern, Sie darum gebeten zu haben. Sie neigen zu vorschnellen Schlüssen.“

„Tut mir Leid. Ich war … längere Zeit allein. Da verliert man die Gewandtheit im Umgang mit Menschen.“

Die Gewandtheit im Umgang mit Menschen … Das klang nach Bildung. Interessiert beugte sie sich vor, um ihn genauer zu betrachten. Sie fand sein

Gesicht anziehend. „Und wenn es nun doch mein Wunsch wäre, mit Ihnen nach Hause zu gehen?“

Er ließ sich lange Zeit mit der Antwort. „Ich würde sagen, dass es nichts zu bedeuten hätte.“ Seine Stimme klang gepresst, und er sah aus, als hätte er Angst.

Plötzlich verspürte sie die Erregung der Jagd. Sie legte einen Zeigefinger auf seinen Handrücken. „Was wäre, wenn mir das nichts ausmachte?“

„Das wäre sehr bedauerlich.“

Getroffen von der Bemerkung, zog sie ihre Hand zurück. Plötzlich kam sie sich transparent vor, so als könnte er mit seinen blauen Augen direkt durch sie hindurchschauen. „Vielleicht fällt es uns gemeinsam leichter, die Nacht zu überstehen.“

Er stand so schnell auf, dass sein Stuhl fast umgestürzt wäre. „Ich wohne nicht weit weg. Nur ein paar Schritte die Straße hinunter.“

„Ich komme mit“, das war alles, was sie sagte.

Draußen spürte Joe sie neben sich, fühlte die Wärme ihres Körpers, registrierte, wie ihre Hand beim Gehen unabsichtlich gegen seine stieß. Diese Farce musste ein Ende haben. Er wollte stehen bleiben und ihr sagen, dass das alles ein großes Missverständnis war, aber er ging weiter. Roch ihr Parfüm, süß, moschusartig und sexy.

Und dann standen sie plötzlich vor seiner Hütte. Sie waren drei Blocks gegangen, und während der ganzen Zeit hatte er kein Wort hervorgebracht. Sie auch nicht. Hätte sie etwas Sinnloses geplappert, hätte er vielleicht die Kraft gefunden, aus der Situation herauszukommen, aber ihr Schweigen war sein Verhängnis.

„Hier wohne ich zurzeit“, sagte er.

„Zurzeit?“

Die Nachfrage überraschte ihn, aber er antwortete nicht. Er schloss die Tür auf und machte einen Schritt zur Seite, um sie eintreten zu lassen.

Sie lief an ihm vorbei in den dunklen Raum. Er folgte ihr, machte aber kein Licht an, weil überall Fotografien von Diana standen. Er wollte keine Erklärungen über sein Leben abgeben, nicht gegenüber dieser Frau in ihrem schicken Designerkleid und mit ihrem teuren Schmuck. Eigentlich wollte er überhaupt nichts sagen.

Joe ging in die Küche und holte ein paar von den Kerzen, die für den Fall griffbereit lagen, dass durch Winterstürme der Strom ausfiel. Schweigend trug er sie ins Schlafzimmer und zündete sie an. Als er fertig war, drehte er sich um. Sie stand am Fußende des Bettes.

Er holte tief Luft. Jetzt erst sah er, wie schön sie war mit ihren pechschwarzen Haaren, der blassen Haut und den grünen Mandelaugen. Was wollte sie bloß von ihm? Und was wollte er von ihr? Seit Diana war er mit keiner Frau mehr zusammen gewesen.

Mit sanft schwingenden Hüften bewegte sie sich auf ihn zu und öffnete dabei ihr Kleid. Es fiel ihr von den Schultern, enthüllte einen schwarzen Spitzen-BH und einen milchweißen Brustansatz.

Verschwinden Sie, wollte er sagen, aber stattdessen zog er sie in seine Arme. Er merkte, dass er zitterte.

„Alles in Ordnung?", fragte sie.

Joe dachte nicht nach, sagte kein Wort, sondern hob sie auf seine Arme und trug sie zum Bett.

Zum ersten Mal seit Jahren schlief er in dieser Nacht mit einer Frau in den Armen ein.

Als er erwachte, war er wieder allein.

CLAIRE fiel in die Kissen zurück. „Du musst mich wirklich lieben, wenn du mich küsst, bevor ich mir die Zähne geputzt habe."

Er sah sie an. Sein attraktives Gesicht war von winzigen Schlaffältchen durchzogen. „Du traust mir noch immer nicht, oder?"

„Doch, natürlich", erwiderte sie eine Spur zu schnell.

Er strich ihr zärtlich über die Wange. „Ich liebe dich, Claire Cavenaugh. Am liebsten würde ich dem Mann den Hals umdrehen, der dich so verunsichert hat."

„Das war kein Mann. Nicht nur." Sie lächelte traurig. „Beweise einfach, dass Meghann Unrecht hat. Nichts könnte sie mehr irritieren."

„Sie gibt sich doch Mühe."

Claire richtete sich auf. „Sie hat meine Heirat mit dir eine Torheit genannt. Einen großen Fehler!"

„Claire, sie ist auch bei deiner Mutter aufgewachsen, hatte aber keinen Vater, der sie da rausgeholt hat. Leicht kann es für sie nicht gewesen sein." Auf seinem Gesicht begann dieses langsame Lächeln aufzuleuchten, bei dem sie immer ganz weiche Knie bekam. „Du kannst ihr nicht vorwerfen, dass sie dich vor einer Ehe mit mir warnt, Liebling. Sie versucht nur, dich zu beschützen."

„Mir ihren Willen aufzuzwingen, meinst du wohl."

„Komm her", sagte er leise.

Sie beugte sich zu ihm. Er legte einen Arm um ihren Nacken, zog sie eng an sich und küsste sie. „Mir machst du nichts vor, Claire Cavenaugh", flüsterte er. „Nach dem Theater mit dem Hochzeitskleid hattest du Kopfschmerzen und gestern Abend, als Meghann so früh nach Hause gegangen ist, auch. Wenn Meghann dich kränkt, behauptest du zwar, es mache dir nichts aus, schluckst aber Aspirin. Ich weiß Bescheid, Liebes. Meghann ist deine Schwester – nur das zählt. Sie ist die einzige, die du hast."

„Niemand kann mich so auf die Palme bringen wie Meghann. Sie hat eine echte Begabung, immer das Falsche zu sagen."

„Mein Vater war genauso. Ständig lagen wir uns in den Haaren. Jetzt lebt er nicht mehr, und ich wünschte, ich hätte mir ein bisschen mehr Mühe gegeben."

„Also gut, Sigmund Freud. Ich versuche, mit ihr zu reden. Wieder einmal."

„Und kein Aspirin mehr."

Claire lief hinunter, um die Kaffeemaschine in Betrieb zu setzen. Als der Kaffee durchgelaufen war, goss sie sich eine Tasse ein, ging auf die Veranda und setzte sich in ihren Schaukelstuhl.

Sanft hin- und herschwingend blickte sie hinüber zum blausilbernen Wasser des Flusses am hinteren Rand des Grundstücks. Der Himmel schimmerte enzianblau.

Quietschend öffnete sich die Gazetür und fiel wieder zu. Meghann kam auf die Veranda. Sie trug ein fransenbesetztes schwarzes Top und Jeans mit ausgestellten Beinen. Ungebändigt fielen ihre schwarzen Locken über die Schultern. Sie sah hinreißend aus. „Guten Morgen."

Hastig versteckte Claire ihre alte, verwaschene Jogginghose unter einer Wolldecke. „Guten Morgen, soll ich dir einen Pfannkuchen zum Frühstück machen?"

Meghann setzte sich auf einen Liegestuhl. „Nein danke. Ich bin noch immer dabei, den Kuchen von gestern zu verdauen."

„Du bist früh gegangen."

„Es war eine sehr nette Party. Deine Freundin Gina ist echt witzig."

„Ja, sie hat viel Humor."

„Es ist sicher nicht leicht für sie, so kurz nach ihrer Scheidung deine Hochzeit mitzuerleben."

Claire nickte. „Sie leidet ziemlich unter der Trennung von Rex."

„Die Feststellung, dass man den falschen Mann geheiratet hat, ist immer ein schwerer Schlag."

„Sie waren fünfzehn Jahre verheiratet. Die Scheidung bedeutet doch nicht, dass er von Anfang an der Falsche für sie war."

Claire trank einen Schluck Kaffee. Wie immer, wenn sie mit Meghann zusammen war, wollte sie sich in sich selbst zurückziehen und schweigen. Doch dann dachte sie daran, was Bobby zu ihr gesagt hatte. „Du hast mir immer noch nicht erzählt, warum du gestern so früh gegangen bist."

„So früh war es nun auch nicht. Gefallen dir deine Geschenke?"

„Ja, sehr. Übrigens vielen Dank für die tolle Küchenmaschine. Aber jetzt sag mir endlich, warum du so schnell verschwunden bist."

Meghann schloss die Augen und öffnete sie zögernd wieder. Sie sah ängstlich aus. „Es war dieses Spiel mit den Smarties. Ich wollte kein Spielverderber sein, aber ich kenne dich kaum und habe offenbar etwas Verkehrtes gesagt. Allerdings weiß ich nicht, was."

„Du hast gesagt, dass ich zwar intensiv liebe, aber nicht leichten Herzens. Ich glaube nicht, dass das stimmt. Es hat mich verletzt."

„Für mich stimmt es", sagte Meghann.

Claire beugte sich vor. Endlich näherten sie sich den wirklich wichtigen Dingen. „Manchmal ist es nicht leicht, dich zu lieben, Meghann."

„Das weiß ich selbst, glaub mir." Sie lachte, aber es klang bitter.

„Du verurteilst die Menschen – mich – zu schnell und zu hart. Deine Äußerungen sind wie Peitschenhiebe. Jede von ihnen hinterlässt blutige Striemen."

„Andere Menschen vielleicht. Aber dich verurteile ich doch nicht."

„Ich bin auf dem College durchgerasselt. Ich bin nie aus Hayden herausgekommen. Ich habe ein uneheliches Kind von einem Mann, der längst verheiratet war. Und jetzt will ich mit einem dreimal Geschiedenen die Ehe eingehen und bin zu unvernünftig, um mich mit einem Ehevertrag abzusichern. Mir fällt sicher noch mehr ein, wenn ich drüber nachdenke."

Meghann runzelte die Stirn. „Das alles habe ich dir vorgeworfen?"

„Ich kann doch kaum eine halbe Stunde mit dir zusammen sein, ohne mir wie eine erbärmliche Versagerin vorzukommen. Während du erfolgreich und perfekt bist."

„Nun, stimmt es etwa nicht?" Das sollte witzig klingen, doch Meghann erkannte schnell, dass der Versuch misslungen war. „Meine Therapeutin glaubt, dass ich mich nur schwer … zurücknehmen kann."

„Die Frau scheint ihr Handwerk zu verstehen. Du bist genau wie Mama. Ihr beide müsst immer und überall die Nummer eins sein."

„Mit dem Unterschied, dass sie psychotisch ist, während ich neurotisch bin. Aber ihr Unglück mit Männern hat sie mir mit Sicherheit vererbt." Sie sah ihre Schwester an. „Ist es dir gelungen, den Fluch zu brechen?"

Claire hatte von ihrer Mutter die Überzeugung geerbt, dass jede Liebe früher oder später enden musste. Meghanns Vermächtnis war ganz anders. Sie konnte überhaupt nicht an die Liebe glauben.

„Ja, Meghann. Ich glaube schon."

Meghann lächelte, aber die Wehmut in ihren Augen war nicht zu übersehen. „Ich wünschte, ich hätte deine Zuversicht. Es war dein Glück, dass du Sam als Vater hattest."

Claire musste an den Sommer denken, in dem ihr Vater versucht hatte, auch für Meghann da zu sein. Es war ein Albtraum gewesen. Ständig hatten Meghann und Sam darüber gestritten, wer Claire mehr liebte, wer besser wusste, was gut für sie war. Schließlich hatte Claire es nicht mehr ertragen. „Hör endlich auf, meinen Vater anzubrüllen!", hatte sie Meghann angeschrien. Es war das erste Mal gewesen, dass sie ihre Schwester weinen sah. Am nächsten Tag war Meghann fort gewesen.

„Er wollte auch für dich sorgen", sagte Claire leise.

„Er ist nicht mein Vater."

Schweigen breitete sich aus. Claire beugte sich näher zu ihrer Schwester. „Hättest du vielleicht Zeit, nächste Woche auf Alison aufzupassen? Wenn wir auf Hochzeitsreise gehen."

„Wieso Hochzeitsreise? Ich dachte, ihr wolltet keine machen."

„Hochzeitsgeschenk von meinem Vater. Eine siebentägige Reise nach Hawaii."

„Und du möchtest, dass ich auf Alison aufpasse?"

„Ich finde, es ist Zeit, dass Alison dich besser kennen lernt."

Meghann wirkte nervös. „Du vertraust mir dein Kind an?"

„Natürlich."

Meghann lehnte sich zurück und lächelte unsicher. „Okay."

Claire grinste. „Natürlich ist Bungee-Springen absolut tabu."

„Schade, aber wie ist es mit Fallschirmspringen?"

Sie lachten noch immer, als das Telefon klingelte. Claire sprang auf und rannte ins Haus. „Hallo?"

„Einen Moment, bitte. Miss Eliana Sullivan möchte Sie sprechen."

Claire hörte, dass Meghann hinter sie trat. Sie formte mit den Lippen ein lautloses „Mama".

„Na, das kann ja heiter werden."

„Hallo!", rief ihre Mutter. „Hallo!"

„Hallo, Mama. Ich bin's, Claire."

Ihre Mutter lachte ihr heiseres, sinnliches Lachen, das sie über die Jahre sorgsam kultiviert hatte. „Ich glaube, ich weiß noch recht gut, welche meiner Töchter ich gerade anrufe, Claire.“

„Natürlich“, versicherte Claire schnell, obwohl ihre Mutter sie beide ständig durcheinander brachte.

„Also, Kleines, was gibt es denn? Du hattest angerufen.“

Claire hasste den einstudierten Südstaatendialekt. „Ich wollte dir mitteilen, dass ich heirate.“

„Nun, das überrascht mich. Und wer ist es?“

„Er wird dir gefallen, Mama. Er ist Texaner.“

„Womit verdient er sein Geld? Und wie viel?“

„Das ist für mich nicht wichtig.“

„Ist er pleite? Nun, ich gebe dir einen guten Rat: Es erleichtert das Leben, reiche Männer zu heiraten. Aber was soll's. Herzlichen Glückwunsch. Wann ist die Hochzeit?“

„Am Samstag, dem Dreiundzwanzigsten.“

„Juni? Du meinst, am kommenden Samstag?“

„Hättest du mich früher zurückgerufen, hätte ich dir's früher gesagt.“

„Ich habe Shakespeare gespielt. Mit Charlie Sheen, wenn ich das hinzufügen darf. Hast du übrigens mein Bild im *People Magazine* gesehen?“

„Tut mir Leid, das ist mir entgangen.“

„Nun, am Samstag ist es ein bisschen schwierig für mich, Kleines. Wie wäre es mit dem ersten Wochenende im August?“

Claire verdrehte die Augen. „Mama, die Einladungen sind bereits verschickt. Es ist zu spät, die Hochzeit zu verschieben.“

„Wann am Samstag?“

„Die Trauung beginnt um sieben Uhr abends, danach ist der Empfang.“

Ihre Mutter seufzte. „Ausgerechnet am Samstag. Ich musste drei Monate auf meinen Friseurtermin bei José warten. Aber vielleicht kann er mich früher drannehmen.“

Claire ertrug es nicht länger. „Entschuldige, Mama, aber ich muss jetzt Schluss machen. Am Samstag um sieben heirate ich in der Episcopal Church in Hayden. Ich würde mich freuen, wenn du dabei wärst, habe aber jedes Verständnis, wenn du zu beschäftigt bist.“

„Sag mir eins, Kleines. Bist du dir sicher, dass es von Dauer ist? Ich würde meinen Friseurtermin nur ungern für …“

„Ich muss los, Mama. Bis bald.“

„Okay, Claire. Ich auch. Und noch einmal meine herzlichsten Glückwünsche.“

„Danke, Mama. Wiederhören.“ Claire sah Meghann an. „Samstag ist ein ungünstiger Tag für sie. Sie hat einen Friseurtermin bei José.“

„Wir hätten ihr die Einladung schicken sollen, wenn alles vorbei ist.“

„Ich weiß auch nicht, warum ich immer noch etwas anderes von ihr erwarte.“

Meghann schüttelte den Kopf. „Selbst ein Krokodilweibchen hängt an seinen Eiern.“

„Mama würde sich ein Omelett braten.“ Sie brachen in Lachen aus.

Siebtes Kapitel

Ich habe die Genehmigung für die Parknutzung, das Zelt ist für uns reserviert, den Standplatz können wir morgen besprechen.“ Befriedigt lehnte Roy Royal sich zurück. „Das wär's.“

Meghann atmete tief durch. Alle Punkte auf ihrer Liste waren abgehakt. In den letzten beiden Tagen hatte sie unablässig gearbeitet und jede Einzelheit doppelt und dreifach überprüft. Einen Vorteil hatte ihre Schufterei: Endlich konnte sie nachts schlafen. Das einzige Problem waren ihre Träume. Und die drehten sich vor allem um Joe. Sobald sie die Augen schloss, erinnerte sie sich an die Nacht mit ihm. An seine blauen, traurigen Augen, seine Berührungen, an die Zärtlichkeit, wobei er etwas Unverständliches geflüstert hatte.

„Vielen Dank, Roy. Ich weiß nicht, wie ich das alles ohne Sie bewältigt hätte.“

Meghann verabschiedete sich und machte sich auf den Weg zum Auto. Erst nach einer Weile bemerkte sie, dass sie in die falsche Richtung gelaufen war. Sie wollte gerade wieder umdrehen, als sie die Werkstatt entdeckte. Dahinter stand Joes Hütte.

In der Küche ging das Licht an, und sie bemerkte einen Schatten hinter dem Fenster, einen Schimmer silbergrauer Haare. Sie spürte den plötzlichen Drang, hinüberzulaufen und ihn zu sehen, doch sie wusste aus bitterer Erfahrung, dass alles andere als anonymer Sex sie überforderte.

Langsam drehte sie sich um und ging zu ihrem Auto.

UNTÄTIG hörte Joe zu, wie das Wasser ungenutzt in den Ausguss des Spülbeckens rann, und sah aus dem Fenster.

Sie stand auf der anderen Straßenseite und sah zu seinem Haus hinüber. Mit verschränkten Armen stand sie da und rührte sich nicht. Aus der großen Blumenampel neben ihr streifte eine Ranke roter Blüten ihren Arm, aber sie schien es nicht zu merken.

„Meghann", sagte er halblaut und wunderte sich über das Verlangen in seiner Stimme. Seit der Nacht mit ihr hatte er viel an sie gedacht, obwohl er wusste, dass das Zusammensein mit ihr nichts zu bedeuten hatte. Doch jetzt, als er sie da drüben stehen sah, spürte er eine solche Sehnsucht in sich, dass ihm klar wurde, dass er sich etwas vorgemacht hatte.

Sie machte einen Schritt auf ihn zu.

Sein Herz schlug schneller, seine Hände ballten sich zu Fäusten.

Doch dann drehte sie sich um und ging davon.

„Gott sei Dank", murmelte er, doch er war keineswegs erleichtert.

AM FREITAGNACHMITTAG schlug das Wetter um. Der Himmel bezog sich, es wurde empfindlich kühl. Ein feiner Sprühregen verbreitete durchdringende Nässe.

Claire versuchte aufzuräumen, doch sie konnte sich auf nichts richtig konzentrieren. War fünfunddreißig nicht viel zu alt, um das erste Mal zu heiraten? Wie konnte sie sicher sein, dass sie nicht einen großen Fehler machte? Nur wenn sie mit Bobby zusammen war, konnte sie freier atmen.

Kurz bevor sie sich umziehen musste für den Polterabend bei Gina, kam ihr Vater. Er trug eine frisch gebügelte Hose und sein bestes Jeanshemd. „Ich wollte kurz mit dir sprechen, bevor der Trubel losgeht", sagte er und griff in seine Brusttasche. Er holte ein kleines schwarzes Kästchen heraus, öffnete es und gab es ihr.

„Das ist der Ring deiner Großmutter Myrtle. Sie wollte, dass du ihn bekommst." Zärtlich griff Sam nach ihrer Hand. „Ich kann doch nicht zulassen, dass meine Tochter mit einem Ring aus Alufolie vor den Altar tritt."

Claire streifte den funkelnden Diamantring über ihren Finger. Er passte genau. Dankbar schloss sie ihren Vater in die Arme. Er roch wie immer nach Holzrauch und Rasierwasser, und in diesem Moment zogen hunderte von Begebenheiten aus ihrer Mädchenzeit an ihr vorüber.

Vom morgigen Tag an war sie eine verheiratete Frau. Ein anderer Mann war dann der Mittelpunkt ihres Lebens. In Zukunft war sie Bobbys Frau und nicht mehr Sam Cavenaughs kleine Tochter.

Als ihr Vater sich von ihr löste, standen Tränen in seinen Augen, und Claire wusste, dass er das Gleiche dachte wie sie.

„Ich werde dich immer lieben", flüsterte sie.

Er nickte. „Ich dich auch."

WARUM hatte sie ihrer Schwester den Polterabend bei Gina nicht ausgeredet? Jede einzelne Minute war die reine Hölle.

„Bist du allein gekommen?“

„Wo steckt dein Mann?“

„Du hast keine Kinder? Hast du ein Glück, manchmal hätte ich auch gern meine Ruhe.“

Meghann wusste, dass Claires Freundinnen sich Mühe gaben, sie in ihren Kreis einzubeziehen, aber je intensiver sie das versuchten, desto isolierter fühlte sich Meghann. Sie kannte sich in vielen Dingen aus: der Weltpolitik, der Situation im Nahen Osten und der Wall Street. Nur bei den Themen Familie und Kinder musste sie passen.

„Hört mir bitte kurz zu!“, rief Gina und kam aus der Küche. „In Kürze beginnt der zweite Höhepunkt des Abends.“

Alle verstummten und blickten sie erwartungsvoll an.

Gina lächelte triumphierend. „Hector öffnet die Bowlingbahn nur für uns. In einer Viertelstunde brechen wir auf.“

Bowling … geliehene Schuhe … Polyesterhemden.

Meghann durchquerte den Raum und legte ihrer Schwester eine Hand auf die Schulter. Claire drehte sich um. Sie sah in diesem Moment so glücklich aus, dass es Meghann fast den Atem verschlug.

Sie lachte. „Lass mich raten, Meghann, bowlen ist nicht dein Ding.“

„Doch, ich gehe eigentlich gern bowlen. Aber ich muss morgen früh raus. Es gibt da ein paar Sachen, die ich noch erledigen muss.“

Claire nickte. „Alles klar, Meghann. Ich versteh schon.“

„Dann wünsch ich euch viel Spaß. Ich verabschiede mich noch schnell von Gina.“

Fünfzehn Minuten später saß Meghann im Auto und fuhr zurück nach Hayden. Claires Freunde hatten es geschafft, ihr die Leere in ihrem Leben schmerzlich bewusst zu machen, und als sie an Smittys Werkstatt vorbeikam, trat sie hart auf die Bremse.

Bis zu diesem Moment hatte sie nicht einmal geahnt, wie sehr sie sich wünschte, ihn wiederzusehen. Sie stieg aus, atmete die frische, klare Luft ein und blickte zu seiner kleinen Hütte hinüber. Hinter den Fenstern brannte Licht. „Nein“, sagte sie laut, überquerte aber die Straße und lief durch seinen kleinen Garten, in dem es nach Geißblatt und Jasmin duftete. Vor der Hütte blieb sie stehen und fragte sich, was sie hier eigentlich machte.

Und dann klopfte sie. Doch drinnen rührte sich nichts.

Sie drehte am Türknauf und trat ein. In der Hütte war es schummrig. Im Kamin knisterte ein Feuer. „Joe?“, fragte sie und ging vorsichtig weiter.

Keine Antwort.

Sie glaubte zu spüren, dass er in der Nähe war und sich wie ein verletztes Tier im Halbdunkel versteckte und sie beobachtete. Unsinn, dachte sie sofort, er ist nicht zu Hause, und ich habe hier nichts verloren. Sie wollte schon wieder zur Tür gehen, als sie plötzlich die Fotos bemerkte. Sie standen buchstäblich überall – auf dem Couchtisch, auf den Fensterbrettern, auf dem Kaminsims. Überrascht ging Meghann auf die Bilder zu. Alle zeigten dieselbe Frau, eine attraktive Blondine, die in ihrer Eleganz an Grace Kelly erinnerte. Sie griff nach einem der Fotos.

„Brichst du immer bei anderen Leuten ein und schnüffelst in ihren Privatsachen herum?“

Meghann zuckte zusammen. Das Foto entglitt ihren Händen und fiel auf den Boden. Sie drehte sich um. „Joe? Ich bin's. Meghann.“

„Ja, ich weiß.“ Er hockte in einer Zimmerecke auf dem Fußboden, ein Bein angezogen, das andere ausgestreckt. Der schwache Feuerschein des Kamins beleuchtete seine silbergrauen Haare. Etwas wie Trauer umgab ihn, und sie fragte sich, ob er geweint hatte.

„Ich hätte nicht so einfach hier hereinkommen dürfen“, murmelte sie verlegen. „Ich hätte überhaupt nicht herkommen sollen. Es tut mir Leid.“ Sie ging zur Tür.

„Komm, trink ein Glas mit mir, Meghann.“

Sie merkte, wie sehr sie sich gewünscht hatte, dass er sie zum Bleiben aufforderte. Langsam drehte sie sich zu ihm um.

„Was möchtest du?“, fragte er.

„Einen Martini vielleicht?“

„Ich kann dir Scotch anbieten.“ Er lachte heiser. „Und Scotch.“

Sie setzte sich auf das Ledersofa. „Dann nehme ich einen Scotch.“

Joe stand auf, um zur Küche zu gehen, und ihr wurde klar, warum sie ihn nicht gesehen hatte, als sie hereingekommen war. Er trug schwarze Jeans und ein schwarzes T-Shirt.

Sie hörte es plätschern, dann das Klirren von Eiswürfeln. Während er ihren Whisky einschenkte, sah sie sich im Raum um.

Es war ihr unheimlich, dass er so viele Fotos von der blonden Frau in seinem Haus hatte.

„Hier, bitte.“

Sie blickte ihn an. Er stand direkt vor ihr. „Danke“, sagte sie.

Er nahm einen Schluck aus der Flasche und wischte sich mit dem Handrücken über den Mund. „Gern geschehen." Er blieb stehen und starrte sie weiter an. Er schwankte leicht.

„Du bist betrunken", stellte sie fest.

„Heute is der ssweiunsswanssigste Juni." Er setzte sich neben sie.

„Und? Hast du etwas gegen den zweiundzwanzigsten Juni?"

Er sah hinüber zu den Fotos. „Du warst vor ein paar Tagen schon einmal da, bist aber nicht hereingekommen."

Also hatte er sie bemerkt, wie sie auf der anderen Straßenseite gestanden und zu seinem Haus hinübergeblickt hatte. Da sie nicht wusste, was sie sagen sollte, trank sie einen Schluck Whisky.

„Wer ist sie, Joe?", fragte Meghann leise, aber in dem stillen Zimmer hörte sich ihre Stimme zu laut an, zu persönlich.

„Meine Frau. Diana."

„Du bist verheiratet?"

„Nicht mehr. Sie … hat mich verlassen."

„An einem zweiundzwanzigsten Juni."

„Woher weißt du das?"

„Mit Scheidungen kenne ich mich aus. Die Jahrestage können die Hölle sein." Meghann sah ihm in die traurigen Augen und bemühte sich, absolut nichts zu empfinden. Es war besser so, gefahrloser. Aber so dicht neben ihm, nahe genug, um von ihm in die Arme genommen zu werden, verspürte sie doch etwas: Sehnsucht. Und plötzlich wünschte sie sich mehr von Joe, mehr als Sex.

Er berührte ihr Gesicht. „Ich kann dir nichts bieten, Meghann."

Die Art, wie er ihren Namen aussprach – wehmütig, resigniert, hoffnungslos –, verursachte ihr eine Gänsehaut.

Sie wollte ihm sagen, dass sie nichts anderes von ihm wollte als vielleicht eine Nacht in seinem Bett, brachte die Worte aber nicht über die Lippen. „Das macht nichts."

„Du solltest mehr verlangen."

„Du auch."

Plötzlich fühlte sie sich verletzlich, ganz so, als könnte dieser Mann, den sie gar nicht kannte, ihr das Herz brechen. „Wir reden zu viel, Joe. Küss mich."

Im Kamin brach ein Holzscheit in sich zusammen. Funken sprühten durch den Raum.

Er seufzte und zog sie in seine Arme.

Achtes Kapitel

Das Wetter am nächsten Tag war perfekt – strahlender Sonnenschein, blauer Himmel und ein leichter Wind, der durch die Bäume raschelte, sodass es klang, als ob er auf den Ahornblättern musizierte. Gegen fünf hatte Claire geduscht und war bereit, sich anzuziehen.

Es klopfte an der Tür, und Meghann stand auf der Schwelle. „Ich dachte, wir könnten uns zusammen anziehen." Als Claire nicht sofort antwortete, sagte sie schnell: „Aber wenn du nicht willst, dann gehe ich wieder."

„Nein, warte. Das ist eine gute Idee."

Meghann hatte sich einen französischen Zopf geflochten.

„Deine Haare sehen toll aus", stellte Claire fest.

„Wenn du willst, kann ich dich auch frisieren."

„Würdest du das tatsächlich tun?"

„Natürlich. Als du klein warst, habe ich dir immer die Haare gemacht."

Claire lief zum Bett und ging in die Knie. Meghann stellte sich hinter sie und begann, ihr die Haare zu bürsten. Voller Behagen schloss Claire die Augen.

„So, Claire. Fertig."

Claire stand auf und wollte ins Bad gehen.

„Warte." Meghann zog sie zum Bett zurück. „Setz dich. Man kann von einer Braut nicht verlangen, dass sie sich selbst schminkt." Sie rannte hinüber in ihr Zimmer und kehrte eine Minute später mit einem Kosmetikkoffer zurück. „So, Claire, mach die Augen zu", sagte sie.

Claire gehorchte und spürte, wie hauchzarte Pinsel über ihre Augenlider und Wangen fächelten. Und sie dachte an Halloweenpartys in ihrer Kindheit, wenn Meghann sie als Prinzessin geschminkt hatte.

„So, fertig. Du kannst dich jetzt anschauen."

Etwas unsicher ging Claire ins Bad und schaute in den Spiegel. Ihre blonden Haare waren leicht aus dem Gesicht gebürstet und im Nacken zu einem eleganten Knoten geschlungen. Die Frisur betonte ihre hohen Wangenknochen und ließ ihre Augen geradezu riesig wirken. Noch nie hatte sie sich so schön gefühlt.

„Ich finde es … atemberaubend."

Meghann strahlte. „Wirklich?"

Plötzlich flog die Tür auf. „Mommy!" Alison kam ins Zimmer gerannt. Sie trug bereits ihr hellblaues Seidenkleid. „Schnell, Mommy! Das musst du dir ansehen!“ Ungeduldig packte sie Claires Hand und zerrte sie zur Tür.

Claire und Meghann folgten Alison die Treppe hinunter. Draußen standen Sam, Bobby und Alison und bewunderten ein knallrotes, funkelnagelneues Kabrio mit einer riesigen pinkfarbenen Schleife auf der Motorhaube. „Was um alles in der Welt hat das zu bedeuten?“, fragte Claire.

Ihr Vater reichte ihr eine Karte. *Liebe Claire, lieber Bobby,* las sie, *für euren großen Tag wünsche ich euch viel Glück. Ich hoffe noch immer, dass ich heute rechtzeitig bei euch sein kann. Tausend Küsse, Mama.*

Meghann trat neben Claire und legte ihr eine Hand auf die Schulter. „Ich glaube, das ist Mamas Hochzeitsgeschenk.“

Claire seufzte. „Wer sonst würde mir ein Auto mit zwei Sitzen schenken? Soll Alison vielleicht hinterherlaufen?“

Doch dann lachte sie. Was blieb ihr auch anderes übrig?

CLAIRE stand in einem Nebenraum der kleinen Kirche an der Front Street. Die letzte Stunde war das reine Chaos gewesen. Ständig war eine ihrer Freundinnen hereingekommen und in Begeisterungsstürme über ihr Kleid ausgebrochen. Meghann war herumgesaust, um letzte Details zu überprüfen, und Alison hatte mindestens zwanzigmal gefragt, auf welcher Altarstufe sie stehen sollte. Doch jetzt herrschte gnädige Stille. Claire stand vor dem hohen Spiegel und betrachtete sich. Das schimmernde Seidenkleid passte perfekt, und mit dem Schleier fühlte sie sich wie eine Prinzessin.

Ihr Hochzeitstag. Sie konnte es immer noch nicht ganz fassen.

Es klopfte an die Tür, und Meghann kam herein. „Die Kirche ist bis auf den letzten Platz besetzt. Bist du so weit?“

Claire musste schlucken. „Ja“, sagte sie leise.

Meghann nahm den Arm ihrer Schwester und brachte sie in den kleinen Vorraum der Kirche, wo Sam und Alison bereits warteten.

„Oh, Alison. Du siehst aus wie eine kleine Prinzessin.“ Claire bückte sich, um ihre Tochter zu küssen.

Lachend drehte Alison eine kleine Pirouette. „Ich finde mein Kleid auch wunderhübsch, Mommy.“

Hinter der Tür erklang Musik. Es war an der Zeit, die Kirche zu betreten. Meghann beugte sich zu Alison hinunter. „Bist du bereit, Schätzchen? Schön langsam laufen. Genau so, wie wir es geübt haben, okay?“

Aufgeregt hopste Alison von einem Fuß auf den anderen. „Okay.“

Zu den Klängen des Hochzeitsmarsches öffnete Meghann die Doppeltüren. Alison ging als Erste und streute Blumen, Claire legte ihre Hand auf den Arm ihres Vaters, und sie folgten Alison. Vorne vor dem Altar wartete Bobby in einem schwarzen Smoking und lächelte strahlend.

Als sie vorn angekommen waren, blieb Sam stehen, hob Claires Schleier leicht an, küsste sie auf die Wange und trat zur Seite. Und dann war Bobby da, nahm ihren Arm und führte sie die Stufen zum Altar hinauf. Sie sah Bobby an und liebte ihn in diesem Moment so sehr, dass es fast wehtat.

Lautlos formte er die Worte „keine Angst“ und drückte ihre Hand.

Pastor Tim redete und redete, aber Claire hörte nicht viel mehr als das heftige Schlagen ihres Herzens. Kurz vor dem Jawort hatte sie plötzlich Angst, die entscheidenden Worte nicht über die Lippen zu bekommen, doch die Panik war unbegründet. Als sie „Ja, ich will“ sagte, blickte sie in Bobbys blaue Augen und wusste, dass sie das Richtige tat. Lächelnd sah der Pastor sie beide an. „Hiermit erkläre ich euch zu Mann und …“

Krachend flogen die Türen der Kirche auf. Alle Köpfe wandten sich um. Im Eingang stand eine Frau mit ausgebreiteten Armen und einer Zigarette in der Hand. Sie trug ein figurbetontes Silberlameekleid und hatte eine kleine Schar Bodyguards, Reporter und Fotografen mitgebracht. „Ihr habt doch tatsächlich ohne mich angefangen“, sagte sie.

Ein Raunen lief durch die Kirchenbänke. „Ist das nicht …“, flüsterte jemand.

Bobby runzelte die Stirn, und Claire fuhr sich seufzend über die Augen. „Bobby, das ist meine Mutter“, sagte sie.

„Ich bringe sie um.“ Meghann sprang auf und trat auf den Mittelgang.

„Da ist ja mein anderes Mädchen.“ Ihre Mutter streckte theatralisch die Arme aus, und die Fotografen zückten ihre Kameras.

Meghann packte ihre Mutter am Arm und zerrte sie hinter die Türen zurück. Die Paparazzi folgten in geschlossenem Trupp.

Durch die inzwischen wieder geschlossenen Türen hörte sie, wie Pastor Tim einen zweiten Versuch unternahm, Bobby und Claire zu Mann und Frau zu erklären. Einen Moment später war in der Kirche der tosende Applaus der Hochzeitsgäste zu hören.

Meghann schob ihre Mutter in den Nebenraum und warf die Tür zu.

„Was fällt dir ein, mich …“, brauste ihre Mutter auf, verstummte aber wieder, als Hundegebell ertönte. Sie sah auf einen kleinen Korb unter ihrem Arm. „Es ist alles okay, meine Süße. Meghann macht wie üblich aus einer Mücke einen Elefanten.“

„Du hast deinen Hund mitgebracht?“

Ihre Mutter drückte eine Hand gegen ihre üppige Brust. „Du weißt doch, dass Elvis nicht gern allein ist. Würdest du mir endlich sagen, warum du mich von der Hochzeit meiner eigenen Tochter fern hältst?“

Hilflose Wut kam in Meghann hoch. „Heute ist Claire die Hauptperson. Kannst du das denn nicht begreifen, Mama? Es ist ihr Tag. Und was machst du? Du stiehlst ihr die Show. Hast du vielleicht sogar hier draußen auf den richtigen Moment für deinen Auftritt gewartet?“

Mama senkte kurz den Blick, aber das reichte aus, um Meghanns Vermutung zu bestätigen. „Oh, Mama!“ Sie schüttelte den Kopf. „Das ist wirklich ein starkes Stück, sogar für deine Verhältnisse. Und wer sind eigentlich all die Leute, die du mitgebracht hast? Glaubst du wirklich, du brauchst in Hayden Bodyguards?“

„Ich habe überall Fans. Manchmal machen sie mir richtig Angst.“

Meghann lachte. „Heb dir das Theater für die Reporter auf, Mama. Wir gehen jetzt beide zu dem Empfang und sagen Claire, wie sehr wir uns für sie freuen. Du kannst einen Fotografen mitnehmen. Aber nur einen. Keine Bodyguards und keinen Hund. Das ist nicht verhandelbar.“

„Du kannst einem echt auf die Nerven gehen, Meghann.“

Nur Zentimeter voneinander entfernt standen sie sich gegenüber und starrten sich in die Augen.

Und dann lachte ihre Mutter. Aber nicht ihr kehliges, sinnliches Hollywood-Schnurren, sondern ein tiefes, fast vulgäres Lachen. „Gehen wir nun zu Claires Empfang oder nicht?“, fragte sie. „Mein Rückflug geht um Mitternacht. Ich muss um elf in Seattle sein.“

Wider Willen musste Meghann lächeln. Gegen einen so oberflächlichen Menschen wie Mama kam man einfach nicht an. „Das heißt, dass du etwa gegen halb neun Uhr hier aufbrechen musst. Dann lass uns endlich gehen, sonst glaubt Claire noch, ich hätte dich wirklich umgebracht.“

NACH der Kirche war Claire der strahlende Mittelpunkt der Hochzeitsgesellschaft. Die Gäste standen lachend um sie herum und unterhielten sich. Nie zuvor in ihrem Leben hatte sie sich so geschätzt und geliebt gefühlt. Bobby legte seinen Arm um ihre Taille und zog sie eng an sich. „Habe ich dir eigentlich schon gesagt, wie hinreißend du aussiehst?“

Zärtlich schmiegte sie sich an ihn. „Ja, hast du.“

„Als du in der Kirche auf mich zugekommen bist, dachte ich, mir bleibt das Herz stehen. Ich liebe dich, Mrs Austin.“

Eng umschlungen folgten sie den Hochzeitsgästen zu Fuß hinüber zum

Riverfront Park, wo der Empfang stattfinden sollte. Plötzlich blieben die Hochzeitsgäste vor ihnen stehen und bildeten ein Spalier für sie. Claire griff nach Bobbys Hand und zog ihn mit sich. Es wurde geklatscht und gelacht, Reiskörner regneten auf sie herab und knirschten unter ihren Schritten. Schließlich erreichten sie das Ende des Spaliers, und Claire blieb wie verzaubert stehen.

Ein riesiges weißes Zelt war im Park errichtet worden. Es wurde erleuchtet von Lichterketten mit tausenden winziger Glühbirnen und chinesischen Lampions in der Form von Sternen und Halbmonden. Im Innern standen weiß gedeckte Tische. Langsam ging Claire weiter. Rosenduft erfüllte die Abendluft, und sie sah, dass auf jedem Tisch eine schlichte Glasschale mit weißen Rosenblüten stand.

In einer Ecke spielte ein Jazztrio in weißen Smokings einen schmelzenden Walzer aus den Vierzigerjahren.

„Darf ich Sie um diesen Tanz bitten, Mrs Austin?“

Claire ließ sich von Bobby zum Tanzparkett führen und tanzte mit ihm den Brautwalzer, während die Gäste alle zuschauten und sich wiegten zu den Klängen der Musik.

Als das Lied endete, entdeckte Claire Meghann und ihre Mutter, die offensichtlich bester Laune war.

„Komm, Bobby“, sagte Claire, „ich muss dir meine Mutter vorstellen.“ Sie nahm seine Hand und zog ihn vom Tanzparkett.

Als sie in die Nähe der Bar kamen, hörten sie, wie Claires Mutter eine Gruppe faszinierter Zuhörer mit Geschichten vom Leben an Bord der *USS Star Seeker* unterhielt.

Ihre Mutter sah sie kommen. „Claire!“ Sie streckte beide Hände aus. „Tut mir Leid, dass ich zu spät gekommen bin, Darling. Das Leben von Stars wird von anderen bestimmt. Aber du bist die allerschönste Braut, die ich je gesehen habe.“

Ihre Blicke trafen sich. In den dunklen Augen ihrer Mutter sah Claire echte Freude und fühlte sich sonderbar gerührt.

„Und nun …“, sagte ihre Mutter schnell. „Wo steckt mein frisch gebackener Schwiegersohn?“

„Hier bin ich, Mrs Sullivan.“

„Nenn mich Ellie. Wie alle in meiner Familie.“ Sie ging einen Schritt auf Bobby zu und pfiff leise durch die Zähne. „Du siehst gut genug aus, um es in Hollywood zu etwas zu bringen.“

Das war ihr größtes Kompliment.

„Vielen Dank, Ellie.“

Sie nahm seine Hand. „Wenn du auch nur halb so gut singst, wie du aussiehst, bist du sicher bald im Radio zu hören. Komm, erzähl mir von deiner Karriere, während wir miteinander tanzen.“

„Es ist mir eine Ehre, mit meiner Schwiegermutter zu tanzen.“ Bobby lächelte Claire kurz zu und verschwand.

Claire wandte sich Meghann zu. „Alles in Ordnung?“

„Mama hat ihren Hund mitgebracht. Und eine ganze Meute von Bodyguards.“

„Schließlich könnte sie jeden Moment von ihren Fans überfallen werden“, gab Claire grinsend zu bedenken.

Meghann lachte. „Gegen halb neun muss sie wieder fort. Und dafür müssen wir dem Herrgott wirklich dankbar sein.“

Claire sah ihre Schwester an und suchte nach Worten. „Die Hochzeit …“, begann sie, aber ihre Stimme versagte. Sie schluckte. „Du hast ein Vermögen ausgegeben.“

„Aber nein.“ Meghann schüttelte den Kopf. „Das waren fast alles Sonderangebote. Die Lichterketten sind meine eigene Weihnachtsbaumbeleuchtung. Und das Zelt …“

Claire legte einen Finger auf die Lippen ihrer Schwester. „Ich versuche nur, dir zu danken.“

„Oh!“

„Ich wünschte …“ Sie wusste nicht, wie sie ihre plötzliche Sehnsucht ausdrücken sollte.

„Ich weiß“, sagte Meghann leise. „Vielleicht kann es künftig anders werden.“

„Du warst meine beste Freundin“, sagte Claire. „Du hast mir so gefehlt, als du mich …“ Aber sie verstummte. Sie wollte die harten Worte nicht aussprechen.

„Du hast mir auch gefehlt.“

„Mommy, Mommy! Tanz mit uns.“

Claire drehte sich um und sah, dass Alison und ihr Vater hinter ihr standen. „Wenn ich mich nicht sehr irre, ist es ein Brauch, dass die Braut mit ihrem Vater tanzt.“ Sam lächelte und streckte ihr beide Hände entgegen.

„Und mit ihrer Tochter! Großvater nimmt mich auf den Arm.“ Ungeduldig hopste Alison von einem Fuß auf den anderen.

Claire gab ihr Sektglas Meghann und ließ sich zum Tanzparkett ziehen. Als sie inmitten der anderen Paare standen, flüsterte Sam ihr ins Ohr:

„Wenn Alison eines Tages heiratet, dann weißt du, was man in diesem Moment empfindet. Ich bin überwältigt von den unterschiedlichsten Gefühlen, vor allem aber von Glück.“ Dann beugte er sich zu seiner Enkeltochter hinab, hob sie auf den Arm, und sie tanzten eng aneinander geschmiegt miteinander. Claire wusste, dass sie sich bis an das Ende ihrer Tage an diesen Tag erinnern würde und daran, wie sehr sie liebte und geliebt wurde.

Und das war Meghanns Hochzeitsgeschenk für sie.

MEGHANN sah über den nachtschwarzen Rasen des Riverfront-Parks. Hinter ihr packte die Band gerade ihre Instrumente zusammen. Ihre Mutter hatte sich schon vor Stunden verabschiedet, genau wie Sam und Alison. Die meisten anderen, auch das junge Paar, waren gegen Mitternacht aufgebrochen. Meghann hatte noch die Aufräumarbeiten beaufsichtigt, aber jetzt war auch das geschafft.

Nachdenklich trank sie noch einen letzten Schluck Sekt und blickte zur Straße hinüber. Wahrscheinlich schlief Joe längst. Es kam ihr absurd vor, dass sie den Wunsch hatte, zu ihm zu gehen, aber da lag so etwas in der Luft. Eine Art romantische Verzauberung. Die Nacht duftete berauschend nach Rosen, und sie wollte gern glauben, dass alles möglich war. Zumindest heute Nacht.

Leise vor sich hin summend lief Meghann den Kiespfad hinunter, überquerte die Straße und sah, dass in Joes Hütte noch Licht brannte. Vor seiner Tür blieb sie einen Moment unschlüssig stehen, doch dann fasste sie sich ein Herz und klopfte.

Wenige Augenblicke später öffnete Joe die Tür. Sein Haar war zerzaust, als hätte er bereits geschlafen, und er trug nur seine schwarze Jeans.

Er musterte sie schweigend.

„Ich dachte, wir könnten noch zusammen etwas trinken gehen.“

„Du willst mit mir ausgehen? Um ein Uhr morgens?“

„Warum denn nicht?“

„Warum wäre die bessere Frage.“

Meghann sah ihm in die Augen. Als sich ihre Blicke trafen, begann ihr Herz schneller zu schlagen. „Ich war einfach nur guter Stimmung. Vielleicht habe ich ein bisschen zu viel getrunken.“ Verlegen schloss sie die Augen. „Ich hätte nicht herkommen sollen. Entschuldige.“ Als sie die Augen wieder öffnete, sah sie, dass er einen Schritt näher gekommen war.

„Zum Ausgehen bin ich wirklich nicht aufgelegt.“

„Schade.“

„Aber ich hätte nichts dagegen, wenn du hereinkämst."

Unmerklich atmete Meghann tief auf. „Ja, gern."

„Aber ich habe etwas dagegen, allein aufzuwachen. Es ist okay, wenn du nicht die ganze Nacht bleiben willst, aber schleich dich nicht einfach davon. Das ist billig."

„Tut mir Leid."

Er lächelte. Sein ganzes Gesicht schien zu leuchten, und er sah zehn Jahre jünger aus. „Also gut. Komm herein."

Sie berührte seinen Arm. „Es ist das erste Mal, dass ich dich lächeln sehe."

„Ja, das kann sein", sagte er leise und ein wenig traurig. „Ich habe schon lange nicht mehr gelächelt."

MEGHANN hatte geduscht, T-Shirt und Jeans angezogen und packte. Bevor sie das Haus verließ, schrieb sie Claire und Bobby einen kurzen Willkommensgruß auf einen Zettel, den sie finden sollten, wenn sie von ihrer Hochzeitsreise zurückkehrten. Dann sah sie sich ein letztes Mal um. Im Vergleich zu ihrer Wohnung in Seattle war Claires Haus ein richtiges Zuhause für die Menschen, die darin lebten, und der Abschied fiel ihr überraschend schwer.

Als schließlich alles verstaut war, setzte sie sich in ihren Porsche und fuhr langsam über den Campingplatz bis zu einer von Rhododendronsträuchern umstandenen Lichtung. In der Mitte stand ein grauer Wohnwagen auf Zementblöcken.

Meghann parkte das Auto und stieg aus. Wie immer vor einem Treffen mit Sam hatte sie ein verkrampftes Gefühl im Magen. Langsam ging sie den Kiesweg entlang und stieg die Holzstufen zur Veranda hinauf. Sie pochte an die Tür. Als niemand öffnete, klopfte sie stärker.

Mit einem leisen Quietschen ging die Tür auf, und Sam stand vor ihr in seiner abgetragenen Arbeitshose und einem hellblauen T-Shirt mit dem Aufdruck RIVER'S EDGE. Seine dicken braunen Haare erinnerten etwas an die Mähne von Albert Einstein.

„Meghann ..." Er trat einen Schritt zurück. „Komm doch herein."

Sie ging an ihm vorbei und fand sich in einem überraschend behaglichen Wohnraum wieder. „Guten Morgen, Sam. Ich möchte Alison abholen."

„Willst du Alison wirklich für eine Woche nach Seattle mitnehmen? Sie kann auch gern bei mir bleiben."

„Das ist nicht nötig", entgegnete Meghann kühl.

„Ich weiß schließlich, wie beschäftigt du bist."

„Glaubst du, dass ich einen schlechten Einfluss auf sie habe? Ist es das?" Sam kam einen Schritt auf sie zu, blieb dann aber stehen. „Claire hat mir gesagt, wie gut du immer zu ihr gewesen bist. Aber damals kannte ich mich mit Kindern kaum aus, und ganz bestimmt nicht mit Mädchen im Teenageralter, die …"

„Erspar uns den Rest. Bitte. Hast du vielleicht eine Liste für mich? Leidet Alison unter Allergien, nimmt sie Medikamente? Gibt es etwas, was ich beachten muss?"

„Sie geht gegen acht ins Bett und hat es gern, wenn man ihr dann noch etwas vorliest. Ihre Lieblingsbücher habe ich ihr eingepackt."

„Gut." Meghann spähte in den kleinen Flur. „Ist sie fertig?"

„Ja. Sie verabschiedet sich nur noch von der Katze. Am Samstag ist sie zu einer Geburtstagsparty eingeladen. Wenn du sie gegen Mittag wieder ablieferst, bringe ich sie hin. Dann ist sie auch hier, wenn Claire und Bobby am Sonntag nach Hause kommen."

Alison kam mit einer riesigen schwarzen Katze unter dem Arm ins Zimmer gerannt. „Lightning möchte mitkommen, Großvater. Darf ich sie mitnehmen, Tante Meghann? Bitte!"

Doch bevor Meghann etwas sagen konnte, kniete Sam sich vor seine Enkelin und nahm ihr das Tier ab. „Lightning muss hier bleiben, Schätzchen. Du weißt doch, wie gern er draußen ist und im Wald Mäuse jagt. Er braucht seine Freiheit. Er ist einfach kein Stadtkater."

„Aber ich bin doch auch kein Stadtmädchen", wandte sie ein und schob die Unterlippe vor.

„Nein, aber du bist ein kleiner Abenteurer. Genau wie Mulan oder Pippi Langstrumpf."

Sam legte beide Arme um Alison und zog sie fest an sich. Erst nach einer ganzen Weile stand er auf und sah Meghann an. „Sorge gut für meine Enkeltochter", sagte er.

Was hatte sie vor vielen Jahren zu Sam gesagt, bevor sie sich auf und davon gemacht hatte? „Sorge gut für meine Schwester …"

„Mach ich", sagte sie jetzt.

Alison griff nach ihrem Rucksack und einem kleinen Koffer. „Ich bin fertig, Tante Meghann."

„Okay, dann lass uns fahren. Gib mir den Koffer."

Als sie bereits im Porsche saßen und langsam den Kiesweg hinunterfuhren, schrie Alison plötzlich laut auf. „Halt!"

Sie stieß die Tür auf und rannte zum Wohnwagen zurück. Einen Moment später kam sie wieder und drückte eine pinkfarbene Decke an ihre Brust. In ihren Augen funkelten Tränen.

„Ohne meine Schmusedecke kann ich nicht auf Abenteuer gehen."

DAS KLINGELN des Telefons riss Claire aus dem Schlaf. Benommen setzte sie sich auf und sah auf den Wecker. Es war 5:45 Uhr. Sie griff über ihren Mann hinweg nach dem Apparat. „Hallo?"

„Hallo, Kleines. Wie geht es dir?"

Claire holte tief Luft. „Wie es einem morgens um sechs so geht, Mama."

„Ich dachte, Hawaii wäre in derselben Zeitzone wie Kalifornien."

„Wir sind hier auf dem halben Weg nach Asien."

„Nun übertreibe mal nicht, Claire. Außerdem rufe ich dich nicht ohne Grund an."

Claire stand auf und holte ihren Morgenrock aus dem Schrank, zog ihn an und ging auf den Balkon hinaus. Der Morgen begann gerade zu dämmern. Es roch nach tropischen Blüten und Meer. „Was gibt es?"

„Ganz gleich, woran ihr euch erinnert oder zu erinnern glaubt – die Wahrheit ist, dass ich euch liebe."

„Das weiß ich, Mama."

„Und jetzt hol meinen Schwiegersohn ans Telefon."

„Warum?"

Ihre Mutter ließ einen theatralischen Seufzer hören. „Es handelt sich um ein Hochzeitsgeschenk für ihn."

„Also gut, Mama. Einen Augenblick." Claire ging ins Zimmer zurück und hielt Bobby das Telefon hin. „Sie will mit dir sprechen."

Bobby setzte sich auf und nahm ihr den Apparat ab. „Wie geht es der attraktivsten Schwiegermutter auf Erden?"

„Was!", rief er kurz darauf überrascht aus. „Ist das dein Ernst?"

Claire trat neben ihn. „Was gibt es?"

Bobby schüttelte den Kopf. „Das ist echt unglaublich, Ellie. Wirklich. Ich weiß gar nicht, wie ich dir danken soll. Wann?" Er runzelte die Brauen. „Oh … ja, verstehe. Wir rufen sofort da an. Und nochmals vielen Dank. Du ahnst nicht, was das für mich bedeutet. Ja. Bis dann."

„Was hat sie denn gemacht?", fragte Claire, nachdem er aufgelegt hatte.

Bobby strahlte über das ganze Gesicht. „Sie hat mir einen Termin bei Kent Ames von der Plattenfirma Down Home Records verschafft. Ich kann es nicht fassen. Seit zehn Jahren warte ich vergebens auf so eine Chance."

Claire fiel ihm um den Hals. „Das ist ja großartig!"

Übermütig wirbelte er sie durch die Luft, bis beide laut lachen mussten. Sie lachte noch immer, als er sie wieder auf die Füße stellte.

„Aber …" Er wurde ernst. „Der Termin ist schon am Donnerstag, weil Kent Ames danach für einen Monat weg ist."

„Donnerstag dieser Woche?"

„Ja. In Nashville."

Claire sah ihrem Mann in die Augen. Wenn sie jetzt Nein sagte, weil sie ihre Flitterwochen nicht abbrechen wollte, würde er sie küssen und sagen: Okay, ich rufe deine Mutter an und frage sie, ob es möglich ist, den Termin um einen Monat zu verschieben.

„Ich wollte schon immer mal nach Tennessee", sagte sie lächelnd.

Bobby zog sie fest an sich. „Ich hätte den Termin auch verschoben", erklärte er ruhig.

„Jetzt gib mir das Telefon. Ich muss meinem Vater und Meghann sagen, dass wir ein paar Tage später zurückkommen."

AM DRITTEN Nachmittag hatte Meghann es aufgegeben, ihrer Nichte unbedingt alle kindgerechten Attraktivitäten in Seattle zeigen zu wollen, und die Tage mit Alison nahmen eine Art behagliche Routine an. Stattdessen liehen sie sich Videos aus, backten Kekse und spielten schwarzer Peter.

Am ersten Abend war Alison weinend in ihr Schlafzimmer gekommen, weil sie nicht einschlafen konnte. Von da an schlief Meghann mit Alison im Arm ein und erwachte morgens mit einem völlig ungewohnten Gefühl der Vorfreude. Das Lächeln fiel ihr leichter, und es machte ihr richtig Freude, für einen anderen Menschen da zu sein.

Als Claire anrief und mitteilte, dass sie erst ein paar Tage später nach Hayden zurückkehren würden, schockierte Meghann ihre Schwester mit dem Angebot, gern noch ein paar Tage länger für Alison zu sorgen. Leider war das wegen Alisons Geburtstagseinladung nicht möglich, sodass sie wie vorgesehen am Samstag zurück nach Hayden fuhren.

Während der ganzen Fahrt fiel es Meghann schwer zu lächeln, während Alison wie ein Wasserfall schwatzte und aufgeregt auf ihrem Sitz herumhopste.

Als sie das River's Edge Resort endlich erreicht hatten, stürzte sich Alison sofort in die Arme ihres Großvaters und begann von Seattle zu erzählen. Meghann lud Alisons Sachen aus, küsste ihre Nichte zum Abschied und verließ Hayden schnell wieder.

In der folgenden Nacht tat sie kaum ein Auge zu, und am Montag ging sie wieder zur Arbeit. Die Stunden schlichen so unerträglich langsam dahin wie noch nie. Gegen fünf Uhr fühlte sie sich ausgelaugt und erschöpft, um sechs Uhr verließ sie das Büro.

Es war ein lauer Frühsommerabend, und bevor sie selbst wusste, wohin es gehen sollte, hatte sie sich auf den Weg ins Athenian gemacht. Vor der Tür ihrer Stammkneipe blieb sie stehen, und ihr wurde bewusst, dass sie gar nicht hineingehen wollte, um sich irgendeinen Mann aufzugabeln. Sie wollte … Joe.

JOES Arbeitstag näherte sich dem Ende. Und das war gut so, denn er hatte noch etwas vor. Er duschte, rasierte sich und zog seine saubersten Sachen an. Und während der ganzen Zeit überlegte er fieberhaft, was er ihnen sagen sollte. *Dianas Tod hat etwas in mir zerbrochen – Ich habe versagt – Ich konnte es nicht ertragen, sie sterben zu sehen.* Aber keiner dieser Sätze schien dem ganzen qualvollen Spektrum seiner Gefühle gerecht zu werden.

Als er ihr Haus erreichte, hatte er die richtigen Worte noch immer nicht gefunden. Sein Blick fiel auf den Briefkasten: DR. AND MRS HENRY ROLOFF. Unwillkürlich streckte Joe die Hand aus und berührte ihn. Auf Bainbridge Island vor seinem Haus hatte es einen ähnlichen Briefkasten gegeben. Einen mit der Aufschrift: DR. AND MRS JOE WYATT.

Still betrachtete Joe das Haus seiner Schwiegereltern. Es sah genauso aus wie an einem Junitag vor langer Zeit, als Diana und er in diesem Garten ihre Hochzeit gefeiert hatten.

Am liebsten wäre er umgekehrt, aber er wusste jetzt, dass Davonlaufen nichts half. Jahrelang war er davongelaufen und stand nun doch wieder hier vor diesem Haus, in dem Menschen lebten, denen er sich einmal sehr nahe gefühlt hatte. Er war hier, um sich zu entschuldigen.

Er holte tief Luft, lief über den gepflasterten Weg auf das Haus mit den weißen Säulen zu und drückte ohne zu zögern auf die Klingel.

Ein paar Augenblicke später öffnete sich die Tür. In einer kakifarbenen Hose und einem marineblauen Pullover stand Henry Roloff vor ihm. „Was kann …“, begann er, doch dann erkannte er Joe. „Joey“, sagte er. Die Pfeife in seiner Hand begann zu zittern. „Wir haben gehört, dass du wieder da bist.“

Joe bemühte sich verzweifelt um ein Lächeln.

„Wer ist da?“, fragte seine Frau Tina von drinnen.

„Du wirst es nicht glauben“, flüsterte Henry Roloff heiser.

„Henry!“, rief sie noch lauter. „Wer ist es?“

Henry Roloff trat einen Schritt zur Seite. Ein zittriges Lächeln erschien auf seinem Gesicht. „Er ist nach Hause gekommen, Mutter!“, rief er. Und dann sagte er es noch einmal, während sich seine Augen mit Tränen füllten. „Er ist nach Hause gekommen.“

„HIER in diesem Klub wurde der Countrysänger Garth Brooks entdeckt.“

Claire lächelte Kent Ames, den Chef der Plattenfirma Down Home Records, an. Seit zwei Tagen hielten Bobby und sie sich schon in Nashville auf. Ihr Hotelzimmer war atemberaubend; sie hatten romantische Candle-Light-Dinner im Hotelrestaurant eingenommen; sie waren in Opryland gewesen und hatten die Country Musik Hall of Fame besichtigt. Und vor allem hatte Bobby inzwischen viermal mit Erfolg vorgesungen.

Das erste Vorsingen hatte in einem feuchten, fensterlosen Büro stattgefunden vor einem jungen Mann mit Akne und wenig Musikverständnis. Doch am nächsten Morgen hatte das Telefon geklingelt, und Bobby hatte das betreten, was man als die Rolltreppe des Erfolgs bezeichnet. Das vierte Vorsingen fand dann in einem großen, eleganten Büro mit Blick auf die „Music Row“ statt, dem Traum aller Countrysänger.

Es sah tatsächlich so aus, als hätten die letzten vierundzwanzig Stunden ihr Leben verändert, als sei Bobby auf dem Weg, ein bekannter Sänger zu werden.

Jetzt saßen sie in einem kleinen Nachtklub an einem Tisch in der ersten Reihe. In etwa einer Stunde sollte Bobby die Bühne betreten, um die beiden Label-Gewaltigen von seinen „Konzertqualitäten“ zu überzeugen.

Die Unterhaltung mit den Männern schien Bobby nicht die geringsten Schwierigkeiten zu bereiten. Sie sprachen über Leute und Dinge, von denen Claire keine Ahnung hatte: Demobänder, Studiozeiten, Tantiemen und Vertragsklauseln.

Sie versuchte zuzuhören und alles zu verstehen, aber sie konnte sich nicht richtig konzentrieren. Der lange Flug von Kauai über Oahu, Seattle und Memphis nach Nashville hatte Kopfschmerzen ausgelöst, die einfach nicht besser werden wollten. Der Tabakrauch im Klub, die dröhnende Musik und die lauten Gespräche taten ein Übriges.

„In fünfundvierzig Minuten beginnt Bobbys Auftritt“, sagte Kent Ames zu ihr. „Normalerweise dauert es Jahre, bis jemand in diesem Klub eine Chance bekommt.“

Claire nickte lächelnd und spürte plötzlich ein merkwürdiges Kribbeln in ihrer linken Hand. Sie versuchte mehrmals, ihr Glas in die Hand zu nehmen.

Als sie es endlich geschafft hatte, trank sie alles auf einmal aus und hoffte, dass das Pochen in ihren Schläfen nachließ.

Sie hoffte vergeblich. Stattdessen wurde ihr übel. Sie stand auf und stellte fest, dass sie leicht schwankte.

„Was ist, Claire?“ Bobby sprang auf.

Sie zwang sich zu einem Lächeln. „Tut mir Leid, Bobby. Meine Kopfschmerzen werden immer schlimmer. Ich glaube, ich muss mich hinlegen.“ Sie küsste ihn auf die Wange. „Zeig ihnen, was du kannst, Liebling“, flüsterte sie.

Er legte einen Arm um sie. „Ich bringe dich ins Hotel.“

Ryan Turner hob die Brauen. „Aber Ihr Auftritt …“

„Ich bin rechtzeitig zurück.“ Bobby nickte den beiden Männern zu und begleitete Claire auf die belebte Straße hinaus.

„Du brauchst mich nicht zu begleiten, Bobby. Wirklich nicht.“

„Nichts ist wichtiger als du, Claire. Absolut nichts. Diese Jungs sollen von Anfang an wissen, wo meine Prioritäten liegen.“

Sie hasteten durch die Lobby und fuhren mit dem Aufzug in ihr Stockwerk hinauf. Im Zimmer half Bobby Claire beim Ausziehen und brachte sie ins Bett. „Schlaf schnell ein, Liebling“, flüsterte er und küsste sie auf die Stirn.

„Viel Glück, Bobby. Ich liebe dich.“

„Genau das ist ja mein Glück.“

Als er gegangen war, richtete Claire sich mühsam auf und rief in River’s Edge an. So locker wie möglich erzählte sie Alison und ihrem Vater, was sie erlebt hatte, und versprach, in zwei Tagen zu Hause zu sein. Nachdem sie aufgelegt hatte, seufzte sie tief auf und schloss die Augen.

ALS CLAIRE am nächsten Morgen erwachte, waren die Kopfschmerzen fort. Sie fühlte sich zerschlagen und erschöpft, hörte aber voller Begeisterung zu, als Bobby von seinem Auftritt erzählte.

„Die waren total begeistert, Claire. Ohne Scherz. Und Kent Ames hat uns doch tatsächlich einen Vertrag angeboten. Ist das zu glauben?“

Eng umschlungen saßen sie auf der Polsterbank im Erker ihrer sonnendurchfluteten Suite. Claire sah ihren Mann an. Er sah so hinreißend aus, dass es ihr fast den Atem verschlug. „Natürlich ist das zu glauben. Ich weiß doch, wie toll du singst. Und wie geht es nun weiter?“

„Die Arbeit in Nashville wird etwa einen Monat in Anspruch nehmen. Es geht darum, ein geeignetes Programm aufzunehmen und eine Band zusammenzustellen. Sie wollen, dass ich im September und Oktober auf Tour gehe. Aber keine Angst. Ich habe ihnen gesagt, dass wir einen Zeitplan austüfteln müssen, der auf die Familie Rücksicht nimmt."

In diesem Moment liebte Claire ihn mehr, als sie jemals für möglich gehalten hatte. Sie griff nach dem Revers seines Bademantels und zog ihn an sich. „Wenn ihr dann auf Tour geht, sitzen in deinem Bus nur Männer und unattraktive Frauen. Ich weiß Bescheid!"

Bobby küsste sie lange und leidenschaftlich. Als er sich von ihr löste, war ihr ganz schwindlig. „Womit habe ich dich nur verdient, Claire?"

„Damit, dass du mich liebst." Sie schob eine Hand in seinen Bademantel. „Trag mich ins Bett, und beweise es."

UM HALB sieben am nächsten Morgen stand Meghann auf, duschte und zog einen schwarzen Hosenanzug und eine lavendelblaue Seidenbluse an. Ein Blick in den Spiegel sagte ihr, dass sie nicht mehr als zwei Stunden geschlafen hatte. Um halb acht saß sie an ihrem Schreibtisch und vertiefte sich in ihre Akten.

Alle fünfzehn Minuten blickte sie aufs Telefon. Ruf ihn endlich an …

Gegen zehn gab sie auf und meldete sich über die Sprechanlage bei ihrer Sekretärin. „Rhona, ich brauche die Telefonnummer einer Autowerkstatt in Hayden, Washington."

„Wie heißt die Werkstatt?"

„Ich kenne weder den Firmennamen noch die Adresse. Aber sie liegt gegenüber dem Riverfront Park, an der Front Street."

„Ich werde …"

„… ein bisschen einfallsreich sein müssen. Vielen Dank." Meghann nahm den Finger von der Taste.

Zehn endlose Minuten verstrichen.

Dann meldete sich Rhona. „Ich habe die Werkstatt gefunden. Sie heißt Smitty's Garage."

Meghann schrieb die Nummer auf einen Zettel und bedankte sich. Dann nahm sie entschlossen das Telefon und wählte. Ihr Herz klopfte wie ein Schmiedehammer.

„Smitty's Garage."

Meghann schluckte. „Ist Joe zu sprechen?"

„Einen Moment bitte. Joe!"

Der Hörer wurde abgelegt, dann wieder aufgenommen. „Hallo?"

„Joe? Hier ist Meghann."

Stille. Lange Stille. „Ich dachte, ich würde nichts mehr von dir hören."

„Tja, so kann man sich irren." Sie schwieg verlegen und räusperte sich. „Ich … äh … habe am Freitagnachmittag einen Termin in der Nähe von Hayden und … ich dachte, wir könnten vielleicht zusammen essen gehen."

Er antwortete nicht.

„Vergiss es. Ich bin eine Idiotin. Ich lege jetzt auf."

„Komm doch zu mir zum Grillen. Ich kaufe ein paar Steaks und leih mir Smittys Grill aus."

„Ist das dein Ernst?"

Er lachte leise, und sie spürte, wie sich die schmerzhafte Verspannung in ihrem Nacken etwas löste. „Warum nicht?"

„Ich könnte gegen sechs da sein. Passt dir das?"

„Ausgezeichnet."

„Ich bringe Wein und Nachtisch mit."

ZEHN Minuten später summte die Gegensprechanlage. „Ihre Schwester ist auf Leitung zwei. Sie sagt, es sei dringend."

„Danke, Rhona." Meghann drückte die entsprechende Taste. „Hallo, Claire. Willkommen zu Hause. Offenbar seid ihr pünktlich gelandet. Wie war es …"

„Ich bin am Flughafen und wusste nicht, wen ich sonst anrufen sollte." Claires Stimme hörte sich zittrig an. Fast klang es so, als würde sie weinen.

„Was ist denn passiert, Claire?"

„Ich kann mich nicht an den Flug aus Nashville erinnern. Ich habe keine Ahnung, wie ich an mein Gepäck gekommen bin, aber es liegt im Kofferraum. Ich kann mich nicht erinnern, zum Parkhaus gelaufen zu sein, aber ich sitze in meinem Auto."

„Entschuldige, aber ich verstehe nicht ganz."

„Ich auch nicht, verdammt noch mal", schluchzte Claire. „Ich weiß nicht, wie ich nach Hause kommen soll."

Meghann spürte, wie Panik in ihr aufstieg. Sie atmete tief durch. „Hast du ein Stück Papier?"

„Ja. Direkt vor mir."

„Und einen Stift?"

„Ja." Ihr Schluchzen wurde leiser. „Ich habe solche Angst, Meghann."

„Ich helfe dir. Schreib auf: Post Alley, Nummer achtzweineun. Hast du das?"

„Ja."

„Halt den Zettel gut fest. Jetzt steig aus dem Auto, und geh zurück zum Terminal."

„Aber ich fürchte mich."

„Ich bleibe bei dir. Am Telefon."

„Warte. Ich weiß nicht, wohin ..."

„Siehst du einen überdachten Zugang vor dir? Mit den Namen von Fluglinien?"

„Ja. Da steht Alaska und Horizon."

„Da gehst du jetzt entlang. Ich bin hier, Claire. Keine Angst. Da müsste jetzt eine Rolltreppe sein, mit der fährst du eine Etage tiefer. Siehst du sie?"

„Ja."

Es schnürte Meghann fast die Kehle zu, Claires hilflose Stimme über das Telefon zu hören. „Jetzt geh ins Freie zur Taxirufsäule. Welche Nummer steht über der Tür, durch die du gerade gekommen bist?"

„Zwölf."

„Sag dem Taxifahrer, er soll dich an Tür Nummer zwölf abholen, du willst ins Stadtzentrum gebracht werden."

„Bleib dran."

Meghann hörte, wie ihre Schwester in ein anderes Telefon sprach. Dann wurde ihre Stimme wieder lauter. „Okay."

„Ganz ruhig, Claire. Alles wird wieder gut."

„Wer spricht denn da?"

Eiskalte Furcht überkam Meghann.

„Hier ist Meghann. Deine Schwester."

„Ich kann mich nicht erinnern, dich angerufen zu haben."

Meghann schloss die Augen. Sie musste tief durchatmen, um wieder sprechen zu können. „Ist das Taxi schon gekommen?"

„Ja. Es hält gerade vor mir. Warum?"

„Der Taxifahrer bringt dich zu mir. Steig ein, und gib dem Fahrer den Zettel, den du in der Hand hältst."

„Ich verstehe das alles nicht, Meghann. Woher weißt du denn von dem Zettel? Was geht hier vor?"

„Keine Angst, Claire. Das Taxi bringt dich zu mir. Ich warte hier auf dich."

DAS TAXI fuhr an den Straßenrand und hielt. Bevor Claire sich bedanken konnte, wurde die Beifahrertür aufgerissen. Meghann warf dem Fahrer ein paar Geldscheine entgegen und brachte ihre Schwester zu ihrem eigenen Auto. „Claire, wie geht es dir jetzt?", fragte sie besorgt.

„Schon viel besser“, antwortete Claire. „Ich hatte wohl nur eine kleine Panikattacke oder so was. Lass uns irgendwo eine Tasse Kaffee trinken. Wahrscheinlich muss ich nur ein bisschen Schlaf nachholen.“

Entgeistert sah Meghann sie an. „Eine Panikattacke? Willst du mich auf den Arm nehmen? Glaub mir, Claire, ich weiß, was eine Panikattacke ist. Dabei hat man keine Aussetzer. Wir fahren jetzt sofort ins Krankenhaus.“

Es rührte Claire, dass Meghann sich solche Sorgen um sie machte. Sie stieg ins Auto ein und wechselte das Thema. „Bobbys Vorsingen ist übrigens total gut gelaufen. Sie haben ihm einen Vertrag angeboten.“

„Den er hoffentlich nicht unterschreibt, bevor ich ihn gründlich geprüft habe.“

„Wie wäre es mit einer kleinen Gratulation?“

Meghann räusperte sich errötend. „Herzlichen Glückwunsch!“

„Ist es nicht sensationell? Eliana Sullivan vollbringt eine gute Tat!“

Meghann drückte sich eine Hand gegen die Brust. „Wenn es um meine Familie geht, kennt meine Großzügigkeit keine Grenzen.“

Claire lachte, bemerkte dann aber, dass es wieder in ihrer linken Hand kribbelte. Während sie die Hand betrachtete, krümmten sich ihre Finger zu einer Art Klaue. Für den Bruchteil einer Sekunde konnte sie sie nicht wieder öffnen. Oh Gott … Ihre Finger entspannten sich wieder.

„Was kann ich für Sie tun?“, fragte eine korpulente junge Frau am Empfang der Notaufnahme.

„Ich möchte mich untersuchen lassen.“

„Was sind Ihre Beschwerden?“

„Ich habe wahnsinnige Kopfschmerzen.“

Ungeduldig mischte Meghann sich ein. „Notieren Sie: migräneartige Kopfschmerzen und kurzzeitiger Gedächtnisverlust.“

„Stimmt. Das hatte ich vergessen.“ Claire lächelte verlegen.

Die junge Frau schob Claire ein Formular zu. „Füllen Sie das bitte aus, und geben Sie mir Ihre Versichertenkarte.“

Claire zog die Karte aus ihrer Handtasche und gab sie der Frau. „Nehmen Sie bitte Platz, bis Sie aufgerufen werden.“

Erst über eine Stunde später wurde Claire aufgerufen. Ihre Kopfschmerzen waren stärker geworden.

„Das wurde aber auch höchste Zeit“, brummte Meghann, als sie Claire beim Aufstehen half und sie zu der zierlichen Krankenschwester brachte, die vor der Tür des Untersuchungsraumes stand. Claire klammerte sich fest an Meghanns Hand, als sie den Raum betraten, und ließ sie auch nicht los, als ihr der Blutdruck gemessen und Blut abgenommen wurde.

Dann mussten sie wieder warten. Endlich klopfte es an die Tür, und gleich darauf betrat ein junger Mann in einem weißen Kittel den Raum.

„Guten Tag, ich bin Dr. Lannigan. Na, was fehlt uns denn?"

Meghann stöhnte unüberhörbar.

Claire setzte sich auf. „Guten Tag. Es ist sicher nichts Ernstes. Ich habe starke Kopfschmerzen, und meine Schwester bestand darauf, mich ins Krankenhaus zu bringen, weil ich nach einem Langstreckenflug so etwas wie eine Panikattacke hatte."

„Sie wusste nicht mehr, wo sie wohnt", fügte Meghann hinzu.

Der Arzt forderte Claire auf, einen Arm zu heben, dann den anderen, den Kopf zu drehen, mit den Augen zu zwinkern und ihm ein paar einfache Fragen zu beantworten: Welcher Tag heute war, wie der Präsident hieß.

„Leiden Sie öfter unter Kopfschmerzen?", wollte er wissen.

„Ja, unter Stress. In letzter Zeit jedoch häufiger", räumte Claire ein.

„Hat es kürzlich größere Veränderungen in Ihrem Leben gegeben?"

„Das kann man wohl sagen." Claire lachte. „Ich habe vor einer Woche geheiratet, und mein Mann hält sich für längere Zeit in Nashville auf. Zu Plattenaufnahmen."

„Ah!" Der Arzt lächelte. „Nun, Mrs Austin, Ihre Blutwerte sind absolut in Ordnung und Ihr Blutdruck auch. Vermutlich sind Ihre Beschwerden stressbedingt. Wenn die Kopfschmerzen nicht besser werden, sollten Sie einen Neurologen aufsuchen."

Claire nickte erleichtert. „Vielen Dank, Herr Doktor."

„Oh nein! So einfach geht das nicht." Meghann sah den Arzt an. „Mit ein paar Schmerztabletten lassen wir uns nicht abspeisen."

Überrascht sah er sie an und wich unwillkürlich einen Schritt zurück.

„Bei meiner Schwester muss unbedingt ein EKG gemacht werden. Oder auch ein CT. Irgendein verlässlicher Test."

Der Arzt hob die Brauen. „Diese Untersuchungen sind recht kostspielig. Ich kann nicht bei jedem Patienten, der über Kopfschmerzen klagt, ein CT veranlassen, aber wenn Sie wollen, empfehle ich Ihnen einen Neurologen, mit dem Sie einen Termin ausmachen können."

„Seit wann sind Sie Arzt?"

„Ich bin im ersten Jahr des Praktikums."

„Und Sie streben ein zweites Jahr an?"

„Selbstverständlich. Aber ich verstehe nicht ganz …"

„Dann holen Sie jetzt sofort Ihren Vorgesetzten. Wir haben hier nicht stundenlang gewartet, damit uns ein Mediziner in der Ausbildung erzählt, dass meine Schwester unter Stress leidet. Ich habe Stress, Sie haben Stress. Aber wir haben keine Gedächtnisausfälle. Wir wollen unverzüglich einen Facharzt sehen."

„Warten Sie bitte." Er klemmte seine Mappe unter den Arm und verließ hastig den Raum.

Claire seufzte. „Du übertreibst maßlos. Glaub mir, es ist Stress."

„Das hoffe ich auch, aber ich möchte mich nicht auf die Diagnose dieses Jüngelchens verlassen."

Ein paar Augenblicke später tauchte die Krankenschwester wieder auf. „Frau Dr. Kensington hat sich die Untersuchungsergebnisse noch einmal angesehen. Sie möchte, dass bei Ihnen eine Computertomographie gemacht wird."

„Gott sei Dank", sagte Meghann.

Die Schwester nickte. „Kommen Sie bitte mit mir."

Sie liefen einen endlos langen Korridor entlang, dann einen zweiten, fuhren mit dem Aufzug in ein anderes Stockwerk und kamen schließlich in die radiologische Abteilung.

Radiologie … Claire spürte, dass Meghann, die ihre Hand die ganze Zeit umfasst gehalten hatte, ihren Griff verstärkte.

„Hier ist es." Die Schwester blieb vor einer geschlossenen Tür stehen, blickte Meghann an und zeigte auf einen Stuhl. „Sie können nicht mit hinein, aber ich passe gut auf Ihre Schwester auf, okay?"

Meghann zögerte und nickte dann. „Keine Angst, Claire. Ich rühre mich nicht von der Stelle."

Claire folgte der Krankenschwester in einen Raum, in dem ein riesiges, walzenförmiges Gerät stand. Sie ließ sich auf eine schmale Liege helfen, die so aussah, als ließe sie sich in die Riesenwalze hineinschieben. Und dann wartete sie.

Von Zeit zu Zeit kam die Krankenschwester zu ihr, entschuldigte sich für das Ausbleiben des Arztes und verschwand wieder.

Endlich öffnete sich die Tür, und ein Mann in einem weißen Kittel kam herein. „Es tut mir Leid, dass Sie so lange warten mussten. Ich bin Dr. Cole, der Radiologe. Wir werden Sie jetzt gleich in die Röhre schieben. Versuchen Sie absolut still zu liegen, dann haben Sie es im Handumdrehen überstanden."

Claire zwang sich zu einem Lächeln. Während der Untersuchung dachte sie immer wieder daran, dass alle anderen im Raum Bleischürzen trugen, während sie lediglich in ihrem dünnen Hemd steckte.

„Fertig. Sie sind erlöst", sagte der Arzt schließlich.

Claire war so dankbar, dass sie fast die Kopfschmerzen vergaß, die zunehmend stärker geworden waren.

„Was war denn nur los?", fragte Meghann gereizt, als Claire zusammen mit der Krankenschwester aus dem Untersuchungsraum kam. „Es hieß doch, dass es höchstens eine Stunde dauert."

„Die Untersuchung hat auch nicht so lange gedauert, aber ich musste ziemlich lange auf den Arzt warten."

Sie folgten der Schwester in einen anderen Raum. „Warten Sie bitte hier, die Ärztin wird gleich hier sein", sagte sie.

„Gleich? Das wäre ja ganz was Neues", murmelte Meghann vor sich hin.

Eine halbe Stunde später tauchte die Schwester wieder auf. „Frau Dr. Kensington möchte, dass noch eine Kernspintomographie gemacht wird."

„Warum denn das?", fragte Meghann beunruhigt.

„Die Ärztin möchte sich ein ganz genaues Bild machen, bevor sie die Diagnose stellt."

Die einstündige Untersuchung kam Claire vor wie eine halbe Ewigkeit. Als sie endlich vorbei war, kehrte sie zusammen mit Meghann ins Wartezimmer zurück.

„Schon wieder warten", murrte Meghann.

Eine knappe Stunde später wurden sie in ein Sprechzimmer gebeten. Eine hoch gewachsene, etwas müde wirkende Frau im weißen Kittel erwartete sie. „Claire Austin?"

Claire stand auf und schwankte so bedenklich, dass Meghann sie stützen musste.

Die Frau lächelte. „Ich bin Frau Dr. Kensington, Chefärztin der Neurologie."

„Claire Austin. Das ist meine Schwester Meghann Dontess."

„Freut mich, Sie kennen zu lernen. Kommen Sie bitte." Die Ärztin führte sie in ein kleines Büro, dessen Wände mit Bücherregalen, Urkunden und Kinderzeichnungen bedeckt waren. Neben ihrem Schreibtisch hing eine Reihe von Leuchtkästen, an denen Röntgenbilder steckten.

Claire betrachtete die Bilder und fragte sich, was darauf zu sehen war.

Die Ärztin setzte sich an den Schreibtisch und bedeutete Claire und Meghann, ihr gegenüber Platz zu nehmen. „Ich möchte mich für Ihre Probleme mit Dr. Lannigan entschuldigen. Wie Sie sicher wissen, ist dies ein Lehrkrankenhaus, und gelegentlich sind unsere jungen Mediziner nicht so aufmerksam, wie wir uns das wünschen. Natürlich hatten Sie Recht mit Ihrem Beharren auf einer umfassenderen Untersuchung. Ich hoffe, das ist auch Dr. Lannigan inzwischen bewusst."

Claire nickte. „Aber was haben Sie festgestellt? Eine Grippe?"

„Nein, Mrs Austin. Sie haben eine Geschwulst im Gehirn."

„Was?"

„Einen Tumor." Langsam stand Dr. Kensington auf, trat vor die Aufnahmen und zeigte auf einen hellen Fleck. „Er befindet sich hier, im rechten Stirnlappen und scheint etwa die Größe eines Golfballs zu haben."

Ein Tumor … Claire fühlte sich, als wäre sie im freien Fall. Ihr wurde schwindlig, es rauschte in ihren Ohren, und sie bekam keine Luft mehr.

„Es tut mir sehr Leid, das sagen zu müssen", fuhr die Ärztin fort, „aber ich habe mich mit einem Hirnchirurgen beraten, und wir halten den Tumor beide für inoperabel. Natürlich müssen Sie die Meinung weiterer Fachärzte einholen. Darüber hinaus sollten Sie einen Onkologen aufsuchen."

Meghann sprang auf. „Wollen Sie damit sagen, dass meine Schwester einen Hirntumor hat und dass Sie nichts dagegen unternehmen können?"

„Wir sind der Ansicht, dass die Geschwulst nicht operiert werden kann, aber das heißt keineswegs, dass wir nichts tun können."

„Meghann, bitte …" Plötzlich hatte Claire das Gefühl, dass ihre Schwester alles nur noch schlimmer machen würde. Flehend blickte sie die Ärztin an. „Heißt das, dass ich … sterben könnte?"

„Wir müssen weitere Untersuchungen durchführen, um die genaue Beschaffenheit Ihres Tumors herauszufinden. Aber wegen seiner Größe und Lage sieht es … nicht gut aus."

„Mit inoperabel meinen Sie, dass *Sie* nicht operieren wollen", zischte Meghann.

Dr. Kensington sah sie überrascht an. „Ich kann mir nicht vorstellen, dass irgendjemand es tun würde. Ich habe ausführlich mit unserem Gehirnchirurgen über den Fall gesprochen. Er stimmt meiner Diagnose zu. Der Eingriff wäre zu gefährlich."

„Wer könnte diese Operation durchführen?"

„In unserer Klinik niemand."

Meghann hob ihre Handtasche vom Boden auf. „Komm, Claire. Wir sind im falschen Krankenhaus."

Hilflos blickte Claire zwischen der Ärztin und ihrer Schwester hin und her. „Du bist nicht allwissend, Meghann. Bitte …"

Meghann kniete sich vor sie und sah ihr fest in die Augen. „Das ist mir sehr wohl bewusst, Claire. Ich weiß, dass ich dich in der Vergangenheit im Stich gelassen habe, aber das ist jetzt unwichtig. Alles, was von jetzt an zählt, ist ausschließlich dein Leben."

Claire spürte, dass ihr die Tränen kamen. Sie verabscheute ihre Hilflosigkeit, konnte aber nichts dagegen tun. Und sie fühlte mit einem Mal, dass es wahr war, dass sie sterben würde.

„Verlass dich auf mich, Claire."

Sie sah ihrer Schwester in die Augen, und sie wusste wieder mit ihrem ganzen Herzen, dass Meghann einmal für sie alles auf der Welt gewesen war und dass sie sie jetzt brauchte. Dringend. Sie nickte langsam.

Meghann half ihr beim Aufstehen. Dann drehte sie sich noch einmal zu der Ärztin um. „Verbringen Sie weiter Ihre Zeit damit, Dr. Lannigan beizubringen, wie man ein Fieberthermometer abliest. Wir werden einen Arzt finden, der meiner Schwester das Leben rettet."

Sie verließen das Krankenhaus. Als Meghann ihr beim Einsteigen ins Auto half, sah sie sie besorgt an. „Wie geht es dir?", fragte sie besorgt.

„Habe ich Krebs?", fragte Claire. „Ein Tumor ist doch Krebs, oder?"

„Wir wissen nicht, was du hast. Diese hirnverbrannten Ärzte haben jedenfalls nicht die geringste Ahnung."

„Hast du den Fleck auf der Aufnahme gesehen? Er war riesengroß."

Meghann packte sie bei den Schultern und schüttelte sie. „Claire, du darfst jetzt auf keinen Fall resignieren. Du musst stark sein und kämpfen. Morgen fangen wir an, weitere Meinungen einzuholen. Als Erstes versuchen wir es im Johns Hopkins. Dann im Sloan-Kettering in New York. Irgendwo muss es doch einen Chirurgen geben, der ..." Meghann versagte die Stimme, Tränen traten in ihre Augen.

Es machte Claire noch mehr Angst, Meghann die Fassung verlieren zu sehen. „Es wird bestimmt wieder gut", sagte sie, weil es leichter war, ihre Schwester zu beruhigen, als über ihren Zustand nachzudenken. „Wir müssen zuversichtlich sein."

„Ja, genau", sagte Meghann. „Wir müssen zusammenhalten. Du darfst die Hoffnung nicht verlieren, und ich finde alles heraus, was über deinen Zustand in Erfahrung zu bringen ist."

„Teamwork also?"

„Genau. Ich werde dir helfen, das alles durchzustehen."

Claire sah ihre Schwester an. „Wenn du das wirklich willst, musst du auch bei mir sein, wenn es richtig schlimm wird."

Meghann sah sie direkt an. „Du kannst dich auf mich verlassen."

Nachdenklich runzelte Claire die Stirn. „Eigentlich möchte ich niemandem etwas davon sagen.“

„Das brauchst du auch nicht, bevor wir etwas Genaues wissen.“

„Mein Vater würde sich schreckliche Sorgen machen, und Bobby würde ins nächste Flugzeug steigen, um herzukommen.“ Sie musste schlucken. „Und Alison? Daran wage ich nicht einmal zu denken.“

„Wir erzählen ihnen, dass wir für eine Woche zusammen in ein Wellness-Hotel fahren. Glauben sie uns das?“

„Bobby bestimmt. Alison auch. Aber mein Vater … ich weiß nicht. Vielleicht sage ich ihm, dass wir uns ungestört aussprechen möchten. Er hofft schon seit Jahren, dass wir uns endlich wieder versöhnen. Ja, ich glaube, das nimmt er uns ab.“

DAS GESPRÄCH mit Dianas Eltern hatte Joe befreit. Durch ihr Verständnis, durch ihr Verzeihen war die Last seiner Schuldgefühle kleiner geworden. Er konnte wieder glauben, dass es eine Zukunft für ihn gab. Nicht in der Medizin, die Nähe des Todes könnte er nicht ertragen. Aber irgendwo …

Und da war Meghann. Zu seiner großen Überraschung hatte sie angerufen und ein Treffen vorgeschlagen. Seine erste richtige Verabredung mit einer Frau seit über fünfzehn Jahren. Joe wusste, dass es klug wäre, sie und das Verlangen, das sie in ihm entfacht hatte, zu vergessen. Klug, aber unmöglich. Meghann hatte Joe ins Leben zurückgeholt, vielleicht noch mehr als das Verständnis von Dianas Eltern. Jetzt gab es kein Zurück mehr.

In seiner Mittagspause ging er zum Friseur und kaufte sich etwas Neues zum Anziehen. Gegen ein Uhr kehrte Joe zur Werkstatt zurück.

„Das ist jetzt mindestens das zehnte Mal in den letzten dreißig Minuten, dass du auf die Uhr siehst“, stellte Smitty gegen halb fünf fest.

„Ich … äh … habe noch etwas vor“, stotterte Joe.

Schmunzelnd streckte Smitty die Hand nach einem Schraubenschlüssel aus. „Was du nicht sagst.“

Joe schlug die Motorhaube des Pick-ups zu. „Ich dachte, ich könnte ausnahmsweise ein paar Minuten früher gehen.“

„Kein Problem.“

„Eine Freundin kommt zum Abendessen.“

„Fährt diese Freundin zufällig einen Porsche?“

Joe nickte, und Smitty sah ihn grinsend an. „Möchtest du dir vielleicht meinen Grill ausleihen? Und in Helgas Garten ein paar Blumen schneiden?“

„Gern. Ich habe mich nicht getraut zu fragen."

„Großer Gott, Joe, tu es einfach. Mach den Mund auf und frage. Das ist unter Nachbarn und Kollegen so üblich."

„Vielen Dank."

„Na, dann wünsche ich dir einen angenehmen Abend."

Joe verließ die Werkstatt und ging auf dem Weg zu seiner Hütte bei Helga vorbei, um den Grill abzuholen. Er stellte das Gerät auf seiner kleinen Veranda auf und ging hinein, um sich zu duschen und zu rasieren. Dann zog er seine neuen Sachen an und ging in die Küche.

Während der nächsten Stunde arbeitete er emsig, bis die Kartoffeln in der Backröhre waren, die Blumen auf dem Tisch und die Kerzen angezündet. Als alles fertig war, goss er sich ein Glas Rotwein ein und ging ins Wohnzimmer, um auf sie zu warten.

Er setzte sich auf das Sofa und streckte die Beine aus. Diana lächelte ihn aus dem Bilderrahmen auf dem Kaminsims an. Und plötzlich hatte er Gewissensbisse, als würde er etwas Unrechtes tun.

Er stellte das Glas auf den Tisch. Nacheinander sammelte er die Fotografien ein und ließ nur ein Foto auf dem Beistelltisch neben dem Sofa stehen. Alle anderen brachte er ins Schlafzimmer und verstaute sie sorgfältig.

Als er ins Wohnzimmer zurückkehrte und sich setzte, dachte er lächelnd an Meghann. Freute sich auf den gemeinsamen Abend.

Gegen halb zehn lächelte er nicht mehr.

Er saß allein und halb betrunken auf der Couch. Die Weinflasche war leer, die Kartoffeln waren ungenießbar, die Kerzen heruntergebrannt.

Gegen Mitternacht ging er ins Bett.

Neuntes Kapitel

In den vergangenen neun Tagen hatten Meghann und Claire eine ganze Reihe von Spezialisten aufgesucht. Sie hatten überrascht festgestellt, wie schnell man bei guten Ärzten einen Termin bekam, wenn es um einen Hirntumor ging und Geld kein Problem war. Sie lernten Neurologen, Hirnchirurgen, Neuro-Onkologen und Radiologen kennen. Sie waren im Johns Hopkins in Baltimore, im Sloan-Kettering in New York und schließlich im Scripps in San Diego. Sie lernten neue, erschreckende Begriffe kennen – Glioblastom, Astrozytom, Kraniotomie …

Einige Ärzte waren herzlich und mitfühlend, andere eher kühl, distanziert und zu beschäftigt, um sich lange mit dem Fall auseinander zu setzen. Und alle sagten das Gleiche: inoperabel. Und dass der Tumor, ob bösartig oder gutartig, wahrscheinlich tödlich sei.

Im Scripps Hospital in San Diego nahm ein Neurologe Meghann schließlich beiseite. „Sie verschwenden wertvolle Zeit“, sagte er zu ihr. „Im Moment liegt die größte Chance Ihrer Schwester in einer Bestrahlung. Fünfundzwanzig Prozent der Gehirntumore sprechen darauf positiv an. Wenn die Geschwulst genügend geschrumpft ist, kann sie vielleicht operiert werden. Bringen Sie Ihre Schwester nach Hause. Hören Sie auf, die Diagnose zu bezweifeln, fangen Sie an, gegen den Tumor zu kämpfen.“

Also flogen sie zurück nach Seattle und gingen am nächsten Tag ins Swedish Hospital, wo man übereinkam, dass mit der Bestrahlung am folgenden Tag begonnen werden sollte. Vier Wochen lang musste Claire täglich bestrahlt werden.

„Ich werde hier bleiben müssen“, sagte Claire, als sie in Meghanns Apartment vor dem kalten Kamin saßen. „Hayden ist zu weit entfernt, um jeden Tag zu fahren.“

„Das ist kein Problem. Ich nehme mir einfach noch länger Urlaub.“

„Das brauchst du nicht. Ich kann mit dem Bus ins Krankenhaus fahren.“

„Kommt überhaupt nicht infrage. Für was hältst du mich?“

„Eine Freundin von mir bekam Chemotherapie und Bestrahlungen …“ Claire blickte durchs Fenster auf die lichterfunkelnde Stadt, sah aber nur Diana vor sich, die alle Hoffnung verloren hatte, als ihr die Haare ausgefallen waren. Und letzten Endes hatte es für sie keine Rettung gegeben. „Ich möchte nicht, dass Alison mich so sieht. Sie kann bei meinem Vater bleiben. Vielleicht besorge ich mir eine Perücke und besuche sie am Wochenende.“

„Wie wäre es, wenn ich ein Auto miete, damit Bobby dich zur Klinik fahren kann und wieder zurück?“

„Ich möchte Bobby nichts sagen … noch nicht.“

Meghann runzelte die Stirn. „Warum nicht?“

„Auf keinen Fall rufe ich meinen Mann an und erzähle ihm, dass ich einen Gehirntumor habe, während er da unten in Nashville gerade die Chance seines Lebens hat. Auf diesen Durchbruch hat er sein ganzes Leben lang gewartet.“

„Aber er liebt dich.“

„Das ist genau der Punkt. Und ich liebe ihn. Ich will nicht, dass er sich diese Chance entgehen lässt.“

„Mir kommt es eher so vor, als hättest du Angst, dass er nicht kommt, wenn du es ihm erzählst. Natürlich fürchtest du dich, Claire. Mir ist bewusst, dass Mama und ich dir sehr wehgetan haben. Aber du musst Bobby die Möglichkeit geben …"

„Hier geht es nicht um die Vergangenheit. Ich habe einen Tumor. Ich! Du sollst mir nicht vorschreiben, was ich tun und lassen soll, okay? Ich liebe Bobby und werde ihn auf keinen Fall bitten, alles für mich aufzugeben." Claire stand auf. „Komm, lass uns fahren. Ich muss mit meinem Vater reden."

„Und was ist mit Mama? Wann rufst du sie an?"

„Jetzt noch nicht, erst wenn es schlimmer wird. Und jetzt lass uns endlich losfahren."

Zwei Stunden später bog Meghann in die River Road ein und hielt vor Claires Haus. Die gelb gestrichenen Schindeln leuchteten in der untergehenden Sonne, und der Garten war ein einziger Farbenrausch. Auf dem Rasen lag ein Kinderfahrrad mit Stützrädern.

Claire sah Meghann an. „Das muss ich allein durchstehen."

Meghann nickte. Es war Claires Familie, nicht ihre. „Okay. Die Ärzte werden dich wieder gesund machen."

Hilflos sah Claire sie an. „Aber wie kann ich das denn versprechen? Was ist, wenn …"

„Über das Wenn können wir uns später immer noch Gedanken machen, Claire. Jetzt versprichst du ihnen, dass du bald wieder gesund bist."

Claire nickte. „Du hast Recht." Sie zwang sich zu einem Lächeln und stieg aus dem Auto. Mit unsicheren Schritten ging sie auf das Haus zu, dann drehte sie sich noch einmal um. „Holst du mich um sechs Uhr ab?"

Meghann nickte. Sie sah, wie ihre Schwester zitterte, und sehnte sich danach, sie zu umarmen und zu trösten, wie sie es früher getan hatte. Dann ließ sie den Motor an. Sie hatte keine Ahnung, wohin sie fuhr, bis sie ihr Ziel erreicht hatte.

Die Hütte sah dunkel und verlassen aus, doch Meghann parkte trotzdem und klopfte.

Wenig später ging die Tür auf. „Was denkst du dir eigentlich? Willst du mich zum Narren halten?"

Da erinnerte sich Meghann an ihre Verabredung. Vor über einer Woche. Sie hatte Wein und etwas zum Nachtisch mitbringen wollen. Über seine Schulter hinweg sah sie einen verwelkten Strauß auf dem Couchtisch und hoffte, dass er die Blumen nicht für ihre Verabredung gekauft hatte. Sie fragte sich, wie lange er auf sie gewartet hatte. „Entschuldige, ich habe unsere Verabredung vergessen."

„Dann sag mir jetzt einen guten Grund, damit ich die Tür nicht einfach wieder zumache."

Meghann sah ihn an und fühlte sich innerlich so zerrissen, dass sie kaum atmen konnte. „Meine Schwester hat einen Gehirntumor."

Er sah sie an, und ein gequältes Verstehen lag in seinem Blick, sodass Meghann sich fragte, was er selbst durchgemacht hatte. Und dann breitete er seine Arme aus. Sie ließ sich von ihm umarmen und begann zu weinen, als wollte sie nie wieder aufhören.

ALS CLAIRE von dem „Kloß" in ihrem Kopf erzählte, hörte Alison aufmerksam zu.

„Ein Golfball ist ziemlich klein", stellte sie schließlich fest.

Claire nickte lächelnd. „Ja, das stimmt."

„Und eine Spezialkanone schießt ihre Zauberstrahlen auf den Kloß ab, bis er verschwindet? Wie bei Aladins Wunderlampe?"

„Genauso."

„Und warum musst du bei Tante Meghann wohnen?"

„Das Krankenhaus ist zu weit entfernt. Ich schaffe es nicht, jeden Tag nach Seattle zu fahren und wieder zurück."

„Okay", sagte Alison, sprang hoch und lief die Treppe hinauf. „Ich bin gleich wieder da!", rief sie über die Schulter zurück.

„Du hast mich nicht angesehen", bemerkte Sam, als Alison verschwunden war.

„Ich weiß."

Er stand auf, durchquerte das Zimmer und setzte sich neben sie. Claire spürte seine vertraute Wärme, als er einen Arm um sie legte und sie fest an sich zog. Sie legte den Kopf an seine Schulter. Ein Tropfen fiel auf ihre Wange, und sie wusste, dass er weinte. Seufzend wischte er sich über die Augen. „Hast du es Bobby schon gesagt?"

„Noch nicht."

„Aber du sagst es ihm?"

„Natürlich. Sobald er aus Nashville zurück ist. Ich will nicht, dass er meinetwegen auf seine große Chance verzichtet."

„Nein, Claire, das ist nicht richtig! Man kann für andere keine Entscheidungen treffen. Vor allem nicht für Menschen, die dich lieben."

„Aber man kann sie schonen. Ist das nicht der Sinn von Liebe?"

„Schonen nennst du das? Und was ist, wenn er es für Egoismus hält? Falls … das Schlimmste eintritt, bringst du ihn um das Einzige, was wirklich zählt. Zeit."

Bevor ihr Vater weitersprechen konnte, kam Alison ins Zimmer gerannt und zog ihre alte, fleckige Babydecke hinter sich her, ohne die sie nie ins Bett ging. „Hier, Mommy", sagte sie. „Du kannst meine Schmusedecke haben, bis es dir besser geht."

Claire nahm die verschlissene, ehemals rosafarbene Decke in die Hände, hielt sie sich vors Gesicht und atmete den süßen Babygeruch tief ein. „Danke, Alison", flüsterte sie heiser.

Alison kroch auf ihren Schoß und umarmte sie. „Ist schon gut, Mommy. Du brauchst nicht zu weinen. Ich bin schon groß. Ich kann ohne meine Schmusedecke einschlafen."

AM NÄCHSTEN Morgen saß Meghann im Warteraum des Krankenhauses und blätterte die neueste Ausgabe vom *People Magazine* durch. Es wurden die bestgekleideten Promis vorgestellt und die am schlechtesten gekleideten. Meghann konnte beim besten Willen keinen Unterschied erkennen. Schließlich warf sie die Zeitschrift auf den Tisch und ging noch einmal hinüber zum Empfangstresen. „Inzwischen warte ich über eine Stunde. Sind Sie sicher, dass mit meiner Schwester alles in Ordnung ist?"

„Vor fünf Minuten habe ich mit der Radiologin gesprochen. Sie müsste gleich kommen."

Meghann kehrte seufzend zu ihrem Stuhl zurück. Die einzige Zeitschrift, die sie noch nicht gelesen hatte, war ein Magazin für Jäger. Sie verzichtete auf die Lektüre.

Endlich erschien Claire. An der rechten Kopfseite ihrer Schwester konnte Meghann eine kleine, glatt rasierte Fläche erkennen. Claire hob die Hand und befühlte die kahle Stelle. „Sie haben mich tätowiert. Ich komme mir vor wie Damien, dieses merkwürdige Kind aus dem Gruselfilm ‚Das Omen'."

Meghann betrachtete die winzigen schwarzen Punkte auf der nackten Kopfhaut. „Soll ich dich nachher so frisieren, dass man nichts sieht?"

Claire nickte. „Ja, gern", sagte sie.

Sie verließen das Krankenhaus und liefen über den Parkplatz. Auf der kurzen Fahrt zu Meghanns Apartment schaute Claire aus dem Fenster. „Es hat gar nicht wehgetan", sagte sie.

„Wirklich nicht? Da bin ich aber erleichtert."

„Ich habe die Augen geschlossen und mir dabei vorgestellt, es wären

Sonnenstrahlen, die mich heilen. Das habe ich in einem der Bücher gelesen, die du mir gegeben hast."

Meghann hatte Claire mit einem ganzen Stapel Publikationen über positives Denken und eine optimistische Lebenseinstellung versorgt. „Es freut mich, dass dir das Zeug ein bisschen hilft."

Claire lehnte sich zurück und blickte zum Fenster hinaus.

Meghann hätte gern etwas wirklich Bedeutungsvolles gesagt, doch zwischen ihnen war so vieles unausgesprochen, dass ihr nichts Passendes einfiel. Nachdenklich fuhr sie in die Parkgarage und stellte ihren Porsche an der gewohnten Stelle ab.

Schweigend fuhren sie mit dem Aufzug zu Meghanns Apartment hinauf. Oben angekommen berührte Claire kurz die Hand ihrer Schwester. Ihre Finger waren eiskalt. „Ich bin froh, dass du mich heute begleitet hast. Es hat mir gut getan, dass ich nicht allein sein musste."

Ihre Blicke trafen sich. Und wieder spürte Meghann das Gewicht ihrer Entfremdung.

„Vielleicht sollte ich mich hinlegen", sagte Claire. „Ich habe letzte Nacht kaum geschlafen."

Also hatten sie beide wach gelegen.

„Ich auch nicht."

Claire nickte. Sie wartete noch einen Moment, dann drehte sie sich um und verließ das Zimmer.

Meghann ging in ihr Arbeitszimmer. Früher hatten Akten, Protokolle und Vergleichsentwürfe den Schreibtisch bedeckt. Jetzt lagen hier Stapel von medizinischen Büchern, Artikeln aus Fachzeitschriften und Berichten über die neuesten Forschungsergebnisse. Und jeden Tag trafen neue Büchersendungen ein von Barnes & Noble und Amazon.

Meghann setzte sich an den Schreibtisch und griff nach einem Artikel über Tamoxifen und seine Wirkung auf Tumore. Sie begann zu lesen und sich nebenher Notizen zu machen. Als sie Stunden später den Kopf hob, stand Claire in der Tür und lächelte sie an. „Ich habe fast das Gefühl, dass du demnächst in der Lage bist, die Operation selbst durchzuführen!"

„Ich weiß inzwischen mehr über deinen … Zustand als dieser Schwachkopf, bei dem wir als Erstes waren."

Vorsichtig über Bücherpakete und Zeitschriften hinwegtretend, bahnte sich Claire ihren Weg ins Zimmer. „Vielleicht sollte ich das selbst lesen. Was meinst du?"

„Manches davon ist … echt hart."

Claire streckte die Hand nach dem kleinen Regal neben dem Schreibtisch aus. Auf den Rücken eines Aktenordners war mit roter Tinte das Wort *Hoffnung* geschrieben.

„Damit habe ich gerade erst angefangen“, sagte Meghann.

Ihre Schwester schlug den Ordner auf. Er war leer. „Hier, das gehört da hinein“, sagte Meghann und riss schnell ein paar Seiten von ihrem Block. „Informationen über Tamoxifen.“

„Was ist das? Ein Medikament?“

„Es muss doch Menschen geben, die Gehirntumore besiegt haben“, erklärte Meghann entschlossen. „Ich werde jeden Einzelnen aufspüren und die Geschichten dieser Menschen in dem Ordner da sammeln.“

Ohne zu antworten, beugte Claire sich vor und griff nach einem leeren Bogen Papier. Sie schrieb ihren Namen darauf, legte den Bogen in den Ordner und stellte ihn ins Regal zurück.

Meghann sah sie an. „Ich bewundere dich, weißt du das eigentlich?“

„Die Töchter unserer Mutter sind hart im Nehmen.“

„Notgedrungen“, antwortete Meghann lächelnd. Zum ersten Mal an diesem Tag hatte sie das Gefühl, wieder freier atmen zu können. „Wollen wir uns einen Film ansehen?“

„Alles außer ‚Love Story‘.“

Es klingelte an der Tür.

„Wer kann das sein?“ Meghann lief an Claire vorbei zur Tür. Bevor sie sie erreicht hatte, klingelte es noch einmal. „Wozu haben wir denn hier einen Portier?“, murmelte sie und öffnete.

Vor ihr standen Gina, Charlotte und Karen.

„Hallo, Meghann, wir wollten Claire besuchen“, sagte Karen, als Claire gerade aus dem Arbeitszimmer kam. Ohne ein weiteres Wort zu Meghann schossen Karen und Charlotte auf Claire zu und schlossen sie in ihre Arme.

„Sam hat uns angerufen“, sagte Gina zu Meghann, als sie allein in der Diele waren. „Wie geht es ihr?“

„Im Moment noch ganz gut. Die erste Bestrahlung verlief offenbar ohne Probleme.“ Sie sah Gina an. „Sie wollte euch nicht beunruhigen.“

„Ja, das kann ich mir vorstellen. Aber so etwas kann sie doch nicht allein durchstehen.“

„Sie hat ja schließlich mich“, entgegnete Meghann gekränkt.

Gina drückte ihren Arm. „Sie braucht uns alle.“

Meghann nickte. Schweigend sahen die beiden Frauen sich an.

„Ruf mich an. Jederzeit“, sagte Gina leise.

„Danke.“

Gina lief an Meghann vorbei ins Wohnzimmer. „Wir haben etwas zu knabbern dabei, etwas zu trinken, witzige Filme und natürlich Spiele. Womit wollen wir anfangen?“

Meghann sah den Freundinnen zu. Alle redeten wild durcheinander.

Sie ging in ihr Arbeitszimmer zurück und schloss die Tür hinter sich.

OBWOHL die Bestrahlungen jeweils nur einige Minuten dauerten, bestimmten sie Claires Leben vollkommen. Am vierten Tag fühlte sie sich völlig ausgelaugt, und ihr war schlecht. Aber die Nebenwirkungen setzten ihr nicht so zu wie die Telefongespräche.

Jeden Tag rief sie um Punkt zwölf Uhr mittags zu Hause an. Alison wollte immer gleich wissen, ob der „Kloß“ schon kleiner geworden war. Dann kam ihr Vater an den Apparat und stellte die gleiche Frage mit anderen Worten.

Meghann war höchstens drei Stunden am Tag in der Kanzlei. Den Rest ihrer Zeit verbrachte sie über Büchern und Artikeln oder surfte im Internet. Sie verfolgte das Thema Gehirntumor mit der gleichen Intensität, mit der sie sonst zahlungsunwillige Väter aufspürte.

Jeden Mittag um zwei telefonierte Claire mit Bobby. Beim ersten Schrillen der auf zwei Uhr eingestellten Uhr in der Küche verließ Meghann mit einer Entschuldigung den Raum, und Claire nahm das Telefon.

Sie wählte Bobbys Handynummer. Er meldete sich sofort. „Hallo, Liebling. Es ist bereits zwei Minuten nach zwei.“

Claire kuschelte sich in das weiche Sofa. „Was hast du heute erlebt?“ Es war für sie leichter zuzuhören als zu reden, weil es ihr immer schwerer fiel, sich zu konzentrieren. Sie fragte sich, wie lange es noch dauerte, bis ihm auffiel, dass sie bei ihren Gesprächen nur zuhörte oder wie ihre Stimme bebte, wenn sie „Ich liebe dich“ sagte.

„Du fehlst mir, Claire.“

„Du mir auch. Aber es sind ja nur noch ein paar Wochen.“

„Kent glaubt, dass wir in der nächsten Woche alle Songs zusammenhaben. Danach geht es ins Studio. Was hältst du davon, dann für ein paar Tage herzukommen? Ich würde dir die Lieder gern vorsingen.“

„Mal sehen.“ Claire fragte sich, welche Ausrede ihr dazu einfallen würde, aber sie fühlte sich zu erschöpft, um darüber nachzudenken. „Ich muss Schluss machen, Bobby. Meghann hat mich zum Mittagessen eingeladen. Dann wollen wir zur Maniküre gehen.“

„Ich dachte, ihr wart gestern bei der Maniküre?“

Claire erschrak. „Das musst du falsch verstanden haben. Da war ich zur Pediküre. Ich liebe dich.“

„Ich dich auch, Claire. Ist … alles okay?“

Sie spürte, dass ihr schon wieder die Tränen kamen. „Es ist alles in Ordnung, Bobby. Wirklich.“

„ICH HABE uns ein kleines Picknick eingepackt“, sagte Meghann am nächsten Vormittag nach der Strahlenbehandlung im Wagen zu Claire. Sie fuhr eine Weile, bog dann auf eine schmale, baumgesäumte Einfahrt ein und parkte vor einem herrlichen Haus mit grauen Schindeln. „Es gehört meiner Partnerin. Sie hat es uns für heute Nachmittag überlassen.“

Meghann half Claire beim Aussteigen, und sie gingen zusammen über die Wiese zu einem Anlegesteg. „Erinnerst du dich an Lake Winobee?“ Sie geleitete ihre Schwester zum Ende des Stegs und half ihr, sich zu setzen.

„An den Sommer, in dem du mir den pinkfarbenen Bikini geschenkt hast?“

Meghann stellte den Picknickkorb ab und nahm neben ihrer Schwester Platz. Beide ließen die Beine baumeln.

„Den hatte ich gestohlen“, sagte Meghann. „Als ich nach Hause kam, musste ich mich vor Angst übergeben. Mama kümmerte es wenig. Sie blickte nur von ihrer Zeitschrift auf und sagte: ‚Lange Finger bringen nichts als Probleme.‘“

Nachdenklich sah Claire ihre Schwester von der Seite an. „Ich habe damals so darauf gewartet, dass du wiederkommst. Mein Vater sagte immer: ‚Keine Sorge, Claire, sie ist deine Schwester. Sie kommt zurück.‘ Warum hast du es nicht getan?“

Meghann seufzte. Sie wusste, dass dieses Thema nicht länger zu umgehen war. „Weißt du noch, wie Mama damals zum Vorsprechen für ‚Starbase IV‘ fuhr?“

„Ja.“

„Sie tauchte nicht wieder auf. Es war zwar nicht ungewöhnlich, dass sie für einen Tag oder zwei verschwand, aber nach etwa fünf Tagen bekam ich Panik. Es war kein Geld mehr da, und wir hatten Hunger. Dann begann die Fürsorge herumzuschnüffeln. Ich hatte große Angst, dass man uns in ein Heim stecken könnte. Also habe ich Sam angerufen.“

„Das weiß ich doch alles, Meghann.“

„Er sagte, er würde uns beide bei sich aufnehmen.“

„Und das hat er auch getan.“

„Aber er war nicht mein Vater. Ich versuchte, mich in Hayden einzufügen, aber das gelang mir nicht. Ich geriet in schlechte Gesellschaft und fing an, Mist zu bauen. Jedes Mal, wenn ich Sam und dich zusammen sah, fühlte ich mich ausgeschlossen. Du warst das Einzige, was ich auf der Welt hatte, und nun gab es dich irgendwie nicht mehr für mich. Eines Abends kam ich betrunken nach Hause, und Sam forderte mich auf, entweder zur Vernunft zu kommen oder zu verschwinden."

„Und da bist du verschwunden. Wohin?"

„Eine Weile trieb ich mich in Seattle herum und tat mir selbst Leid. Ich schlief in Hauseingängen und tat Dinge, auf die ich wirklich nicht stolz bin. Dann erinnerte ich mich eines Tages an einen meiner Lehrer. Mister Earhart. Er hatte mir schon früh klar gemacht, dass ich nur mit einer guten Ausbildung Mamas miese Wohnwagenexistenz hinter mir lassen konnte. Ich rief ihn an – er war zum Glück noch immer an derselben Schule –, und er sorgte dafür, dass ich wieder zur Schule ging. Ich strengte mich an, bekam gute Zensuren und machte einen richtig guten Highschool-Abschluss. Dann habe ich mich um ein Stipendium fürs College beworben, und den Rest kennst du."

„Meine kluge Schwester", bemerkte Claire, und zum ersten Mal war sie ohne jede Verbitterung stolz auf Meghann.

„Ich habe mir eingeredet, dass du deine große Schwester nicht mehr brauchst. Aber … ich wusste sehr wohl, dass ich dir furchtbar wehgetan hatte. Es war einfacher für mich, auf Distanz zu gehen. Ich dachte, du würdest mir nie verzeihen, deshalb habe ich gar nicht erst versucht, wieder Kontakt zu dir aufzunehmen."

„Dein einziger Fehler war, dass du dich nie gemeldet hast", sagte Claire.

„Jetzt bin ich da."

„Ja." Claire blickte auf den sonnigen See hinaus. „Ohne dich würde ich das alles hier nicht schaffen."

„Das stimmt nicht. Du bist unheimlich tapfer."

„Glaub mir, so tapfer bin ich gar nicht."

Meghann kramte in ihrem Picknickkorb herum. „Ich habe auf den richtigen Moment gewartet, um dir das zu geben." Sie zog einen Ordner aus dem Korb und streckte ihn Claire entgegen. „Hier."

„Jetzt nicht, Meghann, ich bin so müde."

„Bitte."

Seufzend nahm Claire ihr den Ordner ab. Es war der mit der Aufschrift *Hoffnung*. Mit zitternden Fingern schlug sie den Ordner auf. Meghann hatte die Fallgeschichten von rund einem Dutzend Menschen zusammengetragen, die Glioblastome besiegt hatten. Alle hatten nach dieser Diagnose angeblich nur noch zwölf Monate zu leben gehabt, doch das war inzwischen über sieben Jahre her.

Claire kniff die Augen zusammen, aber das half nicht gegen die Tränen. „Danke, Meghann, das ist genau das Richtige heute."

„Das habe ich mir gedacht."

Sie schluckte. „Ich habe so wahnsinnige Angst." Es tat gut, das endlich zuzugeben.

„Ich auch", flüsterte Meghann. Dann streckte sie die Arme aus und zog ihre Schwester an sich.

Zum ersten Mal seit ihrer Kindheit lag Claire in den Armen ihrer großen Schwester. Meghann strich ihr über den Kopf, wie sie es früher so oft getan hatte. Unter ihrer Berührung lösten sich ein paar Haarsträhnen.

Als Claire sich schließlich aus der Umarmung löste, bemerkte sie die Haarbüschel in Meghanns Hand. „Ich wollte dir nicht sagen, dass sie mir ausfallen. Jeden Morgen ist mein Kopfkissen von Haaren übersät."

„Möchtest du nach Hause?"

„Ja, ich bin so furchtbar müde."

Meghann half ihr beim Aufstehen, und sie kehrten langsam zum Auto zurück. Claires Schritte waren unbeholfen, und sie klammerte sich unsicher an den Arm ihrer Schwester. Während der gesamten Fahrt blickte sie stumm aus dem Fenster.

Zu Hause brachte Meghann ihre Schwester sofort ins Bett.

„Es sind nur Haare", sagte sie und sank in die Kissen.

„Es wächst bald wieder nach." Meghann legte den Ordner mit der Aufschrift *Hoffnung* auf den Nachttisch und ging zur Tür. Dann drehte sie sich noch einmal um.

Reglos und mit geschlossenen Lidern lag ihre Schwester in den Kissen. Tränen liefen ihr die Wangen hinunter und verursachten kleine graue Flecke auf dem Kopfkissen.

Meghann wusste, was sie zu tun hatte. Sie zog die Tür hinter sich zu und ging zum Telefon. Neben dem Apparat lag eine Liste mit Claires wichtigsten Nummern. Auch die von Bobby.

In den vergangenen vierundzwanzig Stunden hatte Claire fast die Hälfte ihrer Haare verloren. Als sie sich am Vormittag für die Fahrt zum Krankenhaus fertig machen musste, verbrachte sie über eine halbe Stunde damit, sich einen Seidenschal um den Kopf zu wickeln.

„Hör auf, ständig an deinem Kopf herumzufummeln“, sagte Meghann, als sie den Warteraum der Radiologie erreichten. „Du siehst gut aus.“

Claire ging zu ihrer Bestrahlung und erschien dreißig Minuten später wieder im Warteraum. Auf den Seidenschal hatte sie verzichtet.

„Lass uns einen Kaffee trinken gehen“, sagte sie, als Meghann aufstand.

„Das geht nicht. Ich muss heute unbedingt in die Kanzlei. Ich habe da einen Termin, den ich nicht verschieben kann.“

„Dann bring mich einfach nach Hause.“

Sie verließen zusammen das Krankenhaus. Claire fühlte sich so müde und erschöpft, dass sie schlurfte wie eine alte Frau. Im Auto fielen ihr sofort die Augen zu.

Vor der Tür ihrer Wohnung blieb Meghann mit dem Schlüssel in der Hand stehen und sah sie an. „Denk dran, ich versuche nur das zu tun, was gut für dich ist. Das musst du mir glauben.“

„Das weiß ich.“

„Aber hin und wieder mache ich natürlich auch Fehler. Ich neige offenbar zu dem Irrglauben, alles besser zu wissen.“

Claire lächelte. „Okay, Meghann. Aber jetzt fahr endlich in die Kanzlei. Im Fernsehen kommt ‚Das Strafgericht‘. Die Anwältin erinnert mich an dich.“

„Sehr witzig.“ Meghann schloss die Tür auf. „Also bis später.“

Und damit verschwand sie im Fahrstuhl. Claire trat in die Wohnung. Die Stereoanlage war angeschaltet, und es lief ein Liebeslied von Dwight Yoakham. Sie blickte durch die offen stehende Tür ins Wohnzimmer, und da stand Bobby.

Claire riss beide Hände hoch, bedeckte ihren Kopf, rannte ins Bad, klappte den Toilettendeckel hoch und übergab sich.

Als sie wieder zu sich kam, stand er hinter ihr und strich ihr behutsam die letzten noch verbliebenen Haarsträhnen aus dem Gesicht. „Ich bin bei dir, Claire. Ich bin ja hier.“

Sie kniff die Augen zu, unterdrückte die Tränen der Scham und bemühte sich, langsam und gleichmäßig zu atmen. Beruhigend strich er ihr über den Rücken.

Als der Anfall vorüber war, ging Claire zum Waschbecken, um sich die Zähne zu putzen. Schließlich drehte sie sich zu ihm um und versuchte zu lächeln. „Willkommen in meinem Albtraum.“

Die Liebe in seinen Augen war überwältigend. „Es ist unser Albtraum, Claire.“

Sie wusste nicht, was sie sagen sollte.

„Du hattest kein Recht, mir das zu verschweigen."

„Aber du träumst doch schon so lange von einer richtigen Chance."

„Ja, natürlich. Ich singe gern und habe davon geträumt, irgendwann ein Star zu sein, aber ich liebe dich. Ich kann es immer noch nicht fassen, dass du mich nicht sofort angerufen hast. Was wäre gewesen, wenn …"

Claire biss sich auf die Unterlippe. „Es tut mir Leid. Ich habe es aus Liebe getan."

„Ich frage mich, ob du überhaupt weißt, was Liebe ist. Du kämpfst hier Tag für Tag im Krankenhaus um dein Leben, verschweigst mir das aber, nur damit ich meine idiotischen Songs singen kann? Für was für einen Menschen hältst du mich eigentlich?"

„Entschuldige, Bobby. Ich wollte doch nur …" Hilflos sah sie ihn an.

Er zog sie in seine Arme und drückte sie fest an sich. „Ich liebe dich, Claire. Ich liebe dich. Wann geht das endlich in deinen Kopf?"

Sie verschränkte ihre Hände in seinem Nacken und klammerte sich an ihn. „Ich schätze, mein Tumor war im Wege. Aber jetzt weiß ich es, Bobby. Jetzt weiß ich es."

DIE TAGE schlichen dahin, und an jedem Morgen fühlte Claire sich erschöpfter als am Abend zuvor. Ihre Kräfte nahmen rapide ab, obwohl sie sich um eine positive Einstellung bemühte.

Die Bluesers tauchten – gemeinsam oder einzeln – immer wieder in Seattle auf und versuchten, Claire Mut zuzusprechen. Am schlimmsten waren die Wochenenden in Hayden, wenn Claire ihrer kleinen Tochter vorspielen musste, dass alles in Ordnung war.

Die Abende verbrachten Claire, Meghann und Bobby meistens in dem erschreckend stillen Apartment. Oft sahen sie sich gemeinsam Filme an. Nach Bobbys Ankunft hatten sie zunächst versucht, Karten zu spielen oder einfach nur miteinander zu reden. Doch davon waren sie schnell wieder abgekommen. Keiner von ihnen konnte die Zukunft erwähnen, ohne sich gleichzeitig zu fragen: Wird es überhaupt noch ein gemeinsames Weihnachtsfest geben? Ein Thanksgiving? Einen nächsten Sommer?

Für Claire waren die vier Wochen Chemotherapie die vier längsten Wochen ihres Lebens. Als sie endlich vorbei waren, stand sie am folgenden Morgen früh auf, zog sich an und trank ihren Kaffee auf der Terrasse. Sie fand es erstaunlich, dass bereits so viele Menschen auf den Beinen waren und ihren ganz alltäglichen Beschäftigungen nachgingen – an diesem Tag, an dem sich ihre Zukunft entscheiden sollte.

„Heute ist es so weit." Meghann kam zu ihr auf die Terrasse hinaus. Hinter ihnen glitt die Glastür auf.

„Guten Morgen, ihr beiden." Bobby trat hinter Claire und küsste sie auf den Nacken.

Schweigend standen sie einen Moment beieinander, aber es gab nichts zu sagen. Dann drehten sie sich um und verließen die Wohnung, um ins Swedish Hospital zu fahren.

Im Warteraum war Claire nicht die einzige Patientin, die einen Hut oder ein Kopftuch trug. Sie waren Mitglieder in einem Club, dem niemand beitreten wollte, und wenn sich ihre Blicke trafen, war eine Art melancholisches Verstehen zwischen ihnen. Mit einem Mal wünschte sich Claire, auf ihren Schal verzichten zu können und den Mut zu haben, ihren kahlen Kopf zu zeigen.

Heute, an dem Tag, an dem es eine Antwort auf die entscheidende Frage geben sollte, brauchten sie nicht zu warten. Claire meldete sich am Empfang und wurde sofort hinübergebracht zur Kernspintomographie. Minuten später lag sie voll gepumpt mit Kontrastmittel in der Röhre.

Danach musste sie im Warteraum Platz nehmen. Sie setzte sich zwischen Meghann und Bobby. Beide drückten ihre Hände. Sie warteten schweigend. Als ihr Name aufgerufen wurde, stand sie schnell auf. Bobby stützte sie.

„Keine Angst, Claire", sagte er leise. „Ich bin bei dir."

Zusammen marschierten sie durch die langen Flure bis zu Dr. Dussmans Sprechzimmer mit dem Türschild CHEFARZT DER NEUROLOGIE. Der Chefradiologe Dr. McGrail war ebenfalls anwesend.

„Guten Tag, Mrs Austin, Miss Dontess, Mister Austin", sagte Dr. Dussman.

„Nun?", fragte Meghann ungeduldig.

„Der Tumor hat auf die Bestrahlung angesprochen. Er ist um rund zwölf Prozent kleiner geworden", erklärte Dr. McGrail.

„Das ist ja großartig", sagte Meghann.

Die Ärzte tauschten einen Blick aus. Dann trat Dr. Dussman zu den Sichtkästen, knipste das Licht an, und da hingen die Aufnahmen von Claires Gehirn. Der Arzt drehte sich zu Claire um. „Die Rückbildung hat Ihnen Zeit geschenkt. Aber leider ist der Tumor noch immer inoperabel."

Leider …

In Claires Kopf begann es sich zu drehen, sie musste sich setzen. „Wie viel Zeit bleibt mir noch?"

„Bei einem Tumor dieser Größe und Lage sind die Aussichten nicht besonders gut", sagte Dr. Dussman mit sanfter Stimme. „Manche Patienten haben noch ein Jahr. Vielleicht ein wenig länger."

„Und die anderen?“

„Sechs bis neun Monate.“

Claire betrachtete ihren Trauring. Den Ring, den Großmutter Myrtle sechzig Jahre lang getragen hatte.

Meghann ging zu Claire und fiel vor ihr auf die Knie. „Ich glaube das nicht. Es gibt wissenschaftliche Studien, die …“

„Gib dir keine Mühe“, flüsterte sie und dachte an Alison. Sie sah die klaren Augen ihrer Tochter, ihr sonniges Zahnlückenlächeln, hörte sie sagen „Ich bin jetzt groß, ich kann ohne Schmusedecke einschlafen“, und die Tränen liefen über ihre Wangen. Sie wischte sich über die Augen und sah den Arzt an. „Und was jetzt?“

Meghann sprang hoch und lief unruhig auf und ab, betrachtete die Aufnahmen an den Leuchtkästen, die Urkunden an den Wänden. Claire sah, dass ihre Schwester Angst hatte und, wie es ihre Art war, mit Zorn reagierte.

Dr. Dussman zog sich einen Stuhl heran und setzte sich Claire gegenüber. „Es gibt mehrere Möglichkeiten. Keine allzu guten, aber …“

„Wer ist das denn?“, unterbrach Meghann sie mit schriller Stimme. Sie hielt ein gerahmtes Foto in der Hand, das sie von der Wand genommen hatte.

Dr. Dussman hob die Brauen. „Das Bild wurde während meines Studiums aufgenommen. Es zeigt meine Kommilitonen und mich.“ Er wandte sich wieder Claire zu.

Meghann knallte das Foto so hart auf den Schreibtisch, dass die Scheibe zerbrach. Sie zeigte auf einen Mann. „Wer ist das?“

Dr. Dussman trat an den Schreibtisch. „Das ist Joe Wyatt.“

„Er ist Arzt?“

Überrascht sah Claire ihre Schwester an. „Du kennst Joe?“

„Woher kennst du ihn denn?“, fragte Meghann zurück.

„Er ist eigentlich Radiologe“, erklärte Dr. McGrail. „Einer der besten. Zumindest war er das. Ein wahres Genie in Sachen Kernspintomographie. Er sah noch Möglichkeiten, wo andere längst aufgegeben hatten.“

Abwehrend hob Claire die Hand. „Mach dir keine Illusionen, Meghann. Wir brauchen keinen Radiologen mehr. Und glaub mir, Joe wäre der Letzte, den ich um Hilfe bitten würde. Was ich brauche, ist ein Wunder.“

Meghann starrte Dr. McGrail unverwandt an. „Was soll das heißen? Er war Radiologe?“

„Er hat aufgehört. Ist buchstäblich vom Erdboden verschwunden.“

„Warum?“

„Er hat seine Frau getötet.“

Zehntes Kapitel

Die Fahrt nach Hause schien kein Ende nehmen zu wollen. Niemand sagte ein Wort. Als sie in Meghanns Wohnung angekommen waren, drückte Bobby Claire so fest an sich, dass sie fast keine Luft mehr bekam, und ließ sie dann los. „Ich muss unbedingt duschen", flüsterte er heiser.

Claire wusste, was er wirklich wollte. Sie hatte sich selbst oft genug in Meghanns Dusche ausgeweint. Sie ging zur Couch und ließ sich fallen. Ihr war schwindlig, und sie fühlte sich unendlich müde. In ihren Ohren dröhnte es, und da war wieder dieses sonderbare Kribbeln in ihrer linken Hand, aber nichts davon mochte sie ihrer Schwester gegenüber erwähnen.

Meghann setzte sich vor sie auf die Tischkante. „Es gibt immer noch Therapien, die wir ausprobieren können."

Seufzend hob Claire die Hände. „Können wir nicht wenigstens einmal der Realität ins Gesicht sehen?"

Meghann wirkte gekränkt.

„Als kleines Kind träumte ich hin und wieder davon, eine seltene Krankheit zu bekommen, sodass Mama und du an meinem Bett sitzen musstet. Ich stellte mir vor, wie ihr um mich trauertet."

Meghann stand so abrupt auf, dass sie sich das Schienbein am Tisch stieß. „Ich … will nicht darüber sprechen, dass du vielleicht stirbst. Ich kann es nicht." Wie gehetzt rannte sie aus dem Zimmer.

„Aber für mich ist es wichtig, dass du mit mir darüber sprichst", sagte Claire laut in den leeren Raum hinein. Hinter ihren Augen begann es schmerzhaft zu pochen. Sie wollte sich gerade auf der Couch ausstrecken, als der Schmerz mit voller Wucht zuschlug. Keuchend rang sie nach Atem. Ihr Kopf fühlte sich an, als würde er explodieren.

Sie konnte sich nicht rühren, nicht einmal Luft holen. Alison, dachte sie. Dann wurde alles dunkel.

MEGHANN stand an Claires Bett und klammerte sich mit beiden Händen an die Metallgitterstäbe. „Haben die Medikamente geholfen?"

Claire sah ganz klein aus in dem Krankenhausbett, zart und zerbrechlich. Ihr Versuch eines Lächelns war herzzerreißend. „Ja. Der Anfall war der schlimmste bisher. Wie lange muss ich hier bleiben?"

„Ein paar Tage."

„Ich glaube, es ist Zeit, Mama anzurufen."

Wortlos sah Meghann sie an. Ihre Lippen zitterten verdächtig. „Okay."

„Und bitte auch meinen Vater, Alison und die Bluesers, mich zu besuchen."

Die Resignation in der Stimme ihrer Schwester entging Meghann nicht. Sie wollte etwas sagen, etwas Hoffnungsvolles, fand aber keine Worte.

„Und jetzt möchte ich schlafen. Ich bin müde."

„Das sind die Medikamente."

„Sind es nur die Medikamente?" Claire lächelte wehmütig. „Gute Nacht, Meghann. Und kümmere dich heute Abend ein bisschen um Bobby. Er ist nicht so stark, wie es scheint."

Als Bobby ein paar Minuten später das Zimmer betrat, war Claire eingeschlafen. Er sah mitgenommen aus. Seine Augen waren rot und geschwollen.

„Sie ist eben kurz aufgewacht", flüsterte Meghann. „Aber dann gleich wieder eingeschlafen."

Er griff nach Claires Hand und drückte sie sanft. „Hallo, Liebes. Ich bin wieder da. Ich war nur eine Tasse Kaffee trinken." Traurig sah er Claires schmales Gesicht an. „Sie gibt auf", sagte er leise.

„Ich weiß. Sie will, dass ich alle anrufe und bitte, sie zu besuchen. Oh Gott, was sollen wir nur Alison sagen?"

„Überlasst das mir", wisperte Claire und schlug die Augen auf. Müde sah sie ihren Mann an. „Bobby …" Sie streckte die Arme nach ihm aus. „Ich liebe dich."

Meghann ertrug es nicht länger. Mit jedem Atemzug schien Claire sich ein Stück weit vom Leben zu verabschieden. „Ich muss mal eben telefonieren", sagte sie und rannte aus dem Zimmer.

Es war schon spät. Die Flure waren leer und verlassen. Meghann ging hinunter in den Empfangsbereich zu den öffentlichen Fernsprechern und wählte die Nummer ihrer Mutter.

„Ich bin es, Mama. Meghann. Claire ist krank."

„Ausgerechnet auf der Hochzeitsreise?"

„Das war vor einem Monat. Jetzt ist sie im Krankenhaus."

„Ich kann nur hoffen, dass das nicht wieder eins deiner Bravourstückchen ist, Meghann. Wie damals, als du mich auf der Arbeit angerufen hast, weil Claire aus dem Bett gefallen war und du glaubtest, sie sei gelähmt."

„Sie hat einen Gehirntumor, Mama. Die Bestrahlung hat nicht geholfen, und niemand bringt den Mut auf, sie zu operieren."

Am anderen Ende der Leitung entstand eine lange Pause. „Wird sie wieder gesund?", fragte ihre Mutter dann.

„Ja“, sagte Meghann, weil sie sich etwas anderes nicht vorstellen konnte. „Vielleicht aber auch nicht“, fügte sie dann leiser hinzu. „Du solltest besser kommen.“

„Ich habe morgen um zwei ein ‚Starbase IV‘-Treffen und …“

„Du bist morgen hier, oder ich informiere die Presse, dass du keine Zeit findest, deine krebskranke Tochter zu besuchen.“

„Ich kann mit so etwas nicht besonders gut umgehen, Meghann.“

„Das kann keiner von uns, Mama.“ Ohne ein weiteres Wort legte sie auf und wählte Sams Nummer. Aber nach dem ersten Klingeln verließ sie der Mut. Sie konnte Sam nicht am Telefon sagen, dass seine Tochter ihn um einen vielleicht letzten Besuch bat.

Meghann hängte ein und kehrte ins Zimmer ihrer Schwester zurück. Bobby saß neben dem Bett und sang Claire ganz leise etwas vor. Mit Tränen in den Augen sah er Meghann an. „Sie ist noch nicht wieder aufgewacht.“

„Sie wacht bestimmt bald wieder auf. Sing ruhig weiter. Ich bin sicher, dass es ihr gut tut.“

Er nickte.

„Ich fahre zu Sam. Ich muss es ihm persönlich sagen. Falls Claire aufwacht …“ Meghann riss sich zusammen. „Wenn Claire aufwacht, sag ihr, dass ich bald wieder zurück bin. Hast du den Schlüssel zu meiner Wohnung?“

„Ich bleibe hier.“

„Okay.“ Meghann verließ den Raum, rannte zu ihrem Auto und machte sich auf den Weg nach Hayden. Sie fuhr sehr schnell und erreichte ihr Ziel schon anderthalb Stunden später. Als sie an der Ampel halten musste, sah sie hinüber zur Werkstatt und zur Hütte dahinter.

Joe Wyatt.

Dr. Joseph Wyatt. Natürlich! Kein Wunder, dass sie geglaubt hatte, ihn von irgendwoher zu kennen. Das Verfahren gegen ihn war auf allen Titelseiten gewesen, und Meghann hatte mit ihren Kollegen immer wieder über den Prozess diskutiert. Er war freigesprochen worden, aber sie hatte sich nie gefragt, was eigentlich aus ihm geworden war. Jetzt wusste sie es. Er war verschwunden, untergetaucht, und doch blieb er einer der besten Radiologen. Was hatte Dr. McGrail über ihn gesagt? „Er ist eigentlich Radiologe. Und zwar einer der besten. Er konnte Möglichkeiten – Therapien – entwickeln wie kein anderer …“

Und doch hatte er nichts unternommen, als sie ihm schluchzend von ihrer kranken Schwester erzählt hatte. Absolut nichts. Und er kannte Claire.

„Mistkerl!“ Meghann sah hinüber auf den Beifahrersitz. Dort lag der Umschlag aus dem Krankenhaus. Sie wendete, trat hart auf die Bremse und parkte am Straßenrand. Dann nahm sie den Umschlag und rannte hinüber zu seiner Hütte.

Sie hämmerte gegen die Tür und schrie seinen Namen, bis sie drinnen Schritte hörte.

Als er die Tür öffnete und sie überrascht ansah, stieß sie ihn so hart gegen die Brust, dass er nach hinten taumelte.

„Hallo, Joe. Du gestattest?“ Sie stieß die Tür mit dem Fuß hinter sich zu.

„Es ist fast Mitternacht.“

„Ich weiß, Dr. Wyatt.“

Er ließ sich aufs Sofa fallen und starrte sie stumm an.

„Du hast mich in den Armen gehalten. Du hast meine Verzweiflung gesehen.“ Hilflose Wut ließ ihre Stimme zittern. „Und du hast mir keine Hilfe angeboten. Was für ein Mensch bist du eigentlich?“

„Einer, dessen Heldentage hinter ihm liegen. Wenn du weißt, wer ich bin, ist dir auch bekannt, was ich getan habe.“

„Du hast deine Frau getötet.“ Er zuckte zusammen. „Dein Prozess hat großes Aufsehen in Seattle erregt. Das Verfahren gegen einen Arzt, der seiner todkranken Frau Sterbehilfe geleistet hat.“

„Sterbehilfe ist ein freundlicheres Wort als Totschlag.“

Die Qual in seiner Stimme nahm ihrem Zorn die Spitze. „Joe, unter normalen Umständen würde ich mit dir darüber reden, was passiert ist. Aber es sind keine normalen Umstände. Meine Schwester liegt im Sterben.“

Sie warf den braunen Umschlag vor ihn auf den Tisch. „Das sind die Aufnahmen von ihrer Kernspintomographie. Bitte, schau sie dir an. Vielleicht kannst du ihr helfen.“

„Ich praktiziere nicht mehr. Es tut mir Leid.“

„Es tut dir Leid? Du hast die Fähigkeit, Menschenleben zu retten, verkriechst dich aber hier in diesem schäbigen Loch und badest in Selbstmitleid?“ Meghann blickte ihn an, wollte ihn hassen oder ihm wehtun, konnte aber weder das eine noch das andere. „Und ich habe etwas für dich empfunden.“

„Es tut mir Leid“, sagte er noch einmal.

„Ich schicke dir eine Todesanzeige.“ Meghann machte auf dem Absatz kehrt und lief zur Tür.

„Nimm die Aufnahmen mit.“

Sie blieb stehen und warf ihm einen vernichtenden Blick zu. „Nein, Joe. Du wirst sie schon anfassen müssen. Wirf sie selbst in den Müll."

Dann verließ sie die Hütte. Sie schaffte es bis in ihr Auto, bevor ihr die Tränen kamen.

CLAIRE wurde immer schwächer. Am Abend des zweiten Tages im Krankenhaus wollte sie nur noch schlafen.

Ihre Freunde und ihre Familie kamen zu Besuch und sogar ihre Mutter. Die Bluesers hatten Blumen, Obst und Claires Lieblingsfilm mitgebracht. Sie plauderten, machten Scherze und erzählten von früheren Zeiten. Gina war die Einzige, die den Mut aufbrachte, mit Claire über ihre größten Ängste zu sprechen.

„Du weißt hoffentlich, dass ich immer für Alison da sein werde", sagte sie, als alle anderen in die Cafeteria gegangen waren.

„Danke", flüsterte Claire leise. „Ich habe es ihr noch nicht gesagt."

Ihre Blicke trafen sich, und Ginas Augen füllten sich langsam mit Tränen. Beide dachten still darüber nach, wie eine Mutter sich von ihrer fünfjährigen Tochter verabschieden sollte.

Erst nach einer ganzen Weile erschien ein kleines Lächeln auf Ginas Gesicht. „Und? Was machen wir mit deinen Haaren?", fragte sie.

„Ich habe mir überlegt, dass ich den Rest auch noch abschneide und vielleicht platinblond färbe."

„Sehr flott. Neben dir sehen wir dann alle aus wie biedere alte Hausfrauen."

„Du glaubst gar nicht, wie sehr ich mir wünsche, eine biedere alte Hausfrau zu werden."

Aber so sehr sich Claire auch über die Besuche freute, letztlich war sie erleichtert, wenn sie wieder allein war. Am späten Abend des zweiten Tages begannen endlich die Medikamente zu wirken, und sie schlief ein.

Mitten in der Nacht schreckte sie aus dem Schlaf. Ihr Herz klopfte zu heftig und unregelmäßig. Sie konnte weder tief atmen noch sich aufsetzen. Irgendetwas stimmte nicht.

„Claire? Ist alles in Ordnung?" Das war Bobbys Stimme. Er saß neben ihrem Bett und hatte anscheinend geschlafen. Sich die Augen reibend, stand er auf und kam ganz nahe an ihr Bett.

„Bobby", flüsterte sie. „Komm, leg dich zu mir ins Bett."

Hilflos blickte Bobby auf die Geräte, die Kabel und Infusionsschläuche. „Oh, Liebes …" Er beugte sich vor und küsste sie auf die Stirn.

Claire schloss die Augen. „Alison“, wisperte sie. „Ich möchte meine Kleine sehen. Bitte …“

Hinter ihrem rechten Auge machte sich plötzlich ein heftig stechender Schmerz bemerkbar.

Neben ihrem Bett begann es durchdringend zu pfeifen.

Der Schmerz ist weg, ihr tut nichts mehr weh. Die Schläuche, mit denen sie an die Apparate angeschlossen war, sind verschwunden. Sie will rufen, dass es ihr besser geht.

Plötzlich bemerkt sie, dass sie irgendwo in der Luft zu schweben scheint und zusieht, wie sich die Ärzte um ihren Körper bemühen. Ihr Nachthemd wird hochgeschoben und ein Gerät auf ihre Brust gedrückt.

„Jetzt!“

Es tut unendlich gut, hier über ihnen zu sein und keine Schmerzen mehr zu haben …

„Noch einmal!“

Dann denkt sie an ihre Tochter, an ihre Kleine, der man sagen müssen wird, dass ihre Mutter nicht mehr da ist.

Die Ärzte treten zurück. „Wir haben sie verloren.“

„Komm zurück, Claire!“, schreit Meghann. „Komm sofort zurück! Hörst du mich?“

Jemand will sie zur Seite ziehen, aber sie versetzt ihm einen rüden Stoß mit dem Ellbogen. „Ich meine es ernst, Claire! Komm sofort zurück! Alison ist draußen. Du hast dich nicht von ihr verabschiedet. Das kannst du nicht machen, verdammt.“ Sie packt Claire bei den Schultern und schüttelt sie heftig. „Das kannst du Alison und mir doch nicht antun!“

„Ihr Herz schlägt wieder!“, ruft jemand.

Meghann wird so heftig zur Seite gestoßen, dass sie in die Ecke des Zimmers stolpert und von dort aus zusieht, wie ihre Schwester stabilisiert wird.

Irgendwann verlassen die Mediziner das Zimmer.

Wie gebannt starrt Meghann auf Claires Brust, beobachtet, wie sie sich langsam hebt und senkt.

„Ich habe alles gehört.“

Beim Klang von Claires Stimme tritt Meghann ans Bett.

Claires Gesicht ist bleich, aber sie lächelt ihre Schwester an. „Und ich dachte: Nicht zu fassen, ich bin tot, aber sie brüllt mich immer noch an.“

MINDESTENS zehnmal hatte Joe schon versucht, den verdammten Umschlag wegzuwerfen, aber er konnte sich nicht dazu überwinden, ihn anzufassen. Was hatte Meghann gesagt? „Es tut dir Leid? Du hast die Fähigkeit, Menschenleben zu retten, verkriechst dich aber hier in diesem schäbigen Loch und badest in Selbstmitleid …“

Er hörte ihre Worte so deutlich, dass er den Kopf hob und sich umsah. Aber außer ihm war niemand in der Hütte.

Verzweifelt sah er Dianas Bild an. Er brauchte ihre Nähe nicht erst heraufzubeschwören, um genau zu wissen, was sie sagen würde. Sie wäre ebenso entsetzt über sein Verhalten wie er selbst, und sie würde ihn an den Eid erinnern, den er einmal geleistet hatte. Außerdem ging es hier nicht um irgendeinen Patienten, sondern um Claire Cavenaugh, die Frau, die stundenlang an Dianas Bett gesessen, mit ihr Scrabble gespielt und Filme angesehen hatte.

Jetzt lag Claire im Krankenhaus, schwer krank und verzweifelt. Wahrscheinlich konnte er nichts für sie tun, aber wie sollte er je mit sich ins Reine kommen, wenn er es nicht wenigstens versuchte? Wenn Diana jetzt da wäre, würde sie sagen, dass es eine Sache war, vor Schuldgefühlen davonzulaufen, aber eine ganz andere, die Kernspinaufnahmen einer Freundin nicht anzuschauen.

Joe holte tief Luft, streckte den Arm aus und tat so, als würde er nicht bemerken, wie sehr seine Hand zitterte. Er zog die Filme aus dem Umschlag, ging mit ihnen in die Küche und hielt sie am Fenster über der Spüle ins Sonnenlicht. Konzentriert betrachtete er die Aufnahmen, und ihm wurde klar, warum alle diesen Tumor als inoperabel bezeichnet hatten. Für eine Operation bedurfte es beispielloser Fähigkeiten. Der Gehirnchirurg, der sie durchführte, musste absolut begnadete Hände haben und ein entsprechendes Ego. Aber mit einer äußerst behutsamen Resektion gab es vielleicht noch eine Chance für Claire. Joe konnte einen kleinen Schatten erkennen, und vielleicht war dieser Schatten kein Tumor, sondern nur auf ihn reagierendes Gewebe.

Es gab keinen Zweifel mehr daran, was er jetzt zu tun hatte.

Er duschte heiß und zog das blaue Hemd an, das er sich kürzlich gekauft hatte, und saubere Jeans. Er hätte gern ansehnlichere Sachen zum Anziehen gehabt, aber das war jetzt nicht zu ändern. Dann steckte er die Aufnahmen zurück in den Umschlag und ging hinüber zu Smitty. Smitty saß mit seiner Frau im Wohnzimmer vor dem Fernseher.

„Entschuldige die Störung, Smitty, aber kann ich mir vielleicht deinen

Pick-up ausleihen? Ich muss nach Seattle fahren. Vielleicht bleibe ich über Nacht.“

Wortlos nickte Smitty, zog die Autoschlüssel aus der Tasche und warf sie ihm zu.

„Danke.“ Ohne eine weitere Erklärung lief Joe zu Smittys altem Wagen, stieg ein und zog die Tür hinter sich zu.

Etwas unsicher starrte er auf das Armaturenbrett. Es war Jahre her, seit er in einem Auto hinter dem Steuer gesessen hatte. Dann atmete er tief durch, startete den Motor und gab Gas.

ZWEI Stunden später parkte er in der Tiefgarage an der Madison Street und betrat das Gebäude, das ihm einst so viel bedeutet hatte. Mit gesenktem Kopf lief er durch die Empfangshalle auf die Fahrstühle zu und drückte auf den Knopf. Als sich die Türen öffneten, stieg er ein. Zwei Angestellte in weißen Kitteln folgten ihm. Sie unterhielten sich über Laborbefunde und stiegen in der dritten Etage aus.

Joe fuhr allein weiter und dachte an die Zeit, in der er mit hoch erhobenem Kopf durch diese Flure gelaufen war. Im vierzehnten Stock hielt der Fahrstuhl wieder, und die Türen gingen auf. Joe stieg aus und blieb stehen.

Auf den Glastüren ihm gegenüber stand in Goldbuchstaben: SEATTLE NUCLEAR SPECIALISTS.

Es war seine Praxis. Zumindest hatte er sie gegründet. Darunter waren die Namen von sieben oder acht Ärzten verzeichnet. Sein eigener Name befand sich nicht mehr darunter.

Er öffnete die Tür und trat an den Empfangstresen. Die Frau, die ihn anlächelte und fragte, was er wolle, kannte er nicht.

„Ich möchte zu Dr. Li Chinn“, sagte Joe. „Sagen Sie ihm bitte, dass ein auswärtiger Kollege ihn gern in einem dringenden Fall konsultieren würde. Ich habe einen langen Weg hinter mir.“

Die Frau musterte verstohlen seine billige Kleidung und seinen provinziellen Haarschnitt, drückte aber auf die Gegensprechanlage und übermittelte seinen Wunsch.

„In einer Viertelstunde hat er Zeit für Sie“, sagte sie dann. „Nehmen Sie doch so lange im Wartezimmer Platz.“

Joe setzte sich und dachte daran, dass Diana für die Praxis die Gardinen, Tapeten und alles andere ausgesucht hatte. Es war eine gute Erinnerung.

„Herr Doktor? Herr Doktor?“

Bei der ungewohnten Anrede fuhr Joe erschrocken zusammen.

„Dr. Chinn erwartet Sie. Gehen Sie da durch die Glastür und den Flur entlang …“

„Danke, ich kenne mich aus.“ Joe ging zur Tür und durch den Flur zur Tür von Dr. Chinn. Er versuchte ruhig zu atmen, aber er schwitzte, und sein Herz schlug zu schnell. Trotzdem klopfte er.

„Treten Sie ein“, sagte eine vertraute Stimme.

Joe betrat den Raum, der einmal sein Sprechzimmer gewesen war. Li Chinn saß hinter dem Schreibtisch und las. Bei Joes Eintritt blickte er auf. Er erkannte ihn sofort. „Das glaube ich jetzt nicht“, murmelte er.

„Hallo, Li.“

Der Arzt schien nicht recht zu wissen, was er sagen sollte. „Es ist lange her, Joe.“

„Drei Jahre.“

„Dein Name stand noch ein ganzes Jahr an der Tür. Wo hast du denn gesteckt?“

„Ich wollte bei dir vorbeikommen und dir sagen, dass ich die Praxis verlasse, aber …“ Er schwieg einen Moment. „Ich hatte einfach nicht den Mut. Aber das ist jetzt alles nicht so wichtig. Ich habe hier ein paar Aufnahmen, und ich bitte dich, sie dir anzusehen.“

Als Li Chinn nickte, ging Joe zu den Lichtkästen und klemmte die Filme in die Befestigungsleiste. Li Chinn verließ seinen Schreibtisch und betrachtete die Aufnahmen. Er ließ sich Zeit. „Offenbar siehst du etwas, was ich nicht sehe“, sagte er schließlich.

Joe streckte die Hand aus. „Sieh dir das mal an.“

Li Chinn hob die Brauen und verschränkte die Arme. „Nicht viele Chirurgen würden sich an so etwas heranwagen. Das Risiko ist zu groß.“

„Ohne Operation stirbt sie auf jeden Fall.“

„Sie könnte auch durch die Operation sterben.“

„Meinst du nicht, dass man es versuchen sollte?“

Li Chinn sah ihn stirnrunzelnd an. „Früher hätte Joe Wyatt andere nicht nach ihrer Meinung gefragt.“

„Die Dinge ändern sich“, erwiderte Joe knapp.

„Kennst du einen Chirurgen, der einen solchen Eingriff vornehmen würde? Der überhaupt in der Lage dazu wäre?“

„Stu Weissman von der University of California in Los Angeles.“

„Ah, der Cowboy. Ja, vielleicht.“

„Ich darf nicht mehr praktizieren, Li. Meine Approbation ist abgelaufen. Könntest du Weissman die Aufnahmen schicken? Ich werde ihn anrufen.“

Li Chinn knipste die Beleuchtung aus. „Mach ich. Du weißt, dass du deine Approbation jederzeit erneuern lassen kannst?"

„Ja."

Sie schwiegen beide. Dann räusperte sich Li Chinn. „Joe, ich möchte, dass du weißt, dass die meisten von uns in deiner Lage dasselbe getan hätten wie du. Jeder weiß, dass Diana unter unvorstellbaren Schmerzen litt, und es gab nicht die geringste Hoffnung. Jeder von uns war dem Herrgott dankbar, dass er nicht in deiner Haut steckte."

Joe schwieg.

„Du hast eine große Begabung, Joe", fuhr Li Chinn fort. „Sie nicht zu nutzen wäre ein Verbrechen. Wenn du bereit bist, wieder zu arbeiten, komm zu mir. In dieser Praxis geht es darum, Leben zu retten, und nicht um ebenso alte wie haltlose Gerüchte."

„Ich danke dir", sagte Joe bewegt, doch die Worte konnten die Intensität seiner Gefühle nicht annähernd ausdrücken. Er drückte Li Chinn stumm die Hand und verließ hastig den Raum.

Unten im Empfangsbereich ging er zu den Fernsprechern und rief Stu Weissman an.

„Joe Wyatt …", dröhnte Weissmans Stimme an sein Ohr. „Wo zum Teufel sind Sie? Sie waren ja wie vom Erdboden verschluckt. Eine Schande, dass man Sie damals angeklagt hat."

Joe wollte keine Zeit mit langatmigen Erklärungen verschwenden. „Ich rufe an, weil ich Sie bitten möchte, einen Gehirntumor zu operieren. Sie sind der Einzige, der die Operation durchführen könnte. Das Risiko ist ziemlich groß."

Joe berichtete von Claires Krankheitsverlauf, der aktuellen Diagnose und beschrieb, was er auf den Filmen gesehen hatte.

„Und Sie meinen, ich könnte da etwas tun?"

„Sie sind der Einzige, der da etwas tun kann."

„Wissen Sie, Ihre Augen waren schon immer die besten in der ganzen Branche. Schicken Sie mir die Aufnahmen. Wenn ich Ihre Einschätzung teile, steige ich ins nächste Flugzeug. Aber sorgen Sie dafür, dass die Patientin sich des Risikos sehr genau bewusst ist."

„Sie können sich darauf verlassen. Ich danke Ihnen."

Joe legte auf. Jetzt musste er noch mit Claire sprechen. Er kehrte zum Aufzug zurück und machte sich auf den Weg zur Intensivstation. Ein paar Leute runzelten über seinen Anblick die Stirn, andere steckten tuschelnd die Köpfe zusammen. Er ließ sich nicht davon beeindrucken und ging weiter. Niemand sprach ihn an oder wollte wissen, was ihn hierher zurückführte – bis er die Intensivstation erreichte.

„Dr. Wyatt?"

Zögernd drehte er sich um. Es war Trish Bey, die Oberschwester der Intensivstation. Er hatte jahrelang eng mit ihr zusammengearbeitet, und sie hatte Diana bis zu ihrem Tod betreut. Sie waren in der Zeit gute Freundinnen geworden. „Hallo, Trish."

Sie lächelte. „Wie schön, Sie zu sehen. Sie haben uns sehr gefehlt."

Er entspannte sich. „Danke." Sie standen sich ein paar Momente schweigend gegenüber, dann nickte Joe ihr zu, verabschiedete sich und lief weiter bis zu Claires Zimmer.

Er klopfte leise und öffnete die Tür. Claire saß halb aufgerichtet im Bett, aber sie schien zu schlafen. Joe ging auf sie zu und versuchte nicht daran zu denken, dass Diana genauso ausgesehen hatte. Blass und zerbrechlich wie eine alte Puppe, die allzu sehr geliebt worden war.

Claire schlug die Augen auf. „Joey", wisperte sie. „Ich habe gehört, dass du wieder da bist. Willkommen zu Hause."

Er holte einen Stuhl und setzte sich neben ihr Bett. „Hallo, Claire."

„Ich weiß, dass ich schon einmal besser ausgesehen habe."

„Du bist wunderschön. Das warst du immer."

„Lieb von dir, Joe. Ich werde Diana von dir grüßen." Ihre Augen fielen wieder zu. „Entschuldige, aber ich bin unglaublich müde."

„Warum hast du es so eilig, meine Frau wiederzusehen?"

Langsam öffnete sie die Augen. „Es besteht keine Hoffnung, Joe. Gerade du solltest wissen, wie das ist. Mach mir nichts vor, es tut zu weh."

„Das sehe ich anders."

„Meinst du wirklich, dass ich noch nicht aufgeben soll?"

„Eine Operation könnte dich retten. Aber es ist nicht auszuschließen, dass es zu ernsten Beeinträchtigungen kommt, Claire. Lähmungen. Verlust motorischer Fähigkeiten. Hirnschäden."

„Weißt du, an was ich gerade gedacht habe, bevor du gekommen bist?"

„Nein."

„Wie ich Alison sagen soll, dass ihre Mommy bald stirbt. Die Risiken sind mir egal, Joe. Ich bin zu allem bereit, wenn ich mich nur nicht von Alison verabschieden muss." Ihre Stimme versagte.

„Ich lasse einem Freund deine Aufnahmen schicken. Wenn er meiner Meinung ist, dann operiert er dich."

„Danke, Joe", sagte sie leise und schloss die Augen.

Er beugte sich über sie und gab ihr einen Kuss auf die Stirn. „Bis bald, Claire."

Er stand schon an der Tür, als er ihre Stimme hörte. „Joey?"

Er drehte sich um. „Ja?"

„Sie hätte dich nicht darum bitten dürfen."

„Wer?", fragte er, obwohl er die Antwort kannte.

„Diana. Ich würde es von Bobby nie verlangen. Ich weiß, was ich ihm damit antun würde."

Joe wusste keine Antwort darauf. Gina hatte schon mehr als einmal das Gleiche zu ihm gesagt. Er verließ das Zimmer und zog die Tür hinter sich zu. Seufzend lehnte er sich gegen die Wand und schloss die Augen.

„Joe?"

Er öffnete die Augen. Meghann stand ein paar Meter von ihm entfernt. Ihre Augen waren gerötet vom Weinen. Am liebsten hätte er sie sofort in die Arme genommen.

„Bitte sag mir, dass du eine Möglichkeit gefunden hast, ihr zu helfen." Langsam kam sie auf ihn zu.

„Ich habe die Bilder angeschaut und mit einem Kollegen gesprochen. Wenn er dasselbe sieht wie ich, operiert er Claire, aber …"

Meghann warf sich in seine Arme. „Danke."

„Es ist äußerst riskant, Meghann. Vielleicht überlebt sie die Operation nicht."

Meghann löste sich von ihm und wischte sich ungeduldig über die Augen. „Ich bin überzeugt, dass Claire dieses Risiko eingeht. Ich danke dir, Joe. Und … bitte entschuldige, dass ich so grob zu dir war. Ich bin manchmal ein echtes Biest."

„Die Warnung kommt ein bisschen spät."

Sie lächelte und wischte sich die Tränen aus dem Gesicht. „Warum hast du mir eigentlich nichts von deiner Frau erzählt?"

„Wann hätte ich das denn tun sollen?"

„Nun, irgendeine Gelegenheit hätte sich bestimmt ergeben."

„Und welche genau? Ich finde es ein bisschen merkwürdig, mit einer Frau ins Bett zu gehen und ihr dann zu gestehen, dass ich die Frau getötet habe, mit der ich verheiratet war."

„Du hast sie nicht getötet. Das war der Krebs. Du hast ihr Leiden beendet."

„Und ihr Leben."

Meghann sah ihm fest in die Augen. „Wenn Claire mich darum bitten würde, würde ich es tun. Und ich wäre bereit, dafür auch ins Gefängnis zu gehen."

„Dann bete zu Gott, dass sie dich nie darum bittet." Seine Stimme klang heiser, und er dachte daran, dass er sich früher für seine Emotionalität geschämt hätte. Aber das war in einem anderen Leben.

„Wie geht es jetzt weiter?", fragte sie. „Ich meine für Claire."

„Wir warten darauf, dass Stu Weissman sich meldet. Und hoffen, dass ihn meine Argumente überzeugen."

AM NÄCHSTEN Morgen rief Stu Weissman Claire an. Sie war so geschwächt und benommen, dass sie ihn kaum verstand.

„Einen Augenblick bitte", sagte sie und setzte sich auf. „Soll das heißen, dass Sie mich operieren?"

„Ja. Aber ich muss Sie warnen. Einen hundertprozentigen Erfolg kann ich nicht garantieren. Es kann zu Lähmungen kommen, Hirnschäden oder noch Schlimmerem."

„Trotzdem. Ich gehe das Risiko ein."

„Gut, dann sind wir uns einig. Ich komme noch heute nach Seattle, und morgen früh um acht werde ich mit der Operation beginnen." Seine Stimme wurde sanfter. „Ich möchte Ihnen keine Angst machen, aber es wäre gut, wenn Sie Ihre Angelegenheiten in Ordnung bringen. Wenn Sie verstehen, was ich meine."

„Ich verstehe. Vielen Dank, Dr. Weissman."

AM NACHMITTAG dieses Tages verabschiedete sich Claire von ihren Freundinnen. Karen gegenüber machte sie eine scherzhafte Bemerkung über die grauen Haare, die ihr in den nächsten Jahren wegen Willie wachsen würden. „Gib die Hoffnung auf Kinder nicht auf", sagte sie zu Charlotte. „Sie sind das Wichtigste, was wir auf dieser Welt zurücklassen. Wenn du selbst wirklich keine bekommen kannst, dann adoptier welche."

Mit Gina war es komplizierter. Sie blieben fast eine Stunde zusammen. Hin und wieder schlief Claire ein. „Kümmere dich um meine Familie", sagte Claire schließlich zum Abschied.

Alle gaben sich der Zuversicht hin, dass Claire auch am nächsten Abend noch leben würde. Claire bestärkte ihre Freundinnen in dem Glauben, und doch fühlte sich die Hoffnung an wie ein geliehener Pullover, der nicht ganz passen wollte.

Der Gedanke an die Abschiede, die ihr noch bevorstanden, war furchtbar für sie. Sie wusste, dass Bobby und ihr Vater weinen und dass Meghann zornig und laut reagieren würde. Und dann Alison … Woher sollte Claire die Kraft nehmen, sich von ihrer Tochter zu verabschieden?

IRGENDWANN schlief Claire ein. Als sie wieder erwachte, war draußen die Sonne bereits untergegangen. Die Dämmerung tauchte das Zimmer in ein sanftes silbriges Licht.

„Deine Mommy ist wach."

Claire sah, dass Alison an Meghann hing wie ein kleiner Affe. Mit den Armen umschlang sie den Hals ihrer Tante, mit den Füßen umklammerte sie deren Taille.

Claire stöhnte leise, doch sie riss sich schnell wieder zusammen. Diesen Moment konnte sie nur überstehen, wenn sie so tat, als ob es kein wirklicher Abschied war. Für Alison musste sie auf ein Wunder hoffen.

„Da bist du ja, Alison." Claire streckte die Arme aus. „Komm her, mein Schatz."

Behutsam legte Meghann Alison in die Arme ihrer Schwester. Claire zog ihre Tochter an sich und hielt sie ganz fest. Sie kämpfte mit den Tränen, als sie ihrer Tochter ins Ohr flüsterte: „Du darfst nie vergessen, wie lieb ich dich habe."

„Nein, Mommy." Alison schmiegte sich noch enger an ihre Mutter und lag ganz still da. So reglos wie noch nie. Und Claire wurde klar, dass sie Alison nichts vormachen konnte. „Ich habe dem lieben Gott gesagt, dass ich nie wieder um Süßigkeiten betteln werde, wenn er dich wieder gesund macht", wisperte Alison.

Claire hielt sie so lange in den Armen, wie es ihr möglich war. „Meghann bringt dich jetzt nach Hause", sagte sie schließlich, als die Verzweiflung sie zu überwältigen drohte.

Meghann hob ihre kleine Nichte hoch, aber Alison glitt aus Meghanns Armen und setzte sich auf den weißen Plastikstuhl neben dem Bett. Sie blickte Claire unverwandt an. „Ich will nicht, dass du stirbst, Mommy", sagte sie.

Es kostete Claire fast übermenschliche Kraft, ihre Tochter anzulächeln. „Das weiß ich, Alison, und ich liebe dich mehr als alle Sterne am Himmel. Aber jetzt musst du mit Großvater und Bobby nach Hause fahren. Sie haben mir erzählt, dass sie mit dir ins Kino wollen."

Meghann hob Alison vom Stuhl. Claire bemerkte, dass auch sie den Tränen nahe war. „Überrede Bobby dazu, Sam und Alison zu begleiten", sagte sie zu ihrer Schwester. „Sag ihm, dass Alison ihn heute Abend braucht.“

Meghann drückte die Hand ihrer Schwester. „Sie braucht dich. Wir alle brauchen dich.“

„Ich muss jetzt schlafen“, sagte Claire nur und schloss die Augen.

STUNDEN später schreckte Claire aus dem Schlaf. Im ersten Moment wusste sie nicht, wo sie war. Dann sah sie die Blumen und die Geräte. Sie kniff die Augen zusammen und versuchte, im Mondlicht die Zeit auf der Wanduhr zu erkennen. Es war vier Uhr.

In wenigen Stunden sollte ihr der Schädel geöffnet werden. Panik stieg in ihr hoch, aber dann entdeckte sie Meghann, die auf einem unbequemen Stuhl in der Ecke schlief.

„Meghann“, flüsterte Claire und drückte die Taste, die den oberen Teil ihres Bettes aufrichtete. „Meghann!“, rief sie noch einmal.

Erschrocken fuhr Meghann hoch und blickte sich um. „Ist es so weit?“

„Nein. Erst in gut vier Stunden.“

Meghann stand auf und zog den Stuhl zum Bett. „Hast du geschlafen?“

„Nur phasenweise.“ Claire blickte zum Fenster, in den Mondschein hinaus. Plötzlich begann sie vor Angst am ganzen Körper zu zittern. „Weißt du noch, was ich früher getan habe, wenn ich einen Albtraum hatte?“

„Du bist zu mir ins Bett gekrochen.“

„Ja. Die schmale Liege im Wohnraum des Wohnwagens.“ Claire lächelte. „Es roch nach verschüttetem Bourbon und Zigarettenrauch. Aber wenn ich ganz dicht bei dir lag, hatte ich das Gefühl, dass mir nichts auf der Welt etwas anhaben konnte.“ Sie blickte Meghann an und schlug die Bettdecke auf.

Nach kurzem Zögern kletterte Meghann zu Claire ins Bett und zog sie fest an sich.

„Wie kommt es nur, dass wir all das vergessen haben, was wirklich wichtig ist?“, fragte Claire.

„Ich war unglaublich töricht.“

„Wir haben so viel Zeit vergeudet.“

„Es tut mir alles so Leid, Claire.“

Claire tastete nach Meghanns Hand und drückte sie. „Ich habe eine Bitte an dich, Meghann, und ich kann es nur einmal sagen. Jedes Wort ist, als müsste ich zerbrochenes Glas schlucken. Falls … es zum … Schlimmsten kommt, möchte ich, dass du dich um Alison kümmerst. Sie braucht eine Mutter.“

Meghann drückte die Hand ihrer Schwester ganz fest und schwieg einen Moment. „Ich sorge dafür, dass sie sich immer an dich erinnert", flüsterte sie.

Claire nickte. Sprechen konnte sie nicht.

Danach lagen sie schweigend in der Dunkelheit nebeneinander, bis es draußen langsam hell wurde und die Schwestern Claire in den OP rollten.

MEGHANN stand am Fenster und starrte hinüber zu den Gebäuden auf der anderen Straßenseite. Seit Claire drei Stunden zuvor in den Operationssaal gebracht worden war, stand sie dort.

Da zupfte jemand an ihrem Ärmel. Meghann zuckte zusammen. Neben ihr stand Alison und sah zu ihr auf. „Ich habe Durst."

„Okay, Schätzchen, dann holen wir jetzt etwas zu trinken." Sie nahm Alison auf den Arm und lief mit ihr hinüber zur Cafeteria.

„Ich möchte eine Cola. Neulich hast du mir auch eine gekauft."

„Es ist erst elf Uhr. Saft ist gesünder."

„Du hörst dich an wie Mommy."

Meghann musste schlucken. „Wusstest du, dass deine Mommy als Kind am liebsten Limonade getrunken hat? Aber ich habe immer auf Orangensaft bestanden."

Meghann zahlte den Saft und trug Alison in den Warteraum zurück. Doch als sie das Kind absetzen wollte, klammerte es sich ganz fest an sie.

„Oh, Alison …" Meghann wollte ihrer Nichte versprechen, dass es ihrer Mommy bestimmt bald besser ging, aber die Worte blieben ihr in der Kehle stecken. Mit Alison in den Armen setzte sie sich auf einen Stuhl und strich ihr zärtlich über den Kopf. Innerhalb von Minuten war das Kind eingeschlafen.

Ihnen gegenüber saß Gina. Sie hob den Kopf, lächelte sie und Alison kurz an und vertiefte sich wieder in ihr Kreuzworträtsel. Weiter hinten saßen Sam, ihre Mutter, Bobby, Karen und Charlotte zusammen und spielten Karten. Joe saß in einer Ecke und las. Er hatte seit Stunden nicht aufgeblickt oder mit jemandem geredet.

Gegen Mittag erschien eine OP-Schwester und teilte ihnen mit, dass es noch etliche Stunden dauern werde. „Sie sollten etwas essen gehen", sagte sie. „Es hilft der Patientin nicht, wenn Sie hier alle zusammenbrechen."

Sam nickte und stand auf. „Also gut, lasst uns kurz in die Cafeteria gehen. Ich zahle."

„Ich bleibe hier", erklärte Meghann. „Alison braucht ihren Schlaf."

Als sie fort waren, lehnte Meghann sich zurück. Es kam ihr vor wie gestern, dass sie Claire als kleines Mädchen so in den Armen gehalten und getröstet hatte.

„Jetzt dauert es schon fast vier Stunden. Verdammt, was stellen sie eigentlich mit ihr an?"

Meghann blickte auf. Vor ihr stand ihre Mutter und hielt eine unangezündete Zigarette zwischen den Fingern. Ihr Make-up war verblasst und an einigen Stellen ganz verschwunden. „Ich dachte, du wärst mit den anderen zum Essen gegangen."

„In die Cafeteria? Nein danke! Ich esse später in meiner Hotelsuite."

„Setz dich, Mama."

Ihre Mutter ließ sich auf den Plastikstuhl neben ihr fallen. „Das ist der schlimmste Tag meines Lebens. Und das will etwas heißen."

QUÄLEND langsam verstrichen die Stunden, bis gegen vier Uhr endlich Dr. Weissman in den Warteraum kam. Meghann bemerkte ihn als Erste. Sie packte Alison fester und stand auf. Dann erhob sich Bobby, danach Sam und schließlich Joe, Gina, Karen und Charlotte. Der Arzt lächelte erschöpft.

„Die Operation ist komplikationslos verlaufen."

„Gott sei Dank", flüsterten sie unisono.

„Aber sie ist noch längst nicht über den Berg. Der Tumor erwies sich als invasiver, als wir gedacht hatten." Er sah Joe an. „In ein paar Stunden wissen wir mehr."

Elftes Kapitel

Benommen und verwirrt kam Claire auf der Wachstation zu sich. Hinter ihren Augen spürte sie einen pochenden Schmerz, und sie wollte gerade auf den Rufknopf drücken, um eine Schwester um ein Schmerzmittel zu bitten, als die Erkenntnis sie traf wie ein Schlag. Sie lebte.

Um ihr Erinnerungsvermögen zu testen, begann sie, sich alle Orte ins Gedächtnis zu rufen, in denen sie als Kind gelebt hatte. Doch sie kam nicht weit, denn die erste Krankenschwester trat an ihr Bett, um nach ihr zu sehen. Danach wurde sie gedreht, gewendet, überprüft und getestet, bis sie keinen klaren Gedanken mehr fassen konnte.

Später saß immer jemand von ihrer Familie an ihrem Bett, und sie erinnerte sich vor allem an Bobby, der ihr sanft den Kopf mit einem Eisbeutel kühlte, und an ihren Vater, der ihr gecrashtes Eis auf die Lippen tat, wenn sie Durst hatte. Meghann brachte ihr ein Bild mit, das Alison für sie gemalt hatte. Es waren drei Figuren, die an einem Fluss standen. Darunter hatte Alison die Worte *Ich libe dich, Momy* gekrakelt.

Am Tag nach der Operation kam der Schmerz. Ihr ganzer Körper fühlte sich an wie zerschlagen, und die durch den Stahlreifen verursachten Druckstellen auf ihrer Stirn schmerzten höllisch.

Als es Zeit für ihre Kernspintomographie war, wurde sie in einem Rollstuhl zur Untersuchung gebracht, und sie lag einmal mehr in der sargähnlichen Röhre.

Sie wünschte sich so intensiv eine makellose, tumorfreie Aufnahme ihres Gehirns, dass ihr Gesicht tränenüberströmt war, als die Untersuchung beendet war. Sie wurde zurück in ihr Zimmer gebracht.

Das Warten war unerträglich. Rastlos lief Meghann in dem kleinen Raum auf und ab, und Bobby drückte Claires Hand so fest, dass sie jedes Gefühl in ihren Fingern verlor. Alle paar Minuten schaute ihr Vater zur Tür herein. Endlich kehrte die Krankenschwester zurück. „Die Ärzte erwarten Sie, Mrs Austin."

Kleine Dinge halfen Claire, die Rollstuhlfahrt zu überstehen: der beruhigende Druck von Bobbys Hand und Meghanns Nähe.

Meghann schob den Rollstuhl in den Raum, in dem die Ärzte auf sie warteten. „Guten Morgen, Mrs Austin", sagte Dr. Weissman.

„Guten Morgen."

Dr. Weissman knipste die Beleuchtung der Sichtkästen an. Sehr konzentriert sah Claire die Aufnahmen ihres Gehirns an. Sie ließ sich Zeit. Dann blickte sie die Ärzte an. „Ich kann keinen Tumor erkennen."

Dr. Weissman lächelte. „Ich auch nicht. Ich glaube, es ist uns tatsächlich gelungen, ihn zu entfernen."

„Oh Gott, wirklich?" War es wirklich das, worauf sie so inständig gehofft hatte?

„Erste Laborberichte deuten darauf hin, dass es sich um ein Astrozytom gehandelt hat", fuhr Dr. Weissman fort.

„Es war also kein Glioblastom? Gott sei Dank."

„Ja. Und darüber hinaus war es gutartig."

Einer der anderen Ärzte trat vor. „Sie haben viel Glück gehabt, Mrs Austin. Dr. Weissman ist förmlich über sich hinausgewachsen. Aber wie Sie wissen, kommt es bei vielen Gehirntumoren zu Neubildungen. In achtundzwanzig Prozent der Fälle …"

„Hören Sie auf!" Erst als sie den Gesichtsausdruck der Ärzte sah, wurde

Claire bewusst, dass sie die drei Wörter geschrien hatte. „Ihre Statistiken interessieren mich nicht. Das Ding war doch gutartig, oder?“

„Ja“, bestätigte der Arzt. „Aber im Zusammenhang mit Gehirntumoren ist das eine möglicherweise irreführende Bezeichnung. Alle Gehirntumoren können sich letztlich als tödlich erweisen.“

„Vielleicht, mag sein. Aber es handelt sich um keine Krebsform, die sich über meinen ganzen Körper ausbreiten kann, richtig?“

„Ja, das stimmt.“

„Dr. Weissman hat den Tumor entfernt, und er war gutartig. Mehr brauche ich nicht zu wissen. Sie können mit mir gern über postoperative Therapien reden, aber nicht über Risiken und Sterberaten.“ Sie lächelte Meghann an. „Die Meteorologen in Seattle sagen im Juni auch immer nur Regen voraus. Aber ich denke gar nicht daran, einen Schirm mitzunehmen. Meine Zukunft ist sonnig.“

Dr. Weissman lächelte. Er beugte sich zu ihr hinunter. „Sie haben vollkommen Recht, Mrs Austin“, flüsterte er.

Claire sah ihn an. „Ich weiß nicht, wie ich Ihnen danken soll.“

„Danken Sie lieber Joe Wyatt. Viel Glück, Mrs Austin.“

Sobald Claire wieder in ihrem Zimmer war, brach sie zusammen. Sie weinte, als wollte sie nie mehr wieder aufhören. Bobby hielt sie fest in den Armen, bis sie sich endlich wieder ein wenig gefasst hatte. „Ich liebe dich, Bobby“, flüsterte sie. „Kannst du Alison holen? Ich will ihr sagen, dass ich wieder gesund werde.“ Er küsste sie zärtlich und eilte aus dem Zimmer.

„Du hast es den Weißkitteln aber ordentlich gegeben“, sagte Meghann, als sich die Tür hinter Bobby geschlossen hatte.

„Offenbar kennst du mein neues Lebensmotto noch nicht: Leg dich nicht mit Glatzköpfen an.“

„Ich werde mich hüten.“ Meghann lächelte.

Claire griff nach ihrer Hand und drückte sie. „Danke für alles.“

Meghann küsste Claire auf die von blauen Flecken übersäte Stirn. „Wir sind Schwestern“, sagte sie leise. „Ich gehe jetzt und hole Mama. Hoffentlich bringt sie nicht ihre ganze Filmcrew mit.“ Sie verließ den Raum.

Als sie allein war, sah Claire sich in ihrem Krankenzimmer um. „Der Tumor ist verschwunden“, sagte sie laut. Und dann lachte sie.

MEGHANN traf alle in der Cafeteria an. Bobby sprach mit Sam. Ihre Mutter stand in der Schlange vor dem Tresen und gab Autogramme. Die Bluesers und Alison saßen in einer Ecke zusammen und unterhielten sich. Nur Joe fehlte.

„Und was soll ich Ihnen sagen", verkündete ihre Mutter einem atemlosen Publikum, „da wird doch tatsächlich von mir verlangt, in einem Kleid auf die Bühne zu gehen, dessen Reißverschluss klemmt. Ich bin nicht gerade eine flachbrüstige Frau, also können Sie sich vorstellen …"

„Mama?", Meghann berührte ihren Arm.

Ihre Mutter fuhr herum. Bei Meghanns Anblick versickerte ihr Lächeln. Einen Moment lang sah sie verletzlich aus. „Und?"

„Geh zu ihr, Mama. Es gibt gute Nachrichten."

Ihre Mutter seufzte. „Was denn sonst? Dass ihr alle auch immer übertreiben müsst." Sie drehte sich zu ihren Zuhörern um. „Ich hasse es, mitten in einer Geschichte abzubrechen, aber wie es scheint, ist meine Tochter wie durch ein Wunder genesen. Das erinnert mich an einen meiner TV-Filme, in dem …"

Meghann machte auf dem Absatz kehrt und ging.

„Tante Meghann!" Alison sprang auf, rannte auf Meghann zu und warf sich in ihre Arme. „Meiner Mommy geht es besser!"

Bobby kam auf Meghann zu. „Komm, Alison. Deine Mommy wartet schon auf dich." Er wollte schon gehen, blieb aber stehen, drehte sich um und küsste Meghann ganz sanft auf die Wange. „Danke", flüsterte er.

Überrascht von der Heftigkeit ihrer Emotionen schloss Meghann schnell die Augen. Als sie sie wieder öffnete, sah sie Sam auf sich zukommen. Er streckte die Hand aus und berührte ihre Wange. „Du bist Claires Felsen in der Brandung gewesen in diesem Albtraum", sagte er sanft. „Dein Herz ist so groß, dass du Menschenleben damit retten kannst. Es tut mir Leid, dass ich das nicht schon viel früher verstanden habe." Er schwieg einen Moment. „Zu Thanksgiving kommst du nach River's Edge. Keine lahmen Ausreden, wenn ich bitten darf. Es ist ein Familienfest."

Meghann dachte an all die Jahre, in denen sie Claires Einladung abgelehnt hatte, und die Jahre, in denen sie gar nicht mehr eingeladen worden war. Und sie dachte an ihr letztes Thanksgiving. Sie hatte Cornflakes zum Abendessen gegessen und ferngesehen.

„Ich möchte gar nicht mehr ohne euch sein an Thanksgiving", sagte sie. Dann fuhr sie mit dem Fahrstuhl in die Lobby hinunter und verließ das Krankenhaus. Es war ein wundervoller, sonniger Tag. Alles in Seattle wirkte klar und sauber. Sie ging die Straße hinunter und dachte über viele Dinge nach: ihr Leben, ihren Job, ihre Familie.

Sie überlegte, ob sie ihre bisherige Tätigkeit aufgeben sollte, um sich auf ein anderes juristisches Fachgebiet zu spezialisieren. Oder ob sie eine Art

Beratungs- und Informationsbüro gründen sollte für Menschen mit Gehirntumoren. Es kam ihr mit einem Mal so vor, als ob die Welt voll neuer Möglichkeiten war.

In weniger als einer halben Stunde erreichte sie ihr Apartmentgebäude. Sie wollte gerade die Straße überqueren, als sie sah, dass Joe neben der Haustür auf sie wartete. Sie blieb stehen und beobachtete, wie er über die Straße auf sie zukam. „Gina hat mir deine Adresse gegeben", sagte er.

„Hast du mit Stu Weissman über das Ergebnis der Kernspintomographie gesprochen?"

„Ja. Es sieht gut aus für Claire."

„Dem Himmel sei Dank."

„Ich bin das Alleinsein endgültig leid, Meghann", sagte er leise. „Und ich bin es leid zu glauben, dass mein Leben nach Dianas Tod jeden Sinn verloren hat."

Sie sah ihn an. Sie waren einander so nahe, dass er sie hätte küssen können. „Welche Chance gibt es für ein Paar wie uns?"

„Wir haben eine Chance. Wie jedes andere Paar auch."

„Wir könnten unglücklich werden."

„Das waren wir doch schon, und wir haben es überlebt." Unendlich behutsam umfasste er ihr Gesicht mit beiden Händen. Die Geste trieb ihr die Tränen in die Augen. „Und wir könnten uns ineinander verlieben."

Meghann blickte ihm in die Augen und sah Hoffnung für eine gemeinsame Zukunft. Sie sah etwas von der Liebe, von der er sprach, und konnte zum ersten Mal in ihrem Leben daran glauben. Sie schlang ihre Arme um ihn und stellte sich auf die Zehenspitzen. „Vielleicht ist das längst geschehen", flüsterte sie, bevor sie ihn küsste.

Epilog
Ein Jahr später

Der Lärm war ohrenbetäubend: Musik, Kindergeschrei von den Karussells und Luftschaukeln, Rufe der Eltern und Schausteller, die ihre Attraktionen anpriesen.

Alison lief vorneweg und schleppte Joe von einer Schaubude zur nächsten. Ein paar Schritte dahinter gingen Meghann und Claire. Sie unterhielten sich, soweit das bei dem Krach möglich war, und schleppten die Stofftiere und den anderen Tand, den Alison und Joe gewonnen hatten. Claire war von ihrer Krankheit kaum noch etwas anzumerken. Die motorischen Probleme, mit denen sie zu kämpfen gehabt hatte, wurden allmählich besser, und ihr Haar war längst nachgewachsen.

„Es wird langsam Zeit …", sagte Claire und gab Joe ein Zeichen. Zu viert schlenderten sie am Getränkestand vorbei und schlugen den Weg zur Bühne des Vergnügungsparks ein.

„Es sind ja schon Zuschauer da", sagte Claire nervös.

„Was denkst du denn?" Meghann lachte.

„Schnell, Mommy! Beeil dich!" Aufgeregt hopste Alison von einem Fuß auf den anderen. An einer Seitentür wies Claire sich aus, und sie betraten den Bereich hinter der Bühne, in dem die Musiker und Sänger sich auf den Auftritt vorbereiteten.

Als Bobby sie kommen sah, winkte er. Alison stürzte auf ihn zu. Er fing sie auf und wirbelte sie hoch durch die Luft. „Mein Daddy singt hier heute Abend!", rief sie so laut, dass es jeder hören konnte.

„So ist es." Bobby legte einen Arm um Claire und küsste sie. „Drück mir die Daumen."

Nachdem sie noch ein paar Worte gewechselt hatten, ließen sie Bobby allein und gingen zu ihren Plätzen vorn in der vierten Reihe. Meghann half Claire sich zu setzen.

„Vor ein paar Tagen war Kent Ames am Telefon", sagte Claire. „Mama hat ihm wegen der Kündigung von Bobbys Vertrag offenbar die Hölle heiß gemacht. Sieht ganz so aus, als wollte er Bobby schließlich doch noch eine Chance geben. Er hat gesagt, dass Bobby sich diesmal genau im Klaren sein soll über seine Prioritäten." Claire lächelte.

Ein Mann erschien auf der Bühne und breitete mit strahlendem Lächeln die Arme aus. „Bob – by – Jack – Au – stin!", rief er laut.

Höflicher Applaus tröpfelte durch die Bankreihen.

Mit seiner Gitarre in der Hand betrat Bobby die Bühne. Er überblickte die Menge, fand Claire und warf ihr einen Luftkuss zu. „Diesen Song habe ich nur für meine Frau geschrieben, von der ich viel über Liebe und Tapferkeit gelernt habe. Ich liebe dich." Er stimmte seine Gitarre und begann zu singen. Seine klare, ausdrucksstarke Stimme schlug die Zuhörer vom ersten Ton an in ihren Bann.

Er sang davon, die Frau seiner Träume und mit ihr die Liebe zu finden und ihr dann in schweren Zeiten beizustehen. Bei der letzten Strophe wurde seine Stimme zu einem rauen Flüstern:

„When I saw your stumble
over rocks along the way
I learned the truth of real love
and the gift of one more day."

Der Applaus wollte kein Ende nehmen. Viele Frauen hatten Tränen in den Augen.

Meghann legte einen Arm um ihre Schwester. „Habe ich dir nicht von Anfang an gesagt, dass er genau der Richtige für dich ist? Ich war gleich ganz begeistert von ihm."

Claire lachte. „Da habe ich irgendwie etwas verpasst. Was ist eigentlich mit Joe und dir? Ihr lebt doch praktisch schon seit Monaten zusammen. Für mich sieht es ganz so aus, als würdest du die Formulierung eines Ehevertrags in Erwägung ziehen."

Meghann sah hinüber zu Joe, der frenetisch klatschte. Er praktizierte längst wieder, und sie beide hatten gelernt, an die Liebe zu glauben. „Ein Ehevertrag? Ich? Nie im Leben. Wir hatten an eine kleine, schlichte Hochzeit gedacht. Irgendwo im Grünen …"

„Wo es regnet? Und wo es Mücken gibt? In *dem* Grünen etwa?"

„Vielleicht mit Hamburgern, Hotdogs und …"

„Ginas Kartoffelsalat."

Sie sagten es beide zur selben Zeit und mussten schallend lachen.

„Ja." Meghann schmiegte sich an ihre Schwester. „Genauso."

KRISTIN HANNAH

Foto: © Martin Bydalek

„Meine Mutter glaubte fest an meinen Erfolg als Autorin."

Kristin Hannah wurde 1960 in Südkalifornien geboren. Als sie acht Jahre alt war, beschlossen ihre abenteuerlustigen Eltern, mit ihren drei Kindern und dem Hund umzuziehen, „irgendwohin, wo es schön ist", und dort ein neues Leben anzufangen. Sechs Wochen später landeten sie in einer kleinen Stadt im Westen des Staates Washington, in einer herrlich grünen Landschaft voll riesenhafter Bäume und zauberhafter Rhododendren.

Kristin Hannah machte dort ihren Highschoolabschluss, studierte Jura, arbeitete als Anwältin, heiratete und ist Mutter eines inzwischen 16-jährigen Sohnes. Dem reizvollen, aber regenreichen Nordwesten ist sie treu geblieben, und auch ihr Roman *Wer zu lieben wagt* spielt dort – in der Großstadt Seattle, in der kleinen Stadt Hayden und am Lake Chelan im heißen, trockenen Teil des Staates östlich der Berge.

Wie kommt eine erfolgreiche Juristin zum Schreiben von Romanen? Es begann alles mit der schweren Krebserkrankung ihrer Mutter. In den langen Wochen im Krankenhaus schrieben die beiden Frauen zusammen „den schlechtesten historischen Roman aller Zeiten", wie Hannah selbst sagt. Das Projekt brachte sie ihrer Mutter sehr nahe und half der Kranken über manche schwere Stunde hinweg. Nach dem Tod der Mutter landete der Roman in einer Pappschachtel auf dem Speicher. Kristin Hannah sollte sich erst wieder an das Schreiben erinnern, als sie mit ihrem Sohn schwanger war und die meiste Zeit liegend in ihrem Bett verbringen musste. Inzwischen hat sie zwölf Romane veröffentlicht und ist sehr glücklich in ihrem zweiten Beruf als Schriftstellerin.

MEIN IST DIE STUNDE DER NACHT
Originalausgabe: *Nighttime Is My Time*
erschienen bei Simon & Schuster, New York

EIN GUTER JAHRGANG
Originalausgabe: *A Good Year*
erschienen bei Alfred A. Knopf, New York

DER HECKENSCHÜTZE
Erschienen bei Scherz, einem Verlag der S. Fischer Verlag GmbH, Frankfurt am Main

WER ZU LIEBEN WAGT
Originalausgabe: *Between Sisters*
Gekürzte, genehmigte Sonderausgabe für Verlag Das Beste GmbH, Stuttgart.

Übersetzer:
Mein ist die Stunde der Nacht: Andreas Gressmann
Ein guter Jahrgang: Ursula Bischoff
Wer zu lieben wagt: Hedda Pänke

Illustrationen und Fotos:
Mein ist die Stunde der Nacht: S. 4 (links), 6/7/8: Carsten Blind
Ein guter Jahrgang: S. 4 (rechts), 166/167/168: Steven Morris/Stock Food; Carsten Blind
Der Heckenschütze: S. 5 (links), 292/293/294: Schnuerer/f1 online

Die ungekürzten Ausgaben von *Mein ist die Stunde der Nacht, Ein guter Jahrgang, Der Heckenschütze* und *Wer zu lieben wagt* sind im Buchhandel erhältlich.